CB048267

O CÍRCULO

A marca FSC® é a garantia de que a madeira utilizada na fabricação do papel deste livro provém de florestas que foram gerenciadas de maneira ambientalmente correta, socialmente justa e economicamente viável, além de outras fontes de origem controlada.

DAVE EGGERS

O Círculo

Romance

Tradução
Rubens Figueiredo

COMPANHIA DAS LETRAS

Grafia atualizada segundo o Acordo Ortográfico da Língua Portuguesa de 1990, que entrou em vigor no Brasil em 2009.

Título original
The Circle

Capa
Jessica Hische

Preparação
Fabricio Waltrick

Revisão
Jane Pessoa
Ana Maria Barbosa

Dados Internacionais de Catalogação na Publicação (CIP)
(Câmara Brasileira do Livro, SP, Brasil)

Eggers, Dave
O Círculo : romance / Dave Eggers ; tradução Rubens Figueiredo. — 1ª ed. — São Paulo : Companhia das Letras, 2014.

Título original: The Circle
ISBN 978-85-359-2478-7

1. Ficção norte-americana I. Título.

14-07142 CDD-813

Índice para catálogo sistemático:
1. Ficção : Literatura norte-americana 813

[2014]

EDITORA SCHWARCZ S.A.
Rua Bandeira Paulista, 702, cj. 32
04532-002 — São Paulo — SP
Telefone: (11) 3707-3500
Fax: (11) 3707-3501
www.companhiadasletras.com.br
www.blogdacompanhia.com.br

Não havia nenhum limite, absolutamente nenhuma fronteira para o futuro. E logo o homem não teria espaço suficiente para guardar sua felicidade.

John Steinbeck, *A leste do Éden*

Meu Deus, pensou Mae. É o paraíso.

O campus era vasto e disperso. Frenético em sua coloração do Pacífico e no entanto os mínimos detalhes tinham sido cuidadosamente calculados, modelados pelas mãos mais eloquentes. Num terreno que no passado fora um estaleiro, depois um cinema drive-in, depois um mercado de pulgas, depois um terreno baldio, havia agora colinas verdes e uma fonte de Calatrava. E uma área de piquenique com mesas dispostas em círculos concêntricos. E quadras de tênis, de saibro e grama. E uma quadra de vôlei, onde crianças muito pequenas da creche da empresa estavam correndo, berrando, ziguezagueando como água. Em meio a tudo isso havia também um lugar de trabalho, quatrocentos acres de aço escovado e vidro na sede da empresa mais influente no mundo. No alto, o céu era azul e imaculado.

Mae seguia seu caminho no meio de tudo aquilo, caminhava do estacionamento para o salão principal, tentando aparentar que fazia parte do lugar. A calçada serpenteava entre as laranjeiras e os limoeiros. Suas silenciosas pedras vermelhas haviam sido substituídas, em certos trechos, por ladrilhos com suplicantes mensagens inspiradoras. "Sonhe", dizia uma delas, a palavra cortada a laser nas pedras vermelhas. "Participe", dizia outra. Havia dúzias: "Descubra a comunidade". "Inove." "Imagine." Por muito pouco Mae não pisou na mão de um jovem de macacão cinzento; ele estava fixando uma pedra nova, que dizia: "Respire".

Numa segunda-feira ensolarada de junho, Mae parou na frente da porta principal, embaixo do logo gravado no alto do vidro. Embora a empresa tivesse menos de seis anos de existência, seu nome e seu logo — um círculo em torno de uma grade entrelaçada, com um pequeno "c" no centro — já figuravam entre os mais conhecidos mundialmente. Ali, no campus principal, havia mais de dez mil empregados, mas o Círculo tinha escritórios em todo o mundo e toda semana contratava centenas de mentes jovens e talentosas. Por quatro anos seguidos, fora eleita a empresa mais admirada do mundo.

Mae não imaginaria ter chance de trabalhar num lugar como aquele, se não fosse por Annie. Annie era dois anos mais velha. As duas moraram juntas no mesmo alojamento na faculdade durante três semestres, em um prédio feio que se tornara habitável graças ao extraordinário vínculo entre elas, em parte amigas, em parte irmãs, ou primas que gostariam de ter sido irmãs, e que tinham motivos para nunca se separar. No primeiro mês em que moraram juntas, Mae quebrou o maxilar ao escurecer, depois de ter sofrido um desmaio, dominada pela gripe e mal alimentada, na época das provas finais. Annie dissera para ela ficar na cama, mas Mae fora ao 7-Eleven atrás de cafeína e acordou na calçada, embaixo de uma árvore. Annie levou-a para o hospital e esperou enquanto costuravam seu maxilar, e depois ficou ao lado de Mae, dormindo perto dela a noite toda numa cadeira de madeira, e depois em casa, durante dias, alimentou Mae por um canudo. Era um nível ardoroso de compromisso e competência que Mae nunca tinha visto em ninguém da sua idade ou da sua faixa de idade e, daí em diante, Mae dedicou-se à amiga de uma forma que ela nunca havia imaginado ser capaz.

Enquanto Mae ainda estava em Carleton, saltando de um curso para outro, de história da arte para marketing e para psicologia — diplomou-se em psicologia, sem ter nenhum plano de seguir carreira naquele ramo —, Annie se formou, fez o MBA em Stanford e foi chamada para trabalhar em toda parte, mas em especial no Círculo, e conseguiu a vaga ali dias depois da formatura. Agora Annie tinha um título pomposo — diretora de Garantia do Futuro, brincava ela — e insistiu para que Mae se candidatasse a uma vaga. Mae fez isso e, embora Annie tenha garantido que não havia mexido os pauzinhos lá dentro, Mae tinha certeza de que mexera, e se sentia em dívida com ela, para além de todas as medidas. Um milhão de pessoas, um bilhão, queriam estar onde Mae estava naquele momento, entrando naquele átrio de dez metros de altura, atravessado pela luz da Califórnia, em seu primeiro dia de trabalho na única empresa que interessava de verdade.

Ela empurrou e abriu a porta pesada. O hall de entrada era comprido como uma pista para desfiles, e alto como uma catedral. Acima dele, havia escritórios em toda parte, quatro andares de altura dos dois lados, todas as paredes feitas de vidro. Ligeiramente tonta, Mae olhou para baixo e, no imaculado piso lustroso, viu o próprio rosto refletido, com ar preocupado. Ela moldou na boca um sorriso, sentindo uma presença atrás de si.

"Você deve ser a Mae."

Mae voltou-se para uma linda cabeça jovem que flutuava acima de uma echarpe vermelha viva e de uma blusa de seda branca.

"Sou Renata", disse ela.

"Oi, Renata. Estou procurando..."

"Annie. Eu sei. Ela já está vindo." Um som — uma gotinha digital — emanou da orelha de Renata. "Na verdade, ela está..." Renata olhava para Mae, mas via outra coisa. Interface retiniana, supôs Mae. Mais uma inovação nascida ali.

"Ela está no Velho Oeste", disse Renata, focalizando Mae outra vez. "Mas estará aqui em breve."

Mae sorriu. "Espero que ela tenha levado bolachas de água e sal e um cavalo robusto."

Renata sorriu educadamente, mas não riu. Mae conhecia a prática da empresa de batizar cada parte do campus com o nome de uma época histórica; era uma forma de tornar aquele enorme lugar menos impessoal, menos corporativo. Era bem melhor que o Edifício 3B-Leste, onde Mae havia trabalhado em seu emprego anterior. O último dia na empresa de serviço público em sua cidade natal tinha sido apenas três semanas antes — ficaram estupefatos quando ela deu a notícia —, mas já parecia impossível que Mae tivesse desperdiçado tanto tempo de sua vida lá. Já vai tarde, pensou ela sobre aquele gulag e tudo o que ele representava.

Renata continuava a receber sinais de seu fone. "Ah, espere", disse ela. "Agora Annie está dizendo que ainda vai ficar presa por lá." Renata olhou para Mae com um sorriso radiante. "Por que não vamos para sua mesa? Ela diz que encontra você lá daqui a mais ou menos uma hora."

Mae sentiu um pequeno tremor de emoção ao ouvir aquelas palavras, *sua mesa*, e imediatamente pensou no pai. Ele estava orgulhoso. *Muito orgulhoso*, dissera no correio de voz de Mae; ele deve ter deixado o recado às quatro da manhã. Mae ouviu a mensagem quando acordou. *Muito orgulhoso mesmo*, dissera ele, perdendo a fala. Fazia dois anos que Mae terminara a faculdade e lá estava ela, em um emprego remunerado no Círculo, com seguro-saúde, apartamento na cidade, sem ser um fardo para os pais, que já tinham muitas outras preocupações.

Mae seguiu Renata e saiu do átrio. No gramado, sob a luz matizada, um par de jovens estava sentado numa colina artificial, segurando uma espécie de prancheta transparente e falando com muita veemência.

"Você vai ficar no Renascimento, logo ali", disse Renata, apontando para o outro lado do gramado, para um prédio de vidro e cobre oxidado. "Ali é onde fica todo o pessoal de Experiência do Cliente. Você já esteve lá?"

Mae fez que sim com a cabeça. "Já. Algumas vezes, mas não nesse prédio."

"Então você viu a piscina, a área de esportes." Renata apontou na direção de um paralelogramo azul e de um prédio anguloso, o ginásio, que se erguia por trás. "Lá daquele lado tem um estúdio de ioga, *crossfit*, pilates, massagens, *spinning*. Ouvi falar que você faz *spinning*, não é? E atrás disso tudo ficam as quadras de bocha e a nova quadra de espirobol. A lanchonete do outro lado do gramado..." Renata apontou para os exuberantes morros verdes, com um punhado de jovens vestidos de maneira formal e jogados no gramado, como se estivessem tomando banho de sol. "E aqui estamos."

Pararam diante da Renascimento, outro prédio com um átrio de doze metros de altura. Um móbile de Calder rodava suavemente no alto.

"Ah, eu adoro o Calder", disse Mae.

Renata sorriu. "Sei que adora." Ergueram os olhos para o móbile outra vez. "Esse aí ficava no Parlamento francês. Ou algo assim."

O vento que as seguira até ali agora fez o móbile girar dando a impressão de que um braço apontava para Mae e dava boas-vindas a ela pessoalmente. Renata segurou-a pelo cotovelo. "Está pronta? Por aqui."

Entraram num elevador de vidro, com um leve matiz de laranja. Luzes piscaram e Mae viu seu nome aparecer nas paredes, junto com uma fotografia sua publicada no livro do ano do colégio onde cursara o ensino médio. BEM-VINDA, MAE HOLLAND. Um som, algo como um arquejo, escapou da garganta de Mae. Fazia anos que não via aquela fotografia e estivera feliz com sua ausência. Aquilo devia ser coisa de Annie, atacá-la de novo com a fotografia. A imagem era de fato de Mae — a boca larga, os lábios finos, a pele morena, o cabelo preto, mas na fotografia, ainda mais do que na vida real, as maçãs do rosto lhe davam um ar de severidade, os olhos castanhos não eram sorridentes, apenas pequenos e frios, prontos para a guerra. Desde que a foto fora tirada — ela tinha dezoito anos na época, era raivosa e insegura —, Mae tinha ganhado o peso necessário, o rosto se suavizara e as curvas apareceram, curvas que atraíam a atenção de homens de diferentes idades e motivações. Desde o tempo do colégio, ela havia tentado ser mais aberta, mais receptiva, mas ver ali aquele documento de uma era remota, quando ela esperava o pior do mundo, deixou-a abalada. No instante em que Mae já não conseguia mais suportar a fotografia, a imagem desapareceu.

"Sim, tudo está nos sensores", disse Renata. "O elevador lê sua identificação e então dá boas-vindas. Annie nos forneceu essa fotografia. Vocês duas devem ser muito ligadas para ela ter fotos suas do colégio. De todo modo, espero que não se importe. Fazemos isso sobretudo para os visitantes. Normalmente, eles ficam impressionados."

Enquanto o elevador subia, as atividades programadas do dia apareciam em todas as suas paredes. As imagens e o texto viajavam de uma parede para a outra. Para cada anúncio, havia um vídeo, fotografias, animação, música. Eles teriam uma projeção de *Koyaanisqatsi* ao meio-dia, uma demonstração de automassagem à uma hora, fortalecimento do *core* às três. Um congressista grisalho mas jovem, de quem Mae nunca tinha ouvido falar, ia participar de um debate aberto ao público às seis e meia. Na porta do elevador, ele falava em cima de um palanque, em outro lugar, bandeiras ondulavam acima dele, as mangas da camisa arregaçadas e as mãos fechadas em punhos fervorosos.

As portas abriram, partindo o congressista ao meio.

"Aqui estamos", disse Renata, seguindo para uma estreita passarela de grade de aço. Mae olhou para o chão e sentiu um aperto no estômago. Dava para ver o térreo, quatro andares abaixo.

Ela tentou se mostrar descontraída: "Aposto que não trazem para cá ninguém que sofra de vertigem".

Renata parou e virou-se para Mae, com ar de séria preocupação. "Claro que não. Mas seu perfil diz..."

"Não, não", disse Mae. "Está tudo bem."

"Sério. Podemos instalar você num andar mais baixo se..."

"Não, não. De verdade. Está ótimo. Desculpe, eu estava fazendo uma brincadeira."

Renata ficou visivelmente abalada. "Tudo bem. Mas me diga se alguma coisa estiver errada."

"Pode deixar."

"Você me avisa mesmo? Porque a Annie quer que eu tenha certeza."

"Aviso. Prometo", respondeu Mae, e sorriu para Renata, que se recompôs e seguiu em frente.

A passarela levava ao piso principal, largo, com janelas, cortado por um corredor comprido. De ambos os lados, os escritórios defrontavam-se com vidraças que iam do chão ao teto, os ocupantes visíveis lá dentro. Todos tinham decorado seu espaço rebuscadamente, mas com bom gosto — um escritório estava repleto de objetos náuticos, a maior parte deles parecia pairar no ar, suspensos nas vigas expostas; outro era todo ornamentado com bonsais. As duas passaram por uma pequena cozinha, as prateleiras e os armários feitos de vidro, os talheres magnéticos, presos à geladeira numa grade bem-arrumada, tudo iluminado por um vasto lustre de vidro soprado feito à mão, radiante, com lâmpadas coloridas, seus braços abertos em laranja, pêssego e rosa.

"Pronto, aqui está."

Pararam num cubículo cinzento, pequeno, revestido de um tecido semelhante a um linho sintético. O coração de Mae fraquejou. Era quase exatamente igual ao cubículo onde ela havia trabalhado nos últimos dezoito meses. Era a primeira coisa que via no Círculo que não tinha sido repensada, que guardava alguma semelhança com o passado. O tecido que revestia as paredes do cubículo era — ela não conseguia acreditar, não parecia possível — aniagem.

Mae sabia que Renata estava olhando para ela e sabia que seu rosto revelava algo como o horror. *Sorria*, pensou. *Sorria*.

"Está bom?", perguntou Renata, enquanto seus olhos percorriam todo o rosto de Mae.

Mae obrigou a boca a exprimir algum grau de satisfação. "Ótimo. Muito bonito."

Não era o que ela esperava.

"Então, está certo. Vou deixar você sozinha para se familiarizar com seu lugar de trabalho. Daqui a pouco Denise e Josiah virão orientar e instalar você."

Mae torceu a boca de novo num sorriso. Renata deu meia-volta e foi embora. Mae sentou, notou que o espaldar da cadeira estava meio quebrado, que a cadeira não se mexia, as rodinhas pareciam travadas, todas elas. Um computador tinha sido colocado sobre a mesa, mas era um modelo muito antigo, que ela não tinha visto em lugar nenhum daquele prédio. Mae estava perplexa e via seu estado de ânimo afundar no mesmo tipo de abismo em que ela havia passado os últimos anos.

Alguém ainda trabalhava de fato numa empresa de serviço público? Como Mae tinha ido parar lá? Como tinha conseguido suportar? Quando as pessoas perguntavam onde ela trabalhava, Mae se sentia mais inclinada a mentir e dizer que estava desempregada. Teria sido melhor se Mae não estivesse em sua cidade natal?

Depois de mais ou menos seis anos de aversão por sua cidade, amaldiçoando os pais por terem se mudado para lá e sujeitá-la àquele lugar, a suas limitações e à escassez de tudo — diversão, restaurantes, mentes esclarecidas —, Mae havia se lembrado recentemente de Longfield com algo similar à ternura. Era uma cidade pequena entre Fresno e Tranquillity, constituída e batizada por um fazendeiro de pouca imaginação, em 1866. Cento e cinquenta anos depois, sua população tinha alcançado pouco menos de duas mil almas, a maioria trabalhando em Fresno, a trinta e dois quilômetros de distância. Longfield era um lugar barato para morar. Os pais dos amigos de Mae eram seguranças, professores, caminhoneiros que gostavam de caçar. Dos oitenta e um alunos na turma da formatura de Mae, ela foi um dos doze que entraram numa faculdade para um curso de quatro anos, e a única que foi para além do leste do Colorado. O fato de ter ido tão longe, e ter feito uma dívida tão grande, só para voltar e trabalhar na empresa de serviço público local deixava Mae arrasada, e também seus pais, embora exteriormente dissessem que ela estava fazendo o que era correto, aproveitando uma oportunidade sólida para começar a saldar suas dívidas.

O prédio da empresa, 3B-Leste, era um lamentável bloco de cimento com estreitas fendas verticais como janelas. Por dentro, a maioria dos escritórios tinha paredes feitas de blocos de concreto, tudo pintado de um verde enjoativo. Era como trabalhar num vestiário. Mae era a pessoa mais jovem em todo o edifício, com cerca de uma década de diferença, e mesmo aqueles que estavam na casa dos trinta anos eram de outro século. Eles ficavam maravilhados com os conhecimentos dela em computação, que eram básicos e elementares entre todas as pessoas que ela conhecia. Mas seus colegas de trabalho ficavam assombrados. Chamavam Mae de *Relâmpago Negro*, uma referência indireta a seu cabelo, e lhe diziam que ela tinha *um futuro brilhante* na empresa, se soubesse aproveitar as oportunidades. Em quatro ou cinco anos, diziam-lhe, ela poderia ser a chefe do setor de TI de toda a subestação! A irritação de Mae não tinha limites. Ela não havia terminado a faculdade e pagado duzentos e trinta e quatro mil dólares por uma educação de elite para no final acabar num emprego como aquele. Mas era um emprego e ela necessitava de dinheiro. Seus empréstimos para estudar eram vorazes e precisavam ser alimentados mensalmente, portanto ela aceitou o emprego e o salário, mas ficava de olhos bem abertos para pastagens mais verdejantes.

Seu supervisor imediato era um homem chamado Kevin, que exercia a função ostensiva de encarregado de tecnologia na empresa, mas que, numa estranha distorção, nada sabia de tecnologia. Conhecia cabos, separadores de saída; ele devia estar operando um radioamador no porão de sua casa e não supervisionando Mae. Todo dia, todo mês, ele vestia as mesmas camisas de manga curta e colarinho abotoado, as mesmas gravatas cor de ferrugem. Ele era uma tremenda agressão aos sentidos, seu bafo tinha cheiro de presunto e seu bigode, eriçado e torto, era como duas pequeninas patas que emergiam, uma para o sudoeste, outra para o sudeste, de suas narinas sempre dilatadas.

Tudo aquilo estaria muito bem, suas numerosas ofensas, se

não fosse o fato de ele realmente acreditar que Mae levava aquele trabalho a sério. Ele achava que Mae, formada em Carleton, com seus sonhos raros e dourados, dava importância àquele emprego na companhia de gás e eletricidade. Que ela ficaria preocupada se algum dia Kevin julgasse que seu desempenho estava abaixo da média. Aquilo a deixava louca.

As vezes em que Kevin pedia para Mae entrar em seu gabinete, fechando a porta e sentando na ponta de sua mesa, eram momentos torturantes. *Você sabe por que está aqui?*, ele perguntava, como se fosse um policial rodoviário que mandara Mae parar o carro no acostamento. Outras vezes, quando estava satisfeito com algum trabalho que ela fizera naquele dia, Kevin fazia algo pior: a *elogiava*. Chamava-a de sua *protégée*. Ele adorava a palavra. Apresentava Mae aos visitantes assim: "Esta é minha *protégée*, Mae. É muito sabida, quase sempre" — e então piscava o olho para ela, como se fosse um capitão e ela seu imediato, ambos veteranos de muitas aventuras turbulentas e sempre dedicados um ao outro. "Se ela não se atrapalhar, tem um grande futuro à sua frente por aqui."

Mae não conseguia suportar. Todos os dias naquele emprego, durante os dezoito meses em que tinha trabalhado ali, ela se perguntava se podia de fato pedir um favor para Annie. Nunca fora o tipo de pessoa capaz de pedir algo assim, ser salva, ser içada. Era uma espécie de exigência, de insistência, de *impetuosidade* — seu pai chamara assim —, algo que não fazia parte de sua natureza. Seus pais eram pessoas sossegadas, que não gostavam de ficar no caminho de ninguém, pessoas sossegadas e orgulhosas que não pediam nada a qualquer um.

E Mae era do mesmo jeito, mas aquele emprego a forçava a ser outra coisa, a ser alguém que faria tudo para ir embora dali. Era de dar enjoo tudo aquilo. Os blocos de concreto verdes. Um bebedouro de água gelada de verdade. Cartões perfurados de verdade. *Certificados de mérito* de verdade, quando alguém fazia alguma coisa considerada especial. E as horas! Das nove às cinco, de verdade! Tudo aquilo dava a sensação de uma coisa de outro tempo, de um tempo merecidamente esquecido, e fazia Mae sentir não apenas que ela estava desperdiçando sua vida, mas que aquela empresa toda era um desperdício de vida, um desperdício de potencial humano, e que retardava o movimento giratório da Terra. O cubículo naquele lugar, *seu* cubículo, era a destilação de tudo aquilo. As paredes baixas à sua volta, feitas para facilitar sua concentração total no trabalho, estavam revestidas de aniagem, como se qualquer outro material pudesse distraí-la, pudesse conter alusões a maneiras mais exóticas de passar seus dias. E assim ela havia vivido dezoito meses num escritório onde eles achavam que, entre todos os materiais que o homem e a natureza ofereciam, aquele que seus funcionários deveriam ver, o dia todo e todos os dias, era a aniagem. Ah, meu Deus, pensou Mae, pois quando deixou aquele lugar jurou nunca mais ver, tocar ou tomar conhecimento da existência daquele pano.

E ela não esperava ver aquilo outra vez. Com que frequência, fora do século XIX, fora de um armazém do século XIX, alguém poderia deparar com aniagem? Mae supôs que nunca mais veria aquilo, porém lá estava ela, à sua volta, em todos os lados, em seu novo espaço de trabalho no Círculo, olhando para aquilo, sentindo seu cheiro de mofo; os olhos de Mae se encheram de água. "Merda de aniagem", resmungou para si mesma.

Atrás, Mae ouviu um suspiro e depois uma voz: "Agora estou achando que essa ideia não foi lá muito boa".

Mae virou-se e viu Annie, as mãos fechadas e apoiadas nos quadris, numa pose de criança birrenta. "Merda de aniagem", disse Annie, imitando o beicinho de Mae, e depois soltou uma gargalhada. Quando terminou de rir, ela conseguiu dizer: "Isso foi incrível. Muito obrigada por isso, Mae. Eu sabia que você ia detestar, mas eu queria ver até que ponto. Desculpe por ter feito você quase chorar. Nossa!".

Agora Mae olhou para Renata, cujas mãos estavam erguidas num gesto de rendição. "Não foi ideia minha!", disse ela. "Annie me colocou nessa! Não me odeie!"

Annie suspirou de satisfação. "Na verdade eu tive de *comprar* este cubículo no Walmart. E o computador! Levei um século para encontrar na internet. Achei que a gente podia simplesmente trazer um troço assim lá do porão ou de algum depósito, mas honestamente não tínhamos nada em todo o campus que fosse tão feio ou tão velho assim. Ah, meu Deus, você precisava ter visto a sua cara."

O coração de Mae estava batendo com força. "Você é muito maluca mesmo."

Annie se fez de desentendida. "Eu? Não sou maluca. Sou incrível."

"Não consigo acreditar que se deu a esse trabalho só para me perturbar."

"Bem, fiz isso mesmo. Foi assim que cheguei onde estou. É tudo uma questão de planejamento e execução." Piscou o olho para Mae, como se fosse uma vendedora. Mae não pôde deixar de rir. Annie era mesmo uma pirada. "Agora vamos. Vou fazer um tour completo com você."

Enquanto a acompanhava, Mae teve de lembrar a si mesma que Annie nem sempre tinha sido uma alta executiva numa empresa como o Círculo. Houve um tempo, apenas quatro anos antes, em que Annie era uma estudante universitária que usava calças de flanela masculinas para ir à aula, a um jantar ou sair com alguém. Annie era aquilo que um de seus namorados, e houve muitos — sempre monogâmicos, sempre corretos —, chamava de *lesada*. Mas ela podia se dar a esse luxo. Annie nasceu montada em dinheiro, em gerações de dinheiro, e era muito charmosa, com covinhas no rosto e cílios longos, o cabelo tão louro que nem parecia de verdade. Era conhecida por todos como efervescente, parecendo incapaz de deixar que qualquer coisa a incomodasse por mais de alguns instantes. Mas também era lesada. Era alta, magra e desengonçada e, quando falava, usava as mãos de forma frenética, perigosa. Era dada a fazer bizarras digressões em uma conversa e a ter obsessões estranhas — cavernas, perfumaria amadora, música *doo-wop*. Era simpática com todos seus ex-namorados, com todos seus casos passageiros, com todos os professores (ela conhecia todos pessoalmente e lhes mandava presentes). Ela havia competido ou participado de todos os clubes e de todas as causas da faculdade e, no entanto, ainda arranjava tempo para se dedicar aos estudos — a tudo, na verdade —, ao mesmo tempo em que, em todas as festas, era quem mais fazia papel de boba só para deixar todo mundo à vontade, e a última a sair. A única explicação racional para tudo isso seria dizer que ela não dormia, mas não era o caso. Annie dormia de modo imoral, de oito a dez horas por dia, era capaz de pegar no sono em qualquer lugar — numa viagem de carro de três minutos, na mesa sórdida de uma lanchonete fora do campus, no sofá de qualquer pessoa —, a qualquer hora.

Mae sabia disso por experiência própria, pois tinha sido uma espécie de motorista para Annie em longas viagens por Minnesota, Wisconsin e Iowa para incontáveis e insignificantes competições em trilhas pelo interior do país. Mae tinha obtido uma bolsa de estudos parcial em Carleton. Foi lá que conheceu Annie, que era boa sem fazer força, dois anos mais velha, mas que só de forma intermitente se preocupava com a possibilidade de ela mesma ou sua equipe ganhar ou perder. Numa hora Annie parecia mergulhar de cabeça na disputa, espinafrando os oponentes, avacalhando seus uniformes ou suas notas na prova de admissão para a universidade. Noutra, ela se mostrava totalmente desinteressada do resultado, mas feliz por estar participando da viagem. Era nas viagens mais longas, no carro de Annie — que ela preferia que Mae dirigisse —, que ela punha os pés descalços para fora da janela e fazia comentários jocosos sobre o cenário que passava, e especulava durante horas sobre o que acontecia no dormitório de seus treinadores, que eram casados e usavam ambos um corte de cabelo igual, quase no estilo militar. Mae ria de tudo que Annie dizia, mantendo seu pensamento longe das competições, nas quais ela, diferente de Annie, tinha de vencer, ou pelo menos se sair bem, para justificar o subsídio que a faculdade havia lhe concedido. Elas sempre chegavam poucos minutos antes da competição, e Annie sempre esquecia de qual corrida ela tinha de participar, ou até se queria de fato correr.

Portanto como era possível que aquela pessoa atrapalhada e ridícula, que ainda levava no bolso um pedaço do seu cobertorzinho de infância, tivesse subido tão alto e tão depressa no Círculo? Agora ela fazia parte das quarenta mentes mais importantes da empresa — a Gangue dos 40 —, ficando a par dos planos e dos dados mais secretos. Como havia conseguido cavar a contratação de Mae sem precisar suar? Como havia conseguido arranjar tudo em poucas semanas, depois que Mae engoliu seu orgulho e atendeu ao pedido dela? Era uma prova da vontade interior de Annie, algum misterioso e íntimo sentido de destino. Exteriormente, Annie não demonstrava nenhum sinal de ambição gritante, mas Mae tinha certeza de que havia alguma coisa nela que exigia que ela estivesse lá, naquela posição, não importando de onde tivesse vindo. Se Annie tivesse crescido na tundra siberiana, nascido cega no meio de pastores, ainda assim, agora, teria chegado ali.

"Obrigada, Annie", Mae ouviu a própria voz dizer.

Tinham passado por algumas salas de reunião e salas de estar e estavam percorrendo a nova galeria de arte da empresa, onde estavam pendurados meia dúzia de Basquiats, recém-adquiridos de um museu à beira da falência, em Miami.

"Ah tá", respondeu Annie. "E lamento que você tenha ficado em Experiência do Cliente. Sei que parece uma merda, mas devo lhe informar que metade dos altos executivos da empresa começou lá. Você acredita em mim?"

"Acredito."

"Ótimo, porque é verdade."

Saíram da galeria de arte e entraram na cafeteria do segundo andar — "Lanchonete de Vidro, sei que é um nome terrível", disse Annie —, projetada de modo que os frequentadores comessem em nove níveis diferentes, todos com paredes e chão de vidro. À primeira vista, parecia que cem pessoas comiam flutuando no ar.

Atravessaram a Sala do Empréstimo, onde tudo, de bicicletas a telescópios e asas-deltas, podia ser emprestado de graça para qualquer pessoa da empresa, e entraram no aquário, um projeto promovido por um dos fundadores. As duas pararam na frente de um painel, da mesma altura que elas, onde águas-vivas, fantasmagóricas e vagarosas, subiam e caíam sem nenhum padrão ou motivo aparente.

"Vou ficar de olho em você", disse Annie, "e toda vez que fizer uma coisa bacana vou cuidar para que todo mundo saiba e assim você não tenha de ficar lá por muito tempo. Aqui as pessoas sobem de maneira muito honesta e, como você sabe, nós contratamos quase exclusivamente o pessoal de dentro da empresa. Portanto, faça sua parte bem, não tente aparecer demais e você vai ficar espantada com a rapidez com que vai sair de Experiência do Cliente e passar para alguma coisa mais interessante."

Mae mirou no fundo dos olhos de Annie, que brilhavam à

luz do aquário. "Não se preocupe. Estou feliz de estar aqui, em qualquer lugar."

"É melhor estar no primeiro degrau de uma escada que a gente quer subir do que no meio de uma escada que não interessa, certo? Uma escadinha de cagões feita de merda."

Mae riu. Foi o choque de ouvir tamanha indecência vindo de um rosto tão doce. "Você sempre falou tanto palavrão assim? Não me lembro desse seu lado."

"Falo assim quando estou cansada, o que acontece o tempo todo."

"Antigamente você era uma menina tão delicada."

"Desculpe. Porra, me desculpe, Mae! Caralho, Mae! Tudo bem, vamos ver mais uma coisa. O canil!"

"Mas não vamos trabalhar hoje?", perguntou Mae.

"Trabalhar? Isto *é* trabalho. Esta é a tarefa que cabe a você cumprir em seu primeiro dia: conhecer tudo, as pessoas, se aclimatar. Sabe, é como quando a gente instala um piso novo de madeira em casa..."

"Não, eu nunca fiz isso."

"Bem, quando você fizer, vai ver que primeiro terá de deixar o piso descansar por dez dias para a madeira se aclimatar. Só depois você faz a instalação."

"Portanto, nessa analogia, eu sou a madeira?"

"Você é a madeira."

"E depois vou ser instalada."

"Sim, depois vamos instalar você. Vamos pregar você com dez mil preguinhos. Você vai adorar."

Visitaram o canil, uma criação de Annie, cujo cachorro, Dr. Kinsmann, tinha falecido havia pouco tempo, mas que passara alguns anos muito felizes ali, sempre perto da dona. Por que milhares de empregados tinham de deixar seus cães em casa, quando os animais podiam ser levados para lá e ficarem próximos das pessoas e de outros cães, receberem cuidados e não ficarem sozinhos? Essa havia sido a lógica de Annie, rapidamente abraçada e agora considerada como algo visionário. Depois, elas viram a boate — muitas vezes usada durante o dia para algo denominado dança extática, um grande exercício físico, disse Annie — e viram o grande anfiteatro ao ar livre e o pequeno teatro coberto — "temos aqui uns dez grupos de comédia de improviso" — e depois de terem visto tudo isso, foram almoçar na cafeteria do primeiro andar, mais ampla, onde, num canto, sobre um pequeno palco, havia um homem tocando violão, que parecia um antigo cantor e compositor que os pais de Mae ouviam.

"Não é o...?"

"É sim", disse Annie, sem interromper o passo. "Tem uma pessoa diferente todo dia. Músicos, comediantes, escritores. Esse projeto é a menina dos olhos de Bailey: trazer essas pessoas para cá para que ganhem alguma exposição, sobretudo tendo em vista as dificuldades que elas enfrentam lá fora."

"Eu sabia que elas vinham algumas vezes, mas você está dizendo que é todo dia?"

"Programamos tudo com um ano de antecedência. Temos de nos esquivar da pressão que elas fazem."

O cantor e compositor cantava com fervor, a cabeça inclinada, o cabelo cobrindo os olhos, os dedos correndo nas cordas de modo febril, mas a grande maioria da cafeteria prestava pouca ou nenhuma atenção.

"Não consigo imaginar o cachê que ele ganha por isso", disse Mae.

"Ah, meu Deus, a gente não *paga* para eles. Ah, espere, você precisa conhecer esse cara."

Annie deteve um homem chamado Vipul, que em breve,

segundo Annie, ia reinventar a televisão, uma mídia, mais do que qualquer outra, presa no século XX.

"Tente XIX", disse ele, com um leve sotaque indiano, em seu inglês preciso e pomposo. "É o último lugar onde os clientes jamais conseguem obter aquilo que desejam. O último vestígio dos acordos feudais entre o produtor e o espectador. Não somos mais vassalos!", disse ele, e em seguida pediu licença para se retirar.

"Esse cara está num outro nível", disse Annie, enquanto atravessavam a cafeteria. Pararam cinco ou seis mesas adiante, onde encontraram pessoas fascinantes. Todas trabalhavam em algo que Annie considerava capaz de *abalar o mundo* ou de *transformar a vida* ou de *estar cinquenta anos à frente de todo o resto*. A abrangência do trabalho feito ali era espantosa. Encontraram uma dupla de mulheres que trabalhava num veículo de exploração submersa que tornaria a Fossa das Marianas um lugar sem mais nenhum mistério. "Elas vão mapeá-la como se fossem as ruas de Manhattan", disse Annie, e as duas mulheres não contestaram aquela hipérbole. Detiveram-se junto a uma mesa onde um trio de homens jovens olhavam para uma tela, embutida no tampo da mesa, que exibia desenhos tridimensionais de um novo tipo de habitação de baixo custo que podia ser facilmente adotada por países em desenvolvimento.

Annie segurou a mão de Mae e puxou-a para a saída. "Agora estamos vendo a Biblioteca Ocre. Já tinha ouvido falar dela?"

Mae não tinha, mas não queria dar essa resposta.

Annie lhe dirigiu um olhar cúmplice. "Você não deveria ver, mas eu decidi que vamos lá."

Entraram num elevador de acrílico e de luz neon e subiram pelo átrio, todos os pisos e escritórios eram visíveis, enquanto elas ascendiam os quatro andares. "Não consigo entender como coisas assim entram no resultado financeiro da empresa", disse Mae.

"Ah, meu Deus, eu também não sei. Mas aqui a questão não

é só dinheiro, e eu acho que você sabe disso. Há receita suficiente para bancar as paixões da comunidade. Aqueles caras trabalhando na habitação sustentável eram programadores, mas alguns deles estudaram arquitetura. Então eles redigiram uma proposta e os Sábios ficaram malucos com a ideia. Sobretudo o Bailey. Ele adora apoiar a curiosidade de mentes jovens e talentosas. E sua biblioteca desvairada. Este é o andar."

Saíram do elevador e entraram num corredor comprido, todo paramentado em vermelho-cereja e nogueira; uma série de pequenos lustres emitia uma luz calma, cor de âmbar.

"Das antigas", observou Mae.

"Você sabe a respeito do Bailey, né? Ele adora essas merdas velhas. Mogno, bronze, vitrais. Essa é a estética dele. Bailey não manda no resto dos prédios, mas aqui ele faz as coisas do seu jeito. Olhe só isso."

Annie parou diante de uma pintura grande, um retrato dos Três Homens Sábios. "Medonho, né?", disse ela.

A pintura era canhestra, o tipo de coisa que um artista do ensino médio podia produzir. Nela, os três homens, os fundadores da empresa, estavam dispostos numa pirâmide, cada um vestido em suas roupas mais conhecidas, com expressões que revelavam, de modo caricato, suas personalidades. Ty Gospodinov, o visionário menino-prodígio do Círculo, usava óculos comuns e um enorme agasalho de moletom com capuz, olhava para a esquerda e sorria; parecia estar desfrutando algum momento sozinho, sintonizado numa frequência distante. Diziam que beirava a Síndrome de Asperger e o retrato parecia querer sublinhar esse aspecto. Com seu cabelo escuro e desalinhado, o rosto sem rugas, aparentava não ter mais de vinte e cinco anos.

"Ty parece que não está nem aí, né?", disse Annie. "Mas não pode ser. Nenhum de nós estaria aqui se ele não fosse também um puta mestre na gestão. É melhor eu explicar logo a dinâmica do troço. Você vai subir depressa, portanto vou pintar logo o quadro para você."

Ty, nome de nascimento Tyler Alexander Gospodinov, foi o primeiro Sábio, explicou Annie, e todo mundo sempre o chamou apenas de Ty.

"Sei disso", respondeu Mae.

"Agora não me interrompa. Estou fazendo para você o mesmo discurso que faço para chefes de Estado que vêm aqui."

"Está bem."

Annie prosseguiu.

Ty se deu conta de que era, na melhor hipótese, socialmente desajeitado e, na pior, um completo desastre no plano interpessoal. Portanto, apenas seis meses antes do IPO, a oferta pública inicial das ações da empresa na Bolsa de Valores, ele tomou uma decisão muito sábia e lucrativa: contratou os outros dois Sábios, Eamon Bailey e Tom Stenton. O gesto aplacou os temores de todos os investidores e, no final das contas, triplicou o valor da empresa. O IPO captou três bilhões de dólares, uma cifra sem precedentes mas não inesperada, e com todas as preocupações monetárias de lado e com Stenton e Bailey no mesmo barco, Ty passou a ser visto cada vez menos no campus e na mídia. Tornou-se mais recluso e a aura à sua volta, intencionalmente ou não, apenas cresceu. Observadores do Círculo se perguntavam: *Onde está Ty e o que ele anda planejando?* Aqueles planos eram desconhecidos, até que foram revelados e, a cada sucessiva inovação lançada pelo Círculo, tornava-se menos claro qual tinha nascido do próprio Ty e qual era produto do grupo cada vez maior de inventores, os melhores do mundo, que agora se encontravam no âmbito da empresa.

A maioria dos observadores supunha que ele continuava envolvido no trabalho e alguns até insistiam que suas impressões digitais — seu jeito para soluções globais, elegantes e infinitamente escaláveis — se encontravam em todas as inovações importantes do Círculo. Ele havia fundado a empresa depois de cursar um ano de faculdade, sem nenhum discernimento especial para os negócios ou objetivos mensuráveis. "A gente o chamava de Niágara", disse seu colega de dormitório numa das primeiras reportagens sobre Ty. "As ideias simplesmente vinham do nada, um milhão de ideias jorravam de sua cabeça, todos os segundos de todos os dias, de modo interminável e avassalador."

Ty havia concebido o sistema inicial, o Sistema Operacional Unificado, que combinava on-line tudo aquilo que antes estava separado e bagunçado — perfis dos usuários das redes sociais, seus sistemas de pagamento, suas várias senhas, suas contas de e-mail, seus nomes de usuário, preferências, todas as ferramentas e manifestações de seus interesses. A maneira antiga — uma nova transação, um novo sistema para cada site, para cada compra — era como entrar num carro diferente cada vez que quisesse dar uma voltinha por aí. "A gente não devia ser obrigado a ter oitenta e sete carros", disse ele, mais tarde, depois que seu sistema havia dominado a internet e o mundo.

Em vez disso, ele pôs tudo, todas as necessidades e ferramentas dos usuários, num mesmo saco e inventou o TruYou — uma conta, uma identidade, uma senha, um sistema de pagamento por pessoa. Não havia mais senhas, múltiplas identidades. Seus dispositivos sabiam quem você era e que sua única identidade — o *TruYou*, inviolável e sem máscaras — era a pessoa pagando, assinando, respondendo, vendo e revendo, olhando e sendo olhada. Era preciso usar seu nome verdadeiro, que estava vinculado a seus cartões de crédito, seu banco, e assim era simples pagar qualquer coisa. Um botão para o resto de sua vida on-line.

Para usar qualquer uma das ferramentas do Círculo, e eram as melhores ferramentas, as mais onipresentes, livres e dominantes, a pessoa tinha de usá-las como ela mesma, como sua pessoa real, como seu TruYou. A era das identidades falsas, do ladrão de identidades, do usuário de múltiplos nomes, das senhas e formas de pagamento complicadas tinha chegado ao fim. A qualquer momento que a pessoa quisesse ver qualquer coisa, usar qualquer coisa, comentar qualquer coisa ou comprar qualquer coisa, era um botão, uma conta, tudo vinculado e unido, rastreável e simples, tudo operável por meio de celular ou laptop, tablet ou retina. Após criada, a conta única transportava o usuário a todos os rincões da internet, a todos os portais, a todos os sites de pagamento, a tudo o que se quisesse fazer.

Em um ano, o TruYou havia mudado completamente a internet. Embora alguns sites tenham se mostrado resistentes a princípio e os defensores da internet livre tenham protestado em defesa do direito de se manter anônimo on-line, a onda do TruYou cresceu e esmagou todas as oposições relevantes. Começou nos sites de comércio. Por que um site que não fosse de pornografia precisava ter usuários anônimos, quando podiam saber exatamente quem tinha entrado pela porta? Do dia para a noite, todos os fóruns de comentários se tornaram educados, todas as postagens se mostraram responsáveis. Os trolls, que haviam mais ou menos dominado a internet, foram levados de volta para as trevas.

E aqueles que desejavam ou precisavam rastrear os movimentos dos consumidores on-line tinham encontrado seu Valhala: os hábitos de compra reais de pessoas reais agora se encontravam cristalinamente mapeáveis e mensuráveis, e o marketing para essas pessoas reais podia ser feito com uma precisão cirúrgica. A maioria dos usuários do TruYou, a maioria dos usuários da internet que desejava apenas simplicidade, eficiência, uma experiência clara e ágil, se mostrou empolgada com os resultados. Não precisariam mais memorizar vinte identidades e senhas diferentes; não precisariam mais tolerar a loucura e a ira de hordas de anônimos; não precisariam mais ter de lidar com marketing de chumbo grosso que mirava, na melhor hipótese, a um quilômetro de seus desejos. Agora as mensagens que recebiam eram direcionadas e precisas e, na maior parte do tempo, até bem-vindas.

E Ty descobrira tudo aquilo mais ou menos por acidente. Ele estava farto de ter que se lembrar de suas identidades, de suas senhas e de ter que fornecer os dados de seu cartão de crédito, portanto concebeu um código para simplificar tudo aquilo. Será que foi de propósito que usou as letras iniciais de seu nome em TruYou? Ele disse que só depois se deu conta da relação. Será que tinha alguma ideia das implicações comerciais do TruYou? Disse que não, e a maior parte das pessoas acreditou que era verdade, que a monetização das inovações de Ty proveio dos outros dois Sábios, que tinham a experiência e a perspicácia nos negócios para fazer aquilo acontecer. Foram eles que monetizaram o TruYou, que descobriram meios para colher receitas de todas as inovações de Ty, que expandiram a empresa e a transformaram na potência que subjugou o Facebook, o Twitter, o Google e, por fim, o Alacrity, o Zoopa, o Jefe e o Quan.

"O Tom não está muito bem aqui", comentou Annie. "Ele não é tão agressivo assim. Mas ouvi dizer que adora esse quadro."

No lado esquerdo inferior de Ty estava Tom Stenton, o CEO que percorria o mundo e que se autodefinia como *Supremo Capitalista* — ele adorava os Transformers —, usando um terno italiano e sorrindo como o lobo que comeu a vovozinha da Chapeuzinho Vermelho. Tinha cabelo escuro, ligeiramente grisalho nas têmporas, olhos opacos, impenetráveis. Tinha bem aquele jeito dos negociantes de Wall Street dos anos 1980, que não se constrangiam com o fato de serem riquíssimos, com o fato de serem solteiros, agressivos e possivelmente perigosos. Ele era um titã global esbanjador, na casa dos cinquenta e poucos, que parecia ficar mais forte a cada ano, que espalhava seu dinheiro e sua influência por todo lado, sem temor. Não tinha medo de presidentes. Não se assustava com processos judiciais movidos pela União Europeia ou com ameaças de hackers patrocinados pelo governo chinês. Nada era motivo de preocupação, nada era inatingível, nada estava acima de sua escala de remuneração. Era dono de uma equipe da Nascar, um ou dois iates de corrida, pilotava seu próprio avião. Ele era um anacronismo no Círculo, o CEO fulgurante, e gerava sentimentos conflituosos entre muitos dos jovens utopistas da empresa.

Seu consumo ostensivo era algo notavelmente ausente na vida dos outros dois Sábios. Ty alugava um apartamento de dois quartos, caindo aos pedaços, a alguns quilômetros de distância, porém, mais uma vez, ninguém nunca o tinha visto chegar ou sair do campus; o pressuposto era de que ele morava lá. E todo mundo sabia onde Eamon Bailey morava — uma casa de três quartos, bem visível, totalmente despretensiosa, numa rua bastante acessível, a dez minutos do campus. Mas Stenton tinha casas em toda parte — Nova York, Dubai, Jackson Hole. Um andar inteiro no alto da Millennium Tower, em San Francisco. Uma ilha na Martinica.

Eamon Bailey, de pé a seu lado na pintura, parecia absolutamente em paz, até alegre, na presença daqueles homens, ambos, pelo menos em termos superficiais, diametralmente opostos a seus valores. Seu retrato, embaixo e à direita de Ty, mostrava-o tal como era — cabelo grisalho, cara vermelha, olhos risonhos, feliz e sério. Era o rosto público da empresa, a personalidade que todos associavam ao Círculo. Quando sorria, o que acontecia quase sempre, sua boca sorria, seus olhos sorriam, até seus ombros pareciam sorrir. Ele era esquivo. Era engraçado. Tinha um jeito de falar lírico e ao mesmo tempo sensato, oferecendo a seus ouvintes, num momento, esplêndidos jogos de palavras e, no outro, lugares-comuns indisfarçáveis. Veio de Omaha, de uma família absolutamente normal, de seis irmãos, e não havia mais ou menos nada de notável em seu passado. Tinha estudado em Notre-Dame e casou com sua namorada, que havia estudado em Saint Mary, um pouco para baixo na mesma rua, e agora tinham quatro filhos, três meninas e por fim um menino, embora o menino tenha nascido com paralisia cerebral. "Ele é meio lelé", disse Bailey quando anunciou o nascimento do filho para a empresa e para o mundo. "Portanto vamos amá-lo ainda mais."

Entre os Três Sábios, Bailey era o que tinha mais probabilidade de ser visto no campus e tocar trombone no estilo *dixieland* no show de talentos da empresa, ou de aparecer em programas de entrevista representando o Círculo, dando risadinhas enquanto falava — fazendo pouco-caso — a respeito dessa ou daquela investigação da Comissão Federal de Comunicações, ou quando revelava uma novidade ou alguma tecnologia revolucionária. Ele preferia ser chamado de Tio Eamon e, quando caminhava pelo campus, o fazia como se fosse um tio amado, um Teddy Roosevelt do primeiro mandato, acessível, autêntico e falante. Os três, na vida real e no retrato, equivaliam a um estranho buquê feito de flores que não combinavam, mas não havia nenhuma dúvida de que a composição dava certo. Todo mundo sabia que dava certo, o modelo de três cabeças na gestão, e a partir daí a dinâmica passou a ser copiada e rivalizada em outras empresas que figuravam na lista das quinhentas maiores da revista *Fortune*, com diferentes resultados.

"Mas então por que", perguntou Mae, "eles não pagaram por um retrato de verdade, pintado por alguém que soubesse o que estava fazendo?"

Quanto mais Mae olhava para a pintura, mais estranha lhe parecia. O artista tinha disposto as figuras de tal modo que cada um dos Sábios estava com a mão apoiada no ombro do outro.

Não fazia sentido e desafiava a maneira como os braços podiam realmente se dobrar ou se esticar.

"Bailey acha a pintura hilariante", disse Annie. "Ele queria que ficasse no salão principal, mas Stenton vetou a ideia. Você sabe que Bailey é um colecionador e tudo mais, né? Tem um gosto incrível. Quer dizer, é visto como um cara boa-vida, como o homem comum que veio de Omaha, mas também é um *connoisseur* e é totalmente obcecado em preservar o passado — mesmo a arte ruim do passado. Espere só até ver a biblioteca dele."

Chegaram a uma porta enorme que parecia medieval, e provavelmente era mesmo, algo que deve ter barrado a entrada dos bárbaros. Um par de aldravas gigantescas em forma de gárgulas sobressaía à altura do peito. Encarando as figuras, Mae não resistiu a uma piada.

"Elas estão olhando para o meu peito."

Annie grunhiu, levantou a mão na frente de uma placa azul na parede e a porta abriu.

Annie virou-se para ela. "É foda, não é?"

Era uma biblioteca de três andares, três níveis construídos em redor de um átrio aberto, tudo projetado em madeira, cobre e prata, uma sinfonia de cores tênues. Havia facilmente dez mil livros ali, em sua maioria encadernados em couro, arrumados com esmero nas estantes, que reluziam de verniz. Entre os livros, figuravam bustos austeros de seres humanos notáveis, gregos e romanos, Thomas Jefferson e Joana d'Arc e Martin Luther King. Uma miniatura do avião de carga *Spruce Goose* — ou seria do *Enola Gay*? — pendia do teto. Havia mais ou menos uma dúzia de globos antigos iluminados por dentro, a luz leitosa e suave, aquecendo várias nações perdidas.

"Muitas dessas coisas ele comprou quando iam ser leiloadas ou jogadas fora. Essa é a cruzada dele, entende? Ele vai atrás dessas propriedades em dificuldade financeira, dessa gente que tem de vender seus tesouros com um enorme prejuízo, e ele paga o valor de mercado por tudo e dá aos antigos proprietários acesso ilimitado aos objetos comprados. São eles que vêm muito aqui, esse pessoal de cabelo branco que vem ler ou tocar suas coisas. Ah, você precisa ver *isto*. Vai te deixar maluca."

Annie subiu três lances de escada com Mae, todos os degraus ladrilhados com mosaicos complexos — reproduções de algo da era bizantina, supôs Mae. Ela segurava o corrimão de cobre enquanto subia, notando a ausência de marcas de dedos, da mais ínfima nódoa. Viu antigas luminárias de leitura verdes usadas por contadores, telescópios que se entrecruzavam, reluzentes em cobre e em ouro, apontando para as numerosas janelas de vidro bisotado. "Ah, veja lá em cima", disse Annie, e ela olhou, para descobrir que o teto era de vitral colorido com a imagem febricitante de incontáveis anjos dispostos em círculos. "Aquilo veio de alguma igreja de Roma."

Chegaram ao andar superior da biblioteca. Annie conduziu Mae por corredores estreitos margeados por livros de lombada arredondada, alguns da altura dela — Bíblias e atlas, histórias ilustradas de guerras e de insurreições, de nações e de povos desaparecidos havia muito tempo.

"Muito bem. Agora, olhe só para isso", disse Annie. "Espere. Antes de eu lhe mostrar, você tem de me dar um sinal verbal de que aceita o compromisso de não revelar nada que viu aqui, certo?"

"Está bem."

"Sério."

"Estou falando sério. Levo isso a sério."

"Ótimo. Agora, quando eu abrir este livro...", disse Annie, retirando um grande volume intitulado *Os melhores anos de nossas vidas*. "Olhe só isto", disse ela, e recuou. Lentamente, a parede começou a mover-se para dentro, levando consigo uns cem livros e revelando uma câmara secreta no interior. "Isso é supernerd, né?", disse Annie, e elas atravessaram a entrada. Lá dentro, a sala era redonda e revestida de livros, mas o que chamava mais atenção era um buraco no meio do chão, rodeado por um guarda-corpo de cobre; um poste que descia através do chão, rumo a regiões desconhecidas, lá embaixo.

"Ele combate incêndios?", perguntou Mae.

"Eu sei lá", respondeu Annie.

"Aonde vai dar?"

"Até onde sei, vai dar no lugar onde o Bailey estaciona seu carro."

Mae não reuniu adjetivos. "Você já desceu alguma vez?"

"Não, veja, mostrar isso tudo para mim já foi um risco. Bailey não devia ter feito isso. Ele mesmo me falou. E agora estou mostrando para você, o que é uma bobagem. Mas assim você pode entender o tipo de mente que esse cara tem. Ele pode ter tudo, e o que quer é um poste de bombeiro que desce sete andares até a garagem."

O som de uma gota vibrou no fone de Annie e ela disse: "Está bem", para quem quer que estivesse do outro lado. Estava na hora de ir.

"Portanto", disse Annie no elevador — elas estavam descendo de volta aos andares da equipe principal —, "tenho de ir resolver um assunto. Está na hora da inspeção do plâncton."

"Hora de quê?", perguntou Mae.

"Você sabe como é, pequenas start-ups cheias de esperança de que a grande baleia — ou seja, nós — ache-os apetitosos o bastante para serem devorados. Uma vez por semana, promovemos uma série de reuniões com esses caras. Imitações do Ty, eles tentam nos convencer de que precisamos comprar o que eles têm para vender. É um pouquinho triste, pois nem mesmo fingem gerar alguma receita, ou mesmo ter algum potencial para isso. Mas escute só, vou deixar você nas mãos de dois embaixadores da empresa. Os dois são muito sérios em relação a seus empregos. Na verdade, tome cuidado apenas com o fato de eles estarem absorvidos *demais* nos seus empregos. Vão oferecer a você um tour pelo resto do campus e eu te pego depois para irmos à festa do solstício, tá legal? Começa às sete."

As portas abriram no segundo andar, perto da Lanchonete de Vidro, e Annie apresentou Mae para Denise e Josiah, ambos perto dos trinta anos, ambos com a mesma sinceridade do tipo "olhos nos olhos", ambos com camisas comuns, com botões até o colarinho, em cores de bom gosto. Ambos apertaram a mão de Mae usando as duas mãos e pareceram quase se curvar numa reverência.

"Cuidem para que ela não trabalhe hoje", foram as últimas palavras de Annie, antes de desaparecer de volta ao elevador.

Josiah, um homem magro e cerradamente sardento, voltou seus olhos azuis para Mae, sem piscar. "Estamos tão contentes de conhecer você."

Denise, alta, esguia, asiática-americana, sorriu para Mae e fechou os olhos, como se estivesse saboreando o momento. "Annie nos contou sobre vocês duas, há quanto tempo se conhecem. Annie é o coração e a alma deste lugar, portanto temos muita sorte de ter você aqui."

"Todo mundo ama a Annie", acrescentou Josiah.

Sua deferência com Mae dava a sensação de algo deslocado. Seguramente, eram ambos mais velhos do que ela, porém se comportavam como se Mae fosse uma visita eminente.

"Portanto, eu sei que uma parte disso pode ser redundante", disse Josiah, "mas, se você concordar, gostaríamos de lhe proporcionar o tour completo oferecido para os novatos. Está bem assim? Prometemos que não vamos transformar isso numa chatice."

Mae riu, insistiu para que prosseguissem e os acompanhou.

O resto do dia foi uma barafunda de salas de vidro e de apresentações pessoais breves e incrivelmente calorosas. Todo mundo que Mae encontrava estava ocupado, afogado em trabalho, mas mesmo assim todos se mostravam entusiasmados por conhecê-la, muito felizes por ela estar ali, "se é amiga de Annie, é minha amiga"... Houve uma visita ao centro de saúde e uma apresentação ao dr. Hampton, que era o diretor e usava dreadlocks. Houve uma visita à clínica de emergência e uma apresentação à enfermeira escocesa que fazia a triagem. Uma visita à horta orgânica, de oitenta metros quadrados, onde havia dois agricultores, contratados em horário integral, dando explicações para um grande grupo de membros do Círculo, enquanto tiravam amostras da última colheita de cenoura, tomate e repolho. Houve uma visita ao minicampo de golfe, ao cinema, ao boliche, à mercearia. Por fim, lá no fundo, naquilo que Mae supôs que fosse a extremidade da área do campus — ela podia ver a cerca mais adiante, os telhados dos hotéis de San Vincenzo, onde os visitantes do Círculo se hospedavam —, foram conhecer os dormitórios da empresa. Mae tinha ouvido falar deles, Annie mencionara que às vezes passava a noite lá e chegava a preferir aqueles quartos à sua própria casa. Caminhando pelos corredores, vendo os quartos muito arrumados, cada um com uma pequena cozinha reluzente, uma escrivaninha, um sofá superestofado e uma cama, Mae teve de concordar que o apelo era mesmo visceral.

"Agora há cento e oitenta quartos, mas estamos crescendo depressa", explicou Josiah. "Com mais ou menos dez mil pessoas no campus, sempre existe um percentual de gente que fica trabalhando até mais tarde, ou que apenas precisa tirar uma soneca durante o dia. Esses quartos são gratuitos e estão sempre limpos — é só verificar pela internet quais estão disponíveis. Agora, eles ficam lotados rapidamente, mas o projeto é ter pelo menos alguns milhares deles nos próximos anos."

"E depois de uma festa, como vai haver esta noite, eles sempre ficam cheios", disse Denise, com o que ela pretendia que fosse uma piscadela cúmplice.

O tour prosseguiu ao longo da tarde, com paradas para provar comida na aula de culinária, naquele dia ministrada por uma jovem e famosa chefe de cozinha, conhecida por sempre aproveitar todas as partes de um animal. Ela presenteou Mae com um prato chamado cara de porco assada, que Mae comeu e descobriu ter o gosto de um bacon mais gorduroso; gostou muito. Passaram por outros visitantes enquanto faziam o tour pelo campus, grupos de alunos do ensino médio, bandos de vendedores, e o que parecia ser um senador e seus assessores. Passaram por um fliperama abarrotado de máquinas de pinball retrô e por uma quadra coberta de badminton, onde, segundo Annie, um antigo campeão do mundo trabalhava cuidando do local. Na hora em que Josiah e Denise a levaram de volta para o centro do campus, a luz da tarde já estava diminuindo. Funcionários estavam instalando tochas indígenas no gramado e acendendo o fogo. Alguns milhares de membros do Círculo começaram a se reunir sob a luz do crepúsculo e, de pé no meio deles, Mae se deu conta de que nunca quis trabalhar — nunca quis estar — em nenhum outro lugar que não ali. Sua cidade natal, o resto da Califórnia, o resto dos Estados Unidos, pareciam uma espécie de baderna caótica em um país em desenvolvimento. Fora dos muros do Círculo, tudo era barulho e luta, fracasso e sordidez. Mas ali tudo tinha sido aperfeiçoado. As melhores pessoas tinham feito os melhores sistemas e os melhores sistemas tinham arrecadado fundos, fundos ilimitados, que tornavam possível aquilo, o melhor lugar para trabalhar. E era natural que fosse assim, pensou Mae. Quem senão utopistas eram capazes de criar a utopia?

"Essa festa? Isso não é nada", garantiu Annie para Mae, enquanto as duas percorriam o bufê de doze metros. Agora já estava escuro, o ar da noite esfriava, mas o campus estava inexplicavelmente aquecido e iluminado por centenas de tochas que emitiam uma luz cor de âmbar. "A festa é ideia de Bailey. Não que ele seja uma espécie de Mãe Terra, mas é ligado nas estrelas, nas estações, portanto esse papo de solstício é coisa dele. Em algum momento ele vai aparecer e cumprimentar todo mundo — pelo menos, em geral ele faz isso. Ano passado, ele apareceu de camiseta regata. Tem muito orgulho de seus braços."

Mae e Annie estavam no gramado viçoso, fazendo seus pratos e depois procurando um lugar para sentar no anfiteatro de pedra construído sobre um aterro elevado e coberto de grama. Annie encheu de novo a taça de Mae com uma garrafa de Riesling que, de acordo com ela, era feito ali mesmo no campus, um novo tipo de mistura que tinha menos calorias e mais álcool. Mae olhou para o outro lado do gramado, para as tochas sibilantes dispostas em fileiras, cada fileira conduzindo os participantes da festa para atividades diversas — a brincadeira de passar dançando por baixo de uma corda, *kickball*, uma coreografia em grupo chamada Electric Slide —, nenhuma delas com qualquer relação com o solstício. A aparente aleatoriedade e a falta de programação imposta levaram a festa, que tinha baixas expectativas, a superá-las com folga. Todo mundo ficou repentinamente chapado. Logo depois Mae perdeu-se de Annie e então acabou se perdendo por completo, indo parar nas quadras de bocha, que estavam sendo usadas por um pequeno grupo de membros mais velhos do Círculo, todos com pelo menos trinta anos, que rolavam melões na direção de pinos de boliche. Mae voltou para o gramado, onde se juntou a uma brincadeira que os membros do Círculo chamavam de "Rá", que parecia não envolver nada além de ficar deitado, com as pernas e os braços um em cima do outro. Toda vez que a pessoa a seu lado dizia "Rá", você tinha de dizer também. Era um jogo horrível, mas por ora Mae precisava daquilo, porque sua cabeça estava rodando e ela se sentia melhor na horizontal.

"Olhe só para ela. Parece tão serena." Havia sido uma voz bem próxima. Mae se deu conta de que a voz, de um homem, estava se referindo a ela mesma, e abriu os olhos. Não viu ninguém acima. Só o céu, que na maior parte estava limpo, com traços de nuvens cinzentas se movendo depressa sobre o campus rumo ao mar. Mae sentia os olhos pesados e sabia que não era tarde, pelo menos não passava de dez horas da noite, e ela não queria fazer o que em geral fazia, ou seja, cair no sono, depois de tomar dois ou três drinques, portanto ficou de pé e foi procurar a Annie ou mais Riesling ou as duas coisas. Encontrou o bufê e viu que estava arrasado, um festim de animais ou de vikings, e tratou de seguir para o bar mais próximo, onde o Riesling tinha acabado e onde agora serviam apenas uma espécie de mistura de vodca e bebida energética. Mae foi em frente, perguntando a qualquer um que passava onde podia achar vinho Riesling, até que sentiu uma sombra passar diante dela.

"Tem mais lá na frente", disse a sombra.

Mae virou-se e deparou com um par de óculos, que refletia a luz azul, pousados no alto de uma vaga silhueta de homem. Ele deu meia-volta para ir embora.

"Estou seguindo você?", perguntou Mae.

"Ainda não. Você está parada. Mas é bom me seguir, se quiser mais desse vinho."

Mae seguiu a sombra pelo gramado e, por baixo de um dossel formado por árvores altas, o luar disparava raios entre as folhas, uma centena de lanças de prata. Então Mae pôde ver melhor a sombra — ele vestia uma camiseta cor de areia e, por cima, uma espécie de colete de couro ou camurça —, uma combinação que Mae não via já fazia algum tempo. Então ele parou e se agachou perto do fundo de uma cascata, uma cascata artificial que descia das bandas da Revolução Industrial.

"Escondi algumas garrafas aqui", disse ele, com as mãos no tanque que recebia a água da cascata. Como não achou nada, se ajoelhou, afundou os braços até os ombros, até resgatar duas garrafas verdes e reluzentes, se pôs de pé e virou-se para ela. Por fim Mae teve uma boa visão do homem. O rosto era um triângulo suave, terminando num queixo sutilmente marcado por uma covinha que havia passado despercebida por ela até aquele momento. Tinha a pele de uma criança, os olhos de um homem muito mais velho e o nariz proeminente, arqueado e torto, mas que de certa forma dava estabilidade ao resto do rosto, como a quilha de um iate. As sobrancelhas eram traços pesados correndo para fora, rumo às orelhas, que eram arredondadas, grandes, muito rosadas. "Você quer voltar para a brincadeira ou...?" Ele parecia estar sugerindo que o "ou" podia ser algo muito melhor.

"Claro", disse ela, se dando conta de que não conhecia aquele homem, nada sabia sobre ele. Mas como ele havia arranjado aquelas garrafas, como Mae tinha se perdido de Annie e como confiava em todo mundo dentro dos muros daquele Círculo — naquele momento, Mae sentia um enorme amor por todo mundo do lado de dentro daqueles muros, onde tudo era novo e tudo era permitido —, ela o acompanhou de volta para a festa, pelo menos para os limites da festa, onde sentaram no alto de um anel de degraus, voltados para o gramado, e observaram as silhuetas que corriam, gritavam e tombavam lá embaixo.

Ele abriu as duas garrafas, deu uma para Mae, tomou um gole da sua e disse que seu nome era Francis.

"Não é Frank?", perguntou Mae. Pegou a garrafa e encheu a boca com a doçura do vinho.

"As pessoas tentam me chamar assim e eu... peço que não façam isso."

Ela riu e ele riu.

Ele era um desenvolvedor, explicou, e estava na empresa já fazia quase dois anos. Antes, tinha sido uma espécie de anarquista, um provocador. Tinha arranjado o emprego ali hackeando o sistema do Círculo mais fundo do que qualquer outra pessoa. Agora fazia parte da equipe de segurança.

"Hoje é meu primeiro dia aqui", comentou Mae.

"Não pode ser."

E então Mae, que tinha a intenção de dizer "não quero tapear você", em vez disso resolveu inovar, mas alguma coisa se enrolou no meio de sua inovação verbal e ela acabou resmungando as palavras "não quero trepar com você", e quase instantaneamente se deu conta de que ia lembrar aquelas palavras e se odiar por décadas por tê-las dito.

"Você não quer trepar comigo?", perguntou ele, impassível. "Isso parece muito definitivo. Você tomou uma decisão com base em muito poucas informações. Não quer trepar comigo. Puxa."

Mae tentou explicar o que tinha intenção de dizer, como ela havia pensado, ou como algum setor de seu cérebro havia pensado, e que ela queria enfeitar um pouco a frase... Mas não tinha importância. Agora ele estava rindo e sabia que Mae tinha senso de humor, e ela sabia que ele também tinha, e, de algum modo, Francis fez Mae sentir-se segura, fez Mae confiar que ele nunca mais voltaria àquele assunto, que a coisa terrível que ela havia falado permaneceria só entre eles, que ambos entendiam que todo mundo comete enganos e que, uma vez que todos admitimos nossa humanidade em comum, nossa fraqueza em comum e nossa propensão para soarmos e parecermos ridículos mil vezes por dia, eles deviam deixar que aqueles erros fossem esquecidos.

"Primeiro dia", disse ele. "Puxa, meus parabéns. Um brinde."

Bateram de leve uma garrafa contra a outra e tomaram um gole. Mae ergueu sua garrafa para a lua para ver quanto havia sobrado; o líquido ganhou uma cor azul sobrenatural e ela percebeu que já havia bebido metade. Baixou a garrafa.

"Gosto da sua voz", disse ele. "Foi sempre assim?"

"Grave e rouca?"

"Eu chamaria de *madura*. Eu chamaria de *expressiva*. Conhece Tatum O'Neal?"

"Meus pais me obrigaram a ver *Lua de papel* cem vezes. Eles queriam que eu me sentisse melhor."

"Adoro esse filme", disse ele.

"Achavam que eu ia ser como Addie Pray, crescida nas ruas, mas adorável. Eles queriam uma moleca. Cortavam meu cabelo como o dela."

"Eu gosto."

"Você gosta de cabelo tigelinha."

"Não. Da sua voz. Até agora é a melhor coisa em você."

Mae não disse nada. Teve a sensação de que havia levado um tapa na cara.

"Merda", disse ele. "Isso soou esquisito? Eu estava tentando fazer um elogio."

Houve uma pausa constrangedora. Mae havia tido algumas experiências horríveis com homens que falavam muito bem, que haviam pulado vários degraus, para acabarem fazendo elogios inconvenientes. Virou-se para Francis para confirmar que ele não era o que ela achava que era — generoso, inofensivo —, mas sim estranho, perturbado, assimétrico. Porém, quando olhou para ele, Mae viu o mesmo rosto sereno, óculos azuis, olhos antigos. A expressão dele era dolorida.

Francis olhou para sua garrafa como se quisesse pôr a culpa naquilo. "Eu só queria fazer você se sentir melhor sobre sua voz. Mas acho que acabei ofendendo o resto."

Mae pensou naquelas palavras por um segundo, mas seu cérebro, atordoado pelo Riesling, estava se movendo devagar, pegajoso. Ela desistiu de tentar analisar as afirmações e intenções dele. "Acho que você é estranho", disse ela.

"Não tenho pai nem mãe", disse ele. "Será que isso me dá crédito para comprar algum perdão?" Então, se dando conta de que estava revelando coisas demais e de forma desesperada demais, ele disse: "Você não está mais bebendo".

Mae resolveu deixá-lo pôr a história de sua infância de lado. "Para mim, chega", disse ela. "Já estou completamente bêbada."

"Desculpe, de verdade. Às vezes minhas palavras saem fora da ordem. Fico mais contente quando não falo de coisas assim."

"Você é mesmo estranho", disse Mae outra vez, e falou sério. Mae tinha vinte e quatro anos e nunca havia conhecido ninguém como Francis. Aquilo, pensou ela embriagada, era um sinal divino, não era? O fato de que pudera encontrar milhares de pessoas durante sua vida até então, tantas tão parecidas, tantas tão esquecíveis, mas aí aparece aquele sujeito, novo e bizarro, falando bizarramente. Todo dia, algum cientista descobria alguma espécie nova de sapo ou de ninfeia, e aquilo também parecia confirmar a existência de um showman divino, um inventor celestial que colocava brinquedos novos à nossa frente, escondidos, mas muito mal escondidos, bem no lugar onde poderíamos dar de cara com eles. E aquele tal de Francis, ele era uma coisa totalmente diferente, uma espécie nova de sapo. Mae se virou para olhar melhor para ele, pensando talvez em lhe dar um beijo.

Mas ele estava ocupado. Com uma mão, esvaziava o sapato,

a areia escorria para fora. Com os dentes, parecia estar cortando um grande pedaço de uma unha da outra mão.

O devaneio de Mae terminou. Ela pensou em sua casa e em sua cama.

"Como é que todo mundo vai voltar?", perguntou.

Francis olhou para um grupo de pessoas que parecia estar tentando formar uma pirâmide humana. "Tem os dormitórios, é claro. Mas aposto que já estão lotados. Também tem um serviço de transporte para levar a gente. Com certeza já explicaram isso para você." Ele abanou a garrafa na direção da entrada principal, onde Mae pôde distinguir os tetos dos micro-ônibus que tinha visto naquela manhã, quando havia entrado. "A empresa faz análise de custo de tudo. E um funcionário dirigindo seu carro de volta para casa cansado demais ou, neste caso, embriagado demais... Bem, o custo do serviço de transporte é muito menor, a longo prazo. Não me diga que não pensou em pegar os ônibus da empresa. Os ônibus são incríveis. E os assentos são ótimos. Você pode descer todo o banco para se deitar ou, se preferir, ficar em posição ereta."

"Posição ereta? Posição ereta?" Mae deu um soco no braço de Francis, sabendo que ela estava paquerando, sabendo que era idiotice paquerar um colega de trabalho logo na primeira noite, que era idiotice beber tanto assim logo na primeira noite. Mas Mae estava fazendo tudo aquilo e estava feliz.

Um vulto veio deslizando na direção deles. Mae observou com uma curiosidade entorpecida, percebendo, de início, que a figura era feminina. E, depois, que a figura era Annie.

"Esse homem está assediando você?", perguntou ela.

Francis se afastou depressa de Mae e depois escondeu sua garrafa atrás das costas. Annie riu.

"Francis, por que você está tão nervoso?"

"Desculpe. Achei que você tinha falado outra coisa."

"Uau. Consciência pesada! Vi a Mae dar um soco no seu braço e fiz uma piada. Mas você está querendo confessar alguma coisa? O que está planejando, Francis Gargalo?"

"Garaventa."

"Sim. Eu sei seu nome."

"Francis", disse Annie, deixando-se cair sentada desajeitadamente no meio dos dois. "Preciso lhe pedir uma coisa, como sua querida colega, mas também como sua amiga. Posso?"

"Claro."

"Ótimo. Posso ficar sozinha com a Mae por um tempinho? Preciso beijá-la na boca."

Francis riu, depois parou, ao notar que nem Mae nem Annie estavam rindo. Assustado e confuso, e visivelmente intimidado por Annie, logo ele desceu a escada, atravessou o gramado, abrindo caminho no meio das pessoas. No centro do gramado, parou, virou-se e ergueu os olhos, como se quisesse verificar se de fato Annie queria substituí-lo como companhia de Mae naquela noite. Seus temores se confirmaram e ele seguiu caminhando sob o toldo da Idade das Trevas. Tentou abrir a porta, mas não conseguiu. Puxou e empurrou, porém ela não se mexia. Ciente de que elas estavam olhando, ele deu a volta pelo canto, saindo do raio de visão delas.

"Ele disse que trabalha no setor de segurança", disse Mae.

"Foi o que ele disse? Francis Garaventa?"

"Imagino que ele não deveria ter me contado."

"Bem, ele não trabalha assim na segurança, *segurança*. Ele não é da Mossad. Mas será que interrompi alguma coisa que você não devia de jeito nenhum estar fazendo logo na primeira noite aqui, sua idiota?"

"Não interrompeu nada."

"Pois acho que interrompi, *sim*."

"Não. Na verdade, não."

"Interrompi. Eu sei."

Annie localizou a garrafa junto aos pés de Mae. "Achei que o vinho tinha acabado horas atrás."

"Tinha algumas garrafas na cascata... perto da Revolução Industrial."

"Ah, sim. O pessoal esconde coisas por lá."

"Eu acabei de me ouvir dizendo: 'Tinha algumas garrafas na cascata perto da Revolução Industrial'."

Annie olhou para o outro lado do campus. "Eu sei. Uma merda. Eu sei."

Em casa, depois do ônibus, depois de um drinque feito com gelatina que alguém lhe deu a bordo do ônibus, depois de ouvir o motorista falar com saudade de sua família, de seus filhos gêmeos, de sua esposa, que tinha gota, Mae não conseguiu dormir. Ficou deitada em seu futon barato, em seu quarto minúsculo, no apartamento à beira da estrada de ferro que ela dividia com duas quase estranhas, ambas comissárias de bordo e vistas raramente. Seu apartamento ficava no segundo andar de um ex-motel e era modesto, impossível de limpar, cheirava a desespero e a comida ruim feita por seus antigos moradores. Era um lugar triste, sobretudo depois de um dia no Círculo, onde tudo era feito com cuidado e amor e com o talento de um olhar especialista. Em sua cama baixa e fajuta, Mae dormiu algumas horas, acordou, recapitulou o dia e a noite, pensou em Annie e em Francis, e em Denise e Josiah, e no poste de bombeiro, e no *Enola Gay*, e na cascata, e nas tochas indígenas, tudo eram coisas de férias e de sonhos e impossíveis de conservar, mas então ela se deu conta de que ia voltar para aquele lugar — e era isso que a mantinha acordada, a cabeça tombando para o lado, como uma criancinha que se diverte aprendendo a andar —, o lugar onde todas aquelas coisas aconteciam. Ela era bem-vinda lá, estava empregada lá.

Mae foi cedo para o trabalho. No entanto, quando chegou, às oito horas, percebeu que não tinham lhe oferecido uma mesa de trabalho, pelo menos não uma mesa de trabalho de verdade, portanto ela não tinha para onde ir. Ficou esperando uma hora, debaixo de uma placa que dizia VAMOS LÁ, MOÇADA. NÃO DEIXEM A PETECA CAIR. Até que Renata chegou e levou-a para o segundo andar do Renascimento, dentro de um salão do tamanho de uma quadra de basquete, onde havia mais ou menos vinte mesas, todas diferentes, todas feitas de madeira clara, em formatos orgânicos. Eram separadas por divisórias de vidro e dispostas em grupos de cinco, como as pétalas de uma flor. Nenhuma estava ocupada.

"Você é a primeira aqui", disse Renata. "Mas não vai ficar sozinha por muito tempo. Cada área de Experiência do Cliente tende a ficar cheia bem depressa. E você não está longe de todo o pessoal mais experiente." E então ela fez um gesto com o braço apontando à sua volta, indicando mais ou menos uma dúzia de escritórios que rodeavam o espaço aberto. Os ocupantes de cada um deles podiam ser vistos através das paredes de vidro, todos os supervisores numa faixa entre vinte e seis e trinta e dois anos, que começavam o dia de trabalho dando a impressão de estarem relaxados, de serem competentes e inteligentes.

"Os arquitetos gostam mesmo de vidro, hein?", disse Mae, sorrindo.

Renata parou, franziu a sobrancelha e refletiu a respeito daquela ideia. Ajeitou uma mecha de cabelo atrás da orelha e disse: "Acho que sim. Posso verificar. Mas primeiro temos de explicar as instalações e o que esperar em seu primeiro dia de trabalho de verdade".

Renata explicou os vários aspectos da mesa de trabalho, da cadeira e do monitor; tudo tinha sido ergonomicamente aperfeiçoado e podia ser ajustado para aqueles que quisessem trabalhar de pé.

"Você pode arrumar suas coisas e ajustar a cadeira e... Ah, parece que há um comitê de boas-vindas para você. Não levante", disse ela, e abriu caminho.

Mae voltou-se na direção do olhar de Renata e viu um trio de rostos jovens vindo em sua direção. Um homem que começava a ficar calvo, à beira de completar trinta anos, estendeu a mão. Mae apertou-a e ele colocou sobre a mesa, na frente dela, um tablet de tamanho exagerado.

"Oi, Mae, sou Rob, cuido da folha de pagamentos. Aposto que você está contente de *me* ver." Sorriu e depois deu uma risada sonora, como se tivesse acabado de se dar conta de uma graça nova em sua tirada. "Muito bem", disse ele, "já preenchemos tudo aqui. Tem só estes três lugares em que você precisa assinar." Apontou para a tela, onde retângulos amarelos reluziam, pedindo sua assinatura.

Quando Mae terminou, Rob pegou o tablet e sorriu com grande afeição. "Muito obrigado e bem-vinda a bordo."

Deu meia-volta e foi embora, sendo substituído por uma mulher corpulenta, de pele imaculada e cor de cobre.

"Oi, Mae, sou Tasha, a tabeliã." Estendeu um livro largo. "Você está com sua carteira de motorista?" Mae entregou para ela. "Ótimo. Preciso de três assinaturas suas. Não me pergunte por quê. E não me pergunte por que isto está em papel. Regras do governo." Tasha apontou para três caixas consecutivas e Mae assinou seu nome em cada uma delas.

"Obrigado", disse Tasha e então estendeu para ela uma almofada de tinta azul. "Agora sua impressão digital ao lado de cada assinatura. Não se preocupe, a tinta não mancha. Você vai ver."

Mae apertou o polegar na almofada e depois nas caixas ao

lado de cada assinatura. A tinta ficou visível no papel, mas quando Mae olhou para o polegar, estava absolutamente limpo.

As sobrancelhas de Tasha se arquearam ao notar o encanto de Mae. "Está vendo? É invisível. O único lugar onde a tinta aparece é neste livro."

Era o tipo de coisa que Mae esperava encontrar ali. Tudo era mais bem-feito. Até a *tinta para impressão digital* era avançada, invisível.

Quando Tasha se retirou, foi substituída por um homem magro, de camisa vermelha fechada com zíper. Ele apertou a mão de Mae.

"Oi, sou Jon. Mandei um e-mail ontem pedindo para você trazer sua certidão de nascimento, lembra?" Ele trazia as mãos juntas, como se fosse rezar.

Mae pegou a certidão em sua bolsa e os olhos de Jon reluziram. "Você trouxe!" Bateu palmas rapidamente, sem fazer barulho, e revelou uma boca de dentes miúdos. "*Ninguém* lembra no primeiro dia. Você é minha nova favorita." Pegou a certidão de nascimento e prometeu devolver depois que tivesse tirado uma cópia.

Atrás dele estava um quarto membro da equipe, esse era um homem de aspecto celestial, de uns trinta e cinco anos, de longe a pessoa mais velha que Mae tinha visto naquele dia.

"Oi, Mae. Sou Brandon e tenho a honra de lhe dar seu novo tablet." Segurava um objeto reluzente, translúcido, as bordas pretas e lisas como obsidiana.

Mae ficou perplexa. "Esses ainda nem foram *lançados*."

Brandon deu um largo sorriso. "É quatro vezes mais rápido que o modelo anterior. Fiquei brincando com o meu a semana inteira. É muito legal."

"E vou ganhar um?"

"Já ganhou", respondeu. "Já vem com seu nome."

Ele virou o tablet de lado para mostrar que haviam gravado o nome completo dela: MAEBELLINE RENNER HOLLAND.

Ele entregou o tablet para Mae. Tinha o peso de um prato de papel.

"Bem, suponho que você tenha seu próprio tablet, certo?"

"Tenho sim. Bem, um laptop, na verdade."

"Laptop. Puxa. Posso ver?"

Mae apontou para ele. "Agora tenho a sensação de que devia jogá-lo no lixo."

Brandon ficou pálido. "Não, não faça isso! Pelo menos recicle-o."

"Ah, não. Eu estava só brincando", disse Mae. "Na certa vou ficar com ele. Minhas coisas estão todas aí dentro."

"Bem lembrado, Mae! É também para isso que estou aqui. Temos de transferir todas as suas coisas para o novo tablet."

"Ah. Eu faço isso."

"Poderia me dar essa honra? Eu me preparei a vida toda para este exato momento."

Mae riu e empurrou sua cadeira para abrir caminho. Brandon se ajoelhou junto à sua mesa e colocou o novo tablet ao lado do laptop. Em minutos, havia transferido todas as informações e os dados de Mae.

"Muito bem. Agora vamos fazer a mesma coisa com seu celular. Tcharam!" Ele enfiou a mão na bolsa e puxou um telefone novo, consideravelmente mais avançado que o de Mae. A exemplo do tablet, tinha seu nome já gravado no verso. Pôs ambos os telefones, o novo e o velho, sobre a mesa de trabalho, lado a lado e, rapidamente, via wireless, transferiu tudo de um para outro.

"Muito bem. Agora tudo o que você tinha em seu telefone e em seu disco rígido está acessível aqui no tablet e em seu telefone novo, mas também tem um backup na nuvem e em nossos servidores. Suas músicas, suas fotografias, seus dados. Isso nunca vai se perder. Se você perder esse tablet ou esse celular, vai levar exatamente seis minutos para recuperar todas as suas coisas e passá-las para outro aparelho. Elas vão continuar existindo no ano que vem e no próximo século."

Os dois olharam para os novos dispositivos.

"Eu bem que gostaria que nosso sistema já existisse dez anos atrás", disse ele. "Queimei dois discos rígidos naquela ocasião, e é como se a casa da gente tivesse pegado fogo com tudo nosso lá dentro."

Brandon levantou-se.

"Obrigado", disse Mae.

"Não tem de quê", respondeu. "E assim podemos mandar atualizações para seus programas, aplicativos, tudo, e saber que tudo seu está atualizado. Tudo em EC tem de estar na mesma versão do mesmo programa, como você pode imaginar. Acho que isso é tudo...", disse ele, recuando. Então parou. "Ah, é importantíssimo que todos os dispositivos da empresa tenham senha de proteção, portanto providenciei uma senha para você. Está escrita aqui." Entregou para Mae um pedacinho de papel com uma série de dígitos, numerais e obscuros símbolos tipográficos. "Espero que consiga memorizar isso hoje e depois jogue fora o papel. Combinado?"

"Certo. Combinado."

"Podemos mudar a senha depois, se quiser. É só me avisar que eu lhe mando uma nova. São todas geradas por computador."

Mae pegou seu velho laptop e colocou dentro da bolsa.

Brandon olhou para ele como se fosse uma espécie invasora. "Quer que eu me livre dele? Cuidamos disso de um jeito bastante sustentável."

"Talvez amanhã", respondeu Mae. "Quero me despedir antes."

Brandon sorriu com indulgência. "Ah. Entendi. Então está certo." Curvou-se de leve e foi embora, e por trás dele Mae viu Annie. Estava de cabeça inclinada e com o queixo apoiado no punho fechado.

"Aí está minha menina, crescida, afinal!"

Mae se levantou e envolveu Annie em seus braços.

"Obrigada", falou no pescoço de Annie.

"Ahhh!" Annie tentou se desvencilhar.

Mae agarrou-a com mais força ainda. "De verdade."

"Tudo bem." Annie, por fim, se livrou do abraço. "Calma. Ou então continue. Estava começando a ficar sensual."

"Sério. Obrigada mesmo", disse Mae, a voz entrecortada.

"Não, não, não", disse Annie. "Nada de chorar em seu segundo dia de trabalho."

"Desculpe. É que estou muito agradecida."

"Pare." Annie avançou e segurou Mae outra vez. "Pare. Pare. Meu Deus. Você é tão doida."

Mae respirou fundo até se acalmar outra vez. "Acho que agora está tudo sob controle. Ah. Meu pai mandou dizer que ama você também. Todo mundo está muito contente."

"Certo. Isso é um pouco estranho, já que eu nunca vi seu pai. Mas diga a ele que eu também o adoro. Ele é gato? Grisalho bonitão? Curte um swing? Quem sabe a gente possa planejar alguma coisa? E agora, será que a gente pode trabalhar um pouco por aqui?"

"Claro, claro", disse Mae, e sentou-se de novo. "Desculpe."

Annie arqueou as sobrancelhas com ar malicioso. "Tenho a sensação de que as aulas estão prestes a começar no colégio e a gente acabou de descobrir que caiu na mesma classe. Já deram o tablet novo para você?"

"Acabei de ganhar."

"Deixe-me ver." Annie examinou-o. "Aaah, o nome gravado

é um belo toque. Nós vamos nos meter em muitas encrencas juntas, né?"

"Espero que sim."

"Muito bem. Aí vem o seu chefe de equipe. Oi, Dan."

Mae se apressou em enxugar qualquer vestígio de umidade em seu rosto. Olhou para trás de Annie e viu um homem bonito, firme e elegante se aproximando. Vestia um moletom marrom com capuz e tinha no rosto um sorriso de contentamento.

"Oi, Annie, como vai?", perguntou, apertando sua mão.

"Tudo bem, Dan."

"Estou muito contente, Annie."

"Você ganhou uma ótima colaboradora, espero que já saiba", disse Annie, segurando o pulso de Mae e apertando-o com força.

"Ah, eu *sei* sim", respondeu Dan.

"Trate de ficar de olho nela."

"Vou ficar", respondeu, e virou-se de Annie para Mae. Seu sorriso de contentamento aumentou e virou algo como uma certeza absoluta.

"Pois eu vou ficar de olho em *você* enquanto você fica de olho nela", disse Annie.

"Fico feliz em saber disso", respondeu Dan.

"A gente se vê no almoço", disse Annie para Mae, e foi embora.

Todos foram embora, menos Mae e Dan, mas o sorriso dele não mudou — era o sorriso de um homem que não sorria da boca para fora. Era o sorriso de um homem que estava exatamente onde queria estar. Ele puxou uma cadeira para perto dela.

"Que bom que você está aqui", disse ele. "Estou muito contente por ter aceitado nossa proposta."

Mae olhou dentro dos olhos de Dan e procurou sinais de insinceridade, já que não existia nenhuma pessoa racional capaz de negar um convite para trabalhar ali. Mas não havia nada disso. Dan havia entrevistado Mae três vezes para o emprego, e sempre havia parecido de uma sinceridade inabalável.

"Portanto suponho que toda a papelada esteja terminada e as impressões digitais tenham sido tiradas, certo?"

"Creio que sim."

"Quer dar uma volta?"

Deixaram a mesa de trabalho dela para trás e, depois de quase cem metros de um corredor de vidro, atravessaram portas duplas e altas e foram para o ar livre. Subiram uma escada larga.

"Acabamos de terminar o terraço", disse ele. "Acho que você vai gostar."

Quando chegaram ao topo da escada, a vista era espetacular. Do telhado se avistava o campus quase inteiro, a periferia da cidade de San Vincenzo e a baía mais além. Mae e Dan absorveram tudo e depois ele se virou para ela.

"Mae, agora que você está a bordo, eu queria deixar bem claro para você algumas das crenças principais aqui da empresa. E a principal, entre elas, tão importante quanto o trabalho que fazemos aqui — e é um trabalho muito importante —, é que queremos garantir que você seja um ser humano aqui também. Queremos que este seja um local de trabalho, é claro, mas também deve ser um local *humano*. E isso significa o fomento da comunidade. Na verdade, isto *tem* de ser uma comunidade. Esse é um de nossos lemas, como você provavelmente já sabe: *A comunidade em primeiro lugar*. E você já viu as placas que dizem *Aqui trabalham seres humanos* — e eu enfatizo essas placas. São minhas prediletas. Não somos autômatos. Isto não é uma fábrica que suga o sangue dos operários. Somos um grupo formado pelas melhores mentes de nossa geração. *Gerações*. E garantir que este seja um lugar onde nossa humanidade seja respeitada, onde nossas opiniões sejam valorizadas, onde nossas vozes sejam ouvidas — isso é tão importante quanto qualquer receita que possa ser gerada, qualquer cotação das ações na Bolsa, qualquer empreendimento promovido aqui. Isso parece cafona?"

"Não, não", apressou-se a responder Mae. "De jeito nenhum. É por isso mesmo que estou aqui. Adoro a ideia de 'comunidade em primeiro lugar'. Annie me fala sobre isso desde quando ela começou. No meu último emprego, ninguém se comunicava muito bem, na verdade. Era em essência o contrário do que existe aqui, em todos os aspectos."

Dan virou-se para olhar os morros a leste, cobertos de pelo de cabra angorá, com alguns trechos verdes. "Detesto ouvir esse tipo de coisa. Com a tecnologia disponível, a comunicação jamais deveria ser objeto de dúvida. A compreensão nunca deveria estar fora de alcance ou mesmo ser outra coisa que não muito clara. É o que fazemos aqui. Pode-se dizer que essa é a missão da empresa... É uma obsessão minha, pelo menos. Comunicação. Compreensão. Clareza."

Dan balançou a cabeça de maneira enfática, como se sua boca tivesse acabado de pronunciar, por vontade própria, algo que seus ouvidos acharam muito profundo.

"No Renascimento, como você sabe, temos de cuidar da experiência do cliente, EC, e algumas pessoas podem achar que essa é a parte menos atraente de todo esse empreendimento. Mas, da maneira como eu encaro, e como os Sábios encaram, é o fundamento de tudo que acontece aqui. Se não fornecermos aos clientes uma experiência satisfatória e *humana*, então não temos clientes. É muito elementar. Somos a prova de que esta empresa é humana."

Mae não sabia o que dizer. Estava inteiramente de acordo. Seu último chefe, Kevin, não era capaz de falar daquele jeito. Kevin não tinha filosofia nenhuma. Kevin não tinha ideias. Kevin só tinha seus cheiros e seu bigode. Mae estava sorrindo feito uma idiota.

"Sei que você vai se dar muito bem aqui", disse Dan e estendeu o braço para ela, como se quisesse pôr a palma da mão em seu ombro, mas mudou de ideia. Sua mão tombou ao lado do corpo. "Vamos descer e então você vai poder começar."

Saíram do terraço e desceram a larga escada. Voltaram à mesa de trabalho de Mae, onde encontraram um homem de cabelo bagunçado.

"Olha quem está aqui", disse Dan. "Cedo, como sempre. Oi, Jared."

O rosto de Jared era sereno, sem rugas, as mãos repousavam pacientes e imóveis no colo amplo. Usava calça cáqui e camisa de botões muito apertada.

"Jared vai cuidar do seu treinamento e será seu principal contato aqui em EC. Eu supervisiono a equipe e Jared supervisiona a unidade. Portanto somos os dois nomes principais que você precisa conhecer. Jared, está pronto para começar com a Mae?"

"Estou", respondeu. "Oi, Mae." Levantou-se, estendeu a mão e Mae apertou-a. Era redonda e mole, como a de um querubim.

Dan se despediu dos dois e foi embora.

Jared sorriu e passou a mão pelo cabelo bagunçado. "Portanto, hora de treinamento. Está pronta?"

"Completamente."

"Precisa de café, chá ou alguma outra coisa?"

Mae balançou a cabeça. "Estou pronta."

"Ótimo. Vamos sentar."

Mae sentou-se e Jared puxou sua cadeira para perto dela.

"Muito bem. Como sabe, por ora você vai apenas fazer a manutenção básica do cliente para os pequenos anunciantes. Eles mandam uma mensagem para o setor de Experiência do

Cliente e ela é encaminhada para um de nós. No início, de forma aleatória, mas depois que você começa a trabalhar com um cliente, esse cliente continuará a ser encaminhado para você, em benefício da continuidade. Quando você entende qual é a dúvida, elabora a resposta, redige e manda para ele. Essa é a essência do trabalho. Muito simples, em teoria. Até aqui tudo bem?"

Mae fez que sim com a cabeça e Jared enumerou as vinte queixas e perguntas mais frequentes e mostrou para Mae um menu de respostas-padrão.

"Agora, isso não significa que você apenas vai copiar e colar a resposta e mandar para o cliente. Tem de tornar cada resposta uma coisa pessoal, específica. Você é uma pessoa e eles são pessoas, portanto você não deve imitar um robô e nem deve tratá-los como se fossem robôs. Entende o que quero dizer? Aqui não tem nenhum robô trabalhando. Não queremos que os clientes jamais pensem que estão lidando com uma entidade sem rosto. Portanto você deve sempre ter certeza de que está acrescentando humanidade ao processo. Tudo bem até aqui?"

Mae fez que sim com a cabeça. Ela gostou daquilo: *Aqui não tem nenhum robô trabalhando.*

Examinaram mais ou menos uma dúzia de situações práticas. Mae aprimorava suas respostas cada vez mais. Jared era um instrutor paciente e treinava Mae para enfrentar todas as circunstâncias que um cliente podia criar. Numa situação em que ela ficasse constrangida, podia encaminhar a pergunta para a fila de Jared e ele cuidaria do assunto. É o que fazia na maior parte do dia, disse Jared — receber e responder as mensagens que deixavam embaraçados os novatos do setor de Experiência do Cliente.

"Mas vai ser muito raro. Você vai até ficar surpresa com o número de perguntas que você vai ser capaz de resolver logo de saída. Agora vamos dizer que você respondeu a pergunta de um cliente e que ele parece ter ficado satisfeito. É aí que você o encaminha para a pesquisa, e eles vão responder um questionário. É uma série de perguntas rápidas sobre o seu serviço, a experiência geral deles, e no fim pedimos que façam uma avaliação. Eles encaminham as respostas de volta para nós e aí você fica sabendo imediatamente como se saiu. As notas da avaliação aparecem aqui."

Apontou para o canto da tela de Mae, onde havia um número grande, 99, e abaixo, uma grade de outros números.

"O 99 grande é a nota do último cliente. O cliente vai avaliar você numa escala de, adivinhe só, 1 a 100. A nota mais recente vai aparecer aqui e depois vai ser tirada uma média de todas as notas do dia nesta outra caixinha aqui. Assim você vai poder saber sempre como está se saindo, recentemente e em geral. Agora, já sei o que você está pensando: 'Tá legal, Jared, que tipo de média é aceitável?'. E a resposta é, se for abaixo de 95, você pode dar uma parada e verificar o que pode fazer para melhorar. Talvez você levante a média no cliente seguinte, talvez descubra um jeito de melhorar. Agora, se a avaliação média cai de forma constante, então você deve fazer uma reunião com o Dan ou com outro chefe de equipe para elaborar estratégias melhores. Parece bom?"

"Parece", respondeu Mae. "Eu gosto disso, Jared. No meu emprego anterior, eu ficava sempre sem saber onde estava pisando, até sair a avaliação média trimestral. Era de arrebentar com os nervos da gente."

"Bem, então você vai adorar isto aqui. Se os clientes preencheram o questionário da pesquisa e fizeram a avaliação, e quase todo mundo faz isso, então você manda para eles a mensagem seguinte. Essa mensagem é um agradecimento por terem preenchido a pesquisa e os incentiva a contar para um amigo sobre a experiência que acabaram de ter com você, empregando as ferramentas da mídia social do Círculo. Idealmente, eles dão, no mínimo, um recadinho ligeiro ou lhe mandam um sorriso ou um franzir de sobrancelhas. No cenário mais otimista possível, você pode levá-los a dar recados animados ou escrever sobre o caso em outro site de atendimento ao consumidor. Se a gente levar as pessoas a comentar com entusiasmo na internet sobre a excelente experiência com você no serviço de atendimento ao cliente, aí todo mundo sai ganhando. Sacou?"

"Saquei."

"Muito bem, vamos fazer um teste ao vivo. Está pronta?"

Mae não estava, mas não podia dizer isso. "Pronta."

Jared puxou a pergunta de um cliente e, depois de ler, soltou um leve ronco para indicar que era de natureza elementar. Escolheu uma resposta-padrão, adaptou um pouco, desejou ao cliente que tivesse um dia excelente. A comunicação durou cerca de noventa segundos e, dois minutos mais tarde, a tela confirmou que o cliente tinha respondido o questionário, seguido de uma avaliação: 99. Jared relaxou na cadeira e virou-se para Mae.

"Aí está, é bom, né? Noventa e nove é bom. Mas não posso deixar de me perguntar por que não foi 100. Vamos dar uma olhada." Abriu as respostas da pesquisa dadas pelo cliente e examinou. "Bem, não há nenhum sinal claro de que algum ponto da experiência dele tenha sido insatisfatória. Agora a maior parte das empresas diriam: Puxa, 99 em 100 pontos, isso é quase perfeito. E eu digo, exatamente: é *quase* perfeito, claro. Mas no Círculo esse ponto que falta nos atormenta. Portanto vamos ver se a gente consegue chegar ao fundo da questão. Aqui está o que nós mandamos na sequência."

Mostrou para Mae outra pesquisa, essa agora mais curta, perguntando ao cliente o que poderia ser aprimorado, e como, em seu contato com a empresa. Mandou a mensagem para o cliente.

Segundos depois, veio a resposta. "Tudo foi bom. Desculpe. Eu devia ter dado nota 100. Obrigado."

Jared deu um tapinha na tela e fez para Mae um sinal com o polegar para cima.

"Muito bem. Às vezes a gente pode topar com alguém que não tem boa sensibilidade para as medidas. Portanto é bom perguntar, ter certeza de que você esclareceu a questão. Agora vamos voltar à pontuação perfeita. Você está pronta para receber a sua própria nota?"

"Estou."

Baixaram outra mensagem de um cliente e Mae percorreu a lista das respostas-padrão, encontrou a mais adequada, personalizou-a e enviou-a. Quando a pesquisa chegou, sua nota foi 100.

Jared pareceu por um instante surpreso. "Logo na primeira você tira 100, uau", disse ele. "Eu sabia que você ia ser boa." Ele havia perdido o rumo, mas logo se recompôs. "Muito bem, acho que você está pronta para responder outras. Agora, tem mais algumas coisinhas. Vamos passar para sua segunda tela." Ele virou para uma página menor à direita de Mae. "Esta aqui é para mensagens internas. Todos os membros do Círculo mandam mensagens pelo sistema principal, mas elas aparecem na segunda tela. Isso é para deixar clara a importância das mensagens e para ajudar você a distinguir qual é qual. De vez em quando, você vai ver mensagens minhas, só para conferir se está tudo certo, fazer algum ajuste ou comunicar uma novidade. Tudo bem?"

"Saquei."

"Agora, lembre-se de mandar qualquer dúvida para mim, e se você precisar parar e conversar, pode me mandar uma mensagem, ou dar um pulo lá. Eu fico logo no final do corredor. Espero que você entre em contato comigo com bastante frequência, pelo menos nas primeiras semanas. É assim que vou saber que você está aprendendo. Portanto não hesite."

"Não vou hesitar."

"Ótimo. Agora, está pronta para começar de verdade?"

"Estou."

"Muito bem. Isso significa que vou abrir as comportas da represa. E quando eu soltar esse dilúvio, você vai ter sua própria fila de perguntas e vai ficar inundada durante as próximas duas horas, até o almoço. Está pronta?"

Mae sentia que estava. "Estou."

"Tem certeza? Então lá vai."

Ele ativou a conta de Mae, bateu continência brincando e foi embora. A represa se abriu e nos primeiros doze minutos ela respondeu quatro perguntas e obteve uma nota média 96. Estava suando muito, mas o ritmo era frenético.

Apareceu uma mensagem de Jared na sua segunda tela. *Ótimo, até agora! Vamos ver se conseguimos em breve alcançar 97.*

Vou conseguir!, respondeu Mae.

E mande a mensagem de verificação para quem der nota abaixo de 100.

Tudo bem, respondeu ela.

Mae mandou sete mensagens de verificação e três clientes reformularam suas notas para 100. Ela respondeu mais dez perguntas até as 11h45. Agora sua nota média era 98.

Outra mensagem apareceu na sua segunda tela, agora de Dan. *Resultado fantástico, Mae! Como está se sentindo?*

Mae estava espantada. Um chefe que perguntava como você estava, e com tanta gentileza, logo no primeiro dia?

Estou ótima. Obrigada!, respondeu, e passou para a pergunta do cliente seguinte.

Outra mensagem de Jared surgiu embaixo da primeira.

Alguma coisa que eu possa fazer? Alguma pergunta que eu possa responder?

Não, obrigada!, respondeu Mae. *Por enquanto está tudo cer-*

to. Obrigada, Jared! Mae voltou para a primeira tela. Apareceu outra mensagem de Jared na segunda tela.

Não esqueça que eu só posso ajudar se você me disser como.

Obrigada, de novo!, respondeu ela.

Na hora do almoço, Mae tinha respondido trinta e seis perguntas e sua nota média era 97.

Chegou uma mensagem de Jared. *Bom trabalho! Vamos fazer a verificação com os clientes restantes que deram nota abaixo de 100.*

Vou fazer, respondeu Mae, e enviou as mensagens para aqueles com quem ela ainda não tinha feito contato. Obteve algumas notas entre 98 e 100 e depois viu uma mensagem de Dan: *Excelente trabalho, Mae!*

Segundos depois, apareceu uma mensagem na segunda tela, esta agora de Annie, logo abaixo da de Dan: *Dan disse que você está mandando ver. Grande garota!*

E então uma mensagem informou a Mae que ela havia sido mencionada na rede social Zing. Mae clicou ali para ler do que se tratava. Tinha sido escrita por Annie. *A novata Mae está mandando ver!* Ela havia enviado aquilo para o resto do campus do Círculo — 10 041 pessoas.

O zing foi reenviado 322 vezes e teve 187 comentários. Eles apareceram na segunda tela numa fileira que não parava de crescer. Mae não tinha tempo para ler todos, mas deu uma olhada rápida e a aprovação deu uma sensação boa. No final do dia, a nota média de Mae era 98. Chegaram mensagens de congratulações de Jared, de Dan e de Annie. Seguiu-se uma série de zings anunciando e comemorando o que Annie denominou *a média mais alta de todos os novatos do setor de EC em todos os tempos*.

Em sua primeira sexta-feira, Mae havia atendido 436 clientes e havia memorizado as respostas-padrão. Nada mais a surpreendia, embora a diversidade de clientes e assuntos fosse atordoante. O Círculo estava em toda parte e, apesar de Mae já saber daquilo havia anos, de forma intuitiva, de tanto ouvir falar das empresas que contavam com o Círculo para a divulgação de seus produtos, para verificar seu impacto digital, para saber quem estava comprando suas mercadorias e quando — aquilo se tornou real num nível muito diferente. Agora Mae tinha contato com clientes em Clinton, na Louisiana, e em Putney, em Vermont; em Marmaris, na Turquia, em Melbourne, Glasgow e Kioto. Eles se mostravam invariavelmente educados em suas perguntas — a herança do TruYou — e generosos em suas notas.

No meio da manhã daquela sexta-feira, sua média da semana estava em 97 e as manifestações de apoio vinham de toda parte do Círculo. O trabalho exigia muito e o fluxo nunca parava, mas era tão variado e o apoio, tão frequente, que ela acabou se adaptando a um ritmo confortável.

Na hora em que ia atender mais um cliente, chegou uma mensagem no celular. Era de Annie: *Venha comer comigo, sua tonta*.

Sentaram-se num morrinho, duas saladas entre elas, o sol aparecendo de forma intermitente atrás de nuvens que passavam devagar. Mae e Annie observavam um trio de rapazes, pálidos e vestidos como engenheiros, tentando arremessar uma bola de futebol americano.

"Quer dizer que você já é uma estrela. Eu me sinto como uma mãe orgulhosa."

Mae balançou a cabeça. "Não sou nada disso. Tenho muito a aprender."

"Claro que tem. Mas chegar a 97 tão depressa? Isso é uma

loucura. Eu não passei de 95 na primeira semana. Você é um prodígio."

Um par de sombras escureceu seu almoço.

"A gente pode conhecer a novata?"

Mae ergueu os olhos, fazendo sombra com a mão.

"Claro", respondeu Annie.

As sombras sentaram-se. Annie acenou para eles com o garfo. "Estes são Sabine e Josef."

Mae apertou a mão deles. Sabine era loura, corpulenta, vesga. Josef era magro, pálido, com dentes comicamente maltratados.

"Pronto, ela já está olhando para os meus dentes!", lamentou-se Josef, apontando para Mae. "Vocês, americanos, são *obcecados*! Eu me sinto como um cavalo numa exposição."

"Mas seus dentes *são* ruins", disse Annie. "E nós temos um plano odontológico excelente."

Josef desembrulhou um burrito. "Acho que meus dentes proporcionam uma folga necessária para a apavorante perfeição dos dentes de todo mundo."

Annie inclinou a cabeça, examinando o rapaz. "Tenho certeza de que você *devia* ajeitar seus dentes, se não por você mesmo, então pela moral da empresa. Você faz a gente ter pesadelos."

Josef fez um beicinho cômico, a boca cheia de carne assada. Annie deu uma palmadinha de consolo em seu braço.

Sabine virou-se para Mae. "Então você está em Experiência do Cliente?" Mae percebeu a tatuagem no braço de Sabine, o símbolo do infinito.

"Estou. Primeira semana."

"Vi que você se saiu muito bem até agora. Também comecei lá. Assim como todo mundo."

"E a Sabine é bioquímica", acrescentou Annie.

Mae ficou surpresa. "Você é bioquímica?"

"Sou."

Mae não sabia que bioquímicos trabalhavam no Círculo. "Posso perguntar em que você está trabalhando?"

"Se pode *perguntar*?", sorriu Sabine. "Claro que pode *perguntar*. Mas eu não tenho de contar nada para você."

Todos suspiraram por um momento, então Sabine parou.

"Falando sério, não posso contar. Não agora, pelo menos. Em termos gerais, trabalho em assuntos relacionados à biometria. Você sabe, reconhecimento de íris, reconhecimento facial. Mas neste momento ando mexendo com uma coisa nova. Eu bem que gostaria de..."

Annie dirigiu um olhar suplicante para ela se calar. Sabine encheu a boca de alface.

"De todo modo", disse Annie, "o Josef está no setor de Acesso Educacional. Está tentando levar os tablets para escolas que neste momento não têm condições de comprá-los. É um benfeitor. Também é amigo daquele seu novo amigo. O Gargalo."

"Garaventa", corrigiu Mae.

"Ah. Então você se *lembra*. Esteve com ele de novo?"

"Não esta semana. Estava muito ocupada."

Agora a boca de Josef ficou aberta. Alguma coisa tinha acabado de fazer sentido para ele. "Você é a Mae?"

Annie teve um sobressalto. "Já dissemos isso. Claro que ela é a Mae."

"Desculpe, não ouvi muito bem. Agora sei quem você é."

Annie bufou. "O que vocês duas menininhas andaram falando sobre a grande noite do Francis? Por acaso ele anda escrevendo o nome de Mae em seu caderninho, cheio de corações em volta?"

Josef inspirou fundo com indulgência. "Não, ele só disse que tinha conhecido uma garota muito bacana e que o nome dela era Mae."

"Isso foi tão meigo", disse Sabine.

"Pois ele contou para Mae que trabalhava na segurança", disse Annie. "Por que razão ele fez isso, Josef?"

"Não foi o que ele disse", insistiu Mae. "Eu já falei para você."

Annie pareceu não se importar. "Bem, acho que a gente pode chamar aquilo de segurança. Cuida da segurança de crianças. Ele é basicamente o núcleo do programa todo de prevenção de sequestros. Na verdade, ele podia fazer isso."

Sabine, de boca cheia outra vez, fez que sim com a cabeça, energicamente. "É claro vai", disse ela, espirrando fragmentos de salada e vinagrete. "Está combinado."

"Como assim?", perguntou Mae. "Ele vai evitar todos os sequestros?"

"Ele poderia", respondeu Josef. "Está motivado."

Os olhos de Annie se arregalaram. "Ele contou para você a respeito das irmãs dele?"

Mae balançou a cabeça. "Não, ele não me contou que tinha irmãos. O que é que houve com as irmãs dele?"

Os três membros do Círculo se entreolharam, como que para avaliar se a história tinha de ser contada ali e naquele momento.

"É a pior história que se pode imaginar", disse Annie. "Os pais dele eram uns fodidos na vida. Acho que a família tinha umas quatro ou cinco crianças, Francis era o caçula ou o segundo mais novo. Seja como for, o pai estava na prisão e a mãe vivia usando drogas, portanto os filhos foram mandados para vários lugares diferentes. Acho que um foi para a casa dos tios e as duas irmãs dele foram para um lar adotivo e depois foram sequestradas de lá. Acho que existe alguma suspeita de que foram, você sabe, dadas ou vendidas para os assassinos."

"Para o quê?" Mae ficou perplexa.

"Ah, meu Deus, elas foram estupradas e trancadas em armários e seus corpos foram jogados em algum depósito de mísseis abandonado. Sabe, é a história mais horrível que já ouvi. Ele contou essa história para muitos de nós quando estava montando o tal programa de segurança infantil. Merda, olhe só para a sua cara. Eu não devia ter contado tudo isso."

Mae não conseguia falar.

"É importante que você saiba", disse Josef. "É por isso que ele é tão empenhado. Quero dizer, seu plano teria grande chance de eliminar a possibilidade de uma coisa dessas voltar a acontecer. Espere. Que horas são?"

Annie conferiu no telefone. "Tem razão. Temos de correr. O Bailey vai fazer um lançamento. Precisamos ir para o Salão Principal."

O Salão Principal ficava no Iluminismo e, quando eles entraram no local — uma câmara decorada em madeira de tonalidade forte e aço escovado com três mil e quinhentos lugares —, havia no ar um rebuliço de expectativa. Mae e Annie encontraram um dos últimos pares de assentos vagos no segundo balcão e sentaram-se.

"Faz só dois meses que terminaram de construir isto aqui", explicou Annie. "Quarenta e cinco milhões de dólares. Bailey projetou o traçado com base na Duomo de Siena. Bonito, não é?"

A atenção de Mae foi atraída para o palco, onde um homem caminhava para uma tribuna de acrílico, em meio a um estrondo de aplausos. Era um homem alto de uns quarenta e cinco anos, barrigudo mas de aparência saudável, de jeans e suéter azul com gola em V. Não havia nenhum microfone visível, porém, quando começou a falar, sua voz soou amplificada e clara.

"Oi, pessoal. Meu nome é Eamon Bailey", disse, para mais uma salva de palmas, que ele rapidamente fez cessar. "Obrigado.

Estou muito feliz de ver vocês aqui. Muitos de vocês são novos na empresa, entraram depois da última vez que falei aqui, mês passado. Os novatos podem ficar de pé?" Annie cutucou Mae. Ela se levantou, olhou para a plateia em redor e viu mais ou menos sessenta pessoas de pé, a maioria da sua idade, todos com ar tímido, todos discretamente bem vestidos, representando em conjunto todas as raças e etnias e, graças aos esforços do Círculo para liberar autorizações de trabalho para funcionários estrangeiros, de uma estonteante variedade de nacionalidades. Os aplausos do resto dos membros do Círculo foram fortes, misturados com alguns gritos aqui e ali. Mae sentou-se.

"Você fica tão bonitinha quando fica vermelha", disse Annie.

Mae afundou na poltrona.

"Novatos", disse Bailey, "vocês estão aqui para uma coisa especial. Esta é a chamada Sexta dos Sonhos, na qual apresentamos um projeto em que estamos trabalhando. Muitas vezes é com algum de nossos engenheiros, projetistas ou visionários, e às vezes sou só eu mesmo. E hoje, para o bem ou para o mal, sou só eu. Por isso peço desculpas antecipadas."

"A gente te ama, Eamon!", soou uma voz na plateia. Seguiram-se risos.

"Bem, muito obrigado", disse ele. "Eu amo vocês também. Amo vocês assim como a grama ama o orvalho, como as aves amam o galho de uma árvore." Fez uma breve pausa, o que permitiu a Mae recuperar o fôlego. Ela já vira aquelas palestras pela internet, mas estar presente ali, em pessoa, vendo a mente de Bailey em ação, ouvindo sua eloquência espontânea — era melhor do que ela imaginava ser possível. Como seria, pensou Mae, ser alguém assim, eloquente e inspirador, tão à vontade na frente de milhares de pessoas?

"Sim", prosseguiu Bailey, "já passou um mês desde a última vez que subi neste palco e sei que meus substitutos foram insatisfatórios." A brincadeira despertou risadas em toda a plateia. "E sei que muitos de vocês ficaram se perguntando onde foi que eu me meti."

Uma voz na frente do salão gritou: "Estava surfando!". E o auditório riu.

"Bem, é verdade. Andei surfando um pouco e isso faz parte do assunto de que vim tratar aqui. Adoro surfar e, quando quero surfar, preciso saber como estão as ondas. Pois bem, o costume antigamente era a gente acordar, telefonar para a loja de surfe do bairro e perguntar como as ondas estavam. Mas em pouco tempo eles paravam de atender o telefone."

Risadas ressoaram do contingente de mais idade da plateia.

"Quando os telefones celulares proliferaram, a gente podia ligar para os amigos que talvez tivessem chegado à praia antes de nós. Mas eles também paravam de atender o celular."

Mais uma grande gargalhada na plateia.

"Mas, falando sério. Não é nada prático dar doze telefonemas todo dia de manhã, e como é que se vai confiar na avaliação que os outros fazem das condições das ondas? Os surfistas não querem saber de mais ninguém nas ondas limitadas que a gente tem por aqui. Então apareceu a internet e aqui e ali alguns gênios instalaram câmeras nas praias. A gente entrava na internet e obtinha algumas imagens bem toscas das ondas em Stinson Beach. Era quase pior do que telefonar para a loja de surfe! A tecnologia era muito primitiva. A tecnologia de transmissão de vídeos ainda é. Ou era. Até agora."

Uma tela desceu atrás dele.

"Muito bem. Aqui está como era antes."

A tela mostrava a imagem de um navegador de internet padrão e uma mão invisível digitou na linha de URL a busca de um site chamado SurfSight. Apareceu um site pobremente projetado, com uma imagem minúscula de uma praia no meio. Era ridículo e de uma lentidão cômica. A plateia soltou umas risadinhas.

"Quase inútil, não é? Pois bem, como sabemos, a transmissão de vídeo ficou muito melhor nos últimos anos. Mas continua mais lenta do que a vida real e a qualidade da tela é bem decepcionante. Então resolvemos, creio, as questões da qualidade no ano passado. Agora vamos atualizar essa página para mostrar o site com nossa nova técnica de transmissão de vídeo."

Então a página foi atualizada e a praia era uma imagem de tela inteira, com resolução perfeita. Ouviram-se exclamações de pasmo em todo o salão.

"Sim, este é o vídeo ao vivo de Stinson Beach. Isso é Stinson neste exato momento. Parece muito bom, não é? Talvez eu devesse estar lá, em vez de ficar aqui parado na frente de vocês!"

Annie inclinou-se para Mae. "A próxima parte é incrível. Espere só."

"Agora, muitos de vocês não ficaram tão impressionados assim. Como todos sabemos, várias máquinas podem transmitir vídeos com alta resolução e muitos de nossos tablets e telefones celulares já podem suportá-los. Mas existem em tudo isso alguns aspectos novos. A primeira parte é como estamos obtendo essa imagem. Vocês ficariam surpresos se soubessem que não está vindo de uma câmera grande, mas sim de uma destas aqui?"

Estava segurando na mão um pequeno aparelho, da forma e do tamanho de um pirulito.

"Isto é uma câmera de vídeo e este é exatamente o modelo que está captando essa imagem de qualidade incrível. Uma qualidade de imagem que suporta esse tipo de ampliação. Portanto isso é a primeira coisa importante. Agora podemos obter uma qualidade de resolução de alta definição com uma câmera do tamanho de um dedo polegar. Bem, de um polegar bastante grande. A segunda coisa importante é que, como podem ver, esta câmera não precisa de fio nenhum. Transmite essa imagem via satélite."

Uma salva de palmas sacudiu o salão.

"Espere. Eu já disse que ela funciona com uma bateria de lítio que dura dois anos? Não? Pois é isso mesmo. E também estamos a um ano de conseguir um modelo totalmente movido a energia solar. À prova d'água, à prova de areia, à prova de vento, à prova de animais, à prova de insetos, à prova de tudo."

Mais aplausos tomaram o salão.

"Muito bem, então instalei a câmera hoje de manhã. Colei na ponta de uma estaca, cravei a estaca na areia, nas dunas, sem pedir permissão a ninguém, nada. Na verdade, ninguém sabe que ela está lá. Assim, hoje de manhã, liguei a câmera, depois voltei de carro para o trabalho, acessei a Câmera 1, Stinson Beach, e obtive essa imagem. Nada mau. Mas isso não é nem a metade. Na verdade, hoje de manhã, eu estive muito ocupado. Peguei o carro e instalei outra câmera também na Rodeo Beach."

E então a imagem original, de Stinson Beach, se encolheu e se deslocou para um canto da tela. Outra caixa surgiu, mostrando as ondas em Rodeo Beach, alguns quilômetros ao sul na costa do Pacífico. "E depois Montara. E Ocean Beach. Fort Point." A cada praia que Bailey mencionava, aparecia outra imagem ao vivo. Agora havia seis praias numa grade, todas ao vivo, visíveis com nitidez perfeita e em cores brilhantes.

"Agora, lembrem-se: ninguém vê essas câmeras. Eu as escondi muito bem. Para uma pessoa comum, parecem mato, algum tipo de galho. Qualquer coisa. Elas passam despercebidas. Portanto, em poucas horas, nessa manhã, instalei acessos de vídeo de nitidez perfeita em seis lugares diferentes que me ajudam a saber como devo planejar meu dia. E tudo que fazemos aqui tem a ver com conhecer o que antes não se conhecia, certo?"

Cabeças fizeram que sim. Um leve aplauso.

"Muito bem, portanto, muitos de vocês estão pensando: bem, isso é só uma espécie de tevê em circuito fechado misturado com tecnologia de transmissão pela internet, por satélite e tudo isso. Beleza. Mas, como vocês sabem, fazer isso com a tecnologia existente seria proibitivamente dispendioso para uma pessoa comum. Mas e se tudo isso tiver um preço acessível para qualquer pessoa? Meus amigos, estamos tratando de baratear essas coisinhas para vender — daqui a poucos meses, vejam bem — por cinquenta e nove dólares cada uma."

Bailey ergueu a câmera-pirulito para a frente e jogou-a em cima de alguém que estava na primeira fila. A mulher que a segurou levantou-a bem alto, virando para a plateia e sorrindo de alegria.

"Vocês podem comprar dez delas para o Natal e, de uma hora para outra, ter acesso a todo e qualquer lugar que quiserem: casa, trabalho, trânsito. E qualquer pessoa pode instalar as câmeras. Leva cinco minutos, no máximo. Imaginem o impacto!"

A tela por trás dele ficou limpa, as praias sumiram e surgiu uma nova grade.

"Aqui está a imagem do meu quintal", disse ele, revelando uma imagem ao vivo de um quintal arrumado e modesto. "Aqui está meu jardim. Minha garagem. Aqui está uma câmera num morro que dá para a rodovia 101, no ponto onde engarrafa na hora do rush. Aqui está uma câmera perto da minha vaga no estacionamento, para ver se ninguém estacionou no meu lugar."

E logo a tela continha dezesseis imagens definidas, todas transmitidas ao vivo.

"Agora, essas são apenas as *minhas* câmeras. Tenho acesso a todas elas simplesmente digitando Câmera 1, 2, 3, 12, o que for. Muito fácil. Mas e quanto a compartilhar? Ou seja, e se meu amigo tiver algumas câmeras ligadas e quiser me dar acesso a elas?"

Então a grade da tela se multiplicou, de dezesseis caixas para trinta e duas. "Aqui estão as telas de Lionel Fitzpatrick. Ele está a fim de esquiar, portanto posicionou suas câmeras de modo que possa saber as condições em vinte locais em Tahoe."

Então apareceram doze imagens ao vivo de montanhas cobertas de branco, vales azuis gelados, cumes de montanhas recobertos por coníferas muito verdes.

"Lionel pode me dar acesso a qualquer câmera que ele quiser. É como adicionar alguém à lista de amigos, só que com acesso a todas as suas imagens ao vivo. Esqueçam a tevê a cabo. Esqueçam os quinhentos canais. Se você tiver mil amigos e cada um deles tiver dez câmeras, você tem então dez mil opções de transmissão ao vivo. Se você tiver cinco mil amigos, terá cinquenta mil opções. E em pouco tempo terá condições de conectar-se a milhões de câmeras pelo mundo inteiro. Mais uma vez, imaginem o impacto!"

A tela se atomizou em mil minitelas. Praias, montanhas, lagos, cidades, escritórios, salas de estar. A multidão aplaudiu loucamente. Em seguida, a tela ficou vazia e do escuro surgiu um sinal de paz, em branco.

"Agora imaginem o impacto nos direitos humanos. Os manifestantes nas ruas do Egito não terão mais de segurar uma câmera na esperança de filmar alguma violação dos direitos humanos ou um assassinato e de alguma forma conseguir transportar a cena das ruas para a internet. Agora isso é tão fácil quanto colar uma câmera numa parede. Na verdade, foi exatamente o que fizemos."

Um suspiro de espanto percorreu a plateia.

"Vamos ver a Câmera 8, no Cairo."

Surgiu uma cena de rua ao vivo. Havia cartazes caídos na rua, dois policiais de choque parados, ao longe.

"Eles não sabem que estamos vendo, mas estamos. O mundo está vendo. E ouvindo. Liguem o áudio."

De repente, eles podiam ouvir nitidamente uma conversa em árabe entre os pedestres que passavam perto da câmera, sem saber que eram ouvidos.

"E é claro que a maioria das câmeras pode ser manipulada manualmente ou por meio de reconhecimento de voz. Vejam isso. Câmera 8, vire à esquerda." Na tela, a câmera que captava a imagem da rua do Cairo se moveu para a esquerda. "Agora para a direita." Ela se moveu para a direita. Bailey demonstrou como ela se movia para cima, para baixo, na diagonal, tudo com uma fluidez extraordinária.

A plateia aplaudiu de novo.

"Agora lembrem que essas câmeras são baratas, fáceis de esconder e que não precisam de fios. Então não foi tão difícil assim, para nós, colocá-las por todo lado. Vamos mostrar Tahrir."

Pequenas exclamações ressoaram na plateia. Agora na tela havia uma cena ao vivo da praça Tahrir, o berço da Revolução Egípcia.

"Mandamos nosso pessoal no Cairo instalar as câmeras na semana passada. São tão pequenas que o exército não consegue encontrar. Eles nem sabem onde procurar! Vamos mostrar o resto das imagens. Câmera 2. Câmera 3. Quatro. Cinco. Seis."

Havia imagens de cinco ângulos da praça, todas tão nítidas que se podia ver o suor no rosto dos soldados e se podia ler facilmente seus nomes na etiqueta de identificação do uniforme.

"Agora de 7 até 50."

Surgiu uma grade de cinquenta imagens que pareciam cobrir todo o espaço público. A plateia rugiu outra vez. Bailey ergueu as mãos como se quisesse dizer: "Ainda não. Tem muito mais".

"Agora a praça está tranquila, mas podem imaginar se alguma coisa acontecesse? Haveria uma responsabilidade imediata. Qualquer soldado que cometesse um ato de violência ficaria instantaneamente gravado para a posteridade. Poderia ser processado por crimes de guerra ou o que quiserem. E mesmo que ponham para fora da praça todos os jornalistas, as câmeras vão continuar lá. E não importa quantas vezes eles tentem eliminar as câmeras, porque são tão pequenas que eles nunca vão ter certeza de onde elas estão, nem de quem as colocou, nem onde e nem quando. E o fato de não saberem vai evitar abusos de poder. Pensem num soldado comum que agora vai ficar preocupado com o fato de haver uma dúzia de câmeras filmando e gravando para toda a eternidade que ele arrastou uma mulher pela rua. Pois é, é bom mesmo que fique preocupado. É bom que fique preocupado com essas câmeras. É bom que ele fique preocupado com a SeeChange.* É assim que estamos chamando isso."

Houve uma rápida salva de palmas, que aumentou à medida que a plateia começou a entender o duplo sentido da expressão.

"Gostaram?", perguntou Bailey. "Muito bem, agora, isso não se aplica apenas a áreas em conflito. Imaginem qualquer cidade com esse tipo de cobertura. Quem vai cometer um crime sabendo que pode ser visto a qualquer momento, em qualquer lugar? Meus amigos no FBI acham que isso pode baixar os índices de criminalidade em setenta, oitenta por cento, em qualquer cidade onde tivermos uma saturação real e significativa."

Os aplausos foram maiores.

"Mas por enquanto vamos voltar aos lugares do mundo onde mais precisamos de transparência e onde é tão raro obtê-la. Aqui está um apanhado de locais do mundo onde instalamos

* "SeeChange" significa literalmente "mudança de ver"; trocadilho com *sea change*, que também tem o sentido de "mudança de maré, mudança radical", em inglês. (N. T.)

câmeras. Agora imaginem o impacto que essas câmeras teriam no passado, e que terão no futuro, se eventos semelhantes ocorressem. Aqui estão cinquenta câmeras na praça Tiananmen."

Imagens ao vivo de toda a praça encheram a tela e a plateia retumbou novamente. Bailey prosseguiu, revelando a cobertura visual de uma dúzia de regimes autoritários, de Cartum até Pyongyang, onde as autoridades não tinham a menor ideia de que estavam sendo observadas por três mil membros do Círculo na Califórnia — não tinham a menor ideia de que *podiam* ser observados, de que essa tecnologia era ou seria algum dia possível.

Então Bailey limpou a tela outra vez e avançou um passo para a plateia. "Vocês entendem o que estou dizendo, não é? Em situações assim, concordo com Haia, com os ativistas dos direitos humanos de todo o mundo. É preciso que haja a responsabilização. Os tiranos não podem mais ficar escondidos. É preciso que haja, e haverá, documentação e responsabilização, e precisamos dar testemunho. E para que isso se realize, insisto que tudo que acontece deve ser conhecido."

Na tela apareceram as palavras:

TUDO QUE ACONTECE DEVE SER CONHECIDO.

"Pessoal, estamos na aurora de um Segundo Iluminismo. E não estou falando de um novo prédio no campus. Estou falando de uma nova era em que não vamos permitir que a maior parte do pensamento, da ação, das conquistas, do conhecimento humano se perca como se vazasse de um balde rachado. Fizemos isso antes. Chamou-se Idade Média, ou Idade das Trevas. Se não fossem os monges, tudo o que mundo havia aprendido estaria perdido. Pois bem, vivemos uma época semelhante, em que estamos perdendo a maior parte do que fazemos, vemos e aprendemos. Mas não é preciso que seja assim. Não com essas câmeras e não com a missão do Círculo."

Virou-se de novo para a tela e a tela escreveu, convocando a plateia a guardar na memória:

TUDO QUE ACONTECE DEVE SER CONHECIDO.

Bailey virou-se para a plateia e sorriu.

"Muito bem, agora vamos voltar para casa. Minha mãe tem oitenta e um anos de idade. Não caminha mais com a mesma facilidade de antes. Um ano atrás ela caiu e fraturou o quadril e, de lá para cá, ando preocupado com ela. Pedi que ela me deixasse instalar algumas câmeras para que eu pudesse ter acesso às imagens por meio de um circuito fechado, mas ela recusou. Porém agora estou tranquilo. No final de semana passada, enquanto ela tirava um cochilo..."

Uma onda de risos irrompeu na plateia.

"Desculpe! Desculpe!", disse ele. "Eu não tive escolha. De outra maneira, ela não ia deixar que eu fizesse isso. Portanto instalei as câmeras às escondidas em todos os cômodos. São tão pequenas que ela nunca vai notar. Vou mostrar para vocês muito rapidamente. Podemos mostrar as câmeras de 1 a 5 na casa de minha mãe?"

Uma grade de imagens surgiu, inclusive de sua mãe, caminhando devagar por um corredor iluminado, enrolada numa toalha. Irrompeu uma risada estrondosa.

"Opa. Vamos pular essa." A imagem desapareceu. "De todo modo, a questão é que eu sei que ela está bem e isso me dá uma sensação de paz. Como todos aqui no Círculo sabemos, a transparência leva à paz de espírito. Eu não preciso mais ficar preocupado e me perguntando 'Como está minha mãe?'. Não preciso mais ficar angustiado e me perguntando: 'O que está acontecendo em Myanmar?'.

"Estamos fabricando um milhão de câmeras deste modelo e minha previsão é de que em um ano teremos um milhão de transmissões ao vivo acessíveis. Em cinco anos, cinco milhões.

Em dez, dois bilhões de câmeras. Haverá poucas áreas povoadas fora do acesso das telas que temos em nossas mãos."

A plateia aplaudiu com estrondo outra vez. Alguém gritou: "Queremos isso agora!".

Bailey prosseguiu: "Em vez de fazer uma busca na internet, só para encontrar um vídeo editado e de qualidade horrorosa, agora vamos para SeeChange, digitamos Myanmar. Ou você digita o nome de seu namorado no colégio. É bem provável que alguém tenha instalado uma câmera perto dele, não é? Por que nossa curiosidade sobre o mundo não haveria de ser recompensada? Você quer ver Fiji, mas não pode ir lá? SeeChange. Quer ver como anda seu filho na escolar? SeeChange. Essa é a última palavra em transparência. Nenhum filtro. Ver tudo. Sempre".

Mae inclinou-se para Annie. "Isso é incrível."

"Eu sei, não é?", respondeu Annie.

"Agora, será que essas câmeras precisam ser estáticas?", perguntou Bailey, erguendo um dedo com ar de repreensão. "Claro que não. Por acaso, tenho uma dúzia de ajudantes em todo o mundo neste exato momento, com câmeras presas ao pescoço. Vamos visitá-los, que tal? Posso ver a imagem da câmera do Danny?"

Uma imagem de Machu Picchu surgiu na tela. Parecia um cartão-postal, uma tomada de cima, bem do alto, das ruínas antigas. E depois começou a mover-se para baixo, na direção do monumento. A multidão da plateia suspirou e depois aplaudiu.

"Essa é uma imagem ao vivo, embora eu creia que isso seja óbvio. Oi, Danny. Agora vamos ver Sarah no Monte Quênia." Surgiu outra imagem na grande tela, agora dos campos de xisto no alto da montanha. "Pode apontar para o pico, para nós, Sarah?" A câmera deslizou numa panorâmica para o alto, revelando o pico da montanha, envolto em neblina. "Vejam, isso abre a possibilidade de suplências visuais. Imaginem que estou de cama, ou debilitado demais para explorar eu mesmo as montanhas. Então mando alguém para lá com uma câmera presa ao pescoço e posso vivenciar tudo em tempo real. Vamos dar uma olhada em mais alguns lugares." Apresentou imagens ao vivo de Paris, Kuala Lumpur e de um pub em Londres.

"Agora vamos experimentar um pouco, usando tudo isso junto. Estou sentado em minha casa. Entro no site e quero ter uma noção do mundo. Mostre-me o trânsito na 101. Ruas de Jacarta. Surfe em Bolinas. A casa de minha mãe. Mostre-me as webcams de todo mundo que estudou comigo no ensino médio."

A cada comando apareciam imagens novas, até haver pelo menos cem imagens ao vivo na tela ao mesmo tempo.

"Vamos nos tornar onividentes, oniscientes."

A plateia agora estava de pé. O aplauso retumbou pelo salão. Mae repousou a cabeça no ombro de Annie.

"Tudo que acontece será conhecido", sussurrou Annie.

"Você está com um brilho diferente."

"Está sim."

"Não estou com brilho nenhum."

"Como se estivesse grávida."

"Sei o que você quis dizer. Pare."

O pai de Mae esticou o braço sobre a mesa e segurou a mão dela. Era sábado e seus pais estavam lhe oferecendo um jantar comemorativo pela sua primeira semana de trabalho no Círculo. Era o tipo de bobeira sentimental que eles viviam fazendo, pelo menos recentemente. Quando Mae era menor, filha única de um casal que por muito tempo pensou em não ter filhos, a vida doméstica deles era mais complicada. Durante a semana, o pai era raro. Trabalhava como gerente de obras num complexo comercial em Fresno, catorze horas por dia, deixando todos os assuntos de casa por conta da mãe, que trabalhava três turnos por semana no restaurante de um hotel e que reagia a toda aquela pressão com um temperamento explosivo, primordialmente dirigido a Mae. Mas quando Mae tinha dez anos, seus pais anunciaram que tinham comprado um estacionamento de dois andares perto do centro de Fresno e, durante alguns anos, os dois se revezaram na gerência do negócio. Era humilhante para Mae ouvir os pais de suas amigas dizerem: "Ei, vi sua mãe no estacionamento", ou "Agradeça a seu pai mais uma vez por me deixar estacionar de graça", mas pouco depois as finanças deles se estabilizaram e eles puderam contratar alguns empregados para se revezarem. E quando os pais puderam começar a tirar um dia de folga e fazer planos para mais do que alguns meses, eles se abrandaram, tornaram-se um casal velho muito calmo, irritantemente afetuoso. Era como se, no curso de um ano, eles se transformassem de pais jovens e complicados em avós vagarosos e amáveis, sem a menor ideia do que sua filha desejava exatamente. Quando ela terminou o ensino fundamental, levaram-na à Disneylândia sem se dar conta de que ela já era grande demais para isso e que o fato de ir para lá sozinha — com dois adultos, o que na prática significava que ia sozinha — estava em contradição com qualquer ideia de diversão. Mas eles eram tão bem-intencionados que ela não podia recusar, e no final tiveram uma espécie de diversão despreocupada que Mae nem sabia que era possível na companhia dos pais. Qualquer ressentimento remanescente que ela pudesse dirigir a eles por conta das incertezas emocionais de quando era mais nova era apagado pela constante água fria da meia-idade tardia dos pais.

E agora eles foram de carro até a baía para passar o fim de semana na pensão mais barata que conseguiram encontrar — que ficava a vinte e quatro quilômetros do Círculo e parecia um hotel fantasma. Agora tinham ido para um restaurante pseudochique de que os dois tinham ouvido falar e, se alguém estava com um brilho diferente, eram os dois. Eles estavam radiantes.

"E aí? É muito bom mesmo?", perguntou a mãe.

"É sim."

"Eu já sabia." Sua mãe relaxou e cruzou os braços.

"Não quero nunca mais trabalhar em outro lugar", disse Mae.

"Que alívio", disse o pai. "Nós também não queremos que você trabalhe em nenhum outro lugar."

A mãe deu um bote e agarrou o braço de Mae. "Contei para a mãe da Karolina. Você conhece." Torceu o nariz — o mais perto de um insulto que ela podia chegar. "Ela reagiu como se alguém tivesse cravado uma faca afiada em suas costas. Ficou fervendo de inveja."

"Mãe."

"Deixei escapar qual era seu salário."

"*Mãe.*"

"Eu só falei assim: 'Espero que ela consiga se virar com um salário de sessenta mil dólares'."

"Não acredito que você disse isso para ela."

"É verdade, não é?"

"Na verdade são sessenta e dois."

"Ah, meu Deus. Agora vou ter que falar para ela."

"Não, não vai não."

"Está certo, não vou. Mas foi muito divertido", disse a mãe. "Eu simplesmente deixei escapar no meio da conversa, assim de passagem, como quem não quer nada. Minha filha está trabalhando na empresa mais chique do planeta e tem um plano odontológico completo."

"Por favor, não faça isso. Eu tive sorte, mais nada. E a Annie..."

O pai inclinou-se para a frente. "Como *vai* a Annie?"

"Vai bem."

"Diga a ela que nós a adoramos."

"Pode deixar."

"Ela não pôde vir hoje aqui?"

"Não. Está ocupada."

"Mas você convidou?"

"Convidei. Ela mandou um abraço. Mas trabalha muito."

"O que ela faz, exatamente?", perguntou a mãe.

"Na verdade, tudo", respondeu Mae. "Faz parte da Gangue dos 40. Participa de todas as decisões importantes. Acho que ela é especializada em lidar com questões regulatórias em outros países."

"Tenho certeza de que ela tem muita responsabilidade."

"E opção de compra de ações!", disse o pai. "Não consigo imaginar quanto ela ganha."

"Pai. Não fique pensando nisso."

"Para que ela fica trabalhando se tem todas aquelas opções de compra? No lugar dela, eu estaria numa praia. Eu teria um harém."

A mãe de Mae colocou sua mão sobre a dele. "Vinnie, pare." Então voltou-se para Mae e disse: "Espero que ela tenha tempo livre para aproveitar tudo isso".

"Ela tem", respondeu Mae. "Na certa ela está numa festa lá no campus, enquanto estamos aqui conversando."

O pai sorriu. "Adoro que vocês chamem o lugar de campus. É muito legal. Antigamente chamávamos esses lugares de *escritórios*."

A mãe de Mae pareceu ficar embaraçada. "Uma festa, Mae? E você não quis ir?"

"Eu queria, mas queria ver vocês. E lá tem muitas festas."

"Mas logo na sua primeira semana?", a mãe se mostrou aflita. “Talvez você devesse ter ido. Agora fiquei mal. Nós tiramos você da festa.”

“Acredite em mim. Lá tem festa dia sim, dia não. São muito sociáveis. Não tem nenhum problema para mim.”

“Você não está levando seu almoço ainda, não é?”, perguntou a mãe. Ela fez a mesma recomendação quando Mae começou a trabalhar na empresa de serviço público: Não leve almoço de casa na primeira semana. Isso não é bem-visto.

“Não se preocupe”, respondeu Mae. “Eu nem usei o banheiro de lá.”

A mãe fez uma careta. “De todo modo, deixe-me dizer que estamos muito orgulhosos de você. Amamos você.”

“E a Annie também”, disse o pai.

“Certo. Amamos você e a Annie.”

Comeram rapidamente, sabendo que o pai de Mae logo ficaria cansado. Ele tinha feito questão de sair para jantar, embora raramente fizesse isso em sua cidade. Seu cansaço era constante e podia vir de repente e com muita força, deixando-o à beira da prostração. Quando estavam fora de casa, como agora, era importante que estivessem prontos para sair rapidamente. Assim, antes da sobremesa, eles saíram. Mae acompanhou os pais até seu quarto e lá, entre as dúzias de bonecas dos donos da pensão, espalhadas pelo quarto e olhando para eles, Mae e os pais puderam relaxar, sem temor de incidentes. Mae não tinha se acostumado ao fato do pai ter esclerose múltipla. O diagnóstico tinha sido feito havia apenas dois anos, embora os sintomas já fossem visíveis muito antes disso. Ele embolava as palavras, errava o alvo quando tentava pegar objetos e, por fim, tinha caído duas vezes, sempre no saguão da própria casa, ao estender a mão para abrir a porta da frente. Então eles venderam o estacionamento, obtiveram um lucro razoável e agora passavam o tempo cuidando da saúde dele, o que significava conferir as contas dos médicos e brigar com a empresa do plano de saúde pelo menos algumas horas por dia.

"Ah, nós vimos o Mercer um dia desses", disse a mãe, e o pai sorriu. Mercer era um ex-namorado de Mae, um dos quatro namorados mais sérios que ela tivera no ensino médio e na faculdade. Porém, para seus pais, Mercer era o único que importava realmente, ou o único que eles reconheciam e lembravam. O fato de ele continuar morando na cidade ajudava bastante.

"Que bom", disse Mae, querendo pôr logo fim àquele assunto. "Ele continua fazendo candelabros com chifres de cervos?"

"Vamos com calma", disse o pai, percebendo o tom irritado na voz da filha. "Agora ele tem seu próprio negócio. E não que ele se vanglorie nem nada, mas parece que está indo de vento em popa."

Mae precisava mudar de assunto. "Já consegui nota média 97 em minha avaliação", disse ela. "Dizem que é o recorde para um novato."

A expressão no rosto dos pais foi de perplexidade. O pai piscou os olhos lentamente. Eles não tinham a menor ideia do que ela estava falando. "O que é isso, meu bem?", perguntou o pai.

Mae começou a falar. Quando ouviu as palavras saírem da boca, entendeu que a frase seria comprida demais para explicar. "Como vão as coisas com o plano de saúde?", perguntou Mae e na mesma hora se arrependeu. Por que fazia perguntas como essa? A resposta ia tomar a noite inteira.

"Não vão bem", respondeu a mãe. "Não sei. Temos um plano ruim. Quer dizer, eles não querem assegurar seu pai, pura e simplesmente isso, e parece que fazem tudo que podem para abandonarmos o plano. Mas como vamos fazer isso? Não teríamos para aonde ir."

O pai ergueu a cabeça. "Fale para ela sobre a prescrição."

"Ah, está certo. Seu pai está tomando Copaxone faz dois anos, por causa da dor. Ele precisa. Sem isso..."

"A dor fica... tremenda", disse ele.

"Pois o plano de saúde diz que ele não precisa do remédio. Não faz parte da lista de medicamentos pré-aprovada. Apesar de ele estar usando o remédio há dois anos!"

"Parece uma crueldade desnecessária", disse o pai de Mae.

"Eles não ofereceram nenhuma alternativa. Nada para a dor!"

Mae não sabia o que dizer. "Lamento. Posso fazer uma busca na internet para ver se existem alternativas? Quer dizer, será que vocês verificaram se os médicos podem indicar outro remédio que o plano de saúde queira pagar? Talvez um genérico..."

E a conversa se estendeu por uma hora e, no fim, Mae estava arrasada. A esclerose múltipla, sua impotência para atenuar a doença, sua incapacidade para recuperar a vida que o pai tinha conhecido — aquilo torturava Mae, mas a situação do plano de saúde era outra coisa, era um crime desnecessário, um exagero. Será que essas empresas não se davam conta de que o custo de suas evasivas e negativas e toda a frustração que causavam só serviam para piorar mais ainda a saúde do pai e também ameaçava a da mãe? No mínimo, era algo ineficiente. O tempo gasto para negar a cobertura, discutir, recusar, impedir, sem dúvida gerava mais problema do que simplesmente assegurar aos pais o acesso aos cuidados devidos.

"Chega de falar disso", disse a mãe. "Trouxemos uma surpresa para você. Onde está? Está com você, Vinnie?"

Juntaram-se na cama coberta por uma colcha de retalhos puída e o pai entregou para Mae um pequeno embrulho de presente. O tamanho e o formato da caixa sugeriam uma gravata, mas Mae sabia que não podia ser isso. Quando desembrulhou o pacote, abriu a caixa de veludo e riu. Era uma caneta, uma dessas canetas especiais, de prata e estranhamente pesada, que requeria cuidado, recarga e servia sobretudo para ostentação.

"Não se preocupe, não compramos", disse o pai de Mae.

"Vinnie!", gemeu a mãe.

"Sério", disse ele, "não compramos. Um amigo meu me deu essa caneta ano passado. Ele ficou com pena por eu não poder mais trabalhar. Não sei que tipo de utilidade ele achou que a caneta podia ter para mim, quando mal consigo digitar num teclado. Mas aquele cara nunca foi mesmo muito inteligente."

"Achamos que ia ficar bonita na sua mesa de trabalho", acrescentou a mãe.

"Somos ou não somos os melhores?", disse o pai.

A mãe de Mae riu e, mais importante, o pai de Mae riu. Ele tinha uma dessas gargalhadas sonoras. Na segunda fase da vida dos pais, a fase mais calma, ele passou a ser alguém que ria muito, ria toda hora, um homem que ria de tudo. Era o som primário dos anos de adolescência de Mae. O pai ria de coisas que eram nitidamente engraçadas e de coisas capazes de provocar no máximo um sorriso na maioria das pessoas, e ria também nas horas em que devia ficar sério. Quando Mae era malcomportada, ele achava hilariante. Certa noite, surpreendeu a filha escapulindo pela janela do quarto para se encontrar com Mercer, e ele quase desmaiou de tanto rir. Tudo era cômico, tudo na adolescência de Mae era motivo de gargalhada para o pai. "Você devia ter visto a cara que fez quando me viu! Impagável!"

Mas aí veio o diagnóstico de esclerose múltipla e a maior parte daqueles risos foi embora. A dor era constante. Os ataques em que ele não conseguia se levantar, em que não conseguia que suas pernas o suportassem, eram muito frequentes, muito perigosos. Toda semana ele ia parar no pronto-socorro do hospital. E por fim, graças aos esforços heroicos da mãe de Mae, ele encontrou alguns médicos que lhe deram atenção, prescreveram os medicamentos corretos e estabilizaram a doença, pelo menos por um tempo. E depois vieram os embates com o plano de saúde, a descida para o purgatório dos serviços de assistência médica.

Naquela noite, porém, ele estava muito animado e a mãe sentia-se bem, pois tinha encontrado um vinho xerez na minúscula cozinha, que ela dividia com Mae. O pai dali a pouco estava dormindo com as roupas que vestia, estirado em cima das cobertas, com todas as luzes acesas, enquanto Mae e a mãe ainda falavam em alto volume. Quando perceberam que ele havia apagado, Mae arrumou uma cama para si bem perto da cama deles.

De manhã, dormiram até tarde e foram a um restaurante para almoçar. O pai comeu bem e Mae observou a mãe fingir indiferença, os dois conversando sobre o último negócio extravagante de um tio excêntrico, algo que tinha a ver com criar lagostas em plantações de arroz. Mae sabia que a mãe, a todo momento, ficava nervosa e preocupada com o pai, por sair duas vezes seguidas com ele para comer fora, e o observava com toda atenção. O pai parecia alegre, mas suas energias diminuíram rapidamente.

"Vocês podem ficar conversando", disse ele. "Vou para o carro me reclinar um pouco."

"Podemos ajudar", disse Mae, porém a mãe fez sinal para ela se calar. O pai já estava de pé e andava na direção da porta.

"Ele fica cansado. Está tudo bem", disse a mãe. "É só essa rotina diferente. Ele descansa. Faz as coisas, anda, come, fica animado por um tempo, depois descansa. É muito regular e tranquilizador, para dizer a verdade."

Elas pagaram a conta e saíram para o estacionamento. Através da janela do carro, Mae viu os tufos brancos do cabelo do pai. A maior parte de sua cabeça estava abaixo da linha da janela, de tão reclinado que estava o banco. Quando chegaram ao carro, viram que o pai estava acordado, olhando para os ramos entrelaçados de uma árvore comum. Ele baixou o vidro da janela.

"Bem, foi maravilhoso", disse ele.

Mae despediu-se e foi embora, feliz por ter ainda a tarde livre. Ela dirigiu para oeste. Era um dia calmo e ensolarado, as cores da paisagem que passava eram claras e simples, azuis, amarelos e verdes. Quando se aproximou da costa, virou para a baía. Ainda podia andar de caiaque por algumas horas, se fosse depressa.

Mercer havia ensinado Mae a andar de caiaque, uma atividade que até então ela achava sem graça e desajeitada. Sentar na linha da água e fazer força para mover aquele remo em forma de pá de sorvete. A constante torção parecia penosa e o ritmo parecia vagaroso demais. No entanto, ela experimentou depois, com Mercer, usando não os modelos profissionais, mas algo mais básico, o tipo em que o condutor senta por cima, com as pernas e os braços para fora. Ficaram remando pela baía, moviam-se muito mais depressa do que ela esperava, e viram focas, pelicanos, e Mae acabou convencida de que era um esporte criminosamente subestimado e que a baía era uma massa de água tremendamente subutilizada.

Eles iam a uma praiazinha, o aluguel de caiaque não exigia nenhum treinamento, equipamento nem nada; era só pagar quinze dólares por hora e em poucos minutos os dois estavam no meio da baía.

Hoje, ela estacionou o carro na beira da rodovia, foi até a praia e lá achou a água plácida, lisa.

"Ei, você", disse uma voz.

Mae virou-se e viu uma mulher mais velha, de pernas arqueadas e cabelo crespo. Era Marion, dona da empresa Viagens de Solteira. Ela era a solteira, e já era havia quinze anos, desde quando tinha aberto seu negócio, depois de ganhar muito dinheiro com uma papelaria. Contou isso para Mae na primeira vez em que lhe alugou um caiaque e contava para todo mundo a mesma história, que Marion imaginava ser engraçada, de que ela ganhara dinheiro vendendo artigos de escritório e depois abriu um serviço de aluguel de caiaques e *paddle boards*. Mae nunca soube por que razão Marion achava aquilo engraçado. Mas Marion era simpática e acolhedora, mesmo quando Mae pedia para alugar um caiaque poucas horas antes de fechar, como era o caso naquele dia.

"Está lindo, o mar", disse Marion. "Mas não vá muito para longe."

Marion ajudou Mae a puxar o caiaque sobre a areia e as pedras até as ondas minúsculas. Puxou o botão do salva-vidas inflável de Mae. "E lembre-se, não perturbe o pessoal que mora nos barcos. Os quartos deles ficam na altura dos seus olhos, portanto não fique espiando. Quer um corta-vento ou um traje protetor?", perguntou. "O tempo pode virar."

Mae recusou e entrou no caiaque, descalça, com o suéter e a calça jeans que usou no almoço. Em segundos remou para além dos barcos de pesca, passou pela arrebentação e pelos praticantes de *paddle board* e se encontrou na água desimpedida da baía.

Não viu ninguém. O fato de aquele volume de água ser tão pouco utilizado deixara Mae perplexa durante meses. Ali não havia jet-skis. Um ou outro pescador, um ou outro barco a motor, nenhum esquiador. A água gelada era só uma parte da explicação. Talvez houvesse simplesmente muitas outras coisas para fazer ao ar livre no norte da Califórnia, quem sabe? Era um mistério, mas Mae não se queixava. Assim ficava mais água para ela.

Mae enfiava o remo na barriga da baía. A água de fato ficou mais agitada e borrifos gelados bateram em seus pés. Era uma sensação boa, tão boa que ela estendeu a mão para baixo, apanhou um punhado de água e encharcou o rosto e a nuca. Quando abriu os olhos, viu uma foca, a uns seis metros à frente, olhando para ela como faria um cachorro tranquilo em cujo quintal ela tivesse entrado. A cabeça da foca era arredondada, cinzenta, com um brilho lustroso de mármore polido.

Mae manteve o remo sobre as pernas, olhando para a foca, enquanto a foca olhava para ela. Seus olhos eram botões negros, sem reflexos. Mae não se mexia e a foca não se mexia. Estavam ambas presas num olhar mútuo e o momento, a maneira como ele se prolongava e se deliciava nele mesmo, pedia uma continuação. Para que se mexer?

Uma rajada de vento atingiu Mae e, junto, o cheiro forte da foca. Mae havia notado aquilo na última vez em que andara de caiaque, o cheiro forte daqueles bichos, uma mistura de atum e cachorro sujo. Era melhor ficar a favor do vento. Como se de repente se sentisse constrangida, a foca mergulhou.

Mae continuou longe da praia. Estabeleceu o objetivo de chegar a uma boia vermelha, que tinha visto perto da ponta de uma península, já no fundo da baía. Chegar lá levaria uns trinta minutos, mais ou menos, e no caminho ela passaria por um punhado de saveiros e barcos a vela ancorados. Muitos tinham se transformado em residências de vários tipos e Mae sabia que não devia olhar pelas janelas, mas não conseguiu evitar; havia mistérios a bordo. Por que havia uma motocicleta naquele saveiro? Por que havia uma bandeira dos Confederados naquele iate? Mais ao longe, viu um hidroavião andando em círculos.

O vento aumentou por trás de Mae, levou o caiaque rapidamente para além da boia vermelha e mais para perto da costa do outro lado. Ela não tinha planejado ir para lá e nunca havia atravessado a baía, mas em pouco tempo a costa estava à vista e ela ia ligeira em sua direção, as algas ficaram visíveis por baixo dela, quando a água foi ficando mais rasa.

Mae desceu do caiaque, seus pés pisaram em pedras, todas redondas e lisas. Quando estava puxando o caiaque, a água subiu e envolveu suas pernas. Não foi uma onda; era antes uma subida repentina e uniforme do nível da água. Num segundo, Mae estava de pé no seco; no outro, a água batia em suas canelas e Mae ficou encharcada. Quando a água baixou outra vez, deixou para trás uma larga fileira de algas bizarras e enfeitadas — azuis, verdes e, sob a luz, iridescentes. Segurou as plantas na mão e viu que eram lisas, borrachentas, as beiradas tinham franzidos extravagantes. Os pés de Mae estavam molhados e a água estava fria como neve, mas ela não se importou. Sentou-se na praia rochosa, pegou um pedaço de pau e enfiou no meio das pedras lisas. Pequenos caranguejos, incomodados, saíram de debaixo da terra, correndo em busca de novos abrigos. Um pelicano pousou na ponta da praia, sobre o tronco de uma árvore morta que se tornara muito branco, tombado numa diagonal, com uma extremidade afundada na água cinzenta, cor de aço, e a outra apontando preguiçosamente para o céu.

E então Mae se viu chorando. Seu pai era um desastre. Não, ele não era um desastre. Estava enfrentando a situação toda com grande dignidade. Mas naquela manhã havia nele um cansaço muito grande, uma derrota, uma resignação, como se soubesse que não podia lutar ao mesmo tempo contra o que estava acontecendo em seu corpo e contra as empresas que lhe prestavam assistência médica. E não havia nada que ela pudesse fazer por ele. Não, havia coisas demais para fazer por ele. Mae podia largar o emprego. Podia largar o emprego e ajudar a dar os telefonemas, travar as muitas batalhas para manter seu pai bem. Era isso que uma boa filha faria. O que uma boa filha, uma filha única, faria. Uma boa filha única poderia passar ao lado do pai os próximos três ou cinco anos, que poderiam ser os últimos anos de mobilidade dele, de plena capacidade, ajudando, ajudando sua mãe, sendo parte da engrenagem da família. Mas Mae sabia que os pais não permitiriam que fizesse aquilo tudo. Não permitiriam. E assim ela ficava dividida entre o emprego que amava e de que precisava e os pais, que não podia ajudar.

Mas chorar deu uma sensação boa, deixar os ombros sacudirem, sentir as lágrimas quentes no rosto, sentir seu gosto salgadinho, enxugar o muco nasal com o lado avesso de sua blusa. E quando terminou, Mae empurrou de novo o caiaque de volta para a água e se viu remando num ritmo acelerado. Quando chegou ao meio da baía, parou. Agora as lágrimas tinham secado, a respiração estava normal. Ela estava calma e sentia-se forte, mas em vez de ir na direção da boia vermelha, na qual não tinha mais nenhum interesse, Mae ficou parada com o remo sobre as pernas, deixou que as ondas a balançassem de leve, sentiu o sol morno secar suas mãos e seus pés. Muitas vezes fazia isso quando estava longe da costa — apenas ficava parada, sentindo o vasto volume do oceano embaixo dela. Naquela parte da baía havia tubarões-leopardo, arraias-morcego, águas-vivas, um ou outro golfinho, mas ela não conseguia ver nada disso. Estavam ocultos na água escura, em seu negro mundo paralelo, e ter consciência de que estavam lá, mas sem saber onde, ou sem saber qualquer outra coisa, dava em Mae, naquele momento, uma sensação estranhamente justa. Muito além, ela podia ver onde a entrada da baía dava para o oceano e lá, abrindo caminho numa leve faixa de neblina, avistou um enorme navio porta-contêineres que rumava para o mar aberto. Mae pensou em se pôr em movimento, mas não viu motivo. Parecia não haver nenhuma razão para ir a lugar nenhum. Estar ali, no meio da baía, sem nada para fazer ou ver, era mais do que suficiente. Ficou parada, lentamente à deriva, durante quase uma hora. De repente sentiu de novo aquele cheiro de cachorro e atum e virou-se para avistar outra foca curiosa, e as duas ficaram se olhando, e ela se perguntava se a foca sabia, como ela, que aquilo era bom, que sorte tinham ambas por dispor de tudo aquilo para si.

No fim da tarde, os ventos que vinham do Pacífico bateram mais fortes e voltar para a costa foi penoso. Quando chegou em casa, seus braços estavam pesados e a cabeça zonza. Fez uma salada, comeu meio saco de batatas fritas e ficou olhando pela janela. Adormeceu às oito e dormiu por onze horas.

A manhã foi atarefada, como Dan avisou que seria. Às oito da manhã, ele reuniu os aproximadamente cem representantes de EC, entre eles Mae, e lembrou a todos que abrir as comportas da represa na segunda-feira de manhã era sempre uma operação de risco. Todos os clientes que buscavam respostas durante o fim de semana com certeza esperavam ver as suas dúvidas atendidas na segunda-feira de manhã.

Ele tinha razão. A represa foi aberta, o dilúvio chegou, e Mae trabalhou contra a corrente até onze horas, mais ou menos, quando veio algo semelhante a uma pausa. Tinha tratado de quarenta e nove perguntas e estava com nota média 91, sua nota mais baixa até então.

Não se preocupe, disse Jared numa mensagem. *É o que se espera mesmo numa segunda-feira. Faça o maior número de verificações que puder.*

Mae tinha mandado questionários de verificação a manhã inteira, com resultados limitados. Os clientes estavam azedos. A única notícia boa naquela manhã veio do sistema de comunicação interno da empresa, quando apareceu uma mensagem de Francis, convidando Mae para almoçar. Oficialmente ela e os outros funcionários de EC tinham uma hora de almoço, mas Mae não viu ninguém se afastar da cadeira por mais de vinte minutos. Mae deu a si mesma aquele tempo, embora as palavras da mãe, que equiparavam o almoço a uma falta ao dever, chocalhassem em sua cabeça.

Mae chegou tarde à Lanchonete de Vidro. Olhou em volta e para cima e afinal localizou Francis sentado alguns níveis acima, seus pés balançando no ar, empoleirado num banco alto de acrílico. Mae acenou, mas não conseguiu atrair sua atenção. Gritou para ele, da maneira mais discreta que pôde, inutilmente. Então, sentindo-se tola, mandou uma mensagem de texto e ficou olhando para ele, que, quando recebeu a mensagem, procurou em volta, viu Mae e acenou para ela.

Mae avançou na fila, pegou um burrito vegetariano e uma espécie nova de refrigerante orgânico, e sentou-se ao lado dele. Francis vestia camisa franzida e clara e calça de carpinteiro. Do seu banco, ele podia ver a piscina externa, onde um grupo de funcionários tentava jogar uma partida de vôlei.

"Não é um pessoal tão atlético assim", observou Francis.

"Não", respondeu Mae. Enquanto ele olhava para a caótica agitação da água abaixo, Mae tentava sobrepor naquele rosto a sua frente o outro rosto, de que ela se lembrava da primeira noite. Havia as mesmas sobrancelhas pesadas, o mesmo nariz proeminente. Mas agora Francis parecia ter encolhido. Suas mãos, que usavam garfo e faca para cortar o burrito em duas partes, pareciam invulgarmente delicadas.

"É quase uma crueldade", disse ele, "ter aqui tantos equipamentos de atletismo quando não existe nenhuma aptidão atlética. É como uma família de cientistas cristãos que moram ao lado de uma farmácia." Então virou para ela. "Obrigado por ter vindo. Eu não sabia se veria você de novo."

"Pois é, ando tão atarefada."

Ele apontou para sua comida. "Tive que começar. Desculpe. Para ser franco, eu nem esperava que você viesse."

"Desculpe o atraso", disse Mae.

"Não, acredite, eu entendo. Você precisa encarar a enxurrada da segunda-feira. Os clientes estão à espera. O almoço é muito secundário."

"Preciso confessar que me senti mal pela maneira como terminou nossa conversa naquela noite. Desculpe pela Annie."

"Vocês duas realmente se beijaram? Tentei encontrar um lugar de onde eu pudesse espiar, mas..."

"Não."

"Achei que se eu subisse numa árvore..."

"Não. Não. É só o jeito da Annie. Ela é uma boba."

"Ela é uma boba que por acaso está no grupo de um por cento de pessoas que comandam isto aqui. Quem dera eu fosse esse tipo de bobo."

"Mas você estava me contando sobre sua infância."

"Meu Deus. Será que foi culpa do vinho?"

"Não precisa me contar nada."

Mae sentiu-se péssima, sabendo o que já sabia, na esperança de que Francis lhe contasse e assim ela pudesse riscar a versão anterior, contada indiretamente, da história dele e escrever por cima a versão contada por Francis.

"Não, tudo bem", respondeu Francis. "Conheci uma porção de adultos interessantes que foram pagos pelo governo para cuidar de mim. Foi impressionante. Quanto tempo tem livre, dez minutos?"

"Até uma hora."

"Bom. Mais oito minutos, portanto. Coma. Vou falar. Mas não sobre minha infância. Você já sabe o bastante. Eu imagino que a Annie já tenha falado sobre a parte macabra. Ela gosta de contar essa história."

E então Mae tentou comer o máximo que pôde no menor tempo possível, enquanto Francis falava sobre um filme que tinha visto no cinema do campus, na noite anterior. Aparentemente a diretora havia comparecido para apresentar o filme e respondido perguntas após a projeção.

"O filme era sobre uma mulher que mata o marido e os filhos e, durante a sessão de perguntas, descobrimos que a tal diretora está envolvida numa longa disputa com o ex-marido pela guarda dos filhos. Então ficamos todos olhando uns para os outros, pensando: Será que essa senhora está elaborando algumas questões pessoais na tela do cinema ou..."

Mae riu e depois, recordando a infância horrível de Francis, cortou o riso.

"Tudo bem", disse ele, que imediatamente se deu conta do motivo por que Mae tinha se contido. "Não quero que você pense que precisa pisar em ovos comigo. Já faz muito tempo e, se eu não me sentisse à vontade nesse terreno, não estaria trabalhando no ChildTrack, para o rastreamento de crianças."

"Certo. Mesmo assim, me desculpe. Não sou boa para saber o que dizer na hora certa. Mas e o projeto, está indo bem? Vocês já estão próximos de..."

"Você continua bastante abalada! Eu gosto disso", falou Francis.

"Você gosta de uma mulher abalada."

"Sobretudo na minha presença. Quero você alerta, abalada, intimidada, algemada e com vontade de se prostrar ao meu comando."

Mae queria rir, mas descobriu que não era capaz.

Francis estava olhando fixamente para seu prato. "Merda. Toda vez que meu cérebro estaciona o carro direito na entrada da casa, minha boca arrebenta a parede dos fundos da garagem. Desculpe. Juro que estou trabalhando para resolver isso."

"Tudo bem. Me conte sobre..."

"O ChildTrack." Ele ergueu os olhos. "Quer mesmo saber?"

"Quero."

"Porque, depois que eu começar, o seu dilúvio de segunda--feira vai parecer uma goteira."

"Ainda temos cinco minutos e meio."

"Muito bem, você se lembra de quando tentaram fazer os implantes na Dinamarca?"

Mae balançou a cabeça. Tinha uma vaga lembrança de um caso terrível de sequestro e assassinato de criança...

Francis conferiu as horas no relógio de pulso, como se soubesse que explicar o caso da Dinamarca fosse roubar um minuto. Suspirou e começou: "Então, faz alguns anos, o governo da Dinamarca experimentou um programa em que inseriam chips nos pulsos das crianças. É fácil, leva dois segundos, não tem nada de prejudicial à saúde e funciona instantaneamente. Todos os pais sabem onde estão seus filhos a qualquer momento. Restringiram o emprego a crianças com menos de catorze anos e, de início, todo mundo gostou. As disputas judiciais foram descartadas porque são muito poucas as objeções possíveis e o índice de aprovação chegava à Lua. Os pais adoram. Mas *adoram* mesmo. São crianças e vamos fazer tudo para que fiquem a salvo, certo?"

Mae fez que sim com a cabeça, mas de repente lembrou-se de que aquela história terminava de maneira horrível.

"Mas então sete crianças desapareceram no mesmo dia. A polícia, os pais, todos pensam: Tudo bem, não tem problema. Sabemos onde estão as crianças. Eles seguem o sinal dos chips, todos os sete apontam para um estacionamento, eles encontram todos em um saco, todos ensanguentados. Só os chips."

"Agora estou lembrando." Mae sentiu-se enjoada.

"Encontraram os corpos uma semana depois e àquela altura o público estava em pânico. Todos se comportavam de forma irracional. Acham que os chips *causaram* os raptos e os assassinatos, que de alguma forma os chips induziram quem quer que tenha feito aquilo a agir assim, que tornaram a tarefa mais atraente."

"Foi uma coisa horrorosa. Foi o fim da ideia dos chips."

"Pois é, mas o raciocínio era ilógico. Sobretudo aqui. Temos, digamos, doze mil sequestros por ano? Quantos assassinatos? O problema lá é que os chips foram implantados muito superficialmente. Qualquer pessoa, se quisesse, podia simplesmente cortar a pele e arrancar o chips do pulso. Muito fácil. Mas as experiências que estamos fazendo aqui... Você conheceu a Sabine?"

"Conheci."

"Bem, ela faz parte da equipe. Ela não vai contar nada disso para você, porque está trabalhando num projeto correlato do qual não pode falar. Mas para isso ela imaginou um jeito de colocar um chip no osso. E isso faz toda diferença do mundo."

"Ah, meu Deus. Que osso?"

"Não importa, nem penso nisso. Você está fazendo uma careta terrível."

Mae corrigiu seu rosto, tentou mostrar-se neutra.

"Claro, é uma loucura. Quero dizer, algumas pessoas surtam com essa história de pôr chips em nossas cabeças, nossos corpos, mas esse negócio é quase tão tecnologicamente avançado quanto um walkie-talkie. Não faz nada senão mostrar onde alguma coisa está. E afinal os chips já estão em toda parte. Qualquer produto que a gente compre tem um desses chips. A gente compra um som estéreo, tem um chip. A gente compra um carro, tem uma porção de chips. Algumas empresas colocam chips em embalagens de alimentos para ter certeza de que o produto está fresco quando chega ao supermercado. É só um rastreador simples. E se a gente embutir no osso, ele fica lá e não pode ser visto a olho nu... não é como o que puseram no pulso."

Mae baixou seu burrito. "Mas é no osso mesmo?"

"Mae, pense num mundo onde nunca mais pudesse ocorrer um crime grave contra uma criança. Nenhum crime possível. No mesmo segundo em que uma criança não está onde deveria estar, um sinal de alerta geral dispara e a criança pode ser rastreada imediatamente. *Todo mundo* pode rastreá-la. Todas as autoridades sabem na mesma hora que ela desapareceu, mas sabem exatamente onde ela está. Podem ligar para a mãe e dizer: 'Ei, ela foi ao shopping, só isso', ou podem localizar o agressor em segundos. A única esperança que um sequestrador pode ter é levar a criança correndo para o mato, fazer alguma coisa e fugir antes que o mundo desabe em cima dele. Mas só vai ter um minuto e meio para fazer isso."

"Ou se conseguirem bloquear a transmissão do sinal do chip."

"Claro, mas quem tem essa capacidade? Quantos pedófilos gênios da eletrônica existem? Muito poucos, suponho. Portanto imediatamente você apanha todos os sequestros de crianças, estupros, assassinatos e reduz em noventa e nove por cento. E o preço é pôr um chip no tornozelo das crianças. Você prefere uma criança viva com um chip no tornozelo, uma criança que você sabe que vai crescer a salvo, uma criança que pode voltar a correr solta pelo parque, ir de bicicleta para a escola, tudo isso?"

"Você ia completar a frase com um *ou*."

"Certo, ou quer uma criança morta? Ou quer anos de preocupação toda vez que seu filho vai para o ponto de ônibus? Quero dizer, a gente fez pesquisas com pais em todo o mundo e, depois que superam a repulsa inicial, obtivemos um índice de aprovação de oitenta e oito por cento. Depois que eles põem na cabeça que isso é possível, eles nos dizem: 'Por que não fazer isso tudo já, logo de uma vez? Quando começamos?'. Veja, isso vai ser o início de uma nova era de ouro para os jovens. Uma era sem preocupações. Merda. Agora você se atrasou. Olhe só."

Apontou para o relógio. 1h02.
Mae correu.

A tarde foi implacável e sua nota média a duras penas chegou a 93. No fim do dia, Mae estava exausta e voltou-se para a segunda tela e encontrou uma mensagem de Dan. *Tem um segundo? Gina do Círculo Social gostaria de alguns minutos do seu tempo.*

Mae respondeu: *Que tal daqui a quinze minutos? Tenho de despachar um monte de questionários de verificação e desde o meio-dia não faço xixi*. Era a verdade. Fazia três horas que ela não saía da cadeira e além do mais queria ver se conseguia uma nota maior do que 93. Tinha certeza de que era por isso, sua nota média baixa, que Dan queria que ela conversasse com Gina.

Dan só escreveu: *Obrigado, Mae*, palavras que ficaram rodando em sua cabeça no caminho para o banheiro. Será que Dan estava agradecendo por estar disponível dali a quinze minutos ou agradecendo, com severidade, por um nível indesejável de intimidade higiênica?

Mae já estava quase na porta do banheiro quando viu um homem, de calça jeans verde apertada e de camisa justa de manga comprida parado no corredor, sob uma janela estreita e alta, olhando fixamente para seu celular. Banhado pela luz branco-azulada, ele parecia estar à espera de instruções da tela do telefone.

Mae entrou.

Quando terminou, abriu a porta e deparou com o homem no mesmo lugar, agora olhando para a janela.

"Você parece perdido", disse Mae.

"Não. Estou só pensando numa coisa antes de, você sabe, subir de novo. Você trabalha aqui?"

“Sim. Sou nova. Em EC.”

“EC?”

“Experiência do Cliente;”

“Ah, sim. Antigamente a gente chamava só de Atendimento ao Cliente.”

“Então, pelo que vejo, você não é novo aqui.”

“Eu? Não, não. Estou aqui já faz certo tempo. Não neste prédio.” Sorriu e olhou para fora, pela janela e, com o rosto dele virado, Mae observou-o com atenção. Os olhos eram escuros, o rosto oval e o cabelo grisalho, quase branco, mas ele não podia ter mais do que trinta anos. Era magro, robusto, a calça jeans apertada e a camisa justa de manga comprida davam à sua silhueta rápidas pinceladas finas e grossas de caligrafia.

Ele virou para Mae de novo, piscando os olhos, zombando de si mesmo e de suas maneiras desajeitadas. “Desculpe. Me chamo Kalden.”

“Kalden?”

“É tibetano”, explicou. “Significa alguma coisa dourada. Meus pais sempre quiseram ir para o Tibete, mas o máximo que chegaram foi a Hong Kong. E seu nome?”

“Mae”, disse ela, e os dois apertaram as mãos. O aperto de mão dele foi forte, mas superficial. Tinham ensinado que ele devia apertar a mão das pessoas, imaginou Mae, só que ele nunca entendera por quê.

“Então você não está perdido”, disse Mae, dando-se conta de que ela era esperada em sua mesa de trabalho; já havia se atrasado uma vez naquele dia.

Kalden percebeu. “Ah, você precisa ir. Posso acompanhar você até lá? Só para ver onde trabalha.”

“Hmm”, disse Mae, sentindo-se agora muito insegura. “Claro.” Se não soubesse de antemão e se não pudesse ver o crachá pendurado em seu pescoço, Mae teria imaginado que Kalden, com sua curiosidade aguçada, mas sem alvo, ou era alguém que se perdeu na rua ou algum tipo de espião corporativo. Mas Mae não sabia de nada. Fazia uma semana que trabalhava no Círculo. Aquilo podia ser uma espécie de teste. Ou só algum colega excêntrico do Círculo.

Mae levou-o à mesa dela.

"Está muito arrumada", disse ele.

"Eu sei. Acabei de começar, não esqueça."

"E eu sei que alguns dos Sábios gostam que as mesas fiquem bem organizadas. Você já viu algum desses caras por aqui?"

"Quem? Os Sábios?" Mae zombou. "Aqui, não. Pelo menos, ainda não."

"É, acho que não", disse Kalden e se agachou, a cabeça na altura do ombro de Mae. "Posso ver o que você faz?"

"No meu trabalho?"

"Sim. Posso olhar? Quero dizer, se isso não for incomodar."

Mae fez uma pausa. Tudo e todo mundo que ela havia conhecido no Círculo obedeciam a um modelo lógico, a um ritmo, mas Kalden era uma anomalia. Seu ritmo era diferente, atonal e estranho, mas não era desagradável. Tinha o rosto tão franco, os olhos cristalinos, gentis, despretensiosos, e falava tão manso que qualquer possibilidade de ameaça parecia algo remoto.

"Claro, eu acho", respondeu Mae. "Mas não tem nada de emocionante."

"Talvez sim, talvez não."

E então ele viu Mae responder as perguntas dos clientes. Quando virava para ele, depois de cada parte aparentemente trivial de seu trabalho, a tela dançava reluzente nos olhos de Kalden, seu rosto enlevado — como se nunca tivesse visto nada mais interessante em toda a vida. Em outros momentos, porém, ele parecia distante, vendo alguma coisa que ela não conseguia ver.

Kalden olhava para a tela, porém seus olhos enxergavam algo interior, profundo.

Mae prosseguiu e ele continuou a fazer perguntas eventuais. "Mas quem era esse aí?" "Quantas vezes isso acontece?" "Por que você respondeu desse jeito?"

Ele estava perto dela, perto demais, se fosse uma pessoa normal com ideias comuns sobre espaço pessoal, no entanto estava mais do que claro que Kalden não era esse tipo de pessoa, um tipo de pessoa normal. Enquanto observava a tela, e às vezes os dedos de Mae no teclado, o queixo de Kalden ficava quase colado no ombro dela, sua respiração leve, mas audível, seu cheiro, um odor simples de sabonete e xampu de banana, chegava a Mae no vento de suas diminutas expirações. Toda aquela experiência era tão estranha que Mae ria nervosa em intervalos de alguns segundos, sem saber o que mais devia fazer. E então terminou. Ele pigarreou e se ergueu.

"Bem, é melhor eu ir embora", disse. "Vou sair de fininho. Não quero interromper seu ritmo. Vou encontrar você pelo campus, tenho certeza."

E foi embora.

Antes que Mae conseguisse tirar da cabeça o que tinha acabado de acontecer, um rosto novo apareceu a seu lado.

"Oi, sou Gina. O Dan disse que eu viria?"

Mae fez que sim com a cabeça, embora não se lembrasse de nada. Olhou para Gina, alguns anos mais velha do que ela, na esperança de conseguir lembrar-se de algo a seu respeito e daquele encontro. Os olhos de Gina, negros e carregados de delineador e de rímel azul lunar, sorriam para ela, embora Mae não sentisse nenhuma afeição emanando daqueles olhos, ou de Gina em seu todo.

"Dan disse que este seria um bom momento para organizar seus contatos sociais. Está com tempo?"

"Claro", respondeu Mae, embora não tivesse tempo nenhum.

"Acho que na semana passada você andou ocupada demais para criar sua conta social na empresa, não é? E acho que você também não importou seu perfil antigo, não é?"

Mae praguejou contra si mesma. "Desculpe. Andei soterrada de tanto trabalho até agora."

Gina franziu o cenho.

Mae voltou atrás, disfarçando sua falha com uma risada. "Não, de um jeito positivo! Mas ainda não tive tempo para fazer as tarefas extracurriculares."

Gina inclinou a cabeça e pigarreou de modo teatral. "É muito interessante a maneira como você se exprime", disse ela, sorrindo, embora não parecesse contente. "Na verdade, encaramos seu perfil e a atividade nele como algo integrante de sua participação aqui. É assim que seus colegas de trabalho, mesmo aqueles que estão do lado oposto do campus, sabem quem você é. *Comunicação* certamente não é um assunto extracurricular, certo?"

Agora Mae ficou embaraçada. "Certo", respondeu. "É claro."

"Se você visita a página de um colega de trabalho e escreve algo no mural dele, isso é uma coisa *positiva*. É um gesto de *comunidade*. Um gesto de *estender a mão*. E é claro que nem preciso lhe dizer que esta empresa existe por causa das mídias sociais, que você julga *extracurriculares*. Imagino que você usava nossas ferramentas de mídia social antes de vir para cá, não é?"

Mae não tinha certeza do que devia dizer para tranquilizar Gina. Tinha ficado muito atarefada com o serviço, não queria se distrair, por isso adiou a reativação de seu perfil na mídia social.

"Desculpe", conseguiu dizer Mae. "Eu não quis dizer que era uma coisa extracurricular. Na verdade acho que é fundamental. É que estou ainda me aclimatando com o trabalho aqui e queria me concentrar no aprendizado de minhas novas responsabilidades."

Mas Gina tinha entrado por uma trilha e não ia parar antes de levar seu pensamento até o fim. "Você se dá conta de que *comunidade* e *comunicação* provêm da mesma raiz lexical, *communis*, palavra latina para comum, público, compartilhado por todos ou por muitos?"

O coração de Mae estava batendo forte. "Desculpe, Gina. Batalhei muito para trabalhar aqui. Eu sei de tudo isso. Estou aqui porque acredito em tudo o que você disse. Só que fiquei um pouco desorientada na semana passada e nem tive tempo para fazer isso."

"Tudo bem. Mas de agora em diante é bom você saber que ser social e ser uma presença em seu perfil e em todas as contas correlacionadas faz parte do motivo por que você está aqui. Consideramos sua presença na internet algo intrínseco a seu trabalho aqui. Tudo está correlacionado."

"Eu sei. Mais uma vez, me desculpe por ter exprimido mal meus sentimentos."

"Muito bem. Então vamos começar a pôr isso em ordem." Gina estendeu a mão por trás da divisória da mesa de Mae e pegou outra tela, maior do que a segunda, que ela rapidamente arrumou e ligou ao computador de Mae.

"Muito bem. Então sua segunda tela vai continuar a ser a forma como você mantém contato com sua equipe. Vai ser exclusiva para assuntos de EC. Sua terceira tela é para sua participação na rede social, no Círculo da empresa e no Círculo mais amplo. Faz sentido para você?"

"Faz, sim."

Mae observou Gina ligar a tela e sentiu uma emoção. Nunca antes tivera uma estrutura tão sofisticada. Três telas para alguém tão subalterno, tão inferior na hierarquia! Só no Círculo.

"Muito bem, primeiro quero voltar à sua segunda tela", disse Gina. "Acho que você não ativou a Busca do Círculo. Vamos fazer isso." Surgiu um mapa sofisticado e tridimensional do campus. "Isso é muito simples e permite que você encontre qualquer um no campus, caso precise encontrá-lo pessoalmente."

Gina indicou um pontinho vermelho que pulsava.

"Você está aqui. Você está pegando fogo! Brincadeira." Como se admitisse que aquilo talvez fosse considerado inconveniente, Gina seguiu adiante bem depressa. "Você não disse que conhecia a Annie? Vamos digitar o nome dela." Um ponto azul apareceu no Velho Oeste. "Está em seu gabinete, que surpresa! Annie é uma máquina."

Mae sorriu. "É mesmo."

"Tenho inveja de você por conhecer a Annie tão bem", disse Gina, sorrindo, mas só por um instante e de modo nada convincente. "E aqui neste ponto você vai ver um novo aplicativo bem legal, que mais ou menos te dá um histórico diário do prédio. Você pode ver quando cada funcionário entrou e saiu, todo dia. Isso nos dá uma ótima visão da vida na empresa. Essa parte você não precisa parar para atualizar, é claro. Se você for ao lago, sua identificação informa isso automaticamente no aplicativo. Mas, fora o deslocamento, qualquer comentário adicional fica por sua conta, e é claro que será muito bem-vindo."

"Comentário?", perguntou Mae.

"Sabe, algo como o que você achou do almoço, de um equipamento novo na academia de ginástica, qualquer coisa. Apenas uma avaliação básica, uma nota, um comentário. Nada fora do comum e, é claro, toda nova entrada nos ajuda a aprimorar o serviço prestado à comunidade do Círculo. Agora, esse comentário deve ser feito exatamente aqui", disse ela e revelou que cada prédio e cada sala podiam ser clicados e, lá dentro, ela podia acrescentar qualquer comentário sobre qualquer coisa ou qualquer pessoa.

"Então esta é sua segunda tela. Trata-se de seus colegas de trabalho, sua equipe, e tem a ver com localizar as pessoas no espaço físico. Agora é que vem a parte de fato divertida. Tela três. É onde aparece sua rede social principal e o Zing. Ouvi dizer que você não é usuária do Zing, é verdade?

Mae admitiu que não era, mas queria ser.

"Ótimo", disse Gina. "Pois bem, agora você tem uma conta no Zing. Inventei um nome para você: MaeDay. Como o nome do feriado da guerra. Não é bacana?"

Mae não tinha tanta certeza assim a respeito do nome e não conseguia se lembrar de nenhum feriado com aquele nome.

"E já conectei sua conta no Zing com toda a comunidade do Círculo, portanto você acabou de adquirir 10 041 seguidores novos! Muito legal. Em termos de quanto você vai zingar, esperamos que seja mais ou menos dez vezes por dia, mas isso é assim o mínimo, entende? Tenho certeza de que você terá mais a dizer do que isso. Ah, e aqui fica sua playlist. Se você gosta de ouvir música enquanto trabalha, o alimentador de dados automaticamente envia essa lista de músicas para todo mundo e ela entra na lista coletiva de músicas, que faz a classificação das mais tocadas todos os dias, semanas e meses. Ela apresenta as cem mais tocadas no campus inteiro, mas você também pode personalizar a lista de mil maneiras diferentes — hip-hop mais tocado, indie, country, qualquer coisa. Você vai receber recomendações baseadas naquilo que você toca e também informações sobre o que as pessoas com gosto semelhante ao seu ouvem — enquanto você trabalha, tudo está se polinizando reciprocamente. Faz sentido?"

Mae fez que sim com a cabeça.

"Agora, ao lado do feed do Zing, você vai ver a janela para

seu feed social primário. Você também vai notar que dividimos a janela em duas partes, o feed do Círculo Interno e seu círculo social exterior, seu Círculo Externo. Não é bonitinho? Você pode misturar os dois, mas achamos mais útil ver os dois feeds distintos. Mas é claro que o Círculo Externo ainda está no Círculo, certo? Tudo está. Até agora, deu para entender?"

Mae disse que sim.

"Não consigo acreditar que você ficou aqui uma semana sem fazer parte do feed social principal. Pois você está prestes a ver seu mundo ser sacudido." Gina tocou na tela de Mae e o fluxo de dados do Círculo Interno de Mae se transformou numa enxurrada de mensagens que inundaram o monitor.

"Está vendo? Você está recebendo também todas as mensagens da semana passada. É por isso que agora tem tantas. Puxa, quanta coisa você perdeu."

Mae seguiu o contador na parte de baixo da tela, que calculava todas as mensagens enviadas para ela de todo mundo no Círculo. O contador fez uma pausa em 1200. Depois em 4400. Os números se embaralharam e aumentaram, parando periodicamente, mas estacionaram afinal em 8276.

"Essas são as mensagens da semana passada? Oito mil?"

"Você pode pôr isso em dia", respondeu Gina, animada. "Talvez esta noite mesmo. Agora vamos abrir sua conta social comum. Vamos chamar de Círculo Externo, mas é o mesmo perfil, o mesmo feed que você já tem há anos. Se importa se eu abri-lo?"

Mae não se importava. Observou seu perfil social, aquele que ela mesma havia definido anos antes, que agora aparecia em sua terceira tela, ao lado do feed do Círculo Interno. Uma cachoeira de mensagens e de fotografias, algumas centenas, encheram o monitor.

"Muito bem, parece que, aqui também, você vai ter certo

trabalho pela frente para pôr tudo em dia", disse Gina. "Um banquete! Divirta-se."

"Obrigada", respondeu Mae. Tentou dar à voz o tom mais animado possível. Precisava que Gina gostasse dela.

"Ah, espere. Mais uma coisa. Tenho de explicar a hierarquia das mensagens. Merda! Quase me esqueci da hierarquia das mensagens. O Dan ia me matar. Muito bem, então você sabe que suas reponsabilidades em EC na primeira tela são supremas. Temos de oferecer a nossos clientes toda nossa atenção e todo nosso coração. Portanto isso está entendido."

"Certo."

"Na sua segunda tela, você pode receber mensagens de Dan e de Jared, ou de Annie ou de qualquer pessoa que supervisione diretamente seu trabalho. Essas mensagens informam a qualidade de seu trabalho minuto a minuto. Então essa vai ser sua segunda prioridade. Está claro?"

"Está claro."

"A terceira tela é seu círculo social, o Círculo Interno e o Externo. Mas essas mensagens não são, digamos, supérfluas. São tão importantes quanto quaisquer outras mensagens, mas vêm em terceiro lugar na ordem de prioridade. E às vezes elas são urgentes. Fique sempre de olho no feed do Círculo Interno em particular, porque é ali que você vai saber das reuniões do pessoal da empresa, das assembleias de presença obrigatória e de qualquer notícia urgente. Se existir alguma informação do Círculo que for de fato premente, virá assinalada em cor laranja. Algo extremamente urgente vai ser comunicado também numa mensagem para seu celular. Você fica com o celular à mão?" Mae apontou com a cabeça para o celular, que estava bem embaixo das telas em sua mesa de trabalho. "Ótimo", disse Gina. "Portanto essa é a ordem de prioridade, ficando em quarto lugar sua participação em seu Círculo Externo. Que é tão importante quanto qualquer outra coisa, porque damos valor ao equilíbrio entre sua vida e seu trabalho, sabe, a calibração justa entre sua vida on-line aqui na empresa e fora dela. Espero que isso esteja claro. Está?"

"Está."

"Ótimo. Portanto acho que você já foi informada de tudo. Alguma pergunta?"

Mae disse que estava tudo bem.

A cabeça de Gina se inclinou para o lado com ar cético, indicando que sabia que Mae na verdade ainda tinha muitas perguntas, mas não queria fazer por medo de parecer desinformada. Gina se levantou, sorriu, deu um passo para trás, porém depois parou. "Droga. Esqueci mais uma coisa." Agachou-se ao lado de Mae, digitou durante alguns segundos. Na terceira tela apareceu um número, do mesmo jeito que sua nota de avaliação média em EC. Dizia: MAE HOLLAND: 10 328.

"Essa é a sua posição no Ranking de Participação, PartiRank, como o usamos na forma abreviada. Algumas pessoas por aqui chamam isso de Ranking de Popularidade, mas na verdade não é isso. O PartiRank é baseado num número gerado por um algoritmo que leva em conta sua atividade no Círculo Interno. Faz sentido?"

"Acho que sim."

"Esse número leva em conta os zings, os seguidores externos de seus zings internos na empresa, os comentários sobre seus zings, seus comentários sobre os zings dos outros, seus comentários sobre os perfis dos outros membros do Círculo, as fotografias que você postou, a frequência em eventos no Círculo, comentários e fotografias postadas sobre esses eventos — basicamente, ele reúne e celebra tudo o que você faz aqui. Os membros mais ativos no Círculo são classificados com índices mais altos, é claro. Como pode ver, sua classificação agora é baixa, mas é porque você é nova e nós acabamos de ativar seu feed social. Porém toda vez que você posta ou comenta ou acompanha alguma coisa, isso vai ser computado e você vai ver como sua posição no ranking muda. É aí que está a graça dessa história. Você posta, sua classificação sobe. Uma porção de gente gosta do que você postou, e aí você dispara para valer. A coisa se movimenta o dia inteiro. Não é legal?"

"Muito", respondeu Mae.

"Para começar, demos um pequeno incentivo a você. Do contrário você teria um índice de 10411. E mais uma vez, é só para se divertir. Você não é avaliada pelo seu índice nem por nada disso. Alguns membros do Círculo levam isso muito a sério, é claro, e adoramos quando as pessoas querem participar, mas a classificação na verdade é só uma forma divertida de ver sua participação em relação às outras pessoas da comunidade do Círculo. Está bem?"

"Está bem."

"Então está certo. Você sabe como entrar em contato comigo."

E com isso Gina deu meia-volta e foi embora.

Mae abriu o fluxo de comunicações internas da empresa e começou. Ela estava decidida a dar conta de todos os feeds Internos e Externos naquela noite. Havia avisos gerais da empresa sobre os cardápios de cada dia, a previsão do tempo de cada dia, as palavras de sabedoria de cada dia — os aforismos da semana anterior eram de Martin Luther King, Ghandi, Jonas Salk, Madre Teresa de Calcutá e Steve Jobs. Havia avisos sobre os visitantes do campus de cada dia: uma agência de adoção de animais, um senador, um deputado do Tennessee, o diretor dos Médicos Sem Fronteiras. Mae descobriu com uma ponta de remorso que ela havia perdido, naquela manhã, uma visita de Muhammad Yunus, o ganhador do prêmio Nobel. Ela abriu caminho a duras penas pelas mensagens, uma a uma, em busca de algo que parecesse razoável para responder de forma pessoal. Havia pesquisas, pelo menos cinquenta, para averiguar as opiniões dos membros do Círculo sobre diversas políticas da empresa, sobre a definição das datas para assembleias, grupos de interesse, festas e recessos que estavam por vir. Havia dúzias de clubes solicitando membros e informando todas as reuniões: havia grupos de donos de gatos — pelo menos dez —, alguns grupos de donos de coelhos, seis grupos de donos de répteis, quatro inflexivelmente exclusivos de serpentes. Acima de tudo, havia grupos de donos de cachorros. Mae contou vinte e dois, mas tinha certeza de que não estavam todos ali. Um dos grupos dedicados a donos de cães de pequeno porte, o Cachorrinhos Sortudos, queria saber quantas pessoas gostariam de participar de encontros aos fins de semana para caminhadas, passeios e apoio mútuo; Mae ignorou aquele. Depois, percebendo que ignorar o grupo teria como única consequência a chegada de outra mensagem ainda mais urgente, ela digitou uma resposta explicando que não tinha cachorro. Recebeu um pedido de assinatura para uma petição por mais opções veganas no almoço; assinou. Havia nove mensagens de vários grupos de trabalho dentro da empresa, pedindo que ela se integrasse aos seus subcírculos para receber atualizações mais específicas e compartilhar informações. Até aquele momento, Mae havia entrado nos grupos de crochê, futebol e Hitchcock.

Parecia haver uns cem grupos de pais — pais de primeira viagem, pais divorciados, pais de filhos autistas, pais de guatemaltecos adotados, etíopes adotados, russos adotados. Havia sete grupos de comédia de improviso, nove de equipes de natação — tinha ocorrido um torneio interno na quarta-feira anterior, do qual participaram centenas de nadadores, e cem mensagens eram sobre aquela competição, quem venceu, alguma discordância nos resultados e a informação de que um mediador viria ao campus a fim de dirimir dúvidas ou contestações pendentes. Havia visitantes, dez por dia, pelo menos, de empresas que apresentavam novos produtos inovadores ao Círculo. Novos carros com baixo consumo de combustível. Novos tênis com certificado de comércio justo. Novas raquetes de tênis de fabricação local. Havia reuniões de todos os departamentos imagináveis — de pesquisa e desenvolvimento, de seleção, social, de difusão, de networking, de filantropia, de vendas e, com um aperto no estômago, Mae viu que havia perdido uma reunião considerada "de presença indispensável" para todos os novatos. Tinha ocorrido na quinta-feira passada. Por que ninguém avisou? *Bem, sua burra*, respondeu para si mesma. *Avisaram sim. Bem aqui.*

"Merda!", exclamou.

Às dez da noite, ela havia percorrido todas as mensagens e alertas internos da empresa e então se voltou para sua conta do Círculo Externo. Fazia seis dias que não visitava a conta e descobriu 118 avisos novos só daquele dia. Resolveu passar os olhos pelas mensagens, a partir das mais novas para as mais antigas. Pouco antes, uma colega da faculdade tinha postado uma mensagem sobre o fato de estar com gastroenterite e seguia-se uma longa série de respostas, amigos fazendo sugestões sobre remédios, alguns lhe davam apoio, alguns postavam fotos para animá-la. Mae curtiu duas fotos, três comentários, postou seus próprios votos de melhoras e mandou o link para uma música que ela havia descoberto sobre uma garota que vivia vomitando, chamada "Puking Sally". Isso gerou mais uma série de respostas, 54 mensagens, sobre a música e sobre a banda que compôs. Uma das amigas disse que conhecia o baixista da banda e depois o trouxe para a conversa. O baixista, Damien Ghilotti, estava na Nova Zelândia, agora era engenheiro de som num estúdio, mas ficou contente de saber que "Puking Sally" ainda era apreciada por pessoas com gastroenterite. Seu post causou sensação em todos os envolvidos e apareceram mais 129 mensagens, todo mundo empolgado com a participação do verdadeiro baixista da banda e, já nas últimas mensagens do post, Damien Ghilotti foi convidado para tocar num casamento, se quisesse, ou visitar Boulder, ou Bath, ou Gainesville, ou St. Charles, no Illinois, a qualquer momento em que estivesse de passagem pela região, e lá ele teria um lugar para ficar e boa comida caseira. A referência a St. Charles levou uma pessoa a perguntar se alguém de lá tinha ouvido falar de Tim Jenkins, que estava lutando na guerra no Afeganistão; tinham ouvido a notícia de um rapaz de Illinois que havia morrido com um tiro disparado por um insurgente afegão que se fez passar por um policial. Sessenta mensagens depois, os participantes concluíram que se tratava de outro Tim Jenkins, esse era de Rantoul, e não de St. Charles. Houve um alívio geral, mas logo o tópico foi dominado por um debate de muitos participantes acerca da eficácia daquela guerra, da política externa dos Estados Unidos em geral, se tínhamos vencido ou não no Vietnã e em Granada ou até mesmo na Primeira Guerra Mundial, e sobre a capacidade dos afegãos se autogovernarem, sobre o financiamento dos insurgentes pelo ópio e sobre a possibilidade da legalização de toda e qualquer droga ilícita nos Estados Unidos e na Europa. Alguém mencionou a utilidade da maconha para aliviar o glaucoma e outra pessoa mencionou que a maconha também era útil para quem sofria de esclerose múltipla, e depois houve uma frenética discussão entre três membros de famílias em que havia um parente com esclerose múltipla, e Mae, sentindo que certa escuridão abria as asas dentro dela, desconectou-se.

Mae já não conseguia mais manter os olhos abertos. Embora tivesse avançado apenas três dias de seu atraso social, ela desligou o computador e foi para o estacionamento.

O dilúvio da manhã de terça-feira foi mais leve do que a de segunda, mas a atividade na sua terceira tela manteve Mae colada na cadeira durante as três primeiras horas do dia. Antes da terceira tela, sempre havia uma calmaria, dez ou vinte segundos talvez, entre o momento em que ela terminava de responder uma dúvida e o momento em que ficava sabendo se a resposta tinha sido satisfatória ou não; Mae usava aquele tempo para memorizar o texto das respostas-padrão e mandar alguns questionários de verificação, além de dar uma conferida no celular. Mas agora aquilo havia se tornado mais desafiador. O feed da terceira tela despejava quarenta mensagens novas do Círculo Interno em intervalos de poucos minutos, mais ou menos quinze posts e zings do Círculo Externo, e Mae usava todo e qualquer momento disponível de tempo ocioso para rolar o texto na tela e verificar se não havia nada que exigia sua atenção imediata, e depois voltava para sua tela principal.

No fim da manhã, o fluxo já estava controlável, até estimulante. Havia tanta coisa acontecendo na empresa, era tanta humanidade e tantos bons sentimentos, e havia ali um papel de pioneirismo tão grande em todas as frentes, que Mae sabia que estava se aprimorando e crescendo apenas por se encontrar perto dos colegas do Círculo. Era como um mercado de produtos orgânicos bem gerenciado: comprando ali, a gente sabia que era mais saudável; não se podia fazer uma escolha ruim, porque tudo havia sido verificado de antemão. Da mesma forma, todo mundo no Círculo tinha sido selecionado e assim o acervo genético era extraordinário, a força cerebral era fenomenal. Era um lugar onde todo mundo se empenhava, de modo constante e fervoroso, a fim de aprimorar a si mesmo e mutuamente, compartilhar seus conhecimentos, disseminá-lo para o mundo.

Na hora do almoço, porém, ela estava destroçada, com seu córtex cerebral removido, e ansiosa para sentar-se por uma hora no gramado com Annie, que a havia convidado com insistência.

Às 11h50, no entanto, recebeu uma mensagem de Dan na segunda tela: *Tem um minutinho?*

Mae avisou para Annie que talvez ela se atrasasse e, quando chegou ao escritório de Dan, ele estava encostado no umbral da porta. Sorriu para Mae com simpatia, mas com a sobrancelha erguida, como se houvesse algo em Mae que o estava deixando perplexo, algo que ele não conseguia identificar. Apontou para o escritório com o braço e Mae passou ligeira por ele. Dan fechou a porta.

"Sente, Mae. Conhece Alistair, não é mesmo?"

Ela não tinha visto o homem sentado no canto, mas agora que o tinha visto, se deu conta de que não o conhecia. Era alto, quase trinta anos, um cuidadoso topete de cabelo castanho-claro. Estava numa posição diagonal diante de uma cadeira redonda, sua fina silhueta rija e parada, como um pedaço de pau. Não se levantou para cumprimentá-la, portanto Mae estendeu a mão para ele.

"Prazer em conhecê-lo", disse ela.

Alistair suspirou com grande resignação e estendeu a mão como se estivesse prestes a tocar em algo que o mar jogou na praia e em putrefação.

A boca de Mae ficou seca. Havia algo muito errado.

Dan sentou-se. "Bem, espero que possamos esclarecer isso o mais depressa possível", disse ele. "Gostaria de começar, Mae?"

Os dois homens olharam para ela. Os olhos de Dan estavam firmes, ao passo que o olhar de Alistair era melancólico, mas esperançoso. Mae não tinha a menor ideia do que estava acontecendo. Como o silêncio fermentou e cresceu, Alistair piscou os olhos com furor, contendo as lágrimas.

"Não consigo acreditar", conseguiu pronunciar.

Dan virou-se para ele. "Alistair, por favor. A gente sabe que você está magoado, mas vamos encarar isso em perspectiva." Dan virou para Mae. "Vou explicar o óbvio. Mae, estamos falando sobre o brunch de Portugal do Alistair."

Dan deixou as palavras repercutirem, na expectativa de que Mae desse um pulo, mas Mae não tinha a menor ideia do que significavam aquelas palavras: *o brunch de Portugal de Alistair*? Será que ela podia dizer que não tinha a menor ideia do que aquilo significava? Mae sabia que não podia. Ela estava atrasada com as mensagens. Aquilo devia ter alguma relação com o assunto.

"Desculpe", disse ela. Sabia que teria de andar na corda bamba até conseguir entender do que se tratava.

"Já é um bom começo", disse Dan. "Não é, Alistair?"

Alistair encolheu os ombros.

Mae continuou tateando. O que sabia? Tinha havido um brunch, isso era certo. E obviamente ela não tinha comparecido. O brunch tinha sido organizado por Alistair e agora ele estava magoado. Tudo isso era razoável supor.

"Eu queria ter ido", arriscou dizer Mae, e imediatamente viu ligeiros sinais de confirmação no rosto deles. Ela estava reconhecendo o terreno em que pisava. "Só que eu não tinha certeza de..." Agora Mae deu um salto. "Eu não tinha certeza de que eu seria bem-vinda, já que sou muito nova aqui."

O rosto deles relaxou. Mae sorriu, ciente de que havia acertado o alvo. Dan balançou positivamente a cabeça, feliz de ver confirmada sua hipótese — de que Mae não era uma pessoa intrinsecamente má. Levantou-se de sua cadeira, deu a volta pela mesa e recostou-se nela.

“Mae, nós não demos a você a sensação de que era bem-vinda?”, perguntou.

“Sim, deram sim! Deram mesmo, de verdade. Mas não sou membro da equipe do Alistair e não tinha muita segurança de como são as regras, entende, membros da minha equipe comparecendo a brunches de membros mais experientes de outras equipes.”

Dan fez que sim com a cabeça. “Está vendo, Alistair? Eu falei que a explicação era muito simples.” Agora Alistair estava sentado com as costas retas, como se estivesse disposto a participar da conversa outra vez.

“Pois bem, é claro que você é bem-vinda”, disse ele, dando uma palmadinha no joelho de Mae com ar alegre. “Mesmo que seja um pouco *esquecida*.”

“Ora, Alistair...”

“Desculpe”, disse ele, e respirou fundo. “Agora já me controlei. Estou muito feliz.”

Houve mais alguns pedidos de desculpas e risos sobre entendidos e mal-entendidos, e sobre comunicações, fluxos, enganos e sobre a ordem do universo, e por fim estava na hora de deixar o assunto de lado. Todos se levantaram.

“Vamos selar as pazes com um abraço”, disse Dan. E assim fizeram, todos os três, formando uma roda coesa num único abraço, numa comunhão recém-descoberta.

Quando Mae voltou à sua mesa, havia uma mensagem à sua espera.

Obrigado mais uma vez por ter vindo encontrar-se comigo e com Alistair. Acho que isso foi muito produtivo e proveitoso. O RH está a par da situação e, para encerrar, eles sempre gostam de ter uma declaração conjunta. Portanto digitei isto. Se achar bom, é só assinar no computador e enviar de volta.

Falha número 5616ARN/MRH/RK2

Dia: Segunda-feira, 11 de junho

Participantes: Mae Holland, Alistair Knight

Relato: Alistair do Renascimento, equipe Nove, promoveu um brunch para todos os funcionários que demonstraram algum interesse por Portugal. Mandou três mensagens sobre o evento e Mae, do Renascimento, Equipe Seis, não respondeu nenhuma delas. Alistair ficou preocupado por não ter recebido nenhum RSVP ou nenhuma comunicação de nenhum tipo da parte de Mae. Quando o brunch ocorreu, Mae de fato não foi e Alistair compreensivelmente ficou aflito com o motivo pelo qual ela não respondeu aos repetidos convites e depois não compareceu ao evento. Trata-se de não participação no sentido clássico. Hoje houve uma reunião entre Dan, Alistair e Mae, na qual Mae explicou que não tinha certeza de ser bem-vinda num evento dessa natureza, pois era algo promovido por um membro de uma equipe diferente e ela estava apenas em sua segunda semana de vida na empresa. Mae sente-se muito mal por ter causado preocupação e desgaste emocional a Alistair — sem falar na ameaça à sutil ecologia do Renascimento. Agora está tudo resolvido e Alistair e Mae são grandes amigos e sentem-se rejuvenescidos. Todos concordam que um recomeço em novas bases é justificado e bem-vindo.

Havia uma linha embaixo da declaração onde Mae devia pôr sua assinatura, e ela usou a unha do dedo para assinar seu nome na tela. Enviou-a e imediatamente recebeu um muito obrigado de Dan.

Isso foi ótimo, escreveu Dan. *Alistair é obviamente um pouco sensível, mas isso só acontece porque ele é um membro do Círculo ferrenhamente comprometido. Assim como você, não é? Obrigado por ser tão cooperativa. Você foi ótima. Vamos em frente!*

* * *

Mae estava atrasada e torcia para que Annie ainda estivesse esperando. Era um dia claro e quente e Mae encontrou Annie no gramado, digitando no seu tablet com uma barra de granola dançando entre os lábios. Olhou para Mae com os olhos entrecerrados. "Ei, você está atrasadinha."

"Desculpe."

"Como é que vai?"

Mae fez uma careta.

"Já sei, já sei. Acompanhei a história toda", disse Annie, mascando de forma extravagante.

"Pare de comer desse jeito. Feche a boca. Acompanhou mesmo?"

"Eu estava ouvindo enquanto trabalhava. Pediram para eu ouvir. E já ouvi coisa muito pior. Todo mundo passa por algo assim no início. Aliás, coma depressa. Quero lhe mostrar uma coisa."

Em rápida sucessão, duas ondas atravessaram Mae. Primeiro, profundo mal-estar por Annie ter ouvido a conversa sem que ela soubesse, seguida por uma onda de alívio, ao saber que a amiga estava a seu lado, ainda que de forma remota, e podia confirmar que Mae ia sobreviver.

"Você já foi?", perguntou.

"Já fui o quê?"

"Alguma vez, você já foi repreendida desse jeito? Estou tremendo até agora."

"Claro. Uma vez por mês, talvez. Ainda acontece. Mastigue depressa."

Mae comeu o mais depressa que pôde, enquanto via um jogo de croquet no gramado. Os jogadores pareciam ter criado regras próprias. Mae terminou o almoço.

“Muito bem, levante-se”, disse Annie, e seguiram rumo à Cidade do Amanhã. “O que foi? Seu rosto continua com um ponto de interrogação.”

“E você foi ao tal do brunch de Portugal?”

Annie fez cara de deboche. “Eu? Não, por quê? Nem fui convidada.”

“Mas por que eu fui? Não me candidatei a nada. Não tenho nada a ver com Portugal.”

“Está no seu perfil, certo? Você já foi lá uma vez, não foi?”

“Claro, mas nunca mencionei isso no meu perfil. Estive em Lisboa, mas foi só isso. E foi há cinco anos.”

Aproximaram-se do prédio da Cidade do Amanhã, que dava de frente para um muro de ferro trabalhado, com um aspecto vagamente turco. Annie agitou seu cartão sobre o leitor instalado na parede e a porta abriu.

“Você tirou fotografias?”, perguntou Annie.

“Em Lisboa? Claro.”

“E elas estavam no seu laptop?”

Mae teve de parar para pensar um pouco. “Acho que sim.”

“Então deve ter sido isso. Se estavam em seu laptop, agora estão na nuvem, e a nuvem é vasculhada à procura de informações como essa. Você não precisa sair por aí se inscrevendo em grupos de interesse por Portugal nem nada. Quando Alistair quis promover seu brunch, na certa ele apenas pediu uma busca por todo mundo no campus que tivesse visitado, tirado fotos ou mencionado Portugal num e-mail ou qualquer coisa assim. Então, automaticamente, ele obteve uma lista e despachou seu convite para essas pessoas. Isso economiza umas mil horas de um trabalho absurdo. Por aqui.”

Pararam na frente de um corredor comprido. Os olhos de Annie estavam brilhando travessos. “Tá legal. Quer ver uma coisa surreal?”

"Ainda estou abismada."

"Não fique assim. Entre aqui."

Annie abriu uma porta que dava para uma linda sala, uma mistura de bufê, museu e exposição de novos produtos.

"Que loucura é essa?"

A sala parecia vagamente familiar. Mae tinha visto algo parecido na televisão.

"É que nem um desses lugares que montam cestas de presente para celebridades, né?"

Mae deu uma olhada na sala. Havia produtos espalhados em dúzias de mesas e plataformas. Mas aqui, em vez de joias e escarpins, havia tênis e escovas de dentes e uma grande variedade de batatinhas fritas, bebidas e barrinhas energéticas.

Mae riu. "Quer dizer que tudo isso é de graça?"

"Para você, para pessoas muito importantes, como você e eu, sim."

"Meu Deus. Tudo isso?"

"É, esta é uma sala de amostras grátis. Está sempre cheia e esses produtos têm de ser usados, de um jeito ou de outro. Convidamos grupos rotativos, às vezes programadores, às vezes pessoal de EC, que nem você. Um grupo diferente cada dia."

"E é só a gente pegar o que quiser?"

"Bem, você tem de registrar seu crachá de identificação e tudo o que levar, para que eles saibam quem levou o quê. De outro modo algum idiota podia levar a sala inteira para casa."

"Quer dizer que eu não vi nenhum desses produtos antes?"

"Em lojas? Não, nada disso chegou às lojas. São protótipos e exemplares de teste."

"Isto aqui são calças Levi's de verdade?"

Mae estava segurando um lindo par de jeans e tinha certeza de que aquilo ainda não existia no mundo.

"Talvez ainda passem alguns meses antes de chegarem ao

mercado, talvez um ano. Quer essa calça? Pode pedir um tamanho diferente."

"E posso usar?"

"E o que mais poderia fazer? Limpar a bunda com ela? Sim, eles querem que você use a calça. Você é uma pessoa influente que trabalha no Círculo! É uma líder de estilo, uma usuária de vanguarda e tudo o mais."

"Estas aqui são do meu tamanho, na verdade."

"Ótimo. Leve duas. Tem uma sacola?"

Annie arranjou uma sacola de pano com o logotipo do Círculo estampado e deu para Mae, que estava rondando um expositor de novas capas de telefone celular e outros acessórios. Pegou uma linda capa de celular que era dura feito pedra, mas com a superfície acamurçada.

"Droga", disse Mae. "Não trouxe meu celular."

"O quê? Onde ele está?", perguntou Annie, espantada.

"Acho que ficou na minha mesa."

"Mae, você é incrível. Sempre tão focada e controlada, mas de repente tem esses lapsos bizarros de desorientação. Quer dizer que você foi almoçar sem seu celular?"

"Desculpe."

"Não. É isso que eu adoro em você. Você é assim, parte humana, parte arco-íris. O que foi? Não fique aborrecida."

"É que estou assimilando uma grande quantidade de informações hoje."

"Ainda está preocupada?"

"Você acha que está tudo bem quanto àquela reunião com o Alistair e o Dan?"

"Tudo está perfeitamente bem."

"Ele é mesmo tão sensível assim?"

Annie revirou os olhos. "Alistair? Um absurdo. Mas escreve códigos fantásticos. O cara é uma máquina. A gente ia demorar um ano para encontrar e treinar outra pessoa para fazer o que ele faz. Portanto a gente teve de aprender a lidar com o doido. Aliás, por aqui há um punhado de malucos. Malucos carentes. E existem aqueles, como o Dan, que dão corda para os malucos. Mas não se preocupe. Não acho que você vai ter muitos problemas... pelo menos não com o Alistair." Annie olhou que horas eram. Tinha de ir embora.

"Não saia até essa sacola ficar cheia", disse. "Vejo você mais tarde."

Mae ficou e encheu sua sacola com jeans, comida, sapatos e mais algumas capas de celular e um top esportivo. Ela saiu da sala sentindo-se como uma ladra de lojas, mas não encontrou ninguém na saída. Quando voltou para sua mesa de trabalho, havia onze mensagens de Annie.

Leu a primeira: *Ei, Mae, saquei que eu não devia ter detonado o Alistair e o Dan daquele jeito. Não foi lá muito gentil. Nada próprio do espírito do Círculo. Finja que não falei nada.*

A segunda: *Recebeu minha última msg?*

A terceira: *Estou começando a ficar meio ansiosa. Por que não respondeu minha msg?*

Quarta: *Acabei de mandar uma msg para seu cel, liguei para vc. O que foi? Morreu? Merda. Esqueci que vc esqueceu seu cel. Sua besta.*

Quinta: *Se ficou ofendida com o que falei sobre o Dan, não precisa me dar um gelo. Já pedi desculpas. Responda.*

Sexta: *Está recebendo minhas msgs? É muito importante. Ligue pra mim!*

Sétima: *Se está contando para o Dan o que eu falei, vc é uma vaca. Desde quando a gente se dedura?*

Oitava: *Entendi que vc deve estar numa reunião. Certo?*

Nona: *Já passaram vinte e cinco minutos. O que HOUVE?*

Décima: *Acabei de checar e vi que vc voltou para sua mesa.*

Me ligue neste instante ou não quero mais saber de vc. Pensei que nós éramos amigas.

Décima primeira: *Alô?*

Mae ligou para Annie.

"O que é isso, sua louca?"

"Onde você se meteu?"

"Estive com você vinte minutos atrás. Terminei de pegar umas coisas na sala de amostras, fui ao banheiro e agora estou aqui."

"Você me dedurou?"

"Fiz o quê?"

"Você me dedurou?"

"Annie, que história é essa?"

"Me responda."

"Não, eu não dedurei você. Para quem?"

"O que falou para ele?"

"Para quem?"

"Para o Dan"

"Eu nem falei com ele."

"Você mandou uma mensagem para ele?"

"Não. Porra, Annie."

"Jura?"

"Juro."

Annie suspirou. "Tá legal. Foda-se. Desculpe. Mandei uma mensagem para ele e liguei para ele e ele não respondeu. E depois não tive nenhuma resposta de você, e meu cérebro simplesmente misturou tudo isso de um jeito doido."

"Porra, Annie."

"Desculpe."

"Acho que você está estressada."

"Não, estou bem."

"Vamos tomar uns drinques juntas esta noite."

"Não, obrigada."

"Por favor."

"Não posso. A gente está com muita coisa rolando aqui esta semana. Tenho de tentar dar um jeito nessa supermerda que deu em Washington."

"Washington? O que houve lá?"

"É uma história muito comprida. Na verdade, não posso contar."

"Mas é você que tem de resolver o assunto? Tudo lá de Washington?"

"Eles passam para mim uma parte do material das discussões com o governo porque, sei lá, porque acham que minhas covinhas ajudam. Talvez seja isso. Sei lá. Bem que eu gostaria que houvesse cinco de mim."

"Você parece estar muito mal, Annie. Tire uma noite de folga."

"Não, não. Vou ficar bem. Só que tenho de responder as pesquisas de uma subcomissão. Vou ficar bem, pode deixar. Mas é melhor desligar. Adoro você."

E desligou o telefone.

Mae ligou para Francis. "Annie não quer sair comigo. Você quer? Hoje à noite?"

"Sair *sair*? Tem uma banda que vai tocar aqui hoje. Conhece os Creamers? Vão tocar na Colônia. É um show beneficente."

Mae disse que sim, parecia boa ideia, mas quando chegou a hora ela viu que não queria ver uma banda chamada Creamers que tocava na Colônia. Mae convenceu Francis a entrar no carro dela e foram para San Francisco.

"Você sabe para onde estamos indo?", perguntou Francis.

"Não. O que você está fazendo?"

Ele estava digitando freneticamente no seu celular. "Estou só dizendo para todo mundo que não vou mais."

"Terminou?"

"Terminei." Largou o celular.

"Ótimo. Vamos beber primeiro."

Estacionaram o carro no centro da cidade e acharam um restaurante que parecia tão horrível, com fotos desbotadas e nada apetitosas da comida coladas desajeitadamente nas janelas, que acharam que devia ser barato. Tinham razão, e comeram curry e beberam Singha, sentaram em cadeiras de bambu que rangiam e mal conseguiam se manter de pé. Em algum ponto no fim da primeira cerveja, Mae resolveu que ia tomar mais uma, rapidamente, e que pouco depois do jantar ia dar um beijo em Francis na rua.

Terminaram de jantar e ela fez aquilo.

"Obrigado", disse ele.

"Vai só me agradecer?"

"Você me salvou de um enorme tumulto interior. Nunca dei o primeiro passo em toda minha vida. Mas em geral as mulheres levam semanas para entender que elas é que vão ter de tomar a iniciativa."

Mais uma vez, Mae teve a sensação de ser atordoada por informações que complicavam seus sentimentos a respeito de Francis, que num momento parecia tão meigo e no outro, muito estranho e sem filtros.

No entanto, porque Mae estava se deleitando com uma Singha, levou-o pela mão de volta ao seu carro, onde se beijaram mais, estacionados num cruzamento muito movimentado. Um morador de rua estava olhando para eles da calçada, como um antropólogo, enquanto fingia que tomava notas.

"Vamos embora", disse ela, e saíram do carro e andaram a esmo pela cidade. Acharam uma loja de suvenires japoneses aberta e, perto dela, também aberta, uma galeria cheia de pinturas de quadris humanos no estilo fotorrealista.

"Fotos grandes de bundas grandes", comentou Francis, quando encontraram um banco num beco transformado em praça, onde as lâmpadas dos postes, no alto, criavam uma luminosidade parecida com o luar. "Aquilo era arte de verdade. Não consigo acreditar que ainda não venderam nada."

Mae lhe deu outro beijo. Ela estava a fim de beijar e, sabendo que Francis não faria nada de agressivo, sentia-se à vontade, beijou-o mais, sabendo que a noite seria só de beijos. Ela se empenhou nos beijos, fez deles uma volúpia maldosa, e uma amizade, e a possibilidade do amor, e beijou Francis pensando no seu rosto, imaginando se seus olhos estariam abertos, se ele se importava com o pedestre que passou e estalou os lábios ou com outro, que assoviou e seguiu seu caminho.

Nos dias seguintes, Mae entendeu que aquilo podia ser verdade, que o sol podia ser seu halo, que as folhas podiam existir para se encantar com cada passo que ela dava, para incentivá-la a ir em frente, para parabenizá-la pelo tal Francis, pelo que os dois tinham feito. Eles tinham celebrado seu brilho, sua juventude, sua liberdade, suas bocas molhadas, e tinham feito aquilo em público, municiados pelo conhecimento de que, quaisquer que fossem as agruras que tivessem enfrentado ou fossem enfrentar, estavam trabalhando no centro do mundo e tentavam fervorosamente torná-lo melhor. Tinham motivos para se sentir bem. Mae se perguntou se não estaria apaixonada. Não, ela sabia que não estava apaixonada, mas estava, sentia isso, pelo menos em parte. Naquela semana, ela e Francis almoçaram juntos muitas vezes, ainda que rapidamente, e depois de comerem, achavam um lugar para se encostar um no outro e se beijar. Numa vez, foi embaixo de uma saída de incêndio, embaixo do Paleozoico. Outra vez, foi no Império Romano, atrás da quadra de tênis. Ela adorava o gosto de Francis, sempre limpo, simples feito limonada, e a maneira como ele tirava os óculos, tinha um ar meio perdido, depois fechava os olhos e ficava com um aspecto quase lindo, o rosto liso e descomplicado como o de uma criança. Ter Francis por perto trazia uma nova agitação aos seus dias. Tudo era surpreendente. Comer era surpreendente, sob o sol forte, o calor da camisa dele, as mãos de Francis no tornozelo de Mae. Andar era surpreendente. Sentar no Iluminismo era surpreendente, como estavam fazendo agora, à espera da Sexta dos Sonhos no Salão Principal.

"Preste atenção", disse Francis. "Eu acho que você vai gostar muito disso."

Francis não ia contar para Mae qual era o assunto da palestra de inovação de sexta-feira. O orador, Gus Khazeni, parecia ter feito parte do projeto de segurança infantil de Francis, antes de ter caído fora, quatro meses atrás, para comandar uma unidade nova. Hoje seria a primeira apresentação de suas descobertas e de seu novo plano.

Mae e Francis sentaram perto do palco, a pedido de Gus. Ele queria ver alguns rostos amigos enquanto falava pela primeira vez no Salão Principal, disse Francis. Mae virou-se para dar uma geral na plateia, viu Dan algumas fileiras atrás, e Renata e Sabine sentadas juntas, concentradas num tablet pousado entre as duas.

Eamon Bailey subiu ao palco para puxar os aplausos.

"Bem, hoje temos uma atração de verdade para vocês", disse ele. "A maioria aqui conhece nossa prata da casa e pau para toda obra, Gus Khazeni. E a maioria de vocês sabe que ele teve uma inspiração há pouco tempo e que nós o incentivamos a levar sua ideia adiante. Hoje ele vai fazer uma pequena apresentação e acho que vocês vão gostar muito." Com isso, Eamon Bailey cedeu o palco para Gus, que tinha a estranha combinação de uma beleza sobrenatural com uma atitude tímida de um camundongo. Ou pelo menos era o que parecia, quando caminhou bem de leve pelo palco, como se quisesse andar na ponta dos pés.

"Muito bem, se vocês são iguais a mim, vocês são solteiros, patéticos e uma eterna decepção para sua família persa — mãe, pai e avós —, que os veem como um fracasso por não terem esposa e filhos a essa altura da vida, porque vocês são patéticos."

Risos na plateia.

"Será que usei a palavra *patético* duas vezes?" Mais risos. "Se minha família estivesse aqui, usaria muitas vezes mais."

"Muito bem", prosseguiu Gus, "mas vamos dizer que você quer agradar à sua família, e talvez a você mesmo também, encontrando um par. Há alguém aqui interessado em encontrar um par?"

Algumas poucas mãos se levantaram.

"Ora, vamos lá, seus mentirosos. Por acaso eu sei que sessenta e sete por cento do pessoal dessa empresa é solteiro. Portanto estou falando com vocês. Os outros trinta e três por cento podem ir para o inferno."

Mae riu bem alto. A dicção de Gus era perfeita. Ela se inclinou para Francis:

"Adorei esse cara."

Ele prosseguiu: "Talvez vocês já tenham experimentado outros sites de relacionamento. Digamos que você arranjou um par e que está tudo bem e que você vai sair para um encontro. Tudo certo, a família está contente, eles alimentam brevemente a ideia de que você não representa um uso inútil de seu DNA compartilhado.

"Pois bem, no instante em que você chama alguém para sair, você está ferrado, certo? Na verdade, você não está ferrado. Você está no celibato, mas quer mudar isso. Então passa o resto da semana queimando os neurônios, pensando aonde levar a pessoa — comida, concerto, museu de cera? Algum tipo de inferninho? Você não tem a menor ideia. Uma escolha errada e você vai fazer papel de idiota. Você sabe que tem uma grande variedade de gostos, de coisas que você curte, e a pessoa também, provavelmente, mas aquela primeira escolha é importante. Você precisa ajudar a passar a mensagem correta — a mensagem de que você é sensível, intuitivo, decidido, tem bom gosto e que você é perfeito."

A multidão estava dando risadas; não tinha parado de rir. A tela por trás de Gus agora mostrava uma grade de ícones, com uma clara lista de informações abaixo de cada um deles. Mae conseguiu distinguir o que pareciam ser símbolos de restaurantes, cinema, música, compras, atividades ao ar livre, praias.

"Muito bem", prosseguiu Gus. "Portanto, verifiquem bem isso e lembrem-se de que se trata de uma versão beta. É chamado LuvLuv. Tá legal, talvez esse nome seja babaca. Na verdade, sei que é mesmo babaca e estamos trabalhando nessa questão. Mas é assim que a coisa funciona. Quando você encontrou alguém e sabe o nome da pessoa, você fez contato, planejou um encontro, é nessa hora que entra o LuvLuv. Talvez vocês já tenham memorizado a página do site de relacionamento que a pessoa usa, sua página pessoal, todos seus feeds. Mas o LuvLuv fornece um conjunto de informações totalmente distinto. A gente dá o nome do nosso par. Esse é o início. Então LuvLuv varre a internet e utiliza um mecanismo de busca poderoso e muito cirúrgico com o objetivo de garantir que a gente não faça um tremendo papel de bobo, que a gente possa encontrar amor e produzir netos para nossas mães, que acham que a gente é estéril."

"Você é incrível, Gus!", bradou uma voz feminina na plateia.

"Obrigado! Quer sair comigo?", disse ele. "Estão vendo? É por isso que eu preciso de ajuda. Agora, para testar o programa, acho que precisamos de uma pessoa de verdade que queira descobrir mais coisas a respeito de um potencial interesse romântico. Temos algum voluntário?"

Gus olhou para a plateia, procurando em redor de forma teatral, com a mão fazendo sombra nos olhos.

"Ninguém? Ah, espere. Estou vendo uma mão erguida."

Para horror de Mae, Gus estava olhando na direção dela. Mais especificamente, olhava para Francis, cuja mão estava levantada. E antes que ela pudesse lhe dizer qualquer coisa, Francis tinha se erguido da cadeira e caminhava na direção do palco.

"Vamos dar uma salva de palmas para esse corajoso voluntário!", disse Gus, e Francis subiu a escadinha aos saltos e foi envolvido na luz quente do refletor, ao lado de Gus. Não tinha olhado para Mae desde o instante em que deixara o assento a seu lado.

"Então, qual seu nome, senhor?"

"Francis Garaventa."

Mae achou que ia vomitar. O que estava acontecendo? Isso não é real, disse para si mesma. Será que ele ia realmente falar sobre ela no palco? Não, tranquilizou-se Mae. Ele está só querendo ajudar um amigo e eles farão uma demonstração usando nomes fictícios.

"Muito bem, Francis", prosseguiu Gus, "suponho que você tenha alguém que gostaria de namorar, não é?"

"Sim, Gus, é isso mesmo."

Mae, entontecida e aterrorizada, no entanto, não pôde deixar de perceber que, no palco, Francis havia se transformado, assim como ocorrera com Gus. Ele estava representando um papel, pondo as manguinhas de fora, fingindo-se de tímido, mas fazia aquilo com enorme confiança.

"E essa pessoa é uma pessoa real?", perguntou Gus.

"Claro", respondeu Francis. "Não quero mais namorar pessoas imaginárias."

A plateia riu animada e o estômago de Mae afundou para dentro dos sapatos. Ah, *merda*, pensou ela. *Ah, merda*.

"E qual o nome dela?"

"Ela se chama Mae Holland", respondeu Francis, e pela primeira vez olhou na direção dela. O rosto de Mae estava coberto por suas mãos, os olhos espiavam entre os dedos trêmulos. Com uma quase imperceptível inclinação da cabeça, Francis pareceu notar que Mae não estava totalmente confortável com o desenrolar da situação até ali, porém assim que Francis se deu conta disso, voltou-se para Gus, rindo como um apresentador de programa de televisão.

"Muito bem", disse Gus, digitando o nome dela no tablet. "Mae Holland." Na caixa de busca, o nome dela apareceu em letras de um metro na tela ao fundo.

"Então o Francis quer sair com Mae e não quer fazer papel de bobo. Qual é uma das primeiras coisas que ele precisa saber? Alguém tem um palpite?"

"Alergias?", berrou alguém.

"Muito bem, alergias. Posso fazer uma busca."

Deu um clique num ícone que representava um gato espirrando e imediatamente apareceu uma estrofe, abaixo.

Provável alergia a glúten.

Sem dúvida alergia a cavalo.

A mãe tem alergia a nozes.

Nenhuma outra alergia provável.

"Muito bem. Posso clicar em qualquer desses itens e descobrir mais coisas. Vamos experimentar o do glúten." Gus clicou na primeira linha e revelou uma lista mais complexa e mais densa de links e de caixas de texto. "Agora, como podem ver, LuvLuv buscou tudo que Mae já postou. Combinou essas informações e analisou sua relevância. Talvez Mae tenha mencionado o glúten.

Talvez tenha comprado ou comentado sobre produtos sem glúten. Isso indicaria que provavelmente é alérgica a glúten."

Mae queria ir embora do auditório, mas sabia que aquilo chamaria mais atenção do que se ficasse.

"Agora, vamos examinar a questão do cavalo", disse Gus e clicou no item seguinte. "Aqui podemos fazer uma afirmação mais categórica, pois foram encontrados três exemplos de mensagens postadas que dizem de forma direta, por exemplo, *eu sou alérgica a cavalos*."

"Então isso ajuda você?", perguntou Gus.

"Ajuda", respondeu Francis. "Eu estava pensando em levá-la a algumas cocheiras para comer pão fermentado." Ele fez uma careta para a plateia. "Agora eu sei!"

A plateia riu e Gus fez que sim com a cabeça, como se dissesse: *Não somos uma dupla incrível?* "Muito bem", prosseguiu Gus, "agora notem que as menções à alergia a cavalo remontam a 2010, e provêm justamente do Facebook. Pensem melhor, todos vocês que acharam que foi bobagem nossa pagar o que pagamos pelos arquivos do Facebook! Muito bem, sem alergias. Mas vamos conferir mais de perto. O que eu tinha em mente era isto: comida. Você achou que devia levá-la para jantar, Francis?"

Francis respondeu corajosamente. "Sim, achei, Gus." Mae não estava reconhecendo aquele homem no palco. Para onde tinha ido o Francis? Ela queria matar aquela versão do Francis.

"Muito bem, é nesse ponto que em geral as coisas ficam feias e tolas. Não há nada pior do que o vaivém. 'Onde você quer comer?' 'Ah, qualquer lugar está bom.' 'Não, falando sério, qual é a sua preferência?' 'Para mim não importa. Qual é a sua?' Chega desse papo furado. LuvLuv elimina esse problema para vocês. Toda vez que ela postou que gostou ou não gostou de um restaurante, toda vez que ela *mencionou* comida, tudo é classificado e selecionado e termina na forma de uma lista como esta."

Clicou no ícone da comida, que revelou uma porção de listas secundárias, com categorias de tipos de comida, nomes de restaurantes, restaurantes por cidade e por bairros. As listas eram precárias em termos de exatidão. O programa chegava a ponto de indicar o lugar onde ela e Francis tinham comido dias antes, naquela mesma semana.

"Agora eu clico no lugar de que gosto e, se ela pagou pelo TruYou, vou saber o que ela pediu na última vez em que comeu lá. Clique aqui e veja os pratos especiais desse restaurante na sexta-feira, quando vai acontecer o nosso encontro. Aqui está o tempo médio de espera de uma mesa nesse dia. A incerteza está eliminada."

Gus foi adiante e prosseguiu sua apresentação, sobre a preferência de filmes de Mae, de locais ao ar livre para caminhar e correr, esportes prediletos, paisagens prediletas. O resultado era exato, na maior parte, e enquanto Gus e Francis representavam seus papéis com exagero no palco e a plateia se mostrava cada vez mais impressionada com o programa, Mae primeiro se escondeu atrás das mãos, depois afundou o mais que pôde na poltrona e por fim, quando sentiu que a qualquer momento pediriam que ela subisse ao palco para confirmar o incrível poder daquela nova ferramenta, esgueirou-se de seu assento, percorreu o corredor entre as fileiras de poltronas, cruzou a porta lateral do auditório e foi para a luz branca e sem brilho de uma tarde nublada.

"Desculpe."

Mae não conseguia olhar para ele.

"Mae. Desculpe. Não entendo por que ficou tão zangada."

Ela não queria saber dele por perto. Mae tinha voltado para sua mesa e Francis tinha ido atrás dela, estava parado a seu lado, feito uma ave que se alimenta de carniça. Mae nem olhava para ele, porque, além de ter nojo e achar seu rosto fraco e seus olhos desonestos, além de ter certeza de que jamais precisaria ver de novo aquele rosto desgraçado, Mae tinha de trabalhar. As comportas da represa da tarde tinham sido abertas e a enxurrada era enorme. "Podemos conversar mais tarde", disse ela, mas não tinha a menor intenção de falar com ele outra vez, nem naquele dia nem em nenhum outro. Havia alívio naquela certeza.

Por fim Francis foi embora, pelo menos o eu corpóreo dele foi embora, pois dali a minutos ele apareceu na terceira tela de Mae pedindo perdão. Disse a ela que sabia que não devia ter envolvido Mae sem avisá-la, mas Gus havia insistido que devia ser uma surpresa. Francis mandou quarenta ou cinquenta mensagens no decorrer da tarde, pedindo desculpas, dizendo que Mae tinha feito um tremendo sucesso, que como seria melhor se ela tivesse subido ao palco, porque as pessoas bateram palmas pedindo sua presença. Francis garantiu que tudo o que tinha sido exibido no palco era acessível publicamente, não havia nada de constrangedor, tudo havia sido recolhido de coisas que ela mesma havia postado, afinal.

E Mae sabia que tudo aquilo era verdade. Não tinha ficado aborrecida com as revelações de suas alergias. Ou com suas comidas prediletas. Ela havia oferecido abertamente aquelas informações por muitos anos e tinha a sensação de que mostrar suas preferências e ler sobre as dos outros era uma das coisas que ela gostava em sua vida na internet.

Portanto o que a havia humilhado tanto durante a apresentação de Gus? Mae não conseguia identificar o motivo. Teria sido apenas a surpresa? Teria sido a exatidão minuciosa dos algoritmos? Talvez. Mas, novamente, o resultado não tinha sido tão exato assim, portanto qual era o *problema*? Ter uma matriz de preferências que tinha sido apresentada como se fosse sua essência, o todo de sua pessoa? Talvez fosse aquilo. Era uma espécie de espelho, mas era incompleto, distorcido. E se Francis queria algumas ou todas aquelas informações, por que não podia simplesmente *perguntar* para ela? A terceira tela de Mae, no entanto, passou a tarde inteira repleta de mensagens de congratulações.

Você é incrível, Mae.

Bom trabalho, novata.

Nada de andar a cavalo com você. Quem sabe uma lhama?

Ela foi tocando em frente sua tarde e nem percebeu a luz piscando no telefone, senão depois das cinco horas. Tinha perdido três mensagens de sua mãe. Quando ouviu os recados, todos diziam a mesma coisa: "Venha para casa".

Enquanto dirigia o carro por cima das montanhas e através do túnel, rumo ao leste, ligou para a mãe e obteve os detalhes. O pai tivera um ataque, tinha ido ao hospital, pediram para que ficasse lá à noite, em observação. A mãe disse para Mae ir direto para lá, mas quando chegou, o pai tinha ido embora. Mae telefonou para a mãe.

"Onde ele está?"

"Em casa. Desculpe. Acabamos de chegar. Não imaginei que você fosse chegar tão depressa. Ele está bem."

Então foi para casa e, quando chegou, ofegante, zangada e assustada, viu a picape Toyota de Mercer estacionada na frente da casa e aquilo deixou Mae num emaranhado mental. Não queria o Mercer ali. Apenas iria complicar uma cena em si já difícil.

Mae abriu a porta e não viu nem o pai nem a mãe, mas o vulto gigante e disforme de Mercer. Estava de pé no vestíbulo. Toda vez que via Mercer de novo, depois de um intervalo de tempo, Mae ficava chocada ao ver como era grande, protuberante. Agora tinha o cabelo mais comprido, o que aumentava sua massa. A cabeça bloqueava toda luz.

"Ouvi seu carro", disse ele. Tinha uma pera na mão.

"Por que você está aqui?", perguntou Mae.

"Me chamaram para ajudar", respondeu.

"Papai!" Ela passou por Mercer e entrou na sala. Ali, o pai estava repousando, estirado no sofá, vendo um jogo de beisebol na televisão.

Ele não virou a cabeça, mas olhou na direção de Mae. "Oi, meu anjo. Ouvi seu carro lá fora."

Mae sentou-se na mesinha de centro e segurou a mão do pai. "Está bem?"

"Estou. Foi só um susto, na verdade. Começou forte, mas passou." De modo quase imperceptível, ele moveu a cabeça para a frente a fim de ver por trás de Mae.

"Está tentando ver o jogo?"

"É a nona entrada", respondeu.

Mae saiu da frente. A mãe entrou na sala. "Chamamos o Mercer para ajudar a pôr seu pai no carro."

"Eu não queria ir de ambulância", disse o pai, ainda vendo o jogo.

"E foi mesmo um ataque?", perguntou Mae.

"Eles não têm certeza", respondeu Mercer, da cozinha.

"Será que posso ouvir a resposta de meus próprios pais?", retrucou Mae.

"Mercer foi nosso salva-vidas", disse o pai.

"Por que não telefonou para mim para avisar que não era tão grave?", perguntou Mae.

"Mas *era* grave", disse a mãe. "Era grave na hora em que telefonei."

"Mas agora ele está assistindo beisebol na televisão."

"Agora não é grave", explicou a mãe, "mas por um tempo a gente não sabia direito o que estava acontecendo. Então ligamos para o Mercer."

"Ele salvou minha vida."

"Não acho que o Mercer salvou sua vida, pai."

"Não quero dizer que eu estava morrendo. Mas você sabe como eu detesto todo aquele circo dos socorristas e da sirene tocando e os vizinhos de olho. A gente ligou para o Mercer, ele chegou em cinco minutos, me ajudou a entrar no carro, a entrar no hospital e foi isso. Ajudou muito."

Mae bufou de raiva. Tinha dirigido o carro durante duas horas dominada pelo pânico para no final encontrar o pai relaxado no sofá, vendo um jogo de beisebol. Tinha dirigido o carro duas horas para encontrar seu ex-namorado na casa dos pais, alçado ao posto de herói da família. E o que ela era? De certo modo, era negligente. Era supérflua. Aquilo trazia à sua memória muitas coisas de que não gostava no Mercer. Ele gostava de ser considerado uma pessoa gentil, mas se empenhava para que todo mundo soubesse disso, e era aquilo que deixava Mae furiosa, ter sempre de ouvir falar da gentileza do Mercer, sua honestidade, sua confiabilidade, sua empatia sem fim. Mas com ela, Mercer tinha sido hesitante, mal-humorado e inacessível em muitas vezes que ela precisou dele.

"Quer um pouco de frango? O Mercer trouxe", disse a mãe, e Mae decidiu que aquilo era uma deixa para ir ao banheiro por alguns minutos, ou dez minutos.

"Vou me lavar", disse, e subiu a escada.

Mais tarde, depois que todos tinham comido e recontado seu dia, explicando como a visão do pai havia diminuído até um grau alarmante e o torpor das mãos tinha piorado muito — sintomas que os médicos diziam ser normais e tratáveis, ou pelo menos contornáveis — e depois que seus pais tinham ido dormir, Mae e Mercer ficaram sentados no quintal, o calor ainda exalava da grama, das árvores, das cercas cinzentas que os rodeava, lavadas pela chuva.

"Obrigado por ter ajudado", disse Mae.

"Foi fácil. Vinnie está mais leve do que antigamente."

Mae não gostou de ouvir aquilo. Não queria que seu pai ficasse mais leve, que fosse fácil de carregar. Ela mudou de assunto.

"Como vão os negócios?"

"Ótimos. Ótimos mesmo. Na verdade tive de contratar um aprendiz na semana passada. Não é legal? Eu tenho um aprendiz. E seu trabalho? É bacana?"

Mae ficou surpresa. Raramente Mercer se mostrava tão empolgado.

"É bacana sim", respondeu.

"Ótimo. É bom saber disso. Eu estava torcendo para dar certo. Então você está fazendo o quê? Programação ou algo assim?"

"Trabalho em EC. Experiência do Cliente. Agora estou tratando com os anunciantes. Espere. Vi alguma coisa sobre seu trabalho um dia desses. Dei uma busca no seu nome e achei um comentário sobre alguém que recebeu uma mercadoria danificada, não é? Estavam pês da vida. Imagino que tenha visto isso."

Mercer deu um suspiro teatral. "Não vi." Seu rosto ficou azedo.

"Não se preocupe", disse Mae. "Foi só mais um desses pirados."

"E agora isso vai ficar na minha cabeça."

"Não ponha a culpa em mim. Eu só..."

"Você simplesmente me deixou ciente de que há algum palhaço por aí que me odeia e quer prejudicar meu negócio."

"Havia outros comentários também, e a maioria era favorável. Na verdade só tinha um que era mesmo engraçado." Ela começou a procurar no celular.

"Mae. Por favor. Estou pedindo para não ler."

"Aqui está: 'Todas aquelas galhadas de veados mortos só para fazer essa merda?'."

"Mae, pedi para não ler isso para mim."

"*Por quê?* É engraçado!"

"Como é que posso lhe pedir para não fazer uma coisa de um jeito que você respeite minha vontade?"

Era esse o Mercer de que Mae se lembrava e que ela não conseguia suportar — irritado, mal-humorado, autoritário.

"Do que você está falando?"

Mercer respirou fundo e Mae entendeu que ele estava à beira de fazer um longo discurso. Se houvesse um palanque à sua frente, ele subiria e tiraria do bolso do paletó esporte as folhas de papel. Dois anos de faculdade comunitária e já achava que era uma espécie de professor universitário. Tinha feito discursos para Mae sobre carne bovina de origem orgânica, sobre as obras iniciais de King Crimson, e toda vez ele começava com aquela respiração funda, uma respiração que dizia: *Prepare-se, isto vai levar um tempo e deixar você alucinada.*

"Mae, tenho de pedir para você..."

"Já sei, quer que eu pare de ler os comentários dos seus clientes. Está certo."

"Não, não era isso que eu..."

"Você *quer* que eu leia os comentários para você?"

"Mae, que tal deixar que eu termine minha frase? Aí vai saber o que tenho a dizer. Você vive querendo adivinhar o final de todas minhas frases e isso não ajuda em nada, porque você nunca acerta."

"Mas você fala tão *devagar.*"

"Falo normal. Você é que está impaciente."

"Tá legal. Vamos lá."

"Mas agora você está bufando."

"Acho que isso me deixa entediada com muita facilidade."

"Conversar?"

"Conversar em câmera lenta."

"Agora posso começar? Vou levar três minutos. Pode me dar três minutos, Mae?"

"Tá legal."

"Três minutos em que você não sabe o que vou dizer, tá legal? Vai ser uma surpresa."

"Tá legal."

"Muito bem. Mae, temos de mudar a maneira como nos relacionamos. Toda vez que vejo ou ouço você é por meio de um filtro. Você me manda links, cita alguém que falou de mim, diz que viu uma foto minha no mural de alguém... É sempre esse ataque por meio de terceiros. Mesmo quando estou conversando com você cara a cara, você me diz o que algum estranho pensa a meu respeito. É como se nunca estivéssemos sozinhos. Toda vez que vejo você, há uma centena de pessoas na sala. Você está sempre olhando para mim através dos olhos de outras pessoas."

"Não seja dramático."

"Só quero falar com você de forma direta. Sem que você invoque a presença de qualquer estranho neste mundo que por acaso tenha alguma opinião a meu respeito."

"Não faço isso."

"Faz sim, Mae. Alguns meses atrás, você leu alguma coisa sobre mim, lembra? Quando nos encontramos, você estava muito esquiva."

"É porque falaram que você estava usando espécies ameaçadas de extinção para fazer seu trabalho!"

"Mas eu nunca fiz isso."

"Pois é, mas como é que eu ia saber?"

"Podia me *perguntar*! Na verdade, *me* pergunte. Você sabe que é muito esquisito o fato de você, minha amiga e ex-namorada, obter informações a meu respeito com pessoas aleatórias que nunca me viram na vida! E depois tenho de ficar sentado na sua frente e parece que estamos olhando um para o outro em meio a uma neblina estranha."

"Está bem, desculpe."

"Promete que vai parar de fazer isso?"

"Parar de ler na internet?"

"Não me importa o que você lê. Mas quando eu e você nos comunicamos, quero fazer isso de forma direta. Você escreve para mim, eu escrevo para você. Você me faz perguntas e eu respondo. Você para de pegar notícias sobre mim com terceiros."

"Mas, Mercer, você é dono de um negócio. Precisa estar on-line. Esses são os seus clientes e é desse jeito que eles se expressam e é desse jeito que você sabe como está sendo avaliado." A mente de Mae fervilhava com uma dúzia de ferramentas do Círculo que ela sabia que podiam ajudar Mercer em seu negócio, porém Mercer era devagar. Um cara devagar, mas que de algum modo conseguia se mostrar muito cheio de si com o que fazia.

"Veja, isso não é verdade, Mae. Não é verdade. Vou saber se tenho sucesso se vender lustres. Se as pessoas encomendarem, eu fizer e elas pagarem dinheiro por isso. Se elas têm algo a dizer depois, podem me telefonar ou me escrever. Quer dizer, toda essa história em que você está metida, tudo isso não passa de fofoca. Pessoas falando umas das outras pelas costas. É isso o que representa a grande maioria das mídias sociais, todos esses comentários, todas essas críticas. Suas ferramentas têm fofocas, boatos e conjecturas de alto nível, erguidos ao plano da comunicação válida, dominante. No fundo, é tudo pura babaquice."

Mae bufou pelas narinas.

"Adoro quando você faz assim", disse Mercer. "Isso significa que você não tem nenhuma resposta? Escute, vinte anos atrás, era descolado ter um relógio de pulso com calculadora, certo? E passar o dia inteiro dentro de casa mexendo no relógio de pulso com calculadora era enviar uma clara mensagem de que a pessoa não estava se saindo muito bem socialmente. E julgamentos como 'curtir', 'não curtir', 'sorriso' e 'cara feia' eram coisa restrita a adolescentes. Alguém escrevia um bilhete que dizia: 'Você gosta de unicórnios e adesivos?', e a gente respondia: 'Sim, eu gosto de unicórnios e adesivos! Sorriso!'. Esse tipo de coisa. Mas agora não são mais os adolescentes que fazem isso, é todo mundo, e me parece às vezes que entrei numa zona invertida, num mundo de espelhos onde a merda mais idiota do mundo é totalmente dominante. O mundo ficou idiota."

"Mercer, para você é importante ser descolado?"

"Dou essa impressão?" Passou a mão sobre a barriga em expansão e sobre a roupa surrada. "É óbvio que não sou nenhum mestre em matéria de ser descolado. Mas lembro quando você via o John Wayne ou o Steve McQueen e dizia: Puxa, esses caras são durões. Andavam a cavalo e de motocicleta e percorriam o mundo fazendo justiça e lutando contra as coisas ruins."

Mae não pôde conter o riso. Viu a hora no celular. "Já passaram mais de três minutos."

Mercer foi em frente assim mesmo. "Agora os astros do cinema imploram às pessoas que sigam seus feeds no Zing. Enviam mensagens de apelo pedindo que todo mundo sorria para eles. E o spam, caralho! Todo mundo despacha lixo pelo correio. Sabe como eu desperdiço uma hora por dia? Pensando em maneiras de cancelar minha assinatura de listas de discussão sem magoar as pessoas. Existe essa nova carência — ela permeia tudo." Mercer deu um suspiro, como se tivesse formulado ideias muito importantes. "É um planeta muito diferente."

"É diferente de um jeito bom", disse Mae. "Existem mil aspectos em que ele é melhor e posso até fazer uma lista. Mas não posso fazer nada se você não é social. Quero dizer, suas necessidades sociais são mínimas..."

"A questão não é que eu não seja social. Sou social o bastante. Mas as ferramentas que vocês inventam na verdade *fabricam* de modo artificial necessidades sociais excessivas. Ninguém precisa do nível de contato que vocês fornecem. Ele não serve para aprimorar nada. Ele não nutre ninguém. É que nem esses salgadinhos. Sabe como criam essas comidas? Eles determinam de forma científica exatamente quanto sal e quanta gordura precisam incluir para fazer a pessoa continuar comendo. Você não tem fome, não precisa comer, aquilo não traz nada para você, mas você continua devorando aquelas calorias vazias. É isso que vocês estão empurrando. A mesma coisa. Infinitas calorias vazias, mas o equivalente na forma sociodigital. E vocês calibram as doses para que o negócio fique igualmente viciante."

"Ah, meu Deus."

"Você sabe como é quando acaba de comer um saquinho de batatas fritas e fica com raiva de si mesmo? Você sabe que não fez nada de bom para si. É a mesma sensação e você sabe que é assim, depois de um porre digital. Você se sente exaurido, oco e diminuído."

"Eu nunca me sinto diminuída." Mae pensou na petição que havia assinado naquele mesmo dia pedindo mais oportunidades de emprego para imigrantes residentes nos subúrbios de Paris. Era estimulante e produziria impacto. Mas Mercer não sabia daquilo nem de nada que Mae fazia, de nada que o Círculo fazia, e ela estava cheia demais dele para explicar aquilo tudo.

"E está eliminada minha capacidade de falar com você." Ele ainda estava falando. "Quero dizer, não posso mandar e-mails para você, porque imediatamente vai reenviá-los para outra pessoa. Não posso lhe mandar uma foto, porque você vai postá-la em seu perfil. E enquanto isso sua empresa vai reunindo os dados de todas as suas mensagens para obter informações que eles possam transformar em dinheiro. Não acha isso uma loucura?"

Mae olhou para o rosto gordo dele. Mercer estava engordando em todos os lados. Parecia estar criando uma papada. Será que um homem de vinte e cinco anos já podia ter papada? Não era de admirar que estivesse pensando em salgadinhos.

"Obrigado por ajudar meu pai", disse Mae, que entrou em casa e esperou que ele fosse embora. Mercer levou alguns minutos para fazer isso — fez questão de beber sua cerveja até o fim —, mas logo depois saiu e Mae apagou as luzes do térreo, foi para seu antigo quarto e se jogou na cama. Conferiu suas mensagens, achou algumas dúzias que mereciam sua atenção. Depois, como eram só nove horas e os pais já tinham ido dormir, ela entrou em sua conta do Círculo e preencheu algumas pesquisas, sentindo, a cada solicitação atendida, que estava extirpando o Mercer de si mesma. À meia-noite sentiu-se renascida.

No sábado, Mae acordou em sua antiga cama e, depois do café da manhã, sentou-se ao lado do pai e os dois ficaram vendo uma partida de basquete feminino profissional, uma coisa que ele tinha começado a fazer com grande entusiasmo. No resto do dia, jogaram baralho, deram uma volta à toa e cozinharam uma galinha *sauté* que seus pais tinham aprendido a fazer numa aula de culinária a que assistiram na ACM.

No domingo de manhã, a rotina foi a mesma: Mae dormiu até tarde, sentindo-se pesada, mas com uma sensação boa, e quando acordou foi para a sala de tevê, onde o pai estava de novo vendo uma partida da liga de basquete feminino. Dessa vez, ele vestia um roupão grosso e branco que um amigo dele tinha surrupiado de um hotel em Los Angeles.

A mãe estava do lado de fora, usando fita isolante para consertar uma lata de lixo de plástico que os guaxinins tinham estragado ao tentar tirar seu conteúdo. Mae sentia-se lesada, o corpo relutante em fazer qualquer coisa que não deitar. Ela se deu conta de que tinha permanecido em constante estado de alerta durante uma semana inteira e que não tinha dormido mais que cinco horas em todas as noites. Ficar simplesmente sentada na sala da casa dos pais, vendo aquela partida de basquete na televisão, algo que não significava nada para ela, todos aqueles rabos de cavalo e aquelas tranças pulando, todos aqueles guinchos dos tênis roçando no piso da quadra, aquilo era algo restaurador e sublime.

"Você acha que pode me ajudar a me levantar, meu anjo?", perguntou o pai. Os punhos do pai estavam afundados no sofá, mas ele não conseguia se erguer. O estofamento era fofo demais.

Mae se levantou e segurou a mão do pai, porém, quando o fez, ouviu um leve som líquido.

"Sacanagem", disse ele e começou a sentar de novo. Em seguida corrigiu sua trajetória e inclinou-se de lado, como se tivesse acabado de lembrar que havia algo frágil sobre o qual não podia sentar.

"Pode chamar sua mãe?", pediu ele, com os dentes cerrados, os olhos fechados.

"O que houve?", perguntou Mae.

Ele abriu os olhos e havia neles uma raiva incomum. "Por favor, chame sua mãe para mim."

"Estou aqui. Deixe que eu ajudo", disse Mae. Segurou a mão do pai outra vez. Ele a rechaçou.

"Chame. Sua. Mãe."

E então o cheiro a atingiu. Ele tinha se sujado.

Ele deu um suspiro bem alto, se recompondo. Agora com uma voz mais suave, falou: "Por favor, querida. Chame sua mãe".

Mae correu até a porta da frente. Encontrou a mãe na garagem e lhe contou o que havia acontecido. A mãe de Mae não foi correndo para dentro de casa. Em vez disso, segurou as mãos de Mae nas suas.

"Acho que é melhor você voltar agora", disse. "Ele não vai querer que você veja isso."

"Posso ajudar", disse Mae.

"Por favor, meu anjo. Você tem de garantir a seu pai certa dignidade."

"Bonnie!" A voz dele explodiu dentro da casa.

A mãe de Mae agarrou a mão da filha. "Mae, querida, pegue suas coisas. A gente se vê de novo daqui a algumas semanas, está bem?"

Mae voltou de carro para o litoral, o corpo tremendo de raiva. Eles não tinham nenhum direito de fazer aquilo, chamá-la para casa e depois mandá-la embora. Ela não *queria* sentir o cheiro do cocô do pai! Ela ia ajudar, toda vez que lhe pedissem, mas não se a tratassem daquele jeito. E o Mercer! Ele lhe passou um sermão dentro de sua própria casa. Meu Deus. Os três. Mae tinha viajado duas horas de carro e agora ia gastar outras duas para voltar, e o que todo aquele trabalho havia rendido? De noite, lição de moral de um gordo e, de dia, enxotada de casa pelos próprios pais.

Quando chegou ao litoral, eram 4h14. Ainda tinha tempo, pensou. Será que o lugar fechava às seis horas? Não lembrava. Saiu da rodovia principal e tomou a direção da marina. Quando chegou à praia, o portão da área de aluguel de caiaques estava aberto, mas não havia ninguém à vista. Mae olhou em redor, entre as fileiras de caiaques, remos e boias salva-vidas. "Alô!", disse ela.

"Oi!", respondeu uma voz. "Estou aqui. No trailer."

Por trás das fileiras de equipamentos havia um trailer, apoiado sobre blocos de cimento. Através da porta aberta, Mae pôde ver os pés de um homem erguidos e apoiados numa escrivaninha, um fio de telefone esticado da escrivaninha para um rosto que estava invisível. Mae subiu a escadinha e, dentro do trailer escurecido, viu um homem de uns trinta anos mais ou menos, começando a ficar careca, erguendo o dedo indicador para ela. Mae olhava no celular para ver a hora a todo instante e via os minutos passarem: 4h20, 4h21, 4h23. Quando terminou de falar no telefone, o homem sorriu.

"Obrigado pela paciência. Em que posso ajudar?"

"Marion está?"

"Não. Sou o filho dela. Walt." Levantou-se e apertou a mão de Mae. Era alto, magro, queimado de sol.

"Prazer. Cheguei muito tarde?"

"Muito tarde para quê? Jantar?", perguntou ele, achando que tinha feito uma piada.

"Para alugar um caiaque."

"Ah. Bem, que horas são? Faz tempo que não vejo as horas."

Ela nem precisou olhar. "4h26", respondeu.

Ele pigarreou e sorriu. "4h26, hein? Bom, em geral fechamos às cinco, mas vendo que você está bem afiada com as horas, acho que posso confiar em que você vai trazer o caiaque de volta às 5h22. Acha que está bem assim? É nesse horário que tenho de ir pegar minha filha."

"Obrigada", respondeu Mae.

"Deixe-me fazer seu registro", explicou ele. "A gente acabou de digitalizar nosso sistema. Você já tem conta aqui?"

Mae lhe deu seu nome e ele digitou num tablet novo, mas não havia nada registrado. Depois de três tentativas, ele se deu conta de que seu wi-fi não estava funcionando. "Talvez eu possa ver no meu celular", disse ele, e pegou o telefone no bolso.

"Não podemos fazer isso quando eu voltar?", perguntou Mae e ele concordou, pensando que aquilo lhe daria o tempo necessário para reativar a rede sem fio. Deu para Mae um caiaque e um colete salva-vidas e, quando ela já estava na água, Mae viu que horas eram. 4h32. Tinha quase uma hora. Na baía, uma hora era sempre bastante coisa. Uma hora era um dia.

Mae remou para longe e dessa vez não viu nenhuma foca na marina, embora se deixasse ficar à deriva de propósito para tentar atraí-las. Seguiu rumo ao antigo quebra-mar meio afundado onde às vezes as focas pegavam sol, mas não achou nenhuma. Não havia focas, nenhum leão-marinho, o quebra-mar estava deserto, apenas um pelicano imundo estava pousado na ponta de uma estaca.

Ela remou para além dos iates arrumados, para além dos barcos misteriosos e entrou na baía aberta. Lá, descansou, sentindo a água embaixo de si, lisa e ondulante como uma gelatina muito profunda. Quando estava sentada e imóvel, surgiu um par de cabeças uns vinte metros à sua frente. Eram focas e olhavam uma para a outra, como se estivessem resolvendo se deviam olhar para Mae juntas. O que de fato fizeram em seguida.

Olharam-se umas para as outras, as duas focas e Mae, ninguém piscava, até que, como se tivessem percebido que Mae era muito desinteressante, apenas uma figura imóvel, uma foca afundou numa onda e sumiu, e a segunda rapidamente foi atrás.

À frente, à meia distância mais para dentro da baía, Mae viu uma coisa nova, uma forma fabricada que ela não havia percebido antes, e decidiu que sua tarefa naquele dia seria ir até aquela forma e investigar. Remou para mais perto e viu que a forma era, na verdade, duas embarcações, um velho barco de pesca amarrado a uma balsa pequena. Na balsa havia uma espécie de abrigo complexo, mas tosco. Se aquilo estivesse em qualquer lugar em terra, sobretudo naquela região, seria desmontado imediatamente. Parecia com fotos que Mae tinha visto de abrigos de desabrigados no tempo da Grande Depressão ou de algum acampamento de refugiados.

Mae estava sentada, espiando aquela bagunça com as pálpebras entrecerradas, quando apareceu uma mulher, vindo de debaixo do encerado.

"Ah, ei", exclamou a mulher. "Você apareceu do nada." A mulher tinha uns sessenta anos, cabelos brancos compridos, cheios e fracos, presos num rabo de cavalo. Deu alguns passos para a frente e Mae viu que era mais jovem do que ela havia imaginado, talvez uns cinquenta e poucos anos, o cabelo com riscas de louro.

"Oi", disse Mae. "Desculpe por ter chegado tão perto. O pessoal aqui da marina sempre faz questão de nos dizer para não incomodar o pessoal dos barcos."

"Em geral é o que acontece", respondeu a mulher. "Mas como estamos saindo para tomar nosso drinque do fim de tarde", explicou a mulher, enquanto se acomodava numa cadeira branca de plástico, "você chegou numa ótima hora." Inclinou a cabeça para trás, falando na direção do encerado azul. "Vai ficar escondido aí dentro?"

"Estou preparando os drinques, doçura", respondeu uma voz masculina, seu vulto ainda invisível, a voz fazendo força para ser educada.

A mulher virou-se para Mae. Na luz fraca, os olhos dela cintilavam um pouco malévolos. "Você parece inofensiva. Quer vir a bordo?" Moveu a cabeça, chamando Mae.

Mae remou mais para perto e, quando se aproximou de fato, a voz masculina surgiu de debaixo do encerado e ganhou forma humana. Ele tinha a pele curtida, um pouco mais velho do que sua companheira, e se movia lentamente enquanto saía do barco e ia para a balsa. Levava o que pareciam ser duas garrafas térmicas.

"Ela vai beber com a gente?", perguntou o homem para a mulher, deixando seu corpo cair numa cadeira de plástico ao lado da mulher.

"Eu já convidei", respondeu a mulher.

Quando Mae estava perto o suficiente para distinguir o rosto dos dois, viu que eram limpos, arrumados — Mae temia que suas roupas confirmassem aquilo que sua embarcação sugeria: que não eram apenas vagabundos do mar, mas também pessoas perigosas.

Por um momento, o casal ficou observando, enquanto Mae manobrava o caiaque em sua aproximação da balsa, ambos curiosos com ela, mas passivos, como se aquilo fosse sua sala de estar e Mae fosse sua convidada naquela noite.

"Vá, *ajude* a moça", disse a mulher com impaciência e o homem levantou-se.

A proa do caiaque de Mae bateu na quina de aço da balsa. O homem rapidamente amarrou uma corda na ponta do caiaque e puxou-o para que ficasse alinhado. Ajudou Mae a subir na balsa, uma colcha de retalhos feita de tábuas.

"Sente aqui, meu bem", disse a mulher, apontando para a cadeira que o homem tinha deixado vaga para ajudá-la.

Mae sentou-se e percebeu que o homem disparava um olhar furioso para a mulher.

"Ora, pegue outra", disse a mulher para ele. E o homem sumiu de novo embaixo da lona azul impermeável.

"Em geral eu não o mando fazer tanta coisa", disse ela para Mae e estendeu a mão para pegar uma das garrafas térmicas que o homem tinha trazido. "Mas ele não sabe como receber uma pessoa. Quer tinto ou branco?"

Mae não tinha nenhum motivo para aceitar nem um nem outro no meio da tarde, quando ainda tinha de devolver o caiaque e depois ir de carro para casa, mas estava com sede e, se o vinho era branco, seria gostoso beber debaixo daquele sol da tarde, e resolveu rapidamente que queria tomar vinho. "Branco, por favor", respondeu.

Apareceu um banquinho vermelho por baixo das dobras do encerado, logo seguido pelo homem, que fazia questão de mostrar que estava incomodado.

"Sente e tome um copinho", disse a mulher para ele e serviu, em copos de papel, o vinho branco para Mae e o tinto para si e para seu companheiro. O homem sentou-se, todos ergueram os copos, e o vinho, que Mae sabia não ser bom, tinha um sabor extraordinário.

O homem se dirigiu a Mae. "Então você é uma espécie de aventureira, pelo que vejo. Esportes radicais e tudo isso." Esvaziou seu copo e estendeu a mão na direção das garrafas térmicas. Mae estava esperando que sua companheira olhasse para ele com ar desaprovador, como sua mãe teria feito, mas os olhos da mulher estavam fechados, voltados para o sol que se punha.

Mae balançou a cabeça. "Não. Nem de longe, na verdade."

"A gente não vê muita gente remando por aqui", disse ele, e encheu de novo seu copo. "Eles costumam ficar mais perto da costa."

"Acho que ela é uma boa moça", disse a mulher, os olhos ainda fechados. "Olhe as roupas dela. É quase uma patricinha. Mas não é preguiçosa. É uma boa moça com eventuais acessos de curiosidade."

Agora o homem assumiu o papel de quem pede desculpas. "Dois goles de vinho e ela acha que é uma espécie de cigana que vê o futuro."

"Está tudo bem", disse Mae, embora não soubesse o que sentira a respeito do diagnóstico da mulher. Enquanto Mae olhava para ele e depois para ela, os olhos da mulher se abriram.

"Há um bando de baleias cinzentas que vai chegar aqui

amanhã", disse a mulher, e voltou os olhos para a Golden Gate. Estreitou as pálpebras, como se confirmasse a promessa mental feita ao oceano de que, quando as baleias chegassem, seriam bem tratadas. Então fechou os olhos de novo. Por ora, a tarefa de entreter Mae parecia ter ficado por conta do homem.

"E que tal está a baía hoje?", perguntou o homem.

"Boa", respondeu Mae. "Muito calma."

"Esta semana ela andou calmíssima", concordou ele e, por um tempo, ninguém falou, como se os três estivessem rendendo homenagem à tranquilidade da água, com um momento de silêncio. E no silêncio, Mae pensou em como Annie ou seus pais reagiriam se a vissem ali, bebendo vinho à tarde numa balsa. Com desconhecidos que moravam numa balsa. Mercer, Mae sabia, iria aprovar.

"Viu alguma foca?", perguntou o homem, afinal.

Mae não sabia nada sobre aquelas pessoas. Não tinham lhe dito seus nomes nem perguntado o dela.

Ao longe, soou uma buzina de nevoeiro.

"Hoje só umas poucas, mais perto da costa", disse Mae.

"Como eram elas?", perguntou o homem e, quando Mae descreveu suas cabeças cinzentas e lustrosas, o homem lançou um olhar para a mulher.

"Stevie e Kevin."

A mulher fez que sim com a cabeça.

"Acho que hoje as outras estão fora, caçando. Stevie e Kevin raramente se afastam dessa parte da baía. Toda hora eles vêm aqui nos dar um alô."

Mae queria perguntar para eles se moravam ali ou, se não, o que exatamente estavam fazendo ali na balsa, presa àquele barco de pesca, se nem a balsa nem o barco pareciam funcionais. Será que estavam ali para sempre? E como tinham parado ali?

Mas parecia impossível fazer qualquer dessas perguntas, quando eles nem mesmo haviam perguntado seu nome.

"Você estava aqui quando ela pegou fogo?", perguntou o homem, apontando para uma grande ilha desabitada no meio da baía. A ilha se erguia muda e negra por trás deles. Mae balançou a cabeça negativamente.

"Ficou dois dias pegando fogo. Nós tínhamos acabado de chegar aqui. De noite, o calor... dava para sentir daqui. Toda noite a gente nadava nessa água esquecida por Deus, só para se refrescar. A gente pensou que o mundo ia acabar."

Então os olhos da mulher se abriram e ela se concentrou em Mae. "Você já nadou nesta baía?"

"Algumas vezes", respondeu Mae. "É brutal. Mas antigamente, quando estava crescendo, eu nadava no lago Tahoe. É no mínimo tão frio quanto aqui."

Mae terminou de beber o vinho e sentiu-se ligeiramente animada. Virou os olhos para o sol, com as pálpebras entrecerradas, voltou-se para o outro lado e viu um homem ao longe, num bote a vela prateado, erguendo uma bandeira tricolor.

"Quantos anos você tem?", perguntou a mulher. "Parece que tem uns onze anos."

"Vinte e quatro", respondeu Mae.

"Meu Deus. Você não tem nenhuma ruga. Será que a gente já teve vinte e quatro anos algum dia, meu amor?" Virou-se para o homem, que estava usando uma caneta esferográfica para coçar a sola do pé. Ele deu de ombros e a mulher deixou para lá.

"Aqui é lindo", disse Mae.

"Também achamos", disse a mulher. "A beleza é gritante e constante. O nascer do sol hoje foi muito bonito. E esta noite vai ter lua cheia. Está subindo toda alaranjada e vai ficando cor de prata à medida que vai se erguendo. A água fica coberta de dourado, depois de uma cor de platina. Você devia ficar para ver."

"Tenho de devolver isso", disse Mae, e apontou para o caiaque. Olhou para seu celular. "Daqui a oito minutos."

Levantou-se, o homem também ficou de pé, pegou o copo de Mae e colocou seu próprio copo dentro do dela. "Você acha que vai conseguir atravessar a baía em oito minutos?"

"Vou tentar", respondeu Mae, e ficou parada.

A mulher estalou alto a língua. "Nem consigo acreditar que ela já vai embora. Gostei dela."

"Ela não está morta, querida. Continua entre nós", disse o homem. Ele ajudou Mae a entrar no caiaque e soltou a corda. "Seja educada."

Mae mergulhou a mão na água da baía e molhou a nuca.

"Vá embora, traidora", disse a mulher.

O homem revirou os olhos. "Desculpe."

"Tudo bem. Obrigada pelo vinho", disse Mae. "Vou voltar outro dia."

"Vai ser ótimo", disse a mulher, embora ela parecesse aborrecida com Mae. Era como se, por um momento, ela tivesse pensado que Mae era um tipo de pessoa, mas agora, sabendo que era de outro tipo, pudesse abrir mão dela, pudesse devolvê-la ao mundo.

Mae remou para a costa, sentia a cabeça muito leve, o vinho pôs um sorriso torto em seu rosto. E só então se deu conta de quanto tempo seus pensamentos tinham ficado afastados dos pais, de Mercer, das pressões do trabalho. O vento bateu mais forte, agora virado para o oeste, e ela remou contra ele com ímpeto, espirrava água para todo lado, ensopou as pernas, o rosto, os ombros. Sentia-se tão forte, os músculos cada vez mais arrojados a cada espirro da água fria. Ela estava adorando aquilo tudo, ver os barcos livres chegando mais perto, os iates ancorados surgindo e revelando seus nomes e, por fim, a praia tomando forma, com Walt à espera na beira da água.

* * *

Na segunda-feira, quando foi trabalhar e ligou o computador, havia mais ou menos uma centena de mensagens na segunda tela.

De Annie: *Sentimos sua falta na noite de sexta!*

Jared: *Você perdeu a maior festa.*

Dan: *Que pena que você não foi à festa de domingo!*

Mae procurou seu calendário e se deu conta de que tinha havido uma festa na sexta-feira aberta a todos do Renascimento. Domingo tinha havido um churrasco para os novatos — os novatos que tinham chegado naquelas duas semanas em que Mae estava no Círculo.

Dia puxado, escreveu Dan. *Fale comigo assim que puder.*

Ele estava parado num canto de seu escritório, de cara para a parede. Ela bateu na porta de leve e ele, sem se virar, ergueu o dedo indicador, pedindo que esperasse um momento. Mae ficou observando, supondo que estivesse num telefonema, e aguardou com paciência, em silêncio, até perceber que Dan estava usando seu dispositivo de retina e queria um fundo vazio. Mae tinha visto membros do Círculo fazendo aquilo de vez em quando — de cara voltada para a parede, para que as imagens em seus dispositivos de retina pudessem ser vistas com mais nitidez. Quando terminou, ele se virou para Mae, disparando um sorriso amistoso que rapidamente se dissolveu.

"Você não pôde vir ontem?"

"Desculpe. Fui visitar minha família. Meu pai..."

"Foi um evento incrível. Acho que você foi a única novata ausente. Mas podemos falar sobre isso mais tarde. Por enquanto preciso lhe pedir um favor. Tivemos de contratar novos empregados, devido à velocidade com que as coisas estão se expandindo, por isso pensei que talvez você pudesse me ajudar com alguns dos recém-chegados."

"Claro."

"Acho que vai ser moleza para você. Vou lhe mostrar. Vamos voltar para sua mesa. Renata!"

Renata foi atrás deles levando um pequeno monitor, mais ou menos do tamanho de um notebook. Instalou-o na mesa de Mae e foi embora.

"Muito bem. Então, em teoria, você vai fazer aquilo que Jared fazia com você, lembra? Toda vez que pintar uma pergunta difícil que precisa ser transferida para uma pessoa mais experiente, você estará ali, a postos. Agora você é uma veterana. Deu para entender?"

"Deu."

"Pois bem, a outra coisa é que eu quero que os novatos possam lhe fazer perguntas enquanto trabalham. A maneira mais fácil vai ser usar essa tela aqui." Apontou para o pequeno monitor que tinha sido instalado embaixo de seu monitor principal. "Se você vir uma coisa aparecer aqui, já sabe que é de alguém da sua galera, tá legal?" Ligou o monitor e digitou no seu tablet uma pergunta: "Mae, me ajude!", e as palavras apareceram naquela tela nova, a quarta. "Parece fácil?"

"Parece."

"Ótimo. Portanto os novatos vão estar aqui depois que o Jared terminar o treinamento com eles. Ele está dando um treinamento em grupo agora, enquanto conversamos. Por volta das onze horas, vamos ter aqui umas doze pessoas novas, tá legal?"

Dan agradeceu a Mae e foi embora.

O trabalho foi duro até as onze horas, mas Mae conseguiu nota média 98. Houve várias notas abaixo de 100 e duas abaixo de 90, para as quais enviou um questionário de verificação e, na maioria dos casos, os clientes corrigiram a nota para 100.

Às onze horas, Mae ergueu os olhos e viu Jared conduzindo um grupo para dentro da sala, todos de aspecto muito jovem, todos pisando com cuidado, como se tivessem medo de acordar algum bebê escondido. Jared instalou cada um deles numa mesa e a sala, que tinha permanecido absolutamente vazia por semanas, ficou quase cheia em poucos minutos.

Jared ficou de pé em cima de uma cadeira. "Muito bem, pessoal!", disse ele. "Esse foi de longe o processo de integração mais rápido que já fizemos. E também nossa sessão de treinamento mais rápida. E nosso primeiro dia de trabalho mais freneticamente acelerado. Mas sei que todos vocês podem dar conta do recado. E sei que podem dar conta do recado especialmente porque vou estar aqui o dia todo para ajudar, e a Mae também vai estar aqui com a gente. Mae, pode se levantar?"

Mae se levantou. Mas era óbvio que poucos dos novatos na sala podiam vê-la. "Que tal ficar de pé em cima da cadeira?", pediu Jared, e Mae fez isso, ajeitou sua saia, sentindo-se muito boba, exposta, e torcendo para não cair.

"Nós dois vamos ficar aqui o dia inteiro para responder perguntas e receber os casos mais difíceis. Se pintar alguma pergunta mais difícil, é só reenviar que ela será encaminhada para um de nós, aquele que estiver menos ocupado. Se tiveram uma pergunta, é a mesma coisa. Enviem pelo canal que lhes mostrei no treinamento e a mensagem vai chegar a um de nós dois. Ou por mim ou por Mae, vocês estarão sempre cobertos. Todo mundo está se sentindo bem?" Ninguém se mexeu nem falou nada. "Ótimo. Vou abrir as comportas outra vez e hoje vamos prosseguir até meio-dia e meia. O almoço vai ser mais curto hoje por causa do treinamento e tudo, mas vamos pôr tudo em dia até a sexta-feira. Todos estão prontos?" Ninguém parecia pronto. "Vamos lá!"

E Jared pulou para o chão, Mae desceu da cadeira, arrumou-se de novo e imediatamente se viu diante de trinta pesquisas para responder. Começou pela primeira e, num minuto, já tinha uma pergunta na quarta tela, enviada pelos novatos.

Cliente quer o registro completo de seus pagamentos no ano passado. É possível? Onde está?

Mae direcionou o novato para a pasta correta, depois voltou à pesquisa que tinha na sua frente. Continuou assim, sendo arrancada de seu trabalho a todo minuto por alguma pergunta de um novato, até meio-dia e meia, quando viu Jared de novo, de pé em cima de uma cadeira outra vez.

"Opa! Opa", disse ele. "Hora do almoço. Que pauleira. Que pauleira. Não é mesmo? Mas a gente conseguiu. Nossa nota média está em 93, o que normalmente não é lá muito bom, mas está razoável, considerando os sistemas novos e o fluxo mais intenso. Parabéns. Vamos comer um pouco, pôr um pouco de combustível, e a gente se vê à uma hora. Mae, venha falar comigo quando puder."

Ele pulou para o chão outra vez e estava junto à mesa de Mae antes que ela tivesse tempo de chegar à mesa dele. A expressão de Jared era de preocupação amistosa.

"Você não foi à clínica."

"Eu?"

"É verdade?"

"Acho que sim."

"Devia ter ido na primeira semana."

"Ah."

"Estão esperando você. Pode ir hoje?"

"Claro. Agora?"

"Não, não. Agora a gente está muito atolado, como pode ver. Que tal às quatro horas? Posso me virar sozinho na última rodada do dia. E à tarde todos esses novatos já vão estar mais afiados. E hoje, até agora, você se divertiu?"

"Claro."

"Estressada?"

"Bem, é uma camada nova de trabalho."

"É mesmo. E vai haver mais camadas depois, posso garantir a você. Sei que uma pessoa como você fica entediada apenas com o trabalho normal na Experiência do Cliente, portanto na semana que vem vou colocá-la em contato com um aspecto diferente do serviço. Acho que você vai adorar." Lançou um olhar para seu bracelete e viu as horas. "Ah, droga. Você tem de ir comer. Estou literalmente tirando a comida de sua boca. Vá. Você ainda tem vinte e dois minutos."

Mae encontrou um sanduíche pronto na cozinha mais próxima e comeu em sua mesa de trabalho. Percorreu a lista de seus feeds sociais na terceira tela, em busca de algo urgente ou que fosse muito necessário responder. Encontrou e respondeu trinta e uma mensagens, sentindo-se satisfeita por ter dado cuidadosa atenção a todos que demandavam.

A tarde foi um trem desgovernado, com as constantes perguntas dos novatos, enquanto Jared, ao contrário do que dissera, ficava entrando e saindo a tarde toda, falando no telefone com muita frequência e chegando mesmo a deixar a sala uma porção de vezes. Mae teve de encarar o fluxo dobrado e por volta das 3h48 estava com uma nota média pessoal de 96; a média do conjunto da equipe era 94. Nada mau, pensou Mae, levando em conta o ingresso de doze pessoas novas e o fato de Mae ter de ajudar todas elas sozinha durante mais de três horas. Quando deram quatro horas, ela lembrou que era aguardada na clínica e torceu para que Jared também lembrasse. Mae levantou-se, viu que Jared estava olhando para ela e fez um sinal positivo com o polegar erguido. Mae saiu.

A sala de espera da clínica na verdade não tinha nada de sala de espera. Parecia mais um café, onde os membros do Círculo conversavam em pares, diante de uma parede de alimentos saudáveis lindamente arrumados, além de bebidas saudáveis, e com um balcão de saladas que oferecia legumes plantados no campus e um pergaminho fixado na parede com uma receita de sopa segundo a dieta paleolítica.

Mae não sabia com quem devia falar. Havia cinco pessoas na sala, quatro trabalhavam em tablets, um estava absorto em seu dispositivo de retina, de pé no canto. Não havia nada semelhante às janelinhas dos guichês tradicionais, por onde o rosto de um auxiliar administrativo iria se dirigir a ela.

"Mae?"

Ela se voltou na direção da voz para topar com o rosto de uma mulher de cabelo preto e curto, covinhas nas bochechas, sorrindo para ela.

"Está pronta agora?"

Mae foi conduzida por um corredor azul para dentro de uma sala que mais parecia uma cozinha planejada do que um consultório médico. A mulher de covinhas deixou-a ali, indicando uma cadeira muito estofada para ela sentar.

Mae sentou-se, depois se levantou, atraída pelos armários enfileirados nas paredes. Podia ver linhas horizontais, finas como fios, que delineavam o ponto onde terminava uma gaveta e começava a próxima, mas não havia puxadores ou alças. Correu a mão pela superfície e mal dava para sentir os intervalos, finos como fios de cabelo. Acima dos armários havia uma tira de aço com as palavras gravadas: PARA CURAR TEMOS DE SABER. PARA SABER TEMOS DE COMPARTILHAR. A porta se abriu e Mae levou um susto.

"Oi, Mae", disse um rosto, enquanto flutuava, deslumbrante e sorridente, em sua direção. "Sou a dra. Villalobos."

Mae, boquiaberta, apertou a mão da médica. A mulher era

glamorosa demais para aquilo, para aquela sala, para Mae. Não tinha mais de quarenta anos, rabo de cavalo preto e pele luminosa. Óculos de leitura muito elegantes pendiam de seu pescoço, seguindo por um breve percurso as linhas de seu jaleco creme e repousando sobre o peito largo. Calçava saltos altos de cinco centímetros.

"Estou muito contente de ver você hoje aqui, Mae."

Mae não sabia o que dizer. O máximo que conseguiu foi: "Obrigada por me atender", e imediatamente sentiu-se uma idiota.

"Não, obrigada *você* por ter vindo", respondeu a médica. "Nós atendemos todo mundo em geral na primeira semana de trabalho, portanto ficamos preocupados com você. Existe algum motivo para ter adiado a consulta por tanto tempo?"

"Não. Só que andei muito ocupada."

Mae observou a médica em busca de alguma falha física, por fim descobriu uma verruga no pescoço e um único pelo, bem fino, que se projetava dali.

"Ocupada demais para cuidar da saúde! Não diga isso." A médica estava de costas para Mae, preparando uma espécie de bebida. Virou-se e sorriu. "Bem, isto na verdade é só um exame introdutório, um check-up básico que fazemos em todos os novos funcionários aqui do Círculo, está bem? Antes de tudo, somos uma clínica com ênfase preventiva. No intuito de manter nossos funcionários saudáveis, na mente e no corpo, oferecemos um serviço de bem-estar global. Isso está de acordo com o que já disseram a você?"

"Sim. Tenho uma amiga que trabalha aqui há alguns anos. Ela disse que o atendimento médico é fantástico."

"É ótimo saber disso. Quem é a sua amiga?"

"Annie Allerton."

"Ah, isso mesmo. Estava na sua ficha. E quem é que não gosta da Annie? Mande um abraço para ela. Mas acho que eu mesma posso fazer isso. Ela está no meu roteiro, portanto eu a vejo a cada duas semanas. Annie contou para você que os check-ups são quinzenais?"

"Então é..."

A médica sorriu. "De duas em duas semanas. Esse é o componente de bem-estar. Se você vier aqui só quando tiver um problema, nunca vai conseguir se antecipar às coisas. Os check-ups quinzenais envolvem consultas com um nutricionista e também monitoramos toda e qualquer variação em seu estado geral de saúde. Essa é a chave para qualquer detecção precoce. Para calibrar quaisquer medicamentos que você possa ter de tomar e para perceber algum problema a quilômetros de distância, em vez de esperá-lo atropelar você. Não é uma boa ideia?"

Mae pensou em seu pai, em como demoraram a identificar os sintomas da esclerose múltipla. "Muito boa", respondeu.

"E todos os dados que geramos aqui ficam acessíveis para você na internet. Tudo o que fazemos e falamos e, é claro, seus registros passados. Quando ingressou na empresa, você assinou um formulário que nos autoriza a incorporar todas suas informações médicas anteriores, portanto você finalmente tem agora tudo reunido num só lugar, acessível a você, a nós, e podemos tomar decisões, perceber padrões, questões potenciais, em razão de nosso acesso ao quadro completo. Quer ver?", a médica perguntou e ativou uma tela na parede. O histórico médico completo de Mae surgiu diante dela em listas, imagens e ícones. A dra. Villalobos tocou na tela de parede, abrindo pastas e movendo imagens, revelando os resultados de todas as consultas médicas que Mae tinha feito — até seu primeiro check-up, feito antes de começar o jardim de infância.

"Como vai esse joelho?", perguntou a médica. Ela havia descoberto a ressonância magnética que Mae tinha feito alguns anos antes. Mae optara por não fazer a cirurgia no ligamento anterior cruzado; seu seguro médico anterior não cobria a operação.

"Está funcionando", respondeu Mae.

"Bem, se quiser cuidar disso, me avise. Cuidamos disso aqui mesmo, na clínica. Levaria uma tarde e, claro, seria de graça. O Círculo gosta que seus empregados estejam com seus joelhos em ordem." A médica deu as costas para a tela e sorriu para Mae, madura e convincente.

"Reunir algumas informações do tempo em que você era muito pequena foi um desafio, mas daqui para a frente teremos informações quase completas. De duas em duas semanas, faremos exame de sangue, testes cognitivos, de reflexos, um rápido exame de vista e um rodízio de exames mais raros, como ressonâncias magnéticas e coisas assim."

Mae não conseguia entender. "Mas como é que conseguem financiar tudo isso? Quer dizer, o custo de só um exame de ressonância magnética..."

"Bem, a prevenção é barata. Sobretudo comparada com a descoberta de um tumor no estágio 4, quando poderia ter sido descoberto no estágio 1. E o custo diferencial é enorme. Como os membros do Círculo em geral são jovens e saudáveis, nossos custos com saúde são uma fração do que se verifica em empresas de tamanho similar, empresas sem o mesmo tipo de precaução."

Mae teve a sensação, que agora já estava se acostumando a experimentar no Círculo, de que só eles eram capazes de imaginar — ou eram simplesmente os únicos capazes de *executar* — reformas que pareciam incontestáveis, por sua necessidade e urgência.

"Então quando foi seu último check-up?"

"Talvez na faculdade."

"Certo, puxa. Vamos começar pelos sinais vitais, os elementares. Você já viu isto antes?" A médica mostrou para ela um bracelete prateado, de uns sete centímetros de largura. Mae tinha visto monitores de saúde em Jared e em Dan, mas os deles eram feitos de borracha e ficavam frouxos. Aquele era mais fino e mais leve.

"Acho que sim. Mede os batimentos cardíacos?"

"Correto. A maioria dos membros antigos do Círculo usam alguma versão desse aparelho, mas andam se queixando de ser frouxo demais, como uma espécie de pulseira. Portanto modificamos o dispositivo para que fique firme. Quer experimentar?"

Mae queria. A médica colocou-o em seu pulso esquerdo e fechou-o com um estalo. Ficou confortável. "É quente", disse Mae.

"Vai dar a sensação de ser quente durante alguns dias, depois você e o bracelete vão se habituar um ao outro. Mas ele precisa encostar na pele, é claro, para medir o que queremos medir, ou seja, tudo. Você quer o programa completo, não é?"

"Acho que sim."

"Em sua ficha de ingresso, você disse que queria o pacote completo de avaliações recomendadas. Isso ainda é verdade?"

"É."

"Muito bem. Pode beber isto aqui?" A médica lhe deu um líquido verde e grosso que estava preparando. "É um smoothie."

Mae bebeu. Era viscoso e frio.

"Muito bem, você acabou de ingerir o sensor que vai se conectar com seu monitor de pulso. Estava dentro do copo." A médica deu um soquinho de brincadeira no ombro de Mae. "Adoro fazer isso."

"Já engoli?", perguntou Mae.

"É a melhor maneira. Se eu pusesse na sua mão, você ia ficar cheia de dedos. Mas o sensor é tão pequeno, e é orgânico, é claro, portanto a gente bebe sem notar, e pronto, acabou-se."

"Quer dizer que o sensor já está dentro de mim?"

"Está. E agora", disse a médica, dando uma palmadinha no monitor de pulso de Mae, "agora ele está ativo. Vai recolher dados sobre seus batimentos cardíacos, sua pressão sanguínea, seu colesterol, fluxo térmico, ingestão de calorias, duração do sono, qualidade do sono, eficiência digestiva etc. etc. Uma coisa boa para os membros do Círculo, sobretudo aqueles como você, que podem às vezes enfrentar trabalhos estressantes, é o fato de que o aparelho mede a reação galvânica da pele, o que permite que você saiba quando está nervosa ou aflita. Quando identificamos índices de estresse fora do padrão num dos membros do Círculo ou num departamento inteiro, podemos fazer ajustes na carga de trabalho, por exemplo. Ele mede o nível do PH de seu suor, assim você pode saber quando precisa se hidratar com água alcalina. Detecta sua postura, assim você sabe quando precisa se reposicionar. O oxigênio do sangue e dos tecidos, a contagem de glóbulos vermelhos no sangue e outras coisas, como a contagem de passos. Como você sabe, os médicos recomendam cerca de dez mil passos por dia e isso vai mostrar se você está próxima do índice desejado. A propósito, vamos andar um pouco aqui na sala."

Mae viu o número 10 000 em seu pulso e, a cada passo que dava, o número baixava: 9999, 9998, 9997.

"Estamos pedindo a todos os novatos que usem esses modelos de segunda geração e, em pouco tempo, teremos todos os membros do Círculo coordenados. A ideia é que, de posse de informações completas, poderemos oferecer cuidados médicos melhores. Informação incompleta cria lacunas em nosso conhecimento e, para falar em termos médicos, lacunas em nosso conhecimento criam erros e omissões."

"Eu sei", disse Mae. "Foi esse o problema comigo na faculdade. A gente relatava nossos dados médicos por nossa conta e isso criava a maior confusão. Três alunos morreram de meningite antes que os responsáveis percebessem que a doença estava se espalhando."

A fisionomia da dra. Villalobos ficou sombria. "Sabe, esse tipo de coisa agora é simplesmente desnecessária. Antes de tudo, não se pode querer que jovens estudantes relatem voluntariamente seus problemas de saúde. Tudo devia ser feito por eles, assim eles poderiam se concentrar só em seus estudos. Doenças sexualmente transmissíveis, hepatite C... Imagine se as informações estivessem acessíveis. Então seria possível tomar as providências adequadas. Nada de conjecturas. Você ouviu falar da experiência que fizeram na Islândia?"

"Acho que sim", disse Mae, mas não tinha certeza.

"Bem, como a Islândia tem uma população incrivelmente homogênea, a maioria dos residentes tem raízes na ilha que remontam a muitos séculos. Todo mundo pode rastrear seus ancestrais com muita facilidade até mil anos antes. Então começaram a mapear os genomas dos islandeses, de todo mundo, um por um, e conseguiram traçar o caminho de todas as doenças até suas origens. Obtiveram dados muito valiosos nessa pesquisa coletiva. Nada no mundo se compara a um grupo fixo e relativamente homogêneo, exposto aos mesmos fatores, e que possa ser estudado ao longo do tempo. O grupo fixo e a informação completa foram a chave para maximizar o resultado. Então a esperança é fazer aqui algo semelhante. Se conseguirmos rastrear todos nossos novatos e, algum dia, os mais de dez mil membros do Círculo, poderemos perceber os problemas muito antes que se tornem graves e poderemos também reunir dados sobre a população em seu todo. A maioria dos novatos tem mais ou menos a mesma idade e, no geral, tem boa saúde, mesmo entre os engenheiros", disse, sorrindo do que obviamente era uma piada que ela fazia com frequência. "Portanto, quando houver desvios, queremos saber e também ver se existem tendências com as quais podemos aprender. Isso faz sentido?"

Mae estava distraída com seu bracelete.

"Mae?"

"Sim. Parece ótimo."

O bracelete era lindo, um letreiro pulsante de luzes, gráficos e números. A pulsação de Mae era representada por uma rosa delicadamente desenhada, que abria e fechava. Havia um eletrocardiograma que disparava como um relâmpago azul e depois recomeçava. Sua temperatura era mostrada em números grandes, verdes, 36,5 graus. A marcação lhe fez lembrar outro número: sua média daquele dia, 97, que ela precisava melhorar. "E para que servem estes aqui?", perguntou. Havia uma série de botões e mostradores, dispostos numa fila embaixo dos dados.

"Bem, você pode fazer o bracelete ler outras centenas de coisas. Se você correr, ele vai medir a distância. Compara o estado de seu coração em repouso com o estado de atividade intensa. Vai medir o índice de massa corporal, a ingestão de caloria... Viu? Você já está pegando."

Mae estava ocupada, fazendo experimentos com o bracelete. Era um dos objetos mais elegantes que tinha visto. Havia uma porção de camadas de informação, cada linha de dados permitia que ela pedisse mais, fosse mais fundo. Quando trazia os números de sua temperatura atual, o aparelho podia mostrar a temperatura média nas vinte e quatro horas precedentes, a mais alta e a mais baixa, e a média.

"E, é claro", disse a dra. Villalobos, "todos esses dados ficam armazenados na nuvem, no seu tablet e em qualquer lugar que você desejar. Estão sempre acessíveis e são constantemente atualizados. Portanto se você cair, bater com a cabeça e estiver numa ambulância, os socorristas podem acessar todo seu histórico em questão de segundos."

"E isso é grátis?"

"Claro que é grátis. Faz parte do seu plano de saúde."

"É tão bonito", disse Mae.

"Pois é, todo mundo adora. Agora tenho de fazer o restante das perguntas normais. Quando foi sua última menstruação?"

Mae tentou lembrar. "Uns dez dias atrás."

"Você é sexualmente ativa?"

"Não no momento."

"Mas em geral?"

"Em geral sim, claro."

"Está tomando pílula anticoncepcional?"

"Sim."

"Muito bem. Pode levar esta receita ali. Fale com Tanya na saída e ela vai lhe dar preservativos para as coisas que a pílula não pode prevenir. Algum outro medicamento?"

"Nenhum."

"Antidepressivos?"

"Nenhum."

"No geral, você diria que é uma pessoa feliz?"

"Sou."

"Alguma alergia?"

"Sim."

"Ah, sim. Tenho a informação aqui. Cavalos, que pena. Alguma história familiar de doença?"

"Na minha faixa de idade?"

"Em qualquer idade. Seus pais? A saúde deles é boa?"

Alguma coisa na maneira como a médica fez a pergunta, algo que indicava claramente que ela esperava que a resposta fosse sim, o modo como sua Stylus pairou suspensa acima da tela do tablet, aquilo tirou o fôlego de Mae e ela não conseguiu falar.

"Ah, meu anjo", disse a médica, passou o braço por trás dos ombros de Mae a apertou-a contra si. A médica tinha um cheiro ligeiramente floral. "Pronto, pronto", disse ela, e Mae começou a chorar, os ombros sacudiram, o nariz e os olhos se inundaram. Sabia que estava molhando o jaleco de algodão da doutora, mas aquilo trouxe uma espécie de alívio, de consolo, e Mae se apanhou contando para a dra. Villalobos como eram os sintomas do pai, sua fadiga, como tinha sido seu acidente durante o fim de semana.

"Ah, Mae", disse a médica, afagando seu cabelo. "Mae. Mae."

Mae não conseguia parar. Contou para a dra. Villalobos a situação torturante do pai nas negociações com o seguro-saúde, como sua mãe esperava passar o resto da vida cuidando dele, tendo de lutar para obter qualquer tratamento, as horas consumidas no telefone todos os dias com aquela gente...

"Mae", disse a médica afinal, "você já perguntou no RH se pode incluir seus pais no plano de saúde da empresa?"

Mae ergueu os olhos para ela. "O quê?"

"Existem vários membros do Círculo cujos familiares têm problemas semelhantes e puderam ser incluídos no plano de saúde. Imagino que seja algo possível no seu caso."

Mae nunca tinha ouvido falar daquilo.

"Você deve perguntar no RH", disse a médica. "Ou talvez possa até perguntar à própria Annie."

"Por que não me falou antes?", perguntou Annie naquela noite. Estavam no escritório de Annie, uma sala ampla e branca com janelões que iam do chão ao teto e um par de sofás estofados. "Eu não sabia que seus pais viviam esse pesadelo com o plano de saúde."

Mae estava olhando para fotografias emolduradas numa parede, todas mostravam uma árvore ou um arbusto podado em formato pornográfico. "Na última vez que estive aqui você tinha só seis ou sete, não é?"

"Eu sei. Espalharam a história de que eu era uma espécie de colecionadora fanática e agora todo dia alguém me dá uma fotografia nova. E estão ficando cada vez mais sórdidas. Está vendo aquela lá em cima?" Annie apontou para uma fotografia de um enorme cacto em formato fálico.

Um rosto acobreado apareceu na porta, o corpo da mulher oculto por trás da quina da parede. "Precisa de mim?"

"Claro que preciso de você, Vickie", disse Annie. "Não vá embora."

"Eu estava pensando em dar um pulo no lançamento do plano do Saara."

"Vickie, não me deixe", disse Annie, impassível. "Adoro você e não quero que nos separemos." Vickie sorriu, mas pareceu ficar imaginando quando é que Annie ia parar com aquela cena e deixar que ela fosse embora.

"Está bem", disse Annie. "Eu também devia ir. Mas não posso. Então vá."

O rosto de Vickie sumiu.

"Eu a conheço?", perguntou Mae.

"Ela faz parte da minha equipe", respondeu Annie. "Agora somos dez, mas Vickie é meu braço direito. Ouviu falar do lançamento do plano do Saara?"

"Acho que sim." Mae tinha lido uma notícia a respeito no Círculo Interno, um plano para contar os grãos de areia do Saara.

"Desculpe, estávamos falando de seu pai", disse Annie. "Não consigo entender por que você não me contou antes."

Mae lhe disse a verdade, ou seja, que ela não via nenhum cenário em que a saúde do pai pudesse se sobrepor ao Círculo. Não existia no país nenhuma empresa que oferecesse plano de saúde para os pais ou irmãos dos funcionários.

"Claro, mas você sabe o que dizemos aqui", respondeu Annie. "Tudo o que fizer os membros do Círculo viverem melhor..." Ela pareceu ficar esperando que Mae completasse a frase. Mae não tinha a menor ideia. "...instantaneamente se torna possível. Você devia saber disso!"

"Desculpe."

"Isso estava nas orientações que recebeu em seu ingresso na empresa. Mae! Está bem, vou cuidar disso." Annie digitou alguma coisa no celular. "Provavelmente mais tarde, esta noite. Mas agora tenho de correr para uma reunião."

"Agora são seis horas." Ela conferiu em seu relógio de pulso. "Não, seis e meia."

"Está cedo! Vou ficar aqui até meia-noite. Ou talvez fique a noite inteira. Temos um troço divertido rolando." Seu rosto ficou aceso, animado com a expectativa. "Estou mexendo num negócio apetitoso que envolve impostos russos. Aqueles caras não ficam de bobeira."

"Vai passar a noite nos dormitórios?"

"Que nada. Na certa vou juntar esses dois sofás. Ah, caralho. É melhor eu ir. Adoro você."

Annie deu um abraço em Mae e saiu da sala.

Mae ficou no escritório de Annie, sozinha, perplexa. Seria possível que seu pai fosse ter em breve uma verdadeira cobertura de saúde? Seria possível que o paradoxo cruel da vida dos pais — o de que suas constantes batalhas com as empresas de seguro-saúde na verdade pioravam ainda mais a saúde do pai e impediam a mãe de trabalhar, suprimindo sua capacidade de ganhar dinheiro para pagar pelos cuidados médicos dele — iria terminar?

O telefone de Mae tocou. Era Annie.

"E não se preocupe. Você sabe que sou uma ninja em questões desse tipo. Tudo vai ser resolvido." E desligou.

Mae olhou para fora pela janela de Annie, que dava para

San Vincenzo: boa parte do lugar tinha sido construída ou reformada nos últimos anos — restaurantes para atender os membros do Círculo, hotéis para hospedar os visitantes do Círculo, lojas que pretendiam atrair os membros do Círculo e seus visitantes, escolas para receber os filhos dos membros do Círculo. O Círculo havia ocupado mais de cinquenta prédios da vizinhança, transformando armazéns degradados em academias de ginástica, escolas, fazendas de servidores, todos com projetos arrojados, sem precedentes, muito além do design ambiental tradicional.

O celular de Mae tocou de novo e era Annie outra vez.

"Muito bem, boas-novas mais cedo do que o esperado. Fui conferir e não tem nenhum problema. Temos aqui um monte de pais de funcionários incluídos no plano de saúde e até mesmo alguns irmãos. Mexi meus pauzinhos por aí e me disseram que você pode incluir seu pai."

Mae olhou para o celular. Tinham passado quatro minutos desde o momento em que mencionara o assunto para Annie.

"Ah, caramba. Está falando sério?"

"Quer pôr sua mãe no plano também? É claro que quer. Ela é mais saudável, logo é mais fácil ainda. Vamos incluir os dois, então."

"Quando?"

"Acho que pode ser imediatamente."

"Não consigo acreditar."

"Ora, deixe disso, me dê algum crédito", disse Annie, sem fôlego. Estava caminhando bem depressa para algum lugar. "Isso foi fácil."

"Então devo contar para meus pais?"

"Ora, você não vai querer que *eu* conte para eles, não é?"

"Não, não. Estou querendo ter certeza de que está mesmo tudo certo."

"É sim. Na verdade essa questão está longe de ser complicada. Temos onze mil pessoas no plano de saúde. Precisamos impor nossos termos, não é?"

"Obrigado, Annie."

"Alguém do RH vai ligar para você amanhã. Vocês vão poder acertar os detalhes. Preciso desligar de novo. Estou atrasada mesmo."

E desligou outra vez.

Mae telefonou para os pais, contou primeiro para a mãe, depois para o pai. Houve certa euforia, lágrimas, mais elogios a Annie, a salvadora da família, e algumas palavras muito constrangedoras sobre como Mae tinha se tornado adulta de verdade, como seus pais estavam envergonhados e humilhados por serem amparados por ela, por serem tão pesadamente amparados pela jovem filha, tudo por causa desse sistema maluco em que estamos amarrados, disseram eles. Mas obrigado, disseram, estamos muito orgulhosos de você. E quando ela ficou sozinha no celular com a mãe, ouviu: "Mae, você salvou não só a vida de seu pai mas também a minha vida. Juro por Deus, é verdade, minha querida Maebelline".

Às sete horas, Mae descobriu que não conseguia ficar mais parada. Não podia mais ficar sentada. Tinha de levantar e comemorar de algum jeito. Deu uma conferida no que estava rolando no campus naquela noite. Tinha perdido a festa de lançamento do plano do Saara e já estava arrependida daquilo. Havia uma competição de poemas, em trajes de fantasia, e elegeu aquela opção em primeiro lugar e chegou a mandar uma mensagem de RSVP. Mas depois viu a aula de culinária em que iam assar e depois comer um cabrito inteiro. Elegeu aquela como sua segunda opção. Às nove horas ia acontecer a palestra de uma ativista que pedia a ajuda do Círculo em sua campanha contra a mutilação genital feminina no Malawi. Se Mae tentasse, talvez conseguisse comparecer a alguns daqueles eventos, mas bem na hora em que estava organizando uma espécie de itinerário, viu uma coisa que ofuscou tudo o mais: o Grande Circo Funk Bunda ia se apresentar no campus, no gramado junto à Idade de Ferro, às sete horas. Tinha ouvido falar deles e as críticas e os comentários eram excelentes, e a ideia de um Circo naquela noite combinava à perfeição com sua euforia.

Mae tentou falar com Annie, mas ela não podia ir; ia ficar na sua reunião até as onze horas, pelo menos. Mas a Busca no Círculo indicava que uma porção de gente que ela conhecia, inclusive Renata, Alistair e Jared, estariam lá também — os dois últimos já tinham ido —, portanto Mae terminou tudo e se mandou para o evento.

A luz do dia estava morrendo, tingida de dourado, quando ela dobrou a esquina de Três Reinos e viu um homem parado, da altura de dois andares, cuspindo fogo. Atrás dele, uma mulher com um adereço cintilante na cabeça jogava para o ar um bastão de luz neon e o apanhava em seguida. Mae tinha encontrado o circo.

Havia umas duzentas pessoas formando uma roda incompleta em torno dos artistas, que se exibiam ao ar livre com um mínimo de apetrechos, aparentando ser algo de orçamento positivamente limitado. Os membros do Círculo em torno dos artistas emitiam um conjunto de luzes, algumas provenientes de seus monitores de pulso, outras de seus celulares, erguidos e radiantes, para captar os acontecimentos. Enquanto Mae procurava Jared e Renata e, cuidadosamente, ficava de olho em Alistair, observava a agitação do circo à sua frente. Parecia que o espetáculo não tinha nenhum início declarado — já estava em curso quando ela chegou — e não parecia haver qualquer estrutura discernível. O circo tinha mais ou menos dez componentes, todos usavam fantasias surradas que revelavam sua humildade arcaica. Um homem miúdo fazia acrobacias incríveis usando uma aterradora máscara de elefante. Uma mulher quase nua, o rosto coberto por uma cabeça de flamingo, dançava em círculos, seus movimentos alternavam passos de balé e os movimentos trôpegos de uma pessoa embriagada.

Exatamente do outro lado, Mae viu Alistair, que acenou para ela e em seguida começou a escrever uma mensagem no telefone. Momentos depois ela viu no celular que Alistair estava organizando mais um evento para os admiradores de Portugal, dessa vez maior e melhor, na semana seguinte. *Vai ser um estouro*, escreveu ele. *Filmes, música, poesia, contos e alegria!* Mae respondeu que iria lá e que mal podia esperar. Do outro lado do gramado, depois do flamingo, Mae viu Alistair lendo a mensagem, observou quando ele ergueu os olhos para ela e acenou.

Mae voltou a observar o circo. Os artistas pareciam estar não só adotando um aspecto de pobreza, mas vivendo a sério essa condição — tudo neles parecia antigo, cheirava a velharia e a decadência. Em volta deles, os membros do Círculo captavam a performance em suas telas, com o intuito de se lembrar da estranheza daquele bando de foliões com aspecto de mendigos, documentar a incongruência daquela presença no Círculo, em meio a trilhas e jardins cuidadosamente planejados, entre pessoas que trabalhavam ali, que davam mostras de regularidade, tentavam se manter pelo menos razoavelmente na moda e que lavavam suas roupas.

Mae, abrindo caminho no meio da multidão, descobriu Josiah e Denise, que ficaram encantados de vê-la, mas ambos pareciam escandalizados com o circo, com seu tom e seu teor que, pensavam eles, tinham ido longe demais; Josiah já havia até feito uma crítica desfavorável na internet. Mae se afastou, satisfeita por ter sido vista por eles, por terem registrado sua presença, e saiu em busca de algo para beber. Viu ao longe uma sala com mesas em compartimentos separados e seguia para lá quando um dos artistas, um homem sem camisa e de bigode em forma de guidão de bicicleta, correu atrás dela com três espadas. Parecia oscilante e, momentos antes de alcançá-la, Mae se deu conta de que, embora o homem quisesse demonstrar que estava sob controle, que aquilo fazia parte de seu número, ele ia de fato trombar de cara com ela, cheio de espadas nos braços. Mae congelou, e o homem estava a centímetros dela, quando sentiu seus ombros serem agarrados e puxados. Ela caiu de joelhos, de costas para o homem com as espadas.

"Você está bem?", perguntou outro homem. Ela ergueu os olhos e viu que ele estava parado, de pé, no lugar onde ela havia estado um segundo antes.

"Acho que sim", respondeu.

E então ele se virou de novo para o musculoso homem das espadas. "Que porra é essa, seu palhaço?"

Era o Kalden?

O malabarista de espadas estava olhando para Mae para se certificar de que ela estava bem e, quando viu que estava, voltou a atenção para o homem à sua frente.

Era Kalden. Agora Mae tinha certeza. Tinha a forma caligráfica de Kalden. Vestia uma camiseta branca simples com gola em V e calça cinza, tão apertada quanto os jeans que usara na primeira vez que Mae o tinha visto. Não dera a Mae a impressão de ser um homem disposto a encarar uma briga e, no entanto, ali estava ele de pé, de peito aberto e as mãos em guarda, enquanto o artista do circo o encarava, de olhos fixos, como se estivesse optando entre continuar a representar seu papel no circo, dando seguimento ao espetáculo para depois receber o cachê, e um cachê bem gordo, pago por aquela empresa próspera, gigantesca e poderosa, ou se atracar com aquele cara na frente de duzentas pessoas.

Por fim, optou por sorrir, torcer as duas pontas de seu bigode de forma teatral e dar meia-volta.

"Desculpe pelo que aconteceu", disse Kalden, ajudando Mae a levantar. "Tem certeza de que está bem?"

Mae respondeu que estava. O bigodudo não tinha tocado nela, só a havia assustado, e ainda assim só por um instante.

Mae observou o rosto de Kalden, que sob a repentina luz azulada parecia uma escultura de Brancusi — liso, perfeitamente oval. As sobrancelhas eram arcadas romanas, o nariz, a tromba sutil de alguma minúscula criatura marinha.

"Esses babacas nem deveriam estar aqui, na verdade", disse ele. "Um bando de bobos da corte para entreter a realeza. Não vejo nenhum sentido nisso", disse ele, agora olhando em redor, na ponta dos pés. "Podemos ir embora?"

No caminho, acharam um lugar que vendia comida e bebida, levaram *tapas*, salsichas e taças de vinho tinto para uma fileira de limoeiros atrás da Era dos Vikings.

"Você não se lembra do meu nome", disse Mae.

"Não. Mas conheço você e queria falar com você. Por isso eu estava perto quando o bigodudo correu na sua direção."

"Mae."

"Certo. Sou o Kalden."

"Eu sei. Lembro bem os nomes."

"E eu tento lembrar. Vivo tentando. Quer dizer que Josiah e Denise são seus amigos?", perguntou Kalden.

"Não sei. Bem. Quero dizer, eles cuidaram do meu treinamento e, você entende, falei com eles algumas vezes de lá para cá. Por quê?"

"Por nada."

"Mas o que é que você faz aqui?"

"E o Dan? Você anda sempre com ele?"

“Dan é o meu chefe. Afinal, não vai me dizer o que você faz aqui?”

“Quer um limão?”, Kalden perguntou e ficou de pé. Manteve os olhos em Mae enquanto estendia a mão para dentro das folhagens da árvore e pegava um limão grande. Havia no gesto uma graça masculina, a maneira como ele se esticava elasticamente para cima, mais vagaroso do que era de esperar, algo que fez Mae pensar num mergulhador. Sem olhar para o limão, entregou-o para ela.

“Está verde”, disse Mae.

Kalden olhou para a fruta com as pálpebras entrecerradas. “Ah. Achei que ia dar certo. Quis pegar o maior que consegui encontrar. Devia estar amarelo. Segure aqui, levante.”

Estendeu a mão para ela, ajudou-a a se levantar e posicionou Mae um pouco afastada dos ramos da árvore. Em seguida abraçou o tronco e sacudiu até que chovessem limões. Cinco ou seis acertaram Mae.

“Nossa. Desculpe”, disse ele. “Sou uma besta.”

“Não. Está bem”, disse ela. “Eram pesados e dois me acertaram na cabeça. Adorei.”

Kalden tocou nela, apalpou a cabeça com a mão espalmada. “Machucou muito?”

Mae disse que estava tudo bem.

“A gente sempre machuca as pessoas que ama”, disse ele, seu rosto era um vulto escuro acima de Mae. Como se percebesse o que tinha acabado de falar, Kalden pigarreou. “Bobagem. É o que meus pais diziam. E eles me amavam muito.”

De manhã, Mae telefonou para Annie, que estava a caminho do aeroporto, de partida para o México para desenrolar alguma encrenca regulatória.

“Conheci uma pessoa intrigante”, disse Mae.

“Que bom. Eu não morria de amores por aquele outro. Gallipoli.”

“Garaventa.”

“Francis. É um camundongo nervosinho. E esse novo? O que sabemos sobre ele?” Mae podia sentir que Annie estava querendo acelerar a conversa.

Mae tentou descrever Kalden, mas se deu conta de que não sabia quase nada sobre ele. “É magro. Olhos castanhos, alto.”

“Só isso? Olhos castanhos e alto?”

“Ah, espere”, disse Mae, rindo de si mesma. “Tinha cabelo grisalho. Ele *tem* cabelo grisalho.”

“Espere aí. Como é?”

“Ele é jovem, mas tem cabelo grisalho.”

“Tá legal, Mae. Tudo bem se você quer ser uma caçadora de vovôs...”

“Não, não. Tenho certeza de que ele é jovem.”

“Quer dizer que tem menos de trinta anos e tem cabelo grisalho?”

“Juro.”

“Não conheço ninguém aqui que seja assim.”

“Você conhece todas essas dez mil pessoas?”

“Talvez ele esteja num regime de contrato temporário. Não descobriu o sobrenome dele?”

“Tentei, mas ele é muito reservado.”

“Hmm. Isso não é coisa muito própria do Círculo, né? E tinha cabelo grisalho?”

“Quase branco.”

“Como um nadador? Quando usam aquele xampu?”

“Não. Não era prateado. Era só cinzento mesmo. Como o cabelo de um velho.”

"E você tem certeza de que *não era* velho? Como um velho que a gente encontra na rua?"

"Não."

"Você andou batendo perna por aí, Mae? Está numa de sentir aquele cheirinho típico de velho? De um homem muito mais velho? É aquele cheiro de mofo. Como uma caixa de papelão molhada. Você gosta disso?"

"Por favor."

Annie estava se divertindo e por isso continuou: "Acho que existe certo consolo nessa história, saber que ele pode a qualquer momento sacar uma grana de seu fundo de aposentadoria complementar. E afinal de contas ele vai se sentir muito agradecido por qualquer sinal de afeição... Ah, cacete. Cheguei ao aeroporto. Ligo depois para você."

Annie não ligou de novo, mas enviou uma mensagem pelo celular, do avião, já na Cidade do México, mandando para Mae fotos de vários velhos que via na rua. *É ele? E esse? Ou esse? Ése viejo?*

Mae se viu às voltas com dúvidas sobre tudo aquilo. Como é que ela não sabia o sobrenome de Kalden? Fez uma busca preliminar no diretório da empresa e não encontrou nenhum Kalden. Tentou Kaldan, Kaldin, Khalden. Nada. Talvez ela tivesse escrito errado ou ouvido mal, quem sabe? Poderia fazer uma busca mais minuciosa se soubesse em que departamento ele trabalhava, que setor do campus ele podia operar, mas não sabia nada.

Fora isso, podia pensar em pouca coisa. A gola em V da camiseta, os olhos tristes que tentavam não aparentar tristeza, a calça cinza e apertada que podia ser estilosa ou horrorosa, Mae não conseguia decidir no escuro, a maneira como ele a segurou no final da noite, quando caminharam para o lugar onde os helicópteros pousavam, na esperança de ver algum, e depois, como não apareceu nenhum helicóptero, eles andaram de volta para os limoeiros e ali ele disse que tinha de ir embora e perguntou se ela podia ir a pé até o lugar de onde os micro-ônibus para funcionários saíam. Apontou para a fila de veículos a menos de duzentos metros, e Mae sorriu e disse que podia ir sozinha. Em seguida, ele a apertou junto a si, tão bruscamente, tão inesperadamente, que Mae nem entendeu se ele tinha intenção de lhe dar um beijo, de apalpar seu corpo ou o quê. O que ele fez foi apertar seu corpo contra o dele, com o braço direito atravessado por trás das costas de Mae, a mão sobre o ombro dela e a mão esquerda bem mais embaixo, mais atrevida, pousada sobre seu cóccix, os dedos se abrindo mais para baixo.

Em seguida ele se afastou e sorriu.

"Tem certeza de que está bem?"

"Tenho."

"Não está assustada?"

Ela riu. "Não. Não estou assustada."

"Muito bem. Boa noite."

Kalden virou-se e caminhou em outra direção, não rumo aos micro-ônibus nem aos helicópteros nem ao circo, mas seguiu por uma trilha sombreada, estreita, sozinho.

A semana inteira Mae pensou naquele vulto que se afastava, em suas mãos fortes que a seguravam, e olhava para o limão grande que ele havia colhido, que ela havia trazido pensando, erradamente, que ia amadurecer em sua mesa de trabalho com o tempo. O limão continuou verde.

Mas Mae não conseguia localizar Kalden. Enviou alguns zings para toda a empresa em busca de alguém chamado Kalden, tomando cuidado para não parecer muito ansiosa. Porém não obteve nenhuma resposta.

Mae sabia que Annie podia resolver o mistério, só que Annie estava agora no Peru. A empresa estava enfrentando um problema moderadamente grave em seus planos na Amazônia — algo que envolvia drones que serviam para contar e fotografar todas as árvores remanescentes. No meio das reuniões com funcionários de vários departamentos ambientais e regulatórios, Annie por fim achou um tempo para ligar para Mae. "Deixe-me fazer um reconhecimento facial dele. Mande uma foto."

Mas Mae não tinha nenhuma foto dele.

"Está brincando. Nada?"

"Estava escuro. Era a apresentação de um circo."

"Você já contou isso. Quer dizer que ele lhe deu um limão e nenhuma fotografia. Tem certeza de que não era só um visitante?"

"Mas eu já o havia encontrado antes, lembra? Perto do banheiro. E depois ele voltou comigo para minha mesa e ficou olhando como era meu trabalho."

"Puxa, Mae. Parece que esse cara veio de outro mundo. Limões verdes e respiração ofegante por cima do seu ombro, enquanto você responde as dúvidas dos clientes. Se a gente fosse só um pouquinho paranoica, eu diria que ele é um agente infiltrado ou um molestador sexual de baixo escalão." Annie teve de desligar, mas uma hora depois mandou uma mensagem pelo celular. *Você tem de me manter informada sobre aquele cara. Estou ficando cada vez mais preocupada. Ao longo dos anos já tivemos alguns* stalkers *bizarros. Ano passado apareceu um cara, uma espécie de blogueiro, que foi a uma festa e ficou no campus durante duas semanas, andando escondido e dormindo em depósitos. Acabou que era um sujeito relativamente inofensivo, mas dá para imaginar que um Estranho Não Identificado pode se tornar uma fonte de problemas.*

Porém Mae não estava preocupada. Confiava em Kalden e não conseguia acreditar que ele tinha intenções nefastas. Seu rosto tinha franqueza, uma inequívoca falta de dissimulação — Mae não conseguia explicar aquilo para Annie, mas não tinha dúvidas a respeito dele. No entanto, sabia que Kalden não era confiável como um comunicador, mas sabia também, e tinha certeza disso, que ele voltaria a entrar em contato com ela. E embora não poder fazer contato com outra pessoa em sua vida fosse algo irritante, exasperante, ter Kalden por lá, pelo menos por alguns dias, inacessível, mas supostamente em algum local do campus, proporcionava um agradável choque de frisson às horas de seus dias. A carga de trabalho da semana foi pesada, mas, pensando em Kalden, cada pesquisa que respondia era uma espécie de ária gloriosa. Os clientes cantavam para ela e ela respondia cantando. Mae amava todos eles. Amava Risa Thomason em Twin Falls, Idaho. Amava Mack Moore em Gary, Indiana. Amava os novatos à sua volta. Amava a fisionomia de Jared que surgia preocupado na porta de vez em quando, pedindo a ela que descobrisse um jeito de manter a nota média deles acima de 98. E Mae amava ser capaz de ignorar Francis e suas constantes tentativas de entrar em contato com ela. Seus minivídeos. Seus cartões com mensagem de voz. Suas playlists, todas formadas por canções que pediam desculpas e falavam de tristeza. Francis agora era só uma lembrança, ofuscada por Kalden e sua silhueta elegante, suas mãos fortes e tateantes. Mae adorava poder simular sozinha, no banheiro, o efeito daquelas mãos, imitar com a própria mão a pressão que ele faria sobre ela. Mas onde ele estava? O que era intrigante na segunda e na terça começou a se aproximar de um incômodo na quarta e de uma irritação na quinta. A invisibilidade de Kalden começou a parecer algo intencional e agressivo. Ele havia prometido continuar em contato, não foi? Talvez não tivesse prometido, pensou Mae. O que foi que ele *disse*? Mae vasculhou a memória e se deu conta, com uma espécie de pânico, de que tudo que ele tinha dito no fim da noite foi "boa noite". Mas Annie ia voltar na sexta-feira e, juntas, em apenas uma hora, elas conseguiriam descobrir o nome dele, saber onde estava, prendê-lo numa jaula.

E por fim, na sexta-feira de manhã, Annie voltou e as duas fizeram planos de se encontrar pouco antes da Sexta dos Sonhos. Estava prevista uma apresentação sobre o futuro Dinheiro do Círculo — uma forma de enviar todas as compras na internet usando o Círculo e, mais cedo ou mais tarde, abolir a necessidade de qualquer tipo de papel-moeda —, mas a apresentação acabou sendo cancelada. Todos os funcionários foram orientados a assistir a uma entrevista coletiva que ocorreria em Washington.

Mae foi correndo ao salão do Renascimento, onde algumas centenas de funcionários estavam vendo uma projeção na parede. Uma mulher de terninho cor de mirtilo estava de pé atrás de um palanque engrinaldado por microfones, cercada por assistentes e por um par de bandeiras dos Estados Unidos. Abaixo dela, uma chamada: SENADORA WILLIAMSON TENTA DESMEMBRAR O CÍRCULO. No início, havia barulho demais para ouvir qualquer coisa, mas uma série de pedidos de silêncio e o aumento do volume tornaram a voz audível. A senadora estava no meio da leitura de uma declaração escrita.

"Estamos aqui hoje para exigir que o Grupo de Trabalho Antitruste do Senado abra uma investigação para determinar se o Círculo age como um monopólio. Acreditamos que o Departamento de Justiça irá tratar o Círculo como aquilo que ele é, um monopólio em seu sentido mais puro, e tomar as providências para desmembrá-lo, assim como fizeram com a Standard Oil, AT&T e todos os outros monopólios comprovados em nossa história. O domínio do Círculo sufoca a concorrência e é perigoso para nosso modelo de capitalismo de livre mercado."

Depois que ela terminou, a tela voltou ao seu propósito

usual: celebrar os pensamentos da equipe do Círculo. Naquele dia havia muitos pensamentos na multidão. O consenso era que aquela senadora era conhecida por suas posições ocasionalmente fora das correntes majoritárias — tinha sido contra as guerras no Iraque e no Afeganistão — e portanto não ia conseguir muito apoio à sua cruzada antitruste. O Círculo era uma empresa popular entre republicanos e democratas, conhecida por suas posições pragmáticas em quase todas as questões políticas, por suas doações generosas, e assim aquela senadora da esquerda não receberia muito apoio de seus colegas liberais — muito menos entre as fileiras republicanas.

Mae não conhecia o suficiente sobre as leis antitruste para ter uma opinião formada. Será que existia mesmo alguma concorrência? O Círculo tinha noventa por cento do mercado de busca. Oitenta por cento do mercado de e-mail grátis, noventa e dois por cento do serviço de mensagens de texto. Na perspectiva de Mae, aquilo era uma mera evidência de que eles produziam e entregavam o melhor produto. Parecia insano punir a empresa por sua eficiência, por sua atenção aos detalhes. Por alcançar o sucesso.

"Aí está você", disse Mae, ao ver Annie andando em sua direção. "Que tal o México? E o Peru?"

"Essa idiota", escarneceu Annie, estreitando as pálpebras para a tela onde a senadora tinha acabado de aparecer.

"Então você não está preocupada com isso?"

"Você quer dizer, se ela vai mesmo chegar a algum lugar com essa história? Não. Mas, pessoalmente, ela está bem na merda."

"O que quer dizer? Como é que você sabe?"

Annie olhou para Mae, depois se voltou para os fundos da sala. Tom Stenton estava de pé, batendo papo com alguns membros do Círculo, de braços cruzados, uma postura que em outra pessoa podia transmitir preocupação ou até raiva. Porém, mais do que qualquer outra coisa, ele parecia achar graça.

"Vamos", disse Annie, e saíram andando pelo campus, na intenção de almoçar num furgão de tacos contratado naquele dia para os membros do Círculo. "Como vai seu amante? Não me diga que ele morreu enquanto fazia sexo."

"Eu ainda não o vi desde a semana passada."

"Nenhum contato?", perguntou Annie. "Que merda."

"Acho que ele é de uma outra era."

"Outra era? E de cabelo grisalho? Mae, sabe aquela cena do filme *O iluminado* em que Nicholson tem uma espécie de encontro sexual com uma mulher num banheiro? E aí a mulher se vira e ele vê que ela é uma espécie de cadáver vivo de uma velha?"

Mae não tinha a menor ideia do que Annie estava falando.

"De fato...", disse Annie, e seus olhos saíram de foco.

"O que foi?"

"Sabe, no meio dessa história da investigação da senadora Williamson, me preocupa o fato de haver um desconhecido rondando por aí pelo campus. Pode me avisar na próxima vez que vir o cara?"

Mae olhou para Annie e viu, pela primeira vez, até onde se lembrava, algo parecido com uma preocupação verdadeira.

Às quatro e meia, Dan mandou uma mensagem: *Dia excelente, até agora! Me encontra às cinco?*

Mae chegou à porta do gabinete de Dan. Ele ficou de pé, levou-a até uma cadeira e fechou a porta. Sentou-se atrás de sua mesa e digitou na tela de seu tablete.

"97. 98. 98. 98. Médias excelentes esta semana."

"Obrigada", disse Mae.

"Realmente, espetacular. Ainda mais levando em conta a carga de trabalho excepcional com os novatos. Foi difícil?"

"Talvez nos primeiros dias, mas agora estão todos treinados e não precisam de muita ajuda. São todos excelentes e assim, no fundo, fica até mais fácil, tendo mais gente para trabalhar."

"Ótimo. É ótimo ouvir isso." Então Dan ergueu os olhos e sondou os de Mae. "Você tem tido uma experiência boa até agora aqui no Círculo?"

"Totalmente", disse ela.

O rosto de Dan se iluminou. "Ótimo. Ótimo. É muito bom saber disso. Pedi a você que viesse para, bem, para equacionar isso com seu comportamento social aqui e entender a mensagem que ele está enviando. Acho que talvez eu não tenha conseguido comunicar da forma devida tudo o que diz respeito a esse trabalho. Portanto a culpa é minha se não fiz isso tão bem quanto devia."

"Não. Não. Você fez um ótimo trabalho. Tenho certeza."

"Bem, obrigado, Mae. Fico muito agradecido. Mas precisamos conversar sobre, bem... Vamos tratar a questão por outro ângulo. Você sabe que esta não é uma empresa do tipo em que a gente bate o cartão ao entrar e ao sair e acabou. Faz sentido?"

"Ah, eu sei. Eu não... Será que fiz alguma coisa que deu a entender que eu achava..."

"Não, não. Você não fez nada disso. Só que a gente não tem visto você muitas vezes por aqui depois das cinco horas, portanto ficamos imaginando se você não estaria, bem, entende, muito ansiosa para ir embora."

"Não, não. Você precisa que eu fique aqui até mais tarde?"

Dan teve um pequeno sobressalto. "Não, não é isso. Você dá conta de sua carga de trabalho perfeitamente. Mas sentimos sua falta na festa do Velho Oeste na noite de quinta-feira, que foi um evento importantíssimo para a formação da equipe, centrada num produto do qual estamos todos muito orgulhosos. Você perdeu pelo menos dois eventos com os novatos e no circo você deu a impressão de que não via a hora de ir embora. Acho que você saiu de lá em apenas vinte minutos. E essas coisas seriam compreensíveis se sua posição no ranking de participação não fosse tão baixa. Sabe qual é?"

Mae achava que estava na casa dos oito mil. "Acho que sim."

"Você acha que sim", disse Dan, e conferiu na sua tela. "É 9101. Você acha isso bom?" Ela havia caído na última hora, desde o momento em que Mae tinha verificado pela última vez.

Dan estalou a língua e fez que sim com a cabeça, como se tentasse imaginar como certa manchinha tinha aparecido em sua camisa. "Portanto as coisas estão como que se somando e, bem, começamos a ficar preocupados, achando que de algum jeito a gente estava afastando você."

"Não, não! Não é nada disso."

"Muito bem, vamos nos concentrar na quinta-feira às cinco e quinze. Tínhamos um encontro no Velho Oeste, onde trabalha sua amiga Annie. Era uma festa de boas-vindas semiobrigatória para um grupo de potenciais parceiros. Você estava fora do campus, o que de fato me deixou confuso. Foi como se você estivesse fugindo."

A mente de Mae disparou. Por que não tinha ido? Onde ela estava? Mae nem sabia daquele evento. Foi do outro lado do campus, no Velho Oeste — como tinha deixado passar em branco aquele evento semiobrigatório? A informação devia estar enterrada no fundo de sua terceira tela.

"Meu Deus, desculpe", disse ela, lembrando agora. "Às cinco saí do campus para comprar um creme de babosa naquela drogaria em San Vicenzo. Meu pai pediu aquele tipo especial de..."

"Mae", interrompeu Dan, em tom condescendente. "A loja da empresa tem creme de babosa. Nossa loja tem um estoque mais completo do que qualquer drogaria de esquina e com produtos de qualidade muito superior. Nossos produtos são rigorosamente controlados."

"Desculpe. Eu não sabia que a loja da empresa tinha algo como creme de babosa."

"Você foi à nossa loja e não encontrou o produto?"

"Não, não. Eu não fui à loja. Fui direto a outra. Mas estou muito contente em saber que..."

"Permita que eu interrompa, porque você falou algo interessante. Disse que não foi primeiro à nossa loja?"

"Não. Desculpe. Eu só imaginei que algo como isso não teria para vender aqui e então..."

"Agora, escute, Mae. Tenho de admitir que sei que você não foi à loja. Isso é uma das coisas que eu gostaria de conversar com você. Você não foi à loja uma única vez. Você, que já foi atleta no tempo da faculdade, não foi à academia e quase não explorou o campus. Acho que utilizou apenas um por cento de nossas instalações."

"Desculpe. Acho que tem sido tudo muito corrido para mim, por enquanto."

"E na sexta-feira à noite? Também houve um evento muito importante."

"Desculpe. Eu queria ir à festa, mas tive de ir correndo para casa. Meu pai teve um ataque e acabou que não foi muito grave, mas eu não sabia disso até chegar lá."

Dan olhou para sua mesa de vidro e, com um paninho, tentou remover uma mancha. Satisfeito, ergueu os olhos.

"Isso é muito compreensível. Passar um tempo com os pais, acredite, acho isso muito, muito legal. Só quero enfatizar o aspecto *comunidade* deste emprego. Encaramos este local de trabalho como uma *comunidade*, e toda pessoa que trabalha aqui é *parte* dessa comunidade. E fazer que tudo funcione direito exige certo nível de participação. É como, por exemplo, se fôssemos uma turma de jardim de infância e uma garota tem uma festa e só metade da turma comparece. Como é que vai se sentir essa garota que faz aniversário?"

"Não vai se sentir nada bem. Sei disso. Mas fui ao evento do circo e foi legal. *Tão* legal."

"*Foi* legal, não foi? E foi ótimo ver que você estava lá. Mas não temos nenhum registro de que você foi. Nenhuma foto, nenhum zing, nenhum comentário, notícia, dica. Por que não?"

"Não sei. Acho que fiquei envolvida no meio do..."

Dan deu um suspiro bem alto. "Você sabe muito bem que gostamos de saber o que as pessoas acham, não é? Sabe que as opiniões dos funcionários são apreciadas aqui, não sabe?"

"Claro."

"E que o Círculo está fundamentado, em larga medida, na participação e nas informações de pessoas como você, não sabe?"

"Sei."

"Escute. Faz todo sentido do mundo que você queira passar um tempo com seus pais. São seus pais! É um gesto muito bonito de sua parte. Como eu já disse: muito, muito legal mesmo. Só estou dizendo que *nós* também gostamos muito de você e queremos conhecer você melhor. Com tal finalidade, eu queria saber se está disposta a ficar alguns minutos a mais para conversar com Josiah e Denise. Acho que se lembra deles, de seu período de treinamento, não é? Eles adorariam estender a conversa que estamos tendo agora e ir um pouco mais fundo na questão. Não acha bom?"

"Claro."

"Não precisa ir correndo para casa ou...?"

"Não. Estou à disposição de vocês."

"Ótimo. Ótimo. Gosto de ouvir isso. Aqui estão eles."

Mae virou-se e viu Denise e Josiah, os dois acenaram para ela, atrás da porta de vidro do gabinete de Dan.

"Mae, como vai?", perguntou Denise, enquanto caminhavam para a sala de reuniões. "Nem acredito que já faz três semanas desde que fizemos nosso primeiro tour pelo campus! Vamos conversar aqui."

Josiah abriu a porta de uma sala de reuniões pela qual Mae havia passado muitas vezes. A sala era oval, as paredes eram de vidro.

"Sente aqui", disse Denise, indicando uma cadeira de couro e de espaldar alto. Ela e Josiah sentaram de frente para Mae, arrumaram seus tablets e ajeitaram suas cadeiras, como se estivessem se preparando para uma tarefa que poderia levar horas e que, quase com toda certeza, seria desagradável. Mae tentou sorrir.

"Como sabe", disse Denise, ajeitando alguns fios de seu cabelo escuro atrás da orelha, "somos de recursos humanos e isto é um procedimento regular que fazemos com novos membros da comunidade. Todo dia fazemos isso em algum ponto da empresa e estamos particularmente felizes de encontrar você de novo. Você é um verdadeiro enigma."

"Eu?"

"É sim. Faz anos desde a última vez que vi alguém aqui tão, assim, entende, envolto em mistério."

Mae não sabia como devia responder àquilo. Não se sentia envolta em mistério.

"Portanto achei que a gente devia começar, talvez, conversando um pouco sobre você e, depois que a conhecermos melhor, podemos conversar sobre maneiras de fazer você se sentir mais confortável e se integrar mais nos termos da comunidade. Não parece bom?"

Mae fez que sim com a cabeça. "Claro." Olhou para Josiah,

que não tinha falado nada até então, mas trabalhava freneticamente em seu tablet, digitando e deslizando os dedos.

"Ótimo. Achei que podíamos começar dizendo que gostamos realmente de você", disse Denise.

Josiah falou, afinal, os olhos azuis radiantes. "*Gostamos* sim", disse ele. "Gostamos mesmo. Você é um membro superbacana de nossa equipe. Todo mundo acha isso."

"Obrigada", respondeu Mae, já com a certeza de que ia ser demitida. Tinha ido longe demais ao pedir para incluir seus pais no plano de saúde. Como tivera a coragem de fazer aquilo logo depois de ser contratada?

"E que seu trabalho aqui é exemplar", prosseguiu Denise. "Seus índices têm ficado na média de 97 e isso é um resultado excelente, sobretudo em seu primeiro mês. Está satisfeita com seu desempenho?"

Mae procurou a resposta correta. "Sim."

Denise fez que sim com a cabeça. "Ótimo. Mas como você sabe, não é só o trabalho que importa aqui. Ou melhor, a questão não são só notas, índices de aprovação e coisas do tipo. Você não é uma engrenagem numa máquina."

Josiah balançou vigorosamente a cabeça, dizendo não. "Consideramos você um ser humano completo, único, de potencial ilimitado. E um membro crucial da comunidade."

"Obrigada", disse Mae, agora menos certa de que ia ser mandada embora.

O sorriso de Denise foi sofrido. "Mas, como você sabe, tivemos uma ou duas falhas no tocante à integração com a comunidade daqui. É claro que lemos o relatório do incidente com Alistair e seu brunch de Portugal. Achamos sua explicação totalmente compreensível e ficamos animados ao ver que você parecia compreender as questões em jogo. Mas depois veio sua ausência na maioria dos eventos do fim de semana e da noite, todos eles, é claro, completamente facultativos. Há mais alguma coisa que você queira acrescentar para nosso melhor entendimento de tudo isso? Talvez quanto à questão com Alistair?"

"Só que eu lamento muito mesmo ter causado inadvertidamente algum sofrimento para o Alistair."

Denise e Josiah sorriram.

"Ótimo, ótimo", disse Denise. "Portanto, o fato de que você compreende isso me deixa confusa, quando se trata de equacionar esse fato com as suas poucas ações *desde* aquela discussão. Vamos começar pelo último fim de semana. Sabemos que você saiu do campus às 17h42 na sexta e que voltou às 8h46 na segunda."

"Houve algum trabalho no fim de semana?" Mae procurou em sua memória. "Faltei a alguma coisa?"

"Não, não, não. Não havia, entende, nenhum trabalho obrigatório aqui no fim de semana. Mas isso não significa que não houvesse milhares de pessoas aqui no sábado e no domingo, desfrutando o campus, participando de centenas de atividades variadas."

"Eu sei, eu sei. Mas eu estava em casa. Meu pai estava doente e voltei para ajudar."

"Lamento saber disso", disse Josiah. "Teve relação com a esclerose múltipla?"

"Teve."

Josiah fez uma cara de compreensão e Denise inclinou-se para a frente. "Mas, veja, nesse ponto é que a questão se torna especialmente confusa. Não sabemos absolutamente nada sobre esse episódio. Você procurou alguém do Círculo durante essa crise? Você sabe que existem no campus quatro grupos de ajuda para funcionários que precisam lidar com esclerose múltipla? Dois deles são para filhos de vítimas da esclerose múltipla. Você procurou algum desses grupos?"

"Não, ainda não. Eu tinha mesmo essa intenção."

"Muito bem", disse Denise. "Vamos deixar isso de lado por um momento, porque isso é instrutivo, o fato de você estar ciente da existência dos grupos, mas não procurá-los. Claro que você reconhece o benefício de compartilhar informações sobre essa doença, não é?"

"Sim."

"E compartilhar com outros jovens cujos pais padecem da doença... você entende o benefício que há nisso?"

"Sem dúvida."

"Por exemplo, quando você teve a notícia de que seu pai havia sofrido um ataque, você dirigiu seu carro por, digamos, cento e cinquenta quilômetros, mais ou menos, e em nenhum momento durante a viagem tentou obter informações do Círculo Interno ou do Círculo Externo, que é mais amplo. Você percebe que isso foi uma oportunidade perdida?"

"Agora percebo, totalmente. Eu estava abalada e preocupada e dirigia o carro feito uma louca. Eu não estava muito presente."

Denise ergueu o dedo. "Ah, *presente*. Essa é uma palavra maravilhosa. Estou feliz por você ter usado a palavra. Você se considera em geral presente?"

"Tento ser."

Josiah sorriu e digitou uma rajada em seu tablet.

"Mas o contrário de presente seria o quê?", perguntou Denise.

"Ausente."

"Sim. Ausente. Vamos separar essa ideia também para mais tarde. Voltemos ao seu pai e àquele fim de semana. Ele se recuperou bem?"

"Sim. Foi um alarme falso, na verdade."

"Muito bem. Fico feliz de saber disso. Mas é curioso que você não tenha compartilhado isso com ninguém. Você postou alguma coisa sobre esse episódio? Um zing, um comentário em algum lugar?"

"Não", respondeu Mae.

"Hm. Muito bem", disse Denise, respirando fundo. "Você acha que alguém mais poderia se beneficiar da sua experiência? Quer dizer, talvez a próxima pessoa que tivesse de viajar de carro por duas ou três horas para ir para casa pudesse ter algum benefício ao saber aquilo que você aprendeu com o episódio, que no final foi apenas um alarme falso?"

"Claro que sim. Entendo que isso seria muito útil."

"Ótimo. Portanto qual você acha que deve ser o plano de ação?"

"Acho que vou me integrar ao grupo de ajuda de esclerose múltipla", disse Mae, "e vou postar alguma coisa sobre o que aconteceu. Sei que vai ser útil."

Denise sorriu. "Fantástico. Agora vamos conversar sobre o resto do fim de semana. Na sexta-feira você descobriu que seu pai estava bem. Mas o resto do fim de semana você passou praticamente em branco. É como se tivesse desaparecido!" Os olhos dela ficaram arregalados. "É nessa hora que alguém como você, que tem uma posição baixa no ranking de participação, deve aproveitar para melhorar esse índice, se quiser. Mas na verdade sua posição caiu ainda mais: duas mil posições. Não vamos ficar muito presos a números, mas sua classificação estava em 8625 na sexta-feira e no final do domingo foi para 10 288."

"Eu não sabia que estava tão ruim", respondeu Mae, com ódio de si mesma, dessa personalidade que parecia incapaz de sair do próprio caminho. "Acho que fiquei me recuperando do estresse do episódio de meu pai."

"Pode contar o que foi que fez no sábado?"

"É constrangedor", respondeu Mae. "Nada."

"Nada quer dizer o quê?"

"Bem, passei a maior parte do dia na casa de meus pais, vendo televisão."

Josiah se animou. "Alguma coisa boa?"

"Só basquete feminino."

"Mas não há nada de errado com o basquete feminino!", exclamou Josiah. "Eu *adoro* basquete feminino. Você acompanhou meus zings sobre a liga profissional?"

"Não, você tem um Zing sobre basquete feminino?"

Josiah fez que sim com a cabeça, mostrando-se magoado, até perplexo.

Denise interveio. "Mais uma vez, é mesmo curioso que você não tenha decidido compartilhar isso com alguém. Você se juntou a algum dos grupos de discussão sobre esse esporte? Josiah, quantos participantes temos em nosso grupo de discussão global sobre a liga profissional de basquete feminino?"

Josiah, ainda visivelmente abalado por saber que Mae não lia seus feeds sobre basquete feminino, conseguiu descobrir o número em seu tablet e murmurou: "143 891".

"E agora quantos usuários do Zing se interessam por basquete feminino?"

Josiah rapidamente descobriu o número: "12 992".

"E você não faz parte de um nem de outro, Mae. Por que você acha que é assim?"

"Acho que meu interesse pelo basquete feminino não chegou ao ponto em que eu me sentisse motivada a integrar um grupo de discussão ou, entende, acompanhar qualquer coisa a respeito. Não sou nenhuma apaixonada pelo esporte."

Denise olhou para Mae com as pálpebras entrecerradas. "É uma interessante escolha de palavras: *apaixonada*. Já ouviu falar de PPT? Paixão, Participação e Transparência?"

Mae tinha visto as letras PPT pelo campus e até aquele momento não as havia relacionado àquelas palavras. Sentiu-se uma idiota.

Denise pôs as mãos espalmadas sobre a mesa, como se fosse levantar. "Mae, você sabe que esta é uma empresa de tecnologia, certo?"

"Claro."

"E que nós nos consideramos na linha de frente das mídias sociais."

"Sim."

"E você conhece o termo Transparência, correto?"

"Conheço, sem dúvida."

Josiah ergueu os olhos para Denise, na esperança de acalmá-la. Denise pôs as mãos no colo. Josiah tomou a frente. Sorriu e correu os dedos na tela do tablet, virando a página.

"Muito bem, vamos passar para o domingo. Conte como foi o domingo."

"Voltei para casa."

"Só isso?"

"Andei de caiaque."

Josiah e Denise trocaram olhares de surpresa.

"Andou de caiaque?", perguntou Josiah. "Onde?"

"Na baía."

"Com quem?"

"Com ninguém. Sozinha."

Denise e Josiah pareceram ficar sentidos.

"*Eu* ando de caiaque", disse Josiah, e depois digitou algo em seu tablet, batendo com força.

"Com que frequência você anda de caiaque?", perguntou Denise para Mae.

"Uma vez a cada duas ou três semanas."

Josiah olhava concentrado para seu tablet. "Mae, estou olhando seu perfil e não encontro nada sobre caiaques. Nenhum sorriso, nenhum comentário, nenhum post, nada. E agora você vem me dizer que anda de caiaque em intervalos de duas ou três *semanas*?"

"Bem, talvez seja menos que isso."

Mae riu, mas Josiah e Denise não riram. Josiah continuou olhando sua tela, enquanto os olhos de Denise investigavam Mae.

"Quando vai andar de caiaque, o que você vê?"

"Não sei. Uma porção de coisas."

"Focas?"

"Claro."

"Leões-marinhos?"

"Em geral."

"Aves marinhas? Pelicanos?"

"Claro."

Denise digitou em seu tablet. "Muito bem, estou fazendo agora uma busca do seu nome para obter documentação visual de algumas viagens que você fez. Não estou encontrando nada."

"Ah, nunca levei uma câmera."

"Mas como você identifica todos aqueles pássaros?"

"Tenho um pequeno manual. É um livro que meu ex-namorado me deu. É um pequeno guia sanfonado sobre a vida animal da região."

"Então é só um folheto ou algo assim?"

"Sim, quer dizer, é à prova de água e..."

Josiah bufou alto.

"Desculpe", disse Mae.

Josiah ergueu os olhos para o teto. "Não, quer dizer, isso é secundário, mas meu problema com o papel é que toda comunicação morre com ele. O papel não comporta nenhuma possibilidade de continuidade. A gente olha para nosso folheto de papel e a história termina aí. Termina com *você*. Como se você fosse a única pessoa que importa. Mas imagine se você estivesse documentando. Se você estivesse usando uma ferramenta que ajudasse a confirmar a identificação de qualquer pássaro que visse, então todo mundo poderia se beneficiar — naturalistas, estudantes, historiadores, a Guarda Costeira, todo mundo poderia saber que pássaros estavam na baía naquele dia. É de enlouquecer quando a gente pensa em quanto conhecimento se perde todo dia por causa desse tipo de miopia. Não quero chamar isso de egoísmo, mas..."

"Não. Foi sim, eu sei que foi", disse Mae.

Josiah ficou mais manso. "Mas, deixando de lado a documentação, o que me fascina é por que você não mencionou nada sobre seus passeios de caiaque nem uma vez. Quer dizer, afinal é uma parte de você. Uma parte *integrante*."

Mae deu um bufo involuntário. "Eu não acho que seja assim tão integrante. Ou nem mesmo algo tão interessante, na verdade."

Josiah ergueu os olhos com furor. "Mas é sim!"

"Uma porção de gente anda de caiaque", disse Mae.

"É exatamente isso!", exclamou Josiah, logo ficando vermelho. "Você não gostaria de encontrar *outras* pessoas que andam de caiaque?" Josiah digitou em sua tela. "Existem 2331 pessoas perto de você que também gostam de andar de caiaque. Inclusive *eu*."

Mae sorriu. "É muita gente."

"Mais ou menos do que você esperava?", perguntou Denise.

"Mais, eu acho", respondeu Mae.

Josiah e Denise sorriram.

"Portanto devemos registrar você como uma pessoa interessada em saber mais sobre as pessoas ao seu redor que gostam de andar de caiaque? Há tantas ferramentas..." Josiah parecia estar abrindo uma página onde podia registrar o nome de Mae.

"Ah, não sei", disse Mae.

O rosto dos dois se fechou.

Josiah pareceu ficar zangado outra vez. "Por que não? Você acha que suas paixões não são importantes?"

"Não é nada disso. É só que eu..."

Josiah inclinou-se para a frente. "Como você acha que os outros membros do Círculo se sentem, sabendo que você está fisicamente tão perto deles, que você é ostensivamente parte de uma comunidade aqui, mas que não quer que eles conheçam seus hobbies e seus interesses? Como acha que eles vão se sentir?"

"Não sei. Não acho que sintam nada."

"Mas sentem!", exclamou Josiah. "A questão é que você não está *envolvida* com as pessoas à sua volta!"

"Mas é só andar de caiaque!", disse Mae, rindo de novo, tentando trazer a conversa de volta ao terreno das amenidades.

Josiah estava trabalhando em seu tablet. "*Só* andar de caiaque? Você percebe que o caiaque é uma indústria que envolve três bilhões de dólares? E você vem me dizer que é *só* andar de caiaque? Mae, você não percebe que tudo está interligado? Você cumpre sua parte. Você tem de *participar*."

Denise olhava para Mae com atenção. "Mae, tenho de fazer uma pergunta delicada."

"Está bem", disse Mae.

"Você acha... Bem, você acha que isso pode ser uma questão de autoestima?"

"Não entendi."

"Você está relutante em se exprimir porque tem medo que suas opiniões não sejam corretas?"

Mae jamais havia pensado naquilo dessa forma, mas fazia certo sentido. Será que ela era tímida demais para se expressar? "Na verdade, eu não sei", respondeu.

Denise estreitou as pálpebras. "Mae, não sou psicóloga, mas se fosse faria uma pergunta sobre sua consciência de amor-próprio. Estudamos alguns modelos para esse tipo de comportamento. Não vou dizer que esse tipo de atitude é antissocial, mas sem dúvida é *sub*social e sem dúvida está muito longe de ser transparente. E vemos que às vezes esse comportamento decorre do sentimento de que seu amor-próprio é menor. Um ponto de vista que diz: 'Ah, o que tenho a dizer não é tão importante assim'. Você acha que isso descreve bem seu ponto de vista?"

Mae estava muito abalada para ver a si mesma com clareza. "Talvez", respondeu para ganhar tempo, ciente de que não devia ser flexível demais. "Mas às vezes tenho certeza de que o que digo é importante. E quando tenho algo relevante a acrescentar, eu me sinto totalmente autorizada a fazer isso."

"Mas observe que você disse 'às vezes tenho certeza'", disse Josiah, brandindo o dedo. "Esse 'às vezes' é interessante para mim. Ou preocupante, melhor dizendo. Porque penso que você não tem encontrado esse 'às vezes' com a frequência suficiente." Recostou-se no espaldar da cadeira, como se relaxasse depois de completar o grande esforço de compreender Mae.

"Mae", disse Denise, "nós adoraríamos se você pudesse participar de um programa especial. Não lhe parece interessante?"

Mae não sabia nada a respeito daquilo, mas como estava em apuros e já havia consumido tanto tempo deles, sabia que devia dizer que sim, por isso sorriu e respondeu: "Claro".

"Ótimo. Assim que pudermos, vamos incluir você. Vai conversar com Pete Ramirez e ele vai explicar tudo. Acho que isso pode fazer você ter certeza não só *às vezes*, mas *sempre*. Não parece melhor assim?"

Depois daquela entrevista, Mae censurou a si mesma. Que tipo de pessoa era ela? Acima de tudo, sentia-se envergonhada. Estava fazendo o mínimo do mínimo. Tinha repulsa de si mesma e lamentava por Annie. Sem dúvida Annie estava informada sobre sua amiga parasita Mae, que aceitou aquele presente, o cobiçado emprego no Círculo — uma empresa que tinha dado um plano de saúde para seus pais! Tinha salvado todos eles de uma catástrofe familiar! —, e depois ficou acomodada. *Cacete, Mae, se liga!*, pensou. *Seja uma pessoa relevante para o mundo.*

Escreveu para Annie pedindo desculpas, disse que ia melhorar, que estava muito constrangida, que ela não queria abusar desse privilégio, desse presente, e disse também que não era preciso responder, que ela simplesmente ia se comportar melhor, mil vezes melhor, imediatamente e dali em diante. Annie respondeu dizendo para Mae não ficar preocupada, que aquilo foi só uma pequena advertência, uma correção, uma coisa corriqueira entre novatos.

Mae viu que horas eram. Seis horas. Tinha muitas horas para melhorar, e depressa, por isso desencadeou uma rajada de iniciativas. Enviou quatro zings e 32 comentários e 88 sorrisos. Numa hora, sua posição no ranking de participação subiu para 7288. Romper a barreira dos 7000 foi mais difícil, mas às oito horas, depois de se inscrever e fazer postagens em onze grupos de discussão, enviar mais doze zings, um deles foi classificado entre os 5000 preferidos globalmente naquela hora, e depois de fazer a assinatura de mais sessenta e sete feeds, ela conseguiu. Estava na posição 6872 e voltou-se para seu feed do Círculo Interno. Estava com um atraso de algumas centenas de postagens e pôs tudo em dia, respondeu a mais ou menos setenta mensagens, confirmou presença em onze eventos no campus, assinou nove petições e ofereceu comentários e críticas construtivas para quatro produtos em fase experimental. Às 10h16, estava em 5342 e de novo aquele patamar — dessa vez o de 5000 — foi difícil de vencer. Mae escreveu uma série de zings sobre um novo serviço do Círculo que permitia a qualquer um que tivesse uma conta saber toda vez que seu nome era mencionado em qualquer mensagem enviada por qualquer pessoa, e um dos zings, seu sétimo sobre o tema, bombou e foi rezingado 2904 vezes e isso levou seu PartiRank a subir para 3887.

Mae experimentou um profundo sentimento de realização e de possibilidade, que foi acompanhado, em rápida sequência, por um sentimento de quase completa exaustão. Faltava pouco para meia-noite e ela precisava dormir. Era tarde demais para fazer a viagem até sua casa, portanto verificou se havia dormitórios disponíveis, reservou um, obteve a senha de acesso e caminhou pelo campus até HomeTown.

Quando fechou a porta do quarto, sentiu-se uma tola por não ter tirado proveito dos dormitórios antes. O quarto era perfeito, forrado de acessórios cromados e de madeira, o piso aquecido por calefação, os lençóis e as fronhas eram tão brancos e novos que chegavam a estalar quando se tocava neles. O colchão, como explicava um cartão perto da cama, era orgânico, feito não de molas ou de espuma, mas sim de uma nova fibra que Mae achou ao mesmo tempo mais firme e mais maleável — superior a qualquer cama que tinha visto. Puxou o edredom branco-nuvem e recheado de penas, e enrolou-se.

Porém não conseguia dormir. Agora, pensando em como ela era perfeitamente capaz de se sair melhor, entrou na internet de novo, dessa vez no seu tablet, e ficou envolvida no trabalho até as duas horas da madrugada. Estava decidida a quebrar a barreira dos 3000 pontos. E conseguiu, embora fossem 3h19 quando aconteceu. Por fim, não totalmente exausta, mas ciente de que precisava descansar, Mae se enfiou debaixo do edredom e apagou as luzes.

De manhã, Mae vasculhou os armários e as gavetas, ciente de que os dormitórios eram abastecidos com muitas roupas, todas novas, disponíveis para empréstimo ou posse definitiva. Escolheu uma camiseta de algodão e uma calça capri, ambas novas em folha. Na pia, havia frascos novos de creme hidrante e de enxaguante bucal, ambos orgânicos e de produção local, e Mae experimentou os dois. Tomou uma ducha, vestiu-se e estava de volta à sua mesa às 8h20.

Imediatamente os frutos de seu trabalho se fizeram evidentes. Havia um rio de mensagens de congratulações na terceira tela, de Dan, de Jared, de Josiah, de Denise, umas cinco mensagens de cada um, e pelo menos uma dúzia de mensagens de Annie, que parecia tão orgulhosa e entusiasmada que dava a impressão de que ia explodir. Espalhou-se no Círculo Interno a notícia de que Mae tinha recebido 7716 sorrisos ao meio-dia. Todo mundo sabia que ela ia conseguir. Todo mundo via um grande futuro para ela no Círculo, todo mundo tinha certeza de que em breve ela ia ser promovida no setor de Experiência do Cliente, no máximo até setembro, porque raramente alguém subia tão depressa no PartiRank e com tamanha mira, que parecia a laser.

O novo sentimento de competência e confiança de Mae estimulou-a durante a semana e, já que ela estava perto dos 2000 mais bem colocados, ficou em sua mesa de trabalho até tarde ao longo do fim de semana e no início da semana seguinte, determinada a romper aquela barreira, dormindo no mesmo dormitório todas as noites. Sabia que os 2000 mais bem colocados, apelidados de T2K, eram um grupo de membros do Círculo quase maníacos em sua atividade social e representavam a elite para seus seguidores. Os membros do T2K haviam se mantido mais ou menos como um grupo fechado, com poucos acréscimos ou movimentos internos em suas fileiras, durante quase dezoito meses.

Mas Mae sabia que precisava tentar. Na noite de quinta-

-feira, havia alcançado 2219 e sabia que já fazia parte de um grupo de combatentes similares que, como ela, batalhavam encarniçadamente para subir. Mae trabalhou por mais uma hora e se viu galgar apenas dois postos, para 2217. Aquilo ia ser difícil, ela sabia, mas o desafio era delicioso. E toda vez que subira a um novo milhar tinha recebido tantos aplausos, e havia sentido tão claramente que estava retribuindo Annie em especial, que aquilo a empurrou para a frente.

Às dez horas, quando estava ficando cansada, e quando já havia alcançado o índice 2188, Mae teve a revelação de que era jovem, era forte, e que se desse duro a noite inteira, se ficasse uma noite inteira sem dormir, conseguiria penetrar no T2K, enquanto todos os outros estavam inconscientes. Fortificou-se com uma bebida energética e com um saquinho de balas e, quando a cafeína e o açúcar produziram efeito, Mae sentiu-se invencível. A terceira tela do Círculo Interno não era o bastante. Voltou-se para seu feed do Círculo Interno e operou aquilo sem nenhuma dificuldade. Foi adiante com ímpeto, inscreveu-se em mais algumas centenas de feeds de Zing, começou com um comentário em cada um. Logo chegou à posição 2012 e agora é que estava encontrando resistência de verdade. Postou 33 comentários num site de produtos em fase de teste e galgou posições até 2009. Olhou para o pulso esquerdo para ver como seu corpo estava reagindo e se empolgou ao ver sua pulsação aumentando. Mae estava no comando de tudo aquilo e precisava de mais. O número total de estatísticas que ela estava monitorando era apenas 41. Havia sua pontuação no serviço de cliente, que era 97. Havia sua última pontuação, que era 99. Havia a média de sua turma, que era 96. Havia o número de pesquisas enviadas naquele dia, até então, 221, e o número de pesquisas efetuadas naquela hora no dia anterior, 219, e o número efetuado por ela em média, 220, e pelos outros membros de sua turma: 198. Na sua segunda tela, havia o número de mensagens enviadas por outros funcionários naquele dia, 1192, e o número de mensagens que ela havia lido, 239, e o número de mensagens que ela havia respondido, 88. Havia o número de convites recentes para eventos corporativos do Círculo, 41, e o número de suas respostas, 28. Havia o número global de visitantes dos sites do Círculo naquele dia, 3,2 bilhões, e o número de páginas visitadas, 88,7 bilhões. Havia o número de amigos no Círculo Exterior de Mae, 762, pedidos pendentes de pessoas que queriam ser seus amigos, 27. Havia o número de zingadores que ela estava seguindo, 10 343, e o número dos que a seguiam, 18 198. Havia o número de zings não lidos. Havia o número de zingadores sugeridos para ela, 12 862. Havia o número de canções em sua biblioteca digital, 6877, o número de artistas representados, 921, o número de artistas recomendados para ela com base em seus gostos, 3408. Havia o número de imagens em sua biblioteca, 33 002, e o número de imagens recomendadas para ela, 100 038. Havia a temperatura no interior do prédio, 21, e a temperatura do lado de fora, 22. Havia o número de funcionários presentes no campus naquele dia, 10 981, e o número de visitantes no campus naquele dia, 248. Mae tinha alertas de notícia instalados para 45 nomes e assuntos e toda vez que algum deles era citado por qualquer um dos feeds novos que ela havia escolhido entre seus favoritos, recebia um alerta. Naquele dia havia 187. Ela podia ver quanta gente tinha visto seu perfil naquele dia, 210, e quanto tempo tinham gastado em média: 1,3 minuto. Se quisesse, é claro, ela poderia ir mais a fundo e ver exatamente o que cada pessoa tinha visualizado. Seus índices de saúde acrescentavam mais um punhado de números, cada um deles lhe dava uma sensação de grande tranquilidade e controle. Sabia qual era seu batimento cardíaco e sabia que estava bom. Sabia como andava a contagem de seus passos, quase 8200 naquele dia, e sabia que podia alcançar 10 000 com facilidade. Sabia que ela estava devidamente hidratada e que sua ingestão de calorias naquele dia estava dentro das normas aceitas para alguém com seu índice de massa corporal. Num momento de repentina lucidez, ocorreu a Mae que o que sempre havia provocado sua ansiedade, ou estresse, ou preocupação, não era alguma força isolada, nada de independente e exterior — não era o perigo a que ela mesma estava sujeita nem a constante calamidade que rondava outras pessoas e os problemas delas. Era algo interno: era subjetivo: era *não saber*. Não era ter tido uma discussão com uma amiga ou ter levado uma bronca de Josiah ou Denise: era não saber o que aquilo significava, não conhecer os planos deles, não saber as consequências, o futuro. Se ela soubesse, haveria calma. Com certo grau de certeza, ela sabia onde estavam seus pais: em casa, como sempre. Com a ajuda da Busca do Círculo, ela podia saber onde estava Annie: em seu escritório, provavelmente ainda trabalhando, também. Mas onde estava Kalden? Fazia duas semanas desde a última vez que tivera notícias dele. Mandou uma mensagem de celular para Annie.

Está acordada?

Sempre.

Ainda não tive notícia do Kalden.

O coroa? Vai ver que morreu. Teve uma vida boa e longa.

Acha mesmo que era só um penetra?

Acho que você deu um tiro na água. Estou contente por ele não ter voltado. Estava preocupada com as possibilidades de algum lance de espionagem.

Ele não era um espião.

Então era só um velho. Quem sabe era o avô de algum membro do Círculo que veio visitar seu neto e se perdeu? Tanto faz. Você é jovem demais para ficar viúva.

Mae pensou nas mãos dele. As mãos de Kalden acabaram com ela. Naquele momento, tudo que ela desejava era ter as mãos dele sobre si outra vez. A mão de Kalden em seu cóccix, puxando-a para perto. Será que seus desejos podiam mesmo ser tão simples? E afinal onde é que ele tinha se metido? Ele não tinha nenhum direito de sumir daquele jeito. Mae verificou a Busca do Círculo outra vez; tinha procurado por ele cem vezes daquele modo, sem nenhum sucesso. Mas Mae tinha o direito de saber onde ele estava. Pelo menos saber onde estava, quem ele era. Aquilo era o desnecessário e antiquado fardo da incerteza. Ela podia saber imediatamente qual era a temperatura em Jacarta, mas não conseguia encontrar um homem no campus desse jeito? Por onde andava aquele homem que a havia tocado de um modo diferente? Se ela conseguisse eliminar aquele tipo de incerteza — onde e por quem ela seria tocada de novo de um modo diferente —, poderia eliminar a maioria dos fatores de estresse do mundo e talvez, também, a onda de desespero que vinha se acumulando em seu peito. Ela vinha sentindo aquilo, aquele rasgão negro, aquele rasgo pesado dentro dela, algumas vezes por semana. Em geral, não demorava muito tempo, mas quando fechava os olhos via um rasgo pequenino no que parecia ser um pano preto, e através daquele rasgo pequenino ouvia o grito de milhões de almas invisíveis. Era uma coisa muito estranha, ela se deu conta, e era algo que ela nunca mencionava para ninguém. Podia ter falado daquilo com Annie, mas, como estava trabalhando havia tão pouco tempo no Círculo, não quis preocupar sua amiga. No entanto que sentimento era aquele? Quem estava gritando através do rasgo no pano? Mae descobriu que a melhor maneira de superar aquilo era redobrar seu foco, manter-se ocupada, dar mais de si. Teve o pensamento breve e tolo de que talvez encontrasse Kalden no programa LuvLuv. Foi conferir e sentiu-se idiota quando suas dúvidas foram confirmadas. O rasgo estava se abrindo dentro dela, um negror a dominava. Ela fechou os olhos e ouviu gritos debaixo d'água. Mae praguejou o desconhecimento, e sabia que precisava de alguém que pudesse ser conhecido. Que pudesse ser localizado.

A batida na porta foi de leve e hesitante.

"Está aberta", disse Mae.

Francis enfiou a cara na brecha e segurou a porta.

"Tem certeza?", perguntou ele.

"Eu convidei você", disse Mae.

Ele entrou ligeiro, fechou a porta, como se tivesse escapado por pouco de algum perseguidor no corredor. Olhou em redor do quarto. "Gostei do que você fez com o lugar."

Mae riu.

"É melhor a gente ir para o meu", disse ele.

Mae pensou em protestar, mas queria ver como era o quarto dele. Todos os quartos dos dormitórios variavam de maneiras sutis e agora, de tão populares e práticos, levavam muitos membros do Círculo a morar neles em caráter mais ou menos permanente e a personalizá-los. Quando chegaram, Mae viu que o quarto dele era um espelho do seu, embora com alguns toques de Francis, dos quais o que chamava mais a atenção era uma máscara de papel machê que ele tinha feito quando criança. Amarela e com enormes olhos e óculos, a máscara estava na cama e encarava Mae. Francis viu que ela olhava fixamente para a máscara.

"O que foi?", perguntou.

"É estranho, não acha? Uma máscara em cima da cama?"

"Quando durmo, não vejo a máscara", respondeu Francis. "Quer beber alguma coisa?" Olhou dentro da geladeira, achou sucos e um novo tipo de saquê numa garrafa de vidro redonda de cor rosada.

"Tem uma cara boa", disse Mae. "Não tenho isso no meu

quarto. Minha garrafa é do tipo padrão. Talvez seja uma marca diferente."

Francis preparou drinques para os dois, enchendo os copos até a boca.

"Tomo uns goles toda noite", disse ele. "É o único jeito de dar uma freada na minha cabeça para eu conseguir apagar. Você também tem esse problema?"

"Levo uma hora para dormir", disse Mae.

"Bem", disse Francis, "isto aqui reduz o tempo de apagar de uma hora para quinze minutos."

Entregou o copo para Mae. Ela olhou para a bebida, no início achando aquilo muito triste, o saquê toda noite, depois sabendo que iria experimentar aquilo no dia seguinte.

Francis estava olhando para alguma coisa entre a barriga e o cotovelo de Mae.

"O que foi?"

"Essa sua cintura é que não dá para aguentar", disse ele.

"O que disse?", perguntou Mae, pensando que não valia a pena, não podia valer a pena ficar com aquele homem que dizia coisas assim.

"Não, não!", disse ele. "Quero dizer que é tão maravilhosa. A linha da cintura, como ela faz uma curva feito uma espécie de arco."

E então as mãos dele traçaram o contorno da cintura de Mae, desenhando um grande C no ar. "Adoro seus quadris e seus ombros. E com essa cintura." Ele sorriu, olhando fixamente para ela, como se não tivesse a menor ideia da estranha franqueza do que tinha acabado de falar ou não se importasse com aquilo.

"Acho que devo agradecer", disse ela.

"Na verdade, é mesmo um elogio", disse ele. "É como se essas curvas tivessem sido criadas por alguém para a gente encaixar as mãos ali." Fez a mímica de pôr as palmas das mãos na cintura dela.

Mae ficou de pé, tomou um gole de seu drinque e pensou se não era melhor se mandar. Porém aquilo era um elogio. Ele tinha feito um elogio inconveniente, desajeitado, mas muito direto, que ela sabia que nunca iria esquecer e que já havia impelido seu coração para um ritmo de batimento novo e irregular.

"Quer assistir a alguma coisa?", perguntou Francis.

Mae deu de ombros, ainda perplexa.

Francis percorreu as opções. Eles tinham acesso a quase todos os filmes e programas existentes na televisão. Passaram cinco minutos marcando coisas diferentes que podiam ver, depois pensaram algo parecido, mas melhor.

"Ouviu falar desse lance novo do Hans Willis?", perguntou Francis.

Mae tinha decidido ficar e tinha decidido que se sentia bem com Francis. Que ela ali tinha poder e gostava daquele poder. "Não. Quem é?"

"É um dos músicos residentes. Gravou um show inteiro na semana passada."

"Foi lançado?"

"Não. Mas se receber boas avaliações dos membros do Círculo, talvez o lancem. Deixe ver se eu localizo."

Tocou a música, uma peça delicada para piano, que soava como o início de uma chuva. Mae levantou para apagar as luzes, deixando que a luminosidade cinzenta do monitor permanecesse, lançando sobre Francis uma luz fantasmagórica.

Mae viu um livro grosso de capa de couro e apanhou. "O que é isto? Não tenho isto no meu quarto."

"Ah, isso é meu. É um álbum. Só umas fotos."

"Tipo fotos de família?", perguntou Mae, e depois lembrou-

-se da história complicada de Francis. "Desculpe. Sei que provavelmente não é a melhor maneira de falar disso."

"Tudo bem", disse ele. "São meio que fotos de família mesmo. Minhas irmãs aparecem em algumas. Mas na maioria são fotos de mim e das famílias adotivas. Quer olhar?"

"Você guarda isto aqui no Círculo?"

Tomou o álbum da mão de Mae e sentou-se na cama. "Não. Em geral deixo em casa, mas trouxe para cá. Quer dar uma olhada? É bem deprimente."

Francis já havia aberto o álbum. Mae sentou-se a seu lado e ficou olhando enquanto ele virava as páginas. Viu relances de Francis em quartos humildes, mal iluminados, e em cozinhas, num parque de diversões eventual. Os pais estavam sempre fora de foco ou fora do quadro das fotos. Francis chegou a uma fotografia dele mesmo sentado numa prancha de skate, olhando para a lente através de uns óculos enormes.

"Deviam ser os óculos da mamãe", disse ele. "Olhe só para a armação." Ele passou o dedo sobre as lentes redondas. "É um modelo feminino, não é?"

"Acho que sim", respondeu Mae, olhando para o rosto de Francis pequeno. Tinha a mesma expressão franca, o mesmo nariz proeminente, o mesmo lábio inferior grosso. Mae sentiu os olhos se encherem de lágrimas.

"Não consigo me lembrar dessa armação", disse ele. "Não sei de onde veio. Só consigo imaginar que meus óculos devem ter se quebrado e que esses eram os dela e ela deixou que eu usasse."

"Você está bonitinho", disse Mae, mas queria chorar e chorar.

Francis olhava para a foto estreitando as pálpebras, como se esperasse vislumbrar algumas respostas se a observasse por bastante tempo.

"Onde foi isso?", perguntou Mae.

"Não tenho a menor ideia", disse ele.

"Não sabe onde morava?"

"Nem de longe. Mesmo fotografias são uma coisa muito rara. Nem todas as famílias adotivas dão fotos para a gente, mas quando fazem isso, tomam o cuidado de não mostrar nada que possa ajudar a localizá-los. Nenhuma imagem do exterior das casas, nenhum endereço nem placas de rua nem pontos de referência."

"Está falando sério?"

Francis olhou para ela. "É o jeito adotivo de criar um filho."

"Por quê? Para que a criança não possa voltar?"

"É só uma regra. Sim, para que a criança não possa voltar. Se ficaram com você por um ano, e se esse era o trato, e se eles não querem que você ponha mais os pés na casa deles, sobretudo quando ficou mais velho. Algumas crianças têm tendências graves, por isso as famílias têm de se preocupar quando elas ficam mais velhas e podem ir atrás delas."

"Eu não tinha a menor ideia disso."

"Pois é. É um sistema estranho, mas faz sentido." Ele bebeu o resto do saquê e levantou-se para ajustar o volume do som.

"Posso olhar?", perguntou Mae.

Francis deu de ombros. Mae folheou o álbum em busca de alguma identificação nas imagens. Mas nas dúzias de fotos não viu nenhum endereço, nenhuma casa. Todas as fotografias eram no interior de residências ou em quintais impessoais.

"Aposto que algumas delas gostariam de ter notícias suas", disse Mae.

Francis terminou de regular o som e agora tocava outra música, uma antiga canção soul cujo nome Mae não sabia. Ele sentou ao lado dela.

"Talvez. Mas não é esse o trato."

"Então você não tentou entrar em contato com elas? Quer dizer, por meio do reconhecimento facial..."

"Não sei. Não decidi. Sabe, é por isso que trouxe o álbum para cá. Vou examinar as fotografias amanhã para ver. Talvez consiga alguma coisa. Mas não estou fazendo muitos planos para além desse ponto. Só preencher algumas lacunas."

"Você tem direito de saber pelo menos algumas coisas básicas."

Mae estava folheando o álbum e se deteve numa foto de Francis pequeno, não mais de cinco anos, com duas meninas, de nove ou dez anos, uma de cada lado. Mae sabia que eram as irmãs dele, as duas que tinham sido assassinadas, e queria olhar para elas, embora não soubesse por quê. Não queria forçar Francis a falar sobre as irmãs e sabia que ela não devia dizer nada, que devia deixar que ele começasse a tratar do assunto, e se o próprio Francis não fizesse aquilo num breve intervalo, ela devia virar a página.

Francis não falou nada, portanto Mae virou a página, sentindo uma onda de afeto por ele. Tinha sido muito dura com Francis antes. Ele estava ali, gostava dela, queria que Mae ficasse com ele, e era a pessoa mais triste que Mae tinha visto em sua vida. Ela podia mudar aquilo.

"Sua pulsação está enlouquecendo", disse ele.

Mae olhou para seu bracelete e viu que seus batimentos cardíacos estavam em 134.

"Deixe ver o seu", disse ela.

Ele arregaçou a manga. Ela pegou seu pulso e virou-o. Estava em 128.

"Você também não está muito calmo", disse Mae, e deixou sua mão pousada na perna dele.

"Deixe sua mão aí e vai ver como meus batimentos ficam mais acelerados", disse ele, e logo os batimentos subiram mesmo.

Foi espantoso. Rapidamente subiu para 134. Mae ficou empolgada com seu próprio poder, a prova daquilo, bem na sua frente e mensurável. Ele estava em 136.

"Quer que eu tente uma coisa?", perguntou ela.

"Quero", sussurrou Francis, controlando a respiração.

Ela estendeu a mão nas dobras da calça dele, achou seu pênis pressionado contra a fivela do cinto. Mae esfregou a ponta dele com seu dedo indicador e, juntos, os dois olharam o número subir para 152.

"Você é fácil de excitar", disse ela. "Imagine se estivesse acontecendo alguma coisa de verdade."

Os olhos dele se fecharam. "Certo", disse ele por fim, controlando a respiração.

"Está gostando disso?", perguntou Mae.

"Hm-hm", conseguiu responder.

Mae ficou entusiasmada com seu poder sobre ele. Vendo Francis com as mãos sobre a cama, seu pênis empurrando o tecido da calça, ela pensou numa coisa para dizer. Era cafona e ela jamais diria aquilo se achasse que alguém viria a saber que havia falado daquele jeito, mas pensar naquilo a fez sorrir, e Mae sabia que faria Francis, aquele garoto tímido, perder o controle.

"O que *mais* isso mede?", e deu um bote com a mão.

Os olhos dele ficaram transtornados, ele brigou com as calças, tentando tirá-las. Mas na hora em que puxava a calça para baixo sobre as coxas, saiu um som de sua boca, algo como "Ah, meu Deus" ou "Eu vou", um segundo antes de ele se curvar para a frente, a cabeça virando para a esquerda e para a direita, até que ele desabou na cama, com a cabeça virada para a parede. Mae recuou, olhando para ele, sua camisa levantada, a virilha à mostra. Ela só conseguiu pensar numa fogueira de acampamento, um pequeno toco de lenha, todo ele encharcado de leite.

"Desculpe", disse Francis.

"Não. Gostei disso", respondeu Mae.

"Nunca me aconteceu assim tão de repente." Francis ainda estava muito ofegante. E então alguma sinapse traiçoeira dentro de Mae associou aquela cena com seu pai, ver seu pai no sofá, impotente, sobre o próprio corpo. Mae teve uma vontade terrível de estar longe dali.

"É melhor eu ir", disse ela.

"É mesmo? Por quê?", perguntou Francis.

"Já passa da uma, preciso dormir."

"Está bem", respondeu, de um jeito que ela achou desagradável. Francis parecia querer que ela fosse embora tanto quanto ela mesma queria.

Ele se levantou e pegou seu telefone celular, que estava de pé na mesinha, de frente para eles.

"O que é isso, estava filmando a gente?", disse Mae de brincadeira.

"Talvez", respondeu ele, e seu tom de voz deixava claro que tinha feito aquilo.

"Espere aí. É sério?"

Mae estendeu a mão para pegar o telefone.

"Não", disse ele. "É meu." Enfiou o celular no bolso.

"É *seu*? O que nós acabamos de fazer é *seu*?"

"É tão meu quanto seu. E fui eu que tive, sabe, um clímax. E afinal por que você se importa? Não estava nua nem nada."

"Francis, não consigo acreditar. Delete isso. Agora."

"Você disse 'delete'?", perguntou ele, em tom de zombaria, mas o sentido estava claro. *Não deletamos no Círculo*. "Eu preciso ter um jeito de eu mesmo ver isso."

"Mas depois *todo mundo* vai poder ver."

"Não vou fazer propaganda nem nada."

"Francis. Por favor."

"Deixe disso, Mae. Você tem que entender como isso é importante para mim. Não sou nenhum garanhão. É uma ocasião rara para mim uma coisa dessas me acontecer. Não posso guardar uma recordação da experiência?"

"Você não pode ficar preocupada", disse Annie.

Estavam no Auditório Principal do Iluminismo. Numa circunstância rara, Stenton ia dar a Palestra das Ideias, com a promessa de trazer um convidado especial.

"Mas *estou* preocupada", disse Mae. Desde seu encontro com Francis, Mae não conseguia se concentrar. O vídeo não tinha sido visto por mais ninguém, mas se estava no celular, estava na nuvem do Círculo, acessível a qualquer pessoa. Acima de tudo, ela estava decepcionada consigo mesma. Deixara o mesmo homem fazer a mesma coisa com ela duas vezes.

"Não me peça de novo para deletar o vídeo", disse Annie, enquanto cumprimentava com um aceno de mão alguns veteranos do Círculo, membros da Gangue dos 40, na multidão.

"Por favor, delete."

"Você sabe que não posso. Aqui, não deletamos, Mae. Bailey teria um troço. Ele ia chorar. Ele fica pessoalmente magoado quando alguém sequer pensa em deletar qualquer informação. É como matar bebês, diz ele. Você sabe disso."

"Mas esse bebê está masturbando outra pessoa. Ninguém quer esse bebê. Temos de deletar esse bebê."

"Ninguém jamais verá você. Sabe disso. Noventa e nove por cento do material que fica na nuvem nunca é visto por ninguém. Se for visto, mesmo que seja por uma única pessoa, aí podemos conversar outra vez. Está certo?" Annie pôs a mão sobre a mão de Mae. "Agora, veja só isso. Você não sabe como é raro o Stenton dar uma palestra. Deve ser uma coisa muito séria e deve envolver algum assunto relacionado ao governo. Esse é o nicho dele."

"Você não sabe o que ele vai dizer?"

"Tenho alguma ideia", respondeu.

Stenton subiu ao palco sem nenhuma apresentação. A plateia aplaudiu, mas de um modo obviamente distinto do modo como haviam aplaudido Bailey. Bailey era o tio talentoso deles, que havia salvado pessoalmente a vida de todos ali. Stenton era seu patrão, com quem tinham de se comportar de maneira profissional e a quem tinham de aplaudir de maneira profissional. Num terno preto impecável, sem gravata, ele andou até o centro do palco e, sem se apresentar ou dar bom-dia, começou.

"Como sabem", disse, "a transparência é uma coisa que defendemos aqui no Círculo. Vemos um sujeito como Stewart como uma inspiração — um homem que está disposto a abrir sua vida a fim de ampliar nosso conhecimento coletivo. Ele tem filmado e gravado todos os movimentos de sua vida já faz cinco anos e isso tem representado uma vantagem inestimável para o Círculo e, em breve, aposto, para toda a humanidade. Stewart?"

Stenton olhou para a plateia e localizou Stewart, o Homem Transparência, de pé, com o que parecia uma pequena lente de telefoto pendurada no pescoço. Era careca, de uns sessenta anos, ligeiramente curvado, como se fosse por causa do peso do dispositivo que repousava em seu peito. Recebeu uma salva de palmas antes de se sentar.

"Enquanto isso", disse Stenton, "existe outra área da vida pública da qual queremos e esperamos transparência, e isso é democracia. Temos sorte de ter nascido e crescido numa democracia, mas uma democracia que sempre passa por aprimoramentos. Quando eu era criança, para combater acordos políticos feitos por baixo dos panos, por exemplo, os cidadãos exigiram as Leis de Liberdade de Informação. São leis que dão aos cidadãos acesso a reuniões, transcrições. Eles podem assistir a audiências públicas e solicitar documentos. E no entanto, tanto tempo passado desde a fundação desta democracia, todos os dias nossos líderes eleitos ainda se veem embrulhados em algum escândalo, em geral relacionados ao fato de terem feito algo que não deviam fazer. Algo secreto, ilegal, contra a vontade e contra o melhor interesse da república. Não admira que a confiança pública no Congresso esteja em onze por cento."

Houve uma onda de murmúrios na plateia. Stenton confirmou. "O índice de aprovação do Congresso está mesmo em onze por cento! E, como sabem, certa senadora acabou de ser denunciada por envolvimento num negócio muito pouco recomendável."

A multidão deu uma gargalhada, aplaudiu, prendeu o riso.

Mae inclinou-se para Annie. "Espere aí, que senadora?"

"Williamson. Você não soube? Ela foi espinafrada por uma porção de coisas bizarras. Está sob investigação por meia dúzia de questões, todas envolvem violação da ética. Acharam tudo no computador dela, uma centena de buscas e downloads bizarros, algumas coisas de arrepiar mesmo."

Sem querer, Mae pensou em Francis. Voltou sua atenção de novo para Stenton.

"Sua ocupação poderia ser jogar fezes humanas na cabeça de cidadãos idosos", disse ele, "e, ainda assim, o índice de aprovação seria mais alto do que onze por cento. Portanto, o que pode ser feito? O que pode ser feito para restaurar a confiança pública em seus líderes eleitos? Estou feliz por poder dizer que existe uma mulher que está levando tudo isso muito a sério e que está fazendo algo para tratar da questão. Permitam que apresente Olivia Santos, representante do Décimo Quarto Distrito."

Uma mulher corpulenta, de uns cinquenta anos, de terninho vermelho e echarpe amarela com estampas de flores, saiu dos bastidores, acenando para a plateia com os dois braços acima da cabeça. A julgar pelos aplausos escassos e dispersos, estava claro que pouca gente no Auditório Principal sabia quem ela era.

Stenton lhe deu um forte abraço e, quando a mulher se pôs a seu lado, com as mãos cruzadas na frente do corpo, ele prosseguiu. "Para aqueles que precisam refrescar a memória cívica, a congressista Santos representa este mesmo distrito. Se não a conheciam, tudo bem. Agora conhecem." Virou-se para ela. "Como vai, congressista?"

"Vou bem, obrigada, Tom, muito bem. Muito feliz de estar aqui."

Stenton ofereceu a ela sua versão de um sorriso caloroso e em seguida se voltou de novo para a plateia.

"A congressista Santos está aqui para anunciar o que devo chamar de um passo muito importante na história do governo. E um passo rumo à transparência suprema, que todos buscamos em nossos líderes eleitos, desde o nascimento da democracia representativa. Congressista?"

Stenton deu um passo para trás e sentou-se num banco alto, atrás da deputada. A deputada Santos foi para a parte da frente do palco, as mãos agora cruzadas nas costas, e percorreu a sala com o olhar.

"Muito bem, Tom. Estou tão preocupada quanto você com a necessidade de os cidadãos saberem o que seus líderes eleitos fazem. Quero dizer, é seu direito, não é? É seu direito saber como passam seus dias. Com quem se encontram. Com quem conversam. O que fazem com os tostões de quem paga os impostos. Até agora, o que existe é um sistema precário de responsabilidade. Senadores e deputados, prefeitos e vereadores eventualmente divulgam sua programação de atividades e permitem aos cidadãos graus variáveis de acesso. Mas mesmo assim nos perguntamos: Por que eles se reúnem com aquele ex-senador que virou lobista? E como o congressista ganhou aqueles cento e cinquenta mil dólares que o FBI achou escondidos na geladeira da casa dele? Como foi que aquele outro senador combinou e teve encontros amorosos escondidos com uma porção de mulheres, enquanto sua esposa estava tratando o câncer? Quero dizer, a profusão de delitos praticados enquanto esses representantes estão sendo pagos por nós, cidadãos, não é só deplorável, não é só inaceitável, mas também é uma coisa desnecessária."

Houve uma ligeira salva de palmas. Santos sorriu, fez que sim com a cabeça e continuou.

"Todos queremos e esperamos transparência de nossos líderes eleitos, mas a tecnologia não estava disponível para tornar isso viável. Porém hoje está. Como Stewart demonstrou, é muito fácil proporcionar ao mundo total acesso ao nosso dia, ver o que estamos vendo, ouvir o que estamos ouvindo e o que estamos falando. Obrigado por sua coragem, Stewart."

A plateia aplaudiu Stewart outra vez, com vigor renovado, alguns já adivinhando o que Santos ia anunciar.

"Portanto resolvi seguir Stewart em sua marcha para o esclarecimento. E no caminho pretendo demonstrar como a democracia pode e deve ser: inteiramente aberta, inteiramente transparente. A partir de hoje, vou usar o mesmo dispositivo que Stewart está usando. Todas as minhas reuniões, todos os meus movimentos, todas as minhas palavras serão de livre acesso para meus eleitores e para o mundo."

Stenton levantou-se de seu banco e andou na direção de Santos. Olhou para os membros do Círculo ali reunidos. "Vamos dar uma salva de palmas para a congressista Santos?"

Mas a plateia já estava aplaudindo. Soaram gritos e assovios. Santos ficou exultante. Enquanto as pessoas urravam, um técnico surgiu dos bastidores e pendurou um colar no pescoço dela — uma versão menor da câmera que Stewart estava usando. Santos levou a lente aos lábios e beijou-a. A plateia gritou. Depois de um minuto, Stenton ergueu as mãos e a multidão silenciou. Voltou-se para Santos.

"Então a senhora está dizendo que todas as conversas, todas as reuniões, todas as partes de seus dias serão divulgadas na rede?"

"Sim. Tudo vai estar acessível na minha página do Círculo. Todos os momentos, até eu dormir." A plateia aplaudiu outra vez e Stenton deixou, mas depois pediu novamente silêncio.

"E se aqueles que desejarem se reunir com a senhora não quiserem que a reunião seja divulgada na rede?"

"Bem, nesse caso eles não irão se reunir comigo", respondeu. "Ou somos transparentes ou não somos. Ou somos responsáveis ou não somos. O que alguém pode ter para me dizer que não possa ser dito em público? Que parte da representação do povo não deve ser conhecida pelo próprio povo que estou representando?"

O aplauso afogou sua voz.

"De fato", respondeu Stenton.

"Obrigada! Obrigada!", disse Santos, curvando-se, com as palmas das mãos juntas em posição de prece. O aplauso se prolongou por alguns minutos. Afinal, Stenton acenou mais uma vez para pedir silêncio.

"E quando a senhora vai começar esse programa novo?", perguntou ele.

"Agora mesmo", respondeu ela. Apertou um botão no dispositivo em seu pescoço e lá estava a imagem da câmera projetada na tela gigantesca atrás dela. A plateia viu a si mesma com grande nitidez e gritou em aprovação.

"Começa agora para mim, Tom", disse ela. "E espero que comece em breve para o restante dos líderes eleitos neste país — e para todos os outros de todas as democracias do mundo."

Curvou-se para agradecer, juntou as mãos outra vez e depois

começou a sair do palco. Quando estava chegando perto das cortinas no palco, ela parou. "Não há nenhum motivo para eu ir nessa direção, está escuro demais. Vou para esse outro lado", disse ela, e as luzes na plateia acenderam na hora em que ela pôs os pés no chão, sob a luz forte. Os milhares de rostos do salão que aplaudiam a cena de repente ficaram visíveis. Ela caminhou em frente pelo corredor entre as poltronas do auditório, mãos se estendiam para ela, rostos sorridentes lhe diziam obrigado, obrigado, vá em frente, nos encha de orgulho.

Naquela noite, na Colônia, houve uma recepção para a congressista Santos e ela continuou rodeada por um enxame de novos admiradores. Mae, por um breve tempo, alimentou a ideia de tentar se aproximar da congressista o bastante para apertar sua mão, mas a multidão a seu redor tinha dois metros de profundidade, a noite inteira; portanto, em vez disso, Mae foi comer no bufê, escolheu uma espécie de pernil desfiado que era feito no campus e esperou por Annie. Ela dissera que ia tentar aparecer, mas estava com o prazo apertadíssimo para se preparar para uma audiência na União Europeia. "Eles estão enchendo o saco de novo por causa dos impostos", disse ela.

Mae andou sem rumo pelo salão, que tinha sido decorado com uma temática vagamente de deserto, alguns cactos e arenitos esparsos na frente de paredes com pores do sol digitais. Mae viu e cumprimentou Dan, Jared e alguns novatos que ela vinha treinando. Procurou Francis, na esperança de que ele não estivesse ali, mas então lembrou, com grande alívio, que ele estava numa conferência em Las Vegas — uma reunião de funcionários de instituições e organismos incumbidos de aplicar a lei para os quais ele ia apresentar o ChildTrack, seu programa para rastreamento de crianças. Enquanto Mae vagava pelo salão, uma tela de pôr do sol se apagou e deu lugar ao rosto de Ty. Seu rosto não tinha sido barbeado, trazia bolsas embaixo dos olhos, e embora estivesse nitidamente esgotado, ostentava um largo sorriso. Vestia sua blusa de moletom com capuz de costume, de tamanho grande demais para ele. Levou um instante para limpar seus óculos na manga do moletom, antes de olhar para o salão, para a direita e para a esquerda, como se pudesse ver todos lá de onde estava, onde quer que fosse. Talvez pudesse mesmo. O salão rapidamente silenciou.

"Oi, pessoal. Desculpe não poder estar aí com vocês. Estou trabalhando em projetos novos muito interessantes que me mantêm afastado de atividades sociais incríveis, como essa que estão desfrutando. Mas faço questão de dar os parabéns a todos vocês por esse novo e fenomenal avanço. Acho que é um passo novo e crucial para o Círculo e vai ter uma grande importância para nossa excelência geral." Por um segundo, deu a impressão de que estava olhando para quem operava a câmera, como se quisesse a confirmação de que já havia falado o suficiente. Em seguida seus olhos voltaram a olhar para o salão. "Obrigado a todos pelo empenho, e que agora comece a festa para valer!"

Seu rosto desapareceu e a tela exibiu de novo o pôr do sol digital. Mae bateu papo com alguns novatos de sua turma, alguns deles nunca tinham visto apresentações ao vivo de Ty e estavam à beira da euforia. Mae fotografou a cena, zingou a foto e acrescentou uma palavra: *Eletrizante!*

Mae apanhou sua segunda taça de vinho, pensando em como podia fazer aquilo sem pegar o guardanapo por baixo dela, pois o guardanapo não servia para nada e ia acabar no seu bolso, quando viu Kalden. Estava numa escada sombria, sentado num degrau. Mae avançou para ele por um caminho sinuoso e, quando Kalden a viu, seu rosto se iluminou.

"Ah, oi", disse ele.

"Ah, oi?"

"Desculpe", disse ele, e inclinou-se para ela, com a intenção de dar um abraço.

Mae recuou. "Por onde você andou?"

"Andei?"

"Ficou sumido por duas semanas", disse Mae.

"Não foi tanto tempo assim, foi? Mas eu andei por aí. Procurei você um dia, mas você parecia muito ocupada."

"Você foi à EC?"

"Fui, mas não quis incomodar você."

"E não podia deixar um recado?"

"Eu não sabia seu sobrenome", disse ele, sorrindo, como se soubesse muito mais do que estava revelando. "Por que não entrou em contato *comigo*?"

"Eu também não sabia seu sobrenome. E não existe nenhum Kalden registrado aqui, em lugar nenhum."

"É mesmo? Como está escrevendo o nome?"

Mae começou a enumerar as variações que experimentou, quando ele a interrompeu.

"Escute, isso não importa. Nós dois nos enrolamos. E agora estamos aqui."

Mae recuou um passo para observá-lo melhor, pensando que talvez, em alguma parte dele, pudesse descobrir alguma pista de que não era de verdade — um membro do Círculo de verdade, uma pessoa de verdade. De novo ele vestia uma apertada camisa de manga comprida, agora com listas horizontais finas, verdes, vermelhas e marrons, e de novo tinha conseguido se enfiar numa calça preta muito justa, que dava a suas pernas o aspecto de um V invertido.

"Você trabalha aqui, não é?", perguntou Mae.

"Claro. De que outro modo eu poderia entrar? A segurança aqui é muito rigorosa. Sobretudo num dia como hoje, com nossa convidada iluminada." Acenou com a cabeça na direção da congressista, que estava dando um autógrafo no tablet de alguém.

"Você está com cara de quem está indo embora", disse Mae.

"É mesmo?", disse Kalden. "Não, não. Estou bem confortável aqui neste canto. Gosto de ficar sentado durante essas coisas. E acho que gosto de ter a opção de fugir." Apontou com o polegar para a escada às suas costas.

"Estou contente por meus supervisores terem me visto aqui", disse Mae. "Essa era minha prioridade. Você também precisa ser visto aqui por um supervisor ou algo assim?"

"Supervisor?" Por um momento, Kalden olhou para ela como se tivesse acabado de falar uma coisa num idioma familiar, mas ainda incompreensível. "Ah, sim", respondeu, fazendo que sim com a cabeça. "Eles me viram aqui hoje. Eu cuidei bem disso."

"Você já me contou o que faz aqui?"

"Ah, não sei. Será que contei? Olhe só aquele cara."

"Que cara?"

"Ah, deixe para lá", disse Kalden, dando a impressão de que já havia esquecido a pessoa para quem estava olhando. "Então você trabalha em RP, não é?"

"Não. Em EC, Experiência do Cliente."

Kalden inclinou a cabeça. "Ah! Ah! Eu sabia", disse ele, de modo pouco convincente. "E você já está aqui há algum tempo?"

Mae teve de rir. O sujeito não estava mesmo nem aí. Sua cabeça mal parecia presa ao corpo, muito menos à Terra.

"Desculpe", disse ele, voltando o rosto para ela, agora com um aspecto extremamente sincero e perspicaz. "Mas eu *quero* lembrar essas coisas sobre você. Na verdade eu estava com esperança de encontrar você aqui."

"Quanto tempo faz que trabalha aqui mesmo?", perguntou Mae.

"Eu? Hm." Coçou a nuca. "Puxa. Não sei. Agora já faz um tempo."

"Um mês? Um ano? Seis anos?", perguntou Mae, achando que ele era mesmo uma espécie de cientista maluco.

"Seis?", confirmou ele. "Aí teria sido no início. Você acha que pareço velho o bastante para estar aqui há seis anos? Não quero parecer tão velho assim. Será o cabelo grisalho?"

Mae não tinha a menor ideia do que dizer. Claro que era o cabelo grisalho. "Vamos tomar alguma coisa?", perguntou ela.

"Não, pode ir", respondeu Kalden.

"Tem medo de deixar seu esconderijo?"

"Não, é só que estou me sentindo pouco sociável."

Mae foi até a mesa onde algumas centenas de taças de vinho tinham sido cheias e estavam à espera.

"Mae, não é?"

Virou-se para duas mulheres, Dayna e Hillary, que estavam trabalhando na construção de um submersível para Stenton. Mae lembrou-se de ter encontrado as duas em seu primeiro dia de trabalho e desde então vinha recebendo as atualizações delas em sua segunda tela, pelo menos três vezes por dia. Dali a algumas semanas, iam terminar a construção do veículo; Stenton planejava levar a máquina submersível para a Fossa das Marianas.

"Estou acompanhando o progresso de vocês", disse Mae. "Incrível. Estão construindo o submersível aqui mesmo?"

Mae olhou de relance por cima do ombro para conferir se Kalden não tinha escapulido.

"Com os caras do Projeto 9, sim", respondeu Hillary, acenando com a mão para outra parte do campus desconhecida. "É mais seguro construir o submersível aqui para manter em segurança os equipamentos patenteados."

"É a primeira máquina grande o bastante para trazer alguma vida animal de tamanho considerável", disse Dayna.

"E vocês vão junto?"

Dayna e Hillary riram. "Não", respondeu Hillary. "É um veículo construído para um homem e só um homem: Tom Stenton."

Dayna olhou para Hillary com o rabo do olho e depois olhou para Mae. "O custo para construir um equipamento como esse com capacidade para levar mais pessoas é bastante proibitivo."

"Certo", disse Hillary. "Foi o que eu quis dizer."

Quando Mae voltou para a escada de Kalden, levando duas taças de vinho, ele continuava no mesmo lugar, mas de algum jeito tinha conseguido duas taças de vinho por conta própria.

"Passou uma pessoa com uma bandeja", disse ele, e ficou de pé.

Ficaram parados um instante, os dois com as duas mãos ocupadas, e Mae não conseguiu pensar em mais nada para fazer senão brindar tocando as quatro taças, o que eles fizeram.

"Encontrei o pessoal que está fazendo o submersível", disse Mae. "Você conhece?"

Kalden rodou os olhos. Era espantoso. Mae não tinha visto mais ninguém fazer aquilo ali no Círculo.

"O que foi?", perguntou Mae

"Nada", respondeu ele. "Gostou do discurso?", perguntou.

"Aquela história toda da Santos? Gostei. Muito impressionante." Mae tomou cuidado com as palavras. "Acho que vai ser um significativo, eh, momento na história da demo..." Ela parou, vendo que ele sorria. "O que foi?", perguntou.

"Nada", disse ele. "Não precisa fazer um discurso para mim. Ouvi o que Stenton falou. Mas você acha mesmo que é uma boa ideia?"

"Você não acha?"

Ele deu de ombros e esvaziou metade de sua taça. "Só que aquele cara às vezes me deixa preocupado." Em seguida, ciente de que não devia ter falado aquilo a respeito de um dos Sábios, mudou de direção. "É que ele é tão esperto. É intimidador. Você acha mesmo que pareço velho? Quantos anos acha que tenho? Trinta?"

"Não parece tão velho assim", disse Mae.

"Não acredito em você. Sei que pareço."

Mae bebeu de uma de suas taças. Olharam em volta e viram a imagem transmitida pela câmera de Santos. Ela era projetada na parede do fundo. Um grupo de membros do Círculo estava parado olhando, enquanto Santos se misturava com as pessoas a poucos metros dali. Um membro do Círculo encontrou sua própria imagem captada pela câmera da congressista e colocou a mão para cobrir seu segundo rosto, projetado na parede.

Kalden observou com atenção, a testa enrugada. "Hm", disse ele. Inclinou a cabeça, como se fosse um viajante que tenta decifrar alguns estranhos costumes locais. Em seguida se voltou para Mae e olhou para as duas taças dela e para as suas como se só então se desse conta do que havia de engraçado no fato de estarem ambos parados com todas as mãos ocupadas segurando taças. "Vou me livrar desta aqui", falou, e pôs no chão a taça da mão esquerda. Mae fez o mesmo.

"Desculpe", disse ela, sem nenhum motivo. Ela sabia que dali a pouco ia ficar meio alta com o vinho, provavelmente alta demais para conseguir esconder; em seguida viriam decisões ruins. Mae tentou pensar em algo inteligente para dizer, enquanto ainda era capaz.

"Mas então onde é que tudo isso vai parar?", perguntou ela.

"As imagens da câmera?"

"É, ficam armazenadas aqui? Na nuvem?"

"Bem, estão na nuvem, é claro, mas isso tem de ser armazenado num lugar físico também. O material da câmera de Stewart... Espere. Quer ver uma coisa?"

Ele estava descendo a escada, já na metade do caminho, as pernas velozes como as de uma aranha.

"Não sei", disse Mae.

Kalden ergueu os olhos, como se seus sentimentos tivessem sido magoados. "Posso lhe mostrar onde Stewart fica armazenado. Você quer? Não estou levando você para uma masmorra nem nada."

Mae olhou em redor do salão, para ver se achava Dan ou Jared, mas não localizou nenhum dos dois. Mae tinha ficado ali uma hora e tinha sido vista por eles, portanto achou que podia sair. Tirou algumas fotos, postou, mandou uma série de zings, detalhando e comentando os acontecimentos. Depois foi atrás de Kalden, escada abaixo, três andares, para o que ela supôs ser o porão. "Estou confiando mesmo em você", disse ela.

"É bom confiar", disse Kalden, quando se aproximou de uma porta grande e azul. Passou os dedos sobre um sensor na parede e a porta abriu. "Venha."

Ela o seguiu por um corredor comprido e teve a sensação de que estava passando de um prédio para outro, por dentro de uma espécie de túnel bem subterrâneo. Logo surgiu outra porta e mais uma vez Kalden abriu a fechadura com suas impressões digitais. Mae foi atrás dele, quase tonta, intrigada com seu acesso extraordinário àquelas portas, alta demais com o vinho para avaliar a sensatez de ir atrás daquele homem caligráfico por dentro daquele labirinto. Desceram o que Mae calculou serem quatro andares, saíram num outro corredor comprido e depois entraram em outra escada, onde voltaram a descer mais ainda. Logo Mae achou incômodo ficar segurando sua segunda taça de vinho, por isso bebeu tudo.

"Tem algum lugar onde eu possa deixar isto?", perguntou. Sem dizer nenhuma palavra, Kalden pegou a taça e colocou-a no degrau mais baixo da escada que tinham acabado de descer.

Quem era aquela pessoa? Ele tinha acesso a todas as portas que encontrava, mas tinha também um elemento anárquico. Ninguém mais no Círculo largaria uma taça pelo caminho daquele jeito — algo que redundava num gesto grave de poluição — nem daria tamanha escapada no meio de uma festa oficial da empresa. Havia uma parte reprimida de Mae que sabia que Kalden provavelmente era um encrenqueiro ali e que aquilo que os dois estavam fazendo provavelmente era contrário a algumas ou a todas as regras e regulamentos.

"Ainda não sei o que você faz aqui", disse ela.

Estavam andando por um corredor mal iluminado que descia suavemente e que parecia não ter fim.

Ele se virou. "Não faço grande coisa. Vou a reuniões. Escuto, faço avaliações, comentários. Não é muito importante", disse ele enquanto caminhava com agilidade à frente de Mae.

"Você conhece Annie Allerton?"

"Claro. Adoro a Annie." Então se virou para ela. "Ei, você ainda tem aquele limão que lhe dei?"

"Não. Ele não ficou amarelo."

"Ah", disse ele, e seus olhos, por um momento, deixaram de focalizar Mae, como se eles fossem necessários em outro lugar, algum local no fundo de sua própria mente, para um cálculo rápido, mas crucial.

"Onde estamos", perguntou Mae. "Tenho a sensação de que estamos a trezentos metros debaixo da terra."

"Nem tanto", disse ele, enquanto o foco de seus olhos voltavam para ela. "Mas quase. Já ouviu falar do Projeto 9?"

Projeto 9, até onde Mae sabia, era o nome abrangente da pesquisa secreta realizada no Círculo. Tudo, desde tecnologia espacial — Stenton achava que o Círculo podia projetar e construir uma nave espacial reutilizável muito melhor — até o que se comentava na surdina, que seria um plano para implantar e tornar acessíveis quantidades gigantescas de dados de DNA humano.

"É para lá que estamos indo?", perguntou Mae.

"Não", disse ele, e abriu outra porta.

Entraram numa sala ampla, mais ou menos do tamanho de uma quadra de basquete, precariamente iluminada por uma dúzia de refletores apontados para uma enorme caixa vermelha e metálica do tamanho de um ônibus. Todos os lados eram lisos, polidos, toda ela envolta por uma rede de tubos prateados e lustrosos que formavam uma complicada grade à sua volta.

"Parece uma espécie de escultura de Donald Judd", disse Mae.

Kalden virou para ela, o rosto exultante. "Estou muito contente por você ter falado isso. Ele foi uma grande inspiração para mim. Adoro aquele negócio que ele disse um dia: 'As coisas que podem existir existem e tudo está do lado delas'. Você já viu as obras dele ao vivo?"

A familiaridade de Mae com a obra de Donald Judd era apenas superficial — tinham tratado dele por alguns dias nas suas aulas de história da arte —, mas não queria decepcionar Kalden. "Não, mas adoro", disse ela. "Adoro seu peso."

E com isso algo novo surgiu no rosto de Kalden, um novo interesse ou respeito por Mae, como se naquele momento ela tivesse se tornado tridimensional e permanente.

Então Mae estragou tudo. "Ele fez isso para a empresa?", perguntou, apontando com a cabeça para a enorme caixa vermelha.

Kalden riu, depois olhou para ela. Seu interesse não havia se apagado, mas certamente havia diminuído. "Não, não. Ele morreu há décadas. Isto aqui foi só inspirado na sua estética. Na verdade, é uma máquina. Ou, pelo menos, por dentro é uma máquina. É uma unidade de armazenamento."

Olhou para Mae à espera de que ela completasse o pensamento.

Ela não foi capaz.

"Isto é Stewart", disse ele, afinal.

Mae não sabia nada sobre armazenamento de dados, mas tinha uma ideia geral de que o armazenamento de informações podia ser feito num espaço muito menor.

"Tudo isso só para uma pessoa?", perguntou.

"Bem, é o armazenamento dos dados brutos, e também a capacidade de rodar todos os tipos de cenários com esses dados. Cada bit de vídeo está sendo mapeado de cem maneiras diferentes. Tudo que Stewart vê é correlacionado com o resto dos vídeos que temos e isso ajuda a mapear o mundo e tudo que há nele. E, é claro, aquilo que conseguimos por meio das câmeras de Stewart é exponencialmente mais detalhado e estratificado do que qualquer outro dispositivo disponível para o consumidor."

"E por que fica aqui, em vez de ficar armazenado na nuvem ou em algum lugar no deserto?"

"Bem, algumas pessoas gostam de espalhar suas cinzas, outras preferem ter uma urna perto de casa, não é?"

Mae não tinha certeza do que aquilo queria dizer exatamente, mas teve a sensação de que não devia exprimir sua dúvida. "E os tubos são para a eletricidade?", perguntou.

Kalden abriu a boca, fez uma pausa e depois sorriu. "Não, é água. É preciso uma tonelada de água para manter os processadores resfriados. Portanto a água corre por dentro do sistema, resfriando o aparato inteiro. Milhões de litros todo mês. Quer ver a sala de Santos?"

Levou-a pela porta para outra sala idêntica, com outra enorme caixa vermelha dominando o espaço. "Estava planejada para ser de outra pessoa, mas quando Santos se apresentou, acabou destinada a ela."

Mae já havia falado muitas coisas tolas naquela noite e estava se sentindo zonza, por isso não fez as perguntas que queria fazer, como: Por que aquelas coisas ocupavam tanto espaço? E por que usavam tanta água? E se mais cem pessoas quisessem armazenar cada minuto delas — e sem dúvida milhões de pessoas iriam optar por ser transparentes, iriam implorar por isso —, como seria possível dar conta dessa demanda, quando cada vida ocupava tanto espaço? Onde irão guardar todas essas caixas vermelhas?

"Ah, espere, algo está prestes a acontecer", disse Kalden, pegando a mão de Mae e levando-a de volta para a sala de Stewart, onde os dois ficaram parados, escutando o rumor das máquinas.

"Aconteceu?", perguntou Mae, empolgada com a sensação da mão dele, a palma macia e os dedos quentes e compridos.

Kalden ergueu as sobrancelhas, dizendo para ela esperar.

Uma agitação ruidosa veio de cima, o inconfundível movimento da água. Mae olhou para cima, por um momento achou que os dois iam ficar encharcados, mas se deu conta de que era só a água descendo pelos canos, na direção de Stewart, refrigerando tudo o que ele tinha feito e visto.

"É um som muito bonito, não acha?", perguntou Kalden, olhando para ela; seus olhos davam a impressão de que queriam voltar para o lugar onde Mae era algo mais do que efêmera.

"Lindo", respondeu ela. E então, porque o vinho tinha deixado Mae tonta e porque ele tinha acabado de segurar a mão dela, e porque alguma coisa naquele barulho de água havia deixado Mae mais solta, ela segurou o rosto de Kalden nas mãos e beijou seus lábios.

As mãos dele se ergueram e seguraram Mae, tateantes, em torno da cintura, só com a ponta dos dedos, como se ela fosse um balão que ele não quisesse estourar. Porém, por um momento terrível, a boca de Kalden ficou inanimada, atordoada. Mae achou que tinha cometido um erro. Então, como se um feixe de sinais e comandos tivesse finalmente alcançado seu córtex cerebral, os lábios de Kalden despertaram e retribuíram a força do beijo de Mae.

"Espere", disse ele depois de um momento, e se afastou. Acenou com a cabeça para a caixa vermelha que continha Stewart e levou-a pela mão para fora da sala, para um corredor estreito que Mae não tinha visto. Era escuro, sem luz e, à medida que avançavam, a luz da sala de Stewart ia deixando de penetrar ali.

"Agora estou assustada", disse Mae.

"Estamos quase chegando", disse ele.

E então se ouviu o rangido de uma porta de aço. Ao se abrir, revelou uma câmara enorme, iluminada por uma fraca luz azul. Kalden levou Mae através da porta para dentro do que parecia ser uma grande caverna, com nove metros de altura e um teto em abóbada de berço.

"O que é isto?", perguntou Mae.

"Era para ser parte do metrô", respondeu Kalden. "Mas abandonaram a obra. Agora fica assim, vazia, uma estranha combinação de um túnel construído por homens e uma caverna de verdade. Está vendo as estalactites?"

Apontou para o grande vão, onde as estalactites e as estalagmites davam ao túnel o aspecto de uma boca cheia de dentes desiguais.

"E aonde vai dar?", perguntou ela.

"Tem ligação com o túnel que passa por baixo da baía", disse ele. "Já avancei quase um quilômetro por ele, mas dali para a frente tem muita água."

De onde os dois estavam, podiam ver a água negra, um lago raso no chão do túnel.

"Meu palpite é que os Stewarts do futuro virão para cá",

disse ele. "Milhares deles, provavelmente menores. Tenho certeza de que muito em breve eles vão reduzir os contentores ao tamanho de uma pessoa."

Olharam juntos para o túnel e Mae imaginou a cena, uma rede interminável de caixas vermelhas de aço se estendendo na escuridão.

Kalden olhou de novo para ela. "Não pode contar para ninguém que eu trouxe você para cá."

"Não vou contar", disse Mae, e então se deu conta de que, para manter essa promessa, teria de mentir para Annie. No momento, parecia um preço pequeno a pagar. Queria beijar Kalden de novo e segurou de novo seu rosto entre as mãos, baixou-o para o seu rosto e abriu a boca para a dele. Fechou os olhos e imaginou a caverna comprida, a luz azul no alto, a água escura embaixo.

E então, nas sombras, longe de Stewart, algo em Kalden se modificou e suas mãos se tornaram mais resolutas. Ele a segurou e puxou-a mais para junto de si, as mãos ganharam força. A boca separou-se da de Mae, correu pela bochecha e pousou no pescoço, se deteve ali e subiu até a orelha; o hálito de Kalden estava quente. Mae tentou retribuir, segurando a cabeça dele entre as mãos, explorando seu pescoço, suas costas, mas ele estava no comando, ele tinha planos. Sua mão direita estava na região lombar de Mae, a puxava para junto de si, onde ela sentiu a rigidez dele pressionando sua barriga.

E então ela foi erguida. Ela estava no ar, e ele a carregava, enquanto ela cingia suas pernas em torno de Kalden e ele andava decidido rumo a algum ponto atrás dela. Mae abriu os olhos por um instante, depois fechou, não queria saber aonde ele a levava, confiava nele, embora soubesse que aquilo era errado, confiar nele num subterrâneo tão profundo, um homem que ela nem conseguia saber onde encontrar, cujo nome completo ela não fazia ideia.

Então ele a baixou e Mae moveu os braços achando que ia sentir a pedra do chão da caverna embaixo de si, mas em vez disso sentiu a superfície macia de uma espécie de colchão. Agora ela abriu os olhos. Estavam numa alcova, uma caverna dentro da caverna, a um ou dois metros acima do chão, entalhada na parede da caverna. Estava cheia de lençóis e travesseiros, e Kalden acomodou Mae sobre eles.

"É aqui que você dorme?", perguntou ela, achando aquilo quase lógico, em seu estado febril.

"Às vezes", disse ele, respirando fogo na orelha de Mae.

Ela se lembrou dos preservativos que ganhara da dra. Villalobos em seu consultório. "Eu tenho uma coisa", disse ela.

"Bom", disse ele, e pegou um deles, abriu a embalagem enquanto Mae puxava a calça de Kalden para baixo.

Com dois movimentos rápidos, ele tirou a calça e a calcinha de Mae e jogou-as para o lado. Enfiou a cara na barriga de Mae, suas mãos seguravam a parte de trás das coxas dela, os dedos de Kalden rastejaram para cima, para dentro.

"Volte aqui para cima", disse ela.

Kalden fez isso e sibilou em seu ouvido: "Mae".

Ela não conseguia formar palavras.

"Mae", disse ele outra vez, ao mesmo tempo que ela perdia a noção de si mesma com ele.

Ela acordou no dormitório e primeiro imaginou que havia sonhado tudo aquilo, todos os momentos: as câmaras subterrâneas, a água, as caixas vermelhas, a mão na sua lombar e depois a cama, os travesseiros na caverna — nada daquilo parecia plausível. Era o tipo de combinação de detalhes aleatórios que os sonhos costumavam experimentar, nenhum deles possível no mundo real.

Mas quando levantou, tomou uma ducha e trocou de roupa, se deu conta de que tudo havia acontecido da maneira como se lembrava. Tinha beijado aquela pessoa, Kalden, de quem ela sabia muito pouco, e ele a havia conduzido não só por uma série de câmeras de alta segurança, mas para uma sala escura, onde os dois se perderam um no outro durante horas e adormeceram.

Ligou para Annie. "Aconteceu."

"Quem? Você e o velho?"

"Ele não é velho."

"Não tinha cheiro de mofo? Ele não falou do seu marca-passo ou das suas fraldas? Não vá me dizer que ele morreu em cima de você."

"Não tem nem trinta anos."

"E dessa vez conseguiu saber o sobrenome dele?"

"Não, mas ele me deu o número de um telefone para eu ligar."

"Puxa, isso é fino. E você já tentou?"

"Ainda não."

"Ainda não?"

Mae sentiu um frio na barriga. Annie bufou com força.

"Você sabe que estou preocupada com a possibilidade de ele ser uma espécie de espião ou olheiro. Você confirmou se ele é legítimo?"

"Confirmei. Trabalha no Círculo. Disse que conhecia você e tem acesso a uma porção de lugares. Ele é normal. Talvez um pouco excêntrico."

"Acesso a lugares? O que você quer dizer?" O tom de voz de Annie ganhou uma rispidez nova.

Naquele momento, Mae entendeu que teria de começar a mentir para Annie. Mae queria estar com Kalden outra vez, queria se jogar sobre ele naquele mesmo instante e não queria que Annie fizesse nada que pusesse em risco seu acesso a Kalden, seus ombros largos, sua silhueta elegante.

"Só quis dizer que ele sabia como se deslocar, conhecia os lugares", disse Mae. Havia uma parte dela que achava que Kalden podia de fato estar ali de forma ilegal, que ele era uma espécie de intruso e, numa súbita revelação, se deu conta de que ele podia mesmo estar morando naquela estranha toca subterrânea. Podia representar algum tipo de poder contrário ao Círculo. Talvez trabalhasse para a senadora Williamson em algum cargo, ou para algum possível concorrente do Círculo. Talvez fosse um mero blogueiro xereta zé-ninguém que queria ficar mais perto da máquina no centro do mundo.

"E aconteceu onde? No dormitório?"

"É", disse Mae. Não era tão difícil mentir desse modo.

"E ele passou a noite toda com você?"

"Não, teve de ir embora." E, percebendo que quanto mais tempo ficasse falando com Annie, mais mentiras teria de contar, Mae inventou um motivo para desligar. "Hoje eu tenho de me encarregar da Pesquisa do Círculo", disse ela. O que era mais ou menos verdade.

"Me ligue depois. E você precisa conseguir o nome dele."

"Tá legal."

"Mae, não sou sua chefe. Não quero ser sua supervisora nem nada. Mas a empresa precisa saber quem é esse cara. A segurança da empresa é uma coisa que temos de levar a sério. Vamos descobrir quem é ele hoje, está bem?" A voz de Annie tinha mudado; soava como a de um superior descontente. Mae conteve sua raiva e desligou.

Mae ligou para o telefone que Kalden lhe dera. Mas quando ligou, o telefone tocou sem parar. Não havia correio de voz. E mais uma vez Mae se deu conta de que não tinha nenhum meio de entrar em contato com ele. De modo intermitente, durante a noite, ela pensou em perguntar seu sobrenome, pedir qualquer outro tipo de informação, mas o momento nunca parecia conveniente e ele também não perguntou o sobrenome dela, e Mae supôs que, na hora em que fossem se despedir, iriam trocar essas informações. Mas depois acabou esquecendo. Pelo menos ela esqueceu. Afinal, como foi que os dois se separaram? Kalden levou-a aos dormitórios, beijou-a de novo ali, na porta. Ou talvez não. Mae pensou de novo e recordou que ele tinha feito a mesma coisa que fizera antes: puxou-a para o canto, fora do alcance da luz da porta, e beijou-a quatro vezes, na testa, no queixo, nas bochechas, o sinal da cruz. Em seguida desvencilhou-se dela e sumiu nas sombras perto da cascata, a mesma onde Francis tinha encontrado o vinho.

Durante o almoço, Mae foi à Revolução Cultural, onde, por ordem de Jared, Josiah e Denise, ela seria preparada para responder as Pesquisas do Círculo. Garantiram a ela que aquilo era uma recompensa, uma honra, e algo bastante agradável — ser um dos membros do Círculo a quem se indagava quais eram seus gostos, suas preferências, seus hábitos de consumo e seus planos, para que as informações fossem usadas em benefício dos clientes do Círculo.

"Esse é de fato o passo correto em sua carreira", dissera Josiah.

Denise havia confirmado com um movimento de cabeça. "Acho que você vai adorar."

Pete Ramirez era um homem discretamente bonito, uns poucos anos mais velho do que Mae, cuja sala parecia não ter mesa nenhuma, nenhuma cadeira nem ângulos retos. Era redonda e, quando Mae entrou, ele estava de pé, falando em um headset, brandindo no ar um bastão de beisebol e olhando pela janela. Acenou para Mae entrar e terminou seu telefonema. Continuava com o bastão na mão esquerda quando apertou a mão dela com a direita.

"Mae Holland. Que bom receber você. Sei que está em horário de almoço, portanto vamos ser rápidos. Você será liberada em sete minutos, se perdoar meu jeito brusco, está bem?"

"Está bem."

"Ótimo. Você sabe por que está aqui?"

"Acho que sim."

"Está aqui porque suas opiniões são valorizadas. São tão valorizadas que o mundo precisa conhecê-las — suas opiniões sobre quase tudo. Isso não é lisonjeador?"

Mae sorriu. "É sim."

"Muito bem, está vendo este headset que estou usando?"

Apontou para o equipamento em sua cabeça. Uma haste da finura de um cabelo, com um microfone na ponta, seguia a linha de seu zigoma.

"Vou pôr em você esse mesmo aparelhinho simpático. Que tal, não é legal?" Mae sorriu, mas Pete não estava esperando respostas. Instalou um headset idêntico ao seu por cima do cabelo de Mae e ajustou o microfone.

"Pode falar alguma coisa para eu regular o volume?"

Ele não tinha nenhum tablet ou monitor visível, portanto Mae supôs que estivesse todo concentrado no dispositivo retinal — o primeiro que ela via.

"Diga-me o que comeu no café da manhã."

"Uma banana, granola", respondeu.

"Ótimo. Primeiro vamos decidir o som de aviso. Você tem um som preferido para seus alertas? Como um trinado, um trítono ou algo assim?"

"Talvez um trinado padrão?"

"O trinado é este aqui", disse ele, e Mae ouviu o som em seus fones.

"Serve."

"Devia ser melhor do que servir. Você vai ouvir isso muitas vezes. Você quer ter certeza. Experimente mais alguns."

Ouviram mais uma porção de opções, por fim ficaram com o som de um minúsculo sino, longínquo e com uma reverberação intrigante, como se tivesse sido tocado numa igrejinha remota.

"Ótimo", disse Pete. "Agora permita que eu explique como funciona. A ideia é sentir o pulso de uma amostra seleta de membros do Círculo. Esse trabalho é importante. Você foi escolhida porque suas opiniões são cruciais para nós e para nossos clientes. As respostas que você fornecer vão nos ajudar a moldar nossos serviços às necessidades deles. Está bem?"

Mae começou a responder, mas ele já estava começando a falar outra vez.

"Portanto toda vez que ouvir o sino, fará que sim com a cabeça e o fone vai registrar seu movimento e você ouvirá a pergunta pelo fone. Você vai responder a pergunta em inglês-padrão. Em muitos casos você ouvirá uma pergunta estruturada para receber uma das duas respostas-padrão, *sorriso* e *cara feia*. O receptor de voz é minuciosamente ajustado para essas duas respostas, portanto não precisa se preocupar se murmurar. E é claro que você não vai ter problema com nenhuma resposta, se pronunciar com clareza. Quer experimentar?"

Mae fez que sim com a cabeça. Ao ouvir o sino, assentiu de novo, e uma pergunta chegou pelos fones. "O que acha de sapatos?"

Mae sorriu e depois falou: "Sorriso".

Pete piscou para ela. "Essa foi fácil."

A voz perguntou: "O que acha de sapatos sociais?".

Mae disse: "Sorriso".

Pete levantou a mão em sinal de pausa. "É claro que a maioria das perguntas não estará sujeitas a uma das três respostas-padrão: *sorriso, cara feia* ou *tanto faz*. Você pode responder qualquer pergunta com mais detalhes. A pergunta seguinte vai exigir mais de você. Lá vai."

"Quantas vezes você compra sapatos novos?"

Mae respondeu: "Uma vez a cada dois meses", e veio o som de um sininho.

"Ouvi um sino. Isso é bom?"

"Sim, desculpe", disse ele. "Eu acabei de ativar o sino, o que significa que sua resposta foi ouvida e gravada e que a pergunta seguinte está pronta. Então você pode fazer que sim outra vez, o que vai levá-la à pergunta seguinte, ou então pode esperar o chamado."

"Qual é a diferença?"

"Bem, você tem uma certa, bem, não quero dizer *cota*, mas há um número de perguntas respondidas que seria o ideal e o esperado de você num dia de trabalho normal. Digamos que sejam quinhentas, mas podem ser mais, podem ser menos. Você também pode responder no seu próprio ritmo, concentrando tudo em determinando momento ou espalhando as perguntas pelo tempo do dia de trabalho. A maioria das pessoas consegue responder quinhentas em uma hora, portanto não é nada tão estressante. Ou então pode esperar os alertas, que vão vir caso o programa ache que você deva acelerar o ritmo. Alguma vez você já respondeu um daqueles questionários on-line do departamento de trânsito?"

Mae já tinha respondido. Haviam sido duzentas perguntas e estava previsto um tempo de duas horas para responder tudo. Ela terminou o questionário em vinte e cinco minutos. "Sim", respondeu.

"Pois isso é a mesma coisa. Tenho certeza de que você vai

conseguir dar conta das perguntas do dia com toda facilidade. É claro, podemos aumentar o ritmo se você pegar bastante embalo. Certo?"

"Certo", disse ela.

"Então, se por acaso você estiver ocupada, depois de um tempo, vai soar um segundo aviso, que relembra que você deve voltar às perguntas. Esse sinal tem de ser diferente. Quer escolher o segundo som?"

E assim ouviram os sons outra vez e ela escolheu uma distante buzina de nevoeiro.

"Ou então", disse ele, "tem um outro som aqui que algumas pessoas escolhem. Veja só isso. Na verdade, espere um segundo." Ele desviou os olhos de Mae e falou em seu microfone. "Demonstração de voz M-A-E." Então virou de novo para Mae. "Muito bem, lá vai."

Mae ouviu a própria voz falar seu nome, num tom um pouco acima de um sussurro. Era muito íntimo e fez um arrepio estranho correr por seu corpo.

"É sua própria voz não é?"

Mae ficou ruborizada, perplexa — não soava como ela nem de longe —, mas conseguiu assentir.

"O programa faz uma captura de voz do seu microfone e depois podemos formar qualquer palavra. Até seu próprio nome! Então esse vai ser seu segundo som de alerta?"

"Sim", disse Mae. Ela não tinha certeza de querer ouvir a própria voz dizendo o próprio nome repetidamente, mas também sabia que queria ouvir aquilo de novo o quanto antes. Era tão estranho, apenas alguns centímetros distante do normal.

"Muito bem", disse Pete. "Portanto, encerramos. Pode voltar para sua mesa e logo o primeiro sino vai tocar. E você vai responder o maior número de perguntas que puder esta tarde, sem dúvida as primeiras quinhentas. Está certo?"

"Certo."

"Ah, e quando você voltar à sua mesa, verá uma tela nova. De vez em quando, se necessário, uma ou outra pergunta será acompanhada por uma imagem. Mas restringimos isso ao máximo, porque sabemos que você precisa se concentrar."

Quando Mae voltou à sua mesa de trabalho, uma tela nova, sua quinta, tinha sido instalada à direita da tela com as perguntas de seus novatos aprendizes. Mae tinha alguns minutos antes de dar uma da tarde, por isso resolveu testar o sistema. O primeiro sino tocou e ela assentiu. Uma voz de mulher, que soava como uma locutora de rádio de notícias, perguntou: "Nas férias, você tende a relaxar em uma praia ou em um hotel de luxo, ou prefere aventura, como um rafting em um rio de corredeira?".

Mae respondeu: "Aventura".

Um sininho tocou, suave e agradável.

"Obrigada. Que tipo de aventura?", perguntou a voz.

"Rafting", respondeu Mae.

Mais um sininho. Mae fez que sim com a cabeça.

"Obrigada. Para fazer rafting, você prefere um passeio de vários dias, dormindo num acampamento, ou um passeio de um só dia?"

Mae ergueu os olhos e viu que a sala estava se enchendo com o resto de sua equipe, que voltava do almoço. Eram 12h58.

"Vários dias", respondeu.

Outro sino. Mae fez que sim com a cabeça.

"Obrigada. O que acha de uma viagem pelo Grand Canyon?"

"Sorriso."

O sino tocou de leve. Mae fez que sim.

"Obrigada. Você estaria disposta a pagar mil e duzentos dólares por uma viagem de uma semana pelo Grand Canyon?", perguntou a voz.

"Tanto faz", disse Mae, e ergueu os olhos para ver Jared, de pé em cima de sua cadeira.

"Abrir as comportas!", gritou ele.

Quase imediatamente, surgiram doze perguntas dos clientes. Mae respondeu a primeira, ganhou nota 92, enviou um questionário de confirmação e sua nota subiu para 97. Respondeu às duas perguntas seguintes e obteve nota 96.

"Mae."

Era uma voz de mulher. Ela olhou em volta, achando que podia ser Renata. Mas não havia ninguém a seu lado.

"Mae."

Então se deu conta de que era sua própria voz, o sinal de alerta que ela mesma havia combinado usar. Soou mais alto do que esperava, mais alto do que as perguntas ou o sino, no entanto era sedutor, atraente. Mae baixou o volume do fone e a voz soou de novo: "Mae".

Agora, com o volume mais baixo, não soava nem de longe tão fascinante, por isso ela aumentou o volume ao nível de antes.

"Mae."

Era sua voz, ela sabia, mas por algum motivo estava menos parecida com a voz dela e mais parecida com a de uma versão mais velha dela mesma. Mae teve a ideia de que, se tivesse uma irmã mais velha, uma irmã que tivesse visto mais coisas na vida do que ela, sua voz seria assim.

"Mae", disse a voz outra vez.

A voz parecia erguer Mae da cadeira e fazê-la rodopiar. Toda vez que ouvia a voz, seu coração acelerava.

"Mae."

"Sim", respondeu ela afinal.

Mas nada aconteceu. Não estava programada para responder perguntas. Não tinham dito a Mae como devia reagir. Experimentou fazer que sim com a cabeça. "Obrigada, Mae", disse sua própria voz, e o sino tocou.

"Você estaria disposta a pagar mil e duzentos dólares por uma viagem de uma semana pelo Grand Canyon?", perguntou de novo a primeira voz.

"Sim."

O sino tocou.

Foi tudo muito fácil de assimilar. No primeiro dia, ela deu conta de 652 perguntas da pesquisa, recebendo mensagens de parabéns de Pete Ramirez, Dan e Jared. Sentindo-se forte e querendo impressioná-los mais ainda, Mae respondeu 820 perguntas no dia seguinte e 991 no terceiro dia. Não foi difícil e o reconhecimento dava uma sensação boa. Pete lhe disse quanto os clientes estavam apreciando suas informações, seu entusiasmo e sua lucidez. A aptidão de Mae para o programa estava tornando mais fácil expandir a pesquisa para os outros membros da sua equipe e, no fim da segunda semana, uma dúzia de pessoas na sala também estava respondendo as perguntas da pesquisa. Levou mais ou menos um dia para ela se acostumar a ver tanta gente fazendo que sim com a cabeça com tanta frequência — e com estilos variados, alguns com meneios bruscos semelhantes a passarinhos, outros de maneira mais suave —, mas logo se tornou algo normal, como o resto da rotina deles, que envolvia digitar, ficar sentado e ver seu trabalho aparecer numa porção de telas diferentes. Em certos momentos, havia a imagem feliz de um bando de cabeças fazendo que sim, no que parecia ser um uníssono, como se uma música comum estivesse tocando na cabeça de todos.

A camada extra de trabalho das Pesquisas do Círculo ajudou a distrair Mae dos pensamentos sobre Kalden, que ainda não havia entrado em contato com ela nem tinha atendido seus telefonemas. Mae parou de ligar depois de dois dias e resolveu que não ia falar do assunto com Annie nem com ninguém. Seus pensamentos sobre Kalden seguiram um caminho semelhante ao que haviam tomado após seu primeiro encontro, na apresentação do circo. Primeiro, ela achou intrigante, até original, o fato de Kalden ser uma pessoa inacessível. Mas, depois de três dias, aquilo lhe pareceu voluntarioso e adolescente. No quarto dia, Mae se cansou da brincadeira. Qualquer um que sumisse daquele jeito não podia ser uma pessoa séria. Ele não levava Mae a sério, nem o que ela sentia. Kalden tinha parecido extremamente sensível todas as vezes que os dois se encontraram, mas depois, quando estavam distantes, sua ausência, por ser total — e porque a ausência total de comunicação num lugar como o Círculo era algo muito difícil — dava a sensação de uma violência. Muito embora Kalden fosse o único homem pelo qual ela sentia de fato tesão, mesmo assim Mae estava cheia daquela história. Preferia alguém mais sem graça, contanto que fosse alguém acessível, familiar, localizável.

Enquanto isso, Mae aprimorava seu desempenho na Pesquisa do Círculo. Como os números da pesquisa de seus pares ficavam acessíveis, a competição era saudável e mantinha todos eles afiados. A média de Mae era de 1345 perguntas por dia, a segunda maior média, só perdia para um novato chamado Sebastian, que ficava sentado no canto e nunca saía da mesa nem para almoçar. Como Mae continuava a atender o enxame de dúvidas dos novatos na sua quarta tela, sentia-se bem com o segundo lugar naquela categoria. Sobretudo por seu ranking de participação ter se mantido em 1900 durante o mês inteiro e Sebastian ainda ter de romper a barreira dos 4000.

Mae estava tentando abrir caminho para a faixa dos 1800 numa tarde de terça-feira, comentando centenas de fotos e posts do Círculo Interno, quando viu uma figura ao longe, encostada na maçaneta da porta, no fundo da sala. Era um homem que usava a mesma camisa listrada que Kalden tinha vestido na última vez que o tinha visto. Estava de braços cruzados, a cabeça inclinada, como se estivesse vendo uma coisa que não conseguia entender de jeito nenhum ou em que não conseguia acreditar. Mae tinha certeza de que era Kalden e se esqueceu de respirar. Antes que fosse capaz de imaginar uma reação menos ansiosa, acenou com a mão e ele acenou em resposta, erguendo a mão só um pouco acima da cintura.

"Mae", disse a voz no headset.

E naquele momento a figura na porta girou e se foi.

"Mae", disse a voz outra vez.

Ela tirou o headset e correu até a porta onde tinha visto Kalden, mas ele tinha ido embora. Instintivamente, Mae foi ao banheiro onde o havia encontrado pela primeira vez, porém Kalden também não estava lá.

Quando voltou à sua mesa de trabalho, havia uma pessoa em sua cadeira. Era Francis.

"Ainda sinto muito", disse ele.

Mae olhou para ele. As sobrancelhas grossas, o nariz de quilha de barco, o sorriso hesitante. Mae suspirou e observou-o. Aquele sorriso, ela se deu conta, era o sorriso de alguém que nunca tinha certeza de ter entendido bem a piada. No entanto, nos últimos dias, Mae tinha pensado em Francis, no contraste profundo que havia entre ele e Kalden. Kalden era um fantasma que queria que Mae o perseguisse, ao passo que Francis estava muito disponível, totalmente isento de mistério. Em um ou dois momentos de fraqueza, Mae tinha se perguntado o que faria na próxima vez que o visse. Sucumbiria à presença fácil de Francis, ao simples fato de que ele desejava estar perto dela? A pergunta andara na cabeça de Mae durante dias, mas só agora ela sabia a resposta. Não. Ele continuava a lhe causar repulsa. Sua docilidade. Sua voz de súplica. Seu impulso de roubar.

"Deletou o vídeo?", perguntou Mae.

"Não", respondeu. "Você sabe que não posso." Então ele sorriu, girando em sua cadeira. Ele achava que os dois iam se tratar amigavelmente. "Você recebeu uma pergunta do Círculo Interno e eu respondi. Eu acho que você aprova que o Círculo envie ajuda para o Iêmen, né?"

Por um instante, pensou em enfiar um murro na cara dele.

"Por favor, vá embora", disse ela.

"Mae. Ninguém viu o vídeo. É só uma parte do arquivo. É um entre dez mil clips que as pessoas sobem todos os dias só aqui no Círculo. Um de um bilhão no mundo inteiro, todos os dias."

"Sei, mas eu não quero ser um desse bilhão."

"Mae, você sabe que tecnicamente nenhum de nós detém mais a posse desse vídeo. Eu não conseguiria deletar se tentasse. É como uma notícia. Uma pessoa não é dona da notícia, mesmo quando é algo que acontece com ela. Nós não somos donos de nossa história. Faz parte do registro coletivo agora."

A cabeça de Mae estava à beira de explodir. "Preciso trabalhar", disse ela, se controlando para não lhe dar um tapa. "Você pode ir embora?"

Agora pela primeira vez ele pareceu se dar conta de que Mae realmente o detestava e não o queria perto de si. O rosto de Francis se contraiu numa espécie de beicinho de criança. Ele olhou para baixo. "Você soube que aprovaram o ChildTrack em Las Vegas?"

E Mae teve pena dele, ainda que só por um rápido momento. Francis era um homem desesperado, que nunca tivera infância, que sem dúvida havia tentado a vida inteira agradar todos à sua volta, a sucessão de pais e mães adotivos que não tinham nenhuma intenção de ficar com ele.

"Que ótimo, Francis", disse ela.

O início de um sorriso ergueu o rosto de Francis. Na esperança de que aquilo o apaziguasse e permitisse que ela voltasse ao trabalho, Mae foi além. "Você está salvando muitas vidas."

Dessa vez ele abriu um sorriso largo. "Sabe, daqui a seis meses, tudo poderá estar resolvido. Poderá estar terminado em toda parte. Saturação total. Todas as crianças rastreáveis, todas as crianças em segurança para sempre. Stenton em pessoa me disse isso. Sabe que ele visitou meu laboratório? Está pessoalmente interessado no assunto. E parece que podem mudar o nome do programa para TruYouth. Entendeu o jogo de palavras? TruYou, TruYouth, 'juventude' em vez de 'você'."

"Que bom, Francis", disse Mae, seu corpo dominado por uma onda de afeição por ele, uma mistura de empatia, pena e admiração. "A gente se fala depois."

Avanços como aquele do projeto de Francis estavam acontecendo com incrível frequência no decorrer daquelas semanas. Corriam rumores na empresa de que o Círculo, em particular Stenton, iria assumir a administração de San Vincenzo. Fazia sentido, pois a maior parte dos serviços públicos da cidade era financiada pela empresa ou tinha sido aprimorada por ela. Diziam que os engenheiros do Projeto 9 tinham imaginado um modo de substituir a barafunda aleatória de nossos sonhos noturnos por pensamentos organizados e pela solução de problemas da vida real. Outra equipe do Círculo estava perto de descobrir como desmantelar os tornados na hora em que se formavam. E havia também o projeto favorito de todo mundo, já em andamento fazia meses: a contagem dos grãos de areia do Saara. O mundo precisava mesmo daquilo? A utilidade do projeto não era algo imediatamente claro, mas os Sábios tinham certo senso de humor a respeito do assunto. Stenton, que dera início à empreitada, chamava o projeto de travessura, algo que estavam fazendo, acima de tudo, para ver se podia ser feito — embora não parecesse haver nenhuma dúvida que podia, em vista dos algoritmos fáceis envolvidos — e apenas secundariamente para obter algum proveito científico. Mae compreendia aquilo da mesma forma que a maioria dos membros do Círculo: como uma demonstração de força e de que, com a vontade, a inventividade e os recursos econômicos do Círculo, nenhuma pergunta do mundo ficaria sem resposta. E assim, durante o outono, com um toque de teatralidade — deixaram o processo se arrastar por mais tempo do que o necessário, pois levaram só três semanas para contar —, por fim revelaram o número de grãos de areia do Saara, um número comicamente grande e que, em termos imediatos, não significava grande coisa para ninguém, senão a confirmação de que o Círculo fazia aquilo que dizia que ia fazer. Cumpriam o que diziam e com uma rapidez e uma eficiência espetaculares.

O principal avanço, algo que o próprio Bailey divulgava em zings em intervalos de poucas horas, era a rápida proliferação de outros líderes eleitos, nos Estados Unidos e no mundo todo, que tinham optado por viver às claras. Para a maioria das pessoas, se tratava de uma progressão inexorável. Quando Santos anunciou sua nova transparência, houve cobertura da mídia, mas não o tipo de explosão que todos no Círculo esperavam. Porém depois, à medida que as pessoas se registravam no site e passavam a assistir, e começaram a se dar conta de que ela estava levando aquilo rigorosamente a sério — que ela estava deixando que o público visse e ouvisse exatamente o que se passava durante seu dia, sem filtros e sem censura —, o índice de audiência aumentou de modo exponencial. Santos postava sua programação todos os dias, e na segunda semana, quando se encontrou com um grupo de lobistas que queria fazer perfurações de poços na tundra do Alasca, havia milhões de pessoas assistindo. Ela foi franca com os lobistas, evitou tudo que parecesse pregação ou concessões. Foi muito franca, fez as perguntas que teria feito a portas fechadas, a tal ponto que causou sensação e animou mais ainda os índices de audiência.

No terceira semana, vinte e um líderes eleitos nos Estados Unidos pediram ao Círculo que os ajudasse a se tornar transparentes. Havia um prefeito em Saratosa. Um senador do Havaí e, o que não foi surpresa, os dois senadores da Califórnia. Toda a câmara municipal de San Jose. O administrador municipal de Independence, no Kansas. E toda vez que um deles selava seu compromisso, os Sábios zingavam a respeito e ocorria uma entrevista coletiva organizada às pressas, para mostrar o momento exato em que eles passavam a ser transparentes. No fim do primeiro mês, havia milhares de pedidos do mundo inteiro. Stenton e Bailey disseram ter ficado espantados, lisonjeados, desconcertados, mas que haviam sido apanhados desprevenidos. O Círculo não era capaz de atender aquela demanda toda. Mas se esforçavam para isso.

A produção das câmeras, ainda inacessíveis para os consumidores comuns, passou a ser feita num ritmo acelerado. A fábrica, na província de Guangdong, na China, aumentou os turnos de trabalho e deu início à construção de uma segunda unidade a fim de quadriplicar sua capacidade de produção. Toda vez que uma câmera era instalada e um novo líder se tornava transparente, havia mais uma declaração de Stenton, mais uma comemoração, e o índice de audiência aumentava. No fim da quinta semana, havia 16 188 políticos eleitos, de Lincoln até Lahore, que haviam se tornado completamente transparentes, e a lista de espera crescia.

A pressão sobre os que não se tornaram transparentes variava de educada a opressiva. A pergunta, feita por especialistas e eleitores, era óbvia e clamorosa: Se você não é transparente, o que está escondendo? Embora alguns cidadãos e comentaristas fizessem objeções com base na privacidade, afirmando que o governo, em quase todos os níveis, sempre havia precisado fazer coisas de modo privado em nome da segurança e da eficiência, o ímpeto geral esmagou todos argumentos desse tipo e a progressão continuou. Se eles não estavam trabalhando às claras, o que estavam fazendo nas sombras?

E havia uma coisa maravilhosa que tendia a acontecer, algo que dava a impressão de ser uma justiça poética: toda vez que alguém começava a gritar contra o suposto monopólio do Círculo ou contra a indevida monetização dos dados pessoais de seus usuários, ou alguma outra acusação paranoica e comprovadamente falsa, em pouco tempo se revelava que essa pessoa era um criminoso ou um depravado do nível mais grave. Um estava ligado a uma rede de terrorismo no Irã. Outro era comprador de pornografia infantil. Pelo visto, aquelas pessoas sempre acabavam virando notícia, imagens no noticiário da tevê, em que investigadores saíam de suas casas carregando computadores, nos quais inúmeras buscas indescritíveis tinham sido executadas e onde estavam armazenadas toneladas de material ilegal ou inadequado. E aquilo fazia sentido. Quem mais senão alguém de personalidade marginal tentaria impedir o inexorável aprimoramento do mundo?

Em poucas semanas, os detentores de cargos públicos não transparentes eram tratados como párias. Os transparentes não se encontravam com eles, se não aceitassem ficar sob o foco das câmeras, e assim aqueles líderes acabaram sendo excluídos. Os eleitores se perguntavam o que eles estavam escondendo e sua condenação eleitoral estava praticamente garantida. Em qualquer ciclo eleitoral vindouro, poucos se atreveriam a concorrer sem declarar sua transparência — e, era o que se supunha —, aquilo iria aprimorar de forma permanente e imediata a qualidade dos candidatos. Nunca mais existiriam políticos sem responsabilização instantânea e completa, porque suas palavras e ações seriam conhecidas, registradas e estariam fora de discussão. Não haveria mais porta dos fundos nem negociatas obscuras. Só haveria clareza, só luz.

Era inevitável que a transparência também chegasse ao Círculo. À medida que a transparência entre ocupantes de cargos eletivos proliferava, surgiram rumores dentro e fora da empresa: E quanto ao próprio Círculo? Sim, dizia Bailey, em público e para os membros do Círculo, também temos de ser transparentes. Também temos de ser abertos. E assim teve início o próprio plano de transparência do Círculo, que começou com a instalação de mil câmeras SeeChange no campus. Foram instaladas primeiro em salas comuns, cafeterias e espaços ao ar livre. Depois, quando os Sábios já haviam avaliado quaisquer problemas que aquilo pudesse acarretar para a proteção da propriedade intelectual, as câmeras foram instaladas em corredores, áreas de serviço e até em laboratórios. A saturação não foi completa — ainda havia centenas de espaços mais sensíveis sem acesso, e as câmeras estavam proibidas em banheiros e outros ambientes privados, mas afora isso o campus, aos olhos de mais ou menos um bilhão de usuários do Círculo, tornou-se de repente claro e aberto, e os devotos do Círculo, que já se sentiam leais à empresa e subjugados por sua mística, agora se sentiram mais próximos, participantes de um mundo aberto e receptivo.

Havia oito câmeras na sala da equipe de Mae e, horas depois de começarem a transmitir as imagens ao vivo, ela e todos na sala ganharam mais uma tela, na qual podiam ver uma grade com as imagens deles mesmos e podiam abrir qualquer imagem do campus. Podiam ver se sua mesa predileta na Lanchonete de Vidro estava vaga. Podiam ver se a academia de ginástica estava lotada. Podiam ver se a partida de *kickball*, que estava em andamento, era um jogo sério ou só para pernas de pau. E Mae ficou surpresa de ver como a vida no campus era interessante para as pessoas de fora. Em poucas horas, ela recebia mensagens de amigas do colégio e da faculdade que a haviam localizado, que agora podiam ver o trabalho de Mae. Sua professora de educação física no ensino médio, que certa vez tinha achado que Mae não levava a sério os testes de condicionamento físico do programa nacional de incentivo ao esporte, agora parecia impressionada. *Que bom ver você trabalhando tão a sério, Mae!* Um cara que Mae tinha namorado brevemente na faculdade escreveu: *Você nunca sai dessa mesa?*

Mae começou a pensar mais a sério a respeito das roupas que vestia no trabalho. Pensava melhor onde se coçava e quando e como assoava o nariz. Mas era um tipo bom de pensamento, um tipo bom de ajuste. E saber que era observada, que os membros do Círculo eram vistos dia e noite, o local de trabalho mais visualizado no mundo inteiro, fazia Mae lembrar, com mais profundidade do que nunca, como sua vida tinha mudado de forma radical em tão poucos meses. Doze semanas antes, Mae estava trabalhando numa empresa prestadora de serviços públicos em sua cidade natal, uma cidadezinha da qual ninguém ouvira falar. Agora estava se comunicando com clientes de todo o planeta, no comando de seis telas, treinando um novo grupo de novatos, e como um todo sentia-se mais necessária, mais valorizada e mais estimulada intelectualmente do que jamais pensara ser possível.

E com as ferramentas que o Círculo punha à sua disposição, Mae sentia-se capaz de influenciar os eventos globais, até salvar vidas, em quase todo o mundo. Naquela mesma manhã, havia chegado uma mensagem de uma amiga da faculdade, Tania Schwartz, pedindo ajuda para uma iniciativa que sua irmã estava liderando. Havia um grupo paramilitar na Guatemala, alguma ressurreição das forças terroristas dos anos 80, e eles andavam atacando aldeias e capturando mulheres. Uma mulher, Ana María Herrera, tinha fugido e falado dos rituais de estupro, das adolescentes que eram transformadas em concubinas e dos assassinatos daquelas que não aceitavam cooperar. Tania, a amiga de Mae, nunca tinha sido uma ativista no tempo da faculdade, mas disse que tinha sido compelida a agir por causa daquelas atrocidades e estava pedindo a todo mundo que conhecia para se integrar a uma iniciativa chamada Nós Ouvimos Você, Ana María. *Ela precisa saber que tem amigos no mundo inteiro que não vão aceitar isso*, dizia a mensagem de Tania.

Mae viu uma foto de Ana María, sentada num quarto branco, numa cadeira dobrável, olhando para cima, inexpressiva, uma criança anônima no colo. Ao lado da foto havia um botão com um sorriso que dizia: "Ouvi você, Ana María", o qual, quando clicado, acrescentaria o nome de Mae a uma lista das pessoas que davam apoio a Ana María. Mae clicou no botão. *Também é importante*, escreveu Tania, *enviar uma mensagem aos paramilitares dizendo que denunciamos suas ações*. Embaixo da foto de Ana María havia uma imagem borrada de um grupo de homens em uniformes militares camuflados, andando no meio da floresta fechada. Junto à foto havia um botão de cara feia que dizia: "Nós denunciamos as Forças Centrais de Segurança da Guatemala". Mae hesitou por um instante, ciente da gravidade do que estava prestes a fazer — manifestar-se publicamente contra aqueles estupradores e assassinos —, mas ela precisava tomar uma posição. Apertou o botão. Uma resposta automática agradeceu, avisando que ela era a 24 726ª pessoa a mandar um sorriso para Ana María e a 19282ª pessoa a mandar uma cara feia para os paramilitares. Tania registrava que enquanto os sorrisos eram enviados diretamente para o celular de Ana María, o irmão dela continuava trabalhando em busca de um meio de enviar as caras feias para as Forças Centrais de Segurança da Guatemala.

Depois da petição de Tania, Mae ficou parada um instante, sentindo-se muito alerta, muito consciente de si mesma, sabendo que não só talvez tivesse ganhado um grupo de inimigos poderosos na Guatemala, como também que incontáveis milhares de observadores de câmeras SeeChange a viram fazer aquilo. O fato lhe dava camadas de autoconsciência e uma nítida sensação do poder que ela podia exercer na posição que ocupava. Mae resolveu usar o banheiro, jogar água fria no rosto e mexer as pernas um pouco, e foi no banheiro que seu telefone tocou. A chamada era não identificada.

"Alô?"

"Sou eu. Kalden."

"Por onde você andou?"

"Agora está complicado. Todas essas câmeras."

"Você não é espião, é?"

"Você sabe que não sou espião."

"Annie acha que é."

"Quero ver você."

"Estou no banheiro."

"Eu sei."

"Sabe?"

"Busca do Círculo, SeeChange... Não é difícil achar você."

"E onde *você* está?"

"Estou chegando. Fique aí."

"Não. Não."

"Preciso ver você. Fique aí."

"Não. Posso ver você mais tarde. Tem uma festa lá no Reino Novo. Noite de caraoquê folk. Um lugar público, seguro."

"Não, não. Eu não posso fazer isso."

"Você não pode vir aqui."

"Posso e vou."

E desligou.

Mae olhou dentro de sua bolsa. Tinha um preservativo. E ficou ali. Escolheu a última cabine do banheiro e esperou. Sabia que esperar por ele não era sensato. Era errado em muitos aspectos. Não poderia contar a Annie a respeito. Annie aprovaria quase qualquer atividade carnal, mas não ali, no trabalho, num banheiro. Era algo que demonstrava pouco juízo e teria um reflexo ruim sobre Annie. Mae olhou para o relógio. Tinham se passado dois minutos e ela estava dentro de uma cabine do banheiro, à espera de um homem que conhecia apenas vagamente e que, ela achava, só queria violentá-la, de forma repetida, em lugares cada vez mais estranhos. Então por que ela estava ali? Porque ela queria que aquilo acontecesse. Queria que ele transasse com ela na cabine do banheiro, e queria saber que tinha sido comida na cabine do banheiro, no horário de trabalho, e que só os dois saberiam daquilo. Por que aquilo era algo deslumbrante de que ela precisava? Ouviu o barulho da porta abrindo e depois o estalido da fechadura. Uma fechadura que ela nem sabia existir. Então ouviu o som dos passos largos de Kalden. Os passos pararam perto das cabines, dando lugar a um guincho escuro, a tensão de aço e parafusos. Mae sentiu uma sombra em cima de si e levantou o pescoço para ver um vulto descendo. Kalden tinha subido na parede da cabine e tinha avançado engatinhando pela beirada até a cabine dela. Mae sentiu que ele descia por trás dela. O calor do seu corpo esquentou suas costas, a respiração de Kalden em sua nuca.

"O que está fazendo?", perguntou ela.

A boca de Kalden se abriu junto à orelha de Mae e a língua mergulhou. Mae deu um soluço e inclinou-se para ele. As mãos de Kalden envolveram a barriga de Mae, contornaram sua cintura, avançaram rapidamente para as coxas, segurando-as com firmeza. Mae empurrou as mãos dele para cima e para dentro, sua mente em conflito, e por fim garantiu a si mesma que tinha o direito de fazer aquilo. Tinha vinte e quatro anos e se não fizesse aquelas coisas agora — se não fizesse exatamente *aquilo* e exatamente *agora* — nunca mais faria. Era um imperativo da juventude.

"Mae", sussurrou ele, "pare de pensar."

"Está bem."

"E feche os olhos. Imagine o que estou fazendo com você."

A boca dele estava em seu pescoço, beijando, lambendo, enquanto as mãos estavam ocupadas com a saia e a calcinha. Soltou ambas do quadril de Mae, baixou-as até o chão e apertou Mae junto a si, enchendo-a em um só golpe. "Mae", disse ele, enquanto ela se apertava a ele, as mãos de Kalden seguraram os quadris dela, levando-o tão fundo que ela podia sentir a cabeça intumescida do pênis em algum ponto perto de seu coração. "Mae", disse ele, enquanto ela se segurava nas paredes laterais, como se assim contivesse a pressão do resto do mundo.

Ela gozou, gemendo, e ele terminou também, numa convulsão, mas em silêncio. E imediatamente os dois riram, em silêncio, cientes de que tinham feito algo imprudente, que ameaçava suas carreiras e que tinham de ir embora dali. Mae virou-se para ele e beijou sua boca, os olhos de Kalden abertos, com ar espantado e cheios de malícia. "Tchau", disse ele, e Mae apenas acenou com a mão, sentindo o vulto de Kalden se erguer de novo atrás dela, subir as paredes das cabines e sair do banheiro.

E como ele parou na porta para destrancá-la, e como ela achou que talvez nunca mais o visse, Mae pegou seu celular, esticou a mão por cima da borda da parede da cabine e tirou uma foto, sem saber se conseguiria captar algum traço ou feição de Kalden. Quando olhou para o que tinha fotografado, só havia o braço direito dele, do cotovelo até a ponta dos dedos. O resto já tinha ido embora.

Por que mentir para Annie? Era o que Mae se perguntava, sem saber o que responder, mas sabendo que ia mentir de um jeito ou de outro. Depois de se arrumar no banheiro, Mae voltou para a mesa de trabalho e imediatamente, incapaz de se controlar, mandou uma mensagem de texto para Annie, que estava voando por alguma parte da Europa: *De novo com o grisalho*, escreveu. Dizer qualquer coisa para Annie precipitaria uma série de mentiras, grandes e pequenas e, nos minutos de intervalo entre o momento em que enviou a mensagem e a chegada inevitável da resposta de Annie, Mae se viu pensando no que devia esconder e por quê.

Por fim chegou a mensagem de Annie. *Tenho de saber tudo já. Estou em Londres com uns lacaios do Parlamento. Acho que um deles acabou de pegar um monóculo. Mande-me algo para me distrair.*

Enquanto resolvia até que ponto poderia contar para Annie, Mae deu pequenos detalhes provocativos. *Num banheiro.*

Annie respondeu imediatamente.

O velho? Num banheiro? Você usou a bancada para trocar de fralda?

Não. Numa das cabines do banheiro. E ele foi VIGOROSO.

Uma voz atrás de Mae disse seu nome. Mae virou-se e deu de cara com Gina e seu enorme sorriso nervoso. "Tem um segundo?" Mae tentou desviar a tela do celular que continha o diálogo com Annie, mas Gina já tinha visto.

"Está falando com Annie?", disse ela. "Vocês devem ser muito próximas, hein?"

Mae fez que sim com a cabeça, virou a tela e a luz deixou o rosto de Gina. "Será que ainda é uma hora boa para explicar o Índice de Conversão e o Varejo Bruto?"

Mae tinha esquecido inteiramente que Gina viria mostrar uma nova camada de trabalho.

"Claro", disse Mae.

"A Annie já lhe falou sobre isso?", perguntou Gina, o rosto com um aspecto muito frágil.

"Não", disse Mae. "Não falou."

"Não falou com você sobre o Índice de Conversão?"

"Não."

"Nem do Varejo Bruto?"

"Não."

O rosto de Gina se iluminou. "Ah. Muito bem. Ótimo. Então vamos tratar disso agora?" O rosto de Gina sondou o de Mae, como se procurasse o menor sinal de dúvida, o qual Gina entenderia como um motivo para ruir por inteiro.

"Ótimo", respondeu Mae, e Gina se animou outra vez.

"Muito bem. Vamos começar com o Índice de Conversão. Afinal, é perfeitamente óbvio que o Círculo não existiria, não teria crescido e nem teria condições de completar o Círculo, se não houvesse compras reais, um comércio real incentivado. Estamos aqui para ser uma ponte de ligação para todas as informações do mundo, mas somos financiados por anunciantes que esperam chegar aos clientes por nosso intermédio, certo?"

Gina sorriu, os dentes grandes e brancos dominaram seu rosto por um instante. Mae estava tentando se concentrar, mas estava pensando em Annie, na sua reunião no Parlamento. Ela, sem dúvida, estava pensando em Mae e em Kalden. E quando Mae pensou em si e em Kalden, pensou nas mãos dele na sua cintura, puxando-a gentilmente para si, os olhos dela fechados, sua mente abrangendo tudo...

Gina ainda estava falando. "Mas como provocar, como estimular as compras? Isso é o Índice de Conversão. Você pode zingar, pode comentar e avaliar qualquer produto, mas pode traduzir tudo isso em ação? Alavancar sua credibilidade para estimular a ação, isso é crucial, certo?"

Agora Gina estava sentada ao lado de Mae, os dedos sobre seu teclado. Ela abriu uma planilha complexa. Naquele instante, chegou outra mensagem de Annie na segunda tela de Mae. Mae virou-se de leve. *Agora tenho de ser a chefe. Dessa vez conseguiu descobrir o sobrenome dele?*

Mae viu que Gina também estava lendo a mensagem e não fazia o menor esforço para fingir que não lia.

"Vá em frente", disse Gina. "Parece importante."

Mae estendeu a mão por cima de Gina para alcançar seu teclado e digitou a mentira que, momentos depois de sair do banheiro, já sabia que ia contar para Annie. *Sim. Sei tudo.*

Imediatamente chegou a resposta de Annie: *E qual é o nome dele?*

Gina olhou aquela mensagem. "Deve ser uma loucura receber mensagens de texto de Annie Allerton."

"Acho que sim", disse Mae, e digitou: *Não posso dizer.*

Gina leu a mensagem de Mae e pareceu menos interessada no conteúdo do que no fato de que aquela troca rápida de mensagens estava realmente acontecendo na sua frente. "Vocês mandam mensagem assim uma para a outra, como se não fosse nada?", perguntou.

Mae atenuou o choque. "Não o dia todo."

"Não o dia todo?" O rosto de Gina se animou com um sorriso hesitante.

Annie retrucou. *Não vai mesmo me contar? Conte já.*

"Desculpe", disse Mae. "Vou terminar." E digitou. *Não. Você vai brigar com ele.*

Me mande uma foto, escreveu Annie.

Não. Mas tenho uma foto, digitou Mae, contando a segunda mentira que sabia ser necessária. Tinha de fato uma fotografia dele e, assim que se deu conta de que tinha a foto e que podia contar aquilo para Annie, e que estaria contando a verdade, mas não toda a verdade, e que aquela foto, junto com a mentirinha de que sabia qual era o sobrenome de Kalden, permitiriam que Mae continuasse a ver aquele homem, Kalden, que poderia perfeitamente representar um perigo para o Círculo, Mae sabia que podia usar aquela segunda mentira com Annie e que ela iria acreditar mais uma vez — mais tempo para procurar e achar Kalden, enquanto tentava verificar exatamente quem era ele e o que queria dela.

Uma foto em movimento, digitou Mae. *Fiz um reconhecimento facial e tudo bate.*

Graças a Deus, escreveu Annie. *Mas você é uma piranha mesmo.*

Gina, que tinha lido a mensagem, ficou visivelmente ruborizada. "Talvez fosse melhor a gente fazer isso mais tarde, não acha?", perguntou, sua testa começou a brilhar de repente.

"Não, desculpe", disse Mae. "Vamos em frente. Vou virar a tela."

Apareceu mais uma mensagem de Annie. Enquanto a tela girava, Mae viu de relance o texto. *Você ouviu o barulho de ossos fraturados quando estava sentada em cima dele? Velhos têm ossos fracos, e pressões, como essa de que você está falando, podem ser fatais.*

"Muito bem", disse Gina, engolindo em seco. "Há anos que empresas menores têm rastreado e tentado influenciar a ligação entre menções na internet, resenhas, comentários, avaliações e compras reais. Os desenvolvedores do Círculo conceberam uma forma de medir o impacto desses fatores, de nossa participação, na verdade, e articular isso com o Índice de Conversão."

Apareceu outra mensagem, mas Mae ignorou-a e Gina foi em frente, empolgada por ser considerada mais importante do que Annie, ainda que só por um momento.

"Assim, toda compra iniciada ou estimulada por uma recomendação que fazemos aumenta nosso Índice de Conversão. Se nossa compra ou recomendação estimula outras cinquenta pessoas a fazer a mesma coisa, então nosso Índice de Conversão é x50. Há membros do Círculo com um índice de conversão de x1200. Isso significa que em média 1200 pessoas compram aquilo que elas compram. Elas acumularam tanta credibilidade que seus seguidores acreditam implicitamente nas recomendações delas e são profundamente gratos pela segurança que sentem em suas compras. Annie, é claro, tem um dos ICs mais elevados do Círculo."

Naquele momento, soou mais um alerta de mensagem. Gina piscou, como se tivesse levado um tapa, mas continuou.

"Muito bem, seu Índice de Conversão médio até agora é x119. Não é ruim. Mas numa escala de 1 a 1000, há muito espaço para melhorar. Abaixo do Índice de Conversão fica seu Varejo Bruto, o preço bruto total das compras dos produtos recomendados. Vamos dizer que você recomendou certo chaveiro e mil pessoas acataram sua recomendação, então aqueles mil chaveiros, ao preço de quatro dólares cada, levam seu Varejo Bruto para quatro mil dólares. É simplesmente o preço bruto de varejo do comércio que você marcou. Divertido, não é?"

Mae assentiu. Ela adorou a ideia de ser de fato capaz de rastrear o efeito de seus gostos e aprovações.

Soou outro sinal de aviso. Gina piscou, como se estivesse contendo as lágrimas. Levantou-se.

"Tudo bem. Estou com a sensação de que estou invadindo seu almoço e sua amizade. Então isso é Índice de Conversão e o Varejo Bruto. Sei que você entendeu. No fim do dia, você vai ter uma tela nova para medir esses índices."

Gina tentou sorrir, mas pareceu que não conseguia erguer as pontas dos lábios o bastante para se mostrar convincente. "Ah, e o mínimo que se espera para membros do Círculo de alto desempenho é um índice de conversão de x250 e um índice semanal de Varejo Bruto de quarenta e cinco mil dólares, ambos objetivos modestos que a maioria dos membros do Círculo ultrapassa com folga. Se você tiver dúvidas", parou Gina, os olhos frágeis, "tenho certeza de que pode perguntar para Annie."

Deu meia-volta e foi embora.

Algumas noites depois, numa quinta-feira sem nuvens, Mae foi de carro para casa, a primeira vez desde que o pai passara a ter direito ao plano de saúde do Círculo. Mae sabia que o pai vinha se sentindo muito melhor e estava ansiosa para falar com ele pessoalmente, na ridícula esperança de ver alguma mudança milagrosa, mas sabendo que só poderia encontrar melhoras secundárias. No entanto, as vozes dos pais no telefone e nas mensagens escritas eram entusiasmadas. "Agora tudo é diferente", diziam ambos havia semanas, e pediam que ela fosse lá para comemorarem. E assim, ansiosa com a iminente manifestação de gratidão, Mae foi de carro para o leste e, quando chegou, o pai a cumprimentou na porta, parecendo estar bem mais forte e — o que era o principal — mais confiante, mais semelhante a um homem — o homem que ele tinha sido em outros tempos. Ele estendeu seu monitor de pulso e colocou-o em paralelo com o de Mae. "Olhe só para nós. Estamos combinando. Quer vinho?"

Dentro de casa, os três se acomodaram como sempre faziam, junto à bancada da cozinha, e beliscaram petiscos, beberam e falaram dos vários aspectos da melhora de saúde do pai de Mae. Agora ele podia escolher seus médicos. Não tinha limitações dos remédios que podia tomar; todos estavam cobertos pelo plano e não havia nenhuma cota de pagamento complementar. Enquanto os dois contavam o histórico recente de sua saúde, Mae notou que a mãe estava mais viva, mais animada. Estava usando shorts curtinhos.

"O melhor de tudo", disse o pai, "é que agora sua mãe tem bastante tempo livre para aproveitar. É tudo tão simples. Consulto o médico e o Círculo cuida do resto. Nenhum intermediário. Nenhuma discussão."

"Isto aqui é mesmo o que estou pensando?", perguntou Mae. Sobre a mesa de jantar, na sala, havia um candelabro de prata, mas examinando mais de perto pareceu um dos objetos feitos por Mercer. Os braços de prata eram na verdade chifres pintados. Mae tinha sido bem pouco entusiástica com qualquer um dos trabalhos dele — quando os dois estavam namorando, ela inventava coisas gentis para dizer, mas daquela peça Mae havia gostado de fato.

"É sim", disse a mãe.

"Nada mau", disse Mae.

"Nada mau?", disse o pai. "É o melhor, de primeira. E você sabe disso. Esse troço podia ser vendido por cinco mil numa daquelas butiques de San Francisco. Ele nos deu de graça."

Mae ficou impressionada. "Por que de graça?"

"Por que de graça?", perguntou a mãe. "Porque é nosso amigo. Porque é um rapaz gentil. E pense bem antes de revirar os olhos com desdém ou retrucar com algum comentário sarcástico."

Mae assim fez e, depois de recapitular meia dúzia de coisas desagradáveis que podia dizer a respeito de Mercer, preferiu ficar calada e descobriu que se sentia generosa em relação a ele. Porque já não precisava mais dele, porque agora Mercer era um agente crucial e mensurável do comércio do mundo e porque Mae tinha no Círculo dois homens para escolher — um deles um enigma vulcânico, caligráfico, que galgava paredes para comer Mae por trás —, ela podia se dar ao luxo de ser generosa com o coitado do Mercer, sua cabeleira desgrenhada e suas costas pelancudas e grotescas.

"É bonito mesmo", disse Mae.

"Estou contente por você pensar assim", disse a mãe. "Vai poder dizer isso a ele pessoalmente daqui a alguns minutos. Ele está vindo para jantar."

"Não", disse Mae. "Por favor, não."

"Mae", disse o pai com firmeza. "Ele vem, está certo?"

E ela sabia que não podia discutir. Em vez disso, serviu-se de mais uma taça de vinho tinto e, enquanto punha a mesa, bebeu metade da garrafa. Na hora em que Mercer bateu à porta e entrou, o rosto de Mae estava meio dormente e seus pensamentos eram vagos.

"Oi, Mae", disse ele, e lhe deu um abraço hesitante.

"Seu candelabro ficou muito bonito", disse ela e, no instante mesmo em que pronunciava as palavras, viu o efeito que causou sobre Mercer, por isso insistiu. "É lindo mesmo."

"Obrigado", disse ele. Olhou em volta, para os pais de Mae, como se quisesse confirmar que tinham ouvido a mesma coisa. Mae serviu-se de mais vinho.

"É mesmo", continuou Mae. "Quero dizer, você sabe que faz um bom trabalho."

E quando falou aquilo, Mae tomou o cuidado de não olhar para ele, ciente de que os olhos de Mercer a observariam com ar de dúvida. "Esse é o melhor que você já fez. Estou muito feliz por você ter se empenhado tanto nesse que... É que estou feliz porque minha peça predileta feita por você está aqui na sala de jantar da casa dos meus pais."

Mae pegou sua câmera e tirou uma fotografia.

"O que está fazendo?", perguntou Mercer. Embora parecesse estar contente por ver que ela julgava o candelabro digno de uma fotografia.

"Só quis tirar uma foto. Olhe", disse ela e mostrou para ele.

Agora os pais de Mae tinham sumido, sem dúvida achando que ela queria ficar a sós com Mercer. Eram ridículos e loucos.

"Ficou boa", disse ele, olhando para a fotografia por um pouco mais de tempo do que Mae havia esperado. Estava bem claro que ele não era imune a desfrutar e sentir orgulho do próprio trabalho.

"Está in*crí*vel", disse ela. O vinho tinha subido, ela estava alta. "Foi muita gentileza sua. E sei que representa muito para eles, sobretudo agora. Traz uma coisa muito importante para cá." Mae estava eufórica e não era só o vinho. Era a libertação. Sua família tinha sido libertada. "Este lugar era tão sombrio", disse ela.

E por um breve momento ela e Mercer pareceram encontrar as bases de seu relacionamento anterior. Mae, que por anos pensava em Mercer com uma frustração que beirava a piedade, agora lembrou que ele era capaz de fazer um ótimo trabalho. Ela sabia que Mercer tinha compaixão e que era muito gentil, embora a limitação de seus horizontes fosse exasperadora. Mas agora, vendo aquilo — poderia chamar de obra de arte? Era algo semelhante à arte — e o efeito que produzia na casa, a fé de Mae em Mercer renasceu.

Aquilo deu uma ideia a Mae. Sob o pretexto que ia a seu quarto trocar de roupa, pediu licença e subiu a escada correndo. Em vez disso, sentada em sua antiga cama, levou três minutos postando sua foto do candelabro em duas dúzias de feeds de decoradores e designers de interiores, dando o link para o site de

Mercer — que trazia apenas o número de seu telefone e algumas poucas fotografias; fazia anos que ele não o atualizava — e também seu e-mail. Se Mercer não era esperto o suficiente para cuidar sozinho de seus negócios, Mae teria prazer de fazer aquilo para ele.

Quando terminou, Mercer estava sentado com os pais dela à mesa da cozinha, coroada por uma salada, frango frito e legumes. Os olhos deles seguiram os passos de Mae enquanto ela descia a escada. "Chamei você lá em cima", disse o pai.

"Gostamos de comer enquanto está quente", acrescentou a mãe.

Mae não tinha ouvido. "Desculpe. É que eu estava... Puxa, parece bem gostoso. Pai, não acha que o candelabro do Mercer é fantástico?"

"Acho sim. E disse isso para você e para ele também. Já fazia um ano que pedíamos a ele uma de suas criações."

"Eu tinha de achar os chifres certos", disse Mercer. "Fazia tempo que não achava nenhum que fosse bom de verdade." Explicou qual era sua fonte, como adquiria chifres só de colaboradores de confiança, pessoas que ele sabia que não tinham caçado o veado, ou se tinham, haviam sido orientadas a agir assim pelo Departamento de Caça e Pesca a fim de diminuir a superpopulação.

"Isso é fascinante", disse a mãe. "Antes que eu esqueça, quero erguer um brinde... O que foi isso?"

O telefone de Mae tocou. "Nada", disse ela. "Mas acho que vou ter uma boa notícia para dar daqui a um segundo. Continue, mãe."

"Eu estava só dizendo que queria fazer um brinde por estarmos..."

Agora foi o telefone de Mercer que tocou.

"Desculpe", disse ele, e enfiou a mão no bolso da calça para apertar o botão de desligar.

"Todo mundo pronto?", perguntou a mãe de Mae.

"Desculpe, sra. Holland", disse Mercer. "Prossiga."

Mas naquele momento, o telefone de Mae tocou alto de novo e, quando Mae olhou para a tela, viu que havia trinta e sete novos zings e novas mensagens.

"É uma coisa que você precisa atender?", perguntou o pai.

"Não, ainda não", respondeu Mae, embora estivesse tão excitada que mal conseguia esperar. Estava orgulhosa de Mercer e dali a pouco poderia lhe mostrar um pouco do público que ele havia conquistado fora de Longfield. Se havia trinta e sete mensagens nos primeiros minutos, em vinte minutos haveria uma centena.

A mãe de Mae continuou. "Eu ia agradecer a você, Mae, por tudo que tem feito para melhorar a saúde do seu pai e a minha também. E queria brindar ao Mercer também, como parte de nossa família, e agradecer por sua linda obra." Fez uma pausa, como se esperasse o toque de algum telefone a qualquer instante. "Bem, estou feliz por ter conseguido falar até o fim. Vamos comer. A comida está esfriando."

E começaram a comer, mas depois de alguns minutos, Mae tinha ouvido tantos toques e tinha visto a tela de seu celular ser atualizada tantas vezes, que não conseguiu mais esperar.

"Muito bem, não consigo mais aguentar. Eu postei aquela foto que tirei do seu candelabro, Mercer, e as pessoas adoraram!" Ela ficou exultante e ergueu sua taça. "É a isso que a gente devia brindar."

Mercer não pareceu ficar contente. "Espere. Você postou onde?"

"Isso é ótimo, Mercer", disse o pai de Mae, e ergueu sua taça também.

A taça de Mercer não foi erguida. "Onde você postou a foto, Mae?"

"Em todos os lugares importantes", disse ela, "e os comentários são maravilhosos."

Ela procurou na tela. "Deixe-me ler o primeiro. Vou citar: *Puxa. É fantástico.* Veio de um designer industrial bastante conhecido em Estocolmo. Aqui está mais um: *Muito bacana. Faz lembrar uma coisa que vi em Barcelona ano passado.* Este veio de uma designer em Santa Fe que é dona de uma loja. Ela deu ao seu candelabro três estrelas, num total de quatro, e ainda dá algumas sugestões de como aprimorá-lo. Aposto que você podia vender seus candelabros lá, se quisesse. E aqui tem outro..."

Mercer pôs as palmas das mãos sobre a mesa. "Pare. Por favor."

"Por quê? Você ainda não ouviu a melhor parte. No site DesignMind você já recebeu 122 sorrisos. É uma marca incrível para alcançar em tão pouco tempo. E eles também fazem uma classificação e hoje você está entre os cinquenta mais bem colocados. Na verdade, eu sei que você pode ir além disso..." Ao mesmo tempo, ocorreu a Mae que aquilo iria levar seu PartiRank para a casa dos 1800. E caso ela conseguisse que uma quantidade suficiente daquelas pessoas comprasse a peça, os números de seu Índice de Conversão e de Varejo Bruto iriam aumentar de modo considerável...

"Mae, pare. Por favor, pare." Mercer olhava fixamente para ela, os olhos pequenos e redondos. "Não quero erguer a voz aqui na casa de seus pais, mas ou você para ou vou ter de ir embora."

"Espere um segundo", disse Mae, e percorreu as mensagens em busca de alguma que o deixasse impressionado de verdade. Tinha visto uma mensagem de Dubai e, caso a encontrasse, sabia que a resistência de Mercer terminaria.

"Mae", ela ouviu sua mãe falar. "Mae."

Mas Mae não conseguia localizar a mensagem. Onde estava? Enquanto corria as mensagens na tela, ouviu o barulho de uma cadeira arrastando no chão. Mas ela estava perto demais de encontrar a mensagem para erguer os olhos. Quando fez isso, viu que Mercer tinha ido embora e seus pais olhavam para ela.

"Acho bom que você queira apoiar Mercer", disse a mãe, "mas não consigo entender por que fez isso logo agora. Estamos tentando ter um jantar agradável."

Mae olhou fixamente para sua mãe, assimilando toda a frustração e espanto que ela conseguia suportar, depois correu para fora e alcançou Mercer quando ele fazia a manobra com seu carro para sair da garagem da casa.

Ela entrou e sentou no banco do carona. "Pare."

Os olhos dele estavam turvos, sem vida. Estacionou o carro e pousou as mãos no colo, suspirando com toda a condescendência que conseguiu reunir.

"Qual é seu problema, Mercer?"

"Mae, pedi para você parar e você não parou."

"Te magoei?"

"Não. Magoou meu cérebro. Me fez pensar que você é doida de pedra. Pedi para parar e você não quis."

"Eu não queria parar de tentar ajudar você."

"Não pedi sua ajuda. E não lhe dei permissão para postar uma fotografia da minha obra."

"Sua *obra*." Mae ouviu algo cortante em sua voz, algo que ela sabia não ser correto nem produtivo.

"Você é falsa, Mae, e você é má, e é insensível."

"O quê? Sou o *contrário* de insensível, Mercer. Estou tentando ajudá-lo porque acredito no que você faz."

"Não, não acredita, Mae. Você é simplesmente incapaz de deixar que alguma coisa viva dentro de uma sala. Minha obra vive dentro de uma sala. Não existe em nenhum outro lugar. E é assim que quero que seja."

"Então você não quer ganhar dinheiro?"

Mercer olhou através do para-brisa, depois se recostou no banco. "Mae, eu nunca tive uma sensação tão forte de que existe um culto que está tomando conta do mundo. Sabe o que me tentaram vender outro dia? Na verdade, aposto que é uma coisa associada ao Círculo. Já ouviu falar de Homie? Aquele troço em que o celular da gente faz uma varredura e escaneia os códigos de barra de todos os produtos que a gente tem em casa..."

"Certo. Depois pede produtos novos toda vez que a gente está com falta deles em casa. É genial."

"Você acha isso certo?", perguntou Mercer. "Sabe como foi que me abordaram? Com a visão utópica de sempre. Dessa vez disseram que assim eu ia reduzir o desperdício. Se as lojas sabem o que os clientes querem, não precisam produzir demais, não transportam produtos demais, não precisam jogar coisas fora quando não são compradas. Veja, como tudo o mais que vocês ficam empurrando para a gente, dito assim parece perfeito, progressista, mas acarreta mais controle, mais rastreamento de tudo o que fazemos."

"Mercer, o Círculo é um grupo de pessoas feito eu. Você está dizendo que, de algum jeito, estamos todos numa sala, em algum lugar, observando você, fazendo planos de dominar o mundo?"

"Não. Em primeiro lugar, eu *sei* que são todas pessoas como você. E é isso que é tão assustador. *Individualmente* vocês não sabem o que estão fazendo *coletivamente*. Mas em segundo lugar não supõem a benevolência dos seus líderes. Durante anos houve um tempo feliz em que aqueles que controlavam os principais canais da internet eram de fato pessoas razoavelmente decentes. Ou pelo menos não eram predatórias ou vingativas. Mas eu sempre me preocupei com a possibilidade de alguém querer usar esse poder para punir quem os contestasse."

"O que está dizendo?"

"Você acha que é só uma coincidência que toda vez que alguma congressista ou algum blogueiro fala em monopólio, de repente eles aparecem envolvidos em alguma terrível controvérsia de pornografia ou de magia negra? Durante vinte anos, a internet foi capaz de arruinar qualquer pessoa em minutos, mas antes dos seus Três Sábios, ou pelo menos de um deles, ninguém se sentiu disposto a fazer isso. Você está me dizendo que tudo isso é novidade para você?"

"Você é muito paranoico. Seu cérebro de teoria da conspiração sempre me deixou deprimida, Mercer. Você parece tão ignorante. E dizer que o Homie é uma novidade assustadora, puxa, veja, durante cem anos houve leiteiros que levavam leite para a casa da gente. Eles sabiam quando as pessoas precisavam de leite. Havia açougueiros que vendiam carne, padeiros que deixavam o pão na porta das casas..."

"Mas o leiteiro não fazia uma varredura para saber quais os produtos que eu tinha dentro de casa! Veja, qualquer coisa que tenha um código de barras pode ser escaneada. Neste momento, milhões de celulares estão escaneando as casas das pessoas e transmitindo todas as informações para o mundo."

"E daí? Você não quer que uma fábrica de papel higiênico saiba quanto do produto deles você está usando? Por acaso ela estaria oprimindo você de algum modo?"

"Não, Mae, é diferente. Isso seria mais fácil de entender. No entanto, aqui não existem opressores. Ninguém está nos forçando a fazer isso. Nós nos atrelamos espontaneamente, de boa vontade, a essas amarras. E de bom grado nos tornamos socialmente autistas. Não ligamos mais para os sinais básicos de comunicação humana. Você está diante de uma mesa com três seres humanos, todos olham para você e tentam falar com você, mas você fica olhando para uma tela, em busca de desconhecidos que estão em Dubai."

"Você não é tão puro assim, Mercer. Você tem um e-mail. Tem um site na internet."

"Aí está a questão e é penoso dizer isso para você. Mas você já não está muito interessada. Fica sentada numa mesa de trabalho vinte horas por dia e não tem nada para mostrar, senão alguns números que daqui a uma semana não vão mais existir ou não vão ser lembrados. Você não está deixando nenhum testemunho de que viveu. Não existe prova nenhuma."

"Vai à merda, Mercer."

"Pior ainda, você não está mais *fazendo* nada de interessante. Não está mais vendo nada, dizendo nada. O paradoxo bizarro é que você acha que está no centro de tudo e que isso torna suas opiniões mais valiosas, só que você mesma está ficando menos vibrante. Aposto que há meses que não faz nada longe das telas. Não é verdade?"

"Você é um cretino, Mercer."

"Você passeia ao ar livre?"

"Você é que é interessante, não é isso? O idiota que faz candelabros de partes de animais mortos? Você é o garoto maravilha e tudo o que faz é fascinante, né?"

"Sabe o que eu acho, Mae? Acho que você pensa que ficar sentada na sua mesa de trabalho, mandando sorrisos e caras feias, de algum jeito faz parecer que está levando uma vida de fato fascinante. Você faz comentários sobre coisas e isso substitui fazer as coisas de fato. Olha fotos do Nepal, aperta o botão de sorriso, e acha que é a mesma coisa que ir lá. Quer dizer, o que aconteceria se você fosse lá de verdade? Seus Índices de Imbecilidade do Círculo, ou sei lá como se chama essa merda, iam cair abaixo do nível aceitável! Mae, você se dá conta de que virou uma pessoa muito sem graça?"

Fazia anos que Mercer era a pessoa que Mae mais detestava no mundo. Não era novidade. Ele sempre tivera a singular capacidade de levá-la a um estado apoplético. Sua presunção profissional. Sua conversa fiada de antiquário. E acima de tudo seu pressuposto básico, tão equivocado, de que ele a conhecia. Mercer conhecia, sim, as partes de Mae de que ele gostava, as partes com as quais concordava, e fingia que elas constituíam a verdadeira personalidade de Mae, sua essência. Mercer não sabia de nada.

Mas a cada quilômetro que passava, enquanto dirigia seu carro no caminho de volta, Mae se sentia melhor. Melhor a cada quilômetro que se abria entre ela e aquele babaca. O fato de ter ido para a cama com ele algum dia a deixava fisicamente nauseada. Será que ela havia sido possuída por algum demônio bizarro? Durante aqueles três anos, o corpo de Mae devia ter sido dominado por alguma força terrível que a deixava cega à infelicidade de Mecer. Desde aquele tempo ele era gordo, não era? Que tipo de gente é gorda já no ensino médio? E ele é que vem me falar de ficar sentada o dia inteiro diante de uma mesa de trabalho, quando ele mesmo está uns vinte quilos acima do peso normal? O homem estava com a cabeça virada.

Mae nunca mais ia falar com ele. Sabia disso e havia nisso certo conforto. O alívio jorrou sobre ela como água quente. Nunca mais falaria com ele nem escreveria para ele. Exigiria que os pais cortassem toda relação com Mercer. Fez planos de destruir o candelabro também; daria a impressão de um acidente. Talvez um esbarrão disfarçado. Mae riu sozinha, pensando em exorcizar aquele gordo imbecil de sua vida. Aquele homem com cara de alce, feio, sempre suado, nunca mais meteria o bedelho em sua vida.

Mae viu a placa da empresa de aluguel de caiaques Viagens de Solteira e não pensou nada. Passou pela saída da estrada e não sentiu nada. Segundos depois, porém, ela saiu da estrada e fez a curva na direção da praia. Eram quase dez horas, portanto Mae sabia que fazia horas que a loja estava fechada. Então o que ela estava fazendo? Não estava reagindo à conversa fiada de Mercer e ao fato de ele ter perguntado se ela vinha tendo alguma atividade ao ar livre. Mae simplesmente foi ver se a loja de aluguel de caiaque estava aberta; sabia que estava fechada, mas talvez Marion estivesse lá e talvez deixasse Mae andar de caiaque uma meia hora. Marion morava no trailer ao lado, afinal. Talvez Mae encontrasse Marion andando ali perto e a convencesse a alugar um caiaque.

Mae estacionou o carro, espiou através do alambrado e não viu ninguém, só o quiosque de aluguel com as persianas arriadas, as fileiras de caiaques e de pranchas de remar. Esticou-se, na esperança de ver alguma silhueta dentro do trailer, mas não havia ninguém. A luz lá dentro era fraca, de cor rosada, o trailer estava vazio.

Mae andou até a pequena praia e parou, olhando para o luar que dançava na superfície parada da água da baía. Sentou-se. Embora não fizesse nenhum sentido ficar ali, não queria voltar. Sua cabeça estava cheia de Mercer, seu rosto infantil gigantesco, todas as bobagens que tinha dito naquela noite e que dizia todas as noites. Mae tinha certeza de que seria a última vez que tentava ajudá-lo de qualquer maneira que fosse. Mercer estava no seu passado, *no* passado, ele era uma peça de antiquário, um objeto inanimado, sem graça, que ela largaria esquecido no sótão.

Mae levantou-se, pensando que devia voltar a cuidar de seu PartiRank, quando viu uma coisa estranha. Junto à extremidade da cerca, do lado de fora do terreno cercado, viu um objeto grande encostado de forma precária. Ou era um caiaque ou uma prancha de remar, e Mae andou rapidamente até lá. Era um caiaque, ela percebeu, estava encostado no lado de fora da cerca e havia uma pá a seu lado. A posição do caiaque fazia pouco sentido. Mae nunca tinha visto um caiaque assim, quase de pé, e tinha certeza de que Marion não aprovaria aquilo. Mae só conseguiu imaginar que alguém tinha devolvido um caiaque alugado depois de o quiosque estar fechado e havia tentado deixá-lo o mais perto possível do terreno cercado.

Mae pensou que no mínimo devia pôr o caiaque no chão para reduzir a possibilidade de ele tombar durante a noite. Assim fez, baixou com cuidado o caiaque sobre a areia, surpresa ao ver como era leve.

Então teve uma ideia. A água estava apenas a trinta metros dali e ela sabia que podia arrastar o caiaque com facilidade até a beirada. Seria um roubo pegar emprestado um caiaque que já tinha sido alugado? Afinal, ela não estava tirando o caiaque de dentro do terreno cercado; estava apenas prolongando o aluguel que outra pessoa já havia prolongado. Devolveria o caiaque dali a uma ou duas horas e ninguém ia notar a diferença.

Mae pôs a pá dentro do caiaque e arrastou-o sobre a areia por alguns metros, verificando a sensação que aquele ato lhe dava. *Era* um roubo? Certamente Marion compreenderia, se soubesse. Marion era um espírito livre, não era uma ranzinza presa a regras e parecia o tipo de pessoa que, no lugar de Mae, faria a mesma coisa. Não gostaria das implicações de responsabilidade civil, mas, de novo, *existiriam* mesmo tais implicações? De que modo Marion poderia ser responsabilizada, se o caiaque foi tomado sem seu conhecimento?

Agora Mae estava na beirada da praia e a proa do caiaque estava molhada. E então, sentindo a água embaixo do casco, a maneira como a corrente parecia puxar o caiaque de suas mãos para o denso volume da baía, Mae sabia que ia fazer aquilo. A única complicação era que não teria um colete salva-vidas. Era a única coisa que a pessoa que havia alugado o caiaque tinha conseguido jogar por cima do alambrado. Mas a água estava tão serena que Mae não viu nenhuma possibilidade de perigo real, se permanecesse perto da margem.

Uma vez na água, porém, sentindo o cristal pesado embaixo de si, o progresso rápido que fazia, Mae achou que não precisava se manter na parte rasa. Que aquela era a noite certa para chegar até a Ilha Azul. A Ilha do Anjo era fácil, as pessoas iam lá toda hora, mas a Ilha Azul era estranha, agreste, nunca visitada. Mae sorriu, imaginando-se lá, e sorriu ainda mais, pensando em Mercer, sua cara presunçosa, surpresa, boquiaberta. Mercer era gordo demais para entrar num caiaque, pensou Mae, e preguiçoso demais para remar para fora da marina. Um homem que se aproximava rapidamente dos trinta anos, que fazia candelabros com chifres e queria passar sermões nela — que trabalhava no Círculo! — sobre os caminhos da vida. Era uma piada. Mas Mae, que estava no grupo de elite chamado T2K e que estava galgando posições rapidamente, era corajosa, capaz de pegar um caiaque no meio da noite e remar para o centro da baía, explorar uma ilha que Mercer só era capaz de avistar por meio de um telescópio, sentado em cima daquela bunda que parecia um saco de batata, enquanto pintava pedaços de bichos com tinta prateada.

O itinerário de Mae não se baseava em nenhuma lógica. Mae não tinha a menor ideia das correntes mais profundas da baía nem da sensatez para manter certa distância dos navios-petroleiros que usavam o canal de navegação mais profundo, sobretudo porque ela estaria no escuro, invisível para eles. E na hora que chegasse lá, ou se aproximasse da ilha, as condições poderiam ser hostis demais para Mae conseguir voltar. No entanto, levada por uma força interior tão poderosa e reflexiva quanto o sono, Mae sabia que não ia parar antes de chegar à Ilha Azul ou ser impedida, de algum modo, de fazer isso. Se o vento se mantivesse suave e a água continuasse parada, ela ia chegar lá.

Enquanto remava para além dos barcos a vela e saveiros, Mae olhou para o sul, estreitando as pálpebras em busca da balsa onde o homem e a mulher moravam, mas àquela distância as formas não estavam claras e, de todo modo, era improvável que estivessem com as luzes acesas àquela hora da noite. Mae se manteve no curso, passou ligeiro para além dos iates ancorados e entrou na barriga redonda da baía.

Ouviu um rápido barulho de água atrás de si e virou-se para ver a cabeça preta de uma foca, a menos de cinco metros. Esperou que a foca afundasse na água, mas ela se manteve acima da superfície, olhando para Mae. Ela deu meia-volta, continuou remando na direção da ilha e a foca a seguiu por um trecho, como se também quisesse ver o que Mae queria ver. Por um momento Mae se perguntou se a foca iria segui-la por todo o trajeto até a ilha, ou se estava, talvez, em seu caminho para um grupo de pedras situado perto da ilha, onde muitas vezes, quando passava em seu carro sobre a ponte, Mae tinha visto focas pegando sol. Mas quando se virou para trás outra vez, o animal tinha ido embora.

A superfície da água continuou calma, mesmo quando ela se aventurou mais para o fundo. Onde em geral a água ficava mais agitada, no ponto onde a baía se encontrava exposta aos ventos do oceano, naquela noite a água estava completamente serena e o avanço de Mae prosseguiu sem percalços. Em vinte minutos, ela estava a meio caminho da ilha, ou era o que parecia. Era impossível determinar as distâncias, sobretudo à noite, mas a ilha estava crescendo na visão de Mae e contornos de rocha que ela nunca havia distinguido agora se mostravam visíveis. Mae viu algo reflexivo no alto, o luar batendo em algo prateado e reluzente. Viu os restos do que tinha certeza de que era uma janela, largada na areia preta da margem. Ao longe, ouviu uma buzina de nevoeiro vindo da boca da Golden Gate. A neblina devia ser densa lá, pensou Mae, mesmo naquela hora, no local onde ela estava, a poucos quilômetros de distância, fazia uma noite clara, com a lua brilhante e quase cheia. Sua cintilação na água era extraordinária, tão brilhante que Mae se viu estreitando as pálpebras para proteger os olhos. Ela se perguntou sobre as rochas perto da ilha onde tinha visto focas e leões-marinhos. Será que estavam lá, será que iam fugir antes de sua chegada? Uma brisa veio do oeste, um vento do Pacífico que descia dos montes. Mae ficou parada um momento, avaliando o vento. Se soprasse com mais força, ela teria de voltar. Agora Mae estava mais perto da ilha do que da margem, mas se a água se tornasse agitada, com ela ali, sentada num caiaque, sozinha e sem colete salva-vidas, o perigo seria insustentável. Porém, tão depressa quanto veio, o vento desapareceu.

O som alto de um murmúrio chamou sua atenção para o lado norte. Um barco, algo semelhante a um rebocador, vinha na sua direção. No telhado da cabine, Mae viu luzes brancas e vermelhas e entendeu logo que era algum tipo de patrulha, na certa a Guarda Costeira, e estavam próximos o suficiente para vê-la. Se continuasse sentada com as costas eretas, sua silhueta rapidamente a denunciaria.

Deitou-se bem achatada no fundo do caiaque, na esperança de que, caso vissem o contorno que ela traçava, imaginassem ser uma rocha, um tronco, uma foca ou apenas uma ondulação negra e larga que interrompia a cintilação prateada da baía. O gemido do motor do barco ficou mais alto, e Mae teve certeza de que dali a pouco um jato de luz de holofote bateria em cheio sobre ela, porém o barco passou direto e Mae continuou sem ser vista.

A última arrancada rumo à ilha foi tão rápida que Mae pôs em dúvida seu senso de distância. Num momento sentia que estava no máximo na metade do caminho e logo depois o caiaque estava correndo rumo à praia da ilha como se fosse impelido por fortes ventos de popa. Mae saltou da proa, a água branca e gelada a envolveu. Ela correu para levar o caiaque para a margem, puxou-o até que ficasse todo fora d'água e sobre a areia. Lembrou-se de uma vez em que uma rápida subida da maré quase levou seu caiaque embora, por isso virou-o numa posição paralela à margem e colocou pedras grandes dos dois lados.

Ficou parada, a respiração ofegante, sentindo-se forte, sentindo-se enorme. Que coisa estranha estar ali, pensou ela. Havia uma ponte nas proximidades. Quando passava de carro por lá, tinha visto aquela ilha uma centena de vezes e nunca vira ninguém, nada, nem gente, nem animal. Ninguém se atrevia ou se dava ao trabalho. O que tinha dado nela que a deixava com tanta curiosidade? Ocorreu a Mae que aquele era o único ou pelo menos o melhor meio de chegar lá. Marion não aceitaria que Mae fosse tão longe e poderia mandar uma lancha para localizá-la e trazê-la de volta. E, por sua vez, a Guarda Costeira também não dissuadia as pessoas de ir até lá? Seria uma ilha particular? Todas aquelas perguntas e preocupações eram irrelevantes agora, porque estava escuro, ninguém podia ver Mae e ninguém jamais saberia que ela esteve lá. Mas ela sabia.

Mae deu uma volta a pé em torno da ilha. A praia formava um colar na maior parte do lado sul, depois dava lugar a um penhasco escarpado. Mae olhou para cima, não viu pontos de apoio para os pés, e lá embaixo estava a água espumosa na margem, por isso voltou pelo mesmo caminho, achando a encosta pedregosa e difícil e a margem sem nada de interessante. Havia uma grossa faixa de algas, misturada com carapaças de caranguejos e destroços que o mar largara na areia. Mae enfiou os dedos naquilo. O luar dava às algas uma espécie de fosforescência que ela já havia visto antes, despertando um resplendor de arco-íris, como se fosse iluminada por dentro. Por um breve momento, teve a sensação de que estava sobre uma superfície de água na própria lua, tudo tingido por uma estranha paleta de cores invertidas. O que devia ser verde parecia cinzento, o que devia ser azul era prateado. Tudo que Mae via nunca tinha visto antes. E no instante em que teve esse pensamento, pelo canto do olho, ela viu o que teve certeza de ser uma estrela cadente, caindo sobre o Pacífico. Só uma vez na vida tinha visto uma estrela cadente e não podia ter certeza de que aquilo que viu era a mesma coisa, um arco de luz que desapareceu por trás dos montes negros. Porém o que mais poderia ser? Ficou sentada na praia por um momento, olhando para o ponto onde tinha visto aquilo, como se pudesse aparecer outra, ou pudesse ser o prenúncio de uma chuva de estrelas.

Mas ela estava, Mae sabia, adiando aquilo que mais desejava fazer, escalar o pequeno pico de rocha, que ela logo atacou. Não havia nenhuma trilha, fato que lhe deu um grande prazer — ninguém, ou quase ninguém já estivera ali onde ela estava agora —, e assim Mae escalou usando tufos de capim e de raízes como pontos de apoio para as mãos e colocando os pés em eventuais saliências de rocha. Parou uma vez, pois havia encontrado um buraco grande, quase redondo, quase limpo, na encosta. Só podia ser a toca de algum animal, mas que tipo de animal, ela não podia saber com segurança. Imaginou uma toca de coelho ou raposa, de cobra, toupeira ou rato, todas as opções igualmente possíveis e impossíveis ali, e depois prosseguiu, sempre para cima. Não era difícil. Em minutos chegou ao topo, encostou-se a um pinheiro solitário, não muito mais alto do que ela. Ficou junto a ele, usou seu tronco áspero para se segurar e deu meia-volta. Viu as janelinhas brancas da cidade ao longe. Observou o avanço de um navio-petroleiro, o casco bem fundo na água, levando uma constelação de luzes vermelhas para o Pacífico.

De repente a praia pareceu estar muito longe, abaixo dela, e Mae sentiu o estômago revirar-se. Olhou para o leste, agora com uma visão melhor das pedras onde ficavam as focas, e viu mais ou menos uma dúzia delas deitadas lá, dormindo. Ergueu os olhos para a ponte, não a Golden Gate, mas outra, menor, sua correnteza branca de carros, ainda constante à meia-noite, e se perguntou se alguém poderia avistar sua silhueta humana contra o fundo prateado da baía. Lembrou o que Francis tinha dito certa vez, que ele nunca notara que havia uma ilha embaixo da ponte. A maioria dos motoristas e seus passageiros não estariam olhando para ela, lá embaixo, não teriam a mínima ideia de sua existência.

Então, ainda segurando-se ao áspero tronco de pinheiro, Mae percebeu pela primeira vez um ninho preso nos galhos de cima da árvore. Ela não se atreveu a tocar nele, sabendo que iria perturbar o equilíbrio dos cheiros e da construção, mas sentiu uma terrível vontade de ver o que havia ali dentro. Subiu numa pedra na tentativa de ficar mais alta do que o ninho e olhar dentro dele, mas não conseguiu se posicionar numa altura suficiente para ter alguma visão de seu interior. Será que podia erguer o ninho na mão e baixá-lo para espiar lá dentro? Só por um segundo? Podia, não podia? E depois o colocaria de volta no lugar. Não. Mae sabia muito bem que não podia fazer aquilo. Se fizesse, arruinaria o que estivesse dentro do ninho.

Sentou-se de cara para o sul, onde podia avistar as luzes, as pontes, os morros pretos e vazios que separavam a baía do Pacífico. Tudo aquilo tinha estado debaixo d'água alguns milhões de anos antes, haviam contado para Mae. Todos aqueles promontórios e ilhas tinham estado sob a água até então e mal seriam percebidos como recifes na superfície do mar. Do outro lado da baía prateada, Mae avistou um par de pássaros, garças talvez, deslizando num voo baixo rumo ao norte, e ficou sentada por um tempo, enquanto a mente vagava à deriva rumo ao vazio. Pensou nas raposas que talvez estivessem embaixo dela, nos caranguejos que podiam estar escondidos sob as pedras na margem, nas pessoas dentro dos carros que talvez estivessem passando no alto, acima dela, nos homens e mulheres nos rebocadores e nos navios-petroleiros, chegando ao porto ou partindo, suspirando, todos tendo visto tudo. Passou pela sua cabeça a ideia de tudo aquilo que podia estar vivo e se movia, com um destino determinado ou a esmo, sem rumo, debaixo da água profunda à sua volta, mas não chegou a pensar demais em nada daquilo. Bastava ter consciência do milhão de permutações possíveis ao seu redor e desfrutar o conforto de saber que ela não ia, e na verdade não podia, saber grande coisa a respeito.

Quando Mae voltou à praia de Marion, de início pareceu que tudo estava como ela havia deixado. Não havia ninguém à vista e a luz dentro do trailer de Marion estava como antes, rosada e fraca.

Mae pulou fora do caiaque e puxou-o para a margem, seus pés afundavam muito na areia molhada, e ela arrastou o caiaque para a beira da praia. As pernas estavam doloridas. Mae parou, largou o caiaque e alongou-se. Com as mãos acima da cabeça, olhou para o estacionamento, viu seu carro, mas havia outro carro ao lado. Enquanto estava olhando para aquele carro e imaginava que talvez Marion tivesse voltado, foi cegada por uma luz branca.

"Não se mexa", bradou uma voz amplificada.

Instintivamente, ela deu meia-volta.

A voz amplificada ressoou de novo: "Não se mexa!", disse, agora com agressividade.

Mae ficou imóvel, desequilibrada, por um momento preocupada, sem saber quanto tempo conseguiria aguentar naquela posição, mas não era necessário. Duas sombras desceram em sua direção, agarraram seus braços com brutalidade e algemaram suas mãos atrás das costas.

Mae sentou-se no banco de trás do carro patrulha da polícia. Os policiais, agora mais calmos, avaliavam se o que Mae lhes contava — que costumava alugar caiaques ali, tinha ficha, era registrada, e simplesmente havia demorado a devolver um caiaque alugado — podia ser verdade. Eles ligaram para Marion e ela havia confirmado que Mae era uma cliente habitual, mas quando perguntaram se Mae tinha alugado um caiaque naquele dia e havia atrasado a devolução, Marion desligou o telefone e disse que iria para lá naquele instante.

Vinte minutos depois, Marion chegou. Estava no banco do passageiro de uma caminhonete vermelha antiga, de colecionador, o motorista era um homem barbudo que parecia estupefato e aborrecido. Mae, ao ver que Marion caminhava trôpega rumo à viatura de polícia, se deu conta de que ela havia bebido e provavelmente o homem barbudo também. Ele continuava no carro e parecia decidido a ficar lá.

Enquanto Marion caminhava para o carro, Mae captou seu olhar, e Marion, ao ver que Mae estava no banco de trás do carro patrulha, as mãos algemadas nas costas, deu a impressão de ficar sóbria instantaneamente.

"Ah, meu Deus", disse ela, correndo para Mae. Virou-se para os policiais. "Ela é Mae Holland. Vive alugando caiaques aqui. Conhece tudo. O que foi que houve, afinal? O que aconteceu?"

O policial explicou que tinham recebido duas mensagens

sobre um provável roubo. “Recebemos um telefonema de um cidadão que não quis se identificar.” E depois viraram para Marion. “O outro aviso veio de uma das suas câmeras, sra. Lefebvre.”

Mae mal conseguiu dormir. Sua adrenalina obrigou-a a ficar andando de um lado para o outro a noite inteira. Como pôde ser tão idiota? Não era uma ladra. E se Marion não a tivesse salvado? Podia acabar perdendo tudo. Seus pais iriam ser chamados para pagar sua fiança e perderia seu emprego no Círculo. Mae nunca tinha sido multada por excesso de velocidade, nunca tivera problemas de nenhum tipo, e agora estava roubando um caiaque de mil dólares.

Mas o caso estava encerrado e Marion, quando se despediram, tinha até insistido para Mae voltar. “Sei que você está sem graça, mas quero que volte aqui. Se não aparecer, vou atrás de você.” Marion sabia que Mae ia se sentir tão arrependida e tão envergonhada que não ia ter mais vontade de encará-la.

No entanto, quando acordou depois de algumas horas de sono entrecortado, Mae teve uma estranha sensação de libertação, como se tivesse acordado de um pesadelo e descoberto que nada daquilo havia acontecido. O passado tinha sido apagado e ela foi para o trabalho.

Registrou sua entrada às oito e meia. Sua posição no ranking estava em 3892. Ela deu duro a manhã toda, sentindo a extraordinária concentração que é possível durante algumas horas, após uma noite maldormida. Periodicamente, vinham lembranças da noite anterior — o prateado silencioso da água, o pinheiro solitário na ilha, a luz ofuscante do carro patrulha, o cheiro de plástico daquela viatura, a conversa tola com Mercer —, mas tais lembranças estavam se embotando, ou Mae estava forçando o embotamento delas, quando recebeu uma mensagem de Dan na segunda tela: *Por favor, venha ao meu escritório assim que puder. Jared vai cobrir você.*

Mae foi lá correndo e, quando chegou à porta, Dan estava de pé, a postos. O rosto mostrava certa satisfação por Mae ter vindo depressa. Dan fechou a porta e os dois sentaram.

"Mae, sabe sobre o que quero conversar?"

Seria aquilo um teste para ver se ela mentia?

"Desculpe, não sei", respondeu tateante.

Dan piscou os olhos devagar. "Mae. Última chance."

"É sobre a noite passada?", perguntou. Se ele não sabia nada a respeito da polícia, Mae podia inventar outra coisa, alguma outra coisa que tivesse acontecido de madrugada.

"É sim. Mae, isso é um assunto muito sério."

Ele sabia. Deus, ele sabia. Em algum recesso de sua mente, Mae se deu conta de que o Círculo devia ter algum alerta na internet para notificá-los toda vez que um funcionário fosse acusado ou interrogado pela polícia. Fazia todo sentido.

"Mas não houve nenhuma acusação", protestou Mae. "Marion esclareceu tudo."

"Marion é a dona do quiosque?"

"Sim."

"Mas, Mae, você e eu sabemos que um crime foi cometido, não sabemos?"

Mae não tinha a menor ideia do que dizer.

"Mae, vou poupar você. Sabia que um funcionário aqui do Círculo instalou uma câmera SeeChange naquela praia?"

O estômago de Mae afundou até os pés. "Não. Não sabia."

"E sabia que o filho da proprietária, Walt, também instalou uma câmera?"

"Não."

"Muito bem, em primeiro lugar, isso já é algo perturbador

em si. Você anda de caiaque às vezes, não é? Vi em seu perfil que gosta de andar de caiaque. Josiah e Denise contaram que já tiveram uma boa conversa com você sobre o assunto."

"Às vezes ando de caiaque. Já faz uns meses."

"Mas você nunca pensou em verificar as condições do mar nas câmeras SeeChange?"

"Não. Eu devia fazer isso. Mas toda vez que ando de caiaque, na verdade, é uma coisa que me dá na hora, sem planejar. A praia fica no caminho para a casa de meus pais e então..."

"E ontem você esteve na casa de seus pais?", Dan perguntou, de um modo que deixava bem claro que, se Mae respondesse que sim, ele ficaria ainda mais zangado.

"Sim. Fui só jantar."

Então Dan se levantou e deu as costas para Mae. Ela podia ouvir a respiração de Dan, uma série de bufos irritados.

Mae teve a clara sensação de que seria demitida a qualquer momento. Então se lembrou de Annie. Será que Annie podia salvá-la? Não dessa vez.

"Muito bem", disse Dan. "Então você vai para casa, falta a uma porção de atividades que ocorreram aqui e, quando está voltando de carro para cá, você para no quiosque de aluguel de caiaques, já tarde da noite. E não vá me dizer que não sabia que já tinham fechado o quiosque."

"Imaginei que estivesse fechado, mas fui até lá para conferir."

"E quando viu um caiaque do lado de fora da cerca, resolveu se apoderar dele."

"Pegar emprestado. Tenho ficha, sou cliente registrada lá."

"Já viu a filmagem da cena?", perguntou Dan.

Acendeu a tela grande na parede. Mae viu uma imagem clara da praia ao luar, filmada por uma câmera de lente grande-angular. A legenda na parte de baixo da tela indicava que a imagem tinha sido gravada às 22h14. "Não acha que uma câmera como essa seria útil para você?", perguntou Dan. "No mínimo para saber as condições do mar?" Ele não esperou a resposta. "Vamos ver você aqui." Adiantou alguns segundos e Mae viu seu vulto sombreado surgir na praia. Tudo estava muito claro — sua surpresa ao descobrir o caiaque, seus momentos de dúvida e reflexão, em seguida seu rápido trabalho para levar o caiaque para a água e remar para fora da vista.

"Muito bem", disse Dan. "Como pode ver, é bastante óbvio que você sabia muito bem que estava fazendo uma coisa errada. Esse não é o comportamento de alguém que tenha um acordo estável com Marge ou sei lá como se chama. Quero dizer, estou feliz que vocês duas tenham combinado contar uma história razoável e que você não tenha sido presa, porque isso teria tornado impossível para você continuar trabalhando aqui. Delinquentes não trabalham no Círculo. No entanto, tudo isso me deixa francamente nauseado. Mentiras e evasivas. É chocante ter de lidar com isso."

Mais uma vez, Mae teve a nítida sensação, uma vibração no ar que dizia que ia ser demitida. Mas, se ia ser demitida, Dan não desperdiçaria todo aquele tempo com ela, não é? E será que demitiria alguém que tinha sido contratado por Annie, que ocupava um degrau muito mais elevado na hierarquia? Se Mae fosse receber de alguém a notícia de sua demissão, teria de ser da própria Annie. Portanto, Mae ficou quieta, esperando que aquela conversa tomasse outra direção.

"Pois bem, o que está faltando aqui?", perguntou ele, apontando para a imagem congelada de Mae entrando no caiaque.

"Não sei."

"Não sabe mesmo?"

"Autorização para usar o caiaque?"

"Claro", respondeu secamente. "Mas o que mais?"

Mae balançou a cabeça. "Desculpe. Não sei."

"Não costuma usar colete salva-vidas?"

"Uso, uso sim. Mas ele estava do outro lado da cerca."

"E se, Deus nos livre, alguma coisa acontecesse com você no mar? Como seus pais se sentiriam? Como a Marge se sentiria?"

"Marion."

"Como ela se sentiria, Mae? Do dia para a noite, seu negócio de aluguel de caiaques estaria terminado. Fechado para sempre. Todas as pessoas que trabalham para ela. Todas demitidas. A praia fechada. O aluguel de caiaques na baía, o negócio como um todo, iria todo para o buraco. E tudo por causa da sua falta de previdência. Desculpe a maneira bruta como falo, mas tudo por causa de seu egoísmo."

"Eu sei", disse Mae, sentindo a pontada da verdade. Tinha sido egoísta. Não tinha pensado em mais nada, senão no próprio desejo.

"É triste porque você estava fazendo muitos progressos. Seu PartiRank estava em 1668. Seu Índice de Conversão e Varejo Bruto estavam no quartil superior. E agora, isso." Dan suspirou de modo acintoso. "Porém, por mais que tudo isso seja inquietante, nos proporciona um momento instrutivo. Refiro-me a um momento instrutivo no plano de uma mudança de vida. Esse episódio vergonhoso lhe deu a chance de encontrar Eamon Bailey em pessoa."

A arfada de Mae pôde ser ouvida.

"Sim. Ele se mostrou interessado pelo caso, vendo o quanto isso se sobrepõe aos interesses dele e aos objetivos gerais do Círculo. Você está interessada em conversar com Eamon sobre isso?"

"Sim", Mae conseguiu responder. "É claro."

"Ótimo. Ele está ansioso para falar com você. Às seis da tarde você será conduzida ao escritório dele. Por favor, organize seus pensamentos até lá."

A cabeça de Mae ecoava com autodenúncias. Ela detestava a si mesma. Como tinha disso capaz de fazer aquilo, pôr em risco seu emprego? Deixar sua melhor amiga em situação constrangedora. Pôr em perigo o plano de saúde de seu pai. Ela era uma imbecil, sim, mas será que não era uma espécie de esquizofrênica também? O que tinha dado nela na noite anterior? Que tipo de pessoa faz coisas assim? Sua mente discutia consigo mesma enquanto Mae trabalhava com fervor, tentando fazer algo visível para demonstrar seu compromisso com a empresa. Despachou 140 pesquisas de cliente, seu recorde até então, ao mesmo tempo que respondia 1129 perguntas da pesquisa do Círculo, tudo isso enquanto se mantinha atenta aos novatos. A nota média de sua equipe estava em 98, do que Mae se orgulhou, mesmo sabendo que havia ali uma dose de sorte, além do envolvimento do Jared também — ele sabia o que estava acontecendo com Mae e lhe havia penhorado sua ajuda. Às cinco horas da tarde, a comporta fechou e Mae cuidou do PartiRank durante quarenta e cinco minutos, levando-o de 1827 a 1430, um processo que exigiu 344 comentários, postagens e quase mil sorrisos e caras feias. Mae converteu 38 tópicos importantes e 44 secundários e seu Varejo Bruto chegou a 24050 dólares. Mae tinha certeza de que aquilo seria notado e apreciado por Bailey, cuja concentração no PartiRank era a mais aguçada entre os Três Sábios.

Às cinco e quarenta e cinco, uma voz chamou seu nome. Ela ergueu os olhos e viu um vulto na porta, uma pessoa nova, um homem de uns trinta anos. Ela foi a seu encontro na porta.

"Mae Holland?"

"Sim."

"Sou Dontae Peterson. Trabalho com Eamon e ele me pediu que levasse você ao escritório dele. Está pronta?"

Tomaram o mesmo caminho que Mae havia tomado com Annie e, ao longo do trajeto, Mae se deu conta de que Dontae não sabia que Mae já estivera no escritório de Bailey. Annie nunca havia pedido segredo daquilo para ela, mas o fato de Dontae não saber indicava que Bailey também não sabia e que ela mesma não devia revelar nada.

Quando entraram no corredor comprido e vermelho, Mae suava muito. Podia sentir os filetes de suor escorrendo pelas axilas rumo à cintura. Mae não conseguia sentir os pés.

"Aqui está um retrato engraçado dos Três Sábios", disse Dontae quando pararam na porta. "A sobrinha de Bailey foi quem pintou."

Mae fingiu ficar surpresa, encantada com a inocência do quadro e com sua visão bruta.

Dontae pegou a grande aldrava em forma de gárgula e bateu na porta. Ela abriu e o rosto sorridente de Bailey preencheu o espaço.

"Alô!", disse. "Oi, Dontae, oi, Mae!" Sorriu ainda mais, ciente da rima que tinha feito. "Entrem."

Vestia calça cáqui e camisa social branca de manga comprida, tinha o aspecto fresco de quem acabou de tomar uma ducha. Mae seguiu-o, enquanto ele entrava na sala, coçando a nuca, como se estivesse quase embaraçado com o fato de estar tão bem instalado ali.

"Pois é, esta é minha sala predileta. Muito pouca gente já viu. Não que eu seja supersecreto a respeito disso nem nada, mas o tempo simplesmente não permite que eu promova visitas guiadas e coisas assim. Alguma vez já viu algo desse tipo?"

Mae queria dizer, mas não podia, que tinha visto aquela mesma sala antes. "Nem de longe", respondeu.

Algo aconteceu naquele momento no rosto de Bailey, alguma torção que pareceu levar o canto esquerdo de seus olhos e o lado esquerdo de sua boca mais para perto um do outro.

"Obrigado, Dontae", disse Bailey.

Dontae sorriu e saiu, fechando a pesada porta atrás de si.

"Então, Mae? Chá?" Bailey estava de pé diante de um serviço de chá de antiquário, um bule prateado exalava uma espiral de vapor.

"Claro", disse ela.

"Verde? Preto?", perguntou Bailey. "Earl Grey?"

"Verde, obrigado. Mas não precisa."

Bailey estava ocupado com os preparativos. "Você conhece nossa querida Annie há muito tempo?", perguntou, enquanto servia o chá com cuidado.

"Conheço. Desde o segundo ano da faculdade. Faz cinco anos agora."

"Cinco anos! Isso é, digamos, trinta por cento de sua vida!"

Mae sabia que ele estava contornando um pouco o assunto principal, mas deu uma ligeira risadinha. "Acho que sim. É muito tempo." Bailey entregou-lhe um pires, a xícara e fez sinal para ela sentar. Havia duas poltronas, ambas de couro e muito estofadas.

Bailey deixou-se cair em sua poltrona com um alto suspiro e cruzou o tornozelo sobre o joelho. "Bem, Annie é muito importante para nós aqui, assim como você também é. Ela fala sobre você como se pudesse vir a se tornar muito valiosa para esta comunidade. Você acredita que isso é verdade?"

"Que eu posso vir a ser valiosa aqui?"

Ele fez que sim com a cabeça. Olhou para ela por cima de sua xícara de chá, os olhos firmes. Mae enfrentou seu olhar, depois, ligeiramente subjugada, desviou os olhos, apenas para topar com o rosto de Bailey de novo, dessa vez numa fotografia emoldurada numa estante próxima. Era um retrato formal da família de Bailey, em preto e branco, suas três filhas de pé em redor da mãe e de Bailey, os dois sentados. O filho de Bailey estava no seu colo, de roupa esportiva e com um boneco articulado do Homem de Ferro nas mãos.

"Bem, espero que sim", disse Mae. "Tenho me esforçado ao máximo. Adoro o Círculo, nem consigo exprimir a que ponto sou grata pela oportunidade que me deram aqui."

Bailey sorriu. "Ótimo, ótimo. Então me diga, como se sente a respeito do que aconteceu na noite passada?" Fez a pergunta como se estivesse sinceramente curioso, como se a resposta de Mae pudesse tomar as mais diversas direções.

Agora Mae estava pisando em solo firme. Não era necessária nenhuma enrolação. "Me sinto péssima", disse ela. "Mal consegui dormir. Estou tão envergonhada que tenho vontade de vomitar." Não usaria aquela palavra conversando com Stenton, mas achou que Bailey talvez gostasse do tom rude.

Ele sorriu de modo quase imperceptível e prosseguiu. "Mae, permita que eu faça uma pergunta. Você teria agido de maneira diferente se soubesse das câmeras SeeChange instaladas na marina?"

"Sim."

Bailey fez que sim com a cabeça, enfaticamente. "Certo. E como?"

"Eu não teria feito o que fiz."

"E por que não?"

"Porque eu teria sido apanhada."

Bailey inclinou a cabeça. "Só isso?"

"Bem, eu não ia querer que alguém visse o que eu estava fazendo. Não foi direito. É constrangedor."

Bailey colocou a xícara sobre a mesa a seu lado e repousou as mãos no colo, as palmas unidas num abraço gentil. "Portanto, no geral, você diria que se comporta de maneira diferente quando sabe que está sendo observada?"

"Sim. Claro."

"E quando você for chamada à responsabilidade pelo que fez."

"Sim."

"E quando houver um registro histórico. Ou seja, quando seu comportamento ficar permanentemente acessível. Aquele vídeo do seu comportamento, por exemplo, vai existir para sempre."

"Sim."

"Ótimo. E você lembra da minha palestra do início do verão, sobre o objetivo supremo da SeeChange?"

"Sei que a maior parte dos crimes seria eliminada se houvesse uma saturação total."

Bailey pareceu ficar satisfeito. "Certo. Correto. Cidadãos comuns, como Gary Katz e Walt Lefebvre nesse exemplo, porque se deram ao trabalho de instalar suas câmeras, nos mantiveram a todos em segurança. O crime foi menor nesse caso e não houve nenhuma vítima, graças a Deus. Você está viva. O negócio de Marion e a indústria do aluguel de caiaques em geral vão prosseguir de vento em popa. Mas uma noite de egoísmo de sua parte poderia pôr em risco tudo isso. O ato individual tem reverberações que podem ser quase infinitas. Concorda?"

"Concordo. Eu sei. Foi uma irresponsabilidade." E aqui de novo Mae teve a sensação de ser uma pessoa de visão muito curta, que repetidamente punha em risco tudo o que havia recebido no Círculo.

"Sr. Bailey, não consigo acreditar que eu tenha feito o que fiz. E sei que o senhor está se perguntando se eu sou apta a trabalhar aqui. Só quero que o senhor saiba como eu valorizo meu cargo e sua fé em mim. E quero honrar isso. Farei qualquer coisa para compensar o que fiz ao senhor. Sério, vou fazer trabalho extra, farei qualquer coisa. É só me dizer."

O rosto de Bailey se abriu num sorriso extremamente simpático. "Mae, seu emprego não está em questão. Você veio para cá para ficar, para sempre. Annie está aqui para sempre. Lamento que você tenha pensado algo diferente, ainda que só por um segundo. Não queremos que nenhuma das duas vá embora."

"É bom ouvir isso. Obrigada", disse Mae, embora seu coração agora batesse com mais força ainda.

Bailey sorriu, fez que sim com a cabeça, como se estivesse feliz e aliviado por ver que tudo estava esclarecido. "No entanto, esse episódio todo nos proporciona um momento muito importante e instrutivo, não acha?" A pergunta parecia retórica, mas Mae assentiu outra vez. "Mae", disse ele, "quando um segredo é algo bom?"

Mae pensou alguns segundos naquilo. "Quando pode proteger os sentimentos de alguém."

"Por exemplo?"

"Bem", ela procurou. "Digamos que eu sei que o namorado de uma amiga está traindo ela, mas..."

"Mas o quê? Não vai contar à sua amiga?"

"Está certo. Não é um bom exemplo."

"Mae, você fica feliz quando um amigo tem um segredo que não conta para você?"

Mae pensou em todas as pequenas mentiras que havia contado para Annie nos últimos tempos. Mentiras que ela havia não só *falado* mas também *digitado*, mentiras que se tornaram permanentes e incontestáveis.

"Não. Mas compreendo quando isso é necessário."

"Isso é interessante. Pode lembrar um momento em que ficou feliz por um amigo ter um segredo que não contou para você?"

Mae não conseguiu. "No momento, não." Sentiu-se mal com isso.

"Muito bem", disse Bailey, "por enquanto não conseguimos pensar em segredos bons entre amigos. Vamos passar para as famílias. Numa família, um segredo é uma coisa boa? Teoricamente, alguma vez você já pensou: *Sabe o que seria ótimo esconder de minha família? Um segredo.*"

Mae pensou nas muitas coisas que seus pais provavelmente mantinham em segredo dela — as diversas indignidades que a doença de seu pai causava para eles. "Não", respondeu.

"Nenhum segredo dentro de uma família?"

"Na verdade", disse Mae. "Eu não sei. Existem coisas que positivamente a gente não quer que os pais fiquem sabendo."

"Seus pais podiam *querer* saber dessas coisas?"

"Talvez."

"Então você está privando seus pais de algo que eles querem. Isso é bom?"

"Não. Mas talvez seja melhor para todos."

"Melhor para você. Melhor para quem detém o segredo. É melhor guardar um segredo sombrio e não contar para os pais. Esse segredo é sobre algo maravilhoso que você fez? Talvez saber disso fosse provocar uma alegria grande demais em seus pais?"

Mae riu. "Não. Obviamente, um segredo é algo que você não quer que eles saibam sobre você porque tem vergonha ou porque quer poupá-los de saber que fez uma besteira."

"Mas concordamos que eles *gostariam* de saber."

"Sim."

"E que eles têm o direito de saber?"

"Acho que sim."

"Muito bem. Então podemos concordar também que estamos falando de uma situação em que, num mundo perfeito, você não faria nada que tivesse vergonha de contar para os pais?"

"Claro. Mas existem outras coisas que eles talvez não compreendessem."

"Porque eles mesmos nunca foram filhos e filhas?"

"Não. Mas..."

"Mae, você tem amigos ou parentes gays?"

"Claro."

"Você sabe como o mundo era diferente para os gays, antes e depois que as pessoas começaram a se declarar gays abertamente?"

"Tenho uma ideia de como era."

Bailey levantou-se e foi até o serviço de chá. Serviu mais chá para si e para Mae e sentou-se outra vez,

"Não sei se você tem de fato uma ideia. Eu fui da geração que lutou muito para que as pessoas pudessem ser gays publicamente. Meu irmão é gay e só admitiu isso para a família aos vinte e quatro anos. E até então o problema quase o matava de angústia. Era um tumor fervilhando dentro dele e crescia a cada dia. Mas por que ele achava que seria melhor manter escondido? Quando ele contou para nossos pais, eles nem piscaram os olhos. Ele havia criado todo aquele drama em sua mente — todo aquele mistério e peso em torno de seu grande segredo. E parte do problema, historicamente, decorria do fato de outras pessoas guardarem segredo de coisas semelhantes. Declarar-se gay era algo muito difícil, até que milhões de homens e mulheres se declararam gays. Aí ficou muito mais fácil, não concorda? Quando milhões de homens e mulheres saíram do armário, a homossexualidade deixou de ser um suposto desvio misterioso e passou a ser um caminho de vida como os outros. Está acompanhando?"

"Sim. Mas..."

"Eu acredito que, em qualquer lugar do mundo onde os gays ainda são perseguidos, é possível alcançar um grande progresso se todos os gays e lésbicas se declararem abertamente de uma vez. Então quem estiver perseguindo os gays e todos os que tacitamente apoiam essa perseguição perceberão que isto significa perseguir pelo menos dez por cento da população — inclusive seus filhos, filhas, vizinhos e amigos — e até os próprios pais. Seria algo instantaneamente insustentável. Mas a perseguição de gays ou de qualquer grupo minoritário só é possível graças ao segredo."

"Está bem. Eu não tinha pensado no assunto nesses termos."

"Está certo", disse ele, satisfeito, e bebeu seu chá. Passou o dedo pelo lábio superior para enxugá-lo. "Portanto já tratamos dos prejuízos que os segredos causam na família e entre amigos, e também o papel do segredo na perseguição de grandes grupos de pessoas. Prossigamos em nossa busca para descobrir alguma utilidade para uma estratégia de segredo. Será que deveríamos olhar para a política? Você acha que um presidente deve guardar segredos do povo que ele ou ela governa?"

"Não, mas existem certas coisas que não podemos saber. Por razões de segurança nacional apenas."

Ele sorriu, feliz, pelo visto, por Mae ter dito o que ele esperava que dissesse. "É mesmo, Mae? Lembra quando um homem chamado Julian Assange surrupiou milhões de documentos secretos dos Estados Unidos?"

"Li a respeito."

"Bem, em primeiro lugar, o governo dos Estados Unidos ficou muito irritado, assim como boa parte da mídia. Muita gente achou que era uma grave ruptura na segurança e que representava um perigo claro e premente aos nossos homens e mulheres de uniforme aqui e no exterior. Mas você se lembra de algum soldado que tenha sofrido qualquer dano real por aqueles documentos terem sido divulgados?"

"Não sei."

"Nenhum foi prejudicado. Nenhum. O mesmo aconteceu na década de 70 com os chamados Documentos do Pentágono. Nenhum soldado sofreu sequer um arranhão por causa da divulgação daqueles documentos. O efeito principal da divulgação daqueles documentos, me lembro, foi que descobrimos que muitos de nossos diplomatas fazem fofocas sobre os líderes dos outros países. Milhões de documentos e a principal descoberta foi que os diplomatas dos Estados Unidos achavam que Gaddafi era pirado, com todas as mulheres que faziam sua segurança e seus estranhos hábitos alimentares. No máximo, a divulgação dos documentos levou aqueles diplomatas a adotarem um comportamento melhor. Passaram a ter mais cuidado com o que diziam."

"Mas a defesa nacional..."

"O que houve com ela? A única situação em que estamos em perigo é quando ignoramos os planos ou os motivos dos países com os quais supostamente estamos em atrito. Ou quando eles desconhecem nossos planos, mas ficam preocupados com eles, certo?"

"Claro."

"Mas e se eles conhecessem *de fato* nossos planos e nós soubéssemos os deles? De repente estaríamos livres do que chamavam antigamente de risco da certeza da destruição mútua e, em vez disso, alcançaríamos a certeza da *confiança* mútua. Os Estados Unidos não têm motivações puramente nefastas, não é? Não estamos planejando varrer nenhum país do mapa. Às vezes, porém, damos passos sub-reptícios para obter o que desejamos. Mas e se todo mundo fosse, e tivesse de ser, franco e aberto?"

"Seria melhor?"

Bailey deu um largo sorriso. "Ótimo. Eu concordo." Colocou a xícara na mesa e outra vez repousou as mãos no colo.

Mae sabia que não devia pressionar Bailey, mas sua língua se antecipou a ela. "Porém o senhor não está dizendo que todo mundo devia saber tudo."

Os olhos de Bailey se abriram muito, como se estivesse contente por Mae ter conduzido a conversa para uma ideia que ele esperava com ansiedade. "Claro que não. Mas digo que todo mundo devia ter o *direito* de saber tudo e devia ter as *ferramentas* para saber tudo. Não existe tempo suficiente para saber tudo, embora sem dúvida eu gostaria que existisse."

Fez uma pausa, perdeu-se em pensamentos por um momento, depois voltou a concentrar-se em Mae. "Compreendo que você não tenha ficado muito contente por ter sido o tema da demonstração do LuvLuv, do Gus."

"Fui pega de surpresa. Ele não me contou que ia fazer aquilo."

"Só isso?"

"Bem, transmitiu uma impressão distorcida a meu respeito."

"A informação que ele apresentou estava incorreta? Havia erros fatuais?"

"A questão não foi essa. Era só... parcial. E talvez isso tenha feito a imagem *parecer* incorreta. Retirou algumas fatias de mim e apresentou como se fosse o todo..."

"Pareceu incompleto."

"Certo."

"Mae, estou muito contente por você ter apresentado a questão dessa forma. Como sabe, o Círculo está ele mesmo tentando se tornar completo. Estamos tentando fechar o círculo do Círculo." Riu de seu próprio jogo de palavras. "Mas você conhece os objetivos gerais de completude, suponho."

Ela não conhecia. "Acho que sim", respondeu.

"Olhe para nosso logotipo", disse Bailey, e apontou para uma tela grande na parede, onde, em resposta a um gesto seu, surgiu o logotipo. "Está vendo como aquele C no meio está aberto? Há anos que isso me incomoda, e tornou-se um símbolo do que ainda falta fazer aqui, que é fechar o círculo." O C na tela se fechou e tornou-se um círculo perfeito. "Está vendo?", disse ele. "Um círculo é a forma mais forte do universo. Nada pode vencê-lo, nada pode melhorá-lo, nada pode ser mais perfeito. E é isso que desejamos ser: perfeitos. Portanto toda informação que nos escapa, tudo que não é acessível, nos impede de sermos perfeitos. Entende?"

"Entendo", respondeu Mae, embora não tivesse certeza.

"Isso está de acordo com nossos objetivos, pois a maneira como o Círculo pode nos ajudar, individualmente, a nos sentirmos mais completos e sentirmos que as impressões dos outros sobre nós são completas se baseia na informação completa. E assim evitaremos a sensação, como a que você teve, de que está sendo apresentada ao mundo como uma imagem distorcida de nós mesmos. É como um espelho partido. Se olhamos para um espelho partido, um espelho rachado ou no qual falta um pedaço, o que obtemos?"

Agora fazia sentido para Mae. Qualquer abordagem, julgamento ou retrato que utilizasse informação incompleta sempre estaria errado. "Obtemos um reflexo distorcido ou partido", respondeu ela.

"Certo", disse Bailey. "E se o espelho estiver inteiro?"

"Vemos tudo."

"Um espelho é fiel, certo?"

"Claro. É um espelho. É a realidade."

"Mas um espelho só pode ser fiel quando for completo. E, pensando no seu caso, o problema com a apresentação do LuvLuv por Gus é que não foi completa."

"Certo."

"Certo?"

"Bem, isso é verdade", disse Mae. Ela não tinha certeza do motivo por que abriu a boca, mas as palavras saltaram antes que pudesse contê-las. "Mas ainda acho que existem certas coisas, ainda que sejam poucas, que desejamos guardar para nós mesmos. Todo mundo faz coisas sozinho, ou em seu quarto, de que sente vergonha."

"Mas por que devem sentir vergonha?"

"Talvez nem sempre seja vergonha. Mas coisas que não querem compartilhar. Que talvez achem que os outros não vão compreender. Ou que vão modificar a maneira como elas são vistas."

"Muito bem. Com esse tipo de situação, no final, vão acontecer uma ou duas coisas. Primeiro, vamos nos dar conta de que o comportamento de que estamos falando, seja qual for, é tão disseminado e inofensivo que não precisa ser secreto. Se o desmistificamos, se admitimos que é algo que todos fazemos, então ele perde seu poder de chocar. Caminhamos rumo à honestidade e nos afastamos da vergonha. Ou então, segunda opção, e melhor ainda, se todos, enquanto sociedade, decidimos que esse é um comportamento que preferimos não adotar, o fato de todo mundo saber ou ter o poder de saber quem o está praticando evitaria que o comportamento fosse adotado. É exatamente como você disse — você não teria roubado, se soubesse que estava sendo vista."

"Certo."

"O cara que está lá no fundo da sala veria pornografia no trabalho se soubesse que está sendo visto?"

"Não. Acho que não."

"Então, problema resolvido, não é?"

"Sim, eu acho."

"Mae, alguma vez você já teve um segredo que te envenenava por dentro e, quando foi trazido à luz, você se sentiu melhor?"

"Claro."

"Eu também. Essa é a natureza dos segredos. Quando guardados dentro de nós, são cancerosos, mas são inofensivos quando ficam abertos para o mundo."

"Então você está dizendo que não deveria haver segredos."

"Faz anos que penso nisso e ainda não consigo imaginar uma situação em que um segredo faça mais bem do que mal. Os segredos são os viabilizadores do comportamento antissocial, imoral e destrutivo. Está vendo como é assim?"

"Acho que sim. Mas..."

"Você sabe o que minha esposa me disse, há muitos anos, quando nos casamos? Disse que, toda vez que ficássemos separados, por exemplo, quando eu estivesse numa viagem de trabalho, eu deveria me comportar como se houvesse uma câmera em mim. Como se ela estivesse me vendo. Naquele tempo, ela estava falando em termos puramente conceituais e num tom mais ou menos de brincadeira, mas a imagem mental me ajudou. Se eu me visse sozinho num quarto com uma mulher, uma colega de trabalho, eu pensava: *O que a Karen ia achar se estivesse vendo isso por uma câmera de circuito fechado?* Isso guiava sutilmente meu comportamento e me impedia de sequer me aproximar de um comportamento do qual ela não fosse gostar e do qual eu não teria orgulho nenhum. Aquilo me conservava honesto. Está vendo o que quero dizer?"

"Estou", respondeu Mae.

"Veja, a rastreabilidade dos carros robôs, que andam sozinhos, está resolvendo boa parte disso, é claro. Os cônjuges sabem cada vez mais onde seu parceiro esteve, pois o carro registra os lugares por onde passou. Mas meu argumento é: e se *todos* nos comportássemos como se estivéssemos sendo observados? Levaria a um modo de vida mais moral. Quem faria alguma coisa antiética ou imoral ou ilegal se estivesse sendo observado? Se sua transferência ilegal de dinheiro estivesse sendo rastreada? Se seu telefonema para chantagear estivesse sendo gravado? Se seu assalto à mão armada no posto de gasolina estivesse sendo filmado por uma dúzia de câmeras e até suas retinas fossem identificadas durante o assalto? Se sua promiscuidade estivesse sendo documentada de um monte de maneiras diferentes?"

"Não sei. Imagino que tudo isso teria uma redução muito grande."

"Mae, nós seríamos, no final, compelidos a mostrar o que temos de melhor. E acho que as pessoas ficariam aliviadas. Haveria um formidável suspiro de alívio mundial. Finalmente, finalmente, podemos fazer o bem. Num mundo onde as opções ruins já não são mais opções, não temos outra escolha *senão* sermos bons. Já imaginou?"

Mae fez que sim com a cabeça.

"Agora, por falar em alívio, há alguma coisa que você gostaria de me contar antes de terminarmos?"

"Não sei. Muitas coisas, acho", disse Mae. "Mas você foi tão gentil por me conceder todo esse tempo que..."

"Mae, existe alguma coisa específica que você escondeu de mim enquanto estivemos aqui nesta biblioteca?"

Na mesma hora, Mae se deu conta de que mentir não era uma opção.

"Que eu já estive aqui antes?", disse ela.

"Já esteve?"

"Sim."

"Mas quando entrou deu a entender que nunca tinha estado aqui."

"Annie me trouxe aqui. Ela me disse que era uma espécie de segredo. Não sei. Eu não sabia o que fazer. Eu não via nenhuma forma de agir que parecesse a ideal. De um jeito ou de outro, eu ficaria em apuros."

Bailey sorriu de forma extravagante. "Veja, isso não é verdade. Só mentiras nos deixam em apuros. Só as coisas que escondemos. É *claro* que eu sabia que você já havia estado aqui. Não me subestime! Mas fiquei curioso por você ter escondido isso de mim. Me deu uma sensação de distância em relação a você. Um segredo entre dois amigos, Mae, é um oceano. É largo e profundo e nós nos perdemos dentro dele. E agora que sei seu segredo, você se sente melhor ou pior?"

"Melhor."

"Sente alívio?"

"Sim, alívio."

Mae sentia alívio de fato, uma onda de alívio que dava uma sensação de amor. Porque continuava a ter seu emprego e não teria de voltar para Longfield, e porque seu pai continuaria forte e sua mãe continuaria livre de um fardo pesado, Mae queria ser tomada por Bailey, ser absorvida em sua sabedoria e generosidade.

"Mae", disse ele "acredito de verdade que se não tivermos outro caminho senão o correto, o melhor caminho, isso traria uma espécie de alívio supremo e universal. Não precisamos mais ser tentados pelas trevas. Perdoe-me por apresentar a questão em termos morais. É o velho frequentador de igrejas do Meio-Oeste que vive dentro de mim. Mas acredito na perfectibilidade dos seres humanos. Acho que podemos melhorar. Acho que podemos ser perfeitos ou chegar perto disso. E quando mostrarmos o que temos de melhor dentro de nós, as possibilidades serão infinitas. Vamos poder resolver qualquer problema. Vamos poder curar todas as doenças, acabar com a fome, tudo, porque não seremos arrastados para baixo por todas nossas fraquezas, nosso segredinhos, nossos depósitos trancados de conhecimentos e de informações. Finalmente vamos concretizar nosso potencial."

Durante dias, Mae ficou aturdida por causa da conversa com Bailey, e agora era sexta-feira, e a ideia de subir ao palco no almoço tornava sua concentração quase impossível. Mas ela sabia que tinha de trabalhar, dar um exemplo para sua equipe, pelo menos, pois aquele provavelmente seria seu último dia em Experiência do Cliente.

O fluxo estava grande, mas não esmagador, e Mae dera conta de 77 pesquisas de consumidores naquela manhã. Sua nota estava em 98 e a média ponderada da equipe estava em 97. Números bastante respeitáveis. Seu PartiRank era 1921, outra bela cifra, um número que ela se sentia satisfeita de poder levar ao Iluminismo.

Às 11h38, Mae saiu de sua mesa e andou até a porta da entrada lateral do auditório, chegando dez minutos antes do meio-dia. Bateu e a porta abriu. Mae encontrou o contrarregra, um homem mais velho, quase espectral, chamado Jules, que a levou para um camarim simples, de paredes brancas e chão de bambu. Uma mulher de movimentos rápidos chamada Teresa, olhos enormes delineados em azul, acomodou Mae numa cadeira, deu um trato no seu cabelo, pincelou seu rosto com um pincel felpudo e prendeu um microfone de lapela à sua blusa. "Não precisa tocar em nada", disse ela. "Ele liga assim que você entrar no palco."

Estava acontecendo muito depressa, mas Mae achava que era melhor assim. Se tivesse mais tempo, acabaria apenas ficando ainda mais nervosa. Então obedeceu a Jules e Teresa e, em minutos, estava nos bastidores do palco, ouvindo o barulho de milhares de membros do Círculo que entravam no auditório, conversando, rindo e se deixando cair nas poltronas, com baques felizes. Ela se perguntou por um momento se Kalden estaria em algum lugar na plateia.

"Mae."

Mae se virou para Eamon Bailey, logo atrás, de camisa azul-celeste, que sorria afetuosamente para ela. "Está pronta?"

"Acho que sim."

"Vai ser excelente", disse ele. "Não se preocupe. Apenas seja natural. Vamos somente recriar a conversa que tivemos na semana passada. Está certo?"

"Certo."

E então ele foi para a frente do palco, acenou para a plateia, todos bateram palmas, olharam uns para os outros, Bailey sentou numa cadeira e falou para o escuro:

"Olá, membros do Círculo."

"Olá, Eamon!", bradaram em resposta.

"Obrigado por terem vindo aqui hoje, para uma Sexta de Sonho muito especial. Achei que devíamos fazer uma pequena mudança hoje e apresentarmos não uma palestra, mas uma entrevista. Como alguns de vocês sabem, de tempos em tempos fazemos isso com a intenção de chamar a atenção para certos membros do Círculo e seus pensamentos, suas esperanças e, neste caso, sua evolução."

Estava sentado numa das cadeiras do palco e sorriu para os bastidores. "Tive uma conversa com uma jovem funcionária do Círculo alguns dias atrás e queria compartilhá-la com vocês. Por isso pedi a Mae Holland, que alguns de vocês talvez conheçam como uma de nossas novatas em Experiência do Cliente, que me ajudasse hoje. Mae?"

Mae saiu para a luz. A sensação foi de uma instantânea leveza, de estar flutuando no espaço negro, com dois sóis distantes, mas fortes, que a cegavam. Mae não conseguia enxergar ninguém na plateia e mal se orientava no palco. Mas conseguiu dirigir o corpo, as pernas feitas de palha, os pés de chumbo, na direção de Bailey. Encontrou sua cadeira e, com as duas mãos, sentindo-se entorpecida e cega, acomodou-se ali.

"Oi, Mae. Como está se sentindo?"

"Apavorada."

A plateia riu.

"Não fique nervosa", disse Bailey, sorrindo para a plateia e dirigindo para ela um levíssimo olhar de preocupação.

"Para você, é fácil falar", disse ela, e o riso se espalhou pelo auditório. Aquele riso deu uma sensação boa e acalmou Mae.

Ela respirou fundo, olhou para primeira fila e encontrou cinco ou seis rostos encobertos pela sombra, todos sorriam. Agora ela se deu conta de que estava entre amigos e sentiu aquilo no fundo da alma. Estava a salvo. Tomou um gole d'água, sentindo que se refrescava toda por dentro, e pôs as mãos sobre as pernas. Sentiu que estava pronta.

"Mae, descreva em uma palavra o despertar que você experimentou na semana passada?"

Essa parte eles tinham ensaiado. "Foi exatamente isso, Eamon." Mae havia sido orientada a chamá-lo de Eamon. "Foi um despertar."

"Opa. Acho que acabei roubando sua fala", disse ele. A plateia riu. "Eu devia ter dito: 'O que houve com você esta semana?'. Mas nos explique por que essa palavra?"

"Bem, 'despertar' me parece correto...", disse Mae e em seguida acrescentou: "... agora."

A palavra "agora" veio uma fração de segundo depois do que deveria e o olho de Bailey estremeceu. "Vamos conversar sobre esse despertar", disse ele. "Começou no domingo à noite. Muitas pessoas aqui no auditório já conhecem os fatos em linhas gerais, com as câmeras SeeChange e tudo o mais. No entanto, faça um resumo para nós."

Mae olhou para suas mãos, no que ela se deu conta de ser um gesto teatral. Nunca tinha olhado para as mãos a fim de indicar algum grau de vergonha.

"Cometi um crime, basicamente", disse ela. "Peguei um caiaque emprestado sem o conhecimento da proprietária e remei para uma ilha no meio da baía."

"Foi a Ilha Azul, certo?"

"Foi."

"E contou para alguém que ia fazer aquilo?"

"Não, não contei."

"Pois bem, Mae: você tinha a intenção de contar a alguém sobre aquele passeio?"

"Não."

"E você o documentou de alguma forma? Fotos, vídeo?"

"Não, nada."

Ouviram-se alguns murmúrios na plateia. Mae e Eamon já esperavam alguma reação àquela revelação e ambos fizeram uma pausa para permitir que o público assimilasse a informação.

"Você sabia que estava fazendo algo errado quando pegou o caiaque emprestado sem o conhecimento da proprietária?"

"Sabia."

"Mesmo assim, foi adiante. Por quê?"

"Porque achei que ninguém ia saber."

Mais um murmúrio baixo na plateia.

"Esse é um ponto interessante. O mero fato de que você achava que sua ação permaneceria um segredo possibilitou que cometesse o crime, correto?"

"Correto."

"Você teria feito a mesma coisa se soubesse que havia alguém olhando?"

"Não, absolutamente."

"Portanto, de certo modo, fazer tudo isso no escuro, sem ser observada e sem ter de responder pelo que fez abriu caminho para impulsos de que você se arrepende?"

"Não há dúvida. O fato de eu achar que estava sozinha, que não era observada, possibilitou que eu cometesse um crime. E pusesse minha vida em risco, pois não usei colete salva-vidas."

De novo, um murmúrio irrompeu na plateia.

"Então você não só cometeu um crime contra a proprietária daqueles caiaques como também pôs a própria vida em risco. Tudo porque estava autorizada por uma, digamos assim, capa da invisibilidade?"

A plateia deu uma gargalhada. Os olhos de Bailey ficaram cravados em Mae, dizendo: *Está indo tudo bem.*

"Sim", disse ela.

"Tenho uma pergunta, Mae. Você se comporta melhor ou pior quando é observada?"

"Melhor. Sem dúvida nenhuma."

"Quando está sozinha, sem ser observada, sem poder ser responsabilizada pelo que faz, o que acontece?"

"Bem, por exemplo, eu roubo caiaques."

A plateia riu, numa explosão repentina.

"Sério. Faço coisas que não quero fazer. Minto."

"Outro dia, enquanto estávamos conversando, você se exprimiu de uma forma que me pareceu muito interessante e sucinta. Pode nos repetir o que disse?"

"Eu disse que segredos são mentiras."

"Segredos são mentiras. Isso é digno de guardar na memória. Pode expor para nós a lógica dessa expressão, Mae?"

"Bem, quando algo é mantido em segredo, acontecem duas coisas. Uma é que isso torna os crimes possíveis. Nós nos comportamos pior quando não somos responsabilizados. Isso nem se discute. E em segundo lugar, os segredos inspiram especulação. Quando não sabemos o que está sendo escondido, tentamos adivinhar, inventamos respostas."

"Bem, isso é interessante, não é?" Bailey virou para a plateia. "Quando não conseguimos fazer contato com a pessoa amada, especulamos. Ficamos em pânico. Inventamos histórias sobre onde ela está, o que aconteceu. E caso estejamos nos sentindo egoístas, ou ciumentos, inventamos mentiras. Às vezes, mentiras muito prejudiciais. Supomos que a pessoa está fazendo alguma coisa horrorosa. Tudo porque não sabemos."

"É como quando vemos duas pessoas sussurrando uma para a outra", disse Mae. "Ficamos preocupados, nos sentimos inseguros, imaginamos coisas terríveis que elas podem estar falando. Supomos que estão falando de nós, e isso é catastrófico."

"Quando na certa estão simplesmente perguntando onde fica o banheiro." Bailey obteve uma grande gargalhada e ficou satisfeito.

"Isso mesmo", respondeu Mae. Ela sabia que estava chegando perto de algumas expressões que precisava falar direito. Tinha dito aquelas expressões na biblioteca de Bailey e precisava dizê-las de novo da mesma forma como tinha dito naquele momento. "Por exemplo, se há uma porta trancada, começo a imaginar todo tipo de histórias sobre o que pode estar atrás dela. Tenho a impressão de que é algum tipo de segredo, e isso me leva a inventar mentiras. Mas se todas as portas estiverem abertas, concreta e metaforicamente, só há uma verdade."

Bailey sorriu. Ela havia acertado em cheio.

"Eu gosto disso, Mae. Quando as portas estão abertas, só existe uma verdade. Portanto vamos recapitular a primeira afirmação de Mae. Podemos mostrar na tela?"

As palavras SEGREDOS SÃO MENTIRAS apareceram na tela atrás de Mae. Ver suas palavras com mais de um metro de altura lhe deu uma sensação complicada — algo entre o entusiasmo e o pavor. Bailey era só sorrisos, balançando a cabeça, enquanto admirava as palavras.

"Muito bem, concluímos que, se você soubesse que teria de responder por suas ações, não teria cometido esse crime. Seu acesso às sombras, nesse caso, sombras ilusórias, possibilitou aquele comportamento. E quando você sabe que está sendo observada é uma pessoa melhor. Correto?"

"Correto."

"Agora vamos tratar da segunda revelação que você fez acerca do episódio. Você mencionou que não documentou de nenhum modo o passeio para a Ilha Azul. Por quê?"

"Bem, em primeiro lugar, eu sabia que estava fazendo algo ilegal."

"Claro. Mas você disse que muitas vezes anda de caiaque na baía e nunca documentou esses passeios. Não se filiou a nenhum clube do Círculo dedicado ao caiaque e também não postou descrições, fotos, vídeos, comentários. Por acaso você deu esses passeios de caiaque protegida pela CIA?"

Mae e a plateia riram. "Não."

"Então por que esses passeios secretos? Você não contou para ninguém seus passeios, nem antes nem depois, não os mencionou em lugar nenhum. Não existem relatos desses passeios, ou estou enganado?"

"Você está certo."

Mae ouviu várias pessoas no auditório estalando a língua em sinal de reprovação.

"O que você viu nesse último passeio, Mae? Eu soube que foi muito bonito."

"E foi mesmo, Eamon. A lua estava quase cheia, a água estava muito tranquila e eu tive a sensação de que estava remando sobre prata líquida."

"Parece incrível."

"Foi mesmo."

"Animais? Vida selvagem?"

"Por um tempo, fui seguida por uma foca solitária que ficou mergulhando e tornando à superfície, como se estivesse curiosa e também me incentivasse a ir em frente. Eu nunca tinha ido àquela ilha. Muito pouca gente foi. Depois que cheguei lá, subi ao topo e a vista do pico é incrível. Vi as luzes douradas da cidade e os montes ao pé das montanhas mais altas voltadas para o Pacífico, e cheguei até a ver uma estrela cadente."

"Uma estrela cadente! Que sorte."

"Foi muita sorte."

“Mas não tirou nenhuma foto.”

“Não.”

“Nenhum vídeo.”

“Não.”

“Então não existe nenhum registro disso.”

“Não. Só na minha memória.”

Houve gemidos altos na plateia. Bailey virou-se para a plateia balançando a cabeça, concordando com eles.

“Muito bem”, disse Bailey, como se estivesse reunindo forças. “Neste ponto vamos entrar em algo mais pessoal. Como todos vocês sabem, tenho um filho, Gunner, que nasceu com PC, paralisia cerebral. Embora leve uma vida bem agitada e tentemos sempre ampliar suas oportunidades, ele vive confinado a uma cadeira de rodas. Não pode andar. Não pode correr. Não pode andar de caiaque. Então o que ele faz se quer experimentar algo assim? Bem, ele assiste vídeos. Vê fotografias. Boa parte de suas experiências do mundo chegam por meio das experiências de outras pessoas. E é claro que muitos de vocês, membros do Círculo, têm sido muito generosos e o abastecem com fotos e vídeos de suas viagens. Quando ele vivencia a imagem da SeeChange de um membro do Círculo subindo o monte Quênia, ele se sente como se estivesse escalando o monte Quênia. Quando vê vídeos em primeira mão feitos por um velejador da America’s Cup de iatismo, Gunner, de certo modo, sente que também participou da America’s Cup. Tais experiências foram viabilizadas por pessoas generosas que compartilharam com o mundo, com meu filho inclusive, aquilo que viram. E podemos apenas imaginar quantas outras pessoas como Gunner existem pelo mundo. Podem ser deficientes. Podem ser idosos, que não têm como sair de casa. Podem ser mil outras coisas. Mas a questão é que existem milhões de pessoas que não podem ver o que você viu, Mae. Parece justo privar essas pessoas de ver o que você viu?”

A garganta de Mae estava seca e ela tentou não demonstrar sua emoção. "Não. Parece muito injusto." Mae pensou em Gunner, o filho de Bailey, e pensou no próprio pai.

"Você acha que elas têm direito de ver coisas como as que você viu?"

"Acho."

"Nesta vida breve", disse Bailey, "por que alguém não deve ver qualquer coisa que quiser ver? Por que todos não têm acesso igual às imagens do mundo? Ao conhecimento do mundo? A todas as experiências que este mundo oferece?"

A voz de Mae soou apenas um pouco acima de um sussurro: "Todo mundo deveria ter acesso a isso".

"Mas essa experiência que você teve, você guardou só para si. O que é curioso, porque você tem meios de compartilhá-lha pela internet. Você trabalha no Círculo. Seu PartiRank está no T2K. Então por que acha que esse seu passatempo específico, essas explorações extraordinárias, enfim, por que esconder isso do mundo?"

"Para ser franca, não consigo de jeito nenhum imaginar o que eu estava pensando", disse Mae.

A plateia murmurou. Bailey fez que sim com a cabeça.

"Muito bem. Acabamos de conversar sobre como nós, seres humanos, escondemos aquilo de que temos vergonha. Fazemos uma coisa ilegal ou antiética e escondemos do mundo porque sabemos que está errado. Mas esconder uma coisa maravilhosa, um passeio sensacional pela água da baía, iluminado pelo luar, uma estrela cadente..."

"Foi puro egoísmo, Eamon. Foi egoísmo e mais nada. Da mesma forma como uma criança não quer dividir seu brinquedo predileto. Entendo que o segredo faz parte, digamos, de um sistema de comportamento inaceitável. Provém de um lugar ruim, não de um lugar de luz e generosidade. E quando privamos os amigos, ou alguém como seu filho, Gunner, de experiências como a que tive, no fundo estamos roubando delas essas experiências. Privamos essas pessoas de algo a que elas têm direito. O conhecimento é um direito humano básico."

Mae ficou surpresa com a própria eloquência, e a plateia reagiu com uma estrondosa salva de palmas. Bailey olhava para ela como um pai orgulhoso. Quando o aplauso cessou, Bailey falou com voz suave, como se relutasse em interrompê-la.

"Você exprimiu a questão de uma forma que eu gostaria que repetisse."

"Bom, é embaraçoso, mas eu disse que compartilhar é cuidar."

A plateia riu. Bailey sorriu com afeição.

"Não acho embaraçoso. Essa expressão já circula faz algum tempo, mas se aplica bem aqui, não é, Mae? Talvez com uma precisão singular."

"Acho que é simples. Se a gente se importa com os seres humanos, nossos irmãos, compartilhamos com eles o que sabemos. Compartilhamos o que vemos. Damos para eles tudo o que pudermos. Se a gente se importa com seus apuros, com seu sofrimento, com sua curiosidade, com seu direito de aprender e saber tudo o que mundo contém, compartilhamos com eles. Compartilhamos o que temos, o que vemos e o que sabemos. Para mim, a lógica disso é incontestável."

A plateia aplaudiu, gritou e, enquanto fazia isso, três palavras novas, COMPARTILHAR É CUIDAR, surgiram na tela, embaixo das três palavras anteriores. Bailey balançava a cabeça, admirado.

"Adoro isso, Mae. Você tem muito jeito com as palavras. E há outra afirmação que você fez que acho que sintetiza isto que me parece que todo mundo aqui vai concordar que foi uma conversa inspiradora e incrivelmente esclarecedora."

A plateia aplaudiu com entusiasmo.

"Estávamos falando sobre como você encarava o impulso de guardar as coisas para si."

"Bem, é algo de que não me orgulho e não acho que seja nada mais do que puro egoísmo. Agora entendo isso de fato. Entendo que, enquanto seres humanos, somos obrigados a compartilhar o que vemos e sabemos. E que todo conhecimento deve ficar democraticamente acessível."

"Ser livre é o estado natural da informação."

"Certo."

"Todos temos o direito de saber tudo o que pudermos. Coletivamente, todos possuímos o conhecimento acumulado do mundo."

"Certo", disse Mae. "Então o que acontece se eu privo alguém, ou todos, de algo que eu conheço? Será que não estou roubando algo de meus irmãos humanos?"

"De fato", disse Bailey, fazendo que sim com a cabeça, com ar compenetrado. Mae olhou para a plateia e viu a primeira fila inteira, os únicos rostos visíveis, também fazendo que sim com a cabeça.

"E, uma vez que você tem tanto jeito com as palavras, Mae, me pergunto se você poderia nos contar a terceira e última revelação que fez. O que foi que você disse?"

"Bem, eu disse que privacidade é roubo."

Bailey voltou-se para a plateia. "Não é uma forma interessante de apresentar a questão, pessoal? Privacidade é roubo." Agora as palavras apareceram na tela atrás dele, em letras grandes e brancas:

PRIVACIDADE É ROUBO

Mae virou-se para ver as três linhas juntas. Ela piscou para conter as lágrimas, vendo tudo lá. Será que ela mesma havia de fato pensado tudo aquilo?

SEGREDOS SÃO MENTIRAS
COMPARTILHAR É CUIDAR
PRIVACIDADE É ROUBO

A garganta de Mae estava seca, contraída. Sabia que não ia conseguir falar, por isso torcia para que Bailey não lhe pedisse para falar. Como se tivesse percebido de que maneira ela estava se sentindo, que ela estava atônita, Bailey piscou para Mae e virou-se para a plateia.

"Vamos agradecer a Mae por sua sinceridade, sua inteligência e sua suprema humanidade, por favor."

A plateia se pôs de pé. O rosto de Mae ficou em chamas. Ela não sabia se devia ficar de pé ou sentada. Levantou-se por um instante, depois se sentiu tola, por isso sentou-se de novo e acenou com a mão, acima das pernas.

Em algum ponto no meio do aplauso estrondoso, Bailey conseguiu anunciar o arremate final de tudo aquilo — que Mae, para compartilhar tudo que via e podia oferecer ao mundo, ia se tornar transparente a partir daquele exato instante.

LIVRO II

Era uma criatura bizarra, fantasmagórica, vagamente ameaçadora, que não parava nunca, mas ninguém que se visse diante dela conseguiria desviar os olhos. Mae estava hipnotizada por ela, por sua forma cortante, suas barbatanas semelhantes a lâminas, sua pele leitosa e seus olhos de lã cinzenta. Sem dúvida era um tubarão, tinha seu formato característico, seu olhar malévolo, mas era de uma espécie nova, onívoro e cego. Stenton o havia trazido de sua viagem à Fossa das Marianas, no submersível do Círculo. O tubarão não era a única descoberta — Stenton havia trazido águas-vivas, cavalos-marinhos, arraias-jamantas, todos até então desconhecidos, todos quase translúcidos, etéreos em seus movimentos, todos expostos numa série de aquários enormes que ele havia construído, quase que do dia para a noite, para abrigá-los.

As tarefas de Mae eram mostrar os animais aos visitantes, explicar quando necessário e ser, por meio da lente que trazia pendurada no pescoço, uma janela para aquele mundo novo e para o mundo do Círculo em geral. Toda manhã, Mae punha um colar, muito parecido com o de Stewart, só que mais leve, menor, e com a lente em cima do seu coração. Ali, ela apresentava a imagem mais clara e mais ampla. A câmera via tudo o que Mae via e até mais. A qualidade do vídeo era tamanha que o público podia dar um zoom ou uma panorâmica, congelar ou realçar a imagem. O áudio havia sido cuidadosamente projetado para focar nas conversas mais próximas, registrando qualquer som ambiente ou quaisquer vozes de fundo, porém mantendo-os em segundo plano. Em essência, significava que todo ambiente em que Mae estivesse podia ser escaneado por qualquer um que estivesse assistindo; os espectadores podiam concentrar o foco em qualquer ponto e, com algum esforço, isolar e ouvir qualquer outra conversa.

Era possível obter informações sobre todas as descobertas de Stenton a qualquer minuto, porém o animal pelo qual ela e seu público mais se interessavam era o tubarão. Mae ainda não tinha visto o tubarão comer, mas diziam que era insaciável e muito rápido. Embora cego, localizava imediatamente seu alimento, fosse grande ou pequeno, fosse vivo ou morto, e o digeria com uma velocidade alarmante. Num instante, um arenque ou uma lula eram jogados no tanque do tubarão e poucos momentos depois o tubarão depositava no fundo do aquário tudo o que havia restado do animal — uma minúscula substância acinzentada, semelhante a um punhado de cinzas. Esse ato se tornava ainda mais fascinante em função da pele translúcida do tubarão, que permitia uma visão desimpedida de seu processo digestivo.

Mae ouviu um aviso em seu fone de ouvido. "Horário da alimentação do tubarão adiado para 1h02", disse uma voz. Agora eram 12h51.

Mae olhou para o corredor escuro, para os outros três aquários, cada um ligeiramente menor do que o anterior. O salão era mantido inteiramente às escuras, sem iluminação, a fim de ressaltar melhor os aquários de um azul muito vivo e as criaturas brancas e nebulosas em seu interior.

"Agora vamos passar para o polvo", disse a voz.

O principal feed de áudio, do Guia Adicional para Mae, provinha de um fone minúsculo e permitia que a equipe do Guia Adicional lhe fornecesse orientações eventuais — sugerir que parasse a Máquina do Tempo, por exemplo, e mostrasse a seu público um novo drone, movido a energia solar, capaz de percorrer distâncias ilimitadas, atravessar continentes e oceanos, contanto que ficasse devidamente exposto ao sol; Mae já fizera a mesma visita antes, naquele dia. Uma boa parte de seu dia era tomada por aquilo, o tour por diversos departamentos, a apresentação de produtos novos, feitos no Círculo ou patrocinados pelo Círculo. Aquilo assegurava que cada dia fosse diferente do outro. Nas seis semanas em que estava transparente, Mae tinha sido exposta a quase todos os recantos do campus — desde a Era das Grandes Navegações até o Antigo Reino, onde estavam trabalhando, mais por diversão do que qualquer outra coisa, num projeto para prender uma câmera em todos os ursos-polares remanescentes.

"Vamos ver o polvo", disse Mae aos espectadores que a seguiam.

Mae passou para uma estrutura circular de vidro com quatro metros e oitenta centímetros de altura e três metros e meio de diâmetro. Dentro, uma criatura pálida e sem espinha, cor de nuvem, mas dotada de veias azuis e verdes, sondava o ambiente, tateando e agitando os braços, como um homem quase cego que procura seus óculos às apalpadelas.

"Esse é um parente do polvo telescópio", disse Mae, "mas nunca tinham capturado um exemplar vivo."

Seu formato parecia se modificar continuamente, ora semelhante a um balão ou bulbo, como se inflasse a si mesmo, confiante e aumentado, ora se encolhia, se alongava, se esticava, se espraiava, incerto de sua forma verdadeira.

"Como podem ver, é muito difícil definir seu tamanho real. Uma hora parece que dá para a gente colocá-lo na palma mão. No minuto seguinte, ele ocupa quase todo o espaço do tanque."

Os tentáculos da criatura pareciam querer conhecer tudo: a forma do vidro, a topografia do coral que estava embaixo dela, a sensação da água à sua volta.

"Ele é quase afetuoso", disse Mae, vendo o polvo se esticar de uma parede à outra, se alastrando como uma rede. Algo na sua curiosidade lhe conferia uma presença sensível, repleta de dúvida e de carência.

"Stenton achou esse aqui primeiro", disse Mae sobre o polvo, que agora se elevava do chão, devagar, com ostentação. "Veio de trás do submersível e disparou na sua frente, como se pedisse para ser seguido. Vocês podem ver como ele deve ter se movido depressa." O polvo agora estava se inclinando dentro do aquário, impelindo o próprio corpo em movimentos semelhantes a um guarda-chuva que abre e fecha.

Mae viu que horas eram. 12h54. Tinha alguns minutos para matar o tempo. Manteve a lente voltada para o polvo.

Mae não tinha a menor dúvida de que todos os minutos de todos os dias eram igualmente deslumbrantes para seus espectadores. Nas semanas em que Ela estava transparente, houve tempo ocioso, um bocado de tempo ocioso, mas sua tarefa, em primeiro lugar, era proporcionar uma janela aberta para a vida no Círculo, para o sublime e o banal. "Aqui estamos na academia de ginástica", ela podia dizer, enquanto a mostrava pela primeira vez aos espectadores. "As pessoas correm e suam e inventam maneiras de dar uma escapadinha sem ser apanhadas." Depois, uma hora mais tarde, ela podia estar almoçando, descontraidamente e sem fazer nenhum comentário, na frente de outros membros do Círculo, enquanto todos se comportavam, ou tentavam se comportar, como se ninguém estivesse observando. A maior parte de seus colegas do Círculo sentia-se feliz de estar sob a lente da câmera. Depois de alguns dias, todos os membros do Círculo sabiam que aquilo era uma parte de seu trabalho e uma peça elementar do Círculo, ponto final. Se eles deviam de fato ser uma empresa que abraçava a transparência e as vantagens globais e infinitas do acesso aberto, precisavam viver aquele ideal, sempre e em toda parte, e sobretudo no campus.

Felizmente havia coisas de sobra para iluminar e comemorar dentro dos muros do Círculo. O outono e o inverno trouxeram o inevitável, tudo com a velocidade de um ataque-relâmpago. Em todo o campus havia sinais que sugeriam a Completude iminente. As mensagens eram cifradas, destinadas a atiçar a curiosidade e a discussão. *O que significa Completude?* Pediam aos funcionários que refletissem sobre aquilo, que mandassem respostas e escrevessem nos murais de ideias. *Todo mundo na Terra tem uma conta no Círculo!*, dizia uma mensagem bem popular. *O Círculo resolve o problema da fome no mundo*, afirmava outra. *O Círculo me ajuda a descobrir meus ancestrais*, declarava mais uma. *Nenhum dado, histórico, numérico ou emocional jamais irá se perder*. Essa foi escrita e assinada pelo próprio Bailey. A mais popular era *O Círculo me ajuda a me encontrar*.

Muitos daqueles projetos estavam havia tempos nos estágios de planejamento no Círculo, mas a oportunidade nunca tinha sido tão apropriada e o ímpeto foi forte demais para que pudessem resistir. Agora, com noventa por cento de Washington transparentes e os restantes dez por cento definhando sob a suspeita de seus colegas e dos eleitores, a pergunta batia na cabeça deles com a força de um sol inclemente: o que vocês estão escondendo? O plano era que a maioria dos membros do Círculo ficasse transparente até o final do ano, mas por ora, para resolver os problemas de programação e dar um tempo para que todo mundo se habituasse à ideia, só Mae e Stewart estavam transparentes. A experiência de Stewart, no entanto, acabou amplamente ofuscada pelo caso de Mae. Ela era jovem e se movia muito mais depressa do que Stewart e sua voz — os espectadores adoravam sua voz, a comparavam à música, diziam *parece um instrumento de sopro* e *um maravilhoso dedilhar de cordas* —, e Mae também estava adorando sentir a afeição de milhões fluindo através dela diariamente.

Mas também havia a questão de se acostumar com o funcionamento básico do equipamento. A câmera era leve e, depois de alguns dias, Mae mal conseguia sentir o peso da lente, mais leve do que um medalhão, sobre o osso esterno. Tentaram várias maneiras de manter a lente sobre seu peito, inclusive com um velcro preso à roupa, mas nada se mostrou tão eficiente, e tão simples, quanto apenas pendurá-la em seu pescoço. O segundo ajuste, que ela achava sempre fascinante e de vez em quando chocante, era ver — através de uma moldura pequena em seu pulso direito — o que a câmera estava vendo. Ela havia quase esquecido seu bracelete monitor de saúde no pulso esquerdo, mas a câmera tornara essencial o uso daquilo, um segundo bracelete, no pulso direito. Era do mesmo tamanho e do mesmo material que o do pulso esquerdo, só que com uma tela maior a fim de acomodar a imagem de vídeo e um resumo de todos os seus dados em suas telas de costume. Com um bracelete em cada pulso, ambos confortáveis e com acabamento de metal escovado, Mae sentia-se como a Mulher Maravilha e tinha algum conhecimento de seu poder — embora essa ideia fosse ridícula demais para ser dividida com quem quer que fosse.

No pulso esquerdo, Mae via as batidas do coração; no direito, podia acompanhar o que os espectadores estavam vendo — uma imagem em tempo real captada pela sua lente, que permitia a Mae fazer qualquer ajuste necessário para uma visão melhor.

Também o número atual de seus espectadores, seus índices e sua posição na classificação geral de audiência, e destacava os comentários mais recentes e os mais populares dos espectadores. Naquele momento, parada na frente do polvo, Mae tinha 441 762 espectadores, o que estava um pouco acima da sua média, mas ainda era menos do que ela esperava alcançar enquanto apresentava as descobertas de Stenton no mar profundo. Os outros números apresentados não eram surpresa. Ela estava alcançando a média de 845 029 visitantes individuais de suas cenas ao vivo por dia e tinha 2,1 milhões de seguidores para o seu feed de zings. Mae não precisava mais se preocupar em se manter no T2K; sua visibilidade e o imenso poder de sua plateia garantiam Índices de Conversão e de Varejo Bruto estratosféricos e a mantinham sempre entre os dez mais.

"Vamos ver os cavalos-marinhos", disse Mae, e passou para o aquário seguinte. Lá, entre um buquê pastel de corais e folhagens ondulantes de algas azuis, ela viu centenas, talvez milhares, de pequeninas criaturas, menores do que o dedo de uma criança, ocultando-se em esconderijos, galgando nas folhagens. "Esses caras não são peixes lá muito amigáveis. Espere, será que chegam mesmo a ser peixes?", perguntou Mae, e olhou para o pulso, onde um espectador já havia mandado a resposta. *Sem dúvida, são peixes! Classe Actinopterygii. Da família do bacalhau e do atum.*

"Obrigado, Susanna Win, de Greensboro!", disse Mae, e rezingou a informação para seus seguidores. "Agora vejamos se conseguimos descobrir o pai de todos esses cavalos-marinhos. Como vocês talvez saibam, o cavalo-marinho macho é que gesta as crias no próprio corpo. As centenas de bebês que vocês estão vendo vieram à luz logo depois que o pai chegou aqui. Agora, onde ele está?" Mae caminhou em redor do aquário e logo o descobriu, mais ou menos do tamanho de sua mão, deitado no fundo do tanque, encostado no vidro. "Acho que está se escondendo", disse Mae, "mas ele não parece saber que estamos aqui do outro lado do vidro e que podemos ver tudo."

Ela verificou o bracelete em seu pulso e ajustou um pouco o ângulo da lente, a fim de obter a melhor visão do frágil animal. Estava todo encolhido, de costas para ela, com ar exausto e tímido. Mae aproximou o rosto e a lente do vidro, tão perto do cavalo-marinho que ela podia ver as nuvens minúsculas em seus olhos inteligentes, as inconcebíveis sardas em seu focinho delicado. Era uma criatura improvável, um péssimo nadador, mas semelhante a uma lanterna chinesa e totalmente indefeso. O pulso dela destacou um zing com índices excepcionalmente elevados. *O croissant do reino animal*, dizia o texto, e Mae o repetiu em voz alta. Porém, a despeito de sua fragilidade, de algum jeito tinha conseguido se reproduzir, dera vida a mais uma centena de criaturas como ele, no tempo em que o polvo e o tubarão faziam uma ronda em seus tanques e comiam. Não que o cavalo-marinho parecesse dar importância àquilo. Ele se mantinha à parte de sua prole, como se não tivesse a menor ideia de sua proveniência e nenhum interesse pelo que acontecia com os filhotes.

Mae verificou que horas eram. 1h02. O Guia Adicional falou através de seu fone de ouvido: "Alimentação do tubarão pronta".

"Certo", respondeu Mae, olhando para seu pulso. "Estou vendo uma porção de pedidos para voltarmos ao tubarão e já passa de uma hora, portanto acho que vou fazer isso mesmo." Deixou o cavalo-marinho, que se virou para ela por um momento, como se não quisesse que ela fosse embora.

Mae voltou para o primeiro e maior aquário, que continha o tubarão de Stenton. Acima do aquário, viu uma jovem de cabelo preto crespo e jeans branco de bainha dobrada, de pé, no alto de uma escada vermelha lustrosa.

"Oi", disse para ela. "Sou Mae."

A mulher parecia estar pronta para dizer: "Já sei", mas então, como se lembrasse que estavam sendo filmadas, adotou um tom estudado, encenado. "Oi, Mae. Sou Georgia e vou alimentar o tubarão do sr. Stenton."

E então, embora fosse cego e ainda não houvesse nenhum alimento no tanque, o tubarão pareceu sentir que um banquete estava próximo. Começou a rodopiar como um ciclone, subindo cada vez mais próximo da superfície. O número de espectadores de Mae já tinha subido para mais quarenta e dois mil.

"*Alguém* está com fome", disse Mae.

O tubarão, que até então parecera apenas ligeiramente ameaçador, agora parecia cruel e totalmente consciente, a própria encarnação do instinto predatório. Georgia tentava se mostrar confiante, competente, mas Mae viu medo na trepidação de seus olhos. "Tudo pronto aí embaixo?", perguntou ela, sem tirar os olhos do tubarão, que rodava em direção a ela.

"Estamos prontos", respondeu Mae.

"Muito bem, hoje vou alimentar o tubarão com uma coisa nova. Como você sabe, ele tem sido alimentado com todo tipo de comida, desde salmão até arenque e águas-vivas. Devorou tudo com igual entusiasmo. Ontem, tentamos uma arraia-jamanta, que não achávamos que ele fosse apreciar, mas ele nem hesitou, comeu com gosto. Portanto hoje vamos experimentar de novo uma coisa diferente. Como podem ver", disse ela, e Mae percebeu que o balde que ela trazia era feito de acrílico transparente e dentro se via algo azul e marrom, com pernas demais. Mae ouviu as pernas da criatura batendo nas paredes do balde: uma lagosta. Mae nunca imaginou que tubarões comessem lagostas, mas não via motivo para que não comessem.

"Temos aqui uma lagosta do Maine comum, que não sabemos se esse tubarão é capaz de comer."

Georgia talvez estivesse tentando causar uma boa impressão, mas até Mae ficou nervosa imaginando quanto tempo ela ainda ia segurar a lagosta suspensa acima da água. *Solte*, pensava Mae. *Por favor, solte logo.*

Mas Georgia continuava segurando a lagosta acima da água, supostamente em benefício de Mae e de seus espectadores. Enquanto isso, o tubarão tinha percebido a lagosta, sem dúvida havia mapeado sua forma com os sensores que possuía, quaisquer que fossem, e rodopiava cada vez mais depressa, ainda obediente, mas já no fim de sua paciência.

"Alguns tubarões são capazes de processar as cascas de crustáceos como este, outros não", disse Georgia, que agora suspendia a lagosta de tal modo que sua tenaz tocava preguiçosamente a superfície. *Solte, por favor*, pensou Mae. *Por favor, solte agora.*

"Portanto eu vou jogar este carinha aqui no..."

Mas antes que pudesse terminar a frase, o tubarão se ergueu e abocanhou a lagosta, tomando-a da mão da cuidadora. Na hora em que ela soltou um berro e agarrou os dedos como se quisesse contá-los, o tubarão já voltara para o meio do tanque, a lagosta tragada entre suas mandíbulas, enquanto a carne branca do crustáceo espirrava pela boca larga do tubarão.

"Ele te mordeu?", perguntou Mae.

Georgia balançou a cabeça, contendo as lágrimas. "Quase." E esfregou a mão como se tivesse sido queimada.

A lagosta tinha sido devorada e Mae viu algo horripilante e maravilhoso: a lagosta estava sendo processada dentro do tubarão, na frente dela, numa velocidade-relâmpago e com incrível nitidez. Mae viu a lagosta partir-se em dúzias de pedaços, depois em centenas, dentro da boca do tubarão, depois ela viu aqueles pedaços percorrerem o esôfago do tubarão, até seu estômago, e depois até os intestinos. Em minutos, a lagosta tinha sido reduzida a uma substância granular e particulada. Os dejetos saíram do tubarão e se depositaram no fundo do aquário como se fosse neve.

"Parece que ele continua com fome", disse Georgia. Estava

de novo no alto da escada, mas agora com um recipiente de acrílico diferente. Enquanto Mae observava a digestão da lagosta, Georgia tinha apanhado uma segunda refeição.

"Isso aí é o que eu estou pensando?", perguntou Mae.

"É uma tartaruga do Pacífico", disse Georgia, suspendendo o recipiente que continha o réptil. A tartaruga era quase do tamanho do tronco de Mae, estampada com retalhos de azul, verde e marrom, um lindo animal, incapaz de se mexer naquele espaço apertado. Georgia abriu a porta na ponta do recipiente, como se convidasse a tartaruga a sair, se assim preferisse. Ela preferiu ficar onde estava.

"Há pouca probabilidade do nosso tubarão já ter encontrado um animal como este, em razão da diferença de seus hábitats", disse Georgia. "Esta tartaruga não teria nenhum motivo para andar nas regiões onde habita o tubarão de Stenton e o tubarão, por sua vez, certamente nunca viu as regiões matizadas de luz onde vivem as tartarugas."

Mae queria perguntar se Georgia ia mesmo dar aquela tartaruga para o tubarão comer. Os olhos da tartaruga tinham avistado o predador mais abaixo e agora, com a lenta energia que conseguia reunir, a tartaruga estava se espremendo no fundo do recipiente. Dar aquela criatura gentil para o tubarão comer, a despeito de qualquer necessidade científica, era uma coisa que ia desagradar a muitos espectadores de Mae. Já estavam chegando zings no seu pulso. *Por favor, não mate essa tartaruga. Parece com meu avô!* Porém havia uma segunda tendência, que chamava atenção para o fato de que o tubarão era apenas um pouco maior do que a tartaruga e não conseguiria engolir ou digerir o réptil, com seu casco impenetrável. Mas exatamente na hora em que Mae ia questionar a iminente alimentação do tubarão, uma voz no Guia Adicional soou no fone de ouvido de Mae. "Espere. Stenton quer ver isso."

No tanque, o tubarão estava rodopiando outra vez, parecia exatamente tão voraz e esfomeado quanto antes. A lagosta não era nada para ele, um mero petisco. Agora ele chegou mais perto de Georgia, ciente de que o prato principal ia ser servido.

"Lá vamos nós", disse Georgia, e inclinou o recipiente até que a tartaruga começou a escorregar, lentamente, rumo à água cor de luz neon, que rodopiava embaixo dela — os giros do tubarão tinham criado um redemoinho. Quando o recipiente estava na vertical e a cabeça da tartaruga tinha surgido no limiar da porta de acrílico, o tubarão não conseguiu mais esperar. Projetou-se para cima, agarrou a cabeça da tartaruga em suas mandíbulas e puxou para baixo. E, a exemplo da lagosta, a tartaruga foi consumida em segundos, mas dessa vez exigiu uma mudança de formato que o crustáceo não havia demandado. O tubarão pareceu desenganchar a mandíbula, duplicando o tamanho da boca, permitindo que ela subjugasse facilmente a tartaruga inteira numa só bocada. Georgia narrava os acontecimentos, dizia algo sobre como muitos tubarões, quando devoravam tartarugas, viravam seu estômago pelo avesso e vomitavam o casco depois de digerir as partes carnudas do réptil. Mas o tubarão de Stenton tinha outros métodos. O casco pareceu se dissolver dentro da boca e do estômago do tubarão, como uma bolacha encharcada de saliva. E, em menos de um minuto, a tartaruga, toda ela, tinha virado cinzas. Saiu do tubarão da mesma forma que a lagosta, em flocos que tombaram pesados no fundo do aquário, unindo-se aos que tinham caído antes e indistinguíveis deles.

Mae estava observando aquilo, quando viu uma figura, quase uma silhueta, do outro lado do vidro, além da parede oposta do aquário.

Seu corpo era apenas uma sombra, o rosto era invisível, mas então, por um momento, a luz que vinha de cima se refletiu na pele do tubarão que nadava em círculos e incidiu no rosto da figura.

Era Kalden.

Fazia um mês que Mae não o via e, desde que ficara transparente, não havia recebido nenhuma notícia dele. Annie tinha ido a Amsterdam, depois à China, depois ao Japão, depois voltou para Genebra, e assim não tivera tempo para se concentrar em Kalden, mas as duas haviam trocado mensagens esparsas a respeito dele. Até que ponto deviam se preocupar com aquele homem desconhecido?

Mas durante aquele tempo ele andou sumido.

Agora estava de pé do outro lado, olhava para ela, imóvel.

Mae quis chamá-lo, mas então ficou preocupada. Quem era ele? Será que chamá-lo, captá-lo em sua câmera criaria uma cena? Será que ele ia fugir? Ela ainda estava em choque com a digestão da tartaruga pelo tubarão, com a ferocidade de olhos opacos do animal, e descobriu que estava sem voz, sem forças para pronunciar o nome de Kalden. Então olhou fixamente para ele, que olhou para ela, e Mae teve a ideia de que, se conseguisse captá-lo na câmera, talvez pudesse mostrar a imagem para Annie e aquilo talvez levasse a algum esclarecimento, alguma identificação. Porém, quando Mae olhou para o pulso, viu apenas uma forma muito escura, o rosto dele obscurecido. Talvez a lente de Mae não conseguisse alcançar Kalden, estivesse focalizando de um ângulo diferente. Quando Mae procurou a forma de Kalden em seu pulso, ele recuou e se afastou para as sombras.

Nesse meio-tempo, Georgia tagarelava sobre o tubarão e sobre aquilo que tinham acabado de presenciar e Mae não tinha ouvido nada. Mas agora Georgia estava no alto da escada, acenando, torcendo para que Mae tivesse terminado, porque ela já não tinha mais nada para alimentar o animal. O espetáculo tinha acabado.

"Então está bem", disse Mae, agradecida pela oportunidade de ir embora e seguir Kalden. Despediu-se, agradeceu a Georgia e caminhou depressa através do corredor escuro.

Mae vislumbrou a silhueta dele através de uma porta distante e acelerou o passo, tomando cuidado para não sacudir a lente nem chamar seu nome. A porta por onde ele havia se esgueirado levava para uma sala de redação, um local bastante lógico para Mae visitar em seguida. "Vamos ver o que está acontecendo na redação", disse ela, ciente de que todos lá dentro estariam conscientes de sua aproximação ao longo dos vinte passos que a separavam da sala. Sabia também que as câmeras SeeChange no corredor, acima da porta, teriam captado a imagem de Kalden e, mais cedo ou mais tarde, ela saberia se de fato era ele. Todos os movimentos no interior do Círculo eram captados por alguma câmera, em geral por três, e reconstituir os movimentos de qualquer pessoa, após o fato, era uma questão de apenas alguns minutos de trabalho.

Enquanto se aproximava da porta da redação, Mae pensava nas mãos de Kalden sobre seu corpo. As mãos a segurando por baixo, puxando-a para si, pressionando o corpo dele para dentro dela. Mae ouvia o rumor baixo da voz de Kalden. Sentia o sabor dele como um fruto fresco e molhado. E se ela o encontrasse? Não poderia levá-lo para o banheiro. Ou poderia? Ela ia descobrir um jeito.

Abriu a porta da redação, um espaço amplo que Bailey tinha projetado se inspirando nas antigas redações de jornal, dotado de cem cubículos de paredes baixas, máquinas de teletipo e relógios em toda parte; havia um telefone analógico de estilo antigo em todas as escrivaninhas, com uma fileira de botões brancos embaixo dos números, piscando sem ritmo. Havia impressoras antigas, faxes, aparelhos de telex, máquinas de tipografia. A decoração, é claro, era só um cenário. Todas as máquinas em estilo retrô não funcionavam. Os repórteres, cujos rostos estavam agora voltados para Mae, sorrindo e dando bom-dia para ela e para os espectadores, podiam fazer a maioria das reportagens usando as SeeChange. Agora havia mais de cem milhões de câmeras em operação e acessíveis em todo o mundo, tornando desnecessárias as coberturas pessoais e feitas no local, sempre dispendiosas e perigosas, sem falar do gasto de carbono.

Enquanto Mae caminhava pela redação, a equipe acenava para ela, sem saber se aquilo era uma visita oficial. Mae acenava em resposta, enquanto observava a sala com atenção, ciente de que parecia distraída. Onde estava Kalden? Só havia uma saída além daquela, portanto Mae atravessou a sala depressa, assentindo e saudando, até alcançar a porta que ficava no fundo da sala. Ela a abriu, piscou os olhos diante da luz clara do dia e viu Kalden. Estava atravessando o gramado verde e vasto, passando pela escultura nova feita por aquele dissidente chinês — Mae lembrou-se de que devia dar destaque à escultura em breve, talvez naquele mesmo dia — e, naquele instante, Kalden se virou por um momento, como se quisesse verificar se ela ainda o seguia. Os olhos de Mae encontraram os dele, provocando um pequeno sorriso, antes de Kalden virar-se outra vez e caminhar depressa em torno do Período das Cinco Dinastias.

"Aonde você está indo?", perguntou a voz em seu fone de ouvido.

"Desculpe. Lugar nenhum. Estava só andando. Não importa."

Mae tinha permissão para ir aonde quisesse, é claro — seus caminhos sinuosos eram o que muitos espectadores mais apreciavam —, porém o escritório do Guia Adicional, mesmo assim, de vez em quando gostava de verificar o que estava acontecendo. Enquanto estava sob o sol, com membros do Círculo à sua volta, Mae ouviu seu celular tocar. Verificou seu pulso; não havia nenhuma chamada identificada. Mae sabia que só podia ser Kalden.

"Alô?", disse ela.

"Temos de nos encontrar", disse ele.

"O quê?", perguntou ela.

"Seus espectadores não podem me ouvir. Só ouvem você. Neste momento, seus engenheiros estão se perguntando por que o áudio de entrada não está funcionando. Vão consertar em poucos minutos." Sua voz estava tensa, trêmula. "Então, preste atenção. A maior parte do que está acontecendo precisa parar. Estou falando sério. O Círculo está quase completo e, Mae, você tem de acreditar em mim, isso vai ser ruim para você, para mim, para a humanidade. Quando podemos nos encontrar? Se tiver de ser no banheiro, para mim está tudo bem..."

Mae desligou.

"Desculpe", disse o Guia Adicional em seu fone de ouvido. "Por algum motivo, o áudio de entrada não funcionou. Estamos tentando consertar. Quem era?"

Mae sabia que não podia mentir. Não tinha certeza de que alguém não tinha ouvido Kalden. "Algum maluco", improvisou Mae, orgulhosa de si mesma. "Tagarelando sobre o fim do mundo."

Mae verificou seu pulso. Já havia gente imaginando o que poderia ter acontecido e como. O zing mais popular de todos: *Problemas técnicos na sede do Círculo? Próximo capítulo: Papai Noel se esquece do Natal?*

"Diga a verdade para eles, como sempre", disse o Guia Adicional.

"Está certo. Não tenho a menor ideia do que aconteceu", disse Mae em voz alta. "Quando souber, explico a todos vocês."

Mas Mae estava abalada. Continuava parada, sob o sol, acenando de vez em quando para membros do Círculo que percebiam sua presença. Sabia que seus espectadores talvez estivessem imaginando o que poderia acontecer em seguida, para onde ela estava indo. Mae não queria olhar seu pulso, pois sabia que os comentários seriam de perplexidade e até de preocupação. Ao longe, viu algo que parecia um jogo de croquet e, tendo uma ideia, seguiu naquela direção.

"Como todos vocês sabem", disse ela quando estava perto o bastante para ver e cumprimentar os quatro jogadores, que ela descobriu serem dois membros do Círculo e um par de visitantes da Rússia, "nem sempre brincamos aqui no Círculo. Às vezes temos de trabalhar, o que esse grupo está demonstrando. Não quero incomodá-los, mas garanto a vocês que o que eles estão fazendo envolve resolução de problemas e algoritmos complexos e vai resultar no aprimoramento dos produtos e serviços que podemos oferecer a vocês. Vamos prestar atenção."

Aquilo lhe daria alguns minutos para pensar. Periodicamente, ela focalizava sua lente em algo como aquilo, um jogo ou uma demonstração ou um discurso, e isso permitia que a mente de Mae divagasse, enquanto os espectadores olhavam. Mae conferiu a imagem em seu pulso e viu que seus espectadores, 432 028, estavam dentro da média e que não havia nenhum comentário urgente, portanto ela se concedeu três minutos, antes de ter que retomar o controle do feed. Com um largo sorriso — pois certamente estava visível em três ou quatro câmeras SeeChange instaladas ao ar livre —, Mae respirou fundo. Era uma nova capacidade que ela havia adquirido, a capacidade de olhar para o mundo exterior com um ar absolutamente sereno e até alegre, enquanto, dentro do crânio, tudo era um caos. Ela queria ligar para Annie. Mas não podia ligar para Annie. Queria Kalden. Queria estar a sós com Kalden. Queria estar de volta àquele banheiro, sentada em cima dele, sentindo a cabeça de seu pênis pressionar e entrar. Mas ele não era normal. Era uma espécie de espião ali. Uma espécie de anarquista, de apocalíptico. O que ele queria dizer quando a advertiu do perigo da completude do Círculo? Mae nem sequer sabia o que significava Completude. Ninguém sabia. No entanto, ultimamente, os Sábios tinham começado a dar dicas sobre aquilo. Num dia, em ladrilhos novos pregados por todo o campus, mensagens cifradas surgiram: PENSE COMPLETUDE e COMPLETEM O CÍRCULO e O CÍRCULO DEVE SER UM TODO, e tais slogans haviam despertado a desejada curiosidade. Mas ninguém sabia o que aquilo significava e os Sábios não o revelavam.

Mae viu que horas eram. Tinha observado o jogo de croquet por noventa segundos. Só poderia manter aquela atitude de forma razoável por mais um ou dois minutos. Portanto, qual era sua responsabilidade de informar aquele telefonema? Será que alguém tinha de fato ouvido o que Kalden disse? E se tivessem ouvido? E se aquilo fosse uma espécie de teste para ver se ela denunciava uma ligação desonesta? Talvez aquilo fizesse parte da Completude — um teste para medir sua lealdade, a fim de barrar o caminho de qualquer pessoa ou qualquer coisa que impedisse a Completude. Ah, merda, pensou Mae. Ela queria falar com Annie, mas sabia que não podia. Pensou em seus pais, que lhe dariam bons conselhos, mas a casa deles estava transparente também, repleta de câmeras do SeeChange — uma condição para o tratamento de seu pai. Talvez ela pudesse ir até lá, encontrá-los no banheiro, quem sabe? Não. Na verdade, fazia alguns dias que não entrava em contato com os pais. Tinham advertido Mae de que estavam tendo certas dificuldades técnicas, voltariam a fazer contato em breve, que a amavam, e depois disso não responderam nenhuma das mensagens dela nas últimas quarenta e oito horas. E naquele período ela não havia verificado as imagens das câmeras na casa deles. Mae tinha de fazer aquilo. Tomou nota disso mentalmente. Quem sabe podia ligar para os pais? Ver se estavam bem e depois sugerir, de algum modo, que queria falar com eles sobre algo muito pessoal e perturbador?

Não, não. Tudo isso era loucura. Tinha recebido um telefonema casual de um homem que ela sabia ser doido. Ah, merda, pensou Mae, na esperança de que ninguém conseguiria adivinhar o caos que vigorava em sua mente. Apreciava estar onde estava, visível daquele jeito, apreciava ser um canal daquele jeito, um guia para seus espectadores, mas aquela responsabilidade, aquela intriga desnecessária, aquilo a deixava incapacitada. E quando experimentava aquela paralisia, tolhida no meio de possibilidades e incógnitas absolutamente excessivas, só havia um lugar em que ela se sentia bem.

À 1h44, Mae entrou no Renascimento, sentiu acima de si a saudação do Calder que girava lentamente e pegou o elevador para o quarto andar. Subir pelo prédio a acalmava. Caminhar pela passarela, com o átrio visível lá embaixo, lhe proporcionava uma grande paz. Aquilo, a Experiência do Cliente, era seu lar, onde não havia desconhecidos.

De início, Mae tinha ficado surpresa quando pediram que continuasse a trabalhar em EC, pelo menos algumas horas por dia. Ela havia curtido seu tempo ali, sim, mas supunha que a transparência acarretasse deixar tudo aquilo para trás. "É exatamente essa a questão", explicou Bailey. "Eu penso que, Número Um, isso vai manter você ligada ao trabalho de nível básico que você fazia aqui. Número Dois, acho que seus seguidores e espectadores vão gostar que você continue a fazer esse trabalho de base. Vai representar um gesto de humildade muito comovente, não acha?"

No mesmo instante, Mae ficou consciente do poder que exercia — instantaneamente, ela se tornou um dos membros do Círculo mais visíveis — e sentiu-se decidida a usar esse poder de maneira branda. Portanto Mae encontrara tempo em todas as semanas para voltar à sua antiga equipe de trabalho, voltar para sua mesa, que havia deixado vaga. Tinha havido algumas mudanças — agora havia nove telas e os funcionários de Experiência do Cliente eram incentivados a trocar muitos mais dados com seus clientes, a praticar uma reciprocidade mais profunda, de formas muito mais abrangentes —, mas o trabalho continuava essencialmente o mesmo e Mae descobriu que apreciava o ritmo daquele trabalho, o teor quase meditativo de fazer algo que conhecia na pele, ela se via tragada para EC em momentos de estresse ou de calamidade.

E assim, em sua terceira semana de transparência, numa quarta-feira ensolarada, Mae planejou ficar noventa minutos na Experiência do Cliente, antes que o resto do dia a atropelasse. Às três, ela teve de fazer um tour na Era Napoleônica, onde estavam projetando a eliminação do dinheiro físico — a rastreabilidade da moeda da internet acabaria com vastas camadas de criminalidade da noite para o dia — e às quatro ela deveria mostrar as residências de novos músicos no campus — vinte e dois apartamentos inteiramente equipados, onde músicos, especialmente aqueles que não conseguiam ganhar a vida com a venda de sua música, podiam viver de graça e tocar regularmente para os membros do Círculo. Aquilo preencheria a tarde de Mae. Às cinco, ela devia comparecer ao anúncio do político mais recente a se tornar transparente. Por que continuavam a fazer aquelas proclamações com tantas fanfarras — agora chamavam aquilo de Clarificações — era um mistério para ela e para muitos de seus espectadores. Havia dezenas de milhares de políticos eleitos transparentes em todo o país e em todo o mundo, e o movimento era menos uma novidade do que uma inevitabilidade; a maior parte dos observadores previa a plena transparência governamental, pelo menos nas democracias — e com as câmeras SeeChange, em breve, não haveria outra forma de governo —, no prazo de dezoito meses. Depois da Clarificação, ia haver uma batalha de comédia de improviso no campus, um levantamento de fundos em benefício de uma escola rural no Paquistão, uma degustação de vinhos e, por fim, um churrasco para o campus inteiro, com música de um coral trance peruano.

Mae entrou na sala de sua antiga equipe de trabalho, onde suas próprias palavras — SEGREDOS SÃO MENTIRAS; COMPARTILHAR É CUIDAR; PRIVACIDADE É ROUBO — tinham sido fundidas em aço e dominavam a parede inteira. O lugar fervilhava de novatos e todos eles ergueram os olhos, alarmados e felizes de vê-la entre eles. Mae cumprimentou-os com um aceno, saudou-os com uma reverência de brincadeira, viu Jared de pé na porta de seu escritório e acenou para ele também. Em seguida, resolvida a fazer seu trabalho sem espalhafato, ela sentou, fez o login e abriu as comportas. Respondeu três questionários em rápida sucessão, obtendo uma avaliação média de 99. Seu quarto cliente foi o primeiro a perceber que era Mae, a Mae Transparente, que estava respondendo suas perguntas.

Estou vendo você!, escreveu a cliente, uma compradora de mídia para importadores de produtos esportivos em Nova Jersey. Seu nome era Janice e ela não conseguia se recuperar do choque de descobrir que podia ver Mae digitando a resposta para suas perguntas em tempo real, na sua tela, bem do lado de onde estava recebendo a resposta digitada de Mae. *Sala de espelhos!!*, escreveu ela.

Depois de Janice, Mae teve uma série de clientes que não sabiam que era ela quem respondia suas perguntas e Mae percebeu que aquilo a incomodava. Um dos clientes, uma distribuidora de camisetas de malha em Orlando, chamada Nanci, pediu a ela que entrasse na sua rede profissional e Mae prontamente concordou. Jared havia falado com Mae a respeito de um novo patamar de reciprocidade incentivada entre os membros da equipe de EC. Se você mandar um questionário, esteja preparada para responder um também. E assim, depois de ter se filiado à rede profissional da distribuidora de camisetas de malha de Orlando, Mae recebeu outra mensagem de Nanci. Pedia a ela que respondesse um breve questionário sobre suas preferências em roupas informais e Mae concordou. Abriu o questionário, que percebeu que não era curto: abrangia ao todo cento e vinte perguntas. Mas Mae sentiu-se feliz de responder todos os itens, teve a sensação de que sua opinião era relevante, de que ela estava sendo ouvida e que esse tipo de reciprocidade engendraria uma lealdade em Nanci e em todos aqueles com quem Nanci entrasse em contato. Uma vez respondidas as perguntas do questionário, Nanci lhe enviou um generoso muito obrigado e disse que ela podia escolher uma camiseta a seu gosto e direcionou Mae para seu site do consumidor. Mae disse que ia escolher uma camiseta mais tarde, porém Nanci respondeu que mal podia esperar para saber que camiseta ela ia escolher. Mae viu que horas eram no seu relógio; tinha perdido oito minutos no questionário de Orlando, ultrapassando em muito o novo prazo para um questionário, que era de dois minutos e meio.

Mae sabia que teria de acelerar o trabalho nos próximos dez questionários, mais ou menos, para retornar ao tempo médio aceitável. Foi ao site de Nanci, escolheu uma camiseta que mostrava a caricatura de um cachorro com roupa de super-herói e Nanci lhe disse que aquela era uma excelente opção. Então Mae passou para o questionário seguinte e estava no processo de uma fácil adaptação de respostas prontas, quando chegou outra mensagem de Nanci. *Desculpe bancar a Senhorita Magoada, mas convidei você para entrar na minha rede profissional, só que você não me convidou para entrar na sua e, embora eu saiba que eu sou apenas uma fulana qualquer em Orlando, tive a impressão de que eu tinha de lhe dizer que me senti desvalorizada.* Mae disse a

Nanci que não tinha nenhuma intenção de fazê-la sentir-se desvalorizada, que ela andava muito atarefada no Círculo, que havia esquecido aquela reciprocidade essencial, o que ela rapidamente remediou. Mae terminou seu questionário seguinte, obteve uma nota 98, e começou outro, quando recebeu mais uma mensagem de Nanci. *Viu minha mensagem na rede profissional?* Mae viu todos seus feeds e não localizou nenhuma mensagem de Nanci. *Postei no quadro de mensagens da* sua *rede profissional!*, disse ela. E assim Mae foi àquela página, que não visitava com frequência, e viu que Nanci tinha escrito: *Oi, desconhecida!* Mae digitou: *Oi, você mesma! Mas você não é uma desconhecida!!*, e pensou por um momento que aquilo ia significar o fim de sua troca de mensagens, mas fez uma pausa breve na página, com a sensação de que Nanci ainda não havia terminado. E não havia mesmo. *Que bom que você voltou! Achei que podia ter ficado ofendida por eu chamar você de "desconhecida". Jura que não ficou irritada?* Mae jurou que não estava irritada, respondeu com abraços e beijos, mandou dez sorrisos e voltou a seus questionários, na esperança de que Nanci ficasse satisfeita e que as duas estivessem numa boa. Preencheu mais três questionários, enviou pesquisas de satisfação e viu que sua avaliação média estava em 99. Aquilo suscitou uma enxurrada de zings de congratulações, os espectadores estavam felizes de ver a dedicação de Mae com as tarefas do dia a dia do Círculo, essenciais para o funcionamento normal do mundo. Muitos de seus espectadores, e eles mesmos fizeram questão de dizer a ela, estavam trabalhando também em mesas de escritório e, como ela continuava a fazer seu trabalho, voluntariamente e com evidente satisfação, eles a encaravam como um exemplo e uma fonte de inspiração. E aquilo dava uma sensação boa em Mae. Dava a sensação de que ela era importante de verdade. Os clientes a tornavam melhor. E servi-los sendo transparente tornava Mae muito melhor. Era o que ela esperava.

Tinha sido avisada por Stewart de que, quando milhares ou até milhões estivessem acompanhando as imagens de sua câmera, ela daria o melhor de si mesma. Ia ficar mais alegre, mais positiva, mais educada, mais generosa, mais inquisitiva. Mas ele não falara sobre as diminutas alterações de seu comportamento que aqueles aprimoramentos acarretariam.

A primeira vez que a câmera redirecionou suas ações foi quando Mae entrou na cozinha para preparar alguma coisa para comer. A imagem em seu pulso mostrou o interior de uma geladeira, enquanto ela procurava algo para beliscar. Normalmente, Mae teria apanhado um brownie gelado, mas ao ver a imagem de sua mão se dirigindo para o brownie, e se dando conta de que todo mundo estaria vendo aquilo, Mae recuou. Fechou a porta da geladeira, pegou um punhado de amêndoas na tigela que estava na bancada da pia e saiu da cozinha. Mais tarde, naquele dia, teve uma dor de cabeça — causada, pensou ela, por comer menos chocolate do que o habitual. Enfiou a mão na bolsa, onde tinha sempre uns pacotes individuais de aspirina, porém, mais uma vez, na sua tela, Mae viu o que todo mundo estava vendo. Viu a mão entrando na bolsa, vasculhando e, no mesmo instante, ela se sentiu péssima e desprezível, como se fosse uma dependente de pílulas.

Não tomou a aspirina. Todo dia Mae deixava de fazer coisas que ela não queria querer. Coisas de que não precisava. Tinha parado de tomar refrigerante, bebidas energéticas, comidas industrializadas. Em eventos sociais do Círculo, ela se limitava a tomar um drinque só e tentava sempre deixar um pouco no copo. Qualquer coisa imoderada provocava uma saraivada de zings preocupados, por isso ela se mantinha dentro dos limites da moderação. E achava aquilo libertador. Estava livre do mau comportamento. Estava livre de fazer coisas que não queria fazer, livre de comer e de beber coisas que não lhe faziam bem. Desde que ficara transparente, tinha se tornado mais nobre. As pessoas a chamavam de um modelo. As mães diziam para as filhas seguirem seu exemplo e aquilo dava a Mae uma sensação de responsabilidade, e tal sentimento — com os membros do Círculo, seus clientes e parceiros, com a juventude que via nela uma fonte de inspiração — a mantinha centrada e fornecia o combustível de seus dias.

Lembraram-na das perguntas das pesquisas do próprio Círculo e Mae ajustou seus fones de ouvido e começou. Para seus espectadores, ela expressava suas opiniões o tempo todo, sim, e sentia-se muito mais influente do que antes, mas algo no ritmo mecânico e na natureza chamada-e-resposta daquelas pesquisas dava uma sensação de carência. Passou para outra pergunta da pesquisa de cliente e depois fez que sim com a cabeça. Soou a campainha distante. Ela fez que sim com a cabeça.

"Obrigada. Está satisfeita com as condições de segurança dos aeroportos?"

"Sorriso", respondeu Mae.

"Obrigada. Você aprovaria mudanças nas condições de segurança dos aeroportos?"

"Sim."

"Obrigada."

"As condições de segurança dos aeroportos dissuadem você de viajar de avião com mais frequência?"

"Sim."

"Obrigada."

As perguntas continuaram, e ela conseguiu superar noventa e quatro perguntas antes de lhe darem um descanso. Logo a voz voltou, inalterada.

"Mae."

Ela ignorou de propósito.

"Mae."

Seu nome, pronunciado por sua voz, continuava a exercer poder sobre ela. E Mae não tinha descoberto por quê.

"Mae."

Daquela vez, soou como uma versão mais pura de si mesma.

"Mae."

Baixou os olhos para seu bracelete, viu uma porção de zings perguntando se ela estava bem. Mae sabia que tinha de responder para que seus espectadores não pensassem que havia perdido a cabeça. Aquele era um dos pequeninos ajustes a que teve de se acostumar — agora havia milhares de pessoas vendo o que ela via, tendo acesso aos dados de seu estado de saúde, ouvindo sua voz, vendo seu rosto —, ela estava sempre visível por meio de alguma câmera SeeChange instalada no campus, além daquela em seu monitor — e assim, quando qualquer coisa a desviava de sua alegria normal, as pessoas notavam.

"Mae."

Ela queria ouvir a voz de novo, por isso não falou nada.

"Mae."

Era a voz de uma jovem, a voz de uma jovem que soava disposta, firme e capaz de qualquer coisa.

"Mae."

Era uma versão melhor e mais indômita dela mesma.

"Mae."

Ela se sentia mais forte cada vez que a ouvia.

Ela ficou na Experiência do Cliente até as cinco horas, quando mostrou a seus espectadores a mais recente Clarificação, o governador do Arizona, e desfrutou a surpresa da transparência de toda a equipe do governador — algo que muitos membros do Executivo estavam fazendo, visando garantir a seus eleitores que ninguém andava fazendo acordos às escondidas, fora da luz do líder transparente. No evento de Clarificação, Mae encontrou Renata, Denise e Josiah — membros do Círculo que haviam exercido algum poder sobre ela e que agora eram seus assistentes — e depois foram todos jantar na Lanchonete de Vidro. Havia pouca razão para sair do campus só para fazer as refeições, pois, no intuito de suscitar mais discussões, compartilhamento de ideias e socialização entre os membros do Círculo, Bailey havia instituído uma nova estratégia, na qual toda comida era não apenas gratuita, como sempre tinha sido, mas também era preparada por um chef famoso, diferente a cada dia. Os chefs ficavam contentes com aquela divulgação de seu trabalho — milhares de membros do Círculo sorrindo, mandando zings, postando fotos —, o projeto no mesmo instante se tornou amplamente popular e as cafeterias transbordavam de gente e, supostamente, de ideias.

No tumulto daquela noite, Mae comeu sentindo-se abalada, as palavras e as mensagens cifradas de Kalden continuavam a martelar em sua cabeça. A batalha de comédia de improviso foi devidamente terrível e divertida, apesar de sua absoluta incompetência; o levantamento de fundos para a escola no Paquistão foi inspirador — o evento conseguiu angariar 2,3 milhões de sorrisos — e por fim houve o churrasco, em que a própria Mae se permitiu tomar uma segunda taça de vinho, antes de se recolher ao seu dormitório.

Fazia seis semanas que aquele era seu quarto. Já não fazia sentido ir de carro até seu apartamento, que era caro e que, na última vez em que fora lá, depois de ficar ausente por oito dias, tinha ratos. Portanto ela desistiu e se tornou um dos cem Colonos, membros do Círculo que se mudaram para o campus em caráter permanente. As vantagens eram óbvias e a lista de espera tinha 1209 nomes. Agora havia dormitórios no campus para 288 membros do Círculo e a empresa tinha comprado um prédio vizinho, uma antiga fábrica, com planos de transformá-lo em mais quinhentos quartos. Mae havia sido promovida e agora tinha equipamentos inteiramente conectados, parede de monitores, cortinas, tudo monitorado por uma central. O quarto era arrumado diariamente e a geladeira, abastecida com seus itens básicos — rastreados via Homie — e também com produtos em fase experimental. Mae podia ter tudo o que desejasse, contanto que fornecesse uma avaliação aos fabricantes.

Mae lavou o rosto, escovou os dentes e se acomodou no leito branco-nuvem. Depois das dez horas da noite, a transparência era opcional e em geral ela ficava no escuro depois de escovar os dentes, uma atividade que Mae descobriu ser do interesse das pessoas em geral e, ela acreditava, podia incentivar os cuidados dentários entre os espectadores mais jovens. Às 10h11 da noite, deu boa-noite a seus espectadores — havia apenas 98 027 naquela altura e alguns milhares deles responderam seu boa-noite —, ergueu a lente por cima da cabeça e guardou-a em sua caixa. Mae tinha autorização para desligar as câmeras SeeChange no quarto, mas se deu conta de que raramente o fazia. Sabia que as cenas filmadas de seus movimentos durante o sono, que ela mesma reuniria, poderiam ser valiosas algum dia, por isso deixava as câmeras ligadas. Tinha levado algumas semanas para se habituar a dormir com os monitores nos pulsos — numa noite, tinha se arranhado e, em outra, quebrara a tela do bracelete do pulso direito —, mas os técnicos do Círculo haviam aprimorado o design, substituindo as telas rígidas por outras mais flexíveis, inquebráveis, e agora ela se sentia incompleta sem os braceletes.

Sentou-se na cama, ciente de que em geral demorava mais ou menos uma hora para pegar no sono. Ligou a parede de monitores com a intenção de ver como estavam seus pais. Mas as câmeras SeeChange deles estavam todas escuras. Mandou um zing para eles, sem esperança de receber resposta, e de fato não recebeu. Mandou uma mensagem para Annie, mas não obteve resposta. Verificou a lista de mensagens de seu Zing, leu algumas engraçadas e, como havia perdido dois quilos e setecentos gramas desde que ficara transparente, passou vinte minutos procurando uma saia e uma camiseta novas e, em algum ponto no oitavo site que visitou, sentiu aquele rasgo se abrindo dentro dela outra vez. Sem nenhum bom motivo, foi conferir se o site de Mercer continuava fechado, e viu que estava. Procurou alguma referência a ele na internet ou então notícias de seu paradeiro, e não encontrou nada. O rasgo estava crescendo por dentro, se abria rapidamente, um negror insondável se alastrava embaixo dela. Na geladeira, tinha um pouco do saquê que Francis tinha lhe apresentado, levantou-se, serviu-se de uma dose grande demais e bebeu. Foi para o portal da SeeChange e viu imagens das praias do Sri Lanka e do Brasil, sentiu-se mais calma, sentiu-se mais afetuosa, e depois lembrou que milhares de jovens estudantes, que se chamavam de ChangeSeers, haviam se espalhado por todo o planeta, instalando câmeras nas regiões mais remotas. Portanto, por um tempo, Mae viu as imagens de uma câmera instalada num povoado no deserto da Namíbia, duas mulheres preparando uma refeição, seus filhos brincando no quintal, mas depois de alguns minutos vendo aquilo sentiu que o rasgo se abria ainda mais, que os gritos debaixo d'água ficavam mais altos, um zunido insuportável. Procurou Kalden mais uma vez, soletrou seu nome de maneiras novas e irracionais, durante quarenta minutos vasculhou o diretório de rostos da empresa e não encontrou ninguém parecido com ele. Desligou as câmeras SeeChange, serviu-se de mais saquê, bebeu, foi para a cama e, pensando em Kalden, em suas mãos, em suas pernas finas, em seus dedos compridos, envolveu os mamilos com a mão esquerda enquanto, com a direita, puxou para o lado a calcinha e imitou os movimentos de uma língua, a língua dele. Não deu nenhum resultado. Mas o saquê estava drenando toda preocupação de sua mente e, por fim, pouco antes da meia-noite, ela encontrou algo parecido com o sono.

"Alô, pessoal", disse Mae. A manhã estava radiante. Ela se sentia animada o bastante para experimentar uma expressão que achava que ia contagiar todo o Círculo ou até o mundo em geral. "Este é um dia igual a qualquer dia, justamente porque é diferente de qualquer outro dia!" Depois que falou aquilo, Mae verificou seu pulso, mas viu poucos sinais de que tinha acertado o alvo. Por um momento, ficou desolada, porém o dia mesmo, a promessa ilimitada que ele oferecia, animou-a. Eram 9h34, o sol estava brilhante e quente outra vez e o campus estava cheio de movimento e energia. Se os membros do Círculo precisavam de alguma confirmação de que se encontravam no centro de tudo que havia de mais importante, o dia já trouxera tal confirmação. Começando às 8h31, uma série de helicópteros havia sacudido o campus, trazendo líderes de todas as maiores companhias de seguros-saúde, de Ministérios da Saúde do mundo, de centros de controle de doenças e de todas as empresas farmacêuticas importantes. Por fim, segundo o rumor que corria, haveria um compartilhamento de informações completo entre todas aquelas entidades até então desconectadas e adversárias, e uma vez coordenadas, uma vez que todos os dados de saúde que elas reuniam fossem compartilhados, algo possível, em sua maior parte, graças ao Círculo e, sobretudo, ao TruYou, os vírus seriam barrados em suas fontes, as doenças seriam rastreadas até sua raiz. Durante toda a manhã, Mae observou aqueles executivos, médicos e funcionários de alto escalão andarem a passos ligeiros rumo ao recém-construído Hipocampus. Lá, teriam um dia inteiro de reuniões — privadas, dessa vez, mas com fóruns públicos prometidos no futuro — e, mais tarde, haveria um concerto de um cantor e compositor a quem só Bailey dava valor e que havia chegado na noite anterior para jantar com os Sábios.

O mais importante para Mae, no entanto, foi que um dos muitos helicópteros da manhã trouxera Annie, que afinal estava voltando para casa. Estivera fora durante quase um mês, na Europa, na China e no Japão, resolvendo algumas encrencas regulatórias, reunindo-se com alguns líderes transparentes, e o resultado daquele trabalho parecia bom, a julgar pelo número de sorrisos que Annie havia postado no feed de seu Zing no término da viagem. Porém, entre Annie e Mae, era difícil conseguir qualquer tipo de conversa mais relevante. Annie dera os parabéns a Mae por sua transparência, sua *ascensão*, como disse, mas depois ficou muito atarefada. Atarefada demais para escrever bilhetes relevantes, atarefada demais para dar telefonemas de que pudesse se orgulhar, disse ela. As duas trocavam breves mensagens todos os dias, mas a agenda de Annie era, em suas palavras, *uma piração*, e a diferença de cronogramas significava que as duas raramente estavam em sincronia e aptas a qualquer conversa profunda.

Annie prometera chegar de manhã, direto de Beijing, e Mae, enquanto esperava, vinha tendo dificuldade para se concentrar. Observava os helicópteros aterrissarem, observava por cima dos telhados com os olhos semicerrados, em busca da cabeça amarela de Annie, sem nenhum resultado. E agora tinha de passar uma hora no Pavilhão Protagoriano, tarefa que sabia ser importante e que normalmente acharia fascinante, mas que, naquele dia, parecia ser um muro impenetrável entre ela e sua melhor amiga.

Num painel de granito do lado de fora do Pavilhão Protagoriano, o xará do prédio era citado de maneira relaxada: *Os seres humanos são a medida de todas as coisas.* "Mais importante para nossos propósitos", disse Mae, abrindo a porta, "é que agora, com as ferramentas disponíveis, *os seres humanos* podem *medir* todas as coisas. Não é isso mesmo, Terry?"

De pé na sua frente, estava um homem alto, coreano-americano, Terry Min. "Oi, Mae. Oi, espectadores e seguidores de Mae."

"Você cortou o cabelo de um jeito novo", disse Mae.

Com o regresso de Annie, Mae sentia-se meio doida, meio leviana, e Terry se viu momentaneamente desconcertado. Ele não contava com falas improvisadas. "Ah, foi", respondeu, e passou os dedos pelo cabelo.

"Está mais reto", disse Mae.

"Sim. Está mais reto. Vamos entrar?"

"Vamos."

Os projetistas do prédio quebraram a cabeça para usar formas orgânicas, abrandar a rígida matemática do trabalho cotidiano dos engenheiros. O saguão era revestido de prata e parecia ondular, como se eles estivessem no fundo de um enorme tubo corrugado.

"O que vamos ver hoje, Terry?"

"Pensei em começarmos com uma visão geral para depois nos aprofundarmos numa coisa que estamos fazendo no setor educacional."

Mae seguiu Terry através do prédio, que parecia mais um reduto de técnicos do que as outras partes do campus que ela estava acostumada a visitar. O truque com seu público era equilibrar o trivial com as partes mais glamorosas do Círculo; era necessário revelar as duas coisas, e certamente milhares de espectadores estavam mais interessados na sala das máquinas de calefação do que nas coberturas requintadas; no entanto, a calibragem das duas coisas tinha de ser precisa.

Passaram por Josef e seus dentes e depois cumprimentaram

vários desenvolvedores e técnicos, enquanto todos eles se viravam para ela a fim de explicar seu trabalho da melhor maneira que podiam. Mae viu que horas eram e percebeu que havia uma mensagem nova da dra. Villalobos. Estava chamando Mae para falar com ela assim que pudesse. *Nada urgente*, disse ela. *Mas tem de ser hoje*. Enquanto percorriam o prédio, Mae conseguiu digitar uma resposta à médica, dizendo que iria vê-la dali a trinta minutos. "Vamos ver o projeto educacional agora?"

"Acho uma excelente ideia", respondeu Terry.

Percorreram um corredor em curva e entraram num espaço amplo e aberto, onde pelo menos cem membros do Círculo trabalhavam sem divisórias. Parecia um pouco uma Bolsa de Valores de meados do século anterior.

"Como seus espectadores devem saber", disse Terry, "o Departamento de Educação nos deu uma bela doação..."

"Não foram três bilhões de dólares?", perguntou Mae.

"Bem, quem está contando?", disse Terry, fartamente satisfeito com a cifra e com o que ela demonstrava, ou seja, que Washington sabia que o Círculo era capaz de medir tudo, inclusive o desempenho dos alunos, melhor do que eles jamais esperavam ser possível. "Mas a questão é que eles nos pediram para projetar e implementar um sistema de avaliação de dados abrangente para os estudantes da nação. Ah, espere só, isso é muito legal", disse Terry.

Pararam na frente de uma mulher e um menino. Ele parecia ter três anos e brincava com um relógio de pulso prateado, reluzente, preso a seu pulso.

"Oi, Marie", disse Terry para a mulher. "Esta é Mae, como você provavelmente já sabe."

"Sei sim, conheço a Mae", respondeu Marie com um levíssimo sotaque francês. "E o Michel aqui também conhece. Dê bom-dia para ela, Michel."

Michel preferiu acenar com a mão.

"Diga algo para o Michel, Mae", disse Terry.

"Como vai, Michel?", perguntou Mae.

"Muito bem, agora mostre para ela", disse Terry, cutucando o ombro de Michel.

Em seu minúsculo visor, o relógio no pulso de Michel tinha registrado as três palavras que Mae acabara de falar. Abaixo daqueles números havia um contador com o número 29 266.

"Estudos mostram que as crianças precisam ouvir pelo menos trinta mil palavras por dia", explicou Marie. "Por isso o relógio faz uma coisa muito simples, ao reconhecer, classificar e, acima de tudo, contar essas palavras. Isso é algo primário para crianças que estão em casa, antes de chegarem à idade escolar. Uma vez lá, supomos que tudo isso seja controlado na sala de aula."

"Essa é uma boa transição", disse Terry. Agradeceram a Marie e Michel e seguiram pelo corredor rumo a uma sala ampla, decorada como uma sala de aula, porém incrementada com dúzias de telas, cadeiras ergonômicas, espaços de trabalho colaborativos.

"Ah, aqui está a Jackie", disse Terry.

Jackie, uma mulher esguia, de trinta e poucos anos. Ao surgir, apertou a mão de Mae. Usava um vestido sem mangas que ressaltava os ombros largos e os braços de manequim. Tinha o pulso direito engessado.

"Oi, Mae, estou muito contente que você pôde nos visitar hoje." Sua voz era educada, profissional, mas com um toque de flerte. Ficou parada na frente da câmera, as mãos cruzadas na frente do corpo.

"Então, Jackie", disse Terry, obviamente satisfeito por estar perto dela. "Pode nos falar um pouco sobre que anda fazendo por aqui?"

Mae viu um sinal de alerta em seu pulso e o interrompeu.

"Mas primeiro nos diga de onde você veio, antes de comandar esse projeto. É uma história interessante."

"Bem, obrigada por dizer isso, Mae. Não sei até que ponto é interessante, mas antes de trabalhar no Círculo eu trabalhava no mercado financeiro, em fundos de participações em empresas de capital fechado, e antes disso fiz parte de um grupo que começou..."

"Você era nadadora", cortou Mae. "Esteve nas Olimpíadas!"

"Ah, isso", disse Jackie, levando a mão à boca, que sorria.

"Ganhou uma medalha de bronze nas Olimpíadas de 2000, não foi?"

"Ganhei." A repentina timidez de Jackie era cativante. Mae tentou confirmar o efeito e viu o acúmulo de alguns milhares de sorrisos.

"E você contou internamente que sua experiência de nadadora de nível mundial influenciou seus planos aqui, não foi?"

"Foi, sim, Mae", respondeu Jackie, que agora pareceu compreender aonde Mae queria chegar com aquele diálogo. "Há tantas coisas que podíamos conversar aqui no Pavilhão Protagoriano, mas um assunto bem interessante para seus espectadores é aquilo que chamamos de YouthRank, Classificação da Juventude. Venha aqui um segundo. Olhe aquele quadro grande." Levou Mae até uma parede de monitores de uns seis metros quadrados. "Estamos testando um sistema no Iowa já faz alguns meses e, agora que você está aqui, parece um bom momento para mostrá-lo. Talvez algum de seus espectadores, que esteja no momento no ensino médio no Iowa, queira mandar seu nome e o nome do colégio onde estuda, não é?"

"Vocês ouviram a moça", disse Mae. "Alguém que está nos vendo se encontra no Iowa e estuda no ensino médio?"

Mae olhou para o pulso, onde onze zings chegaram. Mostrou-os para Jackie, que fez que sim com a cabeça.

"Muito bem", disse Mae. "Então você precisa apenas de seus nomes?"

"Nome e colégio", respondeu Jackie.

Mae leu um dos zings. "Tenho aqui a Jennifer Batsuuri, que diz que frequenta a Academia da Realização, em Cedar Rapids."

"Muito bem", disse Jackie, voltando-se para a tela de parede. "Vamos achar a Jennifer Batsuuri da Academia da Realização."

O nome apareceu na tela, ao lado de uma fotografia escolar. A foto mostrava uma menina indo-americana de uns dezesseis anos, com aparelho nos dentes e de uniforme verde e cor de bronze. Ao lado da foto, dois contadores numéricos estavam rodando, os números aumentaram até reduzir a velocidade e pararem: o número de cima era 1396 e o de baixo era 179 827.

"Ora, ora. Parabéns, Jennifer!", disse Jackie, com os olhos voltados para a tela. Virou-se para Mae. "Parece que temos uma aluna realizada de verdade na Academia da Realização. Alcançou a posição 1396 num universo de 179 827 alunos do ensino médio no Iowa."

Mae viu que horas eram. Tinha de acelerar a demonstração de Jackie. "E isso é calculado..."

"O índice de Jennifer é resultado da comparação de suas notas nas provas, sua colocação na turma, a força acadêmica relativa de seu colégio e diversos outros fatores."

"O que achou disso, Jennifer?", perguntou Mae. Olhou para o pulso, mas o feed de Jennifer estava em silêncio.

Houve um breve momento de perplexidade enquanto Mae e Jackie aguardavam a resposta de Jennifer, exprimindo sua alegria, mas não veio nenhuma resposta. Mae sabia que estava na hora de ir em frente.

"E essa comparação pode ser ampliada para todos os estudantes do país e talvez até do mundo?", perguntou.

"Essa é a ideia", disse Jackie. "Assim como aqui no Círculo

sabemos nosso ranking de participação, por exemplo, logo poderemos saber, em qualquer momento, qual a posição de nossos filhos e filhas em comparação com o resto dos alunos americanos, e depois em comparação com o resto dos alunos do mundo."

"Isso parece muito útil", disse Mae. "E eliminaria um bocado de dúvida e de estresse."

"Bem, pense no que isso representaria na compreensão que os pais podem ter sobre as chances de seus filhos serem admitidos numa universidade. Existem mais ou menos doze mil vagas para calouros nas universidades mais importantes todos os anos. Se seu filho estiver entre os doze mil mais bem colocados nacionalmente, você pode imaginar que ele tem uma boa chance de ocupar uma dessas vagas."

"E será atualizado com que frequência?"

"Ah, diariamente. Assim que tivermos a participação de todas as escolas e de todos os municípios, poderemos manter uma lista de classificação atualizada diariamente, com os resultados de todas as provas e testes, de todos os exames surpresa, incorporados instantaneamente. E é claro que isso pode ser desmembrado entre ensino público e privado, por região, e as classificações podem ser combinadas, ponderadas e analisadas para verificar tendências segundo diversos outros fatores — socioeconômicos, raça, etnia, tudo."

O Guia Adicional tocou um aviso no ouvido de Mae. "Pergunte sobre como isso se combina com o TruYouth."

"Jackie, percebo que isso se sobrepõe de um modo interessante com o TruYouth, antes conhecido com ChildTrack, o rastreamento de crianças." Mae terminou a frase um segundo antes de uma onda de náusea e suor dominá-la. Não queria ver Francis. Será que não era Francis? Havia outros membros do Círculo envolvidos no projeto. Verificou o monitor no pulso, pensando que talvez pudesse localizá-lo rapidamente com a Busca do Círculo. Mas lá estava ele, caminhando na direção dela.

"Aqui está Francis Garaventa", disse Jackie, sem dar atenção ao mal-estar de Mae, "que pode nos explicar a interseção entre o YouthRank e o TruYouth, a qual devo dizer de saída que é algo revolucionário e necessário."

Enquanto Francis caminhava na direção delas, com as mãos acanhadamente nas costas, Mae e Jackie acenaram para ele. Mae sentiu o suor se acumular em suas axilas e também percebeu que Jackie tinha por ele um sentimento maior do que o meramente profissional. Aquele era um Francis diferente. Ainda tímido, ainda frágil, mas com um sorriso confiante, como se tivesse acabado de ouvir elogios e esperasse ouvir mais.

"Oi, Francis", disse Jackie, apertando sua mão com a que não estava engessada e virando seu ombro com um ar de flerte. Não foi algo aparente para a câmera ou para Francis, mas para Mae aquilo foi algo sutil como um gongo.

"Oi, Jackie. Oi, Mae", disse ele. "Posso levar vocês à minha toca?" Sorriu e, sem esperar a resposta, virou-se e levou-as para a sala vizinha. Mae não tinha visto seu escritório e sentiu-se num conflito ao compartilhar aquilo com seus espectadores. Era um lugar escuro, com dúzias de telas dispostas na parede, formando uma grade contínua de imagens.

"Portanto, como seus espectadores devem saber, estamos trabalhando num programa pioneiro com a intenção de deixar as crianças mais seguras. Nos estados onde testamos o programa, houve uma queda de quase noventa por cento em todos os crimes e uma queda de cem por cento em raptos de crianças. Em âmbito nacional, só tivemos três sequestros ao todo, e todos os casos foram resolvidos em questão de minutos, em virtude de nossa capacidade de rastrear a localização das crianças envolvidas."

"É uma coisa incrível", disse Jackie, balançando a cabeça, a voz baixa, impregnada de algo semelhante à luxúria.

Francis sorriu para ela, distraído, ou fingindo estar distraído. O pulso de Mae estava fervilhando com milhares de sorrisos e centenas de comentários. Os pais residentes em estados que não tinham o YouthTrack já pensavam até em se mudar. Francis estava sendo comparado com Moisés.

"E enquanto isso", disse Jackie, "a equipe aqui no Pavilhão Protagoriano trabalha para coordenar todas as avaliações dos alunos, garantir que todos os trabalhos de casa, leituras, frequência e notas fiquem reunidos num banco de dados unificado. Já estão quase conseguindo. Falta muito pouco para que tenhamos, na hora em que um aluno estiver pronto para a faculdade, um conhecimento completo de tudo o que ele aprendeu. Todas as palavras que eles leram, todas as palavras que procuraram, todas as frases que sublinharam, todas as equações que escreveram, todas as respostas e correções. As especulações para saber como andam todos os alunos e o que sabem serão coisas do passado."

O pulso de Mae continuava palpitando feito louco. *Onde estava isso vinte anos atrás?*, escreveu um espectador. *Meus filhos teriam entrado em Yale.*

Agora Francis interveio. A ideia de que ele e Jackie tinham ensaiado tudo aquilo deixou Mae nauseada. "Agora a parte empolgante, eletrizante de tudo isso, por sua simplicidade", disse ele, sorrindo para Jackie com um respeito profissional, "é que podemos armazenar toda essa informação num chip de tamanho quase microscópico, que é usado unicamente por razões de segurança. Mas e se o programa combinar o rastreamento da localização das crianças com o rastreamento do desempenho escolar? E se tudo isso estiver reunido no mesmo lugar?"

"Não é nenhum bicho de sete cabeças", disse Jackie.

"Bem, espero que os pais encarem dessa forma. Pois as famílias que participarem do programa terão acesso constante e em tempo real a tudo — localização, classificação, frequência, tudo. E as informações não vão ficar em algum aparelho portátil, que a criança pode perder. Vão ficar em nuvem e na criança, que nunca vai se perder."

"Perfeito", disse Jackie.

"Bem, espero que sim", disse Francis, olhando para os sapatos, escondendo-se no que Mae sabia ser uma nuvem de falsa modéstia. "E como todos vocês sabem", disse ele, virando-se para Mae, falando para os espectadores dela, "aqui no Círculo andamos falando muito em Completude e, embora nem mesmo nós, do Círculo, saibamos ainda o que significa exatamente Completude, tenho a sensação de que é algo como isso. Conectar serviços e programas que se encontram a apenas poucos centímetros de distância um do outro. Rastreamos as crianças por segurança, rastreamos as crianças para reunir dados educacionais. Agora estamos apenas interligando essas duas linhas e, quando fizermos isso, poderemos afinal conhecer a criança em seu todo. É simples e, me atrevo a dizer, completo."

Mae estava parada do lado de fora, no centro da parte oeste do campus, ciente de que estava apenas fazendo hora, até o regresso de Annie. Eram 13h44, bem mais tarde do que ela imaginava que seria sua chegada, e agora Mae estava preocupada com a possibilidade de não encontrar Annie. Mae tinha um encontro marcado com a dra. Villalobos às duas horas e a conversa poderia demorar algum tempo, já que a médica tinha avisado que se tratava de algo relativamente sério — mas não grave para sua saúde, ela havia deixado isso bem claro. Porém para expulsar os pensamentos sobre Annie e sobre a doutora, ali estava o Francis, que de repente, de modo bizarro, pareceu atraente a Mae outra vez.

Mae sabia do truque bobo que tinha sido usado contra ela. Francis era magro, sem tônus muscular, tinha os olhos fracos, um pronunciado problema de ejaculação precoce, no entanto, simplesmente por ter visto o desejo nos olhos de Jackie, Mae se viu com vontade de estar a sós com ele outra vez. Queria levá-lo para seu quarto naquela noite. A ideia era desmiolada. Mae precisava pôr a cabeça no lugar. Aquele parecia um momento apropriado para explicar e revelar a escultura nova.

"Muito bem, temos de ver isto aqui", disse Mae. "Foi feita por um renomado artista chinês que vem tendo frequentes problemas com as autoridades chinesas." Naquele momento, porém, Mae não conseguiu lembrar o nome do artista. "Enquanto estamos tratando do assunto, quero agradecer a todos os espectadores que mandaram caras feias para o governo de lá, pela perseguição contra o artista e pelas restrições às liberdades na internet. Só dos Estados Unidos, já mandamos mais de cento e oitenta milhões de caras feias e podem ter certeza de que isso produz efeito sobre o regime."

Mae ainda não tinha conseguido lembrar o nome do artista e achava que aquela omissão seria notada. Então apareceu em seu pulso: *Diga o nome do sujeito!* E eles forneceram o nome.

Mae voltou a lente para a escultura e alguns membros do Círculo, parados entre ela e a obra, se afastaram. "Não, não, está bem assim", disse Mae. "Vocês ajudam a mostrar a escala da obra. Fiquem aí", disse, e eles voltaram na direção do objeto, que os deixava com a estatura de anões.

A escultura tinha mais de quatro metros de altura, feita de acrílico fino e de uma transparência perfeita. Embora a maior parte da obra anterior do artista fosse conceitual, aquela era representacional, inconfundível: uma mão enorme, do tamanho de um automóvel, se estendia para fora, ou através, de um grande retângulo, que a maioria achava ser a sugestão de uma espécie de monitor de computador.

O título da obra era *Estendendo a mão pelo bem da humanidade* e tinha chamado a atenção imediatamente, quando de sua apresentação, por sua seriedade, algo anômalo às obras típicas do artista, que tinham um toque sarcástico sombrio, em geral contra a China emergente e seu respectivo sentimento de amor-próprio.

"Essa escultura está atingindo em cheio o coração dos membros do Círculo", disse Mae. "Já ouvi falar de gente que chora na frente dela. Como podem ver, as pessoas gostam de tirar fotos." Mae tinha visto membros do Círculo fazendo pose na frente da mão gigante, como se ela estivesse estendida para elas, prestes a tomá-las, elevá-las. Mae resolveu entrevistar as duas pessoas que estavam paradas perto dos dedos estendidos da escultura.

"Quem é você?"

"Gino. Trabalho na Idade da Máquina."

"E o que essa escultura significa para você?"

"Bem, não sou um especialista em arte, mas acho que o significado é bastante óbvio. Ele está tentando dizer que precisamos de mais maneiras de alcançar o outro lado da tela, não é?"

Mae estava concordando com a cabeça porque aquele era o sentido claro para todos no campus, porém ela achou que podia perfeitamente ser dito diante da câmera, para qualquer pessoa menos afeita à interpretação de obras de arte. Os esforços para entrar em contato com o artista depois da instalação da escultura tinham sido infrutíferos. Bailey, que havia patrocinado a obra, disse que não tinha boa mão — "vocês me conhecem e conhecem meus trocadilhos" — nesses assuntos ou em sua execução. Mas Bailey ficou empolgado com o resultado e queria muito que o artista viesse ao campus para falar sobre a escultura, porém o artista respondeu que não podia comparecer pessoalmente, nem mesmo por teleconferência. Preferia deixar que a escultura falasse por si, respondeu. Mae virou-se para a mulher ao lado de Gino.

"Quem é você?"

"Rinku. Também sou da Idade da Máquina."

"Concorda com o Gino?"

"Concordo. Quero dizer, me dá a sensação de uma coisa muito comovente. Assim, entende, como precisamos descobrir mais meios de nos conectarmos. A tela aqui é uma barreira, e a mão está transcendendo essa barreira..."

Mae assentia, pensando que precisava dar um fecho àquele assunto, quando viu, através do pulso translúcido da mão gigante, uma pessoa parecida com Annie. Era uma jovem loura, mais ou menos da altura de Annie, do porte de Annie, que caminhava ligeiro pelo largo. Rinku ainda estava falando, tinha se empolgado.

"Quero dizer, como o Círculo pode encontrar meios de estabelecer uma conexão mais forte entre nós e nossos usuários? Para mim, é incrível que esse artista, tão distante e de um mundo tão diferente, tenha exprimido o que está no pensamento de todos nós aqui no Círculo. Como melhorar, ir mais longe, entende? Como podemos estender nossas mãos através da tela para nos aproximarmos do mundo e de todos que estão nele?"

Mae estava observando a figura semelhante a Annie caminhar na direção da Revolução Industrial. Quando a porta se abriu e Annie, ou a gêmea de Annie, entrou ali, Mae sorriu para Rinku, agradeceu a ela e a Gino e viu que horas eram.

Eram 13h49. Tinha de encontrar a dra. Villalobos dali a onze minutos.

"Annie!"

A figura continuou a andar. Mae se viu dividida entre gritar com força, algo que em geral perturbava os espectadores, ou correr atrás dela, o que fazia a câmera sacudir com violência — o que também perturbava os espectadores. Optou por adotar uma espécie de caminhada ligeira, enquanto segurava a câmera contra o peito. Annie dobrou outra esquina e depois sumiu. Mae ouviu o estalo da fechadura da porta, uma porta que dava para uma escada, e correu para lá. Se não conhecesse sua amiga, pensaria que Annie a estava evitando.

Quando Mae chegou à escada, olhou para cima, viu a mão de Annie, bem nítida, e gritou: "Annie!".

Agora a figura parou. Era mesmo Annie. Virou-se, lentamente desceu a escada e, quando viu Mae, deu um sorriso experiente e cansado. Abraçaram-se. Mae sabia que qualquer abraço sempre oferecia aos espectadores um momento quase cômico e às vezes sutilmente erótico, enquanto o corpo da pessoa que a abraçava avançava para a lente da câmera e, por fim, a sujeitava.

Annie recuou, olhou para baixo, na direção da câmera, pôs a língua para fora e ergueu os olhos para Mae.

"Oi, pessoal", disse Mae, "esta aqui é Annie. Vocês já ouviram falar dela, membro da Gangue dos 40, percorre o mundo inteiro para lá e para cá, um lindo colosso e minha amiga pessoal. Fala um alô, Annie."

"Alô", disse Annie.

"Como foi a viagem?", perguntou Mae.

Annie sorriu, embora Mae pudesse perceber, por causa de uma rapidíssima careta, que Annie não estava gostando nada daquilo. Mas ela conseguiu conjurar uma máscara feliz e usou-a. "Foi ótima", disse ela.

"Alguma coisa que você gostaria de compartilhar? Como foram as coisas lá em Genebra?"

O sorriso de Annie murchou.

"Ah, sabe, não devemos conversar muito sobre esse assunto, uma vez que tem tanto de..."

Mae assentiu, deixando claro que ela entendia. "Desculpe. Estava só falando de Genebra como um lugar. É bonito?"

"Claro", respondeu Annie. "Magnífico. Vi os Von Trapp e eles arranjaram roupas novas. Também feitas de cortinas."

Mae olhou para seu pulso. Tinha nove minutos antes de encontrar a dra. Villalobos.

"Mais alguma coisa que você gostaria de dizer?"

"O que mais?", disse Annie. "Deixe-me pensar..."

Annie inclinou a cabeça, como que surpresa, e ligeiramente incomodada, por aquele encontro de mentira estar se prolongando. Mas então lhe veio uma ideia, como se finalmente estivesse entendendo o que estava acontecendo — que ela estava sendo filmada pela câmera e tinha de assumir seu papel de porta-voz da empresa.

"Muito bem, há mais um programa bem legal que estamos bolando faz um tempo, um sistema chamado PastPerfect. E na Alemanha enfrentei sérios obstáculos para ajudar a ideia a ir para a frente. No momento, estamos à procura do voluntário certo aqui no Círculo para experimentar o projeto, e quando encontrarmos essa pessoa, vai ser o início de uma nova era para o Círculo e, sem querer ser muito dramática, para a humanidade."

"Não há nada de dramático!", disse Mae. "Pode nos dizer algo mais sobre isso?"

"Claro, Mae. Obrigada por perguntar", disse Annie, baixando os olhos rapidamente para os sapatos, antes de erguê-los de novo para Mae, com um sorriso profissional. "Posso dizer que a ideia básica é reunir as forças do Círculo e mapear não só o presente como também o passado. Neste momento, estamos digitalizando todas as fotos, todos os cinejornais, todos os vídeos amadores em todos os arquivos neste país e na Europa — quero dizer, pelo menos estamos fazendo todo o possível para isso. A tarefa é hercúlea, porém, uma vez que tenhamos a massa crítica, e com os progressos na técnica de reconhecimento facial, poderemos, assim esperamos, identificar quase todo mundo em todas as fotografias e em todos os vídeos. Você quer achar todas as fotos de seus bisavós? Poderemos tornar o arquivo acessível e você poderá — assim esperamos, é nossa aposta — adquirir uma compreensão melhor sobre eles. Talvez você os localize no meio de uma multidão em 1912, na Feira Mundial. Talvez encontre vídeos de seus pais numa partida de beisebol em 1974. A esperança, no final, é completar as lacunas de sua memória e do registro histórico como um todo. E com a ajuda do DNA e de programas genealógicos muito mais aprimorados, dentro de um ano esperamos que todo mundo possa ter acesso a todas as informações sobre sua linhagem familiar, todas as imagens, todos os vídeos e filmes, só com um pedido de busca."

"E imagino que quando todo mundo se integrar ao programa, quer dizer, os participantes do Círculo, as lacunas serão rapidamente preenchidas." Mae sorriu, seus olhos diziam para Annie que ela estava se saindo esplendidamente.

"Isso mesmo, Mae", respondeu Annie, com sua voz cortando o espaço entre as duas. "A exemplo de qualquer projeto na internet, a maior parte da completude será cumprida pela comunidade digital. Estamos reunindo nossos próprios milhões de fotos e vídeos, mas o resto do mundo irá fornecer outros bilhões. Esperamos que, mesmo com uma participação parcial, venhamos a ter condições de preencher facilmente todas as lacunas históricas. Se você estiver procurando por todos os moradores de determinado prédio na Polônia por volta de 1913, e notar que um está faltando, em pouco tempo será possível fazer uma triangulação e localizar essa última pessoa por meio do cruzamento de referências de todos os demais dados que vamos obter."

"Sensacional."

"É mesmo", disse Annie, e teve um lampejo da parte branca dos olhos, indicando que Mae devia concluir aquilo rapidamente.

"Mas você ainda não tem o cobaia, não é?", perguntou Mae.

"Ainda não. Para a primeira pessoa, estamos em busca de alguém cuja família remonte a um passado bem distante nos Estados Unidos. Apenas porque sabemos que aqui temos um acesso mais completo a registros do que em alguns outros países."

"E isso faz parte do plano do Círculo de completar tudo ainda este ano? Isso continua dentro da programação?"

"Sim. O PastPerfect está quase pronto para ser usado. E, como todos os outros aspectos da Completude, parece que será no início do ano que vem. Oito meses e teremos terminado. Mas nunca se sabe: do jeito que vão as coisas, com a ajuda de tantos colaboradores do Círculo, talvez possamos concluir antes do prazo."

Mae sorriu, assentindo. Ela e Annie compartilharam um momento demorado e tenso, quando os olhos de Annie perguntaram outra vez quanto tempo mais teriam de prosseguir com aquele diálogo semiencenado.

Do lado de fora, o sol rompia as nuvens e a luz através da janela incidia no rosto de Annie. Mae viu, então, pela primeira vez, como ela parecia velha. Tinha o rosto repuxado, a pele empalidecida. Annie ainda não tinha vinte e sete anos, mas havia bolsas embaixo de seus olhos. Sob aquela luz, ela parecia ter envelhecido cinco anos nos últimos dois meses.

Annie segurou a mão de Mae e fincou as unhas na palma da mão dela, só o bastante para chamar sua atenção. "Preciso ir ao banheiro, agora. Quer ir comigo?"

"Claro. Também estou precisando."

Embora a transparência de Mae fosse completa e ela não pudesse desligar o fluxo de áudio e de vídeo em nenhum momento, havia algumas poucas exceções, que Bailey fez questão de incluir. Uma delas era durante o uso do banheiro, ou pelo menos durante o uso da privada. O vídeo devia permanecer ligado, porque, insistiu Bailey, a câmera ficaria voltada para a porta da cabine da privada, portanto não tinha nenhuma importância. Mas o áudio seria desligado, poupando Mae e o público dos sons.

Mae entrou na cabine da privada, Annie entrou na cabine contígua e Mae desativou o áudio. A regra era que ela teria até três minutos de silêncio; mais do que isso provocaria estranheza em seus espectadores e também nos membros do Círculo.

"Então, como vai?", perguntou Mae. Não podia ver Annie, só os dedos dos pés, que pareciam estropiados e carentes da atenção de uma pedicure. Estavam visíveis por baixo da porta.

"Ótima. Ótima. E você?"

"Vou bem."

"Puxa, você *tem mesmo* de estar bem", disse Annie. "Você está matando a pau!"

"Acha mesmo?"

"Qual é? Falsa modéstia não tem espaço aqui. Você devia estar entusiasmada."

"Está certo. Estou sim."

"Quero dizer, aqui você é que nem um meteoro. É uma loucura. As pessoas *me* procuram para conseguir chegar a *você*. É uma coisa... doida."

Na voz de Annie, havia se insinuado algo que Mae identificou como inveja ou algo parecido. Mae deu uma passada rápida numa série de opções do que podia dizer em resposta. Nada servia. *Eu não conseguiria nada sem você* não ia funcionar; parecia autoengrandecedor e tinha um toque de superioridade. No fim, Mae achou melhor simplesmente mudar de assunto.

"Desculpe ter feito perguntas cretinas lá fora", disse Mae.

"Tudo bem. Mas você me deixou num aperto."

"Eu sei. É que... vi você passando e queria ficar um pouco com você. E eu não sabia o que mais perguntar. Mas você está bem mesmo? Parece esgotada."

"Obrigada, Mae. Você sabe como eu gosto de ouvir que

estou com uma cara péssima logo depois de ter aparecido em frente de seus milhões de espectadores. Obrigada. Você é muito gentil."

"Estou preocupada. Tem dormido direito?"

"Não sei. Talvez eu esteja com meus horários atrapalhados. É a confusão de fusos."

"Posso fazer alguma coisa? Vamos jantar juntas."

"Jantar com você? Com sua câmera e eu com esse aspecto horrível? Parece maravilhoso, mas não vou."

"Deixe-me fazer alguma coisa por você."

"Não, não. Só preciso retomar meu trabalho."

"Alguma coisa interessante?"

"Ah, você sabe, o de sempre."

"A questão regulatória andou bem? Eles puseram muita responsabilidade nas suas costas, fiquei preocupada."

Um arrepio percorreu a voz de Annie. "Bem, não há motivo para se preocupar. Faço isso já tem um bocado de tempo."

"Não quis dizer que fiquei preocupada nesse sentido."

"Bem, não fique preocupada em *nenhum* sentido."

"Sei que você consegue dar conta do recado."

"*Obrigada!* Mae, sua confiança em mim será o vento que enfuna minhas velas."

Mae achou melhor ignorar o sarcasmo. "Então, quando é que vamos nos encontrar?"

"Logo. Vamos fazer alguma coisa."

"Hoje à noite? Por favor."

"Hoje à noite, não. Vou me jogar na cama e me refazer para amanhã. Tenho muito trabalho. Há todas as novas tarefas relativas à Completude e..."

"A Completude do Círculo?"

Houve uma pausa demorada, durante a qual Mae teve certeza de que Annie estava saboreando aquela novidade, que Mae ignorava.

"Sim. Bailey não lhe contou?", disse Annie. Uma espécie de música irritante surgiu na sua voz.

"Não sei", disse Mae, o coração martelando. "Talvez tenha contado."

"Pois é, agora eles estão se sentindo muito próximos disso. Eu estava no exterior removendo algumas das últimas barreiras. Os Sábios acham que chegaram aos poucos obstáculos que restam."

"Ah. Acho que devo ter ouvido falar disso sim", respondeu Mae, ouvindo a própria voz, notando como ela soava insignificante. Mas ela *estava* com inveja. Claro que sim. Por que ela devia ter acesso às informações a que Annie tinha acesso? Mae sabia que não tinha direito àquilo, porém mesmo assim queria ter e sentia que estava mais perto de tais informações do que indicava aquela situação, saber do assunto por intermédio de Annie, que andara fora, rodando o mundo, por três semanas. A omissão a enviava de volta para algum recanto infame do Círculo, algum ponto plebeu, como ser um porta-voz, um mero animador de auditório.

"Então tem certeza de que não posso fazer nada por você? Talvez algum tipo de máscara de argila para melhorar as bolsas embaixo dos olhos?" Mae sentiu ódio de si mesma por dizer aquilo, mas naquele momento deu uma sensação boa, como coçar com força um ponto da pele com comichão.

Annie pigarreou. "Você é muito gentil", respondeu. "Mas eu tenho de ir embora."

"Tem certeza?"

"Mae. Não quero parecer rude, mas a melhor coisa para mim neste momento é voltar para minha mesa para poder retomar meu trabalho."

"Está bem."

“Não estou falando isso de maneira rude. Preciso de fato pôr meus trabalhos em dia.”

“Eu sei, entendi. Tudo bem. A gente vai se ver amanhã, de todo jeito. Na reunião no Reino do Conceito.”

“O quê?”

“Vai ter uma reunião no Reino do...”

“Não. Eu sei o que é. Mas você vai lá?”

“Vou. Bailey acha que eu devo ir.”

“E vai transmitir tudo?”

“Claro. Isso é algum problema?”

“Não. Não”, disse Annie, nitidamente retardando a resposta, assimilando a informação. “Só que fiquei surpresa. Essas reuniões são cheias de questões delicadas de propriedade intelectual. Talvez ele queira que você assista ao início ou algo assim. Não consigo imaginar...”

Annie deu descarga em sua privada e Mae viu que ela havia levantado.

“Vai embora?”

“Vou. Estou tão atrasada que agora quero vomitar.”

“Tudo bem. Não vomite.”

Annie foi depressa para a porta e saiu.

Mae tinha quatro minutos para chegar à dra. Villalobos. Levantou-se, religou o áudio e saiu do banheiro.

Em seguida voltou, desligou o áudio, sentou-se na mesma privada e se deu um minuto para se refazer. Que as pessoas pensem que ela está com prisão de ventre, não importa. Tinha certeza de que Annie estava chorando, àquela altura, onde quer que estivesse. Mae estava soluçando de choro, maldizendo Annie, maldizendo cada centímetro de seu cabelo louro, seu orgulhoso sentimento de superioridade. O que importava se ela estava trabalhando no Círculo havia mais tempo? Agora as duas eram iguais, só que Annie não conseguia aceitar aquilo. Mae tinha de dar um jeito de Annie reconhecer aquilo.

Eram 14h02 quando ela chegou.

"Oi, Mae", disse a dra. Villalobos, cumprimentando-a na sala de espera da clínica. "Vejo que seu batimento cardíaco está normal e imagino que, com a corrida que deu para chegar aqui, todos os seus espectadores também estejam recebendo dados interessantes. Vamos, entre."

Em retrospecto, não deveria ser nenhuma surpresa o fato de a dra. Villalobos ter se tornado também uma das atrações preferidas dos espectadores. Com suas curvas extravagantes, seus olhos ardentes e sua voz melodiosa, ela representava uma imagem vulcânica. Era a médica que todo mundo, sobretudo homens heterossexuais, gostaria de ter. Embora o TruYou tornasse quase impossíveis os comentários obscenos para qualquer pessoa que quisesse manter seu emprego ou seu casamento, a dra. Villalobos suscitava uma espécie de admiração gentil, mas bastante reveladora. *Que maravilha ver a boa médica!*, escreveu um homem, quando Mae entrou no consultório. *Vamos começar logo o exame médico*, disse outra alma, mais corajosa. E a dra. Villalobos, ao mesmo tempo que ostentava um ágil profissionalismo, também parecia apreciar aquilo. Hoje, estava usando uma blusa fechada com zíper, que deixava à mostra uma parte de seu peito amplo, que a uma distância apropriada parecia decente, porém visto pela câmera de Mae tinha algo de obsceno.

"Então seus sinais vitais parecem estar bem", disse para Mae.

Mae estava sentada na mesa de exame, a doutora de pé à sua frente. Olhando para o pulso, Mae procurou a imagem que seus espectadores estavam recebendo e se deu conta de que os homens ficariam satisfeitos. Como se percebesse que a imagem podia estar ficando provocadora demais, a dra. Villalobos virou-se para a parede de monitores. Ali eram exibidos algumas centenas de dados.

"Sua contagem de passos podia estar melhor", disse ela. "Você está com uma média de apenas 5300, quando devia estar com dez mil. Uma pessoa da sua idade, sobretudo, devia estar com um índice médio mais alto do que esse."

"Eu sei", respondeu Mae. "Ando muito ocupada ultimamente."

"Tudo bem. Mas vamos aumentar o número de passos. Promete? Agora, como estamos falando para todos os seus espectadores, eu gostaria de elogiar o programa abrangente que processa seus dados de saúde, Mae. É chamado de Programa Dados de Saúde Completos, ou CHAD, que é sua sigla em inglês. Chad é o nome de um ex-namorado meu, e, Chad, se você estiver nos vendo agora, não foi em sua homenagem que dei esse nome ao programa."

O pulso de Mae enlouqueceu de tantas mensagens. *Chad, seu burro.*

"Por meio do CHAD, obtemos dados em tempo real de todo mundo no Círculo. Mae, você e os novatos foram os primeiros a obter os novos braceletes, mas de lá para cá equipamos todo mundo no Círculo com eles. E isso nos permitiu obter dados exatos e completos de todas as onze mil pessoas que trabalham aqui. Já imaginou? A primeira vantagem foi que, quando a gripe chegou ao campus na semana passada, ficamos sabendo em minutos quem a trouxe para cá. Mandamos a mulher para casa e ninguém foi contaminado. E se pudéssemos evitar que as pessoas trouxessem germes *para* o campus? Se elas nunca saíssem daqui e não se sujassem lá fora, então tudo estaria resolvido. Mas deixe-me descer do meu palanque e me concentrar em você, Mae."

"Contanto que as notícias sejam boas", disse Mae, e tentou sorrir. Mas ela estava inquieta e queria terminar logo aquilo tudo.

"Bem, acho que a notícia é boa", disse a doutora. "Veio de um espectador na Escócia. Ele está acompanhando seus órgãos vitais, fez um cruzamento com seus marcadores de DNA e se deu conta de que, da maneira como você anda comendo, sobretudo nitratos, vai aumentar sua propensão para ter câncer."

"Meu Deus. É verdade? Essa é a má notícia pela qual tive de vir aqui?"

"Não, não! Não se preocupe. É fácil resolver isso. Você não tem câncer e provavelmente não terá. Mas sabe que tem um marcador para câncer gastrointestinal, só um risco aumentado, e esse pesquisador em Glasgow, que vem acompanhando seus dados de saúde, viu que você come salame e outras carnes com nitrato que podem incliná-la para uma mutação celular."

"Você continua me assustando."

"Ah, meu Deus, desculpe! Não é minha intenção. Mas ainda bem que ele está acompanhando tudo isso. Quer dizer, nós também estamos, e estamos nos aprimorando cada vez mais em nossas observações. No entanto, a beleza de ter tantos amigos no mundo, como você tem, é que um deles, a oito mil quilômetros daqui, ajudou você a evitar um risco crescente."

"Portanto, chega de nitratos."

"Certo. Vamos deixar os nitratos de lado. Mandei um zing para você com uma lista de alimentos que contêm nitratos e seus espectadores também podem ver. Eles devem sempre ser ingeridos com moderação, mas devem ser evitados por completo se existe algum histórico de risco de câncer. Espero que você transmita essa informação a seus pais, caso eles não vejam isso no zing deles mesmos."

"Ah, tenho certeza de que viram, sim", disse Mae.

"Muito bem, e agora as notícias não muito boas. Não é a respeito de sua saúde. É sobre seus pais. Eles estão bem, mas quero lhe mostrar uma coisa." A doutora mostrou a imagem das câmeras SeeChange na casa dos pais de Mae, que um mês antes haviam sido instaladas para o tratamento de seu pai. A equipe médica do Círculo estava muito interessada no caso do pai de Mae e queria o maior número de dados que pudesse obter. "Você encontrou alguma coisa errada?"

Mae observou a tela. Onde dezesseis imagens deviam estar visíveis, havia doze em branco. "Só tem quatro funcionando", disse ela.

"Isso mesmo", disse a médica.

Mae observou as quatro imagens em busca de sinais de seus pais. Não viu nenhum. "Os técnicos foram consertar?"

"Não é necessário. Nós vimos o que eles fizeram. Em cada uma, colaram alguma coisa em cima. Talvez um pano ou uma fita adesiva. Você sabia disso?"

"Não sabia. Lamento muito. Eles não deviam ter feito isso."

Instintivamente, Mae conferiu o número de espectadores: 1 298 001. O número sempre aumentava durante as consultas com a dra. Villalobos. Agora todas aquelas pessoas sabiam. Mae sentiu seu rosto ficar vermelho.

"Teve notícias de seus pais recentemente?", perguntou a dra. Villalobos. "Nossos registros mostram que não. Mas talvez..."

"Não nos últimos dias", disse Mae. Na verdade, fazia mais de uma semana que não entrava em contato com os pais. Tentou telefonar, mas sem sucesso. Tinha mandado zings, porém não recebera nenhuma resposta.

"Gostaria de fazer uma visita a eles?", perguntou a doutora. "Como sabe, é difícil oferecer cuidados médicos quando não se tem informações."

* * *

Mae estava indo de carro para a casa dos pais, depois de sair do trabalho às cinco horas — algo que ela não fazia em semanas —, e pensava nos pais, em que tipo de loucura teria dado neles, e estava preocupada com a possibilidade de a loucura de Mercer ter, de algum modo, os contaminado. Como se atreveram a desligar as câmeras? Depois de tudo o que ela havia feito para ajudá-los, depois de tudo o que Círculo havia feito para contornar todas as regras e ajudá-los! E o que Annie ia dizer?

Dane-se a Annie, pensou Mae enquanto dirigia o carro. O ar ficava mais quente à medida que aumentava a distância entre ela e o Pacífico. Mae tinha fixado a lente da câmera no painel do carro, inserindo-a no pequeno suporte colocado ali para os momentos em que ela ficasse no carro. *Aquela debutantezinha de merda*. Era um mau momento. Annie provavelmente encontraria um meio de usar aquilo em vantagem própria. Bem na hora em que sua inveja de Mae estava crescendo — e era isso mesmo, estava bastante óbvio —, ela podia empurrar Mae para baixo outra vez. Mae e sua cidadezinha de nada, seus pais donos de estacionamento que não conseguiam manter suas câmeras ligadas, que não conseguiam se manter saudáveis. Que ganharam um presente monumental, um seguro-saúde de primeira classe, de graça, e o usavam mal. Mae sabia o que Annie estava pensando dentro de sua cabecinha loura e superior: *Não se deve ajudar certo tipo de gente*.

A linhagem familiar de Annie remontava ao navio *Mayflower*, seus ancestrais colonizaram este país e os ancestrais deles, por sua vez, foram donos de uma larga faixa do território da Inglaterra. Tinham sangue azul desde muitas e muitas gerações, pelo visto desde a invenção da roda. Na verdade, se alguém havia de fato inventado a roda, só poderia ser uma pessoa da linhagem de Annie. Faria todo sentido do mundo e não seria surpresa para ninguém.

Mae tinha descoberto tudo aquilo numa festa do dia de Ação de Graças na casa de Annie, com vinte e tantos parentes reunidos, todos com seus narizes afilados, sua pele rosada, seus olhos fracos escondidos atrás de quarenta lentes, quando ela veio a saber, durante uma conversa devidamente discreta, que dizia respeito a assuntos da própria família — pois a família de Annie inteira tinha pouca disposição de falar demais sobre sua linhagem ou dar muita importância ao assunto —, que algum parente distante tinha estado presente à primeira comemoração do Dia de Ação de Graças na história.

"Ah, meu Deus, quem é que está ligando para isso?", exclamou a mãe de Annie, quando Mae insistiu, querendo saber de mais detalhes sobre o assunto. "Algum cara ao acaso entrou num barco. Provavelmente estava devendo dinheiro em toda a antiga pátria."

E deram andamento ao jantar. Mais tarde, por insistência de Mae, Annie lhe mostrou alguns documentos, papéis velhos e amarelados que forneciam detalhes sobre a história da família, uma linda pasta preta cheia de genealogias, artigos universitários, fotos de homens velhos e soturnos, com suíças extravagantes, parados perto de cabanas toscas.

Noutras visitas à casa de Annie, sua família foi igualmente generosa, modesta e desatenta ao próprio nome. Mas quando a irmã de Annie casou e a família se ampliou, Mae viu um lado diferente. Ela estava sentada à mesa, perto de homens e mulheres solteiros, na maioria primos de Annie, e ao lado da tia dela. Era uma mulher magra, forte, de quarenta e poucos anos, de traços parecidos com os de Annie, porém combinados de modo a produzir um efeito inferior. Tinha se divorciado pouco antes, deixara um homem “abaixo da minha posição”, disse ela, com fingida arrogância.

“E você conhece a Annie de...?” Era a primeira vez que se dirigia inteiramente a Mae, após vinte minutos de jantar.

“Da faculdade. Éramos colegas de dormitório.”

“Pensei que a colega de dormitório dela fosse uma paquistanesa.”

“Isso foi no primeiro ano.”

“E você acabou levando a melhor. De onde você é?”

“Do meio da Califórnia, Central Valley. Uma cidadezinha de que ninguém ouviu falar. Mais ou menos perto de Fresno.”

Mae dirigia o carro enquanto lembrava tudo aquilo, uma parte injetava uma dor nova dentro dela, algo ainda úmido e cru.

“Puxa, Fresno!”, exclamou a tia, fingindo sorrir. “Faz tanto tempo que não escuto essa palavra, graças a Deus.” Tomou um gole do seu copo de gim-tônica e olhou de relance para a festa de casamento. “O importante é que você saiu de lá. Sei que boas faculdades procuram gente feito você. É provavelmente por isso que não entrei onde eu queria entrar. Não deixe que ninguém lhe diga que ser de Exeter ajuda. Há tantas vagas de cotas para serem preenchidas com gente do Paquistão e de Fresno, não é?”

Na primeira vez que foi para casa na condição de transparente, Mae tivera uma experiência reveladora que havia reforçado sua fé na humanidade. Passara uma noite normal com os pais, fizeram o jantar, comeram e, enquanto isso, conversaram sobre as diferenças no tratamento do pai antes e depois de terem se transferido para o seguro-saúde do Círculo. Os espectadores viam tanto os triunfos do tratamento do pai de Mae — ele parecia vibrante e se movia com facilidade pela casa toda — como também o tributo que a doença cobrava dele. Caiu desajeitado, enquanto tentava subir a escada, e logo depois chegou uma enxurrada de mensagens de espectadores preocupados, seguida de milhares de sorrisos vindos do mundo inteiro. As pessoas sugeriam novas combinações de medicamentos, novas fisioterapias, novos médicos, tratamentos experimentais, medicina oriental, Jesus. Centenas de igrejas o incluíram entre suas preces semanais. Os pais de Mae tinham confiança em seus médicos e a maioria dos espectadores podia ver que os cuidados que o pai de Mae recebia eram excepcionais; portanto, mais importantes e abundantes do que os comentários médicos eram aqueles que simplesmente o incentivavam e davam força para a família. Mae chorou ao ler as mensagens; era um dilúvio de amor. As pessoas compartilhavam suas próprias histórias, muita gente vivia com pessoas que sofriam de esclerose múltipla. Outros falaram de suas próprias dificuldades — viver com osteoporose, com paralisia de Bell, com a doença de Crohn. Mae vinha repassando as mensagens para seus pais, mas depois de alguns dias decidiu tornar público o e-mail deles e seu endereço de correio, assim os pais poderiam ser eles mesmos fortalecidos e inspirados por aquela efusão, diariamente.

Dessa vez, a segunda que ia para a casa deles, Mae sabia, seria ainda melhor. Depois que tratasse da questão das câmeras, que ela esperava ter sido uma espécie de mal-entendido, Mae planejava proporcionar a todos que haviam dado seu apoio a chance de ver seus pais de novo, bem como dar aos pais a chance de agradecer a todos que haviam mandado sorrisos e apoio.

Mae encontrou os dois na cozinha, cortando legumes.

"Como vão vocês?", perguntou Mae, enquanto os forçava a dar um abraço a três. O pai e a mãe cheiravam a cebola.

"Você está tão carinhosa hoje, Mae!", disse o pai.

"Há, há!", disse Mae e tentou indicar, por meio de um movimento das pálpebras, que eles não deviam dar a entender que ela algum dia tinha sido menos carinhosa.

Como que lembrando que estavam diante de uma câmera e que a filha agora era uma pessoa mais visível e mais importante, seus pais adaptaram seu comportamento. Fizeram lasanha e Mae adicionou alguns ingredientes que o Guia Adicional pedira para ela trazer e mostrar para os espectadores. Quando o jantar ficou pronto e Mae tinha dado à câmera um tempo adequado para focalizar os produtos, todos sentaram.

"Então os caras da equipe médica estão um pouco preocupados porque algumas das suas câmeras não estão funcionando", disse Mae, avançando de leve.

"É mesmo?", disse o pai, sorrindo. "Talvez tenhamos de verificar a bateria delas, não é?" Ele piscou para a mãe dela.

"Vocês...", disse Mae, sabendo que tinha de formular aquela afirmação de maneira bem clara e que aquele era o momento crucial, para a saúde deles e para o sistema geral de armazenamento de dados que o Círculo estava tentando viabilizar. "Como alguém pode lhes proporcionar um cuidado médico adequado se vocês não permitem que eles vejam como andam as coisas? É como ir ao médico e não deixar que ele tome o nosso pulso."

"É um argumento muito bom", respondeu o pai. "Acho que devemos comer."

"Vamos consertar as câmeras logo", disse a mãe, e assim teve início o que foi uma noite muito estranha, durante a qual os pais de Mae concordaram prontamente com todos os argumentos de Mae a respeito da transparência, fizeram que sim com a cabeça, energicamente, quando ela falou sobre a necessidade de todo mundo estar no mesmo barco, a consequência para as vacinas, o fato de que elas só funcionavam com a adesão plena de todo mundo. Eles concordaram enfaticamente com tudo, elogiaram Mae repetidas vezes por seu poder de persuasão e de lógica. Foi estranho; eles se mostraram cooperativos até demais.

Sentaram-se à mesa para comer e Mae fez algo que ela nunca antes fizera e que torceu para os pais não estragarem, reagindo como se fosse algo fora do comum: ela ergueu um brinde.

"Vamos brindar a vocês dois", disse ela. "E já que estamos no embalo, vamos brindar a todos os milhares de pessoas que estenderam a mão e deram uma força para vocês, na última vez que estive aqui."

Os pais deram um sorriso duro e ergueram os copos. Comeram por alguns momentos. Depois de ter mastigado com cuidado e engolido sua primeira garfada, sua mãe sorriu e olhou diretamente para a lente — algo que Mae lhes dissera muitas vezes para não fazer.

"Bem, nós recebemos um monte de mensagens, é verdade", disse a mãe.

O pai de Mae acrescentou: "Sua mãe tem examinado as mensagens e conseguimos diminuir a pilha um pouquinho todos os dias. Mas é um bocado de trabalho, posso lhe garantir".

A mãe colocou a mão sobre o braço de Mae. "Não que não sejamos gratos, somos sim. Sem dúvida. Só quero que fique registrado que peço desculpa a todos por nossa lentidão para responder todas as mensagens."

"Recebemos milhares", disse o pai, mexendo na sua salada.

A mãe deu um sorriso duro. "E, mais uma vez, somos gratos pelo apoio. Mas mesmo que gastemos só um minuto para cada resposta, serão milhares de minutos. Pense só: dezesseis horas só para uma resposta básica para as mensagens! Ah, meu Deus, agora parece que sou uma ingrata."

Mae ficou satisfeita pela mãe ter falado aquilo, porque eles de fato pareciam ingratos. Estavam reclamando do fato de as pessoas se preocuparem com eles. E bem na hora em que Mae achou que a mãe ia se desdizer, ia incentivar o envio de mais votos de boa saúde, o pai falou e piorou ainda mais a situação. A exemplo da mãe, falou olhando diretamente para a lente.

"Mas pedimos de fato a vocês, de agora em diante, que apenas mandem seus votos de boa saúde pelo ar. Ou, se rezarem, rezem por nós e pronto. Não há necessidade de pôr isso numa mensagem. É só..." E fechou os olhos e apertou-os com força: "Mande seu apoio, suas boas vibrações, em nossa direção. Não é preciso mandar e-mail ou zing nem nada. Só bons pensamentos. Mande pelo ar. É só o que pedimos".

"Acho que vocês querem dizer", interveio Mae, tentando manter a calma, "que vão apenas demorar um pouco a responder todas as mensagens. Mas que um dia vão dar conta de todas."

O pai não hesitou. "Bem, não posso dizer isso, Mae. Não quero prometer isso. Na verdade, é uma coisa muito estressante. E já vimos muita gente ficar zangada por não receber uma resposta nossa depois de determinado tempo. Mandam uma mensagem, depois mandam mais dez, no mesmo dia. 'Será que falei alguma coisa errada?' 'Desculpe.' 'Só queria ajudar.' 'Vão para o inferno.' E ficam tendo aquelas conversas neuróticas entre eles mesmos. Então não quero me envolver no tipo de troca imediata e neurótica de mensagens que a maioria de seus amigos parecem exigir."

"Pai. Pare. Está dizendo coisas horríveis."

A mãe inclinou-se para a frente. "Mae, seu pai está apenas tentando dizer que nossas vidas já estão muito sobrecarregadas, ficamos sobrecarregados só trabalhando, pagando as contas e cuidado das questões de saúde. Se tivermos de trabalhar mais dezesseis horas, isso vai nos deixar numa situação insustentável. Entende do que estamos falando? Digo isso, mais uma vez, com todo o devido respeito e gratidão a todos que nos deram seu apoio."

Depois do jantar, os pais de Mae quiseram ver um filme e assistiram a *Instinto selvagem*, por insistência do pai. Tinha visto aquele filme mais vezes do que qualquer outro, sempre citando as referências a Hitchcock, as muitas homenagens geniais — embora, na verdade, ele nunca tivesse deixado claro seu amor por Hitchcock. Fazia muito tempo que Mae desconfiava que aquele filme, com suas constantes e variadas tensões sexuais, o deixava com tesão.

Enquanto os pais assistiam ao filme, Mae tentou tornar o tempo mais interessante mandando uma série de zings sobre ele, rastreando e comentando o número de momentos ofensivos à comunidade LGBT. Estava obtendo uma resposta enorme, mas aí viu as horas, 21h30, e achou que devia pegar a estrada e voltar para o Círculo.

"Bem, tenho de ir embora", disse ela.

Mae achou que tinha captado alguma coisa no olhar do pai. Um olhar de relance para a mãe, que podia significar *finalmente*, mas Mae podia estar enganada. Vestiu seu casaco e a mãe foi com ela até a porta, com um envelope na mão.

"Mercer nos pediu para entregar isto a você."

Mae pegou-o, um envelope simples, de uso comum em trabalho. Não tinha nem seu nome escrito. Nome nenhum, nada.

Mae beijou o rosto da mãe, saiu da casa, o ar do lado de fora ainda estava quente. Manobrou o carro e tomou a direção da rodovia. Mas a carta estava em seu colo e sua curiosidade a dominou. Estacionou o carro e abriu.

Querida Mae,

Sim, você pode e deve ler isto diante da câmera. Eu esperava que você o fizesse, por isso escrevo esta carta não só para você, mas para seu "público". Alô, público.

Mae quase pôde ouvir a inspiração profunda de Mercer, que servia de introdução, seu jeito de se aprumar antes de fazer um discurso importante.

Não posso mais ver você, Mae. Não que nossa amizade tenha sido constante ou perfeita, mas não posso ser seu amigo e também parte de seu experimento. Vou ficar triste de perdê-la, já que você foi importante na minha vida. Mas tomamos direções evolutivas muito diferentes e muito em breve estaremos afastados demais para nos comunicarmos.

Se você esteve com seus pais e sua mãe lhe deu este bilhete, então você viu o efeito dessas suas coisas sobre eles. Escrevo este bilhete depois de ver como eles estão, ambos deprimidos e esgotados pelo dilúvio que você fez cair sobre eles. É demais, Mae. E não é correto. Ajudei-os a cobrir algumas câmeras. Cheguei até a comprar o pano. Fiquei feliz em fazer isso. Eles não querem que sorriam para eles, nem que lhes façam cara feia, nem que lhes mandem zings. Querem ficar sozinhos. E não querem ser olhados. A vigilância não deveria ser o preço a pagar em troca de nenhum maldito serviço que recebemos.

Se as coisas continuarem desse jeito, vai haver duas sociedades — ou pelo menos, eu espero que existam duas —, aquela que você está ajudando a criar e uma alternativa. Você e sua laia irão sobreviver, voluntariamente, alegremente, sob vigilância constante, sempre se vendo uns aos outros, comentando uns para os outros, votando e curtindo e não curtindo uns para os outros, sorrindo e fazendo cara feia, e não fazendo quase mais nada além disso.

Já estavam chovendo comentários no seu pulso. *Mae, algum dia você foi tão jovem e tão tola? Como é que você foi namorar um zero à esquerda como esse aí?* Esse foi o comentário mais popular, logo ultrapassado por *Acabei de ver a foto dele. Será que o Pé Grande faz parte da árvore genealógica desse cara?*

Mae continuou a ler a carta:

> Vou sempre desejar toda felicidade para você, Mae. Também espero, embora me dê conta de que isso é muito improvável, que em algum ponto do futuro, quando o triunfalismo de você e de seus pares — o irrefreável Destino Manifesto de tudo isso — tiver ido longe demais e desmoronar sozinho, que você recupere seu sentido de perspectiva e sua humanidade. Droga, o que estou dizendo? Essa história já foi longe demais. O que eu devia dizer é que espero o dia em que alguma minoria barulhenta finalmente se levante para dizer que isso foi longe demais e que essa ferramenta, que é muito mais insidiosa do que qualquer invenção humana criada até hoje, deve ser inspecionada, regulamentada, contida e que, acima de tudo, precisamos de opções para ficar de fora. Agora vivemos num estado tirânico, onde não temos permissão para...

Mae verificou quantas páginas faltavam. Mais quatro folhas de tamanho duplo, na certa contendo mais um bocado das mesmas besteiras sem rumo. Ela jogou as folhas em cima do banco do passageiro. Pobre Mercer. Sempre foi um presunçoso e jamais conheceu seu público. E embora Mae soubesse que ele estava usando seus pais contra ela, alguma coisa a incomodou. Será que eles estavam mesmo tão perturbados assim? Mae estava apenas a um quarteirão de distância, então saiu do carro e voltou para a casa a pé. Se estivessem mesmo abalados com a situação, bem, ela poderia tratar do assunto de forma direta, e ia fazer isso.

Quando entrou em casa, não viu os pais nos dois lugares mais prováveis, a sala e a cozinha, e deu uma espiada na sala de jantar, pelo canto da parede. Não estavam em nenhum lugar. O único sinal deles era uma panela de água fervendo no fogão. Mae tentou não entrar em pânico, mas aquela panela com água fervendo e o silêncio assustador no resto da casa se combinaram de um jeito sinistro em sua mente e, de repente, ela se viu pensando em ladrões, em pactos de suicídio, em sequestros.

Mae subiu a escada correndo, três degraus a cada passo, e quando chegou ao topo e virou à esquerda com toda pressa e entrou no quarto deles, viu os dois, os olhos voltados para ela, arregalados e apavorados. O pai estava sentado na cama e a mãe estava de joelhos no chão, o pênis dele em sua mão. Um pequeno recipiente de creme lubrificante encostado na perna dele. Num instante, todos eles souberam as ramificações.

Mae virou-se, voltando a câmera para uma penteadeira. Ninguém disse nenhuma palavra. Mae só conseguiu pensar em fugir para o banheiro, onde apontou a câmera para a parede e desligou o áudio. Repetiu o que ficara gravado a fim de ver o que a câmera tinha captado. Esperava que a lente, balançando em seu pescoço, tivesse de algum modo perdido a cena ofensiva.

Mas não havia. Na verdade, o ângulo da câmera revelava o ato com mais clareza do que ela o havia testemunhado. Mae desligou a repetição das imagens. Ligou para o Guia Adicional.

"Há alguma coisa que possamos fazer?", perguntou.

Em minutos, ela estava falando com o próprio Bailey ao telefone. Mae ficou contente de poder falar com ele, porque sabia que, se alguém iria concordar com ela na questão, esse alguém só poderia ser Bailey, homem de um entendimento moral infalível. Ele não ia querer que um ato sexual como aquele fosse difundido pelo mundo inteiro, ia? Bem, aquilo já tinha sido feito, mas certamente podiam apagar alguns segundos, de forma que a imagem não pudesse ser objeto de buscas, não se tornaria algo permanente, não é?

"Mae, vamos lá", disse ele. "Você sabe que não podemos

fazer isso. O que seria da transparência se pudéssemos apagar tudo aquilo que nos parece embaraçoso? Você sabe que não deletamos." Sua voz era enfática e paternal e Mae sabia que ia obedecer a tudo que ele dissesse. Ele entendia melhor, era capaz de enxergar quilômetros à frente de Mae ou de qualquer pessoa, e aquilo estava evidente na sua tranquilidade sobrenatural. "Para esse experimento funcionar, Mae, e para o Círculo como um todo funcionar, isso tem de ser absoluto. Tem de ser puro e completo. E sei que esse episódio será doloroso durante alguns dias, mas, confie em mim, muito em breve nada disso terá o menor interesse para ninguém. Quando tudo é conhecido, tudo que é aceitável será aceito. Portanto, por ora, temos de ser fortes. Você precisa ser um exemplo. Precisa se manter firme na rota."

Mae voltou de carro para o Círculo, determinada a ficar no campus, depois que chegasse lá. Já estava farta do caos de sua família, de Mercer, de sua cidade natal miserável. Nem havia falado direito com os pais sobre as câmeras SeeChange, não é? Sua casa era uma loucura. No campus, tudo era familiar. No campus, não havia atritos. Ela não precisava explicar-se a si mesma nem explicar o futuro do mundo para os membros do Círculo, que implicitamente compreendiam Mae e o planeta e a maneira como ele devia ser e seria em breve.

Na verdade, cada vez mais, Mae achava difícil ficar fora do campus. Havia pessoas sem casa, havia os cheiros constantes e agressivos, havia as máquinas que não funcionavam, havia pisos e assentos que não tinham sido limpos e em toda parte havia o caos de um mundo sem ordem. O Círculo estava ajudando a melhorar aquilo, Mae sabia, e tantas questões como aquelas estavam sendo tratadas — as pessoas sem casa podiam receber ajuda ou ser alojadas, ela sabia, uma vez que a gamificação da distribuição de abrigos e de alojamentos públicos em geral estivesse completa; os técnicos estavam trabalhando naquilo no Período Nara — porém, enquanto isso, era cada vez mais perturbador ficar no meio da loucura que reinava fora dos portões do Círculo. Caminhar por San Francisco, Oakland, San Jose ou qualquer cidade, na verdade, parecia cada vez mais como uma experiência no Terceiro Mundo, com sujeira desnecessária, conflitos desnecessários, erros e ineficiências desnecessários — em qualquer quarteirão de qualquer cidade, mil problemas que podiam ser corrigidos por meio de simples algoritmos, da aplicação de uma tecnologia que já estava à disposição, e de membros generosos da comunidade digital. Ela deixou a câmera ligada.

Fez a viagem de carro em menos de duas horas e quando chegou era apenas meia-noite. Estava agitada com a viagem, com os nervos em alerta constante e precisava relaxar e distrair-se. Foi à Experiência do Cliente, sabendo que ali poderia ser útil e que ali seu esforço seria apreciado de forma imediata e palpável. Entrou no prédio, olhou rapidamente para o móbile de Calder que girava devagar, e subiu pelo elevador, passou ligeiro pela passarela e foi para sua antiga mesa de trabalho.

Ali, viu duas mensagens de seus pais. Ainda estavam acordados e estavam desesperados. Estavam horrorizados. Mae tentou lhes enviar os zings positivos que ela havia recebido, mensagens que celebravam o fato de um casal mais velho, tendo de enfrentar nada menos do que a esclerose múltipla, ainda conseguir se manter sexualmente ativo. Mas eles não se interessaram.

Por favor, pare, pediam. *Por favor, chega.*

E eles, a exemplo de Mercer, insistiam que não queriam mais ter contato com ela, a não ser de forma privada. Mae tentou explicar que eles estavam do lado errado da história. Mas eles não queriam ouvir. Mae sabia que, mais cedo ou mais tarde, iria convencê-los, que era só uma questão de tempo, para eles e para todo mundo — até para Mercer. Ele e seus pais tinham demorado a usar um PC, demorado a usar o telefone celular, demorado para tudo. Era algo cômico e triste, e não servia para nada rechaçar o presente inexorável, o futuro inevitável.

Então ela ia esperar. Enquanto isso, Mae abriu a comporta. Havia pouca gente com perguntas prementes naquela hora, mas havia sempre questões não respondidas à espera do horário de trabalho, portanto Mae achou que conseguiria diminuir um pouco aquele fardo antes da chegada dos novatos. Talvez ela desse conta de todas as solicitações, deixaria todo mundo espantado, eles encontrariam uma tábula rasa, um reservatório vazio atrás das comportas.

Havia 188 solicitações pendentes. Ela faria o que fosse possível. Um cliente em Twin Falls queria um rápido apanhado de todos os negócios visitados pelos clientes que tinham visitado o negócio dele. Mae levantou as informações com facilidade, enviou para ele e instantaneamente sentiu-se mais calma. Os dois clientes seguintes foram casos fáceis, respostas-padrão. Mae enviou questionários e recebeu nota 100 em todos. Um deles, em troca, lhe mandou um questionário de pesquisa; ela respondeu tudo em noventa segundos. Os seguintes foram mais complicados, mas ela conseguiu manter a nota 100. O sexto foi ainda mais complicado, porém ela respondeu e obteve nota 98, logo depois corrigida para 100. O cliente, um anunciante de aparelhos de refrigeração e aquecimento de Melbourne, Austrália, perguntou se poderia acrescentar Mae à sua rede profissional e ela aceitou prontamente. Foi aí que ele se deu conta de que era Mae.

A *Mae?*, digitou ele. Seu nome era Edward.

Não posso negar, respondeu.

Que honra, digitou Edward. *Que horas são aí? Por aqui, o horário de trabalho terminou agora há pouco*. Mae respondeu que já era tarde. Ele perguntou se poderia acrescentá-la ao seu *mailing*, e mais uma vez Mae concordou prontamente. O que se seguiu foi um rápido dilúvio de notícias e informações sobre o mundo dos seguros em Melbourne. Ele propôs transformá-la em membro honorária do MHAPB, sigla da Associação dos Fornecedores de Aparelhos de Refrigeração e Aquecimento de Melbourne, que antes se chamava Confraria dos Fornecedores de Aparelhos de Refrigeração e Aquecimento de Melbourne, e Mae respondeu que ficaria lisonjeada. Ele acrescentou-a aos amigos do seu Círculo pessoal e pediu que ela retribuísse da mesma forma. O que ela fez.

Agora preciso voltar ao trabalho, escreveu Mae, *mande um alô para todo mundo em Melbourne!* Ela já estava sentindo que toda a loucura de seus pais, de Mercer, estava evaporando como fumaça. Passou para a próxima solicitação, que vinha de uma cadeia de cuidadores de animais de estimação sediada em Atlanta. Obteve uma nota 99, pediu uma revisão e obteve nota 100, e mandou mais seis pesquisas, cinco das quais foram respondidas pelos clientes. Passou para outra solicitação, essa vinha de Bangalore, e Mae estava emendando uma resposta-padrão quando chegou outra mensagem vinda de Edward. *Você viu o pedido de minha filha?*, perguntou ele. Mae verificou suas telas em busca de algum pedido da filha de Edward. No final, se deu conta de que aquela filha tinha um sobrenome diferente e estava estudando no Novo México. Ela estava divulgando os problemas com os bisões naquele estado e pediu a Mae que assinasse uma petição e mencionasse aquela campanha em todos os fóruns que pudesse. Mae respondeu que ia tentar e rapidamente mandou um zing sobre aquilo. *Obrigado!*, escreveu Edward, seguido, minutos depois, por um agradecimento de sua filha, Helena. *Nem consigo acreditar que Mae Holland assinou minha petição! Obrigada!*, escreveu ela. Mae respondeu mais três perguntas, sua nota média baixou para 98 e, embora mandasse vários pedidos de revisão de nota para aqueles três clientes, não obteve sucesso. Mae sabia que teria de obter mais ou menos vinte e duas notas 100 para conseguir elevar a média geral de 98 para 100; viu que horas eram. meia-noite e quarenta e quatro minutos. Tinha tempo de sobra. Chegou mais uma mensagem de Helena, perguntando sobre vagas para trabalhar no Círculo. Mae ofereceu seu conselho de costume e lhe mandou o e-mail do departamento de Recursos Humanos. *Você pode mandar uma recomendação para mim?*, perguntou Helena. Mae respondeu que faria o que fosse possível, já que nunca as duas tinham se visto. *Mas agora você já me conhece muito bem!*, disse Helena e em seguida dirigiu-a para seu perfil na internet. Incentivou Mae a ler seus trabalhos sobre a preservação da vida selvagem e o ensaio que redigiu para entrar na faculdade, que segundo ela continuava relevante. Mae disse que ia tentar ler quando pudesse. A vida selvagem e o Novo México trouxeram Mercer à sua mente. Aquele lixo presunçoso. Onde estava aquele homem que fez amor com ela na beira do Grand Canyon? Os dois pareciam tão confortavelmente perdidos, naquela hora, quando Mercer foi pegá-la de carro na faculdade e os dois viajaram pelo sudoeste sem nenhuma programação nem horário, nenhum itinerário, sem a menor ideia de onde iam passar aquela noite. Atravessaram o Novo México numa nevasca e depois chegaram ao Arizona, onde pararam o carro e acharam um penhasco que dava para o desfiladeiro, sem cercas, e ali, debaixo do sol do meio-dia, Mercer tirou a roupa de Mae, com um abismo de mil e duzentos metros a seus pés. Ele a segurou e não teve nenhuma dúvida, porque na época ele era forte. Era jovem, na época, enxergava bem. Agora estava velho e agia feito um homem mais velho. Mae procurou a página de perfil que ela mesma havia criado para ele e viu que estava em branco. Fez uma pesquisa no setor técnico e descobriu que ele tentara apagar o perfil. Mae mandou um zing para ele e não obteve resposta. Olhou o site de trabalho de Mercer, mas tinha sido apagado também; só havia uma mensagem dizendo que agora seu negócio era feito apenas por meios analógicos. Chegou outra mensagem de Helena: *O que você acha?* Mae respondeu que não tivera tempo de ler nada ainda e a mensagem seguinte foi de Edward, pai de Helena: *Seria muito importante se você recomendasse Helena para um emprego aí no Círculo. Não estou fazendo pressão, mas contamos com você!* Mae lhe disse de novo que ia fazer o possível. Em sua segunda tela, chegou uma notícia sobre uma campanha do Círculo para erradicar a varíola na África Ocidental. Ela assinou a petição, mandou um sorriso, prometeu cinquenta dólares e mandou um zing sobre o assunto. Viu que Helena e Edward rezingaram prontamente aquela mensagem. *Estamos fazendo nossa parte!*, escreveu Edward. *Uma mão lava a outra.* Era 1h11 quando o negror caiu sobre Mae. Surgiu um gosto ácido na boca. Mae fechou os olhos e viu o rasgo, agora cheio de luz. Ela abriu os olhos outra vez. Tomou um gole d'água, mas aquilo pareceu servir apenas para aumentar seu pânico. Checou seus espectadores; havia apenas 23 010, mas ela não queria que vissem seus olhos, com receio de que traíssem sua ansiedade. Fechou bem os olhos, o que ela teve a impressão de que pareceria algo perfeitamente natural por um minuto, depois de tantas horas na frente do monitor. *Estou só descansando um pouco os olhos*, digitou ela, e enviou. Mas quando os fechou de novo, viu o rasgo, agora mais claro, mais ruidoso. O que era o ruído que Mae estava ouvindo? Era um grito abafado por águas insondáveis, o grito agudo de um milhão de vozes afogadas. Mae abriu os olhos. Ligou para os pais. Nenhuma resposta. Escreveu para eles, nada. Ligou para Annie. Nenhuma resposta. Escreveu para ela, nada. Fez uma busca por Annie na Busca do Círculo, mas ela não estava no campus. Visitou o perfil de Annie, viu rapidamente algumas centenas de fotos, a maioria de sua viagem pela Europa e pela China, e sentindo os olhos arderem, fechou--os de novo. E de novo viu o rasgo, a luz tentando atravessar, os gritos debaixo da água. Mae abriu os olhos. Veio outra mensagem de Edward: *Mae? Você está aí? Seria muito bom saber se você pode ajudar. Responda.* Será que Mercer podia mesmo desaparecer daquele jeito? Mae estava decidida a descobrir. Fez uma busca por Mercer. Procurou mensagens que ela pudesse ter mandado para outras pessoas. Nada. Ligou para ele, mas seu número tinha sido desligado. Um gesto tão agressivo, mudar o número de telefone e não deixar nenhum recado sobre o número novo. O que Mae tinha visto nele? Sua bunda gorda e nojenta, aqueles horríveis tufos de cabelo nos ombros. Meu Deus, onde ele está? Tinha de haver algo de muito errado quando não se conseguia encontrar alguém que se estava procurando. Era 1h32. *Mae? Edward de novo. Você pode garantir a Helena que vai dar uma olhada no site dela em breve? Agora ela está um pouco nervosa. Só uma palavra de incentivo já seria de grande ajuda. Sei que você é uma pessoa boa e não vai intencionalmente provocar uma confusão na cabeça dela, prometendo ajudar e a ignorando, não é? Saudações! Edward.* Mae foi ao site de Helena, leu um dos ensaios, lhe deu os parabéns, disse que era excelente e mandou um zing falando a todo mundo que Helena de Melbourne/Novo México era uma voz que devia ser reconhecida e que deviam apoiar seu trabalho da maneira como pudessem. Mas o rasgo continuava aberto dentro de Mae e ela precisava fechá-lo. Sem saber mais o que fazer, ativou as Pesquisas do Círculo e fez um sinal positivo com a cabeça, para começar.

"Você é usuária constante de condicionador?"

"Sim", disse ela.

"Obrigada. O que acha de produtos capilares orgânicos?" Mae já estava se sentindo mais calma.

"Sorriso."

"Obrigada. O que acha de produtos capilares que não são orgânicos?"

"Cara feia", respondeu Mae. O ritmo parecia bom.

"Obrigada. Caso seus produtos capilares não estejam acessíveis na sua loja de costume nem na loja da internet, você os substituiria por um tipo similar?"

"Não."

"Obrigada."

A firme conclusão das tarefas deu uma sensação boa. Mae verificou os dados de seu bracelete, que mostrava centenas de sorrisos novos. Havia algo de refrescante, os comentários eram de apoio e simpatia, por verem uma semicelebridade do Círculo, como ela, contribuindo para a pesquisa de dados daquele modo. Mae estava recebendo mensagens também de clientes que ela havia ajudado na sua época em Experiência do Cliente. Clientes de Columbus, Joanesburgo e Brisbane, todos mandavam um alô e congratulações. Com um zing, o proprietário de uma empresa de marketing em Ontário agradeceu o bom exemplo que Mae estava dando, sua boa vontade, e Mae mandou uma resposta breve, perguntando como andavam seus negócios por lá.

Mae respondeu mais três solicitações e conseguiu convencer os três clientes a responder o questionário ampliado de novas pesquisas. A nota média da equipe estava em 95, que ela esperava poder contribuir pessoalmente para elevar. Mae estava se sentindo muito bem e útil.

"Mae."

O som do próprio nome, pronunciado por sua voz eletronicamente processada, foi chocante. Mae teve a impressão de que havia meses que não ouvia aquela voz, porém ela não perdera nada de seu poder. Mae sabia que devia fazer que sim com a cabeça, mas queria ouvir de novo, por isso esperou.

"Mae."

Ela se sentiu em casa.

Mae sabia que, intelectualmente, a única razão de estar no quarto de Francis era o fato de que, por ora, tinha sido abandonada por todas as outras pessoas de sua vida. Depois de noventa minutos no setor de Experiência do Cliente, Mae verificou na Busca do Círculo para saber onde estava Francis e viu que ele estava num dos dormitórios. Então viu que ele estava acordado e on-line. Minutos depois, ele a convidou para ir até lá, disse que estava muito grato e feliz de poder falar com ela. *Desculpe*, escreveu Francis, *e vou dizer isso de novo, quando você chegar à minha porta*. Ela desligou sua câmera e foi ao encontro dele.

A porta abriu.

"Desculpe", disse ele.

"Pare com isso", disse Mae. Ela entrou e fechou a porta.

"Quer alguma coisa?", perguntou Francis. "Água? Também tenho aquela vodca nova, já estava aqui quando voltei esta noite. A gente pode experimentar."

"Não, obrigada", disse ela, e sentou-se numa bancada junto à parede. Francis tinha deixado seus aparelhos portáteis ali.

"Ah, espere. Não sente aí", disse ele.

Mae levantou. "Não sentei nos seus aparelhos."

"Não, não é isso", disse ele. "É a bancada. Me disseram que ela é meio frágil", disse ele, sorrindo. "Tem certeza de que não quer beber nada?"

"Não. Estou mesmo cansada. Eu só não queria ficar sozinha."

"Escute", disse Francis. "Sei que eu devia ter pedido sua permissão antes. Sei disso. Mas espero que você possa compreender de onde venho. Eu não conseguia acreditar que era mesmo você. E havia uma parte de mim que achava que aquela seria a única vez. Eu queria poder lembrar."

Mae sabia do poder que exercia sobre ele e aquilo lhe causou uma clara excitação. Sentou-se na cama. "E você os descobriu?", ela perguntou.

"Como assim?"

"Na última vez que estive aqui, você estava pensando em escanear aquelas fotografias, as do seu álbum."

"Ah, sim. Acho que não voltei a falar com você de novo depois disso. Eu escaneei as fotos, de fato. Foi tudo muito fácil."

"E então, descobriu quem eram eles?"

"A maioria tinha contas no Círculo, por isso pude identificá-los com os programas de reconhecimento facial. Quer dizer, levei dezessete minutos, mais ou menos. Houve alguns casos em que tive de usar o banco de dados da polícia federal. Ainda não temos acesso total, mas podemos ver as fotos do departamento de trânsito. Isso abrange a maioria dos adultos do país."

"E entrou em contato com essas pessoas?"

"Ainda não."

"Mas sabe de onde são todas elas?"

"Sei, sei. Depois que descobri os nomes, pude localizar os endereços de todos. Alguns tinham se mudado algumas vezes, mas consegui cruzar os dados com os anos em que devo ter ficado com eles. Na verdade, fiz todo o cronograma de quando eu devo ter ficado em cada lugar. Na maioria dos casos, foi em Kentucky. Alguns em Missouri. Um foi no Tennessee."

"Então está resolvido?"

"Bem, não sei. Alguns morreram, portanto… não sei. Eu podia simplesmente ir de carro a algumas dessas casas. Só para preencher algumas lacunas. Não sei. Ah", disse ele, virando-se, animado. "Obtive algumas revelações. Quero dizer, a maior parte das coisas era de memórias triviais dessas pessoas. Mas havia uma família que tinha uma filha mais velha. Ela tinha quinze anos quando eu tinha doze. Eu não me lembrava muito bem, mas sei que ela foi minha primeira fantasia sexual séria."

Aquelas palavras, *fantasia sexual*, produziram um efeito imediato em Mae. No passado, toda vez que tais palavras eram pronunciadas, com ou por um homem, se abria o caminho para uma conversa sobre fantasias e para algum grau de realização de uma ou outra fantasia. O que ela e Francis fizeram, ainda que brevemente. A fantasia dele era sair do quarto e bater na porta, fingindo ser um adolescente perdido que bate à porta de uma esplêndida casa de subúrbio. A tarefa de Mae era ser uma dona de casa solitária, em roupas escassas e ávida de companhia, e convidá-lo a entrar.

E assim fez Francis, bateu na porta, ela o cumprimentou, ele disse que estava perdido, ela lhe disse que podia se desfazer daquelas roupas velhas, que ele podia vestir as de seu marido. Francis gostou tanto daquilo que as coisas se aceleraram rapidamente e, em segundos, ele estava nu e Mae estava em cima dele. Francis ficou embaixo por um ou dois minutos, deixando que Mae subisse e descesse, olhando para ela com o ar deslumbrado de um menino no zoológico. Depois seus olhos fecharam e ele entrou em paroxismos, emitiu um breve grito, antes de grunhir na hora em que gozou.

Agora, enquanto Francis escovava os dentes, Mae, exausta e sentindo não amor, mas algo próximo ao contentamento, se arrumava embaixo do edredom e olhava para a parede. O relógio marcava 3h11.

Francis saiu do banheiro.

"Tenho outra fantasia", disse ele, puxando o cobertor por cima de si e encostando o rosto no pescoço de Mae.

"Estou quase dormindo", murmurou ela.

"Não, não é nada cansativo. Não requer nenhuma atividade. É só uma coisa verbal."

"Certo."

"Quero que você me avalie", disse ele.

"O quê?"

"Só uma nota. Como vocês fazem no setor de Experiência do Cliente."

"Tipo, de um a cem?"

"Exatamente."

"Avaliar o quê? Seu desempenho?"

"Sim."

"Pare com isso. Não quero."

"Só para se divertir."

"Francis. Por favor. Não quero. Para mim, isso tira todo o prazer."

Francis sentou-se com um profundo suspiro. "Bem, para mim, *não* saber é que tira todo o prazer."

"Não saber o quê?"

"Como eu fui."

"Como foi? Você foi bem."

Francis emitiu um som alto de repulsa.

Mae se virou. "Qual é o problema?"

"Bem?", disse ele. "Eu fui *bem*?"

"Ah, meu Deus. Você foi ótimo. Você foi perfeito. Quando digo foi bem, quero dizer que não poderia ter sido melhor."

"Está bem", disse ele, e chegou perto dela. "Então por que não disse isso antes?"

"Achei que tinha dito."

"Acha que 'foi bem' é a mesma coisa que 'não poderia ter sido melhor'?"

"Não. Sei que não é. Só que estou cansada. Eu devia ter sido mais precisa."

Um sorriso satisfeito consigo mesmo tomou conta da cara de Francis. "Você sabe que acabou de comprovar minha tese?"

"Que tese?"

"Nós já discutimos sobre tudo isso, sobre as palavras que você usou e o que elas significaram. Não entendemos seu significado da mesma forma e ficamos rodando mil vezes em torno da questão. Mas se você tivesse usado apenas um número, eu teria compreendido na mesma hora." Ele beijou o ombro dela.

"Certo. Entendi", disse ela, e fechou os olhos.

"Então?", perguntou ele.

"Então o quê?"

"Ainda não vai me dar um número?"

"Quer mesmo um número?"

"Mae! Claro que quero."

"Muito bem: 100."

Ela se virou de novo para a parede.

"Esse é o número?"

"É. Você ganhou 100, nota máxima."

Mae teve a sensação de que ele estava sorrindo.

"Obrigado", disse Francis e beijou a nuca de Mae. "Boa noite."

A sala era suntuosa, no último andar da Era Vitoriana, com suas paisagens épicas, seu teto de vidro. Mae entrou e foi saudada pela maior parte da Gangue dos 40, o grupo de inovadores que rotineiramente avaliava e dava o sinal verde para as novas iniciativas do Círculo.

"Oi, Mae!", disse uma voz, e ela descobriu sua fonte, Eamon Bailey, que chegou e tomou seu assento na outra ponta da sala comprida. Usando um suéter de zíper, as mangas arregaçadas até o cotovelo, ele entrou de maneira teatral e acenou para ela e,

Mae sabia, para todos que a estivessem assistindo. Ela esperava que a audiência fosse numerosa, uma vez que o Círculo vinha divulgando aquilo por zings havia dias. Mae conferiu no seu bracelete, e os espectadores no momento eram 1982992. Incrível, pensou Mae, e o número ia aumentar. Ela sentou ao meio da mesa, um lugar melhor para proporcionar aos espectadores o acesso não só a Bailey como também à maior parte da Gangue, seus comentários e reações.

Depois que sentou e depois que já era tarde demais para mudar de lugar, Mae se deu conta de que não sabia onde estava Annie. Percorreu os quarenta rostos à sua frente, no outro lado da mesa, e não a viu. Virou o pescoço, com cuidado para manter a câmera apontada para Bailey, e por fim a avistou, perto da porta, por trás de duas fileiras de membros do Círculo, de pé junto à porta, para o caso de terem de se retirar sem serem notados. Mae sabia que Annie a tinha visto, mas não dava nenhum sinal disso.

"Muito bem", disse Bailey, dando um sorriso largo para a sala. "Acho melhor entrarmos logo no assunto, já que estamos todos presentes", e então, por um rápido instante, seus olhos se detiveram em Mae e na câmera pendurada em seu pescoço. Era importante, tinham dito para Mae, que o evento inteiro parecesse natural, e que parecesse que Mae e o público haviam sido convidados para um tipo de acontecimento bastante comum.

"Oi, Gangue", disse Bailey. "Trocadilho proposital." Os quarenta homens e mulheres sorriram. "Muito bem. Alguns meses atrás, encontrei Olivia Santos, uma legisladora muito corajosa e visionária que está levando a transparência para um patamar novo e, me atrevo a dizer, *supremo*. E vocês talvez tenham visto que, de lá para cá, mais de vinte mil outros líderes e legisladores em todo o mundo seguiram a liderança dela e assumiram o compromisso de tornar sua vida, como servidores públicos, totalmente transparente. Isso foi um grande incentivo para nós."

Mae verificou a audiência em seu pulso. Sua câmera estava apontada para Bailey e para a tela atrás dele. Os comentários já estavam chegando, agradeciam a Mae e ao Círculo por aquele acesso. Um espectador comparou aquilo a assistir ao Projeto Manhattan. Outro mencionou o laboratório de Thomas Edison em Menlo Park em 1879, aproximadamente.

Bailey prosseguiu: "Agora, esta nova era de transparência abre caminho para outras ideias que tenho a respeito de democracia e do papel que a tecnologia pode desempenhar para torná-la completa. E uso o termo *completa* de propósito, porque nosso trabalho rumo à transparência pode, de fato, alcançar um governo plenamente responsável. Como vocês viram, o governador do Arizona determinou que toda sua equipe ficasse transparente, o que representa o próximo passo. Em alguns poucos casos, mesmo quando o candidato eleito era transparente, pudemos constatar alguma corrupção por baixo do pano. Os eleitos transparentes foram usados como fantoches ou testas de ferro, barrando a visão para o que se passava nos bastidores. Mas isso mudará em breve, creio. Os membros do Executivo e do Legislativo e todas as suas equipes que nada têm a esconder irão se tornar transparentes dentro de um ano, pelo menos neste país, e Tom e eu cuidamos para que eles tenham um grande desconto na aquisição do equipamento necessário, bem como na contratação de um número de servidores que permita que isso se realize."

Os quarenta aplaudiram com vigor.

"Mas isso é só metade da batalha. Isso representa a metade *eleita*. Pois, e quanto à outra metade — a *nossa* metade, enquanto cidadãos? A metade em que supostamente todos devemos participar."

Atrás de Bailey surgiu a fotografia de um local de votação

vazio, no ginásio abandonado de um colégio, em algum fim de mundo do país. A imagem se dissolveu e se converteu numa série de números.

"Aqui estão os números de participantes nas últimas eleições. Como podem ver, em nível nacional, estamos por volta de cinquenta e oito por cento das pessoas aptas para votar. Incrível, não é? E então descemos mais fundo, vamos para as eleições estaduais e locais, e as percentagens despencam ladeira abaixo: trinta e dois por cento nas eleições estaduais e vinte e dois por cento nas eleições nos condados, dezessete por cento nas eleições da maioria das cidades pequenas. Como é ilógico o fato de que, quanto mais próximo de casa é o governo, menos nos importamos com isso, não é? É um absurdo, não acham?"

Mae verificou seus espectadores; havia mais de dois milhões naquele momento. Ela estava ganhando cerca de mil espectadores por segundo.

"Muito bem", prosseguiu Bailey. "Portanto sabemos que, de uma porção de maneiras, a tecnologia, boa parte dela originada aqui, ajudou a facilitar o ato de votar. Estamos construindo um avanço histórico nas tentativas de ampliar o acesso ao voto e facilitar o ato de votar. No meu tempo, houve a lei de transporte de eleitores. Aquilo ajudou. Mais tarde, alguns estados permitiram que as pessoas se registrassem ou atualizassem seus registros pela internet. Ótimo. Mas que impacto isso teve no comparecimento dos eleitores? Não foi o bastante. Porém aqui é que a história começa a ficar interessante. Aqui está a quantidade de pessoas que votaram na última eleição presidencial."

A tela atrás dele indicou: "140 milhões".

"Aqui está o número de eleitores aptos a votar."

A tela mostrou: "244 milhões".

"Enquanto isso, vejamos como nós estamos. Aqui está quantos americanos estão registrados no Círculo."

A tela indicou: "241 milhões".

"São cifras chocantes, não acham? Estão registradas conosco cem milhões de pessoas a mais do que aquelas que votaram para presidente. O que isso revela para vocês?"

"Nós somos demais!", gritou na segunda fileira um homem mais velho, grisalho, de rabo de cavalo e camiseta de malha surrada. Uma gargalhada tomou conta da sala.

"Bem, é claro", disse Bailey, "mas além disso? Revela que o Círculo tem o dom de levar as pessoas a participarem. E há muita gente em Washington que concorda com isso. Há pessoas na capital federal que nos veem como a solução para tornar esta democracia plenamente participativa."

Atrás de Bailey surgiu a imagem familiar do Tio Sam apontando para o público. Depois outra imagem: Bailey usando a mesma fantasia, na mesma pose, surgiu ao lado do Tio Sam. A sala deu uma gargalhada.

"Então agora chegamos ao prato principal da reunião de hoje, que é: E se o nosso perfil no Círculo *automaticamente* nos registrasse para votar?"

Bailey varreu a sala com o olhar, hesitou de novo em Mae e em seus espectadores. Mae olhou para o pulso. *Estou arrepiado*, escreveu um espectador.

"Com o TruYou, para estabelecer um perfil, é preciso ser uma pessoa real, com um endereço de verdade, informações pessoais completas, um número verdadeiro do seguro social, uma data de nascimento real e comprovável. Noutras palavras, todas as informações que o governo tradicionalmente quer quando nos registramos para votar. Na verdade, como todos vocês sabem, nós temos muito *mais* informações. Portanto, por que essas informações não seriam suficientes para permitir que a pessoa fizesse seu registro? Ou, melhor ainda, por que o governo — nosso governo ou qualquer governo — não nos considera registrados assim que criamos um perfil no TruYou?"

As quarenta cabeças na sala assentiram, algumas reconhecendo que se tratava de uma ideia sensata, outras, nitidamente já tendo pensado naquilo antes, indicando que se tratava de uma ideia já longamente discutida.

Mae conferiu seu bracelete. O número de espectadores continuava a subir mais depressa, dez mil por segundo, e agora tinha alcançado 2,4 milhões. Mae tinha 1248 mensagens. A maior parte tinha chegado nos últimos noventa segundos. Bailey baixou os olhos para seu tablet, sem dúvida vendo ali os mesmos números que Mae estava vendo. Sorrindo, prosseguiu: "Não existe nenhum motivo. E muitos legisladores concordam comigo. A deputada Santos concorda, por exemplo. E tenho o compromisso verbal de apoio de outros cento e oitenta e um membros do Congresso e de trinta e dois senadores. Todos concordaram em fazer pressão para que a legislação transforme o perfil no TruYou numa forma automática de fazer o registro eleitoral. Nada mau, certo?".

Houve uma breve salva de palmas.

"Agora, imaginem", disse Bailey, sua voz era um sussurro de esperança e de admiração, "imaginem se pudermos nos aproximar da participação plena em todas as eleições. Não haveria mais resmungos de insatisfação das pessoas que desdenharam participar. Não haveria mais candidatos eleitos por um grupo minoritário, reduzido. Como sabemos aqui no Círculo, com a participação plena se chega ao conhecimento pleno. Sabemos o que os participantes do Círculo querem porque perguntamos e porque eles sabem que suas respostas são necessárias para chegar a um quadro completo e preciso dos desejos de toda a comunidade do Círculo. Portanto, se observarmos o mesmo modelo em nível nacional, eleitoral, então poderemos chegar muito perto, eu creio, de cem por cento de participação. Uma democracia de cem por cento."

Os aplausos irromperam na sala. Bailey deu um largo sorriso e Stenton se levantou; era, pelo menos para ele, aparentemente o fim da apresentação. Mas uma ideia estava se formando na mente de Mae e ela ergueu a mão, hesitante.

"Sim, Mae", disse Bailey, seu rosto ainda congelado num largo sorriso de triunfo.

"Bem, eu me pergunto se não poderíamos dar um passo além. Quero dizer... Bem, na verdade, não acho que..."

"Não, não. Vá em frente, Mae. Você começou bem. Gostei das palavras *um passo além*. Assim foi construída esta empresa."

Mae olhou para a sala em redor, os rostos misturavam incentivo e preocupação. Então ela localizou o rosto de Annie e, como estava severo, e descontente, e parecia estar esperando ou querendo que Mae fracassasse, se confundisse, ela reuniu suas forças, respirou fundo e foi em frente.

"Muito bem, veja, você estava falando que podíamos nos aproximar de cem por cento de participação. E eu me pergunto por que não poderíamos simplesmente trabalhar em sentido inverso, a partir desse objetivo, utilizando os passos que você acabou de esboçar. Todas as ferramentas nós já temos."

Mae olhou para a sala em redor, pronta para interromper sua fala ao primeiro par de olhos céticos, mas viu apenas curiosidade, o vagaroso balançar de cabeça, em sentido afirmativo, de um grupo com experiência em validação preventiva.

"Prossiga", disse Bailey.

"Vou só ligar alguns pontos", disse Mae. "Bom, antes de tudo, nós todos concordamos que gostaríamos de alcançar cem por cento de participação e que todo mundo está de acordo em que cem por cento de participação é o ideal."

"Sim", disse Bailey. "Seguramente é o ideal dos idealistas."

"E temos hoje oitenta e três por cento dos americanos em idade de votar inscritos no Círculo?"

"Sim."

"E parece que estamos no caminho de permitir que os eleitores possam se registrar, e talvez até votar de fato, por meio do Círculo."

A cabeça de Bailey meneou de um lado para o outro, mas ele estava sorrindo, seus olhos eram encorajadores. "Um pequeno salto, mas tudo bem. Prossiga."

"Então por que não *exigir* que todo cidadão em idade de votar tenha uma conta no Círculo?"

Houve um ruído de pés se arrastando no chão pela sala, muitos respiraram fundo, sobretudo os funcionários mais velhos do Círculo.

"Deixem que ela termine", alguém, uma voz nova, falou. Mae olhou em redor e viu Stenton perto da porta. De braços cruzados, tinha os olhos cravados no chão. Ergueu-os rapidamente para Mae, fez que sim com a cabeça num gesto brusco. Ela retomou seu rumo.

"Muito bem, sei que a reação inicial será de resistência. Quero dizer, como podemos *exigir* que alguém use nossos serviços? Mas temos de lembrar que existe uma porção de coisas que são obrigatórias para os cidadãos deste país — e essas coisas são obrigatórias na maioria dos países industrializados. Temos de mandar os filhos para a escola? Sim. É obrigatório. É uma lei. As crianças têm de ir para a escola, senão é preciso providenciar algum tipo de ensino doméstico. Mas é obrigatório. O alistamento militar é obrigatório, não é? É obrigatório descartar o lixo de modo aceitável; não se pode jogar o lixo na rua. É preciso ter carteira de motorista para poder dirigir e, quando dirigimos, temos de usar cinto de segurança."

Stenton interveio de novo: "Obrigamos as pessoas a pagar

impostos. E a pagar o seguro social. A servir como jurados em julgamentos".

"Certo", disse Mae, "e a fazer xixi em locais fechados e não na rua. Quero dizer, temos dez mil leis. Exigimos muitas coisas dos cidadãos dos Estados Unidos por força de lei. Então por que não exigir que votem? Em muitos países é assim."

"Já foi proposto aqui", disse um dos funcionários mais antigos do Círculo.

"Não por nós", contrapôs Stenton.

"E esse é meu argumento", disse Mae, fazendo que sim com a cabeça para Stenton. "A tecnologia nunca antes entrou nessa história. Quero dizer, em qualquer outro momento da história, seria economicamente inviável localizar todo mundo e registrar todo mundo para votar, e depois, ainda por cima, conferir se todos votaram de fato. Seria necessário bater de porta em porta. Levar as pessoas aos locais de votação. Muitas coisas impraticáveis. Mesmo nos países onde o voto é obrigatório, as pessoas não são levadas à força para votar. Mas agora isso está ao nosso alcance. Quero dizer, basta cruzar as listas de eleitores com os nomes do nosso banco de dados do TruYou que na mesma hora vamos descobrir metade dos eleitores que não votaram. Eles são registrados automaticamente e então, quando chegar o dia da eleição, a gente se certifica de que eles vão votar."

"Como faremos isso?", perguntou uma voz feminina. Mae se deu conta de que era Annie. Não se tratava de um desafio direto, mas o tom também não era amistoso.

"Ora essa", disse Bailey, "existem cem maneiras diferentes. Essa parte é fácil. Vamos lembrá-los cem vezes por dia. Talvez suas contas não funcionem direito naquele dia até que eles votem. Pelo menos, esse é o método que eu defendo. 'Oi, Annie!', a mensagem podia dizer. 'Tire cinco minutos para votar.' Ou qualquer coisa assim. A gente faz isso toda hora para nossas próprias pesquisas. Você sabe disso, Annie." E quando falou o nome dela, envolveu-o em decepção e advertência, desencorajando Annie a voltar a abrir a boca. Ele se animou e virou-se para Mae. "E os renitentes?", perguntou.

Mae sorriu para ele. Tinha uma resposta pronta. Olhou para o bracelete. Agora, havia 7 202 821 pessoas assistindo. Quando havia acontecido aquilo?

"Bem, todo mundo tem de pagar impostos, certo? Quanta gente faz isso pela internet agora? Ano passado, talvez oitenta por cento. E se a gente parasse de duplicar os serviços e tornasse tudo parte de um sistema unificado? Você usa sua conta no Círculo para pagar impostos, fazer o registro eleitoral, pagar os tickets de estacionamento, para tudo. Quero dizer, assim pouparíamos centenas de horas de inconveniências para cada usuário e, coletivamente, o país economizaria bilhões."

"*Centenas* de bilhões", emendou Stenton.

"Certo", disse Mae. "Nossas interfaces são infinitamente mais fáceis de usar do que, digamos, a colcha de retalhos dos sites dos departamentos de trânsito espalhados pelo país. E se as pessoas pudessem renovar sua carteira de motorista por nosso intermédio? E se todos os serviços do governo pudessem ser simplificados por meio de nossa rede externa? As pessoas dariam pulos de alegria. Em vez de visitarem cem sites diferentes para cem serviços governamentais diferentes, tudo poderia ser feito por meio do Círculo."

Annie abriu a boca de novo. Mae sabia que era um erro. "Mas por que o próprio governo", perguntou Annie, "não monta um serviço tão abrangente como esse? Por que precisa de nós?"

Mae não conseguiu saber com certeza se ela estava fazendo uma pergunta retórica ou se achava de verdade que era uma questão válida. Em todo caso, boa parte da sala, agora, estava dando uma risadinha. O governo montar do zero um sistema capaz de rivalizar com o Círculo? Mae olhou para Bailey e para Stenton. Stenton sorriu, ergueu o queixo e decidiu responder ele mesmo.

"Bem, Annie, um projeto do governo para construir do zero uma plataforma como essa seria algo ridículo, além de caríssimo e, bem, impossível. Já temos a infraestrutura e oitenta e três por cento dos eleitores. Isso faz sentido para você?"

Annie fez que sim com a cabeça, os olhos demonstravam medo, arrependimento e talvez até uma desobediência que rapidamente murchava. O tom de Stenton era desdenhoso, e Mae torcia para ele amenizar aquilo, quando continuou.

"Agora mais que nunca", prosseguiu Stenton, mas em tom mais complacente do que antes, "Washington está tentando gastar menos e não está inclinada a construir burocracias novas e vastas a partir do zero. Neste momento, custa ao governo cerca de dez dólares para viabilizar cada voto. Duzentos milhões de pessoas votando, e vai custar ao cofres federais dois bilhões para promover a eleição presidencial a cada quatro anos. Só para processar os votos numa única eleição, num único dia. Multipliquem por todos os estados e todas as eleições locais e estamos falando de centenas de bilhões todos os anos de despesas desnecessárias, associadas ao simples processamento dos votos. Quero dizer, vários estados continuam a fazer a votação em papel. Se oferecermos esses serviços de graça, vamos permitir que o governo poupe bilhões de dólares e, mais importante, os resultados das eleições seriam conhecidos simultaneamente. Você vê a verdade nisso?"

Annie concordou com a cabeça, com um ar terrível, e Stenton olhou bem para ela, como se a avaliasse de modo diferente. Virou para Mae, fazendo sinal para que prosseguisse.

"E se for obrigatório ter uma conta no TruYou para pagar impostos ou receber qualquer serviço do governo", disse ela, "então ficaremos muito perto de alcançar cem por cento de cidadania. E então poderemos medir a temperatura de todo mundo a qualquer momento. Uma pequena cidade quer que todo mundo vote para uma questão local. O TruYou sabe o endereço de todo mundo, portanto só os residentes daquela cidade podem votar. E quando tiverem votado, os resultados serão conhecidos em questão de minutos. Um estado quer saber o que todo mundo acha de determinado imposto novo. A mesma coisa: dados claros, instantâneos e verificáveis."

"Isso elimina um bocado de suposições", disse Stenton, agora de pé, na cabeceira da mesa. "Elimina os lobistas. Elimina as mesas eleitorais. Pode até eliminar o Congresso. Se pudermos conhecer a vontade do povo a qualquer momento, sem filtros, sem erros de interpretação e sem adulterações, isso não eliminaria boa parte de Washington?"

A noite foi fria e os ventos, cortantes, mas Mae nem percebeu. Tudo dava uma sensação boa, limpa, correta. Receber a aprovação dos Sábios, ter dado talvez uma guinada na empresa inteira numa direção nova, ter, talvez, *talvez*, garantido um novo patamar de democracia participativa... seria mesmo possível que, graças à ideia nova de Mae, o Círculo ia conseguir de fato tornar a democracia *perfeita*? Seria possível que ela havia concebido a solução de um problema de mil anos?

Houve certa preocupação, logo depois da reunião, com o fato de uma empresa privada assumir a operação de um ato eminentemente público, como votar. Mas a lógica de tudo e a economia inerente estavam levando a melhor. E se as escolas recebessem duzentos bilhões? E se o sistema de saúde recebesse duzentos bilhões? Um número enorme de doenças seria tratado ou curado no país todo com a ajuda daqueles recursos — economizados não apenas a cada quatro anos, mas algo próximo a isso todos os anos. Eliminar todas as dispendiosas eleições e substituir por eleições instantâneas, todas quase gratuitas?

Essa era a promessa do Círculo. Essa era a posição única do Círculo. Era isso que as pessoas estavam zingando. Mae lia os zings, enquanto viajava com Francis no metrô por baixo da baía, e os dois sorriam, com a cabeça nas nuvens. Estavam obtendo reconhecimento. As pessoas se punham na frente de Mae para aparecer nas imagens de sua câmera e ela nem ligava, mal percebia, porque as notícias que vinham pelo seu bracelete direito eram boas demais para permitir que ela desviasse os olhos dali.

Mae verificou brevemente o braço esquerdo; seu pulso estava acelerado, o batimento cardíaco estava em cento e trinta. Mas ela estava adorando. Quando chegaram ao centro da cidade, galgaram a escada, três degraus de cada vez, e subiram para a calçada, de repente iluminada em ouro, na Market Street, a Bay Bridge cintilando à frente.

"Caramba, é a Mae!" Quem tinha dito aquilo? Mae viu um par de adolescentes correndo na direção deles, ambos de moletom com capuz e fones de ouvido. "Mete bronca, Mae", disse o outro, os olhos de aprovação, fascinados, antes de os dois descerem a escada às pressas, obviamente querendo não parecer importunos.

"Essa foi engraçada", disse Francis, olhando para os dois enquanto desciam a escada.

Mae andou na direção da água. Pensava em Mercer e viu-o como uma sombra que desaparecia rapidamente. Não tinha recebido nenhuma notícia dele, nem de Annie, desde a reunião, e Mae não se importava com aquilo. Seus pais não tinham dito nenhuma palavra e talvez não tivessem visto seu desempenho, e Mae se deu conta de que não se importava. Só se importava com aquele momento, aquela noite, o céu limpo e sem estrelas.

"É impressionante como você estava segura", disse Francis, e beijou-a — um beijo seco, profissional, nos lábios.

"Fui bem?", perguntou Mae, sabendo que sua pergunta soava ridícula, aquele tipo de dúvida na esteira de um sucesso tão óbvio, mas estava querendo ouvir mais uma vez que tinha feito um bom trabalho.

"Você foi perfeita", disse ele. "Nota cem."

Rapidamente, enquanto caminhavam na direção da água, Mae repassou no bracelete os comentários recentes mais populares. Parecia haver um zing que se destacava em especial, algo sobre como tudo aquilo podia levar ou acabaria por levar ao totalitarismo. Mae sentiu um aperto no estômago.

"Ora, vamos. A gente não pode dar ouvidos a malucos desse tipo", disse Francis. "O que ele sabe? Algum pirado perdido num fim de mundo, com um chapéu de lata na cabeça." Mae sorriu, sem saber que história era aquela de chapéu de lata, mas sabia que tinha ouvido o pai falar a mesma coisa, e sorriu só de pensar no pai falando aquilo.

"Vamos brindar", disse Francis, e optaram por uma cervejaria suntuosa na beira da praia, com uma área ao ar livre na frente. Assim que se aproximaram, Mae viu o reconhecimento nos olhos do bando de jovens bonitos que bebiam ao ar livre.

"É a Mae!", disse um deles.

Um jovem, que parecia jovem demais para estar bebendo, pôs o rosto bem na direção da câmera de Mae. "Oi, mãe, estou em casa estudando." Uma mulher de uns trinta anos, que talvez estivesse com os jovens, disse, saindo do raio de visão da câmera: "Oi, meu bem, estou num clube de leitura com as minhas amigas. Mande um alô para as crianças!".

A noite estava deslumbrante e luminosa e passava muito depressa. Mae mal se instalou no bar à beira da baía e se viu cercada, lhe serviam drinques, davam palmadinhas nas costas, tapinhas nos ombros. Durante toda a noite, ela girava, movendo-se alguns graus para todos os lados, como um relógio enlouquecido, a fim de responder a todos os cumprimentos que recebia. Todo mundo queria tirar uma foto com ela, queria perguntar quando tudo aquilo iria acontecer. Quando iremos romper todas essas barreiras desnecessárias?, perguntavam. Agora que a solução parecia clara e fácil o suficiente para ser executada, ninguém queria mais esperar. Uma mulher um pouco mais velha do que Mae, com a voz enrolada e um manhattan na mão, exprimiu melhor a ideia, embora inconscientemente: "Como", perguntou ela, derramando a bebida, mas com os olhos bem acesos, "como podemos chegar mais rápido ao inevitável?"

Mae e Francis foram para um lugar mais tranquilo no fim do Embarcadero, onde pediram mais uma rodada e foram abordados por um homem de cinquenta e poucos anos. Sem ser convidado, ele se sentou com os dois, segurando um grande drinque com ambas as mãos. Em segundos, contou que tinha sido estudante de teologia, morava em Ohio e que ia virar padre, quando descobriu os computadores. Decidiu largar tudo e mudou-se para Palo Alto, mas durante vinte anos se sentira afastado do espiritual, contou ele. Até agora.

"Vi a conversa de vocês hoje", disse ele. "Você unificou tudo. Descobriu uma forma de salvar todas as almas. Era isso que fazíamos na Igreja, tentávamos apanhar todo mundo. Como fazer para salvar todo mundo? Essa foi a tarefa dos missionários por milênios." Sua voz estava enrolada, mas ele tomou mais um gole demorado de seu drinque. "Você e a sua galera lá do Círculo", e nesse ponto traçou um Círculo no ar, horizontalmente, e Mae pensou numa auréola, "vocês vão salvar as almas de todo mundo. Vão reunir todo mundo num só lugar, vão lhes ensinar a mesma coisa, a todos eles. Vai poder existir uma moralidade, um conjunto de regras. Imagine!" E então bateu a palma da mão com força sobre a mesa de ferro, sacudindo seu copo. "Agora, todos os seres humanos terão os olhos de Deus. Você conhece esta passagem? 'Todas as coisas são nuas e expostas aos olhos de Deus.' Alguma coisa mais ou menos assim. Vocês conhecem a Bíblia?" Vendo o olhar vazio no rosto de Mae e de Francis, ele fez um gesto de zombaria e tomou um gole comprido de seu drinque. "Agora, todos nós somos Deus. Todos nós, em breve, poderemos ver e julgar uns aos outros. Veremos o que Ele vê. Vamos articular o juízo Dele. Vamos canalizar Sua ira e distribuir Seu perdão. Num nível global e constante. Toda religião estava à espera disso, o momento em que todo ser humano será um mensageiro direto e imediato da vontade de Deus. Entende o que estou dizendo?" Mae olhou para Francis, que estava tendo pouco sucesso em prender a risada. Primeiro veio uma explosão de riso, e ela acompanhou, e os dois gargalharam, tentaram se desculpar com o homem, erguendo as mãos abertas, pedindo seu perdão. Mas ele não queria nem saber disso. Afastou-se da mesa, depois voltou para pegar seu drinque e, agora completo, saiu vagando trôpego pela calçada na beira da praia.

Mae acordou ao lado de Francis. Eram sete horas da manhã. Tinham apagado no dormitório dela pouco depois das duas da madrugada. Mae verificou seu celular e encontrou 322 mensagens novas. Com o aparelho na mão, os olhos turvos, o celular tocou. A identidade de quem ligava estava bloqueada e ela sabia que só podia ser Kalden. Deixou cair no correio de voz. Ele ligou mais uma porção de vezes durante aquela manhã. Ele telefonou enquanto Francis acordava, beijava Mae e voltava para seu quarto. Telefonou enquanto Mae estava no banho, enquanto se vestia. Ela escovou o cabelo, ajustou os braceletes e passou a lente por cima da cabeça, e ele telefonou de novo. Mae ignorou a ligação e abriu suas mensagens.

Havia uma enxurrada de congratulações, de dentro e de

fora do Círculo, a mais eletrizante delas foi despachada pelo próprio Bailey, alertando Mae que os desenvolvedores do Círculo já haviam começado a trabalhar em cima das ideias dela. Tinham virado a noite trabalhando, num acesso de inspiração febril, e dali a uma semana esperavam terminar um protótipo das ideias de Mae, para ser usada primeiro no Círculo, onde seria aprimorada, e depois oferecida para qualquer nação onde o Círculo tivesse um número de usuários grande o bastante para que a ideia fosse colocada em prática.

Vamos chamá-lo de Demoxie, zingou Bailey. *É a democracia com a* sua *voz e a* sua *coragem. E virá muito em breve.*

Naquela manhã, Mae foi convidada a ir ao setor dos desenvolvedores, onde encontrou cerca de vinte engenheiros e projetistas exaustos, mas animados, que aparentemente já tinham em mãos uma versão experimental do Demoxie. Quando Mae entrou, soaram aplausos, as luzes diminuíram, e um único foco de luz se acendeu sobre uma mulher de cabelo preto comprido e um rosto que mal conseguia conter a alegria.

"Alô, Mae, alô, espectadores de Mae", disse ela, fazendo uma ligeira inclinação com a cabeça. "Meu nome é Sharma e estou muito contente e muito honrada de estar com vocês. Vamos apresentar hoje a forma inicial do Demoxie. Normalmente não faríamos isso com tanta velocidade e, bem, com tanta transparência, mas em vista da crença fervorosa do Círculo no Demoxie e de nossa confiança de que ele será adotado rapidamente e em escala global, não conseguimos ver motivo para adiar isso."

O telão apareceu. A palavra *Demoxie* surgiu, grafada em letras vibrantes e inscritas numa bandeira de listras azuis e brancas.

"O objetivo é garantir que todos que trabalham no Círculo possam dar sua opinião em questões que afetam suas vidas — sobretudo no campus, mas no mundo exterior também. Portanto, ao longo de qualquer dia determinado, quando o Círculo precisar conhecer a opinião da empresa a respeito de qualquer questão determinada, os membros do Círculo vão receber um aviso e o pedido para que respondam a pergunta ou as perguntas. A guinada inesperada será rápida e será essencial. E como damos muita importância à contribuição de todos, seus outros sistemas de troca de mensagens serão paralisados temporariamente, até que vocês respondam. Deixem-me mostrar como é."

No telão, abaixo do logotipo do Demoxie, a pergunta *Devemos ter mais opções vegetarianas no almoço?* era ladeada por botões *Sim* e *Não*.

Mae fez que sim com a cabeça. "Muito impressionante, pessoal."

"Obrigada", disse Sharma. "Agora, se nos perdoar, você tem de responder também." E convidou Mae a apertar Sim ou Não no telão.

"Ah", disse Mae. Subiu até o telão e apertou Sim. Os engenheiros aplaudiram, os desenvolvedores aplaudiram. Na tela surgiu uma cara feliz, com as palavras *Você é ouvido!* formando um arco por cima. A pergunta desapareceu, substituída pelas palavras *Resultado de Demoxie: 75% dos que responderam querem mais opções vegetarianas. Mais opções vegetarianas serão oferecidas.*

Sharma estava exultante. "Estão vendo? Trata-se do resultado simulado, é claro. Ainda não temos todo mundo no Demoxie, mas já dá para sentir um gostinho. A pergunta aparece, todo mundo para um instante o que está fazendo, responde e, instantaneamente, o Círculo pode tomar a providência adequada, conhecendo a vontade plena e completa das pessoas. Incrível, não é?"

"É sim", respondeu Mae.

"Imagine isso funcionando pelo país inteiro. Pelo mundo inteiro!"

"Está além da minha capacidade de imaginar."

"Mas foi você mesma que concebeu isso!", disse Sharma.

Mae não sabia o que dizer. Tinha mesmo inventado aquilo? Não tinha certeza. Havia ligado alguns pontos: a eficiência e a utilidade do programa Pesquisas do Círculo, o constante objetivo do Círculo de saturação total, a esperança universal de uma democracia real e sem filtros — e acima de tudo completa. Agora, estava nas mãos dos desenvolvedores, centenas deles no Círculo, os melhores do mundo. Mae lhes disse aquilo, que ela era só uma pessoa que havia ligado algumas poucas ideias que aliás se encontravam muito próximas umas das outras, e Sharma e sua equipe ficaram radiantes, apertaram a mão de Mae, e todos concordaram que aquilo que já tinha sido feito estava colocando o Círculo, e provavelmente toda a humanidade, num caminho novo e importante.

Mae saiu do Renascimento e, assim que atravessou a porta, foi saudada por um grupo de jovens membros do Círculo, todos queriam lhe dizer — todos empolgados, entusiasmados — que nunca tinham votado e que não tinham o menor interesse por política, que se sentiam totalmente alheios ao governo, com a sensação de que não tinham voz real nenhuma. Disseram a ela que quando seu voto era filtrado pelo governo local e depois pelos políticos estaduais e por fim pelos representantes em Washington, tinham a sensação de que haviam jogado uma mensagem fechada numa garrafa num mar vasto e tormentoso. Mas agora, segundo eles, se sentiam envolvidos. Se o Demoxie funcionasse, disseram, e então riram — quando o Demoxie for implementado, é *claro* que vai funcionar, acrescentaram — e quando for assim, teremos afinal uma massa plenamente engajada e, quando isso acontecer, o país e o mundo ouvirão a voz dos jovens e seu intrínseco progressismo e idealismo vão endireitar o planeta. Foi isso que Mae ouviu o dia inteiro, enquanto caminhava pelo campus. Mal conseguia sair de um prédio e se dirigir a outro sem ser abordada. *Estamos à beira de uma transformação real,* diziam. *Uma transformação na velocidade que nossos corações exigem.*

Mas durante a manhã, as ligações do número bloqueado prosseguiram. Mae sabia que era Kalden e sabia que ela não queria ver nem sombra dele. Não queria falar com ele e muito menos ver Kalden, pois isso significaria um tremendo passo para trás. Ao meio-dia, Sharma e sua equipe anunciaram que estavam prontos para o primeiro teste verdadeiro do Demoxie com abrangência em todo o campus. Às 12h45 todo mundo receberia cinco perguntas e os resultados não só seriam tabulados imediatamente, como também, era essa a promessa dos Sábios, a vontade do povo seria cumprida no mesmo dia.

Mae estava no centro do campus, no meio de centenas de membros do Círculo que almoçavam, todos conversando sobre a iminente demonstração do Demoxie, e Mae pensou naquela pintura que mostrava a Convenção Constitucional, todos aqueles homens de perucas empoadas e coletes, de pé, empertigados, todos homens brancos e ricos que estavam apenas superficialmente interessados em representar seus irmãos seres humanos. Eram provedores de um tipo de democracia defeituosa, na qual só os ricos eram eleitos, na qual suas vozes soavam mais alto, na qual eles entregavam seus assentos no Congresso a qualquer pessoa de condições semelhantes que lhes parecesse adequada. De lá para cá, tinha havido algumas melhorias no sistema, talvez, mas o Demoxie ia mandar tudo aquilo pelos ares. Demoxie era mais puro, a única chance de democracia direta que o mundo já havia conhecido.

Era meio-dia e meia e, como Mae se sentia forte e muito confiante, ela finalmente sucumbiu e atendeu o telefone, sabendo que era Kalden.

"Alô?", disse ela.

"Mae", disse ele, a voz tensa. "É o Kalden. Não diga meu nome. Usei um gatilho de modo que o áudio de entrada não está funcionando."

"Não?"

"Mae. Por favor. É uma questão de vida ou morte."

Kalden tinha sobre Mae um poder que a deixava envergonhada. Fazia Mae se sentir fraca e dócil. Em todos os demais aspectos de sua vida, ela estava no controle da situação, mas a voz dele simplesmente a deixava desarmada e exposta a uma série de decisões ruins. Um minuto depois, ela estava numa cabine no banheiro, com o áudio desligado, e o telefone tocou de novo.

"Tenho certeza de que estão grampeando esta ligação", disse ela.

"Não estão. Consegui ganhar um tempo para nós."

"Kalden, o que você quer?"

"Você não pode fazer isso. Esse papo de obrigatoriedade e a reação positiva que obteve... esse é o último passo para fechar o Círculo, e isso não pode acontecer."

"Do que você está falando? Essa é que é a questão toda, afinal. Se você está aqui há tanto tempo como diz, sabe melhor do que ninguém que esse é o objetivo do Círculo desde o início. Quero dizer, é um círculo, seu burro. Tem de fechar mesmo. Tem de ser completo."

"Mae, durante todo o tempo, pelo menos para mim, esse tipo de coisa era o perigo, não o objetivo. Se for obrigatório ter uma conta e se todos os serviços do governo forem canalizados para o Círculo, você terá ajudado a criar o primeiro monopólio tirânico do mundo. Você acha que é uma boa ideia uma empresa privada controlar o fluxo de todas essas informações? Essa participação ser obrigatória, todos obedientes ao chamado e à ordem deles?"

"Você sabe o que o Ty disse, não é?"

Mae ouviu um suspiro bem alto. "Talvez. O que foi que ele disse?"

"Ele disse que a alma do Círculo é democrática. Que até que todos tenham acesso igual e até que o acesso seja livre, ninguém será livre. Pelo menos está escrito em alguns ladrilhos pelo campus."

"Mae. Tá legal. O Círculo é bom. E quem quer que tenha inventado o TruYou é uma espécie de gênio do mal. Mas agora ele tem de ser contido. Ou rompido."

"Por que você dá tanta importância a isso? Se não gosta, por que não vai embora? Sei que você é uma espécie de espião de alguma outra empresa. Ou de Williamson. Ou então algum militante político anarquista maluco."

"Mae, a questão é a seguinte. Você sabe que isso afeta todo mundo. Qual foi a última vez que conseguiu fazer um contato mais sério com seus pais? Obviamente as coisas se complicaram e você se encontra numa posição única para influenciar fatos históricos cruciais. Essa é a questão. Este é o momento em que a História dará uma guinada. Imagine que você pudesse estar presente, antes de Hitler se tornar primeiro-ministro. Antes de Stálin anexar a Europa Oriental. Estamos à beira de ter mais um império faminto e maligno em nossas mãos, Mae. Compreende?"

"Você percebe que parece um maluco falando?"

"Mae, eu sei que você vai participar de uma grande reunião de plâncton daqui a alguns dias. Aquela em que as crianças lançam suas ideias na esperança de que o Círculo compre algumas e as devore como uma baleia."

"E daí?"

"O público será grande. Precisamos atingir os jovens, e essa reunião é a hora em que seu público vai ser numeroso e jovem. É o momento perfeito. Os Sábios estarão lá. Preciso que você aproveite a oportunidade para advertir todo mundo. Preciso que você diga assim: 'Vamos pensar no que significa fechar o Círculo'."

"Você se refere à completude?"

"É a mesma coisa. O que isso significa para as liberdades individuais, para a liberdade de movimento, fazer o que a pessoa quiser fazer, ser livre."

"Você é um lunático. Não consigo acreditar que eu..." Mae queria terminar a frase com "dormi com você", mas agora só aquela ideia parecia lhe dar náusea.

"Mae. Nenhuma entidade devia ter o poder que esses caras têm."

"Vou desligar."

"Mae. Pense nisso. Um dia, vão escrever canções sobre você."

Mae desligou.

Na hora em que foi para o Salão Principal, ali reinava uma agitação de vozes e conversas, com alguns milhares de membros do Círculo. No restante do campus, os funcionários receberam um pedido para que permanecessem em seus locais de trabalho, a fim de demonstrar ao mundo como o Demoxie ia funcionar em toda a empresa, com os membros do Círculo votando de suas mesas de trabalho, em seus tablets e telefones e até em dispositivos de retina. No telão do Salão Principal, uma enorme grade de câmeras SeeChange mostrava os membros do Círculo a postos em todos os cantos de todos os prédios. Sharma tinha explicado, num de seus muitos zings, que quando as perguntas do Demoxie fossem enviadas, toda capacidade dos membros do Círculo fazerem o que quer que fosse — mandar um zing, usar o teclado — seria suspensa, até que votassem. *Aqui, a democracia é obrigatória!*, disse ela, e acrescentou, para grande satisfação de Mae: *Compartilhar é cuidar*. Mae planejava votar no seu bracelete e tinha prometido a seus espectadores que levaria em conta suas contribuições também, se fossem rápidos o bastante. O voto, sugeriu Sharma, não devia demorar mais que sessenta segundos.

E então o logotipo do Demoxie apareceu no telão e a primeira pergunta surgiu logo abaixo dele.

1. O Círculo deve oferecer mais opções vegetarianas no almoço?

A multidão presente no Salão Principal riu. A equipe de Sharma tinha optado por repetir a pergunta que haviam testado. Mae verificou seu pulso e viu que algumas centenas de espectadores tinham mandado sorrisos e então ela escolheu aquela opção e apertou "enviar". Olhou para o telão, vendo os membros do Círculo votarem, e em onze segundos o campus inteiro tinha votado e os resultados estavam tabulados. Oitenta e oito por cento do campus queria mais opções vegetarianas no almoço.

Bailey mandou um zing: *Assim será feito.*

O Salão Principal trepidou de aplausos.

Apareceu a pergunta seguinte:

2. O dia do "Traga sua Filha ao Trabalho" deve ocorrer duas vezes por ano em vez de só uma?

A resposta foi conhecida em doze segundos. Quarenta e cinco por cento disseram que sim. Bailey mandou um zing: *Parece que uma vez por ano é o bastante, por enquanto.*

Até então, a demonstração era um sucesso evidente e Mae se regozijava com as congratulações dos membros do Círculo no auditório e no seu pulso, e também dos espectadores espalhados por todo o mundo. A terceira pergunta apareceu e o auditório estremeceu com uma gargalhada.

3. John ou Paul ou... Ringo?

A resposta, que levou dezesseis segundos, provocou uma tumultuosa onda de aplausos: Ringo ganhou com sessenta e quatro por cento dos votos. John e Paul ficaram quase empatados, com vinte e dezesseis, respectivamente.

A quarta pergunta foi precedida por uma instrução séria: *Imagine que a Casa Branca queira obter a opinião de seus eleitores sem filtros. Imagine que você tenha a capacidade direta e imediata de influenciar a política exterior dos Estados Unidos. Não tenha pressa, agora. Talvez chegue o dia — há de chegar o dia — em que todos os americanos sejam ouvidos nesses assuntos.*

As instruções desapareceram e veio a pergunta:

4. Agências de inteligência localizaram o gênio terrorista Mohammed Khalil al-Hamed numa área pouco povoada da zona rural do Paquistão. Devemos mandar um drone para matá-lo, considerando a probabilidade de danos colaterais moderados?

Mae prendeu a respiração. Sabia que era só uma demonstração, mas o poder parecia real. E parecia justo. Por que não se devia levar em conta a sabedoria de trezentos milhões de americanos, quando se estava tomando uma decisão que afetava todos eles? Mae fez uma pausa, refletindo, pesando os prós e os contras. Os membros do Círculo no salão pareciam estar levando sua responsabilidade tão a sério quanto Mae. Quantas vidas seriam salvas matando Al-Hamed? Podiam ser milhares, e o mundo se livraria de um homem maligno. O risco parecia valer a pena. Ela votou sim. A apuração total chegou em um minuto e onze segundos: setenta e um por cento dos membros do Círculo apoiaram o ataque de um drone. Um murmúrio ressoou pelo auditório.

Então veio a última pergunta:

5. Mae Holland não é mesmo incrível?

Mae riu e o auditório riu e Mae ficou vermelha, achando que aquilo já era um pouco demais. Resolveu que não podia votar naquele caso, já que seria igualmente absurdo votar sim ou não, e ela simplesmente ficou olhando para o dispositivo em seu pulso, que, logo se deu conta, tinha ficado congelado. A pergunta no monitor de pulso logo começou a piscar com urgência. *Todos os membros do Círculo têm de votar*, dizia o monitor, e ela lembrou que a apuração não poderia ser concluída até que todos os membros do Círculo tivessem registrado sua opinião. Como se sentia tola chamando a si mesma de incrível, apertou "cara feia", achando que seria a única e que aquilo seria motivo de riso.

Mas quando os votos foram apurados, segundos depois, ela não foi a única pessoa a mandar uma cara feia. A votação foi noventa e sete por cento de sorriso e três por cento de cara feia, indicando que, de maneira assombrosa, seus colegas do Círculo achavam que ela era incrível. Quando apareceram os números, o Salão Principal irrompeu em gritos de euforia, e Mae recebeu tapinhas nas costas, enquanto todo mundo saía com a sensação de que a experiência tinha sido um sucesso colossal. E Mae também tinha a mesma sensação. Sabia que o Demoxie estava dando certo e que seu potencial era ilimitado. E sabia que se sentia bem por saber que noventa e sete por cento do campus achava que ela incrível. Mas na hora em que saiu do salão e começou a caminhar pelo campus, só conseguia pensar nos três por cento que não achavam que ela era incrível. Mae fez as contas. Se agora havia 12318 funcionários no Círculo — eles tinham acabado de incorporar um grupo de desenvolvedores da Filadélfia especializados na gamificação de moradias disponíveis — e todos tinham votado, significava que 369 pessoas tinham mandado uma cara feia para ela e achavam que ela não era incrível. Não, 368. Ela mesma mandara uma cara feia, supondo que seria a única.

Mae sentia-se entorpecida. Sentia-se nua. Caminhava pela academia de ginástica, olhando para os corpos suados que subiam e desciam dos aparelhos, e se perguntava quem entre eles tinha mandado uma cara feia para ela. Trezentas e sessenta e oito pessoas a desprezavam. Mae estava arrasada. Saiu da academia de ginástica e procurou um lugar tranquilo para pôr os pensamentos em ordem. Seguiu para o terraço perto do seu antigo local de trabalho, onde Dan lhe havia falado pela primeira vez sobre o compromisso do Círculo com a comunidade. Ficava a oitocentos metros de onde ela estava e Mae não sabia se conseguiria vencer aquela distância. Estava sendo apunhalada. Tinha sido apunhalada. Quem eram aquelas pessoas? O que havia feito de ruim para elas? Elas nem a conheciam. Ou será que conheciam? E que tipo de membros da comunidade mandariam uma cara feia para Mae, que trabalhava de forma incansável para eles, *para* eles, e à vista de todos?

Mae estava tentando se controlar. Sorria quando passava por colegas do Círculo. Aceitava suas congratulações e sua gratidão, mas toda vez se perguntava qual deles teria duas caras, qual deles teria apertado o botão de cara feia, e sentia que cada dedo que apertara aquele botão puxava um gatilho. Era isso mesmo, Mae se deu conta. Estava se sentindo cheia de furos, como se todos eles tivessem dado um tiro nela, pelas costas, covardes que a encheram de furos. Mae mal conseguia se manter de pé.

E então, pouco antes de chegar ao velho prédio, viu Annie. Fazia meses que não tinham um encontro natural, mas imediatamente algo no rosto de Annie exprimiu luz e alegria. "Ei!", disse ela, dando um pulo para a frente a fim de tomar Mae num abraço envolvente.

Os olhos de Mae de repente ficaram molhados e ela os enxugou, sentindo-se tola, exultante e confusa. Todos os seus conflituosos pensamentos a respeito de Annie foram varridos de cena por um momento.

"Como vai, tudo bem?", perguntou.

"Vou bem, vou bem. Tem tanta coisa boa acontecendo", disse Annie. "Você soube do projeto PastPerfect?"

Mae sentiu, então, alguma coisa na voz de Annie, um indicador de que Annie estava falando sobretudo para o público pendurado no pescoço de Mae. Ela prosseguiu.

"Bem, você me deu uma ideia geral, há algum tempo. Qual é a novidade com o PastPerfect, Annie?"

Mae olhava para Annie, parecendo interessada no que ela dizia, mas sua mente estava longe dali: teria Annie mandado uma cara feia para ela? Quem sabe só para derrubar um ponto na sua aprovação? E como a *Annie* se sairia numa votação no Demoxie? Conseguiria mais de noventa e sete por cento de aprovação? Alguém seria capaz de alcançar aquele número?

"Ah, caramba, tanta coisa, Mae. Como sabe, o PastPerfect está em preparação há muitos anos. É o que você pode chamar de a menina dos olhos de Eamon Bailey. Ele pensou: E se a gente usar o poder da rede e do Círculo, com seus bilhões de membros, para tentar preencher as lacunas da história pessoal e da história geral?"

Mae, vendo sua amiga realizar um esforço tão grande, não conseguiu fazer outra coisa senão se adaptar ao seu entusiasmo de fachada.

"Puxa, parece mesmo incrível. Na última vez que a gente conversou, estavam em busca de um pioneiro que fosse o primeiro a mapear seus ancestrais. Encontraram essa pessoa?"

"Ora, encontraram sim, Mae, e estou contente por você ter perguntado. Acharam essa pessoa e essa pessoa sou eu."

"Ah, sei. Então na verdade ainda não escolheram?"

"Não, é sério", disse Annie, sua voz baixou de tom e de repente soou mais parecida com a da Annie real. Então ela se empolgou de novo, subindo uma oitava: "Sou eu!".

Mae tinha ganhado prática na técnica de esperar antes de falar — a transparência tinha ensinado a medir bem cada palavra — e agora, em vez de dizer: "Eu esperava que fosse algum novato, alguém sem tanta experiência. Ou pelo menos um carreirista, alguém tentando elevar seu PartiRank ou puxar o saco dos Sábios. Mas você?", Mae se deu conta de que Annie estava, ou sentia estar, numa posição que precisava de um impulso, de um gás novo. E assim se apresentou como voluntária.

"Você se apresentou como voluntária?"

"Sim. Fiz isso", respondeu Annie, olhando para Mae, mas na verdade sem vê-la absolutamente. "Quanto mais eu ouvia falar do assunto, mais vontade sentia de ser a primeira. Como você sabe, mas seus espectadores talvez não saibam, minha família veio para cá no navio *Mayflower*" — e aqui Annie revirou os olhos — "e embora tenhamos alguns medalhões na nossa família, há muita coisa que não sei."

Mae ficou sem voz. Annie ficou confusa. "E todo mundo vai participar com você? Seus pais?"

"Eles estão superempolgados. Acho que sempre se orgulharam de nossa herança, e a capacidade de compartilhar isso com as pessoas, e no correr do processo ainda descobrir alguma coisa nova sobre a história do país, bem, tudo isso os atraiu. Por falar de pais, como vão os seus?"

Meu Deus, aquilo era estranho, pensou Mae. Havia tantas camadas em tudo aquilo, e enquanto sua mente contava todas as camadas, mapeava e dava nome a todas elas, seu rosto e sua boca tinham de dar continuidade àquela conversa.

"Vão bem", disse Mae, muito embora soubesse, e Annie soubesse, que Mae não entrava em contato com os pais havia semanas. Por intermédio de um primo, tinham mandado notícia sobre sua saúde, que estava bem, mas tinham se mudado de endereço, "fugir" foi a única palavra que usaram em sua breve mensagem, dizendo para Mae não se preocupar com nada.

Mae encerrou a conversa com Annie e caminhou pelo campus devagar, a cabeça envolta numa névoa, ciente de que Annie ficara satisfeita com a maneira como havia comunicado as novidades, e havia se dado melhor do que Mae e deixado a amiga totalmente confusa, tudo isso num encontro rápido. Annie foi indicada para ocupar a posição central do projeto PastPerfect e Mae não tinha sido avisada, e assim tinha ficado com cara de idiota. Com certeza, esse era o objetivo de Annie. E por que *Annie*? Não fazia sentido procurar Annie, quando seria mais fácil usar Mae para fazer aquilo; Mae já estava transparente.

Mae se deu conta de que Annie tinha pedido aquilo. Havia implorado aos Sábios. Sua proximidade com eles tornou aquilo possível. E assim, portanto, Mae não estava tão próxima deles quanto havia imaginado; Annie ainda desfrutava de um status particular. Mais uma vez, a linhagem de Annie, sua vantagem inicial, as variadas e antigas vantagens que ela desfrutava mantinham Mae em segundo plano. Sempre em segundo plano, como se fosse um tipo de irmã caçula que nunca tem oportunidade para se sair melhor do que a irmã mais velha, sempre mais velha. Mae tentava se manter calma, mas chegavam mensagens em seu pulso que deixavam claro que os espectadores estavam percebendo sua frustração, sua perturbação.

Mae precisava respirar. Precisava pensar. Mas tinha muita coisa dentro da cabeça. Havia a absurda capacidade de Annie de manipular as circunstâncias a seu favor. Havia aquela ridícula história do PastPerfect, uma vaga que devia ter sido de Mae. Será que o motivo tinha sido o fato de os pais de Mae terem saído de cena? E, afinal, onde *estavam* mesmo seus pais? Por que ficavam sempre sabotando tudo aquilo pelo que Mae tanto batalhava? Mas afinal Mae estava batalhando pelo quê, se 368 membros do Círculo não a aprovavam? Trezentas e sessenta e oito pessoas que, pelo visto, odiavam Mae de forma ativa o suficiente para apertarem um botão contra ela — enviarem seu ódio diretamente para ela, sabendo que Mae ia saber de imediato quais eram seus sentimentos. E quanto àquela mutação celular que era objeto da preocupação de certo cientista escocês? Uma mutação celular cancerosa que podia estar em curso dentro de Mae, causada por erros em sua dieta? Teria aquilo ocorrido de fato? E, merda, pensou Mae, com um aperto na garganta, será que ela havia mesmo mandado uma cara feia para um grupo paramilitar pesadamente armado na Guatemala? E se eles tivessem contatos ali onde Mae estava? Sem dúvida havia um monte de guatemaltecos na Califórnia e sem dúvida eles ficariam felicíssimos de obter um troféu como Mae, castigá-la por seu insulto. Foda-se, pensou Mae. Foda-se. Havia uma dor dentro dela, uma dor que abria suas asas negras dentro dela. E aquilo estava vindo, primeiro, das 368 pessoas que aparentemente a odiavam tanto que queriam que fosse embora dali. Uma coisa era mandar uma cara feia para a América Central, mas enviar uma cara feia de dentro do próprio campus era algo bem diferente. Quem faria aquilo? Por que existia tanta animosidade no mundo? E então ocorreu a Mae, num lampejo breve e sacrílego: ela não *queria* saber como eles se sentiam. O lampejo se abriu para algo mais amplo, uma ideia ainda mais sacrílega, a ideia de que seu cérebro continha coisas demais. Que o volume de informações, dados, julgamentos, medições era demasiado e que havia pessoas demais e desejos demais de gente demais, e opiniões demais de gente demais, e dor demais de gente demais, e ter tudo isso constantemente cotejado, coligido, somado, reunido e apresentado a ela, como se assim tudo se tornasse mais organizado e mais manobrável — era demais. Mas não. Não, não era, seu cérebro corrigiu. Não. Você ficou magoada com aquelas 368 pessoas. A verdade era essa. Mae ficou magoada por causa deles, os 368 votos que queriam matá-la. Todos e cada um deles preferiam que Mae estivesse morta. Se ao menos ela não soubesse disso. Se ao menos ela pudesse voltar à sua vida anterior àqueles três por cento, quando ela podia caminhar pelo campus, acenar, sorrir, bater papo sem compromisso, comer, compartilhar o contato humano, sem saber o que havia no fundo dos corações daqueles três por cento. Mandar uma cara feia para ela, esticar o dedo e apertar o botão, fuzilar Mae daquele jeito, era uma espécie de assassinato. O pulso de Mae estava explodindo de mensagens de preocupação. Com a ajuda das câmeras SeeChange instaladas no campus, os espectadores observavam Mae parada, imóvel, o rosto contraído numa máscara raivosa e tétrica.

Mae tinha de fazer alguma coisa. Voltou para Experiência do Cliente, cumprimentou Jared e o resto das pessoas com um aceno, e logou para abrir a comporta.

Em minutos, tinha ajudado a esclarecer a dúvida de um pequeno fabricante de joias em Praga, tinha olhado o site do joalheiro, achara o trabalho maravilhoso e intrigante e tinha declarado isso, em voz alta e num zing, o que produziu, em dez minutos, o astronômico Índice de Conversão e de Varejo Bruto de 52 098 euros. Mae ajudou um atacadista de móveis de fontes sustentáveis na Carolina do Norte, chamado Projeto pela Vida, e depois de responder suas dúvidas, eles pediram para ela preencher um questionário de pesquisa do consumidor, o que era especialmente importante por causa de sua faixa etária e de sua faixa de renda — eles precisavam de mais informações sobre as preferências dos consumidores com seu perfil demográfico. Mae fez aquilo e também escreveu comentários para uma série de fotografias que seu contato na empresa Projeto pela Vida, Sherilee Fronteau, tinha enviado para ela, fotos de seu filho em sua primeira aula de tênis. Quando Mae comentou aquelas fotos, recebeu uma mensagem de Sherilee lhe agradecendo e insistindo para que fosse um dia a Chapel Hill, para ver Tyler em pessoa e comer numa churrascaria de verdade. Mae disse que iria lá um dia e sentiu-se muito bem por ter aquela nova amiga no litoral do outro lado do país, e passou para uma segunda mensagem, de Jerry Ulrich, um cliente em Grand Rapids, Michigan, que dirigia uma empresa de caminhões frigoríficos. Ele queria que Mae reenviasse uma mensagem para todo mundo de sua lista sobre os serviços da empresa, disse que eles estavam se esforçando muito para aumentar sua presença na Califórnia e que toda ajuda seria muito bem-vinda. Mae zingou para ele dizendo que ia avisar para todo mundo que conhecia, a começar pelos 14611002 seguidores que tinha, e ele respondeu que estava entusiasmado por ter sido acolhido daquele jeito e que veria com bons olhos os negócios ou os comentários que viessem daquelas 14611002 pessoas — 1556 das quais imediatamente cumprimentaram Jerry e disseram que também eles iriam divulgar. Então, enquanto ele desfrutava a enxurrada de mensagens, perguntou para Mae como sua sobrinha, que na primavera ia se formar na Eastern Michigan University, poderia obter um emprego no Círculo; o sonho da moça era trabalhar lá, e perguntou se ela devia se mudar para o Oeste para ficar mais perto, ou podia ter esperança de conseguir uma entrevista com base apenas em seu currículo? Mae encaminhou-o para o departamento de RH e lhe deu algumas dicas por conta própria. Acrescentou a sobrinha à sua lista de contatos e fez um lembrete para se manter a par dos progressos da moça, caso ela de fato requisitasse um emprego lá. Um cliente, Hector Casilla, de Orlando, Flórida, falou para Mae sobre seu interesse em pássaros, mandou-lhe algumas de suas fotos, que Mae elogiou e acrescentou à sua própria nuvem de fotos. Hector pediu que Mae desse uma nota para as fotos, pois aquilo poderia chamar atenção para ele no grupo de compartilhamento de fotos em que estava tentando ser aceito. Mae fez isso e ele ficou em êxtase. Em questão de minutos, disse Hector, alguém no grupo de compartilhamento de fotos se mostrou profundamente impressionado com o fato de um membro do Círculo estar a par de seu trabalho, portanto Hector agradeceu de novo a Mae. Mandou-lhe um convite para uma exposição coletiva da qual ele ia fazer parte naquele inverno, em Miami Beach, e Mae respondeu que, caso ela estivesse por lá em janeiro, sem dúvida compareceria, e Hector, talvez interpretando mal o nível de seu interesse, pôs Mae em contato com sua prima, Natalia, que possuía uma pousada situada a apenas quarenta minutos de Miami e que faria certamente um bom desconto, caso Mae quisesse ir até lá — e os amigos dela também seriam muito bem-vindos. Então Natalia mandou uma mensagem, com os preços da pousada, que, ela sublinhou, eram flexíveis, caso ela quisesse passar a semana inteira. Pouco depois, Natalia enviou uma mensagem comprida, repleta de links para reportagens e imagens da região de Miami, esclarecendo as muitas atividades possíveis no inverno — pescaria esportiva, jet-ski, dança. Mae continuou trabalhando, sentindo dentro de si o rasgo familiar, o negror crescente, mas continuou trabalhando assim mesmo, para matar aquilo, até que afinal percebeu que horas eram: 22h32.

Ela estava em EC havia quatro horas. Caminhou até os dormitórios, sentindo-se muito melhor, sentindo-se calma, e achou Francis na cama, trabalhando em seu tablet, com a cara colada em seus filmes prediletos. "Olhe só isto", disse ele, e mostrou para ela uma sequência de um filme de ação em que, em vez de Bruce Willis, o protagonista agora parecia Francis Garaventa. O programa era quase perfeito, disse Francis, e podia ser operado por qualquer criança. O Círculo tinha acabado de comprá-lo de uma pequena start-up de apenas três pessoas, em Copenhague.

"Acho que amanhã você vai ver mais novidades", disse Francis, e Mae se lembrou da reunião dos despejadores de plâncton. "Vai ser divertido. Às vezes as ideias até que são boas. E por falar em boas ideias..." E Francis puxou-a para perto de si, beijou-a, trazendo os lábios dela para os seus e, por um momento, Mae achou que eles iriam ter algo parecido com uma experiência sexual verdadeira, mas na hora em que estava tirando a blusa, Mae viu Francis fechar os olhos e ter um espasmo, e entendeu que ele já havia terminado. Depois de trocar de roupa e escovar os dentes, pediu a Mae que desse uma nota para ele, e ela deu nota cem.

Mae abriu os olhos. Eram 4h17 da manhã. Francis estava virado de costas para ela, dormia sem fazer barulho. Mae fechou os olhos, mas só conseguia pensar nas 368 pessoas que — agora parecia evidente — preferiam que ela nunca tivesse nascido. Mae precisava voltar para a comporta de EC. Sentou-se na cama.

"O que houve?", perguntou Francis.

Mae virou-se e viu que ele estava olhando fixamente para ela.

"Nada. Só aquele lance dos votos do Demoxie."

"Não fique preocupada com isso. Poucas centenas de pessoas."

Esticou a mão para as costas de Mae e, tentando consolá-la, do outro lado da cama, executou algo que mais parecia um movimento de enxugar a cintura de Mae.

"Mas quem?", disse Mae. "Agora tenho de andar pelo campus sem saber quem é que me quer ver morta."

Francis sentou-se. "Então por que não verifica?"

"Verificar o quê?"

"Quem mandou uma cara feia para você. Onde você acha que está? No século XVIII? Isto aqui é o Círculo. Você consegue descobrir quem mandou uma cara feia para você."

"É transparente?"

Na mesma hora, Mae sentiu-se tola só de fazer a pergunta.

"Quer que eu veja?", perguntou Francis e, em segundos, estava com o tablet na mão, pesquisando. "Aqui está a lista. É pública — esse é o grande lance do Demoxie." Os olhos dele se estreitaram enquanto lia a lista. "Ah esse nome aqui não é nenhuma surpresa."

"Qual?", perguntou Mae, o coração dando pulos. "Quem?"

"O sr. Portugal."

"Alistair."

A cabeça de Mae ficou em chamas.

"Sacana", disse Francis. "Azar. Dane-se. Quer a lista completa?" Francis virou o tablet para ela, mas, antes de perceber o que estava fazendo, Mae recuou, de olhos fechados. Ficou parada no canto do quarto, com os braços cobrindo o rosto.

"Puxa", disse Francis. "Não é nenhum animal raivoso, é só uma lista de nomes."

"Pare", disse Mae.

"A maioria dessas pessoas votou assim sem querer. E algumas dessas pessoas *eu sei* que gostam de você de verdade."

"Pare. Pare."

"Tudo bem, tudo bem. Quer que eu limpe a tela?"

"Por favor."

Francis obedeceu.

Mae foi para o banheiro e fechou a porta.

"Mae?" Francis estava do outro lado.

Ela abriu o chuveiro e tirou a roupa.

"Posso entrar?"

Debaixo do jato de água, Mae sentiu-se mais calma. Estendeu a mão para a parede e acendeu a luz. Sorriu, achando que sua reação à lista tinha sido uma besteira. É *claro* que os votos eram públicos. Numa democracia real, num tipo mais puro de democracia, as pessoas não vão ter medo de votar e, mais importante, não vão ter medo de assumir seu voto. Agora era uma opção sua saber quem eram as pessoas que tinham mandado uma cara feia para ela e depois conquistar sua simpatia. Talvez não imediatamente. Mae precisava de tempo para se preparar, mas saberia — tinha de saber, era sua responsabilidade saber — e, uma vez que soubesse, o trabalho de corrigir os 368 seria algo simples e honesto. Mae fez que sim com a cabeça e sorriu, se dando conta de que estava sozinha no chuveiro, fazendo que sim com a cabeça. Mas não tinha jeito. A elegância de tudo aquilo, a pureza ideológica do Círculo, da transparência real, lhe dava paz, um sentimento protetor de lógica e de ordem.

O grupo era um lindo arco-íris de jovens reunidos, dreadlocks e sardas, olhos azuis, verdes e castanhos. Todos estavam sentados, inclinados para a frente, de rostos iluminados. Cada um tinha quatro minutos para apresentar sua ideia para os cérebros do Círculo, entre os quais Bailey e Stenton, que estavam na sala, conversando animadamente com outros membros da Gangue dos 40, e com Ty, que comparecia por meio do vídeo. Estava em algum lugar, numa sala branca e vazia, vestindo seu moletom grande demais, nem entediado nem visivelmente interessado, olhando fixo para a câmera e para a sala. E era Ty, tanto ou mais do que qualquer outro dos Sábios ou veteranos do Círculo, que os apresentadores queriam impressionar. Eles eram seus filhos, de certo modo: todos motivados por seu sucesso. Sua juventude, sua capacidade de visualizar ideias postas em prática, ao mesmo tempo que continuava a ser quem era, perfeitamente indiferente e, no entanto, ferozmente produtivo. Eles queriam aquilo também e queriam o dinheiro que sabiam que vinha com o cargo.

Era a reunião de que Kalden havia falado, o momento em que, ele tinha certeza, a audiência chegaria ao máximo e quando, ele insistia, Mae devia dizer para todos seus espectadores que o Círculo não podia se completar, que a Completude levaria a uma espécie de Armagedom. Mae não tivera mais notícias de Kalden desde aquela conversa no banheiro e estava contente por isso. Agora ela tinha certeza, mais que nunca, de que ele era uma espécie de espião e hacker, agente de algum possível concorrente, tentando colocar Mae e quaisquer outras pessoas contra a empresa, explodi-la por dentro.

Mae sacudiu para fora da cabeça todos os pensamentos sobre Kalden. Aquele fórum ia ser bom, ela sabia. Dúzias de membros do Círculo tinham sido contratados daquele jeito: chegavam ao campus como aspirantes, apresentavam uma ideia e a ideia era comprada na hora e o aspirante era prontamente contratado. Jared tinha sido contratado assim, Mae sabia, e Gina também. Era uma das maneiras mais glamorosas de entrar na empresa: lançar uma ideia, ter a ideia aceita, ser recompensado com um emprego e com ações da Bolsa e ver sua ideia executada sem demora.

Mae explicava tudo isso a seus espectadores, enquanto todos se instalavam. Havia mais ou menos cinquenta membros do Círculo, os Sábios, a Gangue dos 40 e alguns ajudantes na sala, todos de frente para uma fileira de aspirantes, alguns ainda adolescentes, todos sentados, à espera da sua vez.

"Isto vai ser muito legal", disse Mae a seus espectadores. "Como vocês sabem, é a primeira vez que transmitimos ao vivo uma sessão de aspirantes." Ela quase disse "reunião de plâncton" e ficou feliz por ter cortado a expressão pejorativa, antes de pronunciá-la. Baixou os olhos para o pulso. Havia 2,1 milhões de espectadores, embora ela esperasse que o número fosse aumentar rapidamente.

O primeiro estudante, Faisal, parecia não ter mais de vinte anos. Sua pele reluzia como madeira envernizada e sua proposta era extremamente simples: em vez de travar infinitas minibatalhas sobre se podemos ou não podemos rastrear a atividade de gastos de determinada pessoa, por que não fazer um acordo com essas pessoas? No caso de consumidores altamente desejáveis, se eles aceitassem usar o Dinheiro do Círculo para todas as suas compras, e aceitassem tornar seus hábitos e suas preferências de gastos acessíveis para os Parceiros do Círculo, então em troca o Círculo lhes daria descontos, pontos e abatimentos no fim de todo mês. Seria como ganhar milhas de voo quando usamos o mesmo cartão de crédito.

Mae sabia que ela mesma se inscreveria num plano como aquele e supôs que, por extensão, milhões de pessoas fariam o mesmo.

"Muito interessante", disse Stenton, e Mae entenderia mais tarde que, quando ele dizia "muito interessante" queria dizer que ia comprar a ideia e contratar o inventor.

A segunda ideia veio de uma mulher afro-americana de uns vinte e dois anos. Seu nome era Belinda e sua ideia, disse ela, ia eliminar o peso do perfil racial nos critérios dos agentes da polícia e da segurança dos aeroportos. Mae começou fazendo que sim com a cabeça; era isso que ela adorava em sua geração — a capacidade de perceber as possíveis aplicações de justiça social dos recursos do Círculo e direcioná-los de modo cirúrgico. Belinda trouxe um vídeo de uma movimentada rua urbana com algumas centenas de pessoas visíveis, caminhando para um lado e para outro diante da câmera, sem saber que eram observadas.

"Todos os dias, a polícia faz carros pararem no acostamento por causa daquilo que chamam de 'preto no volante' ou 'mulato no volante'", disse Belinda, em tom neutro. "E todos os dias, jovens afro-americanos são parados na rua, encostados a uma parede, revistados, espoliados de seus direitos e de sua dignidade."

E, por um momento, Mae pensou em Mercer e gostaria que ele estivesse ali ouvindo aquilo. Sim, às vezes alguns aplicativos da internet podiam ser um pouco grosseiros e comerciais, mas para cada aplicativo comercial, havia três como aquele, aplicativos proativos que usavam o poder da tecnologia para aprimorar a humanidade.

Belinda prosseguiu: "Essas ações só servem para criar mais

animosidade entre as pessoas de cor e a polícia. Estão vendo essa multidão? Na maioria, são homens jovens de cor, certo? Uma patrulha da polícia passa numa área como essa e eles são suspeitos, certo? Todos esses homens podem ser parados, revistados, desrespeitados. Mas não precisa ser assim".

Agora, na tela, no meio da multidão, três homens brilhavam com uma luz laranja e vermelha. Continuavam a andar, a agir normalmente, mas agora estavam banhados de cor, como se um refletor com gelatina colorida tivesse escolhido aqueles três homens e lançado seu foco sobre eles.

"Os três homens que vocês veem em laranja e em vermelho são criminosos reincidentes. O laranja indica um criminoso de grau inferior — condenado por pequenos furtos, posse de drogas, crimes sem violência e sem vítimas." Havia dois homens na tela que tinham sido tingidos de laranja. Andando mais perto da câmera, porém, estava um homem de aspecto bastante inofensivo, de cerca de cinquenta anos, brilhando em vermelho dos pés à cabeça. "O homem assinalado em vermelho, porém, foi condenado por crimes violentos. Esse homem foi julgado e condenado por roubo à mão armada, tentativa de estupro, agressões repetidas."

Mae virou-se para ver o rosto de Stenton fascinado, a boca ligeiramente aberta.

Belinda prosseguiu: "Estamos vendo o que um policial veria se ele fosse equipado com o SeeYou. É um sistema muito simples, que funciona através de qualquer dispositivo de retina. O policial não precisa fazer nada. Passa os olhos por uma multidão qualquer e imediatamente vê todo mundo que já foi condenado alguma vez. Imagine que você é um policial em Nova York. De repente, uma cidade de oito milhões de pessoas se torna infinitamente mais manejável quando a gente sabe onde concentrar nossas energias".

Stenton falou: "Como eles sabem? Algum tipo de chip?".

"Talvez", disse Belinda. "Podia ser um chip, se pudéssemos executar isso. Ou então, mais fácil ainda seria prender um bracelete. Faz décadas que se usam tornozeleiras. Portanto basta modificar o sistema para que o bracelete possa ser lido pelo dispositivo de retina e proporcionar a faculdade de rastreamento. É claro", disse ela, olhando para Mae com um sorriso afetuoso, "também poderíamos aplicar aqui a tecnologia de Francis e transformar isso num chip. Mas isso exigiria superar alguns entraves legais, creio."

Stenton recostou-se na cadeira. "Talvez sim, talvez não."

"Bem, obviamente essa seria a forma ideal", disse Belinda. "E seria permanente. Sempre saberíamos quem são os criminosos, levando em conta que o bracelete ainda é passível de adulteração ou remoção. E também existem pessoas que talvez digam que ele deve ser removido após certo tempo. Os infratores cancelados."

"Detesto essa ideia", disse Stenton. "É direito da comunidade saber quem cometeu crimes. Faz todo sentido. É assim que lidamos com criminosos sexuais há décadas. A pessoa comete um crime sexual, se torna parte de um cadastro. Seu endereço se torna público, você tem de percorrer o bairro, se apresentar, tudo isso, porque as pessoas têm o direito de saber quem mora no meio delas."

Belinda assentiu. "Certo, certo. É claro. Portanto, na falta de uma palavra melhor, rotulamos os condenados e, daí em diante, se você for um policial, em vez de passar de carro por uma rua parando e revistando todo mundo que por acaso for preto ou mulato ou usar calças muito folgadas, imagine se estiver usando um dispositivo de retina com um aplicativo que vê as carreiras dos criminosos em cores bem distintas — amarelo para autores de crimes leves, laranja para autores de crimes não violentos, mas um pouco mais perigosos, e vermelho para os criminosos e de fato violentos."

Agora Stenton se inclinou para a frente. "Dê um passo além. As agências de inteligência podem criar instantaneamente uma rede de todos os contatos suspeitos, coconspiradores. Levaria poucos segundos. Eu me pergunto se poderíamos ter algumas variações no esquema de cores, para levar em conta as pessoas que podem ser tidas como *ligadas* a um criminoso, ainda que não tenham sido pessoalmente presas ou condenadas. Como você sabe, muitos chefes de quadrilhas mafiosas nunca foram condenados por nada."

Belinda fazia que sim com a cabeça energicamente. "Sim. Não há dúvida", disse ela. "E nesses casos poderíamos usar um dispositivo móvel para rotular essa pessoa, uma vez que não teríamos o recurso de uma condenação judicial para garantir a obrigatoriedade do chip ou do bracelete."

"Certo. Certo", disse Stenton. "Existem muitas possibilidades. Coisas boas para pensar. Estou animado."

Belinda ficou radiante, sentou-se, fingiu displicência ao sorrir para Gareth, o aspirante seguinte, que se levantou, nervoso e piscando os olhos. Era um homem alto, de cabelo cor de melão--cantalupo e, agora que era alvo da atenção da sala, deu um sorriso tímido, torto.

"Pois é, para o bem ou para o mal, minha ideia era semelhante à de Belinda. Quando descobrimos que estávamos elaborando conceitos similares, trabalhamos em certa cooperação. O ponto principal em comum é que estamos ambos interessados em segurança. Meu plano, creio, eliminaria o crime quarteirão por quarteirão, bairro por bairro."

Levantou-se na frente da tela mostrou uma imagem tridimensional de um pequeno bairro formado por quatro quarteirões, vinte e cinco casas. Linhas verdes brilhantes delineavam os prédios, permitindo que os espectadores vissem a parte interna; fez Mae lembrar-se de projetos de sistemas de calefação.

"Baseia-se no modelo da vigilância de bairro, em que grupos de vizinhos cuidam uns dos outros e comunicam qualquer comportamento anormal. Com o NeighborWatch — é o nome que dei para isso, embora possa ser alterado, é claro —, alavancamos o poder da SeeChange especificamente e do Círculo, em geral, para tornar a prática de um crime, qualquer crime, extremamente difícil num bairro plenamente integrado ao projeto."

Apertou um botão e agora as casas estavam cheias de figuras, duas ou três em cada prédio, todas coloridas de azul. Elas se movimentavam em suas cozinhas digitais, seus quartos digitais e em seus quintais digitais.

"Muito bem, como podem ver, aqui estão os moradores do bairro, todos cuidando de seus afazeres. Aqui estão coloridos de azul porque estão todos registrados no NeighborWatch e suas impressões digitais, suas retinas, seus telefones e até seus perfis corporais foram memorizados pelo sistema."

"Essa é a imagem que qualquer morador pode ver?", perguntou Stenton.

"Exatamente. Essa é a imagem de seu monitor doméstico."

"Impressionante", disse Stenton. "Já estou interessado."

"Portanto, como podem ver, tudo vai bem no bairro. Todo mundo que está aí deveria estar aí. Mas agora vemos o que acontece quando chega uma pessoa desconhecida."

Uma figura de cor vermelha apareceu e caminhou até a porta de uma das casas. Gareth virou-se para a plateia e ergueu as sobrancelhas.

"O sistema não conhece esse homem, por isso está vermelho. Qualquer pessoa nova que entra no bairro automaticamente dispara o gatilho do computador. Todos os vizinhos vão receber, em seus dispositivos domésticos e móveis, a notícia de que um visitante está no bairro. Em geral, não tem nenhuma importância. O amigo de alguém ou o tio de alguém veio fazer uma visita. Mas, em todo caso, é possível ver que é uma pessoa nova e é possível ver onde está."

Stenton estava recostado em sua cadeira, como se já soubesse o resto da história, mas quisesse dar uma ajuda para a exposição andar mais depressa. "Suponho, então, que exista um meio de neutralizá-lo."

"Sim. As pessoas que ele está visitando podem mandar uma mensagem para o sistema dizendo que o visitante está com eles, o identifica e atesta sua confiança: 'É o tio George'. Ou podem fazer isso antecipadamente. Então ele já aparece rotulado de azul."

Então o tio George, a figura na tela, passou de vermelho para azul e entrou na casa.

"Então tudo está bem de novo no bairro."

"A menos que seja um intruso de verdade", alfinetou Stenton.

"Certo. Na rara ocasião em que houver alguém com má intenção..." Agora a tela mostrava uma figura vermelha rondando a casa, espiando pelas janelas. "Bem, aí então o bairro inteiro vai ficar sabendo. Vão saber onde ele está e podem ou ficar longe, ou ligar para a polícia, ou enfrentá-lo, como preferirem."

"Muito bem. Muito legal", disse Stenton.

Gareth sorriu. "Obrigado. E Belinda me fez pensar que, sabe, quaisquer ex-condenados que morem no bairro apareceriam em cor vermelha ou laranja no monitor. Ou alguma outra cor, de modo que se reconheça que se trata de moradores do bairro, mas as pessoas também saberiam que se trata de condenados pela justiça ou seja lá o que forem."

Stenton fez que sim com a cabeça. "É nosso direito saber."

"Sem dúvida", disse Gareth.

"Parece que isso resolve um dos problemas do SeeChange", disse Stenton, "a saber, que mesmo quando existem câmeras em toda parte, nem todo mundo pode ver tudo. Se um crime for cometido às três horas da madrugada, quem vai estar vendo a imagem da câmera 982, certo?"

"Certo", disse Gareth. "Veja, desse modo as câmeras são só uma parte do sistema. O rótulo de cores nos diz quem é anômalo; assim basta prestar atenção a essa anomalia em particular. É claro, o problema é determinar se isso viola alguma lei de privacidade."

"Bem, não acho que isso seja um problema", disse Stenton. "Nós temos direito de saber quem mora na nossa rua. Qual a diferença entre isso e simplesmente se apresentar a todo mundo na rua? É apenas uma versão mais avançada e completa da máxima que diz 'bons muros fazem bons vizinhos'. Imagino que isso vá eliminar boa parte de todos os crimes cometidos por pessoas estranhas a uma dada comunidade."

Mae olhou seu bracelete. Ela não conseguiu contar todos, mas centenas de espectadores insistiam em saber mais sobre os produtos de Belinda e Gareth. Perguntavam: *Quando? Onde? Quanto custa?*

A voz de Bailey então ressoou. "A pergunta sem resposta, no entanto, é: e se o crime for cometido por uma pessoa *de dentro* do bairro? De dentro da casa?"

Balida e Gareth olharam para uma mulher bem vestida, de cabelo preto muito curto e óculos estilosos. "Acho que essa é a minha deixa." Levantou-se e ajeitou a saia preta.

"Meu nome é Finnegan e meu tema é a violência contra crianças em casa. Eu mesma fui vítima de violência doméstica quando jovem", disse ela, e deu um segundo para que aquilo fosse assimilado. "E esse crime, entre todos os demais, parece ser o mais difícil de prevenir, porque seus autores são pessoas que fazem parte ostensiva da família, certo? Mas então me dei conta de que todas as ferramentas necessárias já existem. Primeiro, a maior parte das pessoas tem algum tipo de monitor que pode verificar quando a raiva delas se eleva a um grau perigoso. Pois bem, se agora associarmos essa ferramenta a sensores de movimento comuns, poderemos saber imediatamente quando algo ruim está acontecendo ou está à beira de acontecer. Permitam que eu dê um exemplo. Aqui está um sensor de movimento instalado na cozinha. É um equipamento muito usado em fábricas e até em cozinhas de restaurantes para saber se o chefe ou o funcionário está terminando determinada tarefa da maneira-padrão. Sei que o Círculo emprega esse equipamento para garantir a regularidade em muitos setores da empresa."

"De fato, usamos", disse Bailey, provocando um riso distante do lugar onde ele estava sentado.

Stenton explicou: "Temos a patente dessa tecnologia específica. Sabia disso?".

O rosto de Finnegan ficou vermelho e ela deu a impressão de estar decidindo se devia ou não mentir. Poderia dizer que *sabia*?

"Não tinha essa informação", disse ela, "mas fico muito contente de saber disso agora."

Stenton pareceu impressionado com sua atitude controlada.

"Como sabem", prosseguiu ela, "em locais de trabalho, no caso de qualquer irregularidade de movimento ou na ordem das operações, o computador ou lembra a pessoa daquilo que ela talvez tenha esquecido ou comunica o erro à direção. Então pensei: por que não usar a mesma tecnologia do sensor de movimento dentro de casa, sobretudo em casas de alto risco, a fim de registrar qualquer comportamento fora do normal?"

"Como um detector de fumaça para seres humanos", disse Stenton.

"Certo. Um detector de fumaça vai disparar se sentir o mais leve traço de aumento do índice de dióxido de carbono. Portanto a ideia é a mesma. Instalei um sensor aqui nesta sala, na verdade, e quero mostrar a vocês como funciona."

Na tela atrás da mulher, apareceu uma figura, do tamanho e do formato de Finnegan, embora sem feições — uma versão dela em forma de uma sombra azul, que espelhava seus movimentos.

"Muito bem, essa sou eu. Agora observem meus movimentos. Se eu andar, os sensores veem que isso está dentro do normal."

Atrás dela, sua forma continuou azul.

"Se eu cortar alguns tomates", disse Finnegan, imitando o gesto de picar tomates imaginários, "a mesma coisa. É normal."

A figura atrás dela, sua sombra azul, imitou-a.

"Mas agora vejam o que acontece se faço algo violento."

Finnegan ergueu os braços rapidamente e baixou-os para a frente, como se batesse numa criança a seus pés. De imediato, na tela, sua figura ficou laranja e um alarme bem alto disparou.

O alarme era um apito ritmado, veloz e estridente. Mae se deu conta de que era alto demais para uma simples demonstração. Olhou para Stenton, cujos olhos estavam arregalados e brancos.

"Desligue", disse ele, mal conseguindo controlar sua raiva.

Finnegan não o ouviu e deu continuidade à sua demonstração como se aquilo fizesse parte do plano, uma parte aceitável. "Esse é o alarme, é claro, e..."

"Desligue!", gritou Stenton, e dessa vez Finnegan ouviu. Ela moveu os dedos nervosos pelo tablet, em busca do botão correto.

Stenton estava olhando para o teto. "De onde é que vem esse som? Como é que ficou tão alto?"

O apito estridente continuou. Metade da sala tapava os ouvidos.

"Desligue isso, senão vamos sair daqui", disse Stenton, se levantando, a boca contraída e furiosa.

Por fim Finnegan encontrou o botão correto e o alarme foi silenciado.

"Foi um erro", disse Stenton. "Não se deve punir as pessoas a quem você está querendo convencer. Compreende isso?"

Os olhos de Finnegan estavam desvairados, latejantes, cheios de lágrimas. "Sim, entendo."

"Você poderia simplesmente ter dito que um alarme dispara. Não havia nenhuma necessidade de fazer o alarme disparar. Essa é minha lição de negócios de hoje."

"Obrigado, senhor", disse ela, com os dedos entrecruzados na sua frente, as articulações pálidas. "Devo prosseguir?"

"Não sei", disse Stenton, ainda furioso.

"Prossiga, Finnegan", disse Bailey. "Mas seja rápida."

"Certo", disse ela, a voz trêmula. "A essência é que os sensores seriam instalados em todos os cômodos e seriam programados para reconhecer o que se mantém dentro dos limites da normalidade e o que é anômalo. Algo anômalo acontece, o alarme dispara e, em termos ideais, apenas o alarme basta para interromper ou retardar o que estiver acontecendo na sala. Enquanto isso, as autoridades já foram comunicadas. É possível criar uma rede, de modo que os vizinhos também sejam alertados, uma vez que são as pessoas mais próximas e com mais chance de entrar e ajudar imediatamente."

"Muito bem. Entendi", disse Stenton. "Vamos em frente." Stenton queria dizer *vamos passar para o próximo*, mas Finnegan, demonstrando uma determinação admirável, prosseguiu.

"É claro, se combinarmos todas essas tecnologias, poderemos rapidamente garantir o cumprimento das normas de comportamento em qualquer contexto. Pense em prisões e escolas. Quero dizer, frequentei um colégio com quatro mil alunos e só vinte jovens eram encrenqueiros. Imagine se os professores usassem dispositivos de retina e pudessem ver os alunos em cor vermelha a um quilômetro de distância — ora, isso eliminaria a maior parte dos problemas. E então os sensores apontariam com precisão qualquer comportamento antissocial."

Agora Stenton estava recostado em sua cadeira, os polegares enfiados nas presilhas do cinto. Tinha relaxado outra vez. "Observo que muitos crimes e problemas acontecem porque temos coisas demais para vigiar, não é? Lugares demais, gente demais. Se pudermos nos concentrar mais ou isolar os transgressores e tivermos condições de rotular melhor essas pessoas e seguir seus passos, pouparemos uma enorme quantidade de tempo e de trabalho."

"Exatamente, senhor", disse Finnegan.

Stenton ficou mais calmo e, baixando os olhos para seu tablet, pareceu estar vendo o que Mae também via no seu pulso: Finnegan e seu programa eram imensamente populares. As mensagens predominantes provinham de vítimas de diversos crimes: mulheres e crianças que tinham sofrido maus-tratos em sua casa diziam o óbvio: *Quem dera isso existisse dez, quinze anos atrás. Pelo menos*, diziam todos eles, de uma forma ou de outra, *esse tipo de coisa nunca mais vai acontecer.*

Quando Mae voltou para sua mesa de trabalho, havia um recado em papel de Annie. "Pode me encontrar? Apenas mande uma mensagem de texto 'agora' pelo celular quando puder e então vou te encontrar no banheiro."

Dez minutos depois, Mae estava sentada em sua cabine habitual no banheiro e ouviu Annie entrar pela porta da cabine vizinha. Mae estava aliviada por Annie ter procurado por ela, estava emocionada por ter Annie tão perto de si outra vez. Agora Mae podia corrigir todos os equívocos e estava determinada a fazer isso.

“Estamos sozinhas?”, perguntou Annie.

“O áudio vai ficar desligado por três minutos. Qual é o problema?”

“Nada. É só a história do PastPerfect. Estão começando a me passar os resultados e já é uma coisa bastante perturbadora. E amanhã vai se tornar público, e eu acho que a coisa vai ficar ainda pior.”

“Espere. O que foi que descobriram? Pensei que iam começar lá na Idade Média ou algo assim.”

“Começaram mesmo. Mas já naquele tempo parece que os dois lados de minha família eram de pessoas cruéis. Veja, eu nem sabia que os ingleses tinham escravos irlandeses, você sabia?”

“Não. Acho que não. Você quer dizer, escravos brancos irlandeses?”

“Milhares deles. Meus ancestrais eram os cabeças dos bandos ou algo assim. Invadiam a Irlanda, traziam escravos, vendiam pelo mundo todo. É tão escroto.”

“Annie...”

“Veja, sei que eles têm certeza disso porque foram cruzadas informações de mil maneiras diferentes, mas será que pareço ser descendente de senhores de escravos?”

“Annie, vamos mais devagar. Uma coisa que aconteceu seiscentos anos atrás não tem nada a ver com você. Na linhagem de todo mundo existem manchas escuras, tenho certeza disso. Você não pode tomar isso como algo pessoal.”

“Claro, mas pelo menos é embaraçoso, não é? Significa que isso faz parte de mim, pelo menos para todo mundo que eu conheço. Para as pessoas que eu vir daqui para a frente, isso fará parte de mim. Elas vão me ver, falar comigo, mas isso vai fazer parte de mim também. Essa nova camada foi mapeada sobre mim e não acho que seja uma coisa bonita. É como se eu soubesse que seu pai foi membro da Ku-Klux-Klan...”

"Você está superdimensionando tudo isso. Ninguém, mas ninguém mesmo vai olhar atravessado para você, só porque um ancestral distante seu teve escravos tomados da Irlanda. Quero dizer, é tão doido e tão distante que ninguém vai conseguir associar você a uma coisa dessas. Você sabe como são as pessoas. Ninguém consegue se lembrar de uma coisa assim. E como atribuir a responsabilidade a você? Não há a menor chance."

"E também matavam uma porção de escravos. Há a história de uma revolta, e um parente meu comandou a matança em massa de mil homens, mulheres e crianças. É tão horrível. Eu só..."

"Annie. Annie. Você tem de se acalmar. Antes de tudo, nosso tempo acabou. O áudio vai voltar num instante. Em segundo lugar, você não pode se preocupar com isso. Aquelas pessoas eram praticamente homens das cavernas. Os antepassados das cavernas de todo mundo eram uns imbecis."

Annie riu, fungou bem alto.

"Jura que não vai mais se preocupar?"

"Claro."

"Annie. Não se preocupe com isso. Prometa."

"Tá legal."

"Você promete?"

"Prometo. Vou tentar não me preocupar."

"Muito bem. Acabou o tempo."

No dia seguinte, quando foi divulgada a notícia sobre os ancestrais de Annie, Mae sentiu-se pelo menos parcialmente corroborada. Houve alguns comentários improdutivos aqui e ali, é claro, mas no geral a reação foi apenas um dar de ombros coletivo. Ninguém deu grande importância à maneira como aquilo podia se relacionar com Annie, mas houve alguma atenção nova e possivelmente útil a um momento da história esquecido havia muito tempo, em que os ingleses iam à Irlanda e voltavam trazendo moeda humana.

Annie parecia receber tudo aquilo sem perder o equilíbrio. Seus zings eram positivos e ela gravou um pequeno vídeo de divulgação, falando sobre a surpresa ao descobrir o papel desafortunado que uma parte distante de sua linhagem havia desempenhado naquele momento histórico sombrio. Mas depois tentava acrescentar alguma perspectiva e leveza à questão e deixar claro que tal revelação não devia dissuadir outras pessoas de explorar sua história pessoal por meio do PastPerfect. "Os antepassados de todo mundo foram uns imbecis", disse ela, e Mae, vendo o vídeo em seu bracelete, riu.

Porém Mercer, como era de esperar, não estava rindo. Mae não tinha notícia dele já fazia mais de um mês, mas então, no correio de uma sexta-feira (o único dia em que a agência de correio ainda funcionava), veio uma carta. Ela não queria ler, porque sabia que seria azeda, acusatória e julgadora. Mas ele já havia escrito uma carta assim, não é? Mae abriu o envelope, achando que Mercer não poderia se mostrar pior do que tinha sido antes.

Mae estava enganada. Daquela vez ele não conseguiu sequer datilografar o "querida" antes do nome dela:

Mae,

Sei que eu disse que não ia escrever de novo. Mas agora que Annie está à beira da ruína, espero que isso faça você parar para pensar. Por favor, diga a ela para cessar sua participação nesse experimento, em que garanto que você e ela vão acabar mal. Não somos feitos para saber tudo, Mae. Alguma vez você já pensou que nossa mente foi sutilmente calibrada entre o conhecido e o desconhecido? Que nossas almas precisam dos mistérios da noite e da claridade do dia? Vocês aí estão criando um mundo de eterna luz do dia e acho que isso vai acabar nos queimando vivos. Não sobrará nenhum tempo para refletir, dormir, relaxar. Por acaso ocorreu alguma vez ao seu pessoal do Círculo que não podemos conter tanta coisa? Olhe para nós. Somos pequenos. Nossa cabeça é pequena, do tamanho de um melão. Vocês querem que essa nossa cabeça contenha tudo o que o mundo já viu? Não vai dar certo.

O pulso de Mae estava palpitando.

Por que você se importa com isso, Mae?

Já estou entediado.

Você está dando voz ao Pé Grande. Não dê voz ao Pé Grande!

O coração de Mae já estava martelando, e ela sabia que não devia ler o resto. Mas não conseguiu parar.

Por acaso eu estava na casa dos meus pais quando você teve sua reuniãozinha para lançar ideias com a Juventude Nazista Digital. Meus pais fizeram questão de assistir; estão muito orgulhosos de você, apesar do horror que foi aquela reunião. Mesmo assim, estou contente por ter assistido àquele espetáculo (assim como fiquei contente por ter assistido ao documentário nazista *O triunfo da vontade*, sobre Hitler). Isso me deu o último impulso de que eu precisava para dar o passo que eu, aliás, já vinha planejando.

Vou me mudar para o norte, para a floresta mais densa e mais desinteressante que conseguir encontrar. Sei que suas câmeras estão mapeando aquelas regiões, assim como estão mapeando a Amazônia, a Antártica, o Saara etc. Mas pelo menos vou sair com uma vantagem inicial. E quando as câmeras chegarem, irei mais para o norte.

Mae, tenho de admitir que você e os seus venceram. É algo de fato completo e agora sei disso. Mas antes daquela sessão de venda de ideias eu ainda tinha alguma esperança de que a loucura se limitasse à sua empresa, às milhares de pessoas que sofreram lavagem cerebral e trabalham para vocês, ou para os milhões de pessoas que cultuam o bezerro de ouro que é o Círculo. Eu tinha esperança de que ainda existissem pessoas que fossem se levantar contra a sua gente. Ou que uma nova geração veria tudo isso como algo ridículo, opressivo, totalmente fora de controle.

Mae verificou o próprio pulso. Já havia quatro clubes "Eu odeio Mercer" na internet. Alguém se ofereceu para apagar a conta bancária dele. *Basta dizer uma palavra*, dizia a mensagem.

Mas agora sei que mesmo que alguém derrubasse vocês, mesmo que o Círculo terminasse amanhã, algo pior provavelmente tomaria seu lugar. Existem outros mil Sábios por aí, pessoas com ideias ainda mais radicais sobre criminalidade e privacidade. Toda vez que penso que não pode piorar, vejo alguém de dezenove anos com ideias que fazem o Círculo parecer alguma utopia da União Americana em Defesa das Liberdades Civis. E vocês são pessoas (e sei agora que *vocês* são, *na maioria*, pessoas) que não se assustam com nada. Nenhuma quantidade de vigilância causa a menor preocupação ou provoca qualquer resistência.

Uma coisa é querer medir a si mesma, Mae — você e seus braceletes. Posso aceitar que você receba os dados dos próprios movimentos, registre tudo o que faz, reúna dados sobre si mesma em benefício do... Bem, seja lá o que for que estão tentando fazer. Mas isso não é o suficiente, não é mesmo? Vocês não querem só os *seus* dados, precisam dos *meus*. Não estão completos sem isso. É uma doença.

Portanto, vou embora. Quando você ler esta carta, vou estar fora do radar e espero que outros se juntem a mim. De fato, *sei* que outros vão se juntar a mim. Vamos viver no subsolo, no deserto, nas matas. Seremos como refugiados, uma mistura infeliz, mas necessária, das duas coisas. Porque é isso o que somos.

Espero que isso seja um segundo grande cisma, em que duas humanidades vão viver separadas, mas em paralelo. Haverá aqueles que vivem sob a abóbada de vigilância que você está ajudando a criar e aqueles que vivem, ou tentam viver, fora disso. Estou apavorado, por todos nós.

Mercer

Mae leu a carta diante da câmera e sabia que seus espectadores estavam achando aquilo tão bizarro e hilariante quanto ela mesma. Os comentários pipocavam e havia alguns bons. *Agora o Pé Grande vai voltar ao seu hábitat natural!* E: *Já vai tarde, Sasquatch!* Mas Mae ficou tão entretida com aquilo que saiu à procura de Francis e, quando os dois afinal se encontraram, já tinha lido o recado transcrito e postado em meia dúzia de subsites; um espectador em Missoula já havia lido aquilo com uma peruca empoada na cabeça, com caricaturas de música patriótica ao fundo. Aquele vídeo tivera três milhões de acessos. Mae riu, enquanto assistia duas vezes, mas sentiu pena de Mercer. Ele era teimoso, porém não era burro. Não era um caso perdido. Ainda podia ser convencido.

No dia seguinte, Annie deixou mais um bilhete em papel e, de novo, as duas combinaram de se encontrar no banheiro, em suas cabines contíguas. Mae torcia para que, depois da segunda rodada de revelações importantes, Annie tivesse descoberto um modo de contextualizar aquilo tudo. Mae viu a ponta do sapato de Annie na cabine vizinha. Desligou o áudio.

A voz de Annie estava rouca.

“Você já soube das novas coisas horríveis, não é?”

"Ouvi falar alguma coisa. Você andou chorando? Annie..."

"Mae, acho que não vou conseguir segurar essa barra. Veja, uma coisa é saber dos ancestrais em tempos muito antigos. Mas havia uma parte de mim que ficou pensando, sabe, tudo bem, minha gente veio para a América do Norte, começou uma vida nova, deixou tudo aquilo para trás. Mas, merda, Mae, saber que eles foram donos de escravos aqui *também*? Quero dizer, isso é uma estupidez do cacete. De que tipo de gente eu descendo, afinal? Tem de haver alguma doença dentro de mim também."

"Annie, você não pode pensar assim."

"É claro que posso. Não consigo pensar em mais nada..."

"Tá legal. Muito bem. Mas primeiro se acalme. E em segundo lugar, você não pode tomar isso como algo pessoal. Tem de separar sua pessoa disso. Tem de ver a questão de maneira um pouco mais abstrata."

"E ainda por cima tenho recebido umas mensagens de ódio malucas. Recebi seis mensagens esta manhã me chamando de Annie Escravocrata. Metade das pessoas de cor que contratei ao longo dos anos agora anda desconfiada de mim. Como se eu fosse uma dona de escravos intergeracionais geneticamente puros! Agora não consigo mais encarar o fato de Vickie trabalhar para mim. Vou dispensá-la amanhã."

"Annie, você não percebe como tudo isso parece loucura? Quero dizer, além de tudo, você tem mesmo certeza de que seus antepassados *aqui* tinham escravos negros? Os escravos aqui não eram também irlandeses?"

Annie deu um suspiro profundo.

"Não. Não. Minha gente passou de donos de irlandeses para donos de africanos. Você viu também que eles lutaram do lado dos Confederados na Guerra Civil?"

"Vi, sim, mas há milhões de pessoas cujos antepassados lutaram do lado dos sulistas. O país estava em guerra, meio a meio."

"Não a *minha* metade. Quero dizer, você sabe o caos que isso está desencadeando na minha família?"

"Mas eles nunca levaram a sério essa história de herança familiar, não é mesmo?"

"Não quando supunham que fôssemos de sangue azul, Mae! Não quando achavam que eram gente do navio *Mayflower*, com uma linhagem impecável! Agora eles estão levando isso muito a sério mesmo. Minha mãe não sai de casa há dois dias. Não quero nem imaginar o que vão descobrir agora."

O que descobriram a seguir, dois dias depois, foi muito pior. Mae não soube, com antecipação, do que se tratava precisamente, mas soube de fato que Annie tinha descoberto e que Annie tinha mandado um zing muito estranho para o mundo. Dizia assim: *Na verdade, não sei se devemos saber tudo*. Quando as duas se encontraram nas cabines do banheiro, Mae não conseguia acreditar que os dedos de Annie haviam de fato digitado aquela frase. O Círculo não podia deletar, é claro, mas alguém — Mae esperava que fosse Annie — tinha emendado a frase para *não devemos saber tudo, sem que o armazenamento adequado esteja pronto. Não queremos que se perca!*

"É claro que fui eu que mandei", disse Annie. "Pelo menos, a primeira."

Mae tinha alimentado a esperança de que havia sido alguma falha técnica terrível.

"Como pôde escrever aquilo?"

"É o que eu acredito, Mae. Você não tem a menor ideia."

"Eu *sei* que não tenho. Mas que ideia você tem? Sabe em que tipo de merda está metida? Como é que logo uma pessoa feito você pode abraçar uma ideia como essa? Você é a garota-propaganda do acesso aberto ao passado e agora vem dizer que... Afinal, o que você está dizendo mesmo?"

"Ah, cacete, sei lá. Só sei que para mim chega. Tenho de acabar com isso."

"Acabar com o quê?"

"O PastPerfect. E tudo o que for parecido."

"Você sabe que não pode."

"Estou planejando tentar."

"Você *já* deve estar enfiada até o pescoço em alguma merda bem grande."

"Estou mesmo. Mas os Sábios me devem este único favor. Não consigo mais segurar essa barra. Veja, eles já me, abre aspas, liberaram de algumas obrigações, fecha aspas. Seja lá o que for isso. Não me importa. Mas se eles não acabarem com esse negócio, vou entrar numa espécie de coma. Já sinto que mal consigo me aguentar de pé ou respirar."

Ficaram ambas em silêncio por um momento. Mae se perguntou se não devia ir embora. Annie estava perdendo o controle sobre algo muito central em si mesma; sentia-se volátil, capaz de ações temerárias e irrevogáveis. Falar com ela, por si só, já representava um risco.

Então ouviu Annie arquejar.

"Annie, respire."

"Acabei de dizer para você que não consigo. Faz dois dias que não durmo."

"Mas o que foi que aconteceu?", perguntou Mae.

"Ah, cacete, tudo. Nada. Eles descobriram umas coisas sinistras com meus pais. Quero dizer, uma porção de coisas sinistras."

"E quando vai ser divulgado?"

"Amanhã."

"Muito bem. Talvez não seja tão ruim quanto você está pensando."

"É muito pior do que você é capaz de imaginar."

"Conte. Aposto que é uma coisa boa."

"Não é uma coisa *boa*, Mae. Pode ser qualquer coisa, menos *bom*. A primeira coisa é que descobri que meu pai e minha mãe tiveram uma espécie de casamento aberto ou sei lá o quê. Eu nem perguntei nada para eles. Mas existem fotografias e vídeos dos dois com todo tipo de gente, quero dizer, uma coisa assim, feito adultérios em série de ambas as partes. Isso é *bom*?"

"Como você sabe que foi mesmo algum caso que tiveram? Quero dizer, eles podiam estar só andando ao lado de alguém, não é? E foi na década de 80, não é isso?"

"Mais para a década de 90, na verdade. E, acredite em mim, é definitivo."

"Como fotos sexuais?"

"Não. Mas fotos picantes. Quero dizer, tem uma fotografia do meu pai com a mão em volta da cintura de uma mulher e a outra mão nos peitos dela. Sabe, coisas escrotas. Outras fotos com mamãe e um cara barbado, uma série de fotos de nus. Parece que o cara morreu, tinha esse monte de fotos, elas foram compradas num bazar de garagem, foram escaneadas e armazenadas na nuvem. Então, quando fizeram o reconhecimento facial global, pronto, mamãe estava nua com um motoqueiro. Quero dizer, os dois às vezes nus, como se estivessem fazendo poses de publicidade."

"Lamento."

"E quem *tirou* as fotos? Há um terceiro cara no quarto? Quem *era* ele? Um vizinho solícito?"

"Você já perguntou a eles sobre isso?"

"Não. Mas essa é a melhor parte da história. Eu ia pedir esclarecimentos para eles, quando essa outra coisa estourou. É tão pior que já nem me importo mais com os casos deles. Quero dizer, as fotos não eram nada comparadas com o vídeo que encontraram."

"O que tem o vídeo?"

"Tá legal. Foi uma das raras vezes em que os dois estavam

de fato juntos — pelo menos à noite. É um vídeo feito num píer. Havia uma câmera de segurança ali. Porque acho que armazenam mercadorias nos depósitos ali à beira do mar. Então tem uma fita de meus pais andando naquele píer à noite."

"Um vídeo de sexo?"

"Não, é muito pior. Ah, cacete, é tão ruim, Mae, é tão sórdido. Você sabia que meus pais fazem isso com certa frequência — tiram uma noite sozinhos para ficar bebendo? Já me contaram a respeito. Ficam de porre, embriagados, vão dançar, passam a noite toda fora. É no aniversário deles, todos os anos. Às vezes é na cidade, às vezes vão para outro lugar, tipo o México. É uma aventura de virar a noite, para se manterem jovens, manter a juventude de seu casamento, sei lá."

"Tá legal."

"Então eu sei que isso aconteceu no aniversário deles. Eu tinha *seis anos de idade*."

"E daí?"

"Seria bem diferente se eu não tivesse ainda nascido... Ah, merda. Muito bem. Não sei o que eles estavam fazendo antes, mas eles aparecem naquela câmera de vigilância por volta de uma hora da manhã. Estão bebendo uma garrafa de vinho e brincando com a ponta dos pés na água, tudo parece muito inocente e maçante, por um tempo. Mas então aparece um homem no quadro. É uma espécie de sem-teto, andando trôpego. E meus pais olham para ele, olham para ele vagando sem rumo e tal. Parece que papai diz alguma coisa para ela, os dois meio que riem e voltam ao seu vinho. Então nada acontece por um tempo e o tal sem-teto está fora do quadro. Aí, mais ou menos dez minutos depois, ele volta ao quadro e então cai do píer dentro da água."

Mae respira fundo, rápido. Ela sabia que aquilo tornava a situação ainda pior. "Seus pais viram o homem cair?"

Agora Annie estava soluçando. "Esse é o problema. Viram tudo. Aconteceu a mais ou menos um metro de onde eles estavam sentados. Na fita, a gente vê que eles levantam, se inclinam, gritam para a água. Dá para ver que estão perturbados. Dão uma olhada em volta para ver se há algum telefone ou algo assim."

"E havia?"

"Não sei. Não parece. Na verdade, eles nunca saem do quadro da câmera. Isso é que é horrível. Eles veem o cara cair na água e ficam ali parados. Não correm para pedir ajuda nem ligam para a polícia nem nada. Não pulam na água para salvar o cara. Após alguns minutos de alvoroço, eles se limitam a sentar de novo e minha mãe põe a cabeça no ombro do papai e os dois ficam parados por mais uns dez minutos, mais ou menos, e depois se levantam e vão embora."

"Talvez estivessem em choque."

"Mae, eles simplesmente se levantaram e foram embora. Nunca ligaram para o número de emergência nem nada. Não há nenhum registro disso. Nunca comunicaram nada. Mas o corpo foi encontrado no dia seguinte. O sujeito nem era um sem-teto. Talvez fosse um pouco mentalmente perturbado, mas morava com os pais e trabalhava numa delicatéssen, lavando pratos. Meus pais simplesmente ficaram olhando enquanto o homem se afogava."

Agora Annie estava sufocada nas próprias lágrimas.

"Já falou com eles sobre isso?"

"Não. Nem consigo falar com eles. Neste momento, sinto nojo deles."

"Mas ainda não foi divulgado?"

Annie viu que horas eram. "Será em breve. Menos de doze horas."

"E Bailey disse o quê?"

"Ele não pode fazer nada. Você o conhece."

"Talvez haja alguma coisa que eu possa fazer", disse Mae,

sem ter a menor ideia do que seria. Annie não deu o menor sinal de que acreditava que Mae era capaz de retardar ou deter a tempestade iminente.

"É tão horrível. Ah, merda", disse Annie, como se aquela ideia tivesse acabado de vir a seu pensamento. "Agora eu não tenho pais."

Quando seu tempo expirou, Annie voltou ao escritório onde, disse ela, planejava ficar deitada indefinidamente, e Mae voltou para seu antigo posto de trabalho. Ela precisava pensar. Ficou parada, de pé, na porta, no lugar onde tinha visto Kalden olhando para ela, e de lá observou os novatos de Experiência do Cliente, obtendo consolo com seu trabalho honesto, suas cabeças que faziam sim. Seus murmúrios de aprovação e desaprovação davam a Mae uma sensação de ordem e justiça. Um membro ocasional do Círculo ergueu os olhos para sorrir para ela, para acenar discretamente para a câmera e para a plateia de Mae, antes de voltar para o trabalho à sua espera. Mae sentiu uma onda de orgulho deles, do Círculo, por atrair almas puras como aquelas. Eles estavam abertos. Eram sinceros. Não escondiam, não disfarçavam, não ofuscavam.

Havia um novato perto dela, um homem de não mais de vinte e dois anos, comum, cabelo desarvorado, que se erguia da cabeça feito fumaça, trabalhando com tamanha concentração que nem havia percebido que Mae estava parada logo atrás. Seus dedos digitavam ferozmente, com fluidez, quase em silêncio, como se respondesse simultaneamente as dúvidas dos clientes e os questionários das pesquisas. "Não, não, sorriso, cara feia", dizia ele, fazendo que sim com a cabeça, num ritmo rápido e sem esforço. "Sim, sim, não, Cancun, mergulho em águas profundas, resort de alto nível, fim de semana prolongado, janeiro, janeiro, três, dois, sorriso, sim, Prada, Converse, não, cara feia, cara feia, sorriso, Paris."

Ao observá-lo, a solução para o problema de Annie parecia óbvia. Ela precisava de apoio. Annie precisava saber que não estava sozinha. E então tudo se encaixou. É claro que a solução estava embutida no próprio Círculo. Havia milhões de pessoas que, sem dúvida, dariam apoio a Annie e mostrariam seu apoio numa variedade imensa de maneiras, as mais inesperadas e sinceras. Sofrer é apenas sofrer, se sofre em silêncio, na solidão. A dor experimentada em público, à vista de milhões amorosos, já não era mais dor. Era comunhão.

Mae saiu da porta e seguiu rumo ao terraço. Tinha uma obrigação a cumprir ali, não só com Annie, sua amiga, mas com seus espectadores. E ser testemunha da honestidade e da abertura dos novatos, daquele jovem de cabelo desarvorado, fez Mae sentir-se hipócrita. Enquanto subia a escada, avaliou suas opções e a si mesma. Momentos atrás, tinha se obscurecido de propósito. Tinha sido o contrário de aberta, o contrário de honesta. Tinha ocultado o áudio para o mundo, para os milhões que supunham que ela era sempre franca, sempre transparente.

Lançou o olhar sobre o campus. Seus espectadores se perguntavam o que ela estaria olhando, por que aquele silêncio.

"Quero que todos vocês vejam o que estou vendo", disse ela.

Annie queria esconder-se, sofrer sozinha, resguardar-se. E Mae queria fazer honra àquilo, ser leal. Mas a lealdade para *uma* pessoa podia valer mais do que a lealdade para *milhões*? Não era esse tipo de pensamento, em favor do ganho pessoal e temporário, que tornava possíveis todos os horrores históricos? De novo a solução parecia estar à sua frente, à sua volta. Mae precisava ajudar Annie e repurificar seu próprio exercício da transparência, e as duas coisas podiam ser feitas com uma ação corajosa. Mae viu que horas eram. Tinha duas horas até sua apresentação do

SoulSearch. Subiu ao terraço, organizando os pensamentos na forma de uma declaração lúcida. Pouco depois seguiu rumo ao banheiro, à cena do crime, por assim dizer, e na hora em que chegou lá e se viu no espelho, soube o que tinha de dizer. Respirou fundo.

"Alô, espectadores. Tenho uma declaração a fazer, e é algo penoso. Mas creio que é o certo a fazer. Uma hora atrás, como muitos de vocês sabem, entrei neste banheiro, ostensivamente sob o pretexto de fazer minhas necessidades na segunda cabine que vocês estão vendo ali adiante." Virou-se para a fila de cabines de privadas. "Mas quando entrei, sentei e, com o áudio desligado, tive uma conversa em caráter privado com minha amiga Annie Allerton."

Já havia centenas de mensagens disparando em seu pulso, a mais favorável até então já lhe dava o perdão antecipado: *Mae, conversa no banheiro é permitido! Não se preocupe. Acreditamos em você.*

"Para os que me mandam palavras de apoio, quero agradecer", disse Mae. "Porém, mais importante do que minha própria confissão é aquilo que eu e Annie conversamos. Vejam, muitos de vocês sabem que Annie está participando de uma experiência aqui, um programa para rastrear os ancestrais de uma pessoa até o passado mais remoto que a tecnologia permite alcançar. E ela descobriu algumas coisas lamentáveis nos profundos recessos da história dela. Alguns de seus antepassados cometeram delitos graves e ela ficou arrasada com tudo isso. Pior, amanhã outro episódio infeliz será revelado, esse é algo mais recente e talvez mais doloroso."

Mae lançou um olhar para seu bracelete, vendo que os espectadores ativos tinham quase dobrado no último minuto, para 3 202 984. Ela sabia que muita gente, enquanto trabalhava, mantinha aberto em seus monitores o feed de sua câmera, mas raras vezes assistiam ativamente. Agora estava claro que sua declaração iminente havia atraído a atenção de milhões. E, pensou Mae, Annie precisava da compaixão daqueles milhões para amortecer a queda do dia seguinte. Annie merecia aquilo.

"Portanto, meus amigos, acho que precisamos canalizar o poder do Círculo. Precisamos canalizar a compaixão que existe, a compaixão de todas as pessoas que já conhecem e amam a Annie ou que possam simpatizar com ela. Espero que todos vocês possam lhe mandar seus bons votos, suas próprias histórias de descobertas de coisas sombrias no passado da família e assim fazer a Annie se sentir menos sozinha. Digam a ela que estão do seu lado. Digam a ela que gostam dela assim mesmo e que os crimes de antepassados distantes não a afetam em nada, não mudam a maneira como pensam a respeito dela."

Mae terminou fornecendo o endereço de e-mail de Annie, do feed do Zing e de sua página de perfil. A reação foi imediata. Os seguidores de Annie aumentaram de 88 198 para 243 087 e, à medida que a declaração de Mae ia sendo retransmitida, provavelmente passariam de um milhão no fim daquele dia. Choviam mensagens, a mais popular era uma que dizia: *O passado é passado e Annie é Annie*. Não fazia muito sentido, mas Mae gostou do sentimento. Outra mensagem que estava ganhando impulso era: *Não quero estragar a festa de todo mundo, mas acho que existe maldade no DNA e acho o caso de Annie preocupante. Annie tem de tentar com esforço redobrado provar para alguém como eu, um afro-americano cujos antepassados foram escravizados, que ela está no caminho da justiça.*

Esse comentário recebeu 98 201 sorrisos e quase o mesmo número de caras feias, 80 198. Mas, acima de tudo, quando Mae percorria as mensagens, havia amor — como sempre acontecia, quando apelavam aos sentimentos das pessoas —, e havia compreensão, e havia o desejo de deixar o passado ser o passado.

Ao mesmo tempo que acompanhava a reação, Mae olhava para o relógio, ciente de que estava a apenas uma hora de sua apresentação, sua primeira apresentação no Salão Principal do Iluminismo. No entanto sentia-se preparada, com a questão de Annie lhe dando mais força, fazendo Mae sentir, mais que nunca, que tinha legiões atrás de si. Mae também sabia que a tecnologia em si e a comunidade do Círculo determinariam o sucesso da demonstração. Enquanto se preparava, olhava para seu bracelete em busca de algum sinal de Annie. Mae esperava alguma reação, àquela altura, com certeza algo como gratidão, uma vez que Annie, sem a menor dúvida, estava inundada, soterrada por uma avalanche de benevolência.

Mas não havia nada.

Ela mandou uma série de zings para Annie, porém não teve nenhuma resposta. Verificou qual o paradeiro de Annie e encontrou-a, um ponto vermelho, pulsante, em seu escritório. Mae pensou por um momento em visitá-la — mas decidiu não ir. Tinha de se concentrar e talvez fosse melhor deixar Annie assimilar tudo aquilo sozinha. Sem dúvida, à tarde, ela teria absorvido e sintetizado o afeto de milhões que a apoiavam e estaria pronta para agradecer Mae de maneira adequada, dizer para ela, agora sob uma nova perspectiva, que ela estava em condições de pôr os crimes de seus parentes em seu contexto e poderia seguir em frente, rumo ao futuro resolvível, e não para trás, rumo ao caos de um passado irremediável.

“Hoje você fez uma coisa muito corajosa”, disse Bailey. “Foi corajoso e correto.”

Estavam nos bastidores do palco do Salão Principal. Mae estava de saia preta e blusa de seda vermelha, as duas novas. Uma estilista orbitava em redor dela, punha um pó no nariz e na testa de Mae, vaselina nos lábios. Ela estava a poucos minutos de sua primeira grande apresentação.

"Normalmente eu ia querer falar, em primeiro lugar, sobre o motivo por que você preferiu se obscurecer", disse ele, "mas sua honestidade foi verdadeira e sei que você já aprendeu todas as lições que eu poderia lhe ensinar. Estamos muito felizes de ter você aqui entre nós, Mae."

"Obrigado, Eamon."

"Está pronta?"

"Acho que sim."

"Muito bem, vá lá e nos encha de orgulho."

Quando entrou no palco, sob o foco de luz do refletor, Mae sentiu-se confiante de que ia conseguir. Antes que pudesse chegar ao pódio de acrílico, porém, o aplauso foi repentino, trovejante, e quase a fez cair. Mae seguiu para o local indicado, mas o trovão apenas aumentou. A plateia ficou de pé, primeiro nas fileiras da frente, depois todo mundo. Mae teve de fazer um enorme esforço para acalmar aquele barulho e ter condições de falar.

"Alô, pessoal. Sou Mae Holland", disse ela, e os aplausos recomeçaram. Ela teve de rir e, quando riu, o auditório fez mais barulho ainda. O amor dava a sensação de algo real e avassalador. Abrir-se é tudo, pensou ela. A verdade era sua própria recompensa. Essa frase daria um bom ladrilho, pensou ela, e imaginou-a representada numa pedra talhada a laser. Aquilo era bom demais, pensou Mae, aquilo tudo. Mae olhou para os membros do Círculo, deixou que aplaudissem, sentiu uma força nova se levantar dentro dela. Era uma força condensada por meio da entrega. Ela dava a todos eles, dava a eles a verdade sem atenuantes, a transparência completa, e eles lhe davam sua confiança, sua torrente de amor.

"Muito bem, muito bem", disse ela, afinal, erguendo as mãos, pedindo à plateia que sentasse. "Hoje vamos demonstrar a ferramenta de busca suprema. Já ouviram falar do SoulSearch, talvez um boato aqui e ali, e agora vamos pôr isso em teste, diante de toda a plateia do Círculo, aqui e globalmente. Estão prontos?"

A multidão respondeu com gritos de alegria.

"O que vocês estão prestes a ver é totalmente espontâneo e sem ensaios. Nem eu mesma sei quem vamos procurar hoje. A pessoa será escolhida de forma aleatória a partir de um banco de dados de conhecidos fugitivos do mundo inteiro."

No telão, um globo digital gigante girou.

"Como sabem, boa parte do que fazemos aqui no Círculo usa as redes sociais para criar um mundo mais seguro e mais sadio. Isso já foi alcançado de inúmeras maneiras, é claro. Nosso programa WeaponSensor, por exemplo, que veio à luz recentemente, e que registra a entrada de qualquer arma em qualquer prédio, disparando um alarme que alerta todas as residências e a polícia local, foi testado numa versão beta cinco semanas atrás e houve uma queda de cinquenta e sete por cento em crimes cometidos com armas. Nada mau, não é?"

Mae fez uma pausa para os aplausos, sentindo-se muito à vontade e sabendo que o que estava prestes a apresentar iria mudar o mundo, de forma imediata e permanente.

Mae respirou fundo.

"Mas um dos aspectos mais estranhos de nosso mundo é como os fugitivos da justiça conseguem se manter escondidos num planeta tão interconectado como o nosso. Levamos dez anos para encontrar Osama bin Laden. D. B. Cooper, o famigerado ladrão que saltou de um avião com uma mala cheia de dinheiro, permanece desaparecido, décadas depois de sua fuga. Mas esse tipo de coisa deve terminar agora. E eu acredito que vai mudar agora."

Atrás dela apareceu uma silhueta. Era uma forma humana,

o torso e a cabeça, com as familiares linhas de medição de altura que se veem, ao fundo, nas fotografias de identificação da polícia.

"Em segundos, o computador vai selecionar aleatoriamente um fugitivo da justiça. Não sei quem será. Ninguém sabe. Porém, quem quer que seja, trata-se de uma ameaça comprovada a nossa comunidade global e afirmamos que, seja ele quem for, o SoulSearch irá localizá-lo em apenas vinte minutos. Prontos?"

Murmúrios tomaram o auditório, seguidos por aplausos dispersos.

"Muito bem", disse Mae. "Vamos escolher esse fugitivo."

Pixel a pixel, a silhueta lentamente se tornou uma pessoa específica e real e, quando a seleção terminou, havia surgido um rosto e Mae ficou chocada ao se dar conta de que era uma mulher. Um rosto de aspecto duro, de olhos contraídos diante de uma câmera fotográfica da polícia. Algo naquela mulher, seus olhos pequenos e sua boca reta, fez lembrar a fotografia de Dorothea Lange — aquelas caras marcadas de sol do Dust Bowl, as tempestades de areia que varreram boa parte dos Estados Unidos na década de 1930. Mas quando os dados do perfil apareceram embaixo da fotografia, Mae se deu conta de que a mulher era inglesa e estava bem viva. Ela examinou rapidamente as informações na tela e concentrou a plateia no essencial.

"Muito bem. Esta é Fiona Highbridge. Quarenta e quatro anos. Nascida em Manchester, Inglaterra. Foi condenada por triplo homicídio em 2002. Trancou os três filhos num armário e partiu para a Espanha, onde ficou um mês. Todos morreram de fome. Todos tinham menos de cinco anos. Ela foi para a prisão na Inglaterra, mas fugiu, com a ajuda de um guarda, a quem aparentemente seduziu. Faz uma década desde a última vez que foi vista e a polícia praticamente desistiu de encontrá-la. Mas creio que podemos fazer isso, agora que temos as ferramentas e a participação do Círculo."

"Ótimo", disse Stenton no ouvido de Mae. "Agora vamos nos concentrar no Reino Unido."

"Como todos vocês sabem, ontem alertamos os três bilhões de usuários do Círculo que hoje faríamos um anúncio que vai mudar o mundo. Portanto, neste momento, temos essa quantidade de pessoas assistindo ao vivo esta transmissão." Mae voltou-se para o telão e observou o contador de espectadores assinalar 1 109 001 887. "Muito bem, mais de um bilhão de pessoas estão assistindo. E agora vamos ver quantos espectadores temos no Reino Unido." Um segundo o contador disparou e estacionou em 14 028 981. "Muito bem. A informação que temos diz que o passaporte dela foi revogado anos atrás, portanto Fiona provavelmente continua no Reino Unido. Todos vocês acham que catorze milhões de britânicos e um bilhão de participantes em nível global são capazes de encontrar Fiona em vinte minutos?"

A plateia urrou, mas Mae, na verdade, não sabia se ia dar certo. De fato, ela não ficaria surpresa se não desse certo, ou se levasse trinta minutos, uma hora. Mas então, mais uma vez, havia sempre algo inesperado, algo milagroso nos resultados, quando os plenos poderes dos usuários do Círculo eram aplicados. Mae tinha certeza de que estaria resolvido no final do horário de almoço.

"Muito bem, todos prontos? Vamos mostrar o relógio." Um gigantesco relógio de seis dígitos apareceu no canto do telão, indicando horas, minutos e segundos.

"Vou mostrar para vocês alguns grupos que temos trabalhando juntos nisso. Vamos ver a Universidade de East Anglia." Apareceu uma imagem mostrando muitas centenas de estudantes, num grande auditório. Eles aplaudiram. "Vamos ver a cidade de Leeds." Agora uma tomada de uma praça pública cheia de gente, pessoas agasalhadas no que parecia ser um dia de muito frio e até tempestuoso. "Temos dúzias de grupos em todo o país trabalhando em conjunto, além do poder da rede como um todo. Estão todos prontos?" A multidão de Manchester ergueu as mãos e gritou de contentamento e os estudantes de East Anglia também.

"Ótimo", disse Mae. "Agora, todos em suas posições, preparem-se. Já."

Mae baixou a mão, perto da foto de Fiona Highbridge, uma série de colunas mostrava o feed de comentários, o mais bem cotado aparecia no topo. Até aquele momento, o mais popular era de um homem chamado Simon Hensley, de Brighton: *Temos certeza de que queremos encontrar essa bruxa? Mais parece o Espantalho do* Mágico de Oz.

Houve risos pelo auditório.

"Muito bem. Está na hora da coisa ficar séria", disse Mae.

Outra coluna mostrava fotos dos próprios usuários, postadas em ordem de relevância. Em três minutos, havia duzentas e uma fotos postadas, a maioria corolários próximos ao rosto de Fiona Highbridge. Na tela, os votos eram computados, indicando quais fotografias tinham mais probabilidade de ser a dela. Em quatro minutos a questão se resumia a cinco candidatas principais. Uma estava em Bend, Oregon. Outra estava em Banff, Canadá. Outra em Glasgow. Então aconteceu uma coisa mágica, algo que só era possível quando o Círculo inteiro trabalhava direcionado para um único objetivo: duas das fotos, a multidão se deu conta, foram tiradas na mesma cidade: Carmathen, no País de Gales. Ambas pareciam ser da mesma mulher e ambas se pareciam exatamente com Fiona Highbridge.

Noventa segundos depois, alguém identificou aquela mulher. Era conhecida como Fatima Hilensky, que a multidão elegeu como uma candidata promissora. Será que alguém com a intenção de desaparecer mudaria seu nome completamente ou se sentiria mais seguro com as mesmas iniciais, com um nome como aquele — diferente o bastante para afastar quaisquer perseguidores eventuais, mas permitindo que a pessoa usasse uma ligeira variação de sua antiga assinatura?

Setenta e nove espectadores moravam em Carmathen e três deles postaram mensagens declarando que viam a mulher mais ou menos diariamente. Aquilo era bastante promissor, mas então, num comentário que logo acendeu no topo da lista, com centenas de milhares de votos, uma mulher, Gretchen Karapcek, postando de seu celular, disse que trabalhava com a mulher da fotografia numa lavanderia perto de Swansea. A multidão pediu com insistência para Gretchen localizar a mulher naquele mesmo instante e tirar uma foto ou fazer um vídeo dela. Imediatamente Gretchen ligou a função vídeo de seu celular e — embora ainda houvesse milhões de pessoas investigando outras pistas — a maioria dos espectadores estava convencida de que Gretchen tinha achado a pessoa certa. Mae e a maioria dos espectadores ficaram paralisados, vendo a câmera de Gretchen embrenhar-se entre máquinas enormes que jorravam vapor, colegas de trabalho que olhavam curiosos para ela, enquanto passava depressa com sua câmera no meio daquela área cavernosa, cada vez mais perto de uma mulher que se via ao longe, magra e curvada, enfiando um lençol entre dois cilindros pesados.

Mae verificou o cronômetro. Seis minutos e trinta e três segundos. Ela não tinha dúvida de que aquela era Fiona Highbridge. Havia algo no formato da cabeça, algo em seus gestos, e agora, quando ela ergueu os olhos e avistou a câmera de Gretchen se movendo em sua direção, uma nítida compreensão de que algo muito grave estava acontecendo. Não foi um olhar de pura surpresa ou perplexidade. Foi o olhar de um animal apanhado quando fuçava o lixo. Um olhar feroz de culpa e de confissão.

Por um segundo, Mae prendeu a respiração e pareceu que a mulher ia se entregar, ia falar para a câmera, admitir seus crimes e reconhecer que tinha sido descoberta.

Em vez disso, ela correu.

Por um longo momento, a mulher que segurava a câmera ficou parada, e sua câmera mostrava apenas Fiona Highbridge — pois agora não havia dúvida de que era ela — enquanto fugia velozmente através do salão e subia a escada.

"Vá atrás dela!", berrou Mae, afinal, e Gretchen Karapcek e sua câmera começaram a persegui-la. Por um momento, Mae ficou preocupada, achando que seria um esforço inútil, um fugitivo encontrado, mas em seguida rapidamente perdido, por culpa de um colega de trabalho desastrado. A câmera sacudia loucamente enquanto ela subia os degraus da escada de concreto e seguia por um corredor de blocos de concreto, e por fim se aproximou de uma porta, o céu branco visível através de uma pequena janela quadrada.

E quando a porta abriu de supetão, Mae viu, com grande alívio, que Fiona Highbridge estava encurralada contra uma parede, cercada por uma dúzia de pessoas, em sua maioria segurando seus celulares voltados para ela, apontando para ela com os celulares. Não havia nenhuma possibilidade de fugir. O rosto da mulher estava transtornado, ao mesmo tempo aterrorizado e desafiador. Parecia procurar lacunas naquele bando de gente, algum buraco por onde ela pudesse se esgueirar. "Pegamos você, assassina de crianças", disse alguém na multidão, e Fiona Highbridge desabou, deslizou para o chão e cobriu o rosto.

Em segundos, a maior parte dos vídeos da multidão estava disponível no telão do Salão Principal e a plateia pôde ver um mosaico de Fiona Highbridge, seu rosto frio e duro de dez ângulos diferentes, todos confirmando sua culpa.

"Linchem!", gritou alguém do lado de fora da lavanderia.

"Ela deve ficar a salvo", sussurrou Stenton no fone de ouvido de Mae.

"Mantenham a integridade dela", Mae pediu à multidão. "Alguém chamou a polícia?"

Em poucos segundos, podiam-se ouvir sirenes e, quando Mae viu os dois carros entrarem rapidamente no estacionamento, verificou o relógio outra vez. Quando os quatro policiais alcançaram Fiona Highbridge e puseram algemas em seus pulsos, o relógio no telão do Salão Principal indicava dez minutos e vinte e seis segundos.

"Acho que está resolvido", disse Mae, e parou o relógio.

A plateia explodiu em gritos de viva e os participantes que haviam cercado Fiona Highbridge foram congratulados mundo afora, segundos depois.

"Vamos cortar o feed de vídeo", disse Stenton para Mae, "a fim de preservar certa dignidade."

Mae repetiu a diretriz aos técnicos. Os feeds que mostravam Highbridge cessaram e o telão ficou preto outra vez.

"Bem", disse Mae para a plateia. "Na verdade, foi muito mais fácil do que pensei. E só precisamos usar algumas poucas ferramentas daquelas hoje disponíveis no mundo."

"Vamos fazer de novo!", gritou alguém.

Mae sorriu. "Bem, nós *poderíamos*", disse ela e olhou para Bailey, parado nos bastidores. Ele deu de ombros.

"Talvez não com outro fugitivo", disse Stenton no fone de ouvido de Mae. "Vamos tentar com um cidadão comum."

Um sorriso dominou o rosto de Mae.

"Muito bem, pessoal", disse ela, enquanto localizava rapidamente uma fotografia em seu tablet e a transferia para o telão às suas costas. Era um instantâneo de Mercer, uma foto tirada três anos antes, pouco depois que os dois pararam de namorar, quando ainda estavam muito ligados, os dois parados na entrada de uma trilha à beira do mar, que eles estavam prestes a percorrer.

Até aquele momento, ela não havia pensado nenhuma vez

em usar o Círculo para localizar Mercer, mas agora parecia fazer todo sentido. O que poderia haver de melhor do que provar para ele o alcance e o poder da rede e das pessoas na rede? Seu ceticismo iria ceder.

"Muito bem", disse Mae para a plateia. "Nosso segundo alvo hoje não é um fugitivo da justiça, mas podemos dizer que é, bem, um fugitivo da amizade."

Ela sorriu, em resposta positiva ao riso da plateia.

"Este é Mercer Medeiros. Não o vejo faz alguns meses e adoraria vê-lo outra vez. Porém, como Fiona Highbridge, ele é uma pessoa que tenta não ser encontrada. Portanto, vamos ver se conseguimos repetir o êxito anterior. Todos prontos? Vamos dar partida no relógio." E o relógio começou a correr.

Em noventa segundos, havia centenas de postagens de pessoas que o conheciam — da escola fundamental, do ensino médio, da faculdade, do trabalho. Havia até algumas fotografias que mostravam Mae, o que despertou o interesse de todos os envolvidos. Então, porém, para grande horror dela, ocorreu uma lacuna tediosa de quatro minutos e meio, durante a qual ninguém ofereceu nenhuma informação de valor sobre seu paradeiro atual. Uma ex-namorada disse que ela também gostaria de saber onde ele andava, pois ele tinha ficado com o equipamento de mergulho dela. Aquela foi a mensagem mais relevante durante certo tempo, mas então veio um zing de Jasper, no Oregon, que foi imediatamente alçado ao topo da lista de mais votados.

Vi esse cara aqui no nosso mercado. Deixe-me verificar.

E o autor do post, Adam Frankenthaler, entrou em contato com os vizinhos e rapidamente houve uma concordância de que todos tinham visto Mercer — na loja de bebidas, no mercado, na biblioteca. Mas então veio outra pausa aflitiva, quase dois minutos, durante a qual ninguém se mostrou capaz de determinar onde ele morava. O relógio indicava 7h31.

"Muito bem", disse Mae. "É nesse ponto que as ferramentas mais poderosas entram em ação. Vamos verificar os sites de agências imobiliárias e procurar no histórico dos aluguéis. Vamos verificar os registros de uso dos cartões de crédito, do telefone, dos membros de bibliotecas, tudo aquilo em que é preciso registrar-se. Ah, esperem." Mae ergueu os olhos para ver que dois endereços tinham sido encontrados, ambos na mesma minúscula cidadezinha do Oregon. "Vocês sabem como obtivemos isso?", perguntou ela, mas aquilo parecia não ter mais nenhuma importância. Agora as coisas estavam mudando muito depressa.

Nos minutos seguintes, carros convergiram para os dois endereços, os passageiros filmavam sua chegada. Um endereço ficava em cima de uma revenda de produtos homeopáticos, na cidade, grandes sequoias se erguiam muito altas, na frente. Uma câmera mostrou uma mão batendo na porta e depois a lente espiou através da janela. De início, não veio nenhuma resposta, mas afinal a porta abriu e a câmera baixou para captar um menino miúdo, de uns cinco anos, que olhava para a multidão na porta de sua casa, com ar aterrorizado.

"Mercer Medeiros está em casa?", perguntou uma voz.

O garoto virou, desapareceu dentro da casa escura: "Pai!".

Por um momento, Mae entrou em pânico, achando que o menino era filho de Mercer — aquilo tudo tinha acontecido rápido demais para ela fazer as contas da maneira adequada. Será que ele já tinha um filho? Não, ela se deu conta, aquele menino não podia ser o filho biológico de Mercer. Será que ele tinha ido morar com uma mulher que já tinha um filho?

Mas quando a sombra de um homem surgiu na luz da porta, não era Mercer. Era um homem de cavanhaque de uns quarenta anos, mais ou menos, de camisa de flanela e calça de ginástica. Tiro na água. Tinham passado mais de oito minutos.

O segundo endereço foi descoberto. Ficava na mata, no alto

de uma ladeira na montanha. O principal feed de vídeo atrás de Mae passou para aquela paisagem, enquanto um carro subia correndo uma estrada sinuosa, até parar diante de um grande chalé cinzento.

Dessa vez a operação da câmera era mais profissional e limpa. Alguém filmou um participante, uma mulher jovem e sorridente, batendo na porta, suas sobrancelhas dançavam para cima e para baixo com ar de maldade.

"Mercer?", perguntou ela na porta. "Mercer, você está em casa?" A familiaridade em sua voz pareceu enervante para Mae, por um momento. "Você está em casa fazendo castiçais?"

Mae sentiu um aperto no estômago. Tinha a sensação de que Mercer não ia gostar daquela pergunta, de seu tom desdenhoso. Ela queria que o rosto dele aparecesse o mais depressa possível, para que ela pudesse falar com ele diretamente. Mas ninguém atendeu a porta.

"Mercer!", disse a jovem. "Sei que está aí dentro. Vimos seu carro." A câmera voltou-se para a entrada da garagem, onde Mae viu, com emoção, que era de fato a pick-up de Mercer. Quando a câmera virou de novo, revelou um grupo de dez ou doze pessoas, em sua maioria com aspecto de gente do local, com bonés de beisebol e pelo menos um em roupas de camuflagem. Quando a câmera voltou para a porta da frente, a multidão tinha começado a gritar: "Mercer! Mercer! Mercer!".

Mae olhou para o relógio. Nove minutos e vinte e quatro segundos. Eles iam bater o recorde Fiona Highbridge em pelo menos um minuto. Mas primeiro ele tinha de abrir a porta.

"Vamos dar a volta", disse a jovem, e então o feed seguiu uma segunda câmera que espiou em torno da varanda e através das janelas laterais. Lá dentro, não se via ninguém. Havia varas de pesca, uma pilha de chifres, livros e pilhas de papel junto de poltronas empoeiradas e cadeiras. Acima da lareira, Mae teve certeza de ver uma fotografia que ela reconheceu, de Mercer com os irmãos e os pais, numa viagem que tinham feito para Yosemite. Mae lembrava-se da foto e tinha certeza das figuras na imagem, porque sempre lhe havia parecido estranho e maravilhoso o fato de Mercer, que tinha dezesseis anos na ocasião, estar com a cabeça inclinada sobre o ombro da mãe, numa expressão espontânea de amor filial.

"Mercer! Mercer! Mercer!", as vozes gritavam ritmadas.

Mas era muito possível, Mae se deu conta, de que ele estivesse caminhando ou, como um homem das cavernas, tivesse ido pegar lenha e só fosse voltar dali a algumas horas. Ela já estava pronta para se virar para a plateia, declarar que a busca tinha sido um sucesso e interromper a demonstração — afinal, tinham localizado Mercer, não havia a menor dúvida —, quando ouviu uma voz esganiçada.

"Lá está ele! Na entrada da garagem!"

E as duas câmeras começaram a se mover e sacudir quando correram da varanda para o Toyota. Havia uma figura entrando na caminhonete, e Mae viu que era Mercer, quando as câmeras se concentraram nele. Mas quando eles se aproximaram — e se aproximaram o suficiente para que Mae fosse ouvida —, ele já estava descendo de ré pela entrada da garagem.

Uma figura estava correndo ao lado da caminhonete, um jovem, que pôde ser visto prendendo algo à janela do lado do carona. Mercer deu ré para a estrada e partiu em velocidade. Houve um caos de correria e risadas, enquanto todos os participantes reunidos na casa de Mercer entraram em seus carros para segui-lo.

Uma mensagem de um dos perseguidores explicou que tinha posto uma câmera SeeChange na janela do carona e instantaneamente ela foi ativada e apareceu no telão uma imagem muito nítida de Mercer dirigindo a caminhonete.

Mae sabia que aquela câmera tinha áudio só num sentido e assim ela não podia falar com Mercer. Mas sabia que tinha de falar. Ele ainda não sabia que era Mae quem estava por trás de tudo aquilo. Precisava garantir a ele que não se tratava de alguma sinistra expedição de caça. Era sua amiga, Mae, simplesmente demonstrando o programa SoulSearch, e tudo que ela desejava era falar com ele por um segundo, para que os dois rissem juntos daquilo tudo.

Mas enquanto a mata passava em disparada pela janela da caminhonete, na forma de um borrão verde, marrom e branco, a boca de Mercer era um terrível talho de raiva e de medo. Mercer fazia curvas constantes com a caminhonete, de modo imprudente, e parecia estar subindo entre as montanhas. Mae se preocupava com a capacidade dos participantes de alcançá-lo, porém sabia que eles tinham a câmera SeeChange, que oferecia uma imagem tão nítida e cinematográfica que aquilo se tornava tremendamente empolgante. Ele parecia o herói dele, Steve McQueen, furioso, mas controlado, enquanto dirigia a caminhonete em alta velocidade. Por um momento, Mae teve a ideia de um espetáculo ao vivo que eles podiam criar, no qual as pessoas simplesmente transmitiam a própria imagem dirigindo por paisagens interessantes em alta velocidade. *Dirija, disse ela*. Podiam dar esse nome ao programa. O devaneio de Mae foi interrompido pela voz de Mercer, cheia de rancor: "Sacanas!", berrou. "Seus sacanas!"

Ele estava olhando para a câmera. Tinha achado a câmera. E então a imagem da câmera desceu. Ele estava baixando o vidro da janela. Mae se perguntou se a câmera iria permanecer presa, se seu adesivo iria superar a força do vidro automático da janela, mas a resposta chegou em segundos, quando a câmera foi arrancada da janela, sua lente girou loucamente enquanto ela caía e tombava, mostrando a mata e depois o asfalto, e depois, quando pousou na estrada, o céu.

O relógio indicava 11h51.

Durante alguns demorados minutos, não chegou nenhuma imagem de Mercer. Mae supôs que a qualquer momento um dos carros da perseguição o encontraria, mas as imagens que vinham dos quatro carros não mostravam nenhum sinal dele. Estavam todos em estradas diferentes e seu áudio deixou claro que eles não tinham a menor ideia de onde ele estava.

"Muito bem", disse Mae, ciente de que ela estava prestes a deixar pasma a plateia. "Soltem os drones!", gritou ela com uma voz que tinha a intenção de evocar e caricaturar algum vilão malévolo.

Levou um tempo agonizantemente longo — três minutos, mais ou menos —, mas logo todos os drones privados disponíveis na área, onze ao todo, tinham decolado, cada um operado por seu proprietário, e todos estavam na montanha onde, assim se supunha, Mercer dirigia sua caminhonete. O sistema GPS próprio de todos eles os impedia de se chocar e, em coordenação com a imagem fornecida pelo satélite, localizaram a caminhonete azul-clara em sessenta e sete segundos. O relógio indicava 15h04.

As imagens das câmeras dos drones foram então trazidas para o telão, oferecendo à plateia uma incrível grade de imagens, todos os drones bem distribuídos no espaço, proporcionando uma imagem caleidoscópica da caminhonete, que corria subindo a montanha no meio de espessos pinheiros. Alguns dos drones menores puderam baixar bastante e se aproximar, enquanto a maior parte deles, grandes demais para serpentear entre as árvores, seguiam do alto. Um dos drones menores, chamado ReconMan10, tinha baixado através da copa das árvores e parecia estar preso à janela do carona de Mercer. A imagem era firme e nítida. Mercer virou-se para ele, dando-se conta de sua presença e tenacidade, e uma expressão de horror inexorável transformou seu rosto. Mae nunca tinha visto Mercer com aquela expressão.

"Alguém pode me fornecer o áudio do drone chamado ReconMan10?", perguntou Mae. Ela sabia que a janela dele continuava aberta. Se ela falasse pelo alto-falante do drone, ele a ouviria, saberia que era ela. Mae recebeu o sinal de que o áudio estava ativo.

"Mercer. Sou eu, Mae! Pode ouvir?"

Houve um leve sinal de reconhecimento no rosto dele. Mercer piscou os olhos e olhou para o drone de novo, incrédulo.

"Mercer. Pare o carro. Sou eu, só. Mae." E então, quase rindo, ela disse. "Eu só queria dar um alô."

A plateia urrou.

Mae ficou animada com o riso do auditório e esperava que Mercer risse também e parasse a caminhonete, balançasse a cabeça, admirado com o poder maravilhoso das ferramentas de que Mae dispunha. O que ela queria que ele dissesse era: "Muito bem, você me apanhou. Eu me rendo. Você venceu".

Mas ele não estava sorrindo e não estava parando. Nem estava olhando para o drone. Era como se tivesse decidido tomar um caminho novo e estivesse trancado dentro dele.

"Mercer!", disse ela, com uma voz de autoridade caricata. "Mercer, pare o carro e se renda. Você está cercado." Então ela pensou numa coisa que a fez sorrir outra vez. "Você está cercado...", disse ela, baixando a voz, e então, num agudo cheio de alegria: "de amigos!" Como Mae sabia que aconteceria, uma gargalhada e uma saraivada de gritos de alegria trovejaram no auditório.

Mesmo assim ele não parou. Fazia minutos que não olhava para o drone. Mae verificou o relógio: dezenove minutos e cinquenta e sete segundos. Ela não conseguia decidir se tinha importância ou não o fato de ele parar o carro ou responder para as câmeras. Mercer tinha sido localizado, afinal, não tinha? Provavelmente eles tinham batido o recorde de Fiona Highbridge quando o viram correndo para sua caminhonete. Foi o momento em que comprovaram sua identidade corporal. Mae teve a rápida ideia de que deviam retirar os drones e desligar as câmeras, porque Mercer estava num estado de ânimo comum nele, em que não ia querer cooperar de jeito nenhum — e, de mais a mais, ela já havia provado o que queria provar.

Mas algo na incapacidade de Mercer de se render, de admitir a derrota, ou de pelo menos reconhecer o poder incrível da tecnologia que Mae tinha sob seu comando... ela sabia que não podia desistir, antes de receber algum sinal da submissão dele. No entanto o que seria? Ela mesma não sabia dizer, mas sabia que ia reconhecer, assim que o visse.

E então a paisagem que passava ao lado do carro se abriu. Não era mais uma mata densa e que passava depressa. Agora era tudo azul, além do topo de árvores e nuvens brancas e brilhantes.

Ela olhou para a imagem de outra câmera e viu a imagem que vinha de um drone que estava no alto. Mercer dirigia numa ponte, uma ponte estreita, que ligava uma montanha à outra, o vão se erguia centenas de metros acima de uma garganta.

"Podemos aumentar ao máximo o microfone?", perguntou ela.

Apareceu um ícone indicando que o volume tinha estado na metade e agora estava no máximo.

"Mercer!", disse ela, usando a voz mais ameaçadora que era capaz de representar. A cabeça dele virou-se bruscamente para o drone, chocado com o volume. Será que não tinha ouvido a voz dela antes?

"Mercer! Sou eu, Mae!", disse ela, agora nutrindo a esperança de que ele ainda não soubesse, até então, que era ela quem estava por trás de tudo aquilo. Mas ele não sorriu. Apenas balançou a cabeça, lentamente, como se sentisse a mais profunda decepção.

Agora Mae pôde ver mais dois drones na janela do lado do carona. Uma voz nova, masculina, bombardeou de um deles: "Mercer, seu filho da puta! Pare o carro, seu babaca filho da puta!".

A cabeça de Mercer virou-se para aquela voz e, quando se virou de novo para a estrada, seu rosto mostrou um pânico autêntico.

Na tela atrás de Mae, ela viu que duas câmeras SeeChange posicionadas sobre a ponte tinham sido acrescentadas à grade de imagens. Uma terceira veio à luz segundos depois, proporcionando uma visão do vão até a margem do rio, muito lá embaixo.

Então outra voz, essa uma voz de mulher, que ria, bombardeou do terceiro drone: "Mercer, se renda a nós! Renda-se à nossa vontade! Seja nosso amigo!".

Mercer virou a caminhonete na direção do drone, como se quisesse atingi-lo, mas o drone ajustou sua trajetória automaticamente e imitou o movimento da caminhonete, mantendo-se em perfeita sincronia. "Você não pode escapar, Mercer!", berrou a voz da mulher. "Nunca, nunca, nunca. Acabou. Agora desista. Seja nosso amigo!" Esse último pedido foi proferido em tom de choro de criança e a mulher que falava pelo alto-falante eletrônico riu da estranheza daquilo, aquele pedido anasalado emanando de um estúpido drone preto.

A plateia vibrava, aplaudia, e os comentários se empilhavam, vários espectadores diziam que aquela era a melhor experiência televisiva de suas vidas.

E quando os gritos de alegria ficaram ainda mais altos, Mae viu algo tomar o rosto de Mercer, algo semelhante à determinação, algo como serenidade. O braço direito girou o volante e ele desapareceu da imagem dos drones, pelo menos temporariamente, e quando eles retomaram o foco sobre Mercer, sua caminhonete estava cruzando a pista em alta velocidade rumo à barreira de concreto da lateral da ponte, tão depressa que era impossível que a barreira conseguisse detê-lo. A caminhonete rompeu a barreira e saltou para dentro da garganta e, por um breve momento, pareceu voar, as montanhas visíveis até quilômetros ao longe. E então a caminhonete se perdeu de vista.

Os olhos de Mae se voltaram instintivamente para a câmera voltada para a margem do rio e viu nitidamente um pequeno objeto caindo da ponte no alto e aterrissando como um minúsculo brinquedo sobre as pedras lá embaixo. Embora soubesse que o objeto era a caminhonete de Mercer e soubesse, em algum lugar de sua mente, que não poderia haver sobreviventes de uma queda tão grande, ela olhou de novo para as imagens das outras câmeras, para as imagens transmitidas pelos drones que ainda pairavam no alto, na esperança de ver Mercer sobre a ponte, olhando para a caminhonete lá embaixo. Mas não havia ninguém na ponte.

“Você está bem hoje?”, perguntou Bailey.

Estavam na biblioteca dele, sozinhos, a não ser pelos espectadores de Mae. Desde a morte de Mercer, ocorrida já fazia uma semana, os números da audiência haviam se mantido firmes, perto de vinte e oito milhões de espectadores.

“Estou, obrigada”, respondeu Mae, medindo suas palavras, imaginando a maneira como o presidente, qualquer que seja a situação, tem de encontrar um meio-termo entre a emoção bruta, a dignidade serena e a compostura de uma pessoa experiente. Mae vinha pensando em si mesma como um presidente. Ela tinha muita coisa em comum com eles — a responsabilidade perante tanta gente, o poder de influenciar acontecimentos mundiais. E, com sua posição, ocorriam crises novas, em nível presidencial. Havia o falecimento de Mercer. Havia a ruína de Annie. Mae pensou nos Kennedy. "Ainda não tenho certeza de que assimilei isso", disse ela.

"E durante um tempo, não terá", disse Bailey. "A dor não chega em horário programado, como nós gostaríamos. Mas não quero que você se culpe. Espero que não esteja fazendo isso."

"Bem, é difícil não fazer isso", respondeu Mae, e depois estremeceu. Aquelas não eram palavras presidenciais, e Bailey se aferrou a elas.

"Mae, você estava tentando ajudar um jovem muito perturbado e antissocial. Você e os outros participantes estavam estendendo a mão, tentando trazê-lo para o abraço da humanidade, e ele rejeitou isso. Acho que é evidente que você era, no mínimo, a única esperança dele."

"Obrigada por dizer isso", respondeu Mae.

"É como se você fosse a médica que vai ajudar um paciente e, ao ver a médica, o paciente pula pela janela. Ninguém pode pôr a culpa em você."

"Obrigada", disse Mae.

"E seus pais? Estão bem?"

"Estão bem. Obrigada."

"Deve ter sido bom revê-los."

"Foi, sim", disse Mae, embora mal tivessem se falado na ocasião e depois não se falaram mais.

"Sei que ainda existe uma distância entre vocês todos, mas ela vai se desfazer com o tempo. A distância sempre se desfaz."

Mae sentiu-se grata a Bailey, por sua força e sua tranquilidade. Naquele momento, ele era seu melhor amigo e também uma espécie de pai. Mae amava seus pais, mas eles não eram sábios como aquele pai, não eram fortes como aquele pai. Mae estava agradecida a Bailey e a Stenton, e especialmente a Francis, que desde então estivera com ela todos os dias, a maior parte do tempo.

"Fico frustrado de ver uma coisa assim acontecer", prosseguiu Bailey. "É exasperador, na verdade. Sei que é secundário e sei que é uma questão específica de minha predileção, mas na verdade não haveria a menor chance daquilo acontecer se Mercer estivesse dirigindo um veículo autocontrolado, sem motorista. A programação do carro teria evitado aquilo. Veículos como o que ele estava dirigindo deviam ser declarados ilegais."

"Sim", disse Mae. "Aquela caminhonete idiota."

"E não que tenha a ver com dinheiro, mas sabe quanto vai custar fazer os reparos naquela ponte? E quanto já custou fazer a limpeza de toda a bagunça lá embaixo? Se ele estivesse num carro autocontrolado, não haveria a menor chance de autodestruição. O carro teria desligado. Desculpe. Eu não devia ter me metido a fazer discurso sobre uma coisa que nada tem a ver com sua dor."

"Tudo bem."

"E lá estava ele, sozinho num chalé. Estava *claro* que ia ficar deprimido e que ia acabar se metendo num estado de loucura e de paranoia. Quando os participantes chegaram, quero dizer, aquele cara já estava perdido. Estava lá sozinho, inalcançável aos milhares, aos milhões até, de pessoas que fariam de tudo para ajudar, se soubessem."

Mae ergueu os olhos para o teto de vitrais — todos aqueles anjos — e pensou como Mercer gostaria de ser considerado um mártir. "Tanta gente o amava", disse ela.

"*Tanta* gente. Você viu os comentários e as homenagens? As pessoas queriam ajudar. Elas *tentaram* ajudar. *Você* tentou. E seguramente haveria outros milhares de pessoas, se ele deixasse. Se você rejeita a humanidade, se você rejeita as ferramentas disponíveis, toda a ajuda disponível, então coisas ruins vão acontecer. Você rejeita a tecnologia que evita que os carros despenquem dos penhascos e então despenca de um penhasco — fisicamente. Você rejeita a ajuda e o amor de bilhões de pessoas compassivas em todo o mundo, e despenca de um penhasco — emocionalmente. Certo?" Bailey fez uma pausa, como que para permitir que os dois se imbuíssem da metáfora adequada e exata que ele havia evocado. "Você rejeita os grupos, as pessoas, os ouvintes pelo mundo que querem entrar em contato, abraçar e dar seu afeto, e o desastre é iminente. Mae, ele era um jovem isolado, nítida e profundamente deprimido, que não era capaz de sobreviver num mundo como este, um mundo que se movimenta rumo à comunhão e à unidade. Eu gostaria de conhecê-lo. Acho até que o conheci um pouquinho, tendo presenciado os acontecimentos daquele dia. Enfim."

Bailey fez um som de profunda frustração, um suspiro gutural.

"Sabe, faz alguns anos, tive a ideia de que ia me empenhar, ao longo da vida, para conhecer todas as pessoas na face da Terra. Todas as pessoas, ainda que só um pouquinho. Apertar suas mãos e dizer alô. E quando tive essa inspiração, achei que eu podia conseguir. Você percebe o apelo de uma ideia como essa?"

"Totalmente", respondeu Mae.

"Mas existem uns sete bilhões de pessoas no planeta! Portanto fiz os cálculos. O melhor que pude apurar foi o seguinte: se eu passasse três segundos com cada pessoa, daria vinte pessoas por minuto. Mil e duzentas por hora! Muito bom, não é? Mas mesmo nesse ritmo, após um ano, eu teria conhecido apenas 10 512 000 pessoas. Eu levaria 665 anos para encontrar todo mundo, nesse ritmo! Deprimente, não é?"

"É, sim", disse Mae. Ela mesma havia feito um cálculo semelhante. Não seria o bastante, pensou Mae, ser *vista* por uma fração dessas pessoas? Já era alguma coisa.

"Portanto temos de nos contentar com as pessoas que de fato conhecemos e que podemos conhecer", disse Bailey, suspirando alto outra vez. "E nos contentar em saber apenas quantas pessoas existem. Existem tantas, e temos muitas para escolher. No caso do seu perturbado Mercer, perdemos uma das muitas e muitas pessoas no mundo que nos fazem recordar como a vida é preciosa e também como a vida é vasta. Estou certo?"

"Está."

Os pensamentos de Mae tinham seguido o mesmo caminho. Depois da morte de Mercer, depois da ruína de Annie, quando Mae se sentia tão sozinha, ela sentiu o rasgo se abrir de novo dentro dela, maior e mais negro do que antes. Mas então os espectadores do mundo inteiro estenderam a mão, lhe mandaram seu apoio, seus sorrisos — ela recebeu milhões, dezenas de milhões —, Mae sabia o que era o rasgo e como mantê-lo fechado. O rasgo era não saber. Não saber quem ia amá-la e por quanto tempo. O rasgo era a loucura de não saber — não saber quem era Kalden, não conhecer a mente de Mercer, a mente de Annie, os planos dela. Mercer poderia ser salvo — teria sido salvo — se tornasse sua mente conhecida, se tivesse deixado Mae, e o resto do mundo, entrar nela. Não saber é que era a semente da loucura, da solidão, da desconfiança, do medo. Mas havia maneiras de resolver tudo aquilo. A transparência tornara Mae conhecível para o mundo inteiro e tornara Mae uma pessoa melhor, a conduzira para mais perto da perfeição, assim ela esperava. Agora o mundo iria atrás. A transparência plena levaria ao acesso pleno e não haveria mais o não conhecimento. Mae sorriu pensando em como era simples, como era puro. Bailey sorriu com ela.

"Pois bem", disse ele, "por falar de pessoas pelas quais nos importamos e que não queremos perder, sei que você visitou Annie ontem. Como vai ela? Está na mesma situação?"

"Na mesma. Você conhece a Annie. Ela é forte."

"Ela *é* forte. E é muito importante para nós aqui. Assim como você. Ficaremos com você e com Annie, sempre. Sei que as duas sabem disso, mas quero dizer isso mais uma vez. Vocês nunca vão ficar sem o Círculo. Está bem?"

Mae estava tentando não chorar. "Está bem."

"Muito bem, então." Bailey sorriu. "Agora temos de ir. Stenton está à espera e acho que todos nós", e aqui indicou Mae e seus espectadores, "precisamos de um pouco de diversão. Está pronta?"

Enquanto caminhavam pelo corredor escuro rumo ao novo aquário, que irradiava um azul vivo, Mae pôde ver a nova tratadora subindo uma escada. Stenton tinha contratado outro biólogo marinho, depois de ter tido diferenças filosóficas com Georgia. Ela fizera objeções à alimentação experimental desejada por Stenton e se recusara a fazer o que seu substituto, um homem alto de cabeça raspada, estava prestes a fazer, ou seja, combinar todas as criaturas que Stenton trouxera das Marianas em um único tanque a fim de criar algo mais próximo do ambiente natural em que ele havia encontrado os animais. Parecia uma ideia tão lógica que Mae ficou feliz por Georgia ter sido demitida e substituída. Quem poderia não desejar que todos os animais ficassem num ambiente próximo ao seu hábitat nativo? Georgia era tímida e de visão curta, e uma pessoa assim tinha pouco lugar perto daqueles tanques, perto de Stenton ou mesmo no Círculo.

"Lá está ele", disse Bailey, quando se aproximaram do Tanque. Stenton surgiu e Bailey apertou sua mão, e então Stenton virou-se para Mae.

"Mae, que bom ver você outra vez", disse ele, apertando as

duas mãos dela. Ele se encontrava num estado de ânimo entusiasmado, mas sua boca franziu por um momento, em deferência à recente perda sofrida por Mae. Ela sorriu timidamente, depois ergueu os olhos. Queria que ele soubesse que ela estava bem, estava pronta. Stenton fez que sim com a cabeça, recuou e voltou-se para o tanque. Para a ocasião, Stenton tinha construído um tanque muito maior e enchido a água com uma portentosa profusão de corais vivos e algas marinhas, uma sinfonia de cores sob a luz reluzente do aquário. Havia águas-vivas lavanda, corais-bolha verdes e amarelos, as esferas brancas e estranhas de esponjas do mar. A água era calma, mas uma leve corrente ondulava a vegetação violeta, que era espetada entre as pontas do coral favo de mel.

"Lindo. Simplesmente lindo", disse Bailey. Ele, Stenton e Mae estavam parados, a câmera de Mae focalizava o tanque e permitia que os espectadores tivessem uma visão apurada do rico quadro da vida submarina.

"E logo estará completo", disse Stenton.

Naquele momento, Mae sentiu uma presença perto dela, um hálito quente em sua nuca, passando da esquerda para a direita.

"Ah, aí está ele", disse Bailey. "Acho que você ainda não esteve com o Ty, não é mesmo, Mae?"

Mae virou-se para deparar com Kalden, ao lado de Bailey e Stenton, sorrindo para ela, estendendo a mão. Vestia um gorro de lã e um suéter grande demais para seu tamanho. Mas não havia dúvida de que era Kalden. Antes que ela pudesse conter-se, soltou um suspiro.

Ele sorriu e ela soube imediatamente que pareceria natural a seus espectadores, bem como para os Sábios, que ela ficasse sem fôlego na presença de Ty. Mae baixou os olhos e se deu conta de que já estava apertando a mão dele. Mae não conseguia respirar.

Ela ergueu os olhos e viu que Bailey e Stenton sorriam. Supunham que ela estivesse em transe diante do criador de tudo aquilo, o jovem misterioso por trás do Círculo. Mae olhou de novo para Kalden, em busca de alguma explicação, mas seu sorriso não se modificou. Seus olhos continuaram perfeitamente opacos.

"Que bom conhecer você, Mae", disse ele. Falou de maneira tímida, quase num murmúrio, mas ele sabia o que estava fazendo. Sabia o que o público esperava de Ty.

"Que bom conhecer você, também", disse Mae.

Então o cérebro dela se estilhaçou. O que estava acontecendo ali? Mae examinou o rosto de Ty outra vez, vendo por baixo do gorro de lã alguns de seus cabelos grisalhos. Só ela sabia que aqueles fios existiam. Na verdade, será que Bailey e Stenton sabiam que ele havia envelhecido de forma tão dramática? Que ele andava se disfarçando de outra pessoa, um zé-ninguém chamado Kalden? Ocorreu a Mae que eles deveriam saber. É claro que sabiam. Era por isso que ele aparecia em *feeds* de vídeo — provavelmente gravados muito tempo antes. Eles estavam perpetuando tudo aquilo, ajudando Ty a desaparecer.

Mae ainda estava segurando a mão dele. Ela tirou a mão.

"Isso deveria ter acontecido antes", disse ele. "Peço desculpas." E agora ele falou para a lente de Mae, mostrando uma representação perfeitamente natural para os espectadores. "Tenho trabalhado em alguns projetos novos, uma porção de coisas muito bacanas, por isso tenho sido menos sociável do que deveria."

Na mesma hora, o número de espectadores de Mae aumentou, de trinta milhões e pouco para trinta e dois milhões, e subia rapidamente.

"Faz tempo que nós três não ficamos juntos no mesmo lugar!", disse Bailey. O coração de Mae batia frenético. Ela havia dormido com Ty. O que aquilo significava? E Ty, não Kalden, a havia prevenido contra os perigos da Completude? Como era possível? O que *aquilo* significava?

"O que vamos ver?", perguntou Kalden, apontando para a água com a cabeça. "Acho que sei, mas estou ansioso para ver o que vai acontecer."

"Muito bem", disse Bailey, batendo uma mão contra a outra e torcendo as duas com ansiedade. Virou-se para Mae e ela virou a lente para Bailey. "Como ele é muito técnico, meu amigo Stenton aqui pediu que eu explicasse. Como todos vocês sabem, ele trouxe umas criaturas incríveis das profundezas da Fossa das Marianas. Todos vocês viram algumas delas, em particular o polvo, o cavalo-marinho e sua prole e, de modo mais dramático, o tubarão."

Estava se espalhando a notícia de que os Três Sábios estavam juntos diante da câmera de Mae, e os espectadores de Mae subiram para quarenta milhões. Ela se virou para os três e viu em seu pulso que havia captado uma imagem dramática dos três perfis, enquanto todos olhavam para o vidro, seus rostos banhados por uma luz azul, seus olhos refletindo a vida irracional no interior do aquário. Os espectadores de Mae, ela se deu conta, haviam alcançando cinquenta e um milhões. Ela captou um olhar de Stenton que, com um movimento de cabeça quase imperceptível, deixou claro que Mae devia voltar a lente de novo para o aquário. Ela fez isso, e seus olhos se esforçaram para captar em Kalden algum sinal de reconhecimento. Ele estava olhando fixamente para a água e não deixava nada transparecer. Bailey prosseguiu.

"Até agora, nossas três estrelas foram mantidas em tanques separados, enquanto se aclimatavam a sua vida aqui no Círculo. Mas foi uma separação artificial, é claro. Eles nasceram para viver juntos, como era no mar onde foram encontrados. Portanto estamos prestes a ver os três reunidos aqui, para que possam coexistir e criar uma imagem mais natural da vida nas profundezas."

No outro lado do tanque, Mae agora pôde ver o tratador subindo a escada vermelha, segurando um saco plástico, pesado de água e de minúsculos passageiros. Mae tentava diminuir a velocidade de sua respiração, mas não conseguia. Tinha a sensação de que havia vomitado. Pensava em fugir correndo, para algum lugar muito distante. Fugir com Annie. Onde estava Annie?

Mae viu Stenton olhando para ela, os olhos preocupados, e também severos, dizendo para ela se recompor. Mae tentava respirar, tentava se concentrar no que estava acontecendo. Ela teria tempo, depois daquilo, disse Mae para si mesma, teria tempo para desemaranhar aquele caos de Kalden e Ty. Teria tempo. Seu coração desacelerou.

"Victor", disse Bailey, "como vocês talvez possam ver, está levando nossa carga mais delicada, o cavalo-marinho e, é claro, sua numerosa prole. Como vocês vão perceber, os cavalos-marinhos estão sendo levados para dentro do novo tanque num saco, mais ou menos como a gente leva para casa um peixinho-dourado comprado numa feira de rua. Constatou-se que essa é a melhor maneira de transferir criaturas delicadas como essa. Não existem superfícies duras em que elas possam esbarrar, e o plástico é muito mais leve do que o acrílico ou qualquer outra superfície dura."

O tratador agora estava no topo da escada e, após uma rápida confirmação visual de Stenton, cuidadosamente baixou o saco dentro da água, de modo que ele ficou boiando na superfície. Os cavalos-marinhos, passivos como sempre, estavam reclinados perto do fundo do saco, sem mostrar o menor sinal de que sabiam de alguma coisa — que estavam dentro de um saco, de que estavam sendo transferidos, de que estavam vivos. Eles mal se mexiam e não ofereciam nenhum protesto.

Mae verificou o contador de espectadores no pulso. Eram agora sessenta e dois milhões. Bailey indicou que iam esperar alguns momentos até que a temperatura da água do saco e a do tanque se nivelassem, e Mae aproveitou a oportunidade para se voltar para Kalden. Ela tentou captar o olhar dele, mas Kalden preferiu não tirar os olhos do aquário. Olhava fixamente para dentro do aquário, sorria de modo benévolo para os cavalos-marinhos, como se olhasse para os próprios filhos.

Por trás do tanque, Victor estava subindo de novo a escada vermelha. "Bem, isso é muito emocionante", disse Bailey. "Agora vemos o polvo ser erguido. Ele precisa de um recipiente maior, mas não proporcionalmente maior. Ele pode se adaptar ao espaço de uma lancheira, se quiser — ele não tem coluna vertebral, não tem ossos. É maleável e infinitamente adaptável."

Logo, os dois recipientes, o que abrigava os cavalos-marinhos e o que abrigava o polvo, boiavam delicadamente sobre a superfície de neon. O polvo parecia consciente, até certo ponto, de que havia um lar muito maior abaixo dele e fazia pressão contra o fundo de seu lar temporário.

Mae viu Victor apontar para os cavalos-marinhos e fazer um rápido aceno de cabeça para Bailey e Stenton. "Muito bem", disse Bailey. "Parece que é hora de libertar nossos amigos cavalos-marinhos em seu novo hábitat. Agora espero que isso seja lindo. Vamos em frente, Victor, quando estiver pronto." E quando Victor os soltou, *foi* mesmo lindo. Os cavalos-marinhos, translúcidos, mas mesmo assim coloridos, como se fossem cobertos por uma fina camada de ouro, caíram no tanque, desceram flutuando como uma chuva vagarosa de pontos de interrogação.

"Puxa", disse Bailey. "Veja só isso."

E por fim o pai de todos eles, com ar tateante, caiu do saco e foi para o tanque. À diferença de seus filhos, que se espalharam sem rumo, ele manobrou o corpo com determinação para o fundo do tanque e rapidamente se escondeu no meio do coral e da vegetação. Em segundos, estava invisível.

"Puxa", disse Bailey. "Esse sim é um peixe tímido."

Os filhotes, no entanto, continuaram a flutuar para baixo e a nadar no meio do tanque, poucos deles ansiosos para ir a qualquer lugar em especial.

"Estamos prontos?", perguntou Bailey, erguendo os olhos para Victor. "Bem, parece que isso não para! Parece que agora estamos prontos para o polvo." Então Victor abriu o fundo do saco, rasgando, e o polvo instantaneamente se distendeu como uma mão que faz uma saudação de boas-vindas. Como havia feito quando estava sozinho, ele investigou o contorno das paredes de vidro, apalpou o coral, as algas, sempre gentil, querendo saber tudo, tocar em tudo.

"Olhem só isso. Impressionante", disse Bailey. "Que criatura assombrosa. Deve ter uma espécie de cérebro dentro desse grande balão, certo?" E nesse ponto Bailey se voltou para Stenton, pedindo uma resposta, mas Stenton preferiu tomar aquilo como uma pergunta retórica. Um sorriso sutilíssimo tomou o canto de sua boca, porém ele não desviou os olhos da cena à sua frente.

O polvo fluía e crescia, e voava de um lado para outro do tanque, mal tocava nos cavalos-marinhos ou em qualquer outra coisa viva, apenas olhava para elas, só queria conhecê-las e, enquanto tocava e media tudo dentro do tanque, Mae viu de novo um movimento na escada vermelha.

"Agora temos Victor e seu ajudante trazendo a verdadeira atração", disse Bailey, vendo o primeiro tratador, auxiliado por outro, também de branco, que operava uma espécie de empilhadeira. A carga era uma grande caixa de acrílico e, dentro de seu lar temporário, o tubarão se debateu algumas vezes, sua cauda chicoteou para a direita e para a esquerda, mas estava muito mais calmo do que quando Mae o vira antes.

Do alto da escada, Victor colocou a caixa de acrílico na superfície da água e, quando Mae esperava que o polvo e os cavalos-marinhos fugissem em busca de abrigo, o tubarão ficou absolutamente imóvel.

"Bem, olhem só isso", disse Bailey, maravilhado.

Os espectadores dispararam outra vez, agora alcançavam setenta e cinco milhões e seu número subia freneticamente, meio milhão a mais a cada punhado de segundos.

Embaixo, o polvo parecia esquecido do tubarão e da possibilidade de ele se juntar aos outros dentro do aquário. O tubarão estava como que congelado, imóvel, talvez neutralizando a capacidade dos ocupantes do tanque de sentir sua presença. Nesse meio-tempo, Victor e seu ajudante tinham descido da escada e Victor estava voltando com um grande balde.

"Como podem ver agora", disse Bailey, "a primeira coisa que Victor vai fazer é jogar no tanque um pouco da comida predileta de nosso tubarão. Isso vai mantê-lo distraído e satisfeito e permitir que seus novos vizinhos se aclimatizem. Victor está alimentando o tubarão o dia inteiro, portanto ele já deve estar saciado. Mas esses atuns vão servir de café da manhã, almoço e jantar, no caso de estar com fome."

E assim Victor jogou seis atuns grandes, cada um de quatro quilos e meio, ou mais, dentro do tanque, onde eles rapidamente exploraram o ambiente. "Há menos necessidade de aclimatar lentamente esses caras ao tanque", disse Bailey. "Muito em breve, vão virar comida, portanto sua felicidade é menos importante do que a do tubarão. Ah, olhem só como correm." Os atuns disparavam pelo tanque em diagonais e sua repentina presença afugentou o polvo e os cavalos-marinhos para dentro dos corais e das folhagens no fundo do aquário. No entanto, logo os atuns ficaram menos agitados e se estabilizaram em fáceis idas e vindas em volta do tanque. No fundo, o cavalo-marinho pai ainda estava invisível, mas seus numerosos filhos podiam ser vistos, suas caudas se enrolavam nas folhagens e nos tentáculos de várias anêmonas. Era uma cena tranquila, e Mae se viu momentaneamente perdida nela.

"Bem, isso é mesmo deslumbrante", disse Bailey, observando o coral e a vegetação em cores limão, azul e vinho. "Olhem para essas criaturas felizes. Um reino de paz. Parece quase um escândalo modificá-lo de qualquer maneira que seja", disse ele. Mae olhou rapidamente para Bailey e ele pareceu chocado com o que havia acabado de falar, ciente de que aquilo não estava no espírito do esforço presente. Ele e Stenton trocaram rápidos olhares, e Bailey tentou remediar.

"Mas estamos aqui lutando para ter uma visão holística e realista desse mundo", disse ele. "E isso significa incluir *todos* os habitantes desse ecossistema. Portanto vou dar um sinal para Victor de que está na hora de convidar o tubarão para se juntar aos outros."

Mae ergueu os olhos para ver Victor lutando para abrir a escotilha no fundo da caixa. O tubarão ainda se mantinha imóvel, uma maravilha de autocontrole. E então começou a deslizar para baixo, pela rampa de acrílico. Enquanto fazia aquilo, Mae se viu num conflito. Sabia que aquilo era a coisa natural que deveria acontecer, o tubarão unir-se ao resto dos animais com quem ele partilhava seu ambiente. Mae sabia que era certo e inevitável. Mas, por um momento, ela achou aquilo natural, assim como ver um avião cair do céu também parece natural. O horror vem depois.

"Agora, o último elemento dessa família subaquática", disse Bailey. "Quando o tubarão for solto, vamos ter, pela primeira vez na história, a visão real de como transcorre a vida de fato no fundo da Fossa das Marianas e como criaturas como essas coabitam. Estamos prontos?" Bailey olhou para Stenton, que estava parado em silêncio a seu lado. Stenton fez que sim com a cabeça bruscamente, como se olhar para ele para pedir o sinal de ir em frente fosse algo desnecessário.

Victor soltou o tubarão e, como se estivesse olhando sua presa através do plástico, mentalmente preparando sua refeição e ciente da exata localização de cada porção, o tubarão disparou para baixo e rápido abocanhou o maior atum e devorou-o em duas bocadas de suas mandíbulas. Enquanto o atum fazia seu caminho visivelmente através do sistema digestivo do tubarão, ele comeu mais dois em rápida sucessão. O quarto ainda estava nas mandíbulas do tubarão quando os restos mortais granulosos do primeiro estavam sendo depositados, como neve, no chão do aquário.

Mae olhou então para o fundo do tanque e viu que o polvo e a prole do cavalo-marinho não eram mais visíveis. Ela viu algum sinal de movimento nos buracos do coral e avistou o que julgou ser um tentáculo. Embora Mae parecesse ter certeza de que o tubarão não podia ser o predador deles — afinal, Stenton tinha encontrado todos eles muito próximos uns dos outros —, estavam se escondendo como se conhecessem muito bem o tubarão e seus planos. Mae ergueu os olhos e viu o tubarão rodando pelo tanque, que agora estava vazio. Nos poucos segundos em que Mae estava procurando o polvo e os cavalos-marinhos, o tubarão havia processado os outros dois peixes. Seus restos mortais caíram feito poeira.

Bailey riu nervosamente. "Bem, agora estou pensando se não...", disse ele, mas parou. Mae ergueu os olhos e viu que os olhos de Stenton estavam contraídos e não ofereciam nenhuma alternativa. O processo não seria interrompido. Ela olhou para Kalden, ou Ty, cujos olhos não se desviavam do tanque. Ele estava assistindo aquilo com placidez, como se já tivesse visto antes e soubesse tudo o que ia acontecer.

"Muito bem", disse Bailey. "Nosso tubarão é um sujeito muito esfomeado e eu podia ficar preocupado com os demais ocupantes de nosso pequeno mundo aqui, se eu não soubesse das coisas. Acontece que sei das coisas. Estou ao lado de um dos maiores exploradores do mundo submarino, um homem que sabe o que está fazendo." Mae olhou para Bailey enquanto ele falava. Ele olhava para Stenton, seus olhos em busca de qualquer deixa, de algum sinal de que ele fosse mandar parar com aquilo ou oferecer alguma explicação ou certeza. Mas Stenton olhava fixamente para o tubarão, admirando.

Um movimento rápido e selvagem levou os olhos de Mae de volta para o tanque. Agora o focinho do tubarão tinha se enfiado bem fundo no coral e o atacava com uma força brutal.

"Ah, não", disse Bailey.

O coral logo se rompeu e o tubarão mergulhou lá dentro e saiu instantaneamente com o polvo, que ele arrastou para a área aberta do tanque como se quisesse oferecer a todo mundo — Mae, seus espectadores e os Sábios — uma visão melhor, enquanto despedaçava o animal.

"Ah, meu Deus", disse Bailey, agora mais baixo.

De propósito ou não, o polvo ofereceu um desafio a seu destino. O tubarão rompeu um tentáculo, depois pareceu abocanhar um pedaço da cabeça, só para descobrir, segundos depois, que o polvo continuava vivo e em grande parte intacto, atrás dele. Mas não por muito tempo.

"Ah, não. Ah, não", sussurrou Bailey.

O tubarão virou-se e, num torvelinho, arrancou os tentáculos de sua presa, um a um, até que o polvo estava morto, uma massa retalhada de matéria branca e leitosa. O tubarão engoliu o resto em duas bocadas e o polvo não existia mais.

Uma espécie de gemido veio de Bailey e, sem mover os ombros, Mae girou a cabeça e viu que Bailey tinha virado de costas, as palmas das mãos sobre os olhos. Stenton, porém, olhava para o tubarão com um misto de fascínio e orgulho, como um pai que vê pela primeira vez o filho fazer algo especialmente impressionante, algo que ele esperava e almejava, mas que aconteceu deliciosamente mais cedo que o previsto.

No alto do tanque, Victor parecia hesitante e tentava captar um sinal nos olhos de Stenton. Ele parecia estar pensando o que Mae estaria pensando, ou seja, se eles deveriam de alguma forma separar o tubarão do cavalo-marinho, antes que o cavalo-marinho também fosse consumido. Mas quando Mae virou para ele, Stenton continuava olhando, sem nenhuma mudança na expressão.

Em poucos segundos mais, numa série de pancadas ferozes, o tubarão tinha rompido mais um coral e extraía dali o cavalo-marinho, que não tinha nenhuma defesa e foi comido em duas mordidas, primeira sua delicada cabeça, depois seu torso e seu rabo curvos, de papel machê.

Então, como uma máquina em pleno funcionamento, o tubarão andou em círculos arremetendo sem parar, até ter devorado os milhares de bebês e as algas e o coral e as anêmonas. Ele comeu tudo e depositou os restos rapidamente, atapetando o aquário vazio com uma película rasteira de cinzas brancas.

“Bem”, disse Ty, “foi o que imaginei que ia acontecer.” Ele parecia não ter ficado abalado e até se mostrou animado ao apertar a mão de Stenton, e depois de Bailey, e depois, enquanto ainda segurava a mão de Bailey com a mão direita, apertou a mão de Mae com a mão esquerda, como se os três estivessem prestes a dançar. Mae sentiu algo na palma da mão e rapidamente fechou os dedos em torno daquilo. Então ele recuou e foi embora.

"É melhor eu ir embora também", disse Bailey num murmúrio. Virou-se, estonteado, e caminhou pelo corredor escuro.

Depois, quando o tubarão ficou sozinho no tanque e nadava em círculos, ainda voraz, sem nunca parar, Mae se perguntou quanto tempo ela devia ficar ali, permitindo que os espectadores vissem aquilo. Mas resolveu que enquanto Stenton ficasse, ela ficaria também. E ele ficou ali por um bom tempo. Não conseguia se fartar de ver o tubarão, seus círculos ansiosos.

"Até a próxima", disse Stenton afinal. Cumprimentou Mae com a cabeça e depois os espectadores, que agora eram cem milhões, muitos deles aterrorizados, e muitos mais pasmos e desejosos de ver mais e mais daquilo mesmo.

No banheiro, com a lente virada para a porta, Mae levou o bilhete de Ty até bem junto do rosto, fora da vista de seus espectadores. Ele fazia questão de vê-la a sós e fornecia orientações minuciosas de onde deviam se encontrar. Quando estivesse pronta, escreveu ele, Mae teria apenas de sair do banheiro, virar-se e dizer para o áudio ao vivo: "Vou voltar". Seria entendido que ela estava voltando para o banheiro por causa de alguma emergência higiênica não nomeada. E naquele momento ele suprimiria o feed de Mae e de quaisquer câmeras SeeChange que pudessem vê-la, durante trinta minutos. Aquilo provocaria certo alvoroço, mas tinha de ser feito. A vida dela, disse ele, estava em risco, bem como a de Annie e a de seus pais. "Tudo e todos", escreveu ele, "estão à beira do abismo."

Aquele seria o último erro dela. Mae sabia que era um erro encontrar-se com ele, especialmente longe das câmeras. Mas algo no tubarão a deixara perturbada, a deixara suscetível a decisões ruins. Se ao menos alguém pudesse tomar aquelas decisões por ela — de alguma foram eliminar a dúvida, a possibilidade de fracasso. Mas Mae tinha de saber como Ty havia conseguido fazer tudo aquilo, certo? Quem sabe tudo aquilo era um teste? Fazia certo sentido. Se ela estava sendo preparada para coisas grandes, não fariam um teste com ela? Mae sabia que sim.

Então Mae seguiu as orientações dele. Saiu do banheiro, disse a seus espectadores que ia voltar e, quando seu feed cessou, ela seguiu as orientações de Ty. Desceu como tinha feito com Kalden naquela noite estranha, refez o caminho que eles haviam tomado quando ele a levou para a sala, no subsolo profundo, onde Stewart e tudo o que ele tinha visto era abrigado e resfriado com água fria. Quando Mae chegou, achou Kalden, ou Ty, à sua espera, de costas para a caixa vermelha. Tinha tirado o gorro de lã, deixando à mostra o cabelo grisalho, mas continuava a usar seu moletom com capuz, e a combinação dos dois homens, Ty e Kalden, numa só figura causou repulsa em Mae e, quando ele começou a andar na direção dela, Mae gritou: "Não!".

Ele parou.

"Fique parado", disse ela.

"Não sou perigoso, Mae."

"Não sei nada sobre você."

"Lamento não ter dito quem eu era. Mas não menti."

"Disse que seu nome era Kalden! Isso não é mentira?"

"Tirando isso, nunca menti."

"Tirando isso? Tirando *mentir sobre sua identidade*?"

"Acho que você sabe que não tenho outra opção aqui."

"Afinal, que tipo de nome é Kalden? Foi buscar em algum site de lista de nomes para bebês?"

"Isso mesmo. Gostou?"

Ele deu um sorriso irritante. Mae teve a sensação de que não devia estar ali, que devia ir embora imediatamente.

"Acho que preciso ir", disse ela, e deu um passo na direção da escada. "Tenho a sensação de que isso é alguma brincadeira sinistra."

"Mae, pense bem. Aqui está minha carteira de motorista." Entregou para ela sua carteira de habilitação. Mostrava um homem de cabelo escuro, de barba raspada, de óculos e com um aspecto mais ou menos parecido com o que ela se lembrava de Ty, o Ty dos vídeos, das fotos antigas, o retrato a óleo na entrada da biblioteca de Bailey. O nome na carteira era Tyson Matthew Gospodinov. "Olhe para mim. Nenhuma semelhança?" Voltou para a caverna-dentro-da-caverna que os dois haviam partilhado e saiu de lá com um par de óculos. "Está vendo?", disse ele. "Agora ficou óbvio, não é mesmo?" Como que respondendo à pergunta seguinte de Mae, ele disse: "Eu sempre fui um cara de aspecto muito comum. Você sabe disso. E então me livrei dos óculos, do moletom com capuz. Mudei a aparência, a maneira de me movimentar. Porém, o mais importante é que meu cabelo ficou grisalho. E por que você acha que isso aconteceu?".

"Não tenho a menor ideia", disse Mae.

Ty girou os braços em redor, num gesto que abrangia tudo à sua volta e o vasto campus acima. "Tudo isso. O tubarão sacana que devora o mundo."

"Bailey e Stenton sabem que você anda por aí usando outro nome?", perguntou Mae.

"Claro. Sabem. Eles esperam que eu fique aqui. Tecnicamente, não tenho autorização para sair do campus. Enquanto eu estiver aqui, eles ficam felizes."

"Annie sabe?"

"Não."

"Portanto eu sou..."

"Você é a terceira pessoa a saber."

"E por que está me contando?"

“Porque você tem grande influência aqui e porque você precisa ajudar. Você é a única pessoa que pode frear isso.”

“Frear o quê? A empresa que você criou?”

“Mae, eu não tinha a menor intenção de que isso acontecesse. E está andando rápido demais. Essa ideia de Completude é uma coisa muito além do que é direito. Tem de ser trazida de volta para uma espécie de equilíbrio.”

“Em primeiro lugar, não concordo. Em segundo lugar, não posso ajudar.”

“Mae, o Círculo não pode se fechar.”

“Do que você está falando? Como pode dizer isso agora? Se você é Ty, a maior parte de tudo isso é ideia sua.”

“Não, não. Eu estava tentando tornar a internet mais cidadã. Estava tentando tornar a internet mais eficiente. Pus fim ao anonimato. Combinei mil elementos díspares num sistema unificado. Mas não imaginei que fosse obrigatório ser membro do Círculo, que todo o governo e toda a vida fossem canalizados por uma rede...”

“Estou caindo fora”, disse Mae e virou-se. “E não vejo motivo para que você simplesmente não caia fora daqui também. Abandone tudo. Se você não acredita em nada disso, então vá embora. Vá morar no mato.”

“Não deu certo para o Mercer, não é?”

“Vai se foder.”

“Desculpe. Desculpe. Mas ele é o motivo de eu ter entrado em contato com você agora. Não percebe que aquilo foi só uma das consequências disso tudo? Vão surgir outros Mercer. Muitos outros. Há muita gente que não quer ser encontrada, mas será. Há muita gente que não quer ter a menor participação em nada disso. Essa é a novidade. Antigamente havia a opção de ficar de fora. Mas agora isso acabou. A Completude é o fim. Estamos fechando o Círculo em torno de todo mundo — é um pesadelo totalitário."

"E é culpa minha?"

"Não, não. Nem um pouco. Mas agora você é a embaixatriz. Você é o rosto disso. O rosto benévolo e amigo de tudo isso. E o fechamento do Círculo foi o que você e seu amigo Francis tornaram possível. Sua ideia da obrigatoriedade de uma conta no Círculo e o chip dele. TruYouth? É um horror, Mae. Não percebe? Todas as crianças ganham um chip que é embutido em seu corpo, em nome da segurança, quando são bebês. E, sim, isso vai salvar vidas. Mas e depois, você acha que vão remover os chips, de repente, quando tiverem dezoito anos? Não. Em nome da educação e da segurança, tudo o que eles fizerem será registrado, rastreado, cadastrado, analisado — é permanente. Depois, quando tiverem idade suficiente para votar, participar, será obrigatório se registrar no Círculo. É aí que o Círculo se fecha. Todo mundo será rastreado, do berço até o túmulo, sem nenhuma possibilidade de escapar."

"Agora você está parecendo o Mercer. Esse tipo de paranoia..."

"Mas sei do que estou falando melhor do que o Mercer. Você não acha que se alguém como eu, que inventou a maior parte dessa merda, está assustado, você também não deveria ficar assustada?"

"Não. Acho que você ficou para trás."

"Mae, muitas coisas que inventei, francamente, foram só para me divertir, por causa de uma brincadeirinha perversa, para saber se as coisas iam mesmo funcionar, se as pessoas iriam mesmo usar. Sabe, é como montar uma guilhotina numa praça pública. Não se espera que mil pessoas façam fila para pôr a cabeça embaixo da lâmina."

"É assim que você encara isso?"

"Não, desculpe. Foi uma comparação ruim. Mas algumas coisas que fizemos, eu só... eu fiz só para ver se alguém iria mesmo usar, iria concordar. Quando acatavam a ideia, eu ficava um tempo sem conseguir acreditar naquilo. E aí, depois, já era tarde demais. Havia Bailey e Stenton e as ações vendidas na Bolsa de Valores. E depois as coisas andaram depressa demais e havia dinheiro suficiente para tornar realidade qualquer ideia cretina. Mae, quero que você imagine para onde tudo isso está indo."

"Eu sei para onde está indo."

"Mae, feche os olhos."

"Não."

"Mae, por favor, feche os olhos."

Ela fechou os olhos.

"Quero que você ligue esses pontos e veja se você vê o que eu vejo. Imagine o seguinte. O Círculo tem devorado todos os concorrentes há anos, correto? Isso só faz tornar a empresa mais forte. Noventa por cento das buscas do mundo vão para o Círculo. Sem concorrentes, isso vai aumentar. Logo chegarão aos cem por cento. Agora, eu e você sabemos que, se alguém pode controlar o fluxo de informação, pode controlar tudo. Pode controlar a maior parte do que todo mundo vê e sabe. Aí, se você quiser encobrir uma informação de modo permanente, é uma coisa que se faz em dois segundos. Se quiser arruinar a vida de qualquer pessoa, bastam cinco segundos. Como alguém pode se erguer contra o Círculo, se eles controlam todas as informações e têm acesso a ela? Eles querem que todo mundo tenha uma conta no Círculo e estão bem avançados no caminho de tornar ilegal não ter uma conta no Círculo. O que vai acontecer depois? O que vai acontecer quando eles controlarem todos os mecanismos de busca e tiverem pleno acesso a todos os dados de todas as pessoas? Quando eles souberem de todos os movimentos que todo mundo faz? Se todas as transações monetárias, todas as informações de saúde e de DNA, todas as partes da vida das pessoas, boas ou ruins, quando toda palavra dita fluir por um único canal?"

"Mas existem milhares de proteções para evitar tudo isso. Não é possível. Veja, os governos vão tomar providências para que..."

"Governos que são transparentes? Legisladores que devem sua reputação ao Círculo? Que podem ser destruídos no momento em que abrirem a boca? O que você acha que aconteceu com Williamson? Lembra-se dela? Ela ameaça o monopólio do Círculo e, surpresa, a polícia federal descobre dados incriminadores em seu computador. Acha que isso foi coincidência? Ela foi mais ou menos a centésima pessoa a quem Stenton fez isso. Mae, quando o Círculo estiver completo, acabou. E você ajudou a completá-lo. Aquele troço de democracia, o tal Demoxie, seja lá o que for, caramba. Sob o pretexto de ouvir a voz de todo mundo, criou-se um governo da massa, uma sociedade sem filtros onde os segredos são crimes. É genial, Mae. Quero dizer, você é genial. Você é aquilo que Stenton e Bailey estavam desejando desde o início."

"Mas o Bailey..."

"Bailey acredita que a vida será melhor, será perfeita, quando todo mundo tiver acesso irrestrito a todo mundo e a tudo que as pessoas conhecem. Acredita sinceramente que as respostas para todas as questões da vida podem ser encontradas nas pessoas. Acredita de verdade que a abertura, o acesso completo e ininterrupto entre todos os seres humanos, vai ajudar o mundo. Que é isso que o mundo está esperando, o momento em que todas as almas estejam conectadas. Isso o deixa em êxtase, Mae! Não percebe como essa visão é extremada? Sua ideia é radical e, numa outra era, teria sido uma tese marginal, adotada por algum excêntrico professor-assistente sei lá de onde: que toda informação, pessoal ou não, deve ser conhecida de todos. Conhecimento é propriedade, e ninguém pode ser dono dele. Infocomunismo. E Bailey tem direito de ter tal opinião. Mas unida à ambição capitalista implacável..."

"Então é o Stenton?"

"Stenton profissionalizou nosso idealismo, monetizou nossa utopia. Foi ele que percebeu a ligação entre nosso trabalho e a política e entre a política e o controle. O público-privado leva ao privado-privado e em breve teremos o Círculo dirigindo a maior parte ou mesmo todos os serviços do governo, com a incrível eficiência do setor privado e com um apetite insaciável. Todo mundo vai ser tornar cidadão do Círculo."

"E isso é tão ruim? Se todo mundo tiver acesso igual aos serviços, à informação, finalmente teremos uma chance de alcançar a igualdade. Nenhuma informação deve custar nada. Não deve haver barreiras para conhecer tudo, acessar tudo..."

"E se todo mundo for rastreado..."

"Então não haverá mais crimes. Nenhum assassinato, nenhum sequestro e estupro. Nenhuma criança sofrerá mais violência. Não haverá mais pessoas desaparecidas. Veja, só isso já..."

"Mas você não viu o que aconteceu com seu amigo Mercer? Ele foi perseguido até os confins do mundo e agora ele se foi."

"Mas isso é só o pivô da história. Você já conversou com Bailey sobre isso? Quero dizer, durante toda grande transformação da humanidade, existe uma resistência. Alguns ficam para trás, alguns *escolhem* ficar para trás."

"Então você acha que todo mundo deve ser rastreado, deve ser vigiado."

"Acho que tudo e todo mundo devem ser vistos. E para sermos vistos, temos de ser vigiados. As duas coisas andam juntas."

"Mas quem quer ser vigiado o tempo todo?"

"Eu quero. Eu *quero* ser vista. Eu quero provar que existi."

"Mae."

"A maior parte das pessoas quer. As pessoas, em sua maior parte, trocariam tudo o que sabem, trocariam todo mundo que elas conhecem, trocariam tudo isso para saber que foram vistas, e reconhecidas, que elas talvez até possam ser lembradas. Todos sabemos que vamos morrer. Todos sabemos que o mundo é grande demais para que sejamos importantes. Portanto só nos resta a esperança de ser vistos, ou ouvidos, ainda que só por um momento."

"Mas, Mae. Nós vimos todas as criaturas dentro daquele tanque, não foi? Vimos que elas foram devoradas por uma fera que as transformou em cinzas. Não percebe que tudo que entra naquele tanque, com aquela fera, com *esta* fera, vai encontrar o mesmo destino?"

"Então o que exatamente você quer de mim?"

"Quando tivermos o número máximo de espectadores, quero que você leia esta declaração." Entregou a Mae uma folha de papel na qual ele havia escrito, em letras de forma garrafais, uma lista de afirmações sob o título "Os Direitos Humanos numa Era Digital". Mae leu rapidamente, captando uns trechos: "Todos temos o direito ao anonimato." "Nem todas as atividades humanas podem ser medidas." "A incessante busca de dados para quantificar o valor de qualquer esforço é catastrófica para a verdadeira compreensão." "A barreira entre público e privado deve permanecer inviolável." No fim, ela achou uma linha escrita em tinta vermelha: "Todos temos o direito de desaparecer".

"Então você quer que eu leia isso para os espectadores?"

"Sim", respondeu Kalden, com os olhos arregalados.

"E depois?"

"Tenho uma série de passos que podemos dar juntos e que podem começar a desmontar tudo isso. Sei de tudo o que aconteceu aqui dentro, Mae, e aconteceu muita coisa capaz de convencer qualquer pessoa, por mais obtusa que seja, de que o Círculo precisa ser desmantelado. Sei que posso fazer isso. Sou a única pessoa que pode, mas preciso de sua ajuda."

"E depois?"

"Depois eu e você iremos para algum lugar. Tenho uma porção de ideias. Vamos evaporar. Podemos fazer caminhadas pelo Tibete. Podemos fazer caminhadas pela estepe da Mongólia. Podemos velejar em redor do mundo num barco que nós mesmos vamos construir."

Mae imaginou tudo aquilo. Imaginou o Círculo sendo destroçado, liquidado em meio a um escândalo, treze mil pessoas desempregadas, o campus ocupado, destruído, transformado numa universidade, num shopping ou algo pior. E por fim imaginou a vida num barco com aquele homem, velejando pelo mundo, sem amarras, mas quando ela tentou, em vez disso, viu o casal na balsa que ela tinha encontrado meses antes, na baía. Isolados, sozinhos, vivendo embaixo de uma lona, bebendo vinho em copos de papel, dando nomes para as focas, recordando incêndios em ilhas.

Naquele momento, Mae entendeu o que precisava fazer.

"Kalden, tem certeza de que não estamos sendo ouvidos?"

"Claro que não estamos."

"Certo, muito bem. Muito bem. Agora vejo tudo com clareza."

LIVRO III

Ter chegado tão perto do apocalipse ainda a fazia ranger os dentes. Sim, Mae tinha evitado aquilo, tinha sido mais corajosa do que ela achava possível, mas seus nervos, tantos meses depois, ainda estavam abalados. E se Kalden não tivesse pedido sua ajuda como fez? E se não tivesse confiado nela? E se ele tivesse resolvido cuidar do caso sozinho, ou pior, se tivesse confiado seu segredo a outra pessoa? Alguém sem a integridade dela? Sem sua força, sua determinação, sua lealdade?

No silêncio da clínica, sentada ao lado de Annie, a mente de Mae vagava sem rumo. Ali havia serenidade, com o zumbido ritmado do respirador artificial, o som ocasional da porta abrindo ou fechando, o rumor dos equipamentos que mantinham Annie viva. Ela havia sofrido um ataque em sua mesa, foi encontrada no chão, catatônica, e foi levada às pressas para lá, onde os cuidados médicos ultrapassavam os que ela poderia receber em qualquer outro lugar. Desde então, o estado de Annie havia estabilizado e o prognóstico era bom. A causa do coma ainda era objeto de algum debate, disse a dra. Villalobos, mas o motivo mais provável era estresse, ou choque, ou mera exaustão. Os médicos do Círculo estavam confiantes de que Annie ia sair do coma, assim como mil outros médicos em todo o mundo, que tinham acompanhado seus sinais vitais, encorajados pelo frequente tremor de suas pestanas, o ocasional movimento de um dedo. Ao lado de seu eletrocardiograma, havia um mural com uma fila sempre crescente de votos de saúde, vindos de companheiros humanos de todo o mundo, nos quais a maioria, ou mesmo todos eles, Mae pensava com melancolia, Annie jamais iria conhecer.

Mae olhou para sua amiga, para seu rosto imutável, sua pele luzidia, o tubo sanfonado que emergia de sua boca. Ela parecia maravilhosamente em paz, dormindo um sono repousante. Por um breve momento, Mae sentiu uma ponta de inveja. Imaginou o que Annie podia estar pensando. Os médicos disseram que provavelmente Annie estava sonhando; eles tinham medido a atividade cerebral estável durante o coma, mas o que exatamente estava acontecendo dentro de sua mente era algo desconhecido de todos, e Mae não podia deixar de sentir certa perturbação com aquilo. Havia um monitor visível do lugar onde Mae estava, uma imagem em tempo real da mente de Annie, explosões de cor aconteciam periodicamente, indicando que coisas extraordinárias estavam ocorrendo lá dentro. Mas no que ela estava pensando?

Uma batida a surpreendeu. Ela olhou para além da forma inclinada de Annie e viu Francis do outro lado do vidro, na área de visitantes. Ele ergueu a mão hesitante e Mae acenou. Ela o veria mais tarde, num evento de todo o campus para celebrar o mais recente marco da Clarificação. Dez milhões de pessoas agora estavam transparentes no mundo inteiro, o movimento irreversível.

O papel de Annie para que aquilo fosse possível não podia ser superestimado, e Mae gostaria que ela pudesse presenciar aquilo. Havia tantas coisas que Mae queria dizer para Annie. Com o sentimento de um dever que julgava sagrado, Mae contara ao mundo que Kalden era Ty, contara suas reivindicações bizarras e seus esforços obtusos para barrar a completude do Círculo. Recordando aquilo agora, parecia uma espécie de pesadelo, estar tão fundo no subsolo com aquele maluco, desligada de seus espectadores e do resto do mundo. Mas Mae fingiu que ia cooperar e fugiu, e imediatamente contou tudo aquilo para Bailey e Stenton. Com sua habitual compaixão e lucidez, eles permitiram que Ty permanecesse no campus, numa função de consultoria, com um escritório isolado e sem nenhuma tarefa específica. Mae não o vira mais depois de seu encontro subterrâneo e nem queria ver.

Agora já fazia meses que Mae não falava com os pais, mas era só uma questão de tempo. Eles se encontrariam, mais cedo ou mais tarde, num mundo onde todos poderiam se conhecer de verdade e integralmente, sem segredos, sem vergonha e sem a necessidade de permissão para ver ou conhecer, sem o egoísmo do armazenamento secreto da vida — qualquer recanto dela, qualquer momento dela. Tudo aquilo, muito em breve, seria substituído por uma nova e gloriosa abertura, um mundo de luz perpétua. A completude era iminente e traria paz, traria unidade, e toda a confusão da humanidade até agora, todas aquelas incertezas que acompanhavam o mundo antes do Círculo, seriam apenas uma lembrança.

Outra explosão de cor surgiu na tela que monitorava os movimentos na mente de Annie. Mae estendeu a mão para tocar a testa de Annie, encantada com a distância que aquela carne punha entre elas. O que estaria acontecendo dentro daquela cabeça? De fato, era exasperante não saber, pensou Mae. Era uma afronta, uma privação, para ela mesma e para o mundo. Ela ia falar do assunto com Stenton e com Bailey, com a Gangue dos

40, assim que tivesse oportunidade. Eles precisavam conversar a respeito de Annie, dos pensamentos que estavam em sua cabeça. Por que não deviam conhecê-los? O mundo não merecia menos do que isso e não ia esperar.

Agradecimentos

Agradeço a Vendela, Bill e Toph, Vanessa e Scott, Inger e Paul. A Jenny Jackson, Sally Willcox, Andrew Wylie, Lindsay Williams, Debby Klein e Kimberly Jaime. A Clara Sankey. A Em-J Staples, Michelle Quint, Brent Hoff, Sam Riley, Brian Christian, Sarah Stewart Taylor, Ian Delaney, Andrew Leland, Casey Jarman e Jill Stauffer. A Laura Howard, Daniel Gumbiner, Adam Krefman, Jordan Bass, Brian McMullen, Dan McKinley, Isaac Fitzgerald, Sunra Thompson, Andi Winnette, Jordan Karnes, Ruby Perez e Rachel Khong. Obrigado a todos da Vintage e da Knopf. Obrigado a Jessica Hische. Obrigado a Ken Jackson, John McCosker e Nick Goldman, Obrigado a Kevin Spall e todo mundo da gráfica Thomson-Shore. Também: San Vincenzo é um lugar fictício. Foram tomadas neste livro outras pequenas liberdades com a geografia da Bay Area.

ESTA OBRA FOI COMPOSTA EM ELECTRA PELO ESTÚDIO O.L.M./ FLAVIO PERALTA
E IMPRESSA EM OFSETE PELA GRÁFICA BARTIRA SOBRE PAPEL PÓLEN SOFT
DA SUZANO PAPEL E CELULOSE PARA A EDITORA SCHWARCZ EM AGOSTO DE 2014